Elke Aybar

Back to Wonderland

Spiegelspiel

DRACHENMOND VERLAG

Drachenmond Verlag GmbH
Auf der Weide 6
50354 Hürth
https://www.drachenmond.de
E-Mail: info@drachenmond.de

Lektorat: Nina Bellem
Korrektorat: Michaela Retetzki
Satz & Layout: Astrid Behrendt

Umschlagdesign: Jaqueline Kropmanns
Bildmaterial: Shutterstock

Druck: Booksfactory

ISBN 978-3-95991-206-8

Für meine großartigen und geduldigen Leser
Ich danke euch!

Ein kleines Problem mit Pelz

Santina saß auf dem Bett und wippte heiter mit den Füßen. Vor dem Fenster weinte der Himmel sich die Augen aus, was ganz meiner Stimmung entsprach. Santina, die sehr wohl wusste, was in mir vorging, hatte jedoch beschlossen, das zu ignorieren. Wie so oft schon in den beiden Tagen zuvor, kam sie wieder einmal auf ihr aktuelles Lieblingsthema zu sprechen. »Ich kann nicht glauben, dass es nicht wenigstens ein ganz klein wenig romantisch war.«

»War es aber nicht. Kein Stück.«

»Vielleicht wart Ihr auch nur ein bisschen zu betrunken und habt ihn falsch …«

Ärgerlich fiel ich ihr ins Wort: »Erstens. Er hat nicht um meine Hand angehalten, weil er mich liebt. Er will mich benutzen. Zweitens. Ich bin bereits verlobt, und das hat er einfach ignoriert. Drittens. Ich liebe ihn ebenfalls nicht und habe unter Zwang eingewilligt, da ich sonst völlig allein durch eine fremde Welt irren muss und am Ende von Wölfen gefressen werde.«

Santina lächelte und betrachtete mich weiter mit diesem schwärmerischen Gesichtsausdruck, der mich zunehmend nervte. Ihre kleinen gebogenen Hörner, die durch Löcher in ihrer weißen Dienstmädchenhaube hervorstachen, schimmerten golden. »Lord Vertanen mag sich vielleicht ein wenig ungeschickt angestellt haben, doch ich bleibe dabei. Ich kann mir keinen würdigeren Ehemann für Euch vorstellen. Und«, sie schoss mir einen triumphierenden Blick zu, »Ihr wollt seine Frau sein!«

»Ganz sicher nicht!«

»O doch. Mir ist nämlich die Reihenfolge Eurer kleinen Aufzählung eben nicht entgangen.«

»Welche Aufzählung?«

»Die, an deren Ende die Wölfe stehen, die Euch fressen werden.«

Erwischt! Prompt schoss mir die Röte in die Wangen.

Santina gab sich nicht einmal Mühe, das zufriedene Lächeln zu unterdrücken. »Ganz genau. Ein Schicksal, in dem Lord Vertanen Euch *möglicherweise* nicht liebt, erscheint Euch tragischer als die sehr reale Möglichkeit, von Wölfen gefressen zu werden.«

»Du ziehst daraus falsche Schlüsse.«

»Oder Ihr lügt Euch etwas vor.«

Dieses Gespräch hatten wie schon mehr als einmal geführt, in den unterschiedlichsten Variationen, aber mit dem immer selben Ergebnis – laut Santina sollte ich mich glücklich schätzen und fertig. Ich sah mich nach etwas um, was ich nach ihr werfen konnte. Diesen Impuls verspürte ich in letzter Zeit sehr häufig. Zu Santinas Glück waren nur die weichen Kissen auf dem Bett in Griffnähe. »In meiner Welt ist es nicht üblich, dass jemand in die Nacht hinausrennt, nur Sekunden nachdem er um deine Hand angehalten hat, um dann tagelang nichts von sich hören zu lassen.« Das Rodin genau das getan hatte, sorgte dafür, dass ich seitdem ständig kurz davor stand zu weinen.

»Er hat eine Nachricht geschickt, dass wir uns um Eure Garderobe kümmern sollen.«

Ich hatte den Zettel gelesen und kaum meine Enttäuschung verbergen können. Nicht ein persönliches Wort. Ärgerlich entgegnete ich: »Rodin kennt mich gut genug, um zu wissen, wie wenig mir Kleidung bedeutet. Somit geht es auch hierbei nur um seine Pläne. Mit mir hat es nichts, aber auch gar nichts zu tun. Autsch!« Ich zuckte zusammen. Etwas hatte mich am Rücken gestochen.

Erschrocken versuchte ich danach zu tasten, bekam jedoch einen Klaps auf die Hand. »Wollt Ihr endlich still halten?!« Fran hatte den Mund voller Stecknadeln und war nur undeutlich zu verstehen, trotzdem kam die Botschaft an. »Wenn Ihr weiter so zappelt, steche ich Euch gleich noch mal.«

Ihr war zuzutrauen, dass das eben Absicht gewesen war und dass sie es wiederholen würde. Sogar mit Vergnügen. Seit den frühen

Morgenstunden verlangte sie von mir, ein Kleid nach dem anderen anzuprobieren, und stets war ich ihr zu langsam, zu zappelig oder auch zu steif, je nachdem. Zu gern hätte ich herausgefunden, wie es ihr gelungen war, Rodins Bestellung so rasend schnell anzufertigen, doch Fran blockte alle diesbezüglichen Fragen ab. Auf dem Bett türmte sich mittlerweile jedenfalls ein wahrer Kleiderberg; Schnürleibchen für den Tag und kostbare, mit Spitze verzierte Korsetts für den Abend. Ein Dutzend schlichter Tageskleider und ebenso viele Ballkleider mit Unterröcken, die so voluminös waren, dass sie ganz allein einen der drei riesigen Schrankkoffer füllen würden, die ich an den Königshof mitnehmen sollte. Die passenden Accessoires wie Schuhe, Hüte, Handschuhe und Handtaschen sowie Umhänge und Capes waren bereits in den beiden kleineren Koffern neben der Tür verstaut. Kurz fragte ich mich, wie Kjell wohl reagieren würde, wenn ich ihm irgendwann davon erzählte. Doch eigentlich stellte sich die Frage nicht. Kjell hatte nie ein Hehl daraus gemacht, wie sehr er die Secondhandklamotten verabscheute, die ich wiederum heiß und innig liebte. Ständig hatte er versucht, das zu ändern – mich zu ändern. Oh, verflixt. Wie immer in letzter Zeit, wenn meine Gedanken zu Kjell wanderten, fühlte ich Ärger in mir aufsteigen, und das war ungerecht, denn nicht er hatte sich verändert, sondern ich.

Unterdessen hatte Santina unentwegt weitergeplappert. Da ich nicht antwortete, hatte sie Fran als ihr Opfer auserkoren. »Du hast wirklich großartige Arbeit geleistet, meine Liebe. Lady Alice sieht in jedem einzelnen Kleid wunderschön aus. Und ist es nicht herrlich, zur Abwechslung mal wieder fröhliche Farben in diesem Haus zu sehen? Natürlich steht Lady Ellinor Schwarz nach wie vor ganz wunderbar, doch ich erinnere mich noch gern an früher, als es in ihrem Kleiderschrank etwas lebhafter zuging.«

Ich hätte Santina am liebsten geschüttelt, bis ihr der muntere Singsang in der Kehle stecken blieb. Sie wusste, dass ich zu Kjell zurückkehren wollte. Sie wusste, dass die für heute Nacht geplante Hochzeitszeremonie ein Fake war. Sie wusste, dass alles, was danach kam, nicht einfach werden würde. Einer Prinzessin den Thron unter dem Hintern wegzustehlen war kein Spaziergang im Mondschein. Gelang es nicht, kostete uns dieser Versuch höchstwahrscheinlich nicht nur mein Leben, sondern auch das all der magischen Wesen, denen ich dann nicht helfen konnte. Sie würden weiterhin getötet werden, da Malena, wie Rodin glaubte, höchstwahrscheinlich auch weiterhin nichts dagegen unternehmen würde. Natürlich konnte ich nicht ausschließen, dass er mich über ihren Charakter angelogen hatte. Vielleicht tat sie in Wirklichkeit alles, was in ihrer Macht stand, um diesem Unrecht zu begegnen. Nun, ich würde es wohl oder übel herausfinden. Und wehe ihm, wenn er mich auch dahingehend getäuscht hatte! Mir fiel etwas ein, was ich Santina schon die ganze Zeit hatte fragen wollen. »Sag mal, kann man sich in Wynterhaav eigentlich scheiden lassen?«

Fran und meine Freundin wechselten einen Blick, der mir gar nicht gefiel. Santina hüpfte vom Bett und fing an, die Wäschestücke zusammenzulegen. »Du bist hiermit fertig, oder, Fran? Ich denke, ich packe das schon mal ein.«

Die Schneiderin nahm die Stecknadeln aus dem Mund und steckte sie an das kleine Nadelkissen, das sie sich ums Handgelenk geschnallt hatte. Sie schaute betont unschuldig. Ich kannte den Blick bereits und wusste, dass Santina gleich die Wände hochgehen würde. »Das Betthäschen hat dich etwas gefragt, liebste Santina. Willst du nicht antworten?« Fran zwinkerte mir zu.

Sie hatte ihren spöttischen Ton mir gegenüber beibehalten. Meistens amüsierte es mich. Heute war ich jedoch empfindlich. Sein Betthäschen, war es das, was alle hier über mich dachten?

Santina hatte es mir wohl angesehen. Sie sprang mir zur Seite. Ihre Stimme war eiskalt. »Du wirst von nun an Lady Alice ihrem Rang gebührend behandeln. Keine Ausrutscher mehr.«

»Und wenn nicht?«

»Dann ist deine Arbeit für diese Familie beendet.«

Fran sah sie prüfend an. Sie fragte sich vermutlich wie ich, ob Santina in Lady Ellinors Namen gesprochen hatte.

Einen Augenblick lang starrten sich die beiden Frauen an. Dann wandte Santina sich in ihrem gewohnt freundlichen Ton an mich. »Ich bedaure, Lady Alice, aber so etwas wie eine Scheidung existiert in Wynterhaav nicht.«

Fran, die ein ganzes Stück kleiner war als ich, sah mich von unten herauf mit betont freundlichem Gesichtsausdruck an. »Noch seid Ihr nicht verheiratet. Wenn Ihr das nicht wollt, dann lasst es einfach.«

»Fran!« Santina starrte die Schneiderin böse an.

»Das war keine ungebührliche Bemerkung.«

»Nein. Aber du sollst Lady Alice auch keine Flausen in den Kopf setzen. Sie wird Lord Vertanen heiraten, weil sie nicht dumm ist und weiß, dass sie im gegenteiligen Fall hinaus in die Wildnis muss, wo sie von Wölfen gefressen werden wird. Außerdem kann ich besser schlafen, wenn ich weiß, dass Lord Vertanen auf sie aufpasst.«

Ich warf Santina einen säuerlichen Blick zu.

Sie zuckte die Schultern. »Es ist nun mal so. Da draußen, auf Euch allein gestellt, sterbt Ihr. Ob Euch ein Wolf anfällt, ob Ihr in eine Eisspalte stürzt oder vor Erschöpfung umfallt, ist einerlei. Tot ist tot.« Sie senkte den Blick demonstrativ auf meine Füße, die in meinen mittlerweile sehr ramponiert aussehenden Sneakers steckten. »Ein Erfrierungstod ist allerdings am wahrscheinlichsten. Und zuallererst werden Euch die Zehen absterben.«

Wie aufs Stichwort gesellte sich zum strömenden Regen heulender, türenklappernder Wind. Alle drei sahen wir zum Fenster hinaus. Es war so grau und dunkel, dass es ebenso gut auch Abend hätte sein können. Fran gluckste. »Ach ja. In diesem Teil des Landes hat der Frühling einen ganz eigenen Zauber.«

Mit einem zustimmenden Seufzer machte Santina sich daran, weitere Kleidungsstücke zusammenzulegen und in einem der Schrankkoffer zu verstauen. Fran kniete unterdessen vor mir nieder und korrigierte den Kleidersaum um eine Winzigkeit nach unten. Mein Hochzeitskleid war das letzte Stück, an dem sie noch zu arbeiten hatte. Ächzend richtete sie sich wieder auf. »Wir sind fertig. Wie gefällt es Euch?«

»Zweifelsohne ist es ebenso gelungen wie alles andere.« Ich vermied den Blick in den Spiegel.

»Aber Ihr wollt euch nicht davon überzeugen?«

»Nicht nötig.«

Fran musterte mich neugierig, während Santina in einen schmeichelnden Ton verfiel: »Oh, aber Ihr müsst Euch wirklich unbedingt ansehen, Lady Alice. Ihr seht in diesem Kleid wunderschön aus.«

»Es interessiert mich aber nicht. Und damit ist das Thema durch!« Angesichts meines scharfen Tons zuckte Santina zusammen. Sofort tat es mir leid. »Bitte entschuldige.«

»Schon gut. Jede Braut ist nervös.« Doch meine Freundin wirkte unglücklich.

Unser kleiner Wortwechsel schien Frans Laune indes zu heben. Mit einem zufriedenen Lächeln auf den Lippen stellte sie sich auf die Zehenspitzen, um an meinen Locken herumzuzupfen. »Euer Haar, nun, ich gebe es zu, die Farbe ist bezaubernd.« Sie neigte den Kopf zur Seite. »Wusstet Ihr, dass unsere frühere Königin dieselbe Haarfarbe hatte? Vor allem diese aparten Kupfersträhnen.«

»Ich glaube, jemand hat das mal erwähnt.«

»Ich nehme an, Lady Ellinor? Vor allem ihr wird die Ähnlichkeit nicht entgangen sein.« Sie wartete die Antwort nicht ab. »Zur Zeit der früheren Königin haben sich viele bemüht, ihr ähnlich zu werden. Der Hof hat vor falschen Rothaarigen gewimmelt. Ich bin gespannt, was für Schlüsse man bei Eurem Eintreffen am Hof ziehen wird.«

So, wie Fran das gesagt hatte, klang es wie eine Warnung. Ich musste schlucken. Ahnte sie, was Rodin und ich vorhatten? Und wenn ja, wie stand sie dazu?

»Eure Körperhaltung allerdings …«, Fran gab ein ärgerliches Schnalzen von sich, »daran müsst Ihr hart arbeiten, wirklich hart, sonst macht es den ganzen Auftritt kaputt! Eure Stiefschwester wird Euch auslachen.«

Damit war es heraus. Sie wusste es. Erschrocken sah ich zu Santina, doch diese wirkte nicht beunruhigt. »Fran ist auf unserer Seite. Du kannst ihr ebenso vertrauen wie mir.«

Santina schien ihr kleiner Ausrutscher mit der Anrede nicht aufgefallen zu sein. Fran hatte es jedoch sehr wohl bemerkt. Das erkannte ich an dem Seitenblick, den sie Santina zuwarf. Sie machte jedoch keine Bemerkung dazu, und mir war es recht. Ohnehin wäre es mir lieber, wenn Santina bei dem gewohnten Du geblieben wäre.

Fran tätschelte mir freundlich den Arm. »Santina hat recht. Ich bin eine unfreundliche alte Kröte, doch ich würde niemandem mit Absicht schaden.«

Die beiden Frauen lächelten einander an. Na so was? In den vergangenen Stunden waren sie mehr als einmal wegen mir aneinandergeraten. Santina schien der Ansicht, dass sie zwar so viel an mir herummeckern durfte, wie es ihr gefiel, ansonsten aber niemand das Recht dazu besaß.

Schnell war es mit der Einigkeit jedoch wieder vorbei. »Mach dir um Lady Alice keine Sorgen. Sie wird im Nu in ihre neue Rolle hineingewachsen sein.« Zu mir gewandt fuhr sie in liebevollem Ton fort: »Aber Fran hat leider auch ein bisschen recht, wir müssen wirklich an Eurer Haltung arbeiten. Ihr seht wie ein erschrockenes Mäuschen aus und nicht wie die zukünftige Königin. Seht in den Spiegel!«

»Hilf mir erst aus dem Kleid.«

Auf einmal war es mit Santinas Langmut mir gegenüber vorbei. »Woher, zum drei Mal furzenden Drachen, kommt diese Sturheit? Dieses Kleid gleicht doch bis zum letzten Faden dem, dass du dir für deine Hochzeit vorgestellt hattest!«

»Nicht für diese Hochzeit.«

Sie schnaubte. »Wie viele Hochzeiten, denkst du, wird es nach dieser noch geben?«

Ich schrie: »Es war für meine Hochzeit mit Kjell bestimmt, für eine Hochzeit aus Liebe und nicht für diese ... diese Scharade!«

Betreten sah Santina mich an. »Ich ahnte ja nicht, dass du noch so sehr an ihm ...«

Frustriert ließ ich die Schultern hängen. Meine Augen brannten vor unterdrückten Tränen. »Ich kann einfach nicht in dem Kleid heiraten, das für Kjells und meine Hochzeit bestimmt war. Das fühlt sich so nach Verrat an. Ich meine, noch mehr als alles andere.« Ich zog die Nase hoch und wandte mich an Fran. »Würdest dann du mir bitte heraushelfen?«

»Mit Vergnügen.« Fran hatte Fragen, viele Fragen, das sah ich ihr an, doch sie beschränkte sich darauf, mich aus dem Hochzeitskleid zu befreien. »Ich hänge es in den Schrank und erledige die letzten Handgriffe später. Dann müsst Ihr es nicht sehen, bis es so weit ist.«

»Danke.«

Ich sah zu Santina. Ihre Hörner waren nun eher beige als golden und sie pulsierten, was, wie ich wusste, ein Anzeichen höchster innerer Unruhe war. »Vergessen wir das, okay?«

Kühl erwiderte sie: »Wie Ihr wünscht.«

Fran hängte das Kleid wie versprochen in den Schrank, und ich sah mich seufzend um. »Wo sind eigentlich meine Sachen von zu Hause?«

Santina mied meinen Blick. Sie beugte sich über den Kleiderhaufen auf dem Bett und nahm ein dunkelgrünes Samtkleid zur Hand. Mit einem Lächeln, aus dem das schlechte Gewissen überdeutlich herauszulesen war, reichte sie es mir. »Dieses Kleid ist perfekt für die Tageszeit.«

»Nein danke. Ich möchte meine Sachen. Wo sind sie?« Ich war in T-Shirt, dicke Wollstrumpfhosen, Cordrock und einer gemütlichen übergroßen Strickjacke nach Wynterhaav gekommen. Santina hatte das alles über die langen Monate, in denen ich die Dienstmädchenuniform des Hauses Vertanen tragen musste, in Verwahrung genommen. Erst vor ein paar Tagen hatte ich die Sachen zurückbekommen und seither wollte ich nichts anderes mehr tragen. »Santina?«

»Hm, ach ja …«

Mir schwante Übles. »Was?«

Sie zögerte. »Vielleicht habe ich sie am Morgen in den Ofen gesteckt und verbrannt.«

Fassungslos sah ich sie an. Auf eine gewisse Weise hatte die schlichte Existenz dieser Kleider die Tür zu meiner Welt, zu meinem Zuhause ein winziges Stück weit offen gehalten. Sie waren alles, was ich von dort mitgebracht hatte, waren greifbare Erinnerung. Und jetzt waren sie endgültig fort. Auf einmal war ich schrecklich mutlos. Mir fehlte sogar die Kraft, mich weiter aufzuregen. »Hast du das echt gemacht?«

Sie nickte und wirkte mindestens ebenso unglücklich wie ich.

»Anordnung von Lady Ellinor?«

Wieder nickte sie.

»So ein Miststück.« Den Worten fehlte jegliche Kraft, trotzdem hätte Santina ihre Herrin und Freundin vor ein paar Wochen noch in Schutz genommen und mir versichert, dass es einen guten Grund für die Entscheidung gab und es nicht nur schlichte Bosheit war. Diesmal schwieg sie. Überrascht sah ich sie an. »Das lässt du so stehen?«

»Kommt, zieht Euch an. Ihr habt Gänsehaut.« Erneut reichte sie mir das grüne Kleid.

Eine gefühlte Million Haken, Ösen und winziger Knöpfe später lächelte Santina wieder ein bisschen. »Aber das jetzt werdet Ihr Euch doch hoffentlich ansehen.« Energisch packte sie mich an den Schultern, um mich zum Spiegel herumzudrehen. Seufzend gab ich nach. Das Kleid fühlte sich nicht nur gut an, es saß auch perfekt. Der lange figurbetonte Rock fiel bis zu meinen Knöcheln. Das im Ton etwas dunkler gehaltene Schoßjäckchen war hochgeschlossen, tailliert und mit zierlichen Hornknöpfen versehen. Ich besaß von Natur aus nicht gerade ausgeprägte weibliche Kurven. Meine unfreiwillige Abmagerungskur hatte das nicht besser gemacht. Fran war es jedoch gelungen, mir mit raffiniert angebrachten Abnähern und strategisch gut platzierten Schleifen und Rüschen dennoch eine feminine Silhouette zu verpassen. Der satte dunkle Grünton des Kleides brachte den Glanz meines fuchsroten Haars erst so richtig zum Vorschein, das mir gründlich gebürstet und von allen Haarnestern befreit bis weit auf den Rücken reichte. Widerwillig gab ich zu, dass mir sowohl Schnitt als auch Farbe des Kleides ausgezeichnet standen. Nur mein verloren wirkender Gesichtsausdruck passte nicht dazu. Santina und Fran hatten recht, wie eine Königin sah ich nicht aus. Unwillkürlich richtete ich den Rücken gerade auf.

»Besser.« Santina klatschte erfreut in die Hände. »Nehmt jetzt noch die Schultern zurück, hebt das Kinn und versucht, ein bisschen arroganter zu schauen. Gut. Was meinst du, Fran?«

»Ich finde immer noch, dass sie wie ein Reh aussieht, das vor die Flinte eines Jägers gelaufen ist. Wichtiger als die Körperhaltung ist die innere Haltung.«

»Wir werden auch daran arbeiten.«

»Na dann, viel Vergnügen. Ich habe nur geringe Hoffnung.« Frans Blick, mit dem sie mich im Spiegel von Kopf bis Fuß musterte, war scharf, prüfend und – berechnend? Mir fiel auf, dass sie meine Sneaker besonders gründlich betrachtete, die unter dem Rock hervorlugten. Zugegeben, meine treuen Begleiter hatten ihre guten Tage längst hinter sich gelassen. Wahrscheinlich dachte Fran, dass sie die wunderschöne waldgrüne Kreation beleidigten, die sie für mich erschaffen hatte.

Ein Schnappen ertönte. Santina hatte die Tür des ersten Schrankkoffers geschlossen. Nun zurrte sie den breiten Lederriemen fest, der den Koffer wie ein Gürtel umspannte. Fran löste kopfschüttelnd den Blick von mir und ging zum Bett hinüber, um ebenfalls Kleidung zusammenzulegen. Ein unsichtbares Paar Hände war den beiden dabei behilflich. Santina besaß die Fähigkeit, bis zu drei weitere Personen von sich abzuspalten, die unabhängig von ihr agieren konnten. Eine dieser Manifestationen war ständig sichtbar, die anderen beiden konnte sie nur kurz materialisieren. Sie bezeichnete sich selbst stolz als perfekte Dienerin, und wir hatten mehr als eine Auseinandersetzung deswegen gehabt. Sie war die einzige Freundin, die ich in dieser Welt besaß. Ich wollte nicht, dass sie mich bediente.

Fran war zum Schrank gegangen, um die zierlichen pelzgefütterten Stiefeletten zu holen. »Diese habt Ihr noch gar nicht anprobiert.«

»Das werde ich auch nicht.«

»Sie gefallen Euch nicht?«

»Sie sind aus Leder.«

»Aus was hätte ich sie sonst fertigen sollen?«

Santina verzog verärgert den Mund. »Das ist wirklich ein leidiges Thema.«

Fran sah von ihr zu mir.

»Den Mantel wollt ihr dann wohl auch nicht tragen?« Stirnrunzelnd deutete sie auf das schneeweiße Pelzungetüm, das an einem Bügel an einer Schrankseite hing.

»So ist es.«

Santina ließ den zweiten Schrankkoffer mit einem Knall zuschnappen. Sie sah mich ernst an. »Über diese Sache müssen wir wirklich sprechen.«

»Nein, müssen wir nicht.«

»O doch.« Santinas unsichtbarer Zwilling hatte ebenfalls mit der Arbeit innegehalten. Fasziniert starrte ich das über dem Bett schwebende ordentlich zusammengelegte Kleid an.

»Eure Stoffschuhe sind nicht standesgemäß. Vor allem aber schützen sie Eure Füße nicht vor Erfrierungen.«

»Standesgemäß interessiert mich nicht. Und am Königshof ist es mehr als warm. Du selbst hast mir das gesagt.«

»Das stimmt. Vorher müsst Ihr aber erst die Reise hinter Euch bringen.«

Ich konnte hören, wie Santinas Geduld mit jedem Wort mehr bröckelte, doch ich konnte mich noch nicht geschlagen geben. »Wenn nicht gerade eine Schneewanderung vor mir liegt, ist auch dieser Einwand irrelevant.«

Santinas Gesicht verdüsterte sich, und auf einmal wirkte sie nicht mehr so sanft und nett, wie ich sie bisher gekannt hatte. »Du musst jetzt endlich Vernunft annehmen, Alice. Das sind keine Schuhe für das Wetter da draußen!«

»Sie haben mich bisher gut durch den Winter gebracht.« Meine Stimme klang zaghafter, als ich es mir gewünscht hätte. Santina hatte mich wieder geduzt, diesmal wurde ich jedoch das Gefühl nicht los, dass es nicht aus Versehen passiert war.

Ein abschätziger Zug legte sich um ihren Mund. »Und das wundert dich nicht?«

»Nein.« Ich lächelte sie sanft an. »Zumindest nicht mehr. Ich könnte wetten, dass du jeden Morgen irgendetwas Magisches mit ihnen machst. Wofür ich dir auch sehr, sehr dankbar bin. Mach es einfach weiter und alles ist gut.«

»Tut mir leid. Damit ist es vorbei.«

»Gut. Dann bekomme ich eben nasse Füße und werde krank.«

»Es ist Zeit, dass du mit diesem kindischen Verhalten aufhörst, Alice.«

Fran kicherte. »Darf ich das auch?«

»Was? Den Mund halten?« Santina fuhr zu ihr herum. Ihre Augen blitzten vor Zorn. »Ja. Das darfst du jederzeit gern. Fang gleich damit an.«

»Oh, ich bin gleich wieder still, keine Sorge. Ich frage mich nur, ob ich Lady Alice ebenfalls duzen darf, so wie du es die ganze Zeit machst.«

Santina presste die Lippen zusammen. Ihr schien es zum ersten Mal an diesem Tag die Sprache verschlagen zu haben. Mein Herz wurde schwer. Sie wirkte gequält, und das war auch kein Wunder. Lady Ellinor hatte ihr mit Sicherheit klare Anweisungen gegeben, was mich betraf. Wie ich schätzte Santina aber auch unsere Freundschaft. Das wusste ich ganz sicher. Wenn es um Ellinor und mich ging, saß sie ständig zwischen den Stühlen. Frans Sticheleien an diesem Morgen hatten es nicht besser gemacht. Ganz zu schweigen davon, wie ich mich verhalten hatte. Ich streckte den Arm aus und berührte sie an ihrem. »Santina …«

Sie entzog ihn mir. »Bitte verzeiht, Lady Alice. Mein Ton war nicht angebracht.«

Mein kindischer Trotz, und ja, nichts anderes war es gewesen, löste sich in nichts auf. »Ach was. Du hast ja recht.« Ich ging zu ihr und wollte sie umarmen. »Und bitte, lass uns einfach beim Du bleiben.«

Santina duldete steif meine Umarmung. Dann trat sie einen Schritt zurück. »Ihr seid meine zukünftige Königin. Ich bin Eure Dienerin. Macht es mir bitte nicht schwerer, als es ohnehin ist.«

»Wir sind Freundinnen, Santina.«

»Nicht mehr.«

Ich lachte unsicher. »Das meinst du nicht ernst.«

»Ihr müsst Euch den Hofsitten anpassen. Wenn man Euch dabei beobachtet, wie Ihr mit Niederen wie Fran und mir auf diese unangebracht freundschaftliche Art verkehrt, wird man Euch als Herrscherin nicht ernst nehmen.«

»Der einzige Grund, warum ich diese Sache mitmache, ist aber doch, dass ihr«, ich wedelte mit den Händen, um das Wort *Niedere* zu umgehen, »dieselben Rechte bekommt wie alle anderen. Ich werde nicht so tun, als ob ich etwas Besseres sei als du oder Fran.«

Santina sah aus, als würde sie mich am liebsten umarmen und gleichzeitig kräftig durchschütteln. »Das müsst Ihr aber. Um etwas im Rat zu bewirken, braucht Ihr die Unterstützung der Edlen. Die bekommt Ihr nicht, wenn Ihr nicht ein paar Eurer Gewohnheiten ändert.«

»Sie werden so oder so mitbekommen, dass ich aus der Anderswelt bin. Bestimmt werden alle verstehen, dass ich anders bin.«

Santina und Fran schüttelten unisono den Kopf.

Ich seufzte tief. »Na gut. Ich gebe mir Mühe, mich königlich zu benehmen.«

Fran betrachtete mich nachdenklich. Zu Santina gewandt sagte sie: »Ich glaube, sie meint es ernst.«

»Es wäre zu wünschen.« Santina nickte langsam. »Gut, dann ist es jetzt Zeit, die Stiefel zu pro…« Ihre Stimme verklang, sie erbleichte.

Ich stand mit dem Rücken zur Tür. Als Santina und Fran nun beide dorthin starrten, drehte ich mich ebenfalls um.

Auf der Türschwelle stand Rodin. Ich musterte ihn mit kaltem Blick und wild pochendem Herzen. Er sah müde aus, war aber frisch rasiert und hatte sich auch umgezogen, was wohl hieß, dass er schon eine Weile im Haus war.

»Lasst mich mit meiner Braut allein.«

Fran eilte ohne ein weiteres Wort zur Tür hinaus.

Santina zögerte, doch dann knickste sie und folgte der Schneiderin. Im Hinausgehen sah sie mich eindringlich an. Ich nickte leicht und hoffte sehr, dass ich die unausgesprochene Botschaft richtig interpretiert hatte.

Die Zimmertür schloss sich leise hinter den beiden Frauen. Die magischen Augen waren weit geöffnet. Sie blickten so aufmerksam, wie ich es noch nie zuvor erlebt hatte. Mit zunehmender Beklommenheit beobachtete ich, wie Rodin quer durch den Raum auf mich zuschlenderte. Er sah aus wie Rodin, er bewegte sich wie Rodin, doch irgendetwas war anders, irritierend anders. Mein Herz klopfte zum Zerspringen. Nur mit Mühe unterdrückte ich den Impuls zurückzuweichen. Einen halben Schritt von mir entfernt blieb er stehen. Ich starrte in die vertrauten Augen und ein Schaudern überlief mich. Bisher hatte ich, wenn ich Rodin angesehen hatte, immer auch ein bisschen etwas von Lewis in ihm erkannt. Alles, was an meinen Kater erinnerte, war jedoch verschwunden und Rodins Blick lag schwer und fremd auf mir.

(K)ein lieblicher Garten

Mühsam öffnete ich die bleischweren Augenlider, kniff sie aber von grellem Licht geblendet gleich wieder zu. Ich fühlte mich benebelt. Hatte ich geschlafen? Und wenn ja, was hatte mich geweckt? Oder war ich sogar bewusstlos gewesen? Auch ohne dass ich mich rührte, sang jeder Knochen, jede Muskelfaser ein Klagelied des Schmerzes. Dazu gesellte sich ein unangenehmer Druck im Kopf. Ich schluckte mühsam. Mein Mund war trocken, die Zunge pelzig. Ich wollte eine Hand schirmend über die Augen halten, ehe ich einen neuen Versuch startete, sie zu öffnen, musste jedoch feststellen, dass es nicht ging. Adrenalin rauschte durch meine Adern und spülte die benommene Schläfrigkeit davon. Ich riss die Augen auf, blinzelte gegen den von der blendenden Helligkeit verursachten Tränenschleier an. Jetzt begriff ich auch endlich, warum ich weder Arme noch Beine bewegen konnte. Dreimal verdammte Drachenkralle! Das war übel. Richtig übel!

Seit meinem Auftauchen aus der Bewusstlosigkeit waren nur wenige Sekunden vergangen, trotzdem war es eine schwache Leistung, dass mir jetzt erst auffiel, in welch bedrohlicher Situation ich mich befand. Und diese sah folgendermaßen aus: Ich hing, kopfüber und verschnürt wie ein Rollbraten, an einem einsamen Baum, in einer mir völlig unbekannten Wüste. Zu allem Überfluss war ich nackt. Entgeistert ließ ich den Blick an meinem schweißglänzenden Körper hinaufwandern. In regelmäßigen Abständen umschlang ein daumendickes Seil meinen Körper. Dessen Ende wiederum war am kräftigsten Ast des Baumes befestigt. Um was für ein Exemplar von Baum es sich handelte, wusste ich nicht. Seine Rinde war aschgrau, die wenigen Blätter hatten sich vor Trockenheit zusammengezogen. Kein Vogel nistete in seiner Krone. Überhaupt herrschte eine unnatürliche Stille. Höchste Zeit, die Fesseln abzustreifen und mich umzusehen. Doch auch das stellte sich als unmöglich heraus. Mit Grauen erkannte ich, dass ich mich in kein einziges meiner Runentiere wandeln konnte.

Eine Rune versagt, wenn die Haut an der Stelle, an der sie sich befindet, verletzt wurde. Läuft es richtig dumm, genügt dafür ein tiefer Kratzer, wonach die Rune an der magischen Familienquelle erneuert werden muss. Ich hob den Kopf und betrachtete meine nackten Beine. Einige meiner weniger wichtigen Tierrunen befanden sich auf Schienbein und Oberschenkel. Sie waren heil. Der einzige andere Grund, der mich daran hindern würde, Magie zu wirken, traf ebenfalls nicht zu. Mein Magievorrat war voll bis zum Anschlag. Ihn zu überprüfen war ein Automatismus. Ich tat es in regelmäßigen Abständen. Vor allem nach dem Erwachen. So war es auch vorhin gewesen, als ich aus der Bewusstlosigkeit aufgetaucht war. Nun horchte ich sehr viel gründlicher in mich hinein.

Es stimmte, in mir war Magie.

Sogar mehr, als ich mir jemals hätte vorstellen können.

Nur besaß ich keinen Zugang dazu.

Keinen.

Zugang.

Bis zu diesem Moment war es mir gelungen, ruhig zu bleiben. Auf einmal wurde ich jedoch von Emotionen überrannt. Ein nie dagewesener Zorn brachte mein Herz zum Rasen. Mir wurde glühend heiß, und das nicht nur innerlich. Es fühlte sich an, als würde meine Haut in Flammen stehen. Ich fletschte die Zähne. Ein Knurren grollte in meiner Kehle. Vor meine Augen legte sich ein blutroter Schleier. Ich bäumte mich in meinen Fesseln auf, sog Luft in meine Lunge, bereit, diesen nie erlebten Zorn in einem Brüllen zu entladen, das die Welt erschüttern würde.

Die Welt erschüttern? Was für ein lächerliches Ansinnen. Ich schätze, das ist dein Anteil in uns.

Jemand hatte in meinem Kopf gesprochen. Mit einem Schlag war der Zorn verraucht, und mit ihm die unangenehmen Begleiterscheinungen. Kein Brennen mehr auf der Haut, kein roter Schleier vor meinen Augen. Ich ließ die Luft aus der Lunge entweichen. Die Stimme war mir vertraut, doch ob das nun gut oder schlecht war, konnte ich nicht sagen. Meine Raserei eben hatte das Seil zum Pendeln gebracht. Während ich hin und her schaukelte, horchte ich, ob die Stimme sich noch einmal meldete. Sie tat es nicht. *Wer bist du?* Doch die Antwort war bereits in mir. Wie reife Äpfel vom Baum, purzelten mir zwei Namen vor die Füße. Myrkur und Rodin. Dieses Wissen erleichterte mich jedoch nicht. Ich atmete flach und viel zu hektisch. Welcher von beiden war ich?

Hast du vergessen, was uns hierhergebracht hat?

Ja. Aber du weißt es?

Es folgte ein tiefer genervter Seufzer. Die Stimme sagte: *Hätte ich geahnt, dass deine Dummheit Teil von mir werden würde …*

Hättest du ein Häufchen Asche aus mir gemacht.

Ich sehe, die Erinnerung kommt ja doch zurück.

Du bis Myrkur. Erleichterung durchflutete mich, weil ich nicht der Drache war. *Und wir hängen … beide hier an diesem Baum.* Diese Erkenntnis ließ mich die Stirn runzeln. *Beide in einem Körper. In meinem Körper.*

Es ist ein bisschen komplizierter als das, aber ja.

Also ist es wirklich mein Körper? Es fühlte sich danach an und gleichzeitig auch nicht.

Verächtliches Schnauben. *Du hast gerade deine Beine betrachtet. Sehen sie aus wie die eines Drachen?*

Nein. Das war eine dumme Frage.

Diese Einsicht verdient eine Belohnung. So viel sei dir also verraten: Wir besitzen zwei Körper. Einen hier in der Geistwelt und einen draußen, in der echten Welt.

Ich runzelte die Stirn. *Ist es beide Male mein Körper?*

Völlig richtig.

Es war unverkennbar, wie viel Vergnügen Myrkur an dieser Unterhaltung hatte, und das war ein schlechtes Zeichen. *Ich kann diesen anderen Körper nicht fühlen.*

Das ist ja das Beste daran.

Nicht für mich. Mein Magen verkrampfte sich.

Nun, ich bin in großmütiger Stimmung, und deshalb sage ich dir, dass du dich für einen Menschen unerwartet gut geschl… Er verstummte, als sich aus dem Nichts heraus ein Spiegel in der Luft materialisierte. Er war oval und groß genug, um den dahinter liegenden Baum halb zu verdecken. Ich betrachtete die Spieglung des nackten Mannes, der mit hochrotem Kopf an einem Seil baumelte. *Willst du mir vor Augen führen, wie kläglich meine Lage ist? Das weiß ich auch so.*

Schweigen.

Oder hast du nichts damit zu tun? Woher kommt der Spiegel?

Abermals schwieg Myrkur.

Ich wurde auf einmal wieder munter. Wenn es nicht das Werk des Drachen war, gehörte er vielleicht zum Ritual. Langsam, ganz langsam lichtete sich der Nebel, der über meiner Erinnerung an die vergangenen Ereignisse lag. Gespannt starrte ich in den Spiegel, und da, von der Mitte ausgehend, wirbelten dunkle Schwaden auf. Sie breiteten sich aus, bis sie die Spiegelfläche komplett verdeckten. In meinem Kopf erklang ein Singen. Es war nicht Myrkur, der diese fremden und dabei wunderschönen Töne produzierte, nein, sie entsprangen … der Quelle der Drachenmagie. Sie waren Drachenmagie!

Eine Szene tauchte in meiner Erinnerung auf, klar und deutlich. Die Drachenhöhle, ich war nackt und hatte gerade etwas getrunken, was einen schauderhaften Nachgeschmack im Mund hinterlassen hatte, bitter und metallisch. Blut, wie ich annahm. Auch damals war das Singen zu hören gewesen. Mit einem Unterschied, wie mir nun klar wurde. Höchstwahrscheinlich lag es daran, dass nun ein Drachenanteil in meinem Körper steckte, denn diesmal hörte ich die Laute nicht nur, sondern begriff auch, was sie bedeuteten. Offenbar hatte die Drachenmagie eine ganz eigene Vorstellung davon, welchem Zweck das Ritual dienen sollte.

Die Stimme verklang und die darauffolgende Stille dröhnte in meinen Ohren. *Hattest du erwartet, dass das Ergebnis so aussehen würde?*

Nein. Doch im Gegensatz zu dir hat mich die Magiequelle nicht in die Bewusstlosigkeit geschickt. Ich hatte Zeit, meine Pläne anzupassen.

Und das war alles, was dir eingefallen ist? Mich nackt an einen Baum zu hängen?

Gefällt es dir nicht? Myrkur lachte spöttisch. *Ich wollte, dass du beschäftigt bist, solange ich mich in der echten Welt an deinen Körper gewöhne.*

Darauf gab ich keine Antwort. Stattdessen dachte ich über das nach, was ich gerade erfahren hatte. Myrkur hatte einen Vorsprung bekommen, doch ich war längst nicht aus dem Rennen.

Die Rauchschwaden im Spiegel gerieten wieder in Bewegung, zogen sich an den Rand zurück. Myrkur schien es auf einmal eilig zu haben. *Ich verlasse dich jetzt. Ach ja, wir haben Sonnenbrand an den Fußsohlen, versuch, dich darum zu kümmern.*

Ich hörte ihm nicht länger zu, denn statt meines Spiegelbilds sah ich nun in ein Zimmer hinein. Es war ein Zimmer zu Hause, bei Ellinor. Drei Frauen befanden sich darin. Santina, Fran und Alice. Sie blickten zur Tür, und mir war auf Anhieb klar, wen sie dort erblickten.

Santina und Fran wirkten erschrocken.

An dem Ausdruck in Alices Augen konnte ich ablesen, wie verletzt sie war, und es zerriss mir das Herz, weil ich zwar in gewisser Weise dort anwesend, jedoch nicht imstande war, mich zu erklären.

Achtung, Drache im Haus

Rodin musterte mich mit schmalen Augen. Nur mit Mühe widerstand ich dem Impuls, mir mit der Hand durchs Haar zu fahren. Ärgerlich, weil ich zugelassen hatte, dass mich sein Auftauchen irritierte, fuhr ich ihn an: »Was gibt es zu gaffen?« Sein Blick glitt an mir hinab und wieder hinauf. Ich stemmte die Fäuste in die Hüften, um die Unsicherheit zu verbergen, die mich umfing. »Dir ist hoffentlich bewusst, wie unhöflich dein Verhalten ist?«

Er nickte mit hochzufriedener Miene. »Du bist perfekt.«

Unwillkürlich huschte mein Blick zum Schrank, dessen eine Tür ein hoher schmaler Spiegel zierte. Er zeigte mir das gewohnte Bild, ich war zu dünn, zu blass, mit dunklen Schatten unter den Augen. Was bitte war daran perfekt? Doch war es überhaupt ein Kompliment gewesen? Sehr viel wahrscheinlicher hatte er auf die Ähnlichkeit mit der ehemaligen Königin Wynterhaavs angespielt. Rodin hatte mich bisher nur in den Secondhandklamotten gesehen, die ich zu Hause trug. Das knöchellange, edel bestickte Samtkleid, in das Fran mich gesteckt hatte, war jedoch von exquisiter Machart. Jede Frau würde darin etwas Königliches ausstrahlen, und ich hatte dazu noch das passende rote Haar. Kein Wunder also, dass er so zufrieden wirkte wie ein Kater vor dem vollen Sahneschälchen. Und dieser Gesichtsausdruck stand ihm verteufelt gut. Ärger wallte in mir auf. Was war nur los mit mir? Er hatte mich verschleppt und frech behauptet, es sei zu meinem Besten gewesen. Dennoch hatte ich ihm mein Vertrauen geschenkt. Bei unserer letzten Begegnung hatte er dann sein wahres Gesicht gezeigt. Wenn ich ihn zu irgendeinem Zeitpunkt mal gemocht haben sollte, war das seit dem Moment vorbei, als er mich in die Verlobung mit ihm gezwungen hatte.

»Du wirkst verärgert.« Rodin musterte mich mit zur Seite geneigtem Kopf.

»Und das wundert dich?«

»Eher amüsiert es mich. Was hat er angestellt?«

Ich sah ihn irritiert an. »Wer?«

Rodin schwieg einen Moment, dann brach er in schallendes Gelächter aus. Es dauerte eine Weile, ehe er sich beruhigte. »Es ist wirklich nicht ganz so, wie ich erwartet hatte.« Mit diesen Worten drehte er sich zum Schrank, um in den Spiegel zu blicken. Ich wiederum starrte ihn an. Wo war der schwarze Lederhandschuh, den er immer trug? Auf einmal kam mir das Heulen, mit dem der Wind ums Haus strich, wie ein böses Omen vor. Als Rodin endlich wieder sprach, klang ein feierlicher Ernst in seiner Stimme mit. »Nein. Es ist wirklich ganz und gar nicht so, wie ich erwartet hatte, es ist … besser.«

Ich musterte seinen Hinterkopf. »Was ist passiert, während du weg warst? Bist du irgendwie auf den Kopf gefallen?«

Rodin drehte sich um und kam mit energischem Schritt zu mir. Eine Gänsehaut überlief meinen ganzen Körper, als sich unsere Blicke trafen. Unwillkürlich wich ich vor ihm zurück. »Etwas ist anders an dir.«

»Und ist das etwas Gutes?«

»Ich weiß es nicht.« Je länger ich Rodin in die Augen sah, desto stärker wurde das Gefühl, mich im falschen Film zu befinden. Mir schoss ein Gedanke durch den Kopf, und ehe ich darüber nachdenken konnte, platzte es aus mir heraus. »Du bist nicht Rodin.«

Er reagierte weder belustigt noch verärgert. »Woran hast du es erkannt?«

Also hatte ich recht gehabt? Shit! Und jetzt? Meine Gedanken rasten. In der ersten Zeit in Wynterhaav hatte eine Art geistiger Schleier, den Ellinor um meinen Geist gelegt hatte, verhindert, dass ich die Umgebung sah, wie sie in Wirklichkeit war. Auf Rodins Anweisung hin hatte seine Schwester es rückgängig gemacht. Seither hatte ich mit den unzähligen *Wundern* dieser Welt Bekanntschaft geschlossen, und es gab nichts, was ich ausschließen würde. Auch nicht, dass ein Fremder sich als Rodins Doppelgänger auf das

Anwesen geschlichen hatte. Und jemand, der so etwas tat, hatte bestimmt nichts Gutes im Sinn. Die gewohnte Panik wollte in mir aufsteigen. Wie ich es vor langer Zeit gelernt hatte, zählte ich langsam meine Atemzüge.

Der falsche Rodin lächelte mich gewinnend an. »Und jetzt sag es mir. Woran hast du gemerkt, dass ich nicht er bin? Das ist von großem Interesse für mich, denn ich werde in Zukunft noch mehr Menschen täuschen müssen.«

»Der Ausdruck in deinen Augen.«

»Natürlich.« Er wirkte erfreut. »Augen lügen nicht, sagt man nicht so in deiner Welt?«

Meine Stimme zitterte. »Das … das stimmt.«

Eben noch hatte er so ausgesehen, als sei ihm unverhofft die ganze Welt in den Schoß gefallen, von einem Augenblick zum anderen zogen sich jedoch seine Mundwinkel nach unten. »Du bist viel zu leicht aus der Fassung zu bringen. Daran musst du arbeiten, wenn du Königin sein willst.«

»Mit der Ansicht stehst du nicht allein.« Ich schluckte. »Wo ist der echte Rodin?«

Er tippte sich lächelnd an die Stirn. »Hier drinnen.«

Entsetzt riss ich die Augen auf. War Rodin der Wirt eines irgendwie gearteten magischen Parasiten geworden? Ich stellte die Frage nicht laut, da dieses Etwas es mit Sicherheit nicht mögen würde, ein Schmarotzer genannt zu werden. Bei seinem Eintreten war ich zornig auf ihn gewesen. Nun wollte ich nur noch, dass er wieder er selbst war. »Bitte erklär mir, wie das gemeint ist.« Zur Erklärung tippte auch ich mir an die Stirn.

»Du hast alles erfahren, was du wissen musst. Wir gehen.« Mit einer knappen Geste winkte er mich zu sich. »Hopp!«

»Ich bleibe hier. Außer du nennst mir einen sehr guten Grund.«

»Du willst mit mir diskutieren?«

Nicht nur in meiner Stimme lag ein Zittern, auch meine Knie waren weich geworden. Ich verschränkte die Hände, in der Hoffnung, mir dadurch irgendwie selbst Halt zu geben, und reckte das Kinn. »Freiwillig komme ich jedenfalls nicht mit.«

Mit zwei Schritten war er bei mir. Er packte mich am Handgelenk. Sein Griff war nicht schmerzhaft, aber doch zu fest, um mich befreien zu können. »Braucht meine kleine Frau etwas Führung? Da bin ich gern behilflich.«

Der Zorn über sein widerliches Machogehabe verlieh meiner Stimme Festigkeit. »Lass mich los!« Ich trat mit aller Kraft gegen sein Schienbein. Er schien es gar nicht zu bemerken. Unerbittlich zog er mich hinter sich her zur Zimmertür.

»Also gut, ich komme mit. Sag mir aber wenigstens, wo du mit mir hinwillst?!«

»Zu meiner Höhle natürlich.«

Zu seiner Höhle. Natürlich. Wohin denn auch sonst. Panik und Zorn hielten sich inzwischen die Waage. Das kam meiner Stimme zugute, die dadurch endgültig zu normaler Lautstärke zurückgefunden hatte. »Von was für einer Höhle sprichst du? Und warum muss ich mitgehen? Was willst du eigentlich von mir?«

»Sei still jetzt!« Wir waren an der Zimmertür angelangt.

Die magischen Augen sahen uns aufmerksam an, wirkten dabei jedoch nicht ängstlich. Gut so!

Mit fester Stimme sagte der falsche Rodin: »Öffne dich!«

Nichts geschah.

Innerlich stieß ich einen erleichterten Seufzer aus. Vielleicht kam ich um diesen unwillkommenen Ausflug zu seiner Höhle herum. Moment mal – seine Höhle? Mein Herz hatte zuvor schon heftig geklopft, nun sprang es mir fast in den Hals hinauf. Die einzige Höhle hier in der Gegend, von der ab und zu gesprochen wurde, war die Drachenhöhle. Doch da war noch mehr. Er hatte sie seine Höhle genannt. »Du willst mich zum Drachen bringen?« Die Frage danach, ob er selbst der Drache war, brachte ich nicht hervor.

Der falsche Rodin warf mir einen Seitenblick zu, antwortete aber nicht. Seine gesammelte Konzentration galt der Tür. »Ich werde dich zerstören, wenn du nicht gehorchst. Öffne dich!«

Tu es nicht! Stumm flehte ich die Magie an.

Die Tür blieb zu. Sämtliche magischen Augen, bis auf eins, schlossen sich langsam, und dieses eine offene Auge blickte ebenfalls ausgesprochen schläfrig. Die Botschaft war klar, Fake-Rodin konnte sich seine Drohung sonst wohin stecken. Ich formte mit den Lippen ein lautloses Danke.

Er fuhr zu mir herum. »Hast du der Tür befohlen, sich mir zu widersetzen?«

Erschrocken sah ich zu dem falschen Rodin. Er musterte mich so zornig, dass mir ganz schwach wurde vor Angst. »Ich kann der Magiequelle nicht befehlen. Ich habe mich nur bei ihr bedankt, und das kannst du mir nicht vorwerfen.« Ich warf einen bezeichnenden Blick auf seine Hand, mit der er mein Gelenk immer noch fest umklammerte.

»Dann blockiert die schwarze Hexe die Tür.« Er drehte den Kopf hin und her, beäugte jede Zimmerecke und richtete seine Aufmerksamkeit schließlich auf die Stelle links neben der Tür. »Ah, da bist du ja. Zeig dich, Dienerin!«

Auf den ersten Blick war dort nichts zu sehen. Dann materialisierte sich Santinas Gestalt. Es überraschte mich nicht, sie zu sehen; es war vielmehr genau das, was mir ihr Blick bei Fake-Rodins Eintritt versprochen hatte. Sie zog den Kopf ein und versuchte sich klein zu machen. »Was wünscht Ihr, Herr?«

Der falsche Rodin musterte sie kühl. »Ich nehme an, deine Zweitgestalt ist bei Lady Ellinor und berichtet ihr alles, was hier geschieht?«

Santina nickte zögernd. »Lady Ellinor fragt, ob es ihrem Bruder gut geht?«

»Sag der Hexe, sie soll die Tür öffnen.«

»Sie … sie will erst eine Antwort.«

»Die Tür! Und ich werde mich nicht wiederholen. Anschließend brauchen wir einen Schlitten und sie soll auf ihre magischen Wehre achtgeben. Wie man an meiner Anwesenheit hier sieht, kitzeln sie mich höchstens ein bisschen beim Durchqueren. Alice wird mich jedoch begleiten, und für sie dürfte es tödlich enden, sollte mein Befehl missachtet werden.«

Aus Santinas Hörnern war mittlerweile jeglicher Glanz gewichen. »Ich bitte Euch um eine Antwort, Herr. Lady Ellinor besteht darauf.«

Meine Nackenmuskulatur war unterdessen restlos verkrampft, und Kopfschmerzen kündigten sich an. Ich legte die freie Hand auf Fake-Rodins Unterarm. »Ich schlage vor, du und die schwarze Hexe«, bei diesem Wort lächelte ich schwach, »gebt abwechselnd ein Stück nach. Derjenige, der weniger zu verlieren hat, fängt an.« Ich sah ihn offen an. »Das wärst dann du.«

Fake-Rodin hob eine Augenbraue.

»Bitte.«

»Wie diplomatisch du sein kannst. Sogar wenn du vor Angst bebst.« Er lächelte, doch seine Stimme war kalt, als er zu Santina sagte: »Im Augenblick hängt dein Herr nackt an einem Baum. Er hat Durst und ihm brummt der Schädel. Vermutlich bekommt er bald einen Sonnenstich. Ach ja, seine Selbstheilung ist ausgeschaltet. Je schneller ich an mein Ziel komme, desto eher werde ich ihn aus dieser Lage befreien.«

Santina riss die Augen auf. »Das kann nicht sein. Dies hier ist sein Körper, sonst hätte die Magiequelle Euch nicht …«

»Es ist sein Körper. Und den Rest musst du nicht verstehen. Ich nehme an, deine Herrin wird wissen, wovon ich spreche.«

Santinas Blick wurde abwesend, dann nickte sie langsam.

»Sag ihr noch eins. Es wäre besser, sie würde ihre Magiequelle gut im Auge behalten. Mich anzugreifen ist eine schlechte Idee, nicht nur, weil dieser Körper mit jeder Faser der deines Herrn ist. Auch dem anderen Rodin geht es immer genauso gut oder schlecht, wie es mir geht. Noch bin ich nicht übermäßig zornig. Aber bald werde ich es sein. Und dann wird sich seine Lage verschlechtern.«

Mein Blick huschte abwechselnd von Fake-Rodin zu Santina und zurück. Ich kapierte gar nichts. Meine Freundin aber auch nicht, wie ich ihrem Gesichtsausdruck entnahm.

»Was macht der Schlitten?«

»Er fährt jeden Moment vor.«

»Wunderbar. Wer öffnet nun diese Tür? Ich mit Gewalt oder Ellinor mit Klugheit?«

Santina presste sich an die Wand. Ihre Stimme war dünn und zitterte. »Lady Ellinor hat noch eine Frage, darf ich sie stellen?«

Ich spürte, wie Fake-Rodin aufbrausen wollte. Sanft drückte ich seinen Arm. »Du machst uns Angst.«

Er atmete lange aus. Zu meiner Überraschung wurde seine Stimme sanft. »Also gut. Stell deine Frage.«

Santina sprach hastig. »Was können wir Euch anbieten, damit ihr Lord Vertanen gehen lasst?«

»Es gibt in diesem Haus nichts, was ich begehre, außer …«, er wirbelte mich herum und umschlang meine Taille mit seinem Arm, »außer vielleicht einen Kuss von der zukünftigen Königin.«

Mein Instinkt warnte mich davor, ihm als das scheue Reh entgegenzutreten, das Fran vorhin in mir gesehen hatte. Außerdem hatte Fake-Rodin schon bewiesen, dass er Mut zu schätzen wusste. Er wollte eine Königin? Er sollte sie bekommen. Ich sah ihm direkt in die Augen. »Wo sind deine Manieren? Stell dich gefälligst erst einmal vor.«

Um seine Mundwinkel zuckte ein amüsiertes Lächeln. Es verriet mir, dass ich den richtigen Ton getroffen hatte. »Du bist ja gar nicht der Hasenfuß, als den du dich vorhin ausgegeben hast.«

»Oder vielleicht ist es auch einfach nur mit deiner Menschenkenntnis nicht so weit her, wie du denkst?«

»Du gefällst mir immer besser.«

»Umgekehrt gilt das leider nicht.«

Er schmunzelte, und dann ließ er mich tatsächlich los. Er entfernte sich sogar ein paar Schritte von mir, ehe er sich tief verneigte. »Mein Name ist – Myrkur.« So, wie er das gesagt hatte, hörte er in seinem Kopf bestimmt einen Trommelwirbel. Erwartungsvoll sah er mich an.

Oh! Auf einmal hatte ich einen sehr trockenen Mund. Es war also wirklich der Drache, der sich aus irgendeinem Grund Rodins Körpers bemächtigt hatte. »Du besitzt den schönsten Namen, den ich je gehört habe.« Das empfand ich wirklich so. Was mich hingegen überraschte, war, dass daran nicht noch eine Folge von mindestens zehn weiteren Namen hing, samt dem dazu passenden hochtrabenden Titel, wie Bewahrer des Feuers und Ähnliches. Allerdings hatte ich keine Ahnung, ob er überhaupt Feuerspeien konnte. »Ich habe so viele Fragen …«

»Eine lobenswerte Eigenschaft.«

Plötzlich musste ich lachen. »Das hat wirklich noch nie jemand zu mir gesagt. Und meistens ist es eine sehr zähe Angelegenheit, an Antworten zu kommen.«

Myrkur sah mich ernst an. »Ist der Höflichkeit nun Genüge getan?«

Ich spürte, wie mir ein kalter Stein im Bauch wuchs. »Du willst den Kuss.«

Sein Blick tauchte tief in meinen. »Mehr als alles andere.«

»Und dann gibst du Rodin frei?«

Myrkur zögerte.

»Oder machen wir es andersherum. Erst lässt du ihn frei, dann küsse ich dich. Kurz. Und ohne Zunge.«

Ein amüsiertes Lächeln kräuselte seine Mundwinkel. »Selbst ein so keuscher Kuss würde mich zutiefst erfreuen.« Bedauernd fügte er hinzu: »Leider wird nichts aus unserem Geschäft.«

Der Stein in meinem Bauch wurde größer, wuchs, drängte das Herz gegen die Rippen, gegen die es schmerzhaft schlug. »Also gut, dann küssen wir uns eben richtig.«

»Nein!« Plötzlich klang er wütend.

Unsicher sah ich ihn an. »Ist es nicht das, was du wolltest?«

»Nein. Doch.« Er schoss mir einen ärgerlichen Blick zu. »Ich habe es mir anders überlegt, und fertig.«

»Aber …«

»Kleine Frau, ich würde gern darauf verzichten, dich den ganzen Weg zu meiner Höhle hinter mir herzuzerren. Kommst du nun freiwillig mit?«

Ihm war wohl entgangen, dass die Tür nach wie vor geschlossen war. Das eine offene Auge folgte unserem Wortwechsel mit offenkundigem Interesse. Ich hob das Kinn. »Was ist mit Rodin?«

Er sah mich finster an. »Du gibst wohl keine Ruhe?«

Ich schüttelte den Kopf.

»Ich hatte nie vor, ihn zu diesem Zeitpunkt schon freizugeben.«

»Dann wolltest du mich anfangs …«

»Betrügen, ja.«

»Und du hast es dir anders überlegt, weil …?«

»Ich unsere Bekanntschaft nicht mit einer Lüge beginnen will.«

»Oh.«

Leise und mit einschmeichelndem Ton fügte er hinzu: »Ich habe mich niemals einer Frau aufgezwungen. Und ganz bestimmt möchte ich nicht ausgerechnet bei dir damit beginnen.« Er wandte sich erneut zur Tür. »Öffne dich!« Beim Klang von Myrkurs donnernder Stimme wäre sogar ich am liebsten losgelaufen, um etwas, irgendetwas für ihn zu erledigen. Gebannt starrte ich zur Tür. Die Augen waren alle weit aufgerissen und richteten sich konzentriert auf Myrkur. Ein Beben lief durch das Haus. Sämtliche Fensterläden schlugen zu. Santina rannte zu mir und klammerte sich zitternd an mich. Sie flüsterte mir ins Ohr. »Lady Ellinor wird ihn nicht hinauslassen.«

War das nun Pech oder Glück? Da ich nicht im Entferntesten ahnte, was mich in der Drachenhöhle erwartete, konnte ich es nicht sagen.

»Lady Ellinor wird uns vor ihm beschützen.«

Ich hatte keine Zweifel, wenn es um Santina ging. In meinem Fall hätte ich jedoch nicht darauf gewettet. Vielleicht fand Lady Ellinor sogar, dass sich ihr hier eine gute Gelegenheit bot, mich loszuwerden.

Verhandeln

Der Spiegel erlaubte mir, alles zu sehen, was auch Myrkur in der echten Welt sah. Leider hatte ich keinen Einfluss darauf, wohin der verfluchte Drache den Blick richtete. Im Augenblick starrten wir die Zimmertür an. Ich bekam nur in Fetzen mit, was Myrkur dachte. Dafür hörte ich jedes Wort, das gesprochen wurde. Vor allem der Ausdruck in den magischen Augen verriet, wie ernst die Lage für die beiden Frauen war. *Ich werde dir helfen.*

Als hätte ich deine Hilfe jemals gebraucht.

Erleichterung überkam mich, weil ich Myrkur auf der anderen Seite des Spiegels tatsächlich erreichen konnte. *Wie ich es sehe, stecken wir beide fest. Natürlich brauche ich deine Hilfe mehr als du meine. Dennoch, wenn ich kann, helfe ich gern.*

Schmiert mir da jemand Honig ums Maul?

Alice hast du eben in einer ähnlichen Situation diplomatisch genannt.

Erinnerst du dich an diesen einen Besuch in der Höhle, als ich dich zu meiner kleinen Orgie einlud? Und ob ich mich daran erinnerte! Ich erinnerte und verfluchte mich gleichzeitig. Mit meinen Träumereien von Alice hatte ich dafür gesorgt, dass der Drache auf sie neugierig geworden war. Es war mir damals schon klar gewesen und hatte sich in den vergangenen Minuten bestätigt. Myrkur hatte seine Frauen nie schlecht behandelt, das musste ich ihm zugutehalten. Alice begegnete er jedoch mit Achtung und ehrlichem Interesse. Das war neu. Und besorgniserregend. *Worauf willst du hinaus?*

Du hast den Gesang der Drachenmagie gehört. Alice ist elementar wichtig, um unser Ziel zu erreichen.

Unser Ziel?

Mich auf den Thron zu setzen. Nach kurzem Zögern fügte er hinzu: *An Alices Seite.*

Ich lachte auf. *Haben wir wirklich dieselben Worte gehört?*

Kurz herrschte nachdenkliche Stille. *Nicht unbedingt.*

Dann lass uns das klären. Der Spiegel sagte, dass wir zusammenarbeiten müssen, um Wynterhaav zu seiner rechtmäßigen Königin zu verhelfen. Königin und nicht König, verstanden?

Myrkur gab einen Laut des Unbehagens von sich. *Ich hatte nicht das Gefühl, dass damit Alice gemeint war.*

So hatte ich es auch empfunden, doch das war bestimmt eine Missinterpretation. Es konnte niemand anderes als Alice gemeint sein. Der Spiegel hatte nämlich auch davon gesprochen, dass die Magie selbst in Gefahr sei. Malena trieb diese Gefahr an, und damit war es unmöglich, dass sie gemeint sein könnte. Nein. Es konnte nur Alice sein. Alles andere ergab keinen Sinn.

Wie auch immer. Im Augenblick stehe ich ziemlich dumm vor einer Tür, die ich nicht öffnen kann.

Dann *willst du verhandeln.*

Myrkur knurrte etwas, das ich als Ja interpretierte.

Lass mich in meinen Körper. Ich weiß, wie man mit Ellinor reden muss.

Nein.

Ich hatte nicht damit gerechnet, dass er schnell zustimmen würde. *Im Ausgleich für meine Hilfe gibst du mir den Zugang zu meiner Magie zurück.*

Es ist nicht mehr allein deine Magie.

Ich weiß.

Was du nicht weißt, ist, dass Adlon sich in diesem Augenblick mit hundert Grauen an der Grenze zum Anwesen positioniert. Er steht kurz davor, sich an Ellinors Wehren zu probieren.

Das waren besorgniserregende Neuigkeiten. Wenn sie stimmten. Myrkur war und blieb ein Lügner. Das durfte ich nie vergessen. *Das weißt du woher?*

Ich habe natürlich auch Kontakt zu meinem Drachenkörper.

Doch Myrkurs Laune war nicht um einen Deut besser als meine. Ich spürte seinen Ärger und den Frust über diese ganze vertrackte

Situation so intensiv, als wären es meine eigenen Gefühle. Und im gewissen Sinne waren sie das ja auch. *Wenn Adlon sich anstrengt, gelingt es ihm über kurz oder lang, Ellinors Wehre zu überwinden. Vor allem, da meine Schwester von der Auseinandersetzung mit dir abgelenkt ist.*

Was du nicht sagst.

Lass den Spott und arbeite mit mir an einer Lösung! Von einem Moment auf den anderen wurde ich von heftiger Frustration erfüllt. Der Zorn folgte auf dem Fuß. Ich wusste, dass der Drachenanteil in mir diese Gefühle ausgelöst hatte, und konnte mich dennoch nicht davon abgrenzen. Meine Laune verfinsterte sich in Furcht einflößendem Tempo, bis ich wieder wie ein Irrer an den Fesseln zerrte und mir die Seele aus dem Leib brüllte.

Während ich austickte, wie Alice es genannt hätte, beobachtete ein anderer Teil von mir das Geschehen in völliger Gelassenheit. Da! Da musste ich hin. Mit dieser Ruhe musste ich mich identifizieren und nicht mit dem rasenden Bündel Fleisch am Baum. Ich besann mich darauf, wie geübt ich darin war, meinen Geist auf mehreren Ebenen zu balancieren. Alles, was ich tun musste, war, dorthin zu wechseln, wo diese herrliche Ruhe herrschte. Endlich gelang mir das Kunststück. Es war ein Gefühl, als würde ich aus einem blubbernden Lavasee steigen und kopfüber in ein kühles Wasserbecken springen. Ich war wieder da.

Anerkennend sagte Myrkur: Du kannst denken, während du in Raserei verfallen bist.

Du etwa nicht?

Der Drache kicherte. *Da bin ich wie ein offenes Buch für ihn, und dann stellt sich heraus, dass er nicht darin lesen kann.*

Worauf willst du hinaus?

Für dich und die meisten Menschen ist Zorn etwas Schlechtes. Sie versuchen ihn abzuwehren, treten in einen Krieg mit sich selbst. Ich dagegen erkenne sein Potenzial. Und nutze es. Zorn ist Energie. Wenn ich wütend bin, denke ich schneller, klarer.

Das ist ein kluger Ansatz.

Er schnaubte. *Und wieder einmal haben wir festgestellt, wie sehr ich dir überlegen bin. Wirst du mir nun verraten, wie diese Tür zu öffnen ist?*

Sobald ich nicht mehr am Baum hänge. Der wütende Teil von mir hatte sich mittlerweile ausgetobt. Schweiß rann meinen Körper hinab, brannte mir in den Augen. Trotzdem konnte ich sehen, dass sich etwas im Spiegel tat. Alice, die ich bisher nicht hatte sehen können, da Myrkurs Blick immer noch auf die Tür gerichtet war, trat nun vor ihn. Sie wirkte angespannt. »Er ist völlig weggetreten.« Alice schnippte mit dem Finger von Myrkurs Gesicht. »Hallo? Jemand da?«

Myrkur stieß einen lautlosen Fluch aus. Auf der anderen Seite des Spiegels hob er den Zeigefinger an die Lippen und bedeutete Alice damit, still zu sein. Sie wirkte verständlicherweise ratlos, nickte jedoch.

Also gut! Ich lasse dich in deinen Körper zurück. Aber nur so lange, bis du die Tür geöffnet hast. Mach keinen Ärger, verstanden?

Vor Aufregung machte mein Herz einen Doppelschlag. *Du kannst dich auf mich verlassen.*

Doch Myrkur zögerte noch immer. *Ich traue dir nicht.*

Weil du von dir ausgehst. Weil du an meiner Stelle lügen und sogar morden würdest, um diesem verdammten Baum zu entkommen. Aber du kennst mich, Myrkur. Ich stehe immer zu meinem Wort. Es wäre gegen meine Werte, dich zu betrügen.

Pah! Werte.

Ich lächelte, weil ich spürte, dass ich ihn beinahe hatte. *Nach ihnen zu leben macht mich als Person aus.*

Geschwätz.

Ich sagte, *das kannst du gern so sehen. Von mir aus. Dann starren wir die Tür eben noch ein bisschen länger an.* Dann verfiel ich in Schweigen, konzentrierte mich auf das Brennen an den Fußsohlen, auf die Schweißtropfen, die kitzelnd in meine Ohren liefen, auf meine trockenen aufgesprungenen Lippen und das mittlerweile beinahe unerträgliche Durstgefühl. Das Einzige, woran ich nicht dachte, nicht denken wollte, war Alice. Erstaunlicherweise war ein hartnäckiger Teil in mir nach wie vor voller Hoffnung, dass aus all dem am Ende etwas Gutes für ganz Wynterhaav entstehen würde.

Einverstanden.

Adrenalin flutete meinen Körper. *Du bist der klügste Drache, den ich kenne.*

Ich spürte, wie Myrkur die Augen verdrehte. *Dann komm jetzt.*

Ich starrte in den Spiegel, der schwarz wurde, und spürte gleichzeitig, wie Myrkur mir Platz machte. Gleich wäre er derjenige, der hier am Baum hing. Meine vertraute Runenmagie war mir wieder zugänglich, die Selbstheilung fing mit ihrer Arbeit an, vertrieb die Schmerzen. Sofort aktivierte ich meine Falkenrune. Das Seil fiel von mir ab.

Myrkur war nun mit mir hier in der Wüste. Er schrie vor Wut. *Das war nicht abgemacht, dass du dich befreist.*

Ich war schon in die Schwärze des Spiegels getaucht. Auch für dich ist es aber doch gewiss netter, als Vogel im Schatten des Baumes sitzend auf mich zu warten, als an diesem verfluchten Seil zu hängen. Lang und tief sog ich Luft in meine Lunge. In meine Lunge! Ein zufriedenes Lächeln umspielte meine Lippen.

»Er hat sich bewegt.« Das war Santinas Stimme.

»Und er lächelt«, sagte Alice.

Die beiden Frauen standen unmittelbar vor mir. Alice betrachtete mich forschend. Plötzlich ging ein Strahlen über ihr Gesicht. »Du bist es, nicht wahr?«

Ohne nachzudenken, schlang ich die Arme um sie, zog sich an mich und vergrub die Nase in ihrem Haar.

Alice schmiegte sich an mich. Sie seufzte. »Geh nicht wieder weg.«

»Das muss ich leider. Ich habe mein Versprechen gegeben.«

»Dann brich es.«

Ich legte einen Finger an ihr Kinn und hob ihren Kopf an, damit ich ihr in die Augen sehen konnte.

Sie seufzte erneut. »Das meine ich nicht so. Natürlich musst du dein Versprechen halten. Aber kannst du wenigstens ein bisschen bleiben?«

Myrkur und ich hatten keine Zeit ausgemacht. Das wurde ihm und mir gleichzeitig klar.

Denk nicht einmal daran!

Ach komm, eine kleine Atempause habe ich mir verdient, oder?

Hast du Adlon vergessen?

Das war natürlich der wahre Grund, warum er sich letzten Endes auf das Wagnis dieses Tausches eingelassen hatte. Er wusste, dass ich Ellinors versteckte Kinder nie in Gefahr bringen würde. Es gab allerdings eine Frage, die ich stellen musste, wenn ich meinen Seelenfrieden zurückbekommen wollte. Ich blickte Alice tief in die Augen. »Bist du sehr wütend auf mich?«

»Ja.« Sie grinste schief. »Gleichzeitig bin ich froh, dass es dir gut geht.« Ihre Wangen zeigten eine zarte Röte. Sie biss sich auf die Lippen, dann stellte sie sich auf die Fußspitzen und gab mir einen Kuss auf die Wange. »Ich glaube, ich weiß, warum du mich in diese Heiratssache gedrängt hast. Es war deine einzige Chance, Myrkur als Verbündeten zu gewinnen, oder?«

Ich erkannte in Alices Augen ihre Bereitschaft, nach jedem Strohhalm zu greifen, der es ihr erlauben würde, mir zu verzeihen. Völlig überwältigt vor Glück, weil ich doch nicht alles zwischen uns zerstört hatte, konnte ich nur nicken.

Schweren Herzens wandte ich mich an Santina. »Ich nehme an, Ellinor ist nicht im Haus.«

»Sie ist im Wald. Man hat ihr gemeldet, dass ein Rudel der Grauen auf dem Weg ist.«

»Sag ihr, dass Myrkur sich in wenigen Minuten um das Problem kümmern wird.«

Santina sah mich lange an. Anfangs wirkte sie noch voller Misstrauen, doch dann entspannte sie sich sichtlich. »Ihr seid es wirklich, nicht wahr, Lord Vertanen?«

»Ja.«

»Auf Lady Ellinors Wunsch werde ich Euch dennoch eine Frage stellen. Ihr müsst unmittelbar antworten. Wenn Ihr auch nur einen Herzschlag lang zögert, sieht sie es als Beweis dafür, dass immer noch der Drache in Eurem Körper steckt.«

»Einverstanden.«

»Was für ein Gegenstand aus der Anderswelt liegt in der Schublade Eures Nachtti…?«

Ich fiel ihr mit einem Lächeln ins Wort. »Da liegt nur eins. Ein hellblauer Kugelschreiber mit der Aufschrift einer Tankstelle.«

Alice nickte. »Den kenne ich. Ich habe ihn an meinem ersten Tag in Wynterhaav entdeckt, als ich mich in deinem Zimmer umgesehen hatte. Ich dachte, du seist ein Stalker, weil die Tankstelle ganz in der Nähe meiner Wohnung liegt.«

Ich sah sie zerknirscht an. »War ich in gewisser Weise ja auch.«

Alice winkte ab. »Schnee von gestern.«

Santina strahlte mich glücklich an. »Lady Ellinor fragt, ob Ihr garantieren könnt, dass der Drache hilft.«

»Das kann ich. Sag ihr, dass ich diesen Körper in wenigen Momenten wieder verlassen werde. Ich tue es freiwillig.«

Die Freude schwand aus Santinas Gesicht so schnell, wie sie gekommen war. »Lady Ellinor ist davon nicht angetan.«

»Das spielt keine Rolle, solange sie mir vertraut und tut, um was ich bitte.«

»Es wird so sein.«

»Sag ihr weiter, dass die Kinder die Eichhörnchenrune beherrschen müssen. Ohne Ausnahme! Und du musst eine große Menge Schrumpfungstrank zubereiten. Haltet euch zur Abreise bereit.«

»Könnt Ihr mehr sagen?«

»Ich muss auf unserer Reise an den Hof zunächst noch ein paar Dinge klären. Ihr werdet Nachricht bekommen.«

»Gut. Wann wird der … Drache Euren Körper wieder übernehmen?«

»In wenigen Sekunden.« Ich befahl der Tür, sich zu öffnen, was diese auch prompt tat. Dann drückte ich Alice noch einmal fest an mich, ehe ich in die entgegengesetzte Zimmerecke eilte. Wenn Myrkur zurück war, sollte er sie nicht umarmen. Ich fing ihren Blick auf. »Bis bald.«

Alice lächelte, und ich erkannte, wie sehr sie sich bemühte, zuversichtlich zu wirken. »Ich warte auf dich.«

Pelz muss leider sein

Rodin war nur kurz in seinen Körper zurückgekehrt, doch das hatte offenbar genügt, um Myrkurs Laune in den Keller zu schicken. Auf unserem Weg durch den Korridor und die Treppe hinunter schlug er mit bloßen Fäusten Löcher in die Wände und fegte eine der wenigen Vasen, die das ausgeplünderte Anwesen noch zierten, von ihrem Sockel. Das Haus reagierte darauf mit einem so starken Beben, dass Santina und ich uns mitten auf der Treppe hinsetzen mussten. Erst da beruhigte der Drache sich wieder. Nun standen er und ich uns in der Eingangshalle gegenüber und starrten einander an. Santina, die neben uns wartete, trat unruhig von einem Fuß auf den anderen. Sie hielt den Pelzmantel an die Brust gedrückt, da ich mich nach wie vor weigerte, ihn anzuziehen.

Myrkurs Miene war finster. »Warum bist du so störrisch?«

»Ich bin nicht störrisch. Ich bin konsequent.«

Santina zupfte mich am Ärmel. »Streng genommen gehört der Pelz Lady Ellinor, nicht wahr? Sie hat ihn in Auftrag gegeben und bezahlt. Seht ihn einfach als eine Leihgabe. Somit habt Ihr keine Verantwortung für den Tod der Tiere zu tragen.« Es war ihr dritter Versuch, mir den Mantel aufzuschwatzen.

»So funktioniert das nicht.«

Myrkur zog eine Augenbraue hoch. »Das ist der Grund für deine Weigerung? Dass Tiere gestorben sind?«

»Ich möchte nicht, dass ein anderes Lebewesen für meinen Luxus sterben muss. Warum zum Teufel soll ich mich für diese Einstellung rechtfertigen? Sie ist nicht falsch oder böse. Sie schadet niemandem!«

An Santina gewandt sagte ich: »Wenn Lady Ellinor mir so gern etwas leihen möchte, wie du sagst, dann bring mir doch bitte ihren Wollumhang. Der tut es auch.« Ich hatte es so satt, dieses Thema wieder und wieder diskutieren zu müssen. Da Santina uns auf der Reise an den Königshof nicht begleiten und ihre Magie auffrischen konnte, hatte ich schweren Herzens eingesehen, dass es eine an Fahrlässigkeit grenzende Dummheit wäre, auf meine Sneakers zu bestehen. Für den Pelzmantel gab es jedoch eine Alternative, und weil ich schon bei den Schuhen nachgegeben hatte, hielt ich an meiner Weigerung, ihn anzuziehen, umso hartnäckiger fest. »Ich kann unter den Umhang noch eine weitere Jacke anziehen, falls du dir Sorgen machst, ich könne immer noch frieren.«

»Alice.« Myrkurs Stimme war leise, doch darin schwang eine nicht zu überhörende Drohung mit. »Du ziehst auf der Stelle deinen Mantel an.«

»Ihr solltet Euch wirklich besinnen, Lady Alice. Ihr seht jetzt schon verfroren aus.« Santina trat ganz nah an mich heran. Dabei flüsterte sie mir zu: »Du musst aus der Höhle ein Stück Drachenschuppe mitbringen. Unbedingt!«

»Sprich laut, Dienerin.« Myrkur sah misstrauisch zu uns herüber.

»Ich … ich sagte zu Lady Alice, sie solle Euch nicht reizen, da Geduld nicht unbedingt eine Eurer Stärken sei. War … war das falsch von mir?«

»Das hast du gesagt?« Myrkurs starrte Santina durchdringend an.

Es war höchste Zeit, die Richtung des Gespräches zu wechseln. »In welcher Kleidung ich dich begleite, geht nur mich etwas an. Und jetzt sind wir mit dem Thema durch.«

Santina gab einen resignierten Laut von sich.

»Das bestimmst nicht du.« Mit wenigen Schritten war Myrkur bei uns. Wie zuvor packte er mich am Handgelenk. Er zog mich hinter sich her zur Eingangstür. Dort angekommen, riss er sie weit auf. Eine fiese nasskalte Windböe fegte heulend herein. In Wynterhaav war zwar angeblich der Frühling ausgebrochen, doch gefühlt war es kälter als in all den Monaten zuvor. Unwillkürlich zog ich den Kopf ein.

»Nun, wie hört sich kuscheliges Tierfell jetzt für dich an?«

»Immer noch nach Mord.«

Myrkurs Augen wurden schmal. »Ziehst du den Mantel freiwillig an oder muss ich nachhelfen?«

»Bleib mir ja …«

»Wie du willst.« Er streckte den Arm nach dem Pelzmantel aus, den Santina ihm mit schuldbewusstem Gesichtsausdruck überließ.

Ich schimpfte und schlug um mich, doch Myrkur war zu stark, zu schnell, zu geschickt für mich. Ehe ich es mich versah, steckte ich auch schon in dem verhassten Fellding. Ich wurde hochgehoben. Die Kapuze rutschte mir bis weit über die Augen. Nasse Kälte, schnelle Schritte. Dann endlich gab der verdammte Drache mich frei. Fauchend vor Zorn streifte ich die Kapuze ab. Wir befanden uns im Inneren einer Kutsche, die sich bereits in Bewegung gesetzt hatte. Ich lag auf einer der Sitzbänke. Myrkur hatte mir gegenüber Platz genommen und musterte mich kühl. Möglichst würdevoll richtete ich mich in eine sitzende Position auf. Dann machte ich mich mit zitternden Händen daran, mich aus dem Pelzungetüm zu befreien. Das stellte sich allerdings als nicht ganz so einfach heraus. Wann bitte war es dem verflixten Drachen gelungen, auch noch sämtliche Holzstifte durch die zugehörigen Schlingen zu schieben?

»Sicher, dass du das tun willst?« Myrkur verfolgte meine Bemühungen mit einem boshaften Funkeln in den Augen.

Nein, war ich nicht. Die Körperteile, die im Pelz steckten, waren wohlig warm. Meine Hände jedoch waren jetzt schon eiskalt. Verdammt, es war so verlockend, einfach nachzugeben. Zu Hause war es mir nie schwergefallen, auf Fleisch zu verzichten, und was die Kleidung anbelangte, konnte man für jede Wettersituation leicht auf Kunstfasern ausweichen. Seit ich in Wynterhaav gestrandet war, hatte ich zu meiner Schande eins ums andere Mal mit mir ringen müssen. Wenn dein Magen vor lauter Hunger zu einer Murmel geschrumpft ist, riecht ein Eintopf mit Fleischeinlage unsagbar köstlich. Bisher war es mir gelungen, stark zu bleiben und nicht nur ein Lippenbekenntnis abzugeben. Ich hatte trockenes Brot gegessen oder auf die Mahlzeit ganz verzichtet. Über die Zeit war meine Widerstandskraft zusammengeschmolzen, und für diese Herausforderung heute war mir kaum noch Kraft geblieben. Ich seufzte. »Hör zu, Myrkur, ich möchte niemanden verärgern oder mit meinen Wünschen belasten.

Es macht mir keinen Spaß, zu frieren. Dass ich den Pelz nicht tragen will und mich weigere, Fleisch zu essen, ist eine Frage der Ehre, der Glaubwürdigkeit, auch mir selbst gegenüber. Ich verzichte seit vielen Jahren darauf. Es fühlt sich bereits wie ein Verrat an, diese Stiefel angezogen zu haben. Aber das habe ich eingesehen. Es gibt eben keine Alternative. Beim Mantel allerdings schon. Bitte lass uns umdrehen und Ellinors Wollumhang für mich holen.«

Er musterte mich nachdenklich. »Sind das wichtige Werte für dich, dass du Tieren nicht schaden möchtest?«

»Ja.«

»Ungewöhnlich.«

»Nicht da, wo ich herkomme. Viele Menschen denken so, oder zumindest werden es immer mehr.«

»Aber würden auch viele von ihnen dieselben Entbehrungen ertragen wie du?«

Ich hatte das Gefühl, dass wir nun endlich in ein echtes Gespräch gekommen waren. »Ist im Augenblick doch egal. Ich bin die Einzige, die hier ist. Und mir ist es wirklich wichtig. Würdest du dem Kutscher bitte sagen, dass er umdrehen soll?«

»Das würde das Problem nur verschieben.« Myrkur bemühte sich offenkundig um einen freundlichen Ton. Leider änderte das jedoch nichts für mich, was mir klar wurde, als er fortfuhr. »Spätestens heute Nacht, wenn wir in der Luft unterwegs sind, wirst du den Pelz zu schätzen wissen. Du wirst sogar darum betteln, noch einen zweiten oder sogar dritten zu bekommen.«

Wenn ich auch sonst nichts erreicht hatte, immerhin hatte Myrkur nun bestätigt, dass er Rodins Plan treu bleiben wollte und wir an den Königshof reisen würden. Endlich hatte ich die ersten Knöpfe aufbekommen. Fehlten nur noch ungefähr fünfzehn, was sich angesichts meiner vor Kälte steifen Finger jedoch wie hundert anfühlte. Myrkur beobachtete meine Anstrengung mit mildem Tadel im Blick. »Hör auf meinen Rat und lass ihn an.«

Ich ignorierte ihn.

»Du bist ein Mensch. Du wirst krank werden, wenn du zu sehr auskühlst.«

»Dann lass uns den Wollmantel holen.« Ich zog schniefend die Nase hoch. Verdammt. Der Wind fand aber auch wirklich jede Ritze, um ins Innere der Kutsche zu gelangen. »Bestimmt möchtest du nicht mit einer todkranken Thronerbin am Hof ankommen.«

»Oh, keine Sorge. Sobald ich dich brauche, werde ich dich heilen.«

Ich hatte zwei Drittel der Knöpfe geschafft. »Du machst es einem nicht einfach, dich zu mögen.«

»Es ist mir egal, ob du oder irgendjemand anderes mich mag.«

Empfand er das wirklich so? Ich sah ihn aufmerksam an, doch sein Gesicht war ausdruckslos.

Wir fuhren inzwischen am Waldsaum entlang. In unmittelbarer Nähe flitzten Baumstämme vorbei. Tief hängende Äste kratzten über das Kutschendach. Der Boden war uneben und ich schaukelte auf der Bank hin und her. Mein verräterischer Körper klammerte sich an jedes bisschen der Wärme, die der Pelz ihm schenkte. Mein sturer Kopf wollte dennoch nichts dringender, als den Mantel loszuwerden. Zwei Knöpfe fehlten noch. Myrkur beugte sich zu mir, ein freundliches Lächeln im Gesicht. »Lass mich dir helfen.«

»Ich komme klar.« Mit schmerzenden Fingern schob ich den letzten Holzstift durch seine Schlinge. Zögernd streifte ich den Mantel von den Schultern. Stück für Stück war die Kälte eindringlicher geworden. Nun zog sie mich endgültig in ihre bitterkalte Umarmung.

Mit amüsiertem Ausdruck musterte Myrkur mich. Wir wussten beide, dass ich mich in die Ecke manövriert hatte. »Kalt?«

»Geht so.« Ich hätte mich gern zusammengekrümmt, doch ich richtete mich stattdessen auf. Dumme Idee. Das Kleid verschob sich am Nacken. Nur ein wenig, doch es war mehr als genug, um einem fiesen Kältefinger Einlass zu gewähren, der an meiner Wirbelsäule hinabfuhr. Ich schauderte.

Myrkur beugte sich zu mir. In seinen Augen blitzte es gefährlich. »Würdest du dich bitte kurz erheben?«

Misstrauisch runzelte ich die Brauen. »Wieso?«

»Hintern hoch!« Er beugte sich noch ein Stück vor und griff nach einem Zipfel des Mantels. Mit einem kräftigen Ruck zog er den Pelz unter mir hervor.

Die Stelle, auf der ich gesessen hatte, hatte sich kaum aufgewärmt. Ohne den Pelz unter meinem Hintern war eine Blasenentzündung nicht mehr weit. So etwas war nicht nur schrecklich schmerzhaft, ich wäre auf dem Flug an den Königshof außerdem gezwungen, ständig auszutreten, und mir war klar, dass Myrkur nicht alle naselang für eine Pinkelpause landen würde. Ich sah zu ihm hinüber. Gerade drapierte er den Mantel wie ein Kissen in die Ecke, lehnte sich gemütlich dagegen und schloss die Augen. Der spöttische Ausdruck war aus seinem Gesicht gewichen. Über seiner Nasenwurzel stand eine steile Falte. Vielleicht kämpfte er gerade gegen Rodin an, der versuchte, wieder in seinen Körper zurückzugelangen? Vor Rodin hätte es mir nichts ausgemacht, meine Niederlage einzugestehen. Vielleicht würde er ja seinen Körper gleich wieder übernehmen. Ich wollte versuchen, es noch ein klein wenig auszuhalten. Um mich abzulenken, dachte ich über das nach, was Santina mir auf den Weg mitgegeben hatte. Lady Ellinor wollte also, dass ich eine Drachenschuppe mitbrachte, oder zumindest einen Teil davon. Und es musste heimlich geschehen. Energisch rubbelte ich meine Arme, um sie zu wärmen. Dass mir ständig wichtige Informationen fehlten, um eine Situation zu beurteilen, entwickelte sich zunehmend zu einem ärgerlichen Muster in meinem Leben. Verloren Drachen regelmäßig ihre Schuppen? Und wie groß waren sie?

Myrkur öffnete die Augen und erwischte mich dabei, wie ich ihn anstarrte. Ich lief rot an. So, wie ich ihn einschätzte, deutete er den Blick falsch.

Richtig geraten. Myrkur sah mich mit einem zufriedenen Gesichtsausdruck an. »Rodin gefällt dir.«

»Stimmt. *Rodin* gefällt mir.«

Myrkur ließ sich jedoch nicht provozieren. »Sein Körper ist jetzt mein Körper. Es wäre dumm von mir, würde ich mich über dein Interesse an ihm ärgern.«

Ich verdrehte die Augen. »Denk, was du willst.« Dann sagte ich betont gleichmütig: »Während du geschlafen hast, bin ich in mich gegangen. Ich habe meine Meinung geändert. Bitte gib mir den Mantel zurück.«

»Nein.«

»Aber …«

»Nein!«

Ich hatte mit Spott gerechnet, auch mit Verachtung, jedoch nicht damit, dass er die Rückgabe verweigern würde. »Und weshalb nicht?«

»Bis zur Höhle werden wir noch eine Weile unterwegs sein. Ich möchte, dass du gründlich über deine Situation nachdenkst. Du bist nicht mehr in der Anderswelt. Wenn du hier überleben willst, ist es höchste Zeit, deine kindischen Launen abzulegen.«

Myrkurs Worte trafen mich tief, denn an dem, was er gesagt hatte, war ein wahrer Kern. An Prinzipien festzuhalten war meistens eine gute Sache. In diesem Fall brachte das aber niemandem einen Vorteil. Im Gegenteil, ich verschwendete Kraft in einem Kampf, den ich unmöglich gewinnen konnte. Ein heißes Gefühl der Scham durchflutete mich. »Du hast recht. Mein Verhalten war kindisch.«

Er hob eine Augenbraue. »Du willst also diesen schönen warmen Pelz zurück?«

»Ja.«

»Und du gibst zu, dass dein Verhalten auf Trotz zurückzuführen ist?«

»Ich gebe es zu.« Meine Wangen brannten. »Und du bist ein Ekel!«

»Wenn, dann bin ich ein enttäuschtes Ekel.«

»Weshalb?«

»Du hast zu schnell aufgegeben.«

Überrascht sah ich ihn an. »Was jetzt? Wäre es dir lieber gewesen, ich würde an meinem Trotz festhalten?«

»Das darfst du ganz allein entscheiden.«

»Du nervst.« Ich zerrte an einem Mantelärmel. Erfolglos natürlich. »Nun mach schon, Myrkur, gib mir den verdammten Pelz! I-ich friere mir hier buchstäblich den Arsch ab.«

»Du würdest mir nicht erlauben, ihn warm zu kneten, oder?«

Ich starrte ihn an.

»Schon gut.« Mit dem Seufzen eines zutiefst enttäuschten Mannes reichte er mir den Mantel.

Ich schlüpfte eilig hinein. Es dauerte nicht lange, bis das Zittern aufhörte und ich in köstlicher Wärme schwelgen durfte. Still richtete ich meinen Dank an das unbekannte Tier, das für diesen Luxus gestorben war. Eine Weile herrschte Schweigen zwischen uns. Mir fiel ein, dass Myrkur mir noch eine Erklärung schuldete, warum er es so eilig hatte, zu seiner Höhle zu gelangen. Und vielleicht war es generell gut, dass wir uns ein bisschen kennenlernten, allein weil ich noch herausfinden musste, wie ich an eine Drachenschuppe herankommen konnte. »Darf ich dir ein paar Fragen stellen?«

»Fragen welcher Natur?«

»Ich möchte dich kennenlernen. Also eher persönlicher Natur.«

Zu meiner Überraschung wirkte er darüber erfreut. »Gern. Ich möchte dich nämlich auch kennenlernen.«

»Echt?«

»Weshalb wundert dich das?«

Eine gute Frage. Ich zuckte unschlüssig die Schultern.

»Du hast bereits ein Urteil über mich gefällt. Schade.«

»Hab ich nicht.«

»Aber natürlich. Du hast es gerade bewiesen. Offenbar bist du davon ausgegangen, dass ich mich nicht für dich als Person interessiere.« Er lächelte schief. »Was ganz und gar nicht stimmt. Im Gegenteil. Und das ist noch mehr, was du falsch gefolgert hast.«

»Ach ja? Was noch?«

»Nun, beispielsweise denkst du, es sei etwas Schlechtes, ja, geradezu Bösartiges, dass ich Rodin hier drinnen«, er tippte sich an die Schläfe, »in die zweite Reihe gesetzt habe.«

»Stimmt, das denke ich.«

»Bist du der Ansicht, dass du bereits alle Fakten kennst, die zu dieser Situation geführt haben?«

Es widerstrebte mir, doch schon wieder musste ich zugeben, dass er richtiglag. »Okay. Ich kenne die Fakten nicht. Es gibt jedoch so etwas wie Instinkt. Und der versetzt mich jedes Mal, wenn ich dich ansehe, in Alarmbereitschaft.«

»Was eine angemessene und überaus kluge Reaktion ist.«

»Also liege ich richtig. Du bist für Rodin, für mich und vermutlich für ganz Wynterhaav eine Gefahr, und alles, was du über zu frühes Urteilen gesagt hast, ist nur Augenwischerei.«

Myrkur erhob sich, um sich dicht neben mich auf die Bank zu setzen. Instinktiv rutschte ich zur Seite. Damit hatte ich jedoch nicht nur meinen schönen aufgewärmten Platz aufgegeben, ich fing mir außerdem einen tadelnden Blick vom Herrn Drachen ein. »Lass dich nicht so einfach vertreiben.«

Das war ein Rat, den ich mir merken wollte. Das nächste Mal, wenn er mir zu nahe auf die Pelle rückte, würde er eine ganz neue Alice kennenlernen.

Myrkur saß breitbeinig und leicht vornübergeneigt da, eine Haltung, die ich von Rodin nicht kannte. »Lass mich einige Dinge klarstellen.« Er dachte kurz nach. »Es gab eine Zeit, da waren wir Drachen gezwungen, unsere Kräfte untereinander zu vereinigen. Rodin wusste von dem Ritual, das dazu nötig ist, und kam zu mir, um mich dazu zu überreden, diese Vereinigung mit ihm zu vollziehen.« Er betrachtete die von Narben entstellte Hand. »Rodin war sich darüber bewusst, was es für ihn im schlechtesten Fall bedeuten könnte, dass sein Ich ausgelöscht werden könnte.«

Mir war schon längst klar geworden, dass Rodin mit hohem Einsatz spielen würde, um sein Ziel zu erreichen. Ich nickte Myrkur zu, fortzufahren.

»Zunächst lachte ich ihn wegen seines Ansinnens aus. Dann brachte er jedoch ein paar unwiderstehliche Argumente vor.«

»Hat eines davon zufällig mit dem Thron zu tun?«

»Exakt.« Er lächelte schmal. »Rodins und meine magischen Kräfte sind nun vereint. Bezogen auf die Macht habe ich dadurch kaum mehr als einen Fliegenschiss dazugewonnen, während sich seine Macht vervielfacht hat. Er kann dich jetzt beschützen, was ihm das Allerwichtigste ist.«

»Er will die Thronerbin beschützen, nicht mich.«

Myrkur sah mich irritiert an. »Wo ist der Unterschied?«

»Vergiss es.« Ich hatte keine Lust, ihm das Offensichtliche zu erklären. »Was also ist genau dein Vorteil bei dem Ganzen? Nur der Thron oder noch mehr?«

»Nur der Thron?« Er schenkte mir ein spöttisches Lächeln. »Als dein Ehemann bin ich dem Thron näher als jemals ein Drache zuvor. Das genügt mir völlig.«

Ich runzelte die Stirn. »Wir sind nicht verheiratet.«

»Was?« Zum allerersten Mal wirkte Myrkur unsicher.

»Du sagtest, du als mein Ehemann seiest dem Thron nahe. Aber Rodin und ich sind ja noch gar nicht verheiratet.«

Wie bei einem Kind, dem man die Wahrheit über den Weihnachtsmann eröffnet hatte, zeigte sich zuerst Ungläubigkeit, dann Enttäuschung in seiner Miene.

Sanft fügte ich hinzu: »Bestimmt ist das nur ein Missverständnis zwischen euch.«

Er schüttelte den Kopf. »Du bist nicht von hier und kennst dich nicht aus. Daher musst du es sein, die es missverstanden hat. Wir drei sind verheiratet.«

Wir drei? O Mann! »Dann erklär mir, warum ich erste heute Morgen mein Hochzeitskleid anprobiert habe?«

Die Ungläubigkeit in seiner Miene wich blankem Zorn. »Zeig mir die Tätowierung!«

Ich beeilte mich damit, aus dem Mantelärmel zu schlüpfen. Dann starrten wir gemeinsam auf die spinnenfeinen weißen Linien, die sich von meinem Handgelenk ausgehend an der Innenseite des Unterarms entlang bis zur Ellenbeuge hinauf verästelten. Fragend sah ich Myrkur an. »Und?«

»Deine Rune sieht exakt so aus wie seine.«

»Dann kennst du den Unterschied zwischen Verlobungs- und Vermählungsrune?«

»Nein.« Seine Kiefermuskeln spannten sich an. »Ich habe angenommen, dass er die Wahrheit sagt.« Er rückte von mir ab, drehte den Kopf zum Fenster und starrte hinaus.

Dass Rodin imstande sein sollte, ihn zu täuschen, hatte Myrkur ganz offenkundig schwer getroffen. Eilig schlüpfte ich in den Mantelärmel. »Mir scheint, als könntest du Rodins Erinnerung nicht einsehen oder lesen, oder wie man das auch immer nennen mag, denn sonst wüsstest du, was er damit bezweckt hat.«

»Das ist teilweise richtig. Ich muss aktiv nach etwas suchen, wenn ich etwas erfahren möchte. Bei allem, was die Anderswelt betrifft und seine Erfahrungen dort, ist es besonders schwer. Ich weiß oft gar nicht, nach was ich schauen soll, und wenn ich dann etwas sehe, fehlen mir der Zusammenhang und das Wissen darüber.«

»Dann sprich mit ihm über die Sache mit der Hochzeit. Lass ihn erklären, warum …«

Myrkur winkte ab. Er wirkte auf einmal wieder gut gelaunt. »Wenn ich so darüber nachdenke, gefällt mir die Neuigkeit nicht einmal schlecht. Wir werden die Hochzeitszeremonie einfach abhalten, sobald wir aus der Höhle zurück sind.«

Ich unterdrückte einen Seufzer. War meine Situation nun besser oder schlechter als noch vor fünf Minuten? Ich konnte es nicht einschätzen. »Wie lang noch bis zu deiner Höhle?«

»Wir haben die halbe Strecke geschafft.« Er zögerte, dann sagte er: »Wollten wir uns nicht kennenlernen?«

»Doch!«

»Dann fahr mit deinen Fragen fort.«

»Klar. Sehr gern. Wie siehst du in deiner Drachengestalt aus?«

»Das ist unmöglich zu beschreiben.«

»Weil Worte nicht genügen würden, um deine Pracht und Herrlichkeit zu beschreiben?«

Er nickte beifällig, und ich musste ein Lachen unterdrücken. Wäre er ein Pfau, hätte er jetzt ein Rad geschlagen. »Ach komm, nur ein paar kleine Infos. Was für eine Farbe haben beispielsweise deine Augen oder deine Schuppen?«

Myrkur rutschte zu mir und legte seinen Arm um meine Schultern. Er schmunzelte. »Ich bin ein außergewöhnlich prächtiger Drache, belassen wir es dabei. Was das genau bedeutet, wirst du ohnehin erst begreifen, wenn du mich siehst.«

»Prächtig also? Sagt das nicht jeder Drache über sich?«

Myrkur brach in Lachen aus. Es war ein schöner Laut, dunkel und gelöst. »Du denkst offenbar nicht viel nach, aber du bist lustig.«

»Und du hast ein Talent für zweifelhafte Komplimente.«

Er zog mich ein wenig näher an sich heran, gab ein zufriedenes Grunzen von sich und schloss die Augen. Wäre er auch nur einen Hauch anzüglich geworden, säße ich bereits auf der gegenüberliegenden Bank. Sein Arm um meine Schulter fühlte sich jedoch gut, so als sei es völlig richtig, ihm so nahe zu sein. Ich musste sogar gegen das Verlangen ankämpfen, mich an ihn zu schmiegen. Ich tat es nicht, doch ich erlaubte mir, innerlich ruhiger zu werden. Mein Atem ging leichter, meine Hände, die bis eben verkrampft in meinem Schoß gelegen hatten, entspannten sich. Endlich hatte es zu regnen aufgehört, wie mir ein Blick aus dem Fenster zeigte. Am Himmel entdeckte ich einige schwarze Punkte. »Was sind das für Vögel?«

Er öffnete die Augen, sah flüchtig hin. »Krähen.«

»Haben Drachen viel mit Vögeln gemeinsam?«

Er war so empört, dass er ein Stück von mir abrückte. Er funkelte mich an. »Nein!«

Alice, die Meisterspionin. Ich lächelte ihn nervös an. »Ich frage nur, weil du davon gesprochen hattest, dass wir heute Nacht bereits losfliegen werden. Ich weiß nichts über Drachen. Aber mir ist bekannt, dass Vögel kaum etwas wiegen. Nun frage ich mich, ob auch deine Schuppen ebenso leicht sind wie Federn.« Unter seinem zunehmend ungnädigen Blick begann ich zu schwitzen. »Ach komm, jetzt hilf mir schon. Woher soll ich wissen, was ich dich fragen kann, ohne dich zu kränken?«

»Drachen fliegen durch Magie.«

»Dann bist du schwer?«

»Sehr schwer. Wie ein Gebirge.«

Na klar. Darunter ging es natürlich nicht.

Er verengte die Augen. »Willst du wissen, was Rodin über dich denkt?«

Das kam unerwartet, und mein Herz raste sofort los. Beinahe wäre ich mit einem lauten Ja herausgeplatzt. »Ich will es nicht wissen.«

Er hob eine Augenbraue.

»Ich will es nicht wissen, weil ich sicher bin, dass es ihm nicht recht wäre, wenn du darüber sprichst.«

»Lass mich präzisieren. Du willst nicht, dass ich dir von Rodins Innenleben erzähle, weil du vermutest, ihm wäre das unangenehm. Prinzipiell würdest du es aber gern hören.«

»Nein.«

»Du lügst ziemlich schlecht. Deine Miene ist einfach zu lesen. Hat dir das noch nie jemand gesagt?«

O doch, Kjell hatte das sogar sehr oft gesagt. Aber an ihn mochte ich im Augenblick nicht denken. Leicht gereizt erwiderte ich: »Und du kannst vermutlich so gut lügen, dass du dir selbst glaubst.«

Myrkur zog ein Gesicht, das ich zuerst nicht deuten konnte. Dann erkannte ich darin den Versuch, Bescheidenheit auszudrücken. Diesmal war ich es, die laut auflachte. »Unglaublich.«

»Das Leben ist öde. Was soll ein Drache sonst tun, um ein bisschen Spaß zu haben?«

»Du lügst der Herausforderung wegen?«

»Es gibt so viele gute Gründe für eine feine kleine Lüge zwischendurch.«

»Dann gehe ich der Einfachheit halber davon aus, dass alles, was du sagst, gelogen ist.«

Das wiederum schien ihn zu verstimmen. »Ich könnte dir versprechen, dich nicht anzulügen.«

»Ich soll einem bekennenden Lügner glauben, dass er von nun an immer die Wahrheit sagen will?«

»Nicht immer. Nur wenn es dich betrifft.«

»Das ist vage genug, um dir für jede knifflige Situation gleich ein Dutzend Schlupflöcher an die Hand zu geben.«

Er beugte sich zu mir und seine Augen blickten ernst. »Ich verspreche, ich werde dich nicht anlügen.«

Er meinte das genau so, das spürte ich. Auf einmal fühlte ich mich sehr befangen. »Warum willst du das?«

»Weil ich heute eine Lektion über Lügen gelernt habe.« Sein Blick ging flüchtig zu meinem Arm, an dem sich die Verlobungsrune befand. »Angelogen zu werden kann schmerzhaft sein.«

»Du hast darauf vertraut, dass Rodin dir über die Hochzeit die Wahrheit sagt.«

»Angeblich lässt er sich von Werten leiten. Ich dachte, nicht zu lügen sei Teil davon.«

»Dazu kann ich nichts sagen. Er könnte einen guten Grund gehabt haben.«

»Er hat mich getäuscht, um an sein Ziel zu kommen. Aus meiner Sicht ist das sogar ein sehr guter Grund.« Myrkur sah nachdenklich zum Fenster hinaus. »Ich gebe zu, ich bin verwirrt. Ich weiß nicht, ob ich stolz auf ihn sein soll oder ob es richtig wäre, ihn dafür zu bestrafen.«

»Ihr solltet miteinander reden. Sag ihm, dass du enttäuscht bist.«

Myrkur wandte sich wieder mir zu. Die Schwere und der Ernst waren aus seiner Miene verschwunden. »Du und Rodin. Ihr beide fühlt euch zueinander hingezogen.«

»Vielleicht.«

»Wieso haben Menschen immer Angst, ihre Gefühle zu offenbaren.«

»Du hast das nicht?«

»Nein.«

»Also sagst du deinem Gegenüber immer, was du empfindest?« Ich warf ihm einen skeptischen Blick zu.

»Natürlich nicht. Allerdings entscheide ich mich in solchen Fällen aus Taktik dagegen und nicht, weil ich denke, dass es mich verletzlich macht.«

»Na gut. Ich mag Rodin. Sehr. Ich kann aber nicht wissen, was er empfindet.«

»Ich könnte es dir sagen.«

Ich unterdrückte einen Seufzer. »Das hatten wir schon. Nein!«

»Und trotzdem solltet ihr das miteinander klären.«

»Dann am besten gleich.« Ich sah ihn auffordernd an. »Lässt du ihn bitte kurz in seinen Körper zurück?«

Er musterte mich mit einem so eisigen Blick, dass die Vertrautheit von eben wie ein Hirngespinst schien. »Darin läge kein Vorteil für mich.«

»Du selbst hast gerade …«

»Schweig still.« Mit Myrkurs Zugänglichkeit war es offensichtlich vorbei. Ruckartig drehte er den Kopf wieder dem Fenster zu. »Ich muss mich um etwas kümmern.«

Drei Tage zuvor, das Ritual – Rodin

In dem Buch, das ich aus der königlichen Bibliothek entliehen hatte, stand, dass ich mich in menschlicher Gestalt in die Höhle begeben musste, nackt und ohne Schmuck. Eine Erklärung, warum dies für das Ritual verlangt wurde, fand sich nicht darin. Wenn ich es recht bedachte, hatte ich Myrkur, sofern er sich seiner Marionette bediente, noch nie Kleidung tragen gesehen. Vielleicht hatte es daher nichts mit dem eigentlichen Ritual zu tun, sondern war nur dem Umstand zu verdanken, dass nackt zu sein für Drachen die Normalität war. Je tiefer ich in die Drachenhöhle vordrang, desto dunkler wurde es um mich herum. Mit aufs Höchste geschärften Sinnen tastete ich mich voran. Normalerweise spürte ich Myrkurs Gegenwart schon auf der Hälfte des Weges. Diesmal war das nicht der Fall.

Drachen kommunizierten von Geist zu Geist, und um nicht missverstanden zu werden, ließen sie einen außerdem ihre Gefühle spüren. Deine lasen sie natürlich ebenfalls, und zwar, ob man das wollte oder nicht. Wie in so vielen Bereichen zwischen Mensch und Drache, herrschte nämlich auch hier leider ein Ungleichgewicht. Ich war nicht fähig, irgendetwas vor Myrkur zu verbergen. Er hingegen konnte eine undurchdringliche Wand errichten und mich aus seinem Gefühlsleben aussperren. Genau das tat er jetzt. Ich nahm es ihm nicht übel, hätte es an seiner Stelle ebenfalls getan. Wir würden beide sämtliche Fähigkeiten in die Waagschale werfen, die uns zur Verfügung standen. Glücklicherweise besaß auch ich etwas, in dem ich Myrkur überlegen war – meine Besuche in der Anderswelt hatten mir Wissen verschafft, über das er nicht verfügte. In meiner Katergestalt, gemütlich zusammengekuschelt in Alices Schoß, hatte ich mit ihr zusammen unzählige Filme und Dokumentationen angesehen. Dazu kamen die Besuche in der Bibliothek. Vor allem diejenigen Werke, die sich mit dem Thema Bewusstsein auseinandersetzten, hatten es mir angetan. Während man in manchen Gegenden Wynterhaavs immer noch das Hirn eines Gegners verspeiste, um sich seine geistige Stärke einzuverleiben, erforschte man in der Anderswelt Struktur und Arbeitsweise. Ich hatte versucht, mit Ellinor über mein neu erlangtes Wissen zu sprechen. Immerhin war die Geistmagie ihr Spezialgebiet.

Sie zuckte jedoch nur mit der Schulter und riet mir, darüber zu forschen, indem ich nach innen sah. Eines dieser Gespräche war dann tatsächlich der Auslöser dafür gewesen, mich selbst genauer zu beobachten.

Dies zu tun war sowohl merkwürdig als auch faszinierend. Da gab es nämlich den Rodin, den ich schon immer kannte, der durch die Welt ging und Dinge tat, Gespräche führte, ein Glas Milch trank oder an seinen Socken schnupperte, um herauszufinden, ob sie noch frisch genug waren. Nun entdeckte ich den zweiten Rodin, der nicht mit der Außenwelt agierte, sondern wach und aufmerksam verfolgte, was dort geschah. Er beobachtete, zog Schlüsse und gab seinen wohlabgewogenen Rat. Was bis dahin unbemerkt in mir abgelaufen war, setzte ich zunehmend bewusst ein, trennte die beiden Rodins voneinander. Dabei kam mir zupass, was ich in der Anderswelt über die Funktionsweise des Gehirns gelernt hatte. Ganz nebenbei entwickelte sich dadurch meine Konzentrationsfähigkeit. Es gelang mir öfter und besser, diesen Zustand geistiger Schärfe aufrechtzuerhalten, und diese Fähigkeit rettete mir mehr als einmal buchstäblich die Haut. Myrkur besaß nämlich bedauerlicherweise keinerlei Skrupel, mich mit einem seiner Flammenstöße zu flambieren, und dann galt es, blitzschnell zu reagieren. Mir war klar, dass er weniger impulsiv war, als er sich gab, und er sein Feuer durchaus so dosierte. Er wollte mich nicht töten. Doch auch nur ein *bisschen* verbrannt zu werden bereitete mir nicht eben Freude.

Um besagte Konzentrationsfähigkeiten zu vervollkommnen, dachte ich mir Übungen aus. Während der äußere Rodin sich beispielsweise auf ein Gespräch konzentrierte, behielt der innere Rodin die restliche Umgebung und alle weiteren Personen aufmerksam im Blick. Später konnte er wiedergeben, was wer zu welcher Zeit und auf welche Weise getan hatte. Das war mir jedoch noch nicht genug.

Von Malenas Runen-Ingenieurinnen hatte ich gelernt, dass man sich die langwierige Entwicklung einer neuen Rune sparen konnte, indem man eine bestehende modifizierte. Ich begann mit meiner Kraftrune zu experimentieren, um sie neben der körperlichen Ebene ebenfalls für die Stärkung meiner Konzentration verwenden zu können. Die ersten Erfolge stellten sich bald ein. Der äußere Rodin konnte zum Beispiel rückwärts über ein zwischen Bäumen gespanntes Seil balancieren und dabei die Münzen addieren, die ich zu diesem Zweck in der Hosentasche mit mir herumzutragen pflegte. Der innere Rodin wiederum beobachtete und analysierte gleichzeitig das Geschehen in der Außenwelt. Schließlich gelang es mir, einen zweiten inneren Rodin mit ins Boot zu holen. Mit ihm übte ich nur eine einzige Sache, und zwar, immer genau das Gegenteil von dem zu machen, was der erste innere Rodin gerade tat. Wegen all dem fühlte ich mich einigermaßen zuversichtlich.

Leider gab es in den Untiefen meines Bewusstseins noch einen weiteren inneren Rodin. Er pflegte in den Momenten zum Vorschein zu kommen, in denen es um die schiere Existenz ging, wenn es so ernst wurde, dass mein Tod wahrscheinlicher war als mein Überleben. Trat er auf den Plan, übernahm er das Kommando. Dank meiner Geübtheit in Selbstkontrolle gelang es mir vergleichsweise schnell, ihn wieder zu verdrängen. Doch bis das gelang, beobachtete ich nicht mehr, analysierte nicht länger, sondern reagierte nur mit Angriff oder Flucht wie jeder gewöhnliche Mensch.

Die Luft um mich herum wurde trocken und warm, was bedeutete, dass ich die Haupthöhle erreicht hatte. Ich blieb stehen und lauschte.

Da bist du endlich. Du stinkst nach Angst.

Und du nach Selbstgefälligkeit.

Hast du Wort gehalten und sie geheiratet?

Ich atmete ein. Atmete aus. Mein Herz schlug eine Spur schneller und meine Hände zitterten leicht. Das war jedoch in Ordnung. Myrkur erwartete sicher, dass ich wegen dem, was heute geschehen sollte, aufgeregt war. Dennoch musste ich vorsichtig sein. *Das habe ich.*

Weil ich wusste, was jetzt kam, kniff ich die Augen zusammen. Gleich darauf zischte eine Flamme an mir vorbei an die hintere Wand. Es stank nach Pech, dann erfüllte ein gelber warmer Schein den vorderen Teil der Höhle. Myrkur hatte eine Fackel entzündet.

Er lachte laut, und in meinem Kopf dröhnte es unangenehm. *Du hast gezuckt!*

Das hättest du wohl gern.

Forderst du mich heraus?

Ich spürte, wie dringend er das wollte. Mit einem Achselzucken setzte ich mich wieder in Bewegung. Gemächlich bewegte ich mich auf den gewaltigen See am hinteren Ende der Höhle zu. Myrkur liebte Wasser und hielt sich meistens darin auf, wenn ich ihn besuchen kam. Auch diesmal war von ihm nur der riesige wie ausgemergelt wirkende Schädel zu sehen. Die hundeähnliche Schnauze ruhte auf dem steinernen Beckenrand, während der massige Körper in den Tiefen des Sees verborgen blieb. Die Wasseroberfläche war glatt und still wie ein dunkler Spiegel. Dann blubberte es. In Sekundenschnelle war die Luft von seinem Gestank verpestet. Ich verzog das Gesicht. Nichts auf der Welt stank so widerwärtig wie ein Drachenfurz! Wieder hallte Myrkurs Lachen in meinem Geist. Schließlich wurde er ernst und verlangte, den Beweis für meine Vermählung mit Alice zu sehen.

Ich streckte den Arm aus.

Lange und gründlich betrachtete er die Rune. Eigentlich hätten wir uns das sparen können, denn Verlobungs- und Vermählungsrune waren so einzigartig wie das Paar selbst. Er konnte unmöglich wissen, wie sie auszusehen hatte, und ahnte daher nichts von meiner Lüge. Zugegeben, es fühlte sich nicht gut an. Für mein Täuschungsmanöver gab es jedoch einen ausgezeichneten Grund.

Wie ich zu Alice gesagt hatte, war bereits die Verlobungsrune mit einem bindenden Vertrag gleichzusetzen. Die Magiequelle der Familie Vertanen würde uns zum nächsten Schritt zwingen, wenn es sein musste. Die Hochzeitszeremonie noch nicht vollzogen zu haben, barg jedoch einen unschätzbaren Vorteil für mich. Es war zwingend nötig, dass ich selbst es war, der sich zu diesem Zeitpunkt in meinem Körper befand. Und damit war die Lüge meine Rückversicherung für den sehr wahrscheinlichen Fall, dass es Myrkur gelang, meinen Geist zu verdrängen. Zumindest einmal noch würde ich Alice in die Augen sehen können.

Nach einer Weile beendete der Drache seine Musterung. Er knurrte zufrieden. *Ausgezeichnet, dann können wir beginnen.*

Deswegen bin ich hier.

Deswegen bist du hier. Setz dich.

Ich ließ mich im Schneidersitz vor dem Wasserbecken nieder. Vor mir auf dem Boden lag auf einem Tuch ein tiefschwarzer langer und schmaler Dolch. Ich beäugte ihn interessiert. Klinge und Schaft waren aus demselben schwarzen Material gefertigt, Drachenschuppe, wie ich annahm. Wir benötigten für das Ritual Blut, und eine gewöhnliche Klinge würde bei Myrkur nichts ausrichten. Es stand außerdem ein Holzbecher bereit, in dem zuerst mein und dann Myrkurs Blut aufgefangen werden sollte. Nachdem wir beide davon getrunken hatten, würde die Drachenmagie uns ein Zeichen geben. Wie dieses aussehen würde hatte leider nicht in meinem Buch gestanden, und falls Myrkur es wusste, behielt er das Wissen für sich.

Ich sah zu Myrkur. Seine Augen waren halb geschlossen. Immer noch hielt er seine Emotionen vor mir verborgen. Meine hingegen kochten beinahe über. Mir ging auf, dass ich es versäumt hatte, Ellinor Lebewohl zu sagen. Selbst wenn diese Sache für mich so gut ausging, wie ich es nur erwarten konnte, würde sie den Bruder, den sie ihr Leben lang gekannt hatte, nicht zurückbekommen. Und Alice? Wieder einmal war ich mitten im Konflikt davongelaufen, hatte sie mit ihren Fragen und Ängsten stehen lassen. Was ich hier tat, würde sich auch auf ihr Leben auswirken, doch verdammter Idiot, der ich war, hatte ich ihr kein Mitspracherecht eingeräumt. Es war der Gedanke an Alice, der den Entschluss in mir stärkte, mich unter allen Umständen gegen Myrkur zu behaupten. Unter allen Umständen und völlig gleichgültig, was ich dafür tun musste.

Vor mir geriet die Wasseroberfläche in Bewegung. Kleine Sturzbäche schwappten über den Beckenrand. Myrkur richtete sich zu seiner ganzen majestätischen Größe auf. Wollte er Feuer spucken? Aber wieso, wir hatten doch noch nicht einmal Blut getauscht, wie es das Ritual verlangte. Hatte er die Lüge über meine Heirat mit Alice womöglich doch noch erkannt? Ich sprang auf die Füße. Bilder fluteten meinen Verstand. Myrkur zeigte mir die Vergangenheit, die vielen Male, in denen er Feuer nach mir gespuckt hatte. In den allermeisten Fällen war ich ihm gerade noch so entwischt. In der Version, die er mir schickte, verwandelte ich mich nun jedoch ein ums andere Mal in eine Flammensäule. Ich hörte mich schreien. Ich roch mein verbranntes Fleisch. Die alte Brandnarbe an meiner Hand schmerzte wie in der ersten Stunde. Weshalb bist du so zornig?

Kein Zorn. Jagdfieber. Rauch quoll aus seinen Nüstern.

Wenn er sich wie jetzt zur vollen Größe aufgerichtet hatte, plante er, die verderblichste seiner Feuermischungen einzusetzen, gegen die meine Selbstheilung beinahe machtlos war. Doch ich war gewappnet. Der erste innere Rodin gab vor, sich nach rechts werfen und zum Höhlenausgang rennen zu wollen. Der zweite innere Rodin machte sich bereit für eine Flucht nach vorn zum Wasserbecken. Auf diese Weise war ich Myrkur beim letzten Mal entkommen, wie er sicher noch genau wusste.

Er riss das Maul auf, doch der Feuerstoß blieb aus. Die Informationen, die er von mir empfing, waren widersprüchlich genug, um ihn für eine Millisekunde zu verwirren. Als er sein Feuer entfesselte, wurde klar, dass er auf meine Flucht zum Wasserbecken hin gewettet hatte. Sämtliche Seidenteppiche, die sich in unmittelbarer Nähe zum See befanden, gingen in Flammen auf. Sein zweiter Feuerstoß ging kurz darauf zum Höhleneingang. Doch auch dort befand ich mich nicht. Stattdessen hatte ich mich nach hinten geworfen und über die Schulter abgerollt. Nun hockte ich mit angespannten Muskeln in unmittelbarer Nähe zu einer seiner mit Schätzen überladenen Kommoden am entgegengesetzten Ende der Höhle. Goldene Ketten, Ringe und Ziergegenstände aller Art quollen über den Rand der geöffneten Schubladen. Er würde es sich gut überlegen, sein nächstes Feuer in diese Richtung zu schicken. Im Geist zeigte ich ihm den Mittelfinger. Eine Geste aus Alices Welt, die mir auf Anhieb gefallen hatte. Ich war sicher, dass Myrkur auch ohne Erklärung wusste, was ich ihm damit sagen wollte.

Er brüllte vor Zorn.

In der Höhle war es unerträglich heiß geworden.

Wasser schwappte aus dem See. Mit einem Zischen erloschen die Flammen. Rauch waberte durch die Höhle.

Ich wandelte mich in einen Weberknecht und aktivierte gleichzeitig die Rune, die mir kurzfristig zusätzliche Schnelligkeit verlieh. Durch eine Ritze im Boden der einen Kommode krabbelte ich in die unterste Schublade. Dort verkroch ich mich in einem auf der Seite liegenden Goldpokal.

Ich hatte seinen Schatz in Geiselhaft genommen, und wie erhofft blieb der Flammenstoß aus.

Als er sprach, troff seine Stimme vor Verachtung. *Das ist feige.*

Ich nenne es Notwehr.

Geschmolzenes Gold ist mir nicht weniger wert, also fühl dich nicht allzu sicher.

Selten war eine Lüge offensichtlicher gewesen. Ich ersparte mir eine Antwort.

Na gut. Machen wir ein Unentschieden daraus.

Von mir aus, wenn dir das so wichtig ist.

Wir müssen mit dem Ritual weitermachen, also komm wieder raus.

Wirst du mir garantieren, dass du mich nicht angreifst?

Du kannst mir vertrauen.

Ich lachte ihn aus.

Wir verhandelten eine Weile hin und her. Der äußere Rodin führte das Geplänkel mit dem Drachen fort. Der analysierende innere Rodin suchte unterdessen nach einer Lösung, während der zweite innere Rodin einer Eingebung nachgab und einen Abba-Song zum Besten gab. Letzteres hatte eine erstaunliche Wirkung auf Myrkur. Er wand sich vor Unbehagen. *Der Text ergibt keinen Sinn.*

Der Gewinner bekommt alles. Ich denke, das ist nicht misszuverstehen.

Du glaubst allen Ernstes, das wirst du sein?

Ich bin verzweifelt. In gewissem Sinne ist das von Vorteil. Wer nichts zu verlieren hat, nimmt Risiken in Kauf, die er unter anderen Umständen nie erwägen würde. Lieber wäre mir natürlich eine Lösung, mit der wir alle drei zufrieden sind.

Unsere Ziele sind unvereinbar.

Das müssen sie aber nicht sein. Während ich mit Myrkur sprach, ließ ich die beiden inneren Rodins wie gehabt weitermachen. Die beiden inneren Rodins diskutierten verschiedene Pläne. Sollte ich mich noch einmal wandeln? Und wenn ja, welches Tier wäre am nützlichsten?

Lieber wieder etwas Kleines. Andererseits war der Weberknecht doch eine gute Wahl, oder? Wozu dann noch einmal wandeln und Magie verschwenden. Die zwei Rodins konnten sich nicht einigen. Der singende Part gab zusätzlich *Waterloo* zum Besten.

Myrkur hörte sich zunehmend gereizt an. *Dass du dich nicht schämst, immer wieder Zuflucht in einer Tierform zu suchen.*

Ich lachte und jonglierte fröhlich mit meinen drei Bewusstseinsebenen. Gerade hatte einer der Rodins angeregt, sich auf jeden Fall zu wandeln. Der andere war damit einverstanden, denn im Grunde hatte ich meinen Magievorrat bisher noch kaum angerührt. Mir standen so viele Möglichkeiten zur Verfügung. Mal sehen, sollte ich die Gestalt einer Maus annehmen oder lieber die einer Fledermaus? Da wäre auch noch die Eichhörnchen- oder Schlangengestalt. Kurz entschlossen wandelte ich mich in eine Spitzmaus, woraufhin die beiden Rodins das Für und Wider zu diskutieren begannen. Begleitet wurde das innere Streitgespräch mittlerweile von dem Werbeslogan eines Toilettenreinigers.

Je befremdlicher die drei Rodins sich gebärdeten, desto verwirrender wurde es für Myrkur. *Du machst es immer wieder.* Er schlug einen neuen Ton an, hörte sich nun neugierig an und fast schon friedfertig. *Wie viele Bewusstseinsebenen beherrschst du?*

Als würde ich dir das verraten.

Ich hörte es plätschern und trippelte rasch bis ans vordere Ende der Kommode, von wo aus ich hinausspähte. Myrkur war wieder bis zur Halskrause untergetaucht. Sein Kopf lag in vertrauter Position auf der Steinumrandung. Für den Moment hatte er das Interesse am Feuerspucken verloren. Ich sah ihn nicht grinsen, das konnte er nicht, aber ich spürte die innere Entsprechung davon. *Kennst du die Höchstzahl der Drachen, die sich durch das Ritual vereinigen können?*

Nein.

Es sind genau einhundert.

Warum erzählst du mir das?

Er gähnte und verschaffte mir damit einen Logenblick in seinen gigantischen Schlund. *Diese enorme Zahl wurde nur ein einziges Mal erreicht. Von einem einzigen Drachenführer.*

Nun, du kannst es nicht gewesen sein. Du bist zu jung, um in den Drachenkriegen gekämpft zu haben.

Ich bin aber der Sohn meines Vaters.

Wer ist das nicht. Ich gähnte ein kleines Mausgähnen. Myrkur konnte es nicht sehen, und mein winziger Mäuseschlund würde ihn auch nicht beeindrucken, wenn das möglich wäre. Während es bei ihm pure Angeberei war – schau, wie einfach ich eine ganze Kuh verschlucken könnte –, handelte es sich bei mir außerdem um eine Stressreaktion. Selbstverständlich wusste ich, was er gerade angedeutet hatte. Vorausgesetzt, er log nicht, war sein Vater der Drachenheld gewesen, der mit seinem Schwarm vereinigter Drachen den Menschen beinahe die Niederlage gebracht hatte. Hundert Drachen. Hundert Bewusstseinsebenen, die es zu koordinieren und lenken gegolten hatte. Meine drei Ebenen, auf die ich gerade noch so stolz gewesen war, kamen mir auf einmal vollkommen lächerlich vor. Selbst wenn Myrkur es mit den Fähigkeiten seines Vaters nicht aufnehmen konnte, würde er selbst doch garantiert mehr als drei Bewusstseinsebenen beherrschen. Die Vorstellung, ihn mit meinen Spielchen eben verwirrt oder gar beeindruckt zu haben, war lächerlich. Mutlosigkeit erfasste mich, und ich konnte nicht verhindern, dass Myrkur dieses Gefühl wahrnahm.

Kurz herrschte irritiertes Schweigen. Dann sprach er, und er hörte sich wieder wütend an. *Jeder Erfolg wird im Geist geboren. Ich dachte, das weißt du. Bis eben warst du stolz auf deine Leistung. Du hast an dich geglaubt. Zu Recht übrigens. Es ist enttäuschend, wie wenig Worte nötig waren, um dich zu demotivieren.*

Das stimmte. An der Situation selbst hatte sich rein gar nichts verändert. Doch wo ich eben bereit gewesen war, ihm Paroli zu bieten, wäre ich nun am liebsten durch die Höhle geflitzt, auf der Suche nach einem tiefen Loch, in dem ich mich noch besser, noch sicherer verstecken konnte. *Wieso wunderst du dich? Selbst wenn du nur halb so viel wie dein Vater zustande brächtest, was bitte schön sind dagegen meine drei Ebenen wert?*

Es gibt einen wesentlichen Unterschied. Ich sagte, mein Vater konnte das Bewusstsein von hundert Drachen lenken.

Ich begriff immer noch nicht, auf was er hinauswollte. Also wartete ich ab.

Myrkur seufzte. *Mein Vater war, ebenso wie ich oder jeder andere Drache, unfähig, seinen Geist zu teilen.*

Wieso nicht?

Aus Myrkurs Brust entrang sich ein tiefer Seufzer. *Weil wir Drachen mehr wissen als jeder Mensch. Stell dir das Bewusstsein wie einen Spiegel vor. Gedanken, Gefühle, Pläne, Ängste, Schmerzen, Sehnsüchte, alles, wirklich alles scheint darin auf und verschwindet wieder. Diese drei Rodins, mit denen du so gekonnt spielst. Für dich ist es so, als hättest du dein Ich in drei aufgespalten. Ich hingegen weiß mit absoluter Sicherheit, dass es kein Ich gibt. Es gibt nur das Bewusstsein. Und da ich das weiß, bin ich dir in dieser einen Sache unterlegen.*

Es gab einen kleinen Zipfel von Begreifen in mir, doch war dies bestimmt nicht der richtige Augenblick, um länger darüber zu philosophieren. Vor allem, da es laut Myrkur ja einer Stärke gleichkam, es nicht zu begreifen. *Für solche Gespräche haben wir noch unser ganzes restliches Leben Zeit. Wir müssen mit dem Ritual weiterkommen.*

Hab ich doch gesagt.

Während unseres Gesprächs hatte ich unbekümmert am Rand der Kommode gekauert. Ich wähnte mich in Sicherheit, da ich Myrkur in seinem Wasserbecken von hier aus im Blick hatte. Um eine Flamme aufzubauen, musste er sich wieder aufrichten. Genug Zeit für mich, in den Pokal zurückzuhuschen. Viel zu spät bemerkte ich die Hand, die von der Seite her kommend zu mir unter die Kommode fuhr. Gleich darauf zappelte ich am Schwanz hängend in der Luft.

Wie schon so oft hatte Myrkurs Marionette bei meinem Eintreten in starrer Haltung im Bett in der Ecke gelegen. Ein so gewohntes Bild, dass ich ihn ignoriert hatte. Dumm. Dumm. Dumm. Ich war so dumm gewesen. Die Hand des Mannes schloss sich fest um meinen zitternden Mäusekörper. Der schwarze Ritualdolch blitzte auf. Die Stimme des Mannes war heiser, wie bei jemandem, der selten sprach. »Wenn du versuchst, dich zu wandeln, säbel ich dir den Kopf ab.«

Den Drachen sehen

Die Landschaft, die vor dem Fenster vorbeizog, war hüglig geworden. Der Ausblick war dennoch immer noch bedauerlich eintönig. Nur vereinzelt ragte ein Baum, dank des stetigen Regens wenigstens stellenweise von Schnee befreit, in den fahlweißen Himmel. Nach wie vor ruhte Myrkur mit geschlossenen Augen in seiner Ecke der Kutsche. Auch ich wurde zunehmend schläfrig und musste darum kämpfen, wach zu bleiben. Als sich meine Augenlider wieder einmal schließen wollten, erregte eine Bewegung draußen über dem Wald meine Aufmerksamkeit. Schlagartig hellwach, rutschte ich zum Fenster und presste die Nase gegen die Scheibe. Etwas Großes, Dunkles, hing, nein, schwebte über den Wipfeln. Entzückt starrte ich den tiefschwarzen, eleganten, langen Körper an, bestaunte die aufgeplusterte Halskrause, bewunderte die ausgebreiteten riesigen Schwingen. Wie der Drache da reglos in der Luft hing, erinnerte er mich an einen Raubvogel, der nur den richtigen Moment abwartete, um sich auf das Karnickel zu stürzen.

Plötzlich öffnete sich das Drachenmaul. Ein Feuerstoß fuhr nieder und verwandelte mehrere Bäume trotz ihrer Schneelast in grell leuchtende Fackeln. Vielstimmiges Kläffen war zu hören, wütend, aber auch ängstlich. Dann kam Bewegung in den Drachen. Pfeilschnell schoss er durch die Luft. Immer wieder ging Feuer nieder. Jeder Feuerstoß hatte schmerzerfülltes Jaulen zur Folge. Dann schwenkte die Kutsche nach rechts, um einen Hügel zu umrunden, und ich konnte den Drachen nicht mehr sehen. Atemlos drehte ich mich zu Myrkur um. Seine Augen waren jetzt offen, doch obwohl er in meine

Richtung blickte, starrte er durch mich hindurch. Schweiß stand ihm auf der Stirn.

Ich flüsterte: »Myrkur?«

Er machte eine winzige Abwehrbewegung mit der Hand und ich verstummte.

Immer wieder war Jaulen zu hören. Vor ein paar Tagen hatte Rodin erzählt, dass Adlon in die Gegend gekommen war, um nach mir zu suchen. Schon bei meiner ersten Begegnung mit dem Anführer der Grauen hatte ich sehen dürfen, wie er sich in einen Wolf wandelte. Ich war ziemlich sicher, dass er und seine Männer diejenigen waren, die vor Schmerz geheult hatten. Oder in Todesangst. Mir wurde schlecht.

Endlich rührte sich Myrkur. Mit dem Ärmel seiner Jacke wischte er sich Schweiß von der Stirn. Er wirkte erschöpft, doch sein Gesichtsausdruck war vor allem eins – wütend.

»Was ist passiert?«

»Adlon. Und ein Trupp Grauer.«

»Sind sie … tot?«

»Ich habe alle erwischt, bis auf den einen, der sich als einziger gleich zu Anfang in etwas Kleines gewandelt hat. Vermutlich in ein Insekt. Auf diese Weise habe ich ihn aus den Augen verloren. Adlon ist bekannt dafür, dass er seinen Männern die Flucht verbietet. Er nennt es jedoch Taktik, wenn er selbst sich zurückzieht. Dummes Volk, diese Grauen, lassen sich von ihrem Anführer wortwörtlich verheizen.«

Schwach lehnte ich mich gegen die Rückwand. Die Erinnerung an den Kinobrand war nicht mehr so präsent wie früher, doch immer noch lebhaft genug.

»Alice? Du bist ganz blass geworden.«

Ich hatte an meine Eltern gedacht, die den Menschen auf dem brennenden Dach geholfen und dabei umgekommen waren. »Dieser Adlon ist ein widerlicher Typ. Ich käme nie auf den Gedanken, etwas von anderen zu verlangen, was ich nicht selbst bereit wäre zu tun. Ich würde allerdings zusehen, dass wir allesamt nicht in eine Situation geraten, in der Feuer gespuckt wird.«

Myrkur, der mich genau beobachtete, sah aus, als wollte er gleich eine Menge Fragen stellen.

Ich wechselte das Thema. »Bestimmt ist es schwer, gleichzeitig im Drachen und in deinem eigenen Körper zu stecken. Ich meine, in Rodins Körper.«

»Es ist ein Kinderspiel.«

Na klar, genau so hatte es ausgesehen. »Du hast da noch ein paar Schweißtropfen auf der Stirn.« Er sah mich amüsiert an und wischte sich noch einmal über die Stirn.

»Wie macht man so etwas?«

»Sagt dir das Prinzip des Gedankenraums etwas? Kennt man das in deiner Welt?«

»Vielleicht, aber mir sagt es nichts.«

»Schließ die Augen.«

Ich tat, was er verlangte. Augenblicklich schärften sich meine übrigen Sinne. Ich hörte Myrkur angestrengt atmen. Ja klar. Ein Kinderspiel. Aus seiner Richtung kam auch ein schwacher, aber sehr angenehmer Geruch nach würzigen Kräutern, der mich an die Seifenstücke erinnerte, die in Ellinors Haus in der Vorratskammer lagerten. »Und was soll ich jetzt tun?«

»Konzentriere dich auf den Punkt über deiner Nasenwurzel.«

»Okay.«

»Du solltest jetzt das Gefühl haben, dass sich in deinem Kopf ein weiter, offener Raum öffnet.«

Ich runzelte die Stirn. »Nicht wirklich. Ich meine, da ist nichts, was man spüren könnte.«

»Versuch es weiter. Es ist nichts, was du erschaffen musst. Dieser Raum ist bereits da.«

Für einen winzigen, kaum greifbaren Moment bekam ich eine Ahnung, wovon er sprach, doch schon wenig später blieb ich an einem Gedanken hängen und ließ mich von ihm davontragen. Als ich mich dabei ertappte, gab ich ein ärgerliches Schnauben von mir. Ich versuchte es mit mehr Mühe, schweifte jedoch immer wieder ab. Seit heute Morgen war einfach zu viel passiert, das ich erst verarbeiten und in mein Wissen über Wynterhaav einordnen musste. »Ich glaube, gerade ist nicht der beste Zeitpunkt für so ein Experiment.«

»Das glaubt man immer. Versuch es weiter.«

Ich gab mir wirklich Mühe, allein es war umsonst. Meine Gedanken waren wie Quecksilber, sie flossen in alle Richtungen davon.

Genervt schlug ich die Augen wieder auf. »Vielleicht fällt es mir leichter, wenn ich weiß, warum ich mir Mühe geben soll.«

»Rodin kann es.«

»Und ich habe ein Händchen für Mürbteig. Muss er deshalb auch wissen, wie man leckere Kuchen backt?«

Er sah mich ernst an. »Dieser Gedankenraum kann dir als Zufluchtsstätte dienen, wenn du in eine schlimme Lage gerätst.«

»Was für eine schlimme Lage?«

»Zum Beispiel, wenn dich jemand foltern würde.«

Ich zog eine Grimasse. »Wie wahrscheinlich ist es, dass mir so etwas passiert?«

»Es heißt, deine Schwester ist mit solchen Praktiken nicht zimperlich. Ich glaube, man kann davon ausgehen, dass es sie nicht freut, wenn du hinter dem Thron her bist.«

»Du meinst das ernst, oder?«

Er zuckte mit den Schultern.

»Gut. Ich probiere es noch mal.«

»Bleib entspannt, forciere es nicht. Und wenn du ihn einmal entdeckt hast, kannst du diesen Raum unendlich vergrößern, in die Tiefe und in die Weite hinein.«

Ich versuchte es weiter, doch es wurde eher noch schwieriger. Folter. Ich konnte einfach nicht fassen, dass Rodin diese Möglichkeit nie erwähnt hatte. Und was für eine Person bitte war die Prinzessin, wenn sie so etwas zuließ, ja, sogar aktiv betrieb? Dann wiederum ertappte ich mich dabei, wie ich auf das Schnauben der Pferde lauschte, das fernen Krächzen eines Raben. Mir schoss die Frage durch den Kopf, ob Myrkur mit seinem Feuer nur tötete oder seine *Nahrung* auch zu grillen pflegte, ehe er sie verschlang? Von Minute zu Minute wurde ich verkrampfter. Mein Kopf war so voll mit Gedanken, dass nicht einmal ein Spinnenbeinchen Platz darin gefunden hätte. Von wegen weiter offener Raum.

Frustriert öffnete ich die Augen und zuckte dann heftig zusammen. »Verdammt!«

Myrkur sah mich zufrieden an. Völlig geräuschlos war er während meiner Bemühungen an mich herangerückt.

Wieder war es mein erster Impuls, zur Seite zu rutschen, um Abstand zwischen uns zu bringen. Dann erinnerte ich mich jedoch an das, was ich mir vorgenommen hatte. Noch einmal würde er mich nicht von meinem Platz verdrängen. Allerdings konnte ich nicht verhindern, dass sich mein Körper anspannte. »War das eigentliche Ziel dieser Übung, mich zu erschrecken?«

Myrkur berührte mich sanft an der Stirn. »Dein Bewusstsein befindet sich nicht in deinem Kopf.«

»Wo dann?« Meine Ratlosigkeit wuchs. »Ich habe wirklich keine Ahnung, was du damit meinst.«

»Versuch es noch einmal. Gib dir Mühe.«

»Ein andermal, okay?«

»Was bremst dich?«

»Alles!« Im Augenblick meinte ich damit vor allem ihn. Seinen warmen maskulinen Geruch, den ich still und heimlich genoss, oder den Anblick seines schönen Mundes, zum Beispiel, den ich küssen wollte. O ja, so dumme Gedanken kamen mir. Ach, verdammt. Wieso steckte dieser dumme Drache im Körper des Mannes, in den ich verliebt war?

Zum Glück hatte Myrkur keine Ahnung, was in mir vorging. Er war immer noch bei diesem dämlichen Gedankenraum. »Du gibst zu leicht auf.«

»Und du machst zu viel Druck.«

Er hob die Augenbrauen. »Das ist bereits zu viel Druck für dich?«

»Weißt du, was einen guten Lehrer ausmacht?«

»Ja.«

»Ach? Lass mich bitte an deiner Erkenntnis teilhaben.«

Myrkur lächelte selbstzufrieden. »Ein guter Lehrer ist geduldig mit den Anfängern. Er ermuntert sie. Erst wenn sie anfangen, Fortschritte zu machen, fängt er an, sie zu kritisieren, denn nun gibt es eine Basis, mit der sie arbeiten können. Dabei wird er nie persönlich.«

Es war ihm gelungen, mich zu verblüffen.

»Mach den Mund wieder zu.«

»Der ist zu!« Ich funkelte ihn wütend an.

»Wir haben keine Zeit, um Dinge langsam zu lernen. Du hast keine Zeit. Deine Schwester ist gefährlich, Alice. Sie kennt keine Skrupel.«

»Woher weißt du das?«

»Ich kenne sie vor allem durch das, was sie zu tun unterlässt.«

»Du meinst, weil sie sich nicht für die Unterdrückten einsetzt.«

»Ja.« Er verschränkte seinen Blick mit meinem. Ich hatte das Gefühl, als wollte er mein Inneres nach außen krempeln. Unruhig rutschte ich auf der Sitzbank hin und her. »Das mit dem Foltern war also wirklich ernst gemeint?«

»Es ist Wissen, das jeder in Wynterhaav hat. Einige ziehen es nur vor, so zu tun, als wäre es anders.«

»Rodin und Ellinor nicht.«

»Natürlich nicht.« Myrkur schnaubte, doch dann sprach er ruhig weiter. »Rodins Geist ist mit dem Prinzip des Gedankenraums sehr vertraut. Schon seit Langem, wie ich erfahren habe.« Hörbar stolz fügte er hinzu: »Er beherrscht drei Bewusstseinsebenen.«

Ich erwiderte trocken: »Geholfen hat es ihm aber nichts, oder? Du hast ihm trotzdem seinen Körper gestohlen.«

»Ich sage es dir ein letztes Mal. Er kam zu mir, und er wusste, um was es geht. Ohne die Fähigkeit, sich auf drei Bewusstseinsebenen gleichzeitig zu bewegen, hätte sich sein Geist während des Rituals in alle Winde zerstreut.«

»Okay, aber bei mir …«

»Bei dir geht es darum, einen Ort zu schaffen, an den sich dein Geist zurückziehen kann, um dich vor seelischen Verletzungen zu bewahren. Außerdem wirst du mit dieser Übung deine Konzentrationsfähigkeit schulen, und das schadet bekanntlich nie.« Myrkur sah mich sehr ernst an. »Du bist mir wertvoll und ich werde auf dich aufpassen. Dennoch ist es ein gefährliches Wagnis für dich, an den Königshof zu gehen. Ich werde vielleicht nicht immer rechtzeitig zur Stelle sein.«

»Okay. Ich werde es in jeder freien Minute probieren.«

»Versprich es.« Er hielt mir die Hand hin. Rodin hatte stets den Lederhandschuh getragen, wohl weil er die Brandnarbe verbergen wollte. Myrkur störte es jedoch nicht, er war ohne Handschuh nach Hause gekommen.

Mich kümmerte es ebenfalls nicht. Seine Hand war warm, der Druck seiner Finger genau richtig. »Versprochen.«

Unsere Blicke trafen sich. In meinem Bauch kribbelte es. Ich lächelte ihn schüchtern an. »Du bist übrigens wunderschön als

Drache, und ich verstehe, was du gemeint hast. Als ich dich ansah, meine ich begriffen zu haben, wer … du bist; dieses Wissen in treffende Worte zu fassen scheint jedoch wirklich unmöglich.«

»Feuerspuckendes Biest würde es doch sicher treffen?«

»Siehst du dich so?«

Er schmunzelte. »Nein.« Und dann rutschte er zur Seite. Freiwillig! »Rodin vertraut dir. Er ist davon überzeugt, dass du eine gute Königin für Wynterhaav sein wirst.«

Das zu hören erfüllte mich mit Wärme. Trotzdem fühlte ich mich schon allein bei dem Gedanken an diese Aufgabe wie eine Hochstaplerin. »Ich habe keine Ahnung, was es bedeutet, eine gute Königin zu sein.«

»Du wirst es herausfinden müssen.« Er lächelte mich breit und ein wenig gemein an. »Wenn aus dir keine gute Königin wird, fresse ich dich nämlich.«

Drei Tage zuvor, das Ritual – Myrkur

Rodin saß im Schneidersitz vor dem Wasserbecken. Er gab sich gefasst, doch ich wusste, dass sein Körper von Adrenalin getränkt war wie ein Schwamm. Er war zornig auf sich, weil er vorhin nicht mitbekommen hatte, wie Merian zur Kommode geschlichen war. Ach, wie hatte ich seinen Schreck genossen, als mein Diener ihn am Mäuseschwänzchen aus dem Versteck gezogen hatte.

Wie immer spürte Merian, dass ich mich in Gedanken mit ihm beschäftigte. *Wirst du bald in mich einkehren, Meister?*

Wir haben darüber gesprochen. Ich ließ ihn mein Bedauern spüren. *Das werde ich nie wieder tun.*

Merian nickte und senkte den Blick auf den Holzbecher, in den das Blut aus einem Schnitt an Rodins Unterarm tropfte. Ich betrachtete meinen treuen Diener mit Bedauern. Ebenso wie meinen Frauen hatte ich ihm die Wahl gelassen, entweder mit gelöschtem Gedächtnis in sein altes Dorf zurückzukehren oder den Tod zu erleiden. Die Frauen waren nach einer letzten ausgiebigen Liebesnacht heute am frühen Morgen gegangen, mit genug Gold in ihren Taschen, um bis an ihr Ende versorgt zu sein, und der Erinnerung an eine lange vergnügliche Reise, von der sie im Dorf erzählen würden. Marian hatte sich für den Tod entschieden.

Selbstverständlich würde ich seinen Wunsch respektieren, doch der Gedanke erfüllte mich mit Unbehagen. Sein Körper hatte meinen Geist so oft beherbergt, ich wollte ihm zumindest einen schnellen und schmerzfreien Tod bereiten. Vielleicht würde ich ihm seinen heimlichen Wunsch erfüllen und ihn auf mir reiten lassen. Wie würden zum obersten Himmel hinaufsteigen. Merian wusste, wie sehr ich es hasste, das Reittier für einen Menschen zu spielen. Doch für ihn würde ich es tun. Wir würden so hoch fliegen, wie ich es vermochte, und dann würde ich ihn fallen lassen. Bis er am Boden aufschlug, wäre er bewusstlos. Ja. Das wäre ein würdiger Tod für meinen treuen Ergebenen. Zufrieden, weil ich so schnell eine gute Lösung für Merians Tod gefunden hatte, richtete ich meine Aufmerksamkeit wieder auf Rodin.

Dieser starrte mich an. »Und wozu haben wir das Theater vorhin veranstaltet?«

»Dein Buch hat dir nichts darüber verraten, was das *Ritual* in Wirklichkeit ist, nicht wahr?«

»Was meinst du?«

»Ich meine, dass du dabei vor allem an rituelle Handlungen gedacht hast. Der Schnitt mit einem Drachendolch, dein Blut, mein Blut, das wir mischen und trinken werden.«

»Richtig.«

»Das gehört dazu, und wir werden es tun. Das Ritual an sich ist nichts anderes als eine von vielen Seiten der Drachenmagie. Die Magie beobachtet unser Zusammentreffen, seit du die Höhle betreten hast, und sie urteilt darüber. Ich habe mit meinem Angriff auf dich meine Stärke und meinen unbedingten Siegeswillen demonstriert, während du ihr gezeigt hast, was für ein niedliches Mäuschen du bist.«

Rodin zuckte mit den Schultern. »Es ist, wie es ist.« Er schloss die Augen und entspannte auf gewohnte Art seine Muskeln. Die Spannung wich aus seinem Körper. Seine Gesichtszüge wurden friedvoll. Wo kam diese Gelassenheit her? Er sollte Todesangst empfinden und nicht die heitere Zuversicht eines Drachenweisen! Tief in mir brodelte ein zorniges Feuer. Drachenfeuer war etwas höchst Lebendiges. Es reagierte feinfühlig auf jede noch so kleine Emotion und ließ sich nur steuern, indem ich das entsprechende Gefühl in mir zuließ oder sogar absichtlich erzeugte. War ich gut gelaunt, nach einer reichlichen Mahlzeit, zum Beispiel, glühte es sacht vor sich hin, und spuckte ich dann eine Flamme, würde sie ins Orange und Kupferfarbene spielen. Brannte dieses Feuer in mir, wollte ich am liebsten Blumenkränze flechten, um sie einer schönen Frau um den Hals zu hängen. Ich mochte mich, wenn ich friedlich war. Nie für lange Zeit natürlich und nicht allzu oft.

Am entgegengesetzten Ende der Skala stand ein Feuer, das ich nur mit einer Mischung aus Angst und Verzweiflung in mir wachrufen konnte. Es war meine verderblichste Flamme, violett und kalt. Fähige Wandler, wie beispielsweise Rodin einer war, besaßen mächtige Selbstheilungskräfte. Eine großflächige Verbrennung von violettem Feuer zu heilen vermochten jedoch selbst sie nicht. Was folgte, war ein grausamer Todeskampf, der erst endete, wenn sie ihre Heilmagie restlos verbraucht hatten. Mit dieser Flamme zu arbeiten bereitete mir kein Vergnügen, ganz im Gegenteil. Um sie erzeugen zu können, musste ich auf eine uralte hässliche Erinnerung zurückgreifen, was ich hasste, weil dieser Erinnerung mir meine Einsamkeit bewusst machte.

Drachenfeuer diente im Übrigen nicht nur dazu, Feinde anzuzünden, es steuerte restlos alles, was ich mit Magie bewerkstelligte. Meistens war es eine Mischung verschiedenster Emotionen. Rodin beklagte sich beispielsweise gern über meine anhaltende Gereiztheit auf unseren Flügen zum Königshof und hatte keine Ahnung, dass ich diese Emotion oft sogar mühevoll schüren musste. Gereizt zu sein half mir jedoch, den nimmermüden Drachen zu geben, der scheinbar mühelos Stunde um Stunde unter den niederen Himmeln segelte. Ohne wären auf einer solch langen Strecke mehr Pausen nötig. Nachdem ich bei unserem ersten gemeinsamen Flug aus Eitelkeit damit angefangen hatte, war der Standard für die zukünftigen Reisen gesetzt. Glücklich war ich darüber nicht.

Unruhig bewegte ich mich im Wasser hin und her. Die derart erzeugten Wellen schlugen leise gegen die steinerne Begrenzung. Ich bemerkte es, hielt inne und richtete meine Aufmerksamkeit wieder auf die beiden Männer vor mir. Merian hatte dreimal nachschneiden müssen, um Rodins Selbstheilung zum Trotz die Wunde offen zu halten. Inzwischen müsste sich jedoch genug Blut im Becher befinden, wir wollten schließlich nicht darin baden. *Marian, komm nun zu mir.* Ich öffnete das Maul und schob die Zunge vor. *Schneide mich.*

Marian handelte, ohne zu zögern. Blut quoll aus dem Schnitt hervor und füllte im Nu den Becher. Auf meinen Befehl hin reinigte Merian den Dolch. Dann ließ er ihn in die Tiefen des Sees fallen, wo ich mich später um ihn kümmern würde. Als das erledigt war, nahm er denn gefüllten Becher und schwenkte ihn, bis Rodins und mein Blut sich vermischt hatten. Einen Teil schüttete Merian mir ins Maul. Den Rest brachte er Rodin, der den Inhalt hinunterstürzte, ohne eine Miene zu verziehen. Danach schien es kurz, als müsste er sich übergeben. Genervt beobachtete ich, wie er würgte. Schließlich beruhigte sich sein Magen. Die nächsten Augenblicke vergingen in Schweigen. Rodin saß da mit geschlossenen Augen und atmete ruhig. Er strahlte tiefe Gelassenheit aus. Auch ich blieb regungslos. Merian hingegen trat nervös von einem Fuß auf den anderen. Verständlich. Er dachte vermutlich an seinen Tod, der nicht mehr lange auf sich warten lassen würde.

Auf einmal war die Höhle von tiefen Brumm- und, zumindest in meinen Ohren, melodischen Zischlauten erfüllt. Rodin wirkte überrascht. Er sah sich nach der Quelle des Gesangs um, und ich hatte das Gefühl, als lausche auch er aufmerksam. Schwindel erfasste mich. Ich war darauf vorbereitet und wehrte mich nicht. Das Gefühl verging rasch. Rodin hingegen fiel um wie ein Stein. Hart schlug sein Kopf auf dem Boden auf. Er rührte sich nicht. Perfekt.

In den folgenden Minuten schuf die Drachenmelodie den Gedankenraum, zu dem Rodin und ich gemeinsam Zutritt haben würden. Da er bewusstlos war, blieb es mir überlassen, wie sich diese Umgebung anfangs gestaltete. Wenn mein unbedarfter Freund später aufwachte, würde er sich nackt an einem Baum hängend in der Wüste wiederfinden, verwirrt und hilflos. Fast tat es mir leid, ihm das anzutun. Er hatte sich bisher gut geschlagen. Solange er jedoch damit beschäftigt war, sich im Gedankenraum zurechtzufinden, würde er mir in der echten Welt nicht in die Quere kommen. Rodins Körper war nun nicht mehr allein seiner, und derjenige von uns beiden, dem es gelang, sich von Anfang an darin festzusetzen, bekäme die Macht, darüber zu bestimmen. Gut gelaunt betrachtete ich Rodins reglosen Körper. Ich summte in Gedanken die Melodie, mit der er mich vorhin für kurze Zeit verwirrt hatte. So dumm war der Text eigentlich gar nicht. Der Gewinner war ich. Ich ganz allein, und ich bekam alles. Alles! Und Alice war sozusagen die Kirsche auf dem Sahnehäubchen.

Im Berg

Die Kutsche hielt mit einem leisen Ruck. Ich hatte nicht geschlafen, fühlte mich jedoch benommen vor Müdigkeit. Gähnend streckte ich mich. Dabei sah ich zu Myrkur. Er saß inzwischen wieder auf der gegenüberliegenden Bank. Als sich unsere Blicke trafen, stutzte ich. »Rodin?«

»Ja.« Er klang sowohl erstaunt als auch erfreut. »Wie hast du so schnell erkannt, dass ich es bin?«

»Am Gesichtsausdruck. Myrkur und du mögt euch denselben Körper teilen, aber wie soll ich sagen, der jeweilige Bewohner drückt ihm den eigenen Stempel auf.« Ich setzte mich zu ihm hinüber und schlang ihm in einer spontanen Anwandlung die Arme um den Hals. »Schön, dich zu sehen.«

»Alice.« Rodin vergrub sein Gesicht in meinem Haar. Er drückte mich so fest an sich, dass ich kaum atmen konnte. Dann rückte er ein Stück zurück, um mir in die Augen sehen zu können. »Dir geht es gut?«

»Ja.« Ich spürte, wie er am ganzen Körper zitterte. »Aber dir nicht, oder?«

»Mit mir ist alles in Ordnung.«

»Von wegen, du …«

Er unterbrach mich. »Ich weiß nicht, wie lange ich in meinem Körper sein kann. Bis jetzt bestimmt Myrkur ganz allein darüber.«

»Warum hat er dich zurückgelassen?«

»Anscheinend hat er etwas als Drache zu erledigen, bei dem er zu hundert Prozent anwesend sein möchte.« Rodin atmete tief ein. »Du ahnst nicht, wie gut es tut, dich zu sehen.« Er nahm meine Hände in seine. »Wir müssen über dich und Myrkur sprechen, über das, was dich mit ihm erwarten wird.«

Ich schüttelte energisch den Kopf. »Wir müssen darüber sprechen, wie du die Gewalt über deinen Körper zurückgewinnen kannst. Es muss einen Weg geben, dieses Ritual rückgängig zu machen.«

»Das Ritual rückgängig zu machen ist nicht mein Ziel. Zwar würde ich gern selbst darüber bestimmen, wann ich Myrkur in meinen Körper hineinlasse und wann nicht, doch es ist besser ausgegangen, als ich gedacht hätte. In kurzer Zeit hatte ich jetzt schon zweimal die Gelegenheit, mit dir zu sprechen.«

»Ich weiß inzwischen, warum du dich darauf eingelassen hast. Du willst mich beschützen. Myrkur hat es mir gesagt.«

Er zog eine Grimasse.

»Was?«

»Gerade wollte ich sagen, dass du ihm auf gar keinen Fall trauen darfst.«

»Dann stimmt es nicht, was er gesagt hat.«

»Doch.«

Ich sah ihn ratlos an.

»Seit ich ihn kenne, lügt er. Ständig. Oft auch nur, weil ihm das unverständlicherweise Vergnügen bereitet. Wirst du auf meine Warnung hören?«

»Ich nehme sie zur Kenntnis, mach mir aber lieber mein eigenes Bild von Myrkur.«

Rodins Gesicht wurde finster.

»Er hat mir versprochen, dass er mich nicht belügt.«

»Myrkurs Versprechen haben keinen Wert.«

»Ich möchte meine eigenen Erfahrungen machen.«

Doch Rodin gab immer noch nicht auf. »Du kennst ihn nicht so wie ich.«

Ich wollte diese womöglich kurze Zeit, in der Rodin in seinem Körper zurück war, nicht mit Streit vergiften und schluckte meinen Ärger daher hinunter. Sanft sagte ich: »Oder ich habe einfach keine Vorurteile. Können wir das Thema bitte lassen?«

Rodin nickte langsam. Er wirkte betroffen. »Sein Gift beginnt bereits in mir zu wirken.« Er senkte den Kopf. »Ich fühle, wie sich die

Grenze zwischen Myrkurs Wesen und meinem in rasender Geschwindigkeit verschiebt. Wenn ich es recht bedenke, muss ich dich vor mir warnen und nicht vor ihm.«

»Du musst dir die Zeit geben, dich in dieser irren Situation zurechtzufinden. Ihr beide müsst das.«

Er schüttelte den Kopf. »Ich bin zeit meines Lebens ein ausgeglichener Mensch gewesen. Seit der Vereinigung kämpfe ich gegen eine innere Wut an, die so überwältigend ist, dass sie meinen Widerstand schon fast ausgelöscht hat. Ich möchte um mich schlagen und verletzen. Sogar dich möchte ich verletzen.«

Ich strich mit federleichten sanften Berührungen über die Narben an seiner Hand. In ersten Moment merkte ich, wie unwohl Rodin sich damit fühlte, doch dann sah ich, wie sich sein Körper entspannte. Leise sagte ich: »Du würdest mich nie verletzen, da bin ich ganz sicher.«

Rodin beugte sich vor und sah mich eindringlich an. »Eigentlich sollte ich mich dir gegenüber wirklich wie ein Arschloch verhalten. Ich sollte alles tun, um dich gegen mich aufzubringen. Dann würdest du auf Abstand zu mir gehen, und wenn er sich in meinem Körper befindet, könnte er nicht ausnutzen, dass …« Er verstummte und schüttelte den Kopf.

»Du willst sagen, er würde es ausnutzen, dass ich dich mag?«

»Ja.« Rodins Stimme war rau. »Zumindest habe ich gehofft, dass du mich … magst.«

Ich lächelte ihn an. »Magst du mich denn?«

Rodin erwiderte mein Lächeln. »Mögen ist ein lahmes Wort, findest du nicht?«

»Welches Wort wäre dir denn lieber?«

»Hm.« Er sah mir tief in die Augen. »Es gibt größere und kleinere Worte, um seine Gefühle auszudrücken.«

»Ich glaube, es schadet nicht, erst mit den kleineren anzufangen.«

»Also mehr als mögen, aber weniger als Liebe. Was fällt dir da ein?«

»Ich bin in dich verliebt.«

Rodins Augen leuchteten auf. Er nahm mein Gesicht in beide Hände und dann küsste er mich.

Der Kuss war viel zu kurz, und als Rodin sich mit einem bedauernden Gesichtsausdruck zuerst löste, ließ er mich atemlos und sehnsüchtig zurück. Uns beiden war jedoch klar, dass es im Augenblick wichtiger war, miteinander zu reden. Er legte den Arm um mich und ich schmiegte mich an ihn. »Ich möchte noch etwas zu Myrkur sagen.«

»Ich bitte darum.«

»Ich kenne ihn bisher kaum. Er kann einen mit seiner Arroganz ziemlich nerven. Er ist aber auch liebenswert, und ich unterhalte mich gern mit ihm. Das möchte ich auch gern weiterhin tun.«

»Er sieht aus wie ich, und wenn du in mich verliebt bist«, bei diesen Worten wurde seine Stimme ganz weich, »dann überträgt sich das auch auf ihn, wenn er in meinem Körper steckt.«

»Ich kann es nicht komplett ausschließen. Du hast vorhin aber selbst festgestellt, dass ich dich auf Anhieb erkannt habe. Wenn sich jemand in eineiige Zwilling verliebt, schlägt das Herz doch auch nicht automatisch für den anderen Zwilling, nur weil sie identisch aussehen, oder?«

»Dabei gehst du davon aus, dass der andere Zwilling es nicht darauf anlegt.«

Ich fühlte Ärger in mir aufsteigen. »Haben wir auch noch wichtige Themen zu besprechen? Wenn nicht, würde ich sonst nämlich lieber wieder auf das Küssen zurückkommen.«

»Wir müssen über Myrkur sprechen, tut mir leid. Er ist ein gefährliches Raubtier. Ich werde ihm ähnlich, und das macht mir eine Höllenangst. Möchtest du wissen, was er im Augenblick tut?«

Ich nickte und sah ihn beklommen an.

»Wie ich schon sagte, geht der Herr Drache ganz privaten Plänen nach. Er fliegt irgendwo dort oben, so hoch wie nie zuvor in seinem Leben, und wozu? In seinen Klauen kauert Merian. Der Mann ist vermutlich schon halb erfroren, und ich möchte mir gar nicht vorstellen, was für Angst er haben muss. Sobald Myrkur ganz oben ist, plant er, ihn fallen zu lassen. Er wird ihn kaltblütig töten, weil er ihn nicht mehr braucht.«

Vor Entsetzen riss ich die Augen auf. »Kannst du nicht in den Drachenkörper hinein und es verhindern?«

»Als ob ich das nicht längst probiert hätte.« Er lachte bitter auf. »Es war von Anfang an ein lächerlicher Versuch. Ich kann ja nicht einmal in meinen eigenen Körper, wenn ich es will.«

Ich beugte mich zum Fenster und sah hinaus. »Wie weit oben fliegen sie?«

»Weit oberhalb der Wolkendecke.«

Ich schluckte und hoffte aus ganzem Herzen, dass nicht gleich ein Menschenkörper aus dem Himmel fallen würde. Ich wandte mich vom Fenster ab und sah Rodin an. »Er bekommt mit, worüber wir hier sprechen, oder?«

»Ich nehme an, dass er zumindest mit halbem Ohr zuhören wird.«

»Hey, Myrkur. Würdest du mir bitte kurz zuhören?« Ich sah Rodin tief in die Augen, versuchte, an ihm vorbei Myrkur zu erreichen. »Vielleicht glaubst du, dass es einen guten Grund gibt, Merian zu töten, aber bestimmt finden wir auch eine andere Lösung. Bitte, bitte kommt zurück.« In Rodins Augen fand ich keine Spur von Myrkur. »Denkst du, er lässt sich davon umstimmen?«

Er schüttelte bedauernd den Kopf, dann klopfte er gegen die Seitenwand der Kutsche. Zu mir sagte er: »Mach die Knöpfe bis oben zu und setz die Kapuze auf.«

Ich sah ihn spöttisch an, tat aber, was er gesagt hatte.

Der Kutscher riss die Wagentür auf.

Ich ergriff die Hand, die er mir hilfsbereit entgegenstreckte, und sprang hinaus. Seit wir die Ebene hinter Ellinors Anwesen hinter uns gelassen hatten, war es stetig bergauf gegangen. Erst hier draußen sah ich jedoch den Berg, der in Fahrtrichtung vor uns aufragte.

Rodin sagte zum Kutscher: »Du kannst im Inneren der Kutsche auf unsere Rückkehr warten.«

»Danke, Herr. Aber ich bleibe lieber draußen und genieße den Frühling. Werdet Ihr Euch lange aufhalten?«

Er genoss den Frühling? Ich knöpfte eilig meinen Mantel bis obenhin zu, um dem schneidenden Wind zu entgehen, und erwartete halb, dass Rodin darauf bestehen würde, dass der Kutscher in unser Gefährt stieg. Doch anscheinend bekam nur ich gute Ratschläge wegen des Wetters.

»Wir bleiben eine Weile, denke ich. Häng den Pferden ruhig den Futtersack vor.« An mich gewandt sagte er: »Wir müssen da entlang.«

Ich spähte unter dem Rand meiner Kapuze hervor zu dem Weg, der sich in einiger Entfernung bergauf schlängelte. Er war breit genug, um mehreren Menschen nebeneinander Platz zu bieten. Rechts und links davon türmte sich meterhoch der Schnee. Der Weg selbst sah aus, als sei er vereist. Meine Vermutung bestätigte sich, als wir ihn erreichten. Die Eisfläche war mit helleren und dunkleren Stellen versetzt, die ein Schuppenmuster darstellten.

»Oh! Wie wunderschön!«

»Das ist neu.« Rodin betrachtete den Weg kritisch. »Reine Angeberei. Er will zeigen, wie präzise er mit seinen Flammen umgehen kann.«

»Es ist ja auch eine tolle Arbeit.«

Daraufhin zuckte Rodin nur mit den Schultern.

Wir gingen los. Ich hatte keine Ahnung, wie Rodin es anstellte, dass er nicht ausrutschte, doch ich selbst kam kaum einen Schritt voran. Sein Rücken vor mir wirkte abweisend, weswegen ich ihn zunächst nicht darum bat, meine Hand zu nehmen. Nach kurzer Zeit gab ich mich dann doch geschlagen. »Darf ich mich bitte bei dir einhängen?«

Rodin, der ein ganzes Stück vor mir ging, drehte sich um. Er sah mich lange an, ehe er zu mir hinunterschlitterte. Kommentarlos reichte er mir seinen Arm.

Wir hatten ungefähr die Hälfte des Weges geschafft, als er stehen blieb. Er sah mich düster an. »Vielleicht hat Myrkur den Weg dir zu Ehren geschaffen.«

»Das wäre eine nette Geste.«

»Ja. Das wäre es.«

Dass er das anerkennen konnte, machte mich froh. Wir gingen weiter. »Wie viele Drachen gibt es eigentlich insgesamt?«

»Niemand kann es genau sagen. Drachen sind nicht gerade gesellige Wesen.«

»Vielleicht haben mehr Menschen mit ihnen Kontakt, als man meint.« Ich schluckte und dachte an die Grauen, die Myrkur verbrannt hatte. »Sie bekommen nur keine Möglichkeit, es zu erzählen.«

Rodin wusste auf Anhieb, was ich meinte. »Die Grauen sind durch Magie daran gebunden, dem Befehl ihres Anführers strikt zu gehorchen. König Walther hat das bestimmt, nachdem einige aus der Garde deiner Mutter dabei geholfen haben, aus Wynterhaav zu fliehen. Sie missachteten einen direkten Befehl.«

Ich wusste, dass Rodins Vater einer dieser Grauen gewesen war, und sah ihn mitfühlend an, doch er vermied es, mir in die Augen zu sehen. »Dann gibst du nicht Myrkur die Schuld am Tod so vieler?«

»Adlon hätte gar nicht erst versuchen sollen, Ellinors Wehre zu überwinden.«

»Hätte er das denn so leicht gekonnt?«

»Nicht gerade leicht. Aber früher oder später wäre es möglich gewesen. Ellinor sitzt direkt an der Quelle der Familienmagie, und das ist natürlich ein Vorteil. Doch die Kraft von Adlon und seinen Männern speist sich aus der königlichen Magie, und die ist, wenn es darauf ankommt, allem überlegen.«

»Und dann kam plötzlich ein Drache ins Spiel. Adlon hat wohl nichts geahnt.«

»Dennoch hätte er es immer noch in der Hand gehabt, ihren Tod zu verhindern. Jeder Wandler kann zu einem kleinen Tier werden. Auf diese Weise habe ich mich selbst schon mehr als einmal vor Myrkurs Flammen gerettet.«

»Auf diese Weise hat sich Adlon vom Acker gemacht.«

»Richtig.«

»Was bedeutet das für uns?«

»Es ist leider sehr wahrscheinlich, dass wir auf unserer Reise noch einmal ihm und einem neuen Trupp von Grauen begegnen werden.«

»Können wir verhindern, dass es wieder Tote geben wird?«

Darauf blieb Rodin mir die Antwort schuldig.

Die letzten Meter waren besonders steil und rutschig. Wir hatten aufgehört zu reden. Schwitzend und keuchend kämpfte ich mich hinauf.

»Wir sind gleich da. Wappne dich für einen unappetitlichen Anblick. Myrkur ist nicht das, was man einen gesitteten Esser nennt, und er lässt seine Reste gern vor dem Höhleneingang herumliegen.«

Ich wollte gerade fragen, was er damit genau meinte, doch da hatten wir die Anhöhe endlich erreicht und ich sah es auch schon.

Vor uns ragte der Berg steil in die Höhe. Ein sich nach oben hin verjüngender Spalt im Fels bildete den Höhleneingang. Der festgestampfte Schnee auf dem weiten Platz davor war mit großen Flecken einer gräulichen schmierigen Pampe befleckt, aus der hier und da Knochenstücke hervorragten. Blut war keins zu sehen. Nach der wunderschönen Wegstrecke bis hierher war dieser Anblick besonders verstörend. »Igitt. Hat er eine, äh, Verdauungsstörung?«

»Es ist einfach die Art und Weise, wie ein Tier frisst. Du kannst ja gern versuchen, ihm Tischmanieren beizubringen.«

Um nicht auf Myrkurs Hinterlassenschaften treten zu müssen, gingen wir am äußersten Rand des Vorplatzes zum Eingang. So oft ich in meiner Zeit bei Ellinor gehört hatte, dass Myrkur für seine Flugdienste mit Schafen bezahlt wurde, begriff ich erst jetzt so richtig, was das in Wirklichkeit bedeutete. »Vielleicht verträgt er doch nur einfach Schaffleisch nicht. Ich werde ihm vorschlagen, es mal mit Gras zu versuchen.«

»In diesem Fall wirst du dich damit beeilen müssen, deine Argumente zu untermauern. Sonst könnte es passieren, dass du zu einem leckeren Happen wirst. Wenn er dich erst einmal in seinen Backentaschen verstaut hat und du darauf wartest, zerkaut zu werden, wird dir die Lust daran nämlich vergehen.«

»Macht er das so mit den Schafen?«

»Ja.«

»Falls du das hier irgendwie mithörst, Myrkur, ich habe nur Spaß gemacht!«

Rodin grinste. Es war offensichtlich, wie sehr er es genoss, Myrkur vor mir als Scheusal darzustellen. Und es funktionierte. Es schüttelte mich geradezu bei dem Gedanken an das Leid der armen Schafe.

Rodin holte eine winzige magische Lichtkugel aus seiner Jackentasche und warf sie in die Luft. Das warme gelbe Licht wurde von der Schwärze in der Höhle fast verschluckt, weswegen wir langsam gingen. Ab und zu gab Rodin der Leuchtkugel einen Schubs, damit sie sich in Bewegung setzte und den Boden vor uns beleuchtete. Trotzdem trat ich vor allem auf den ersten Metern ständig auf etwas, das sich selbst unter meinen dicken Ledersohlen schleimig und einfach widerlich anfühlte. Mein Schritt wurde immer verhaltener. Ich biss die Zähne zusammen.

»Gleich wird es besser. Er bleibt beim Fressen üblicherweise im vorderen Teil.«

»Schon gut.« Ich war froh, dass Rodin nach vorn sah und mein angeekeltes Gesicht nicht bemerkte, denn dann bekam es auch

Myrkur nicht mit. Weil ich ihn als Mensch kennengelernt hatte, war ich davon ausgegangen, dass er uns ähnlich war. Nun erkannte ich, dass ich so nicht denken durfte. Ihn zu vermenschlichen würde mich zu Fehleinschätzungen verleiten.

Rodin schlug einen leichten Ton an. Er wollte mich ablenken. »Ich vermisse die Anderswelt und überhaupt mein Leben dort mit dir. Es hätte mir gar nichts ausgemacht, für immer dein Kater zu bleiben.«

»Darf ich dich an das Katzenfutter erinnern? Und an die Fellbälle, die du ständig hochgewürgt hast?«

Er zog eine Grimasse. »Stimmt auch wieder. Und du? Was fehlt dir aus der Anderswelt?«

»Meine Zentralheizung!« Ich lachte. »Und selbstverständlich Earl Grey zum Frühstück! Mmh, so heiß, dass man sich daran beinahe die Zunge verbrennt. Und ein Nachmittag im Kino.« Ich seufzte. »Eine Liebesschnulze, Popcorn und keine Sorgen. Der absolute Traum.«

Rodin gab ein erstauntes Geräusch von sich. »Ich wusste gar nicht, dass du trotzdem gern ins Kino gehst.«

Das *trotzdem* verwirrte mich für einen Augenblick. Dann traf es mich wie ein Blitz. Ich riss die Augen auf. »Glaubst du, dass man ein Trauma einfach vergessen kann, nur weil man sich nicht mehr in der gewohnten Umgebung befindet?«

Er zuckte die Schultern. »Über Traumata weiß ich zu wenig. Der Kinobrand ist schon eine ganze Weile her. Vielleicht bist du inzwischen einfach darüber hinweg.«

»Dass es mit der Zeit leichter wird, an ihren Tod zu denken, okay, aber gerade hatte ich es völlig vergessen, Rodin, vergessen, auf welch schreckliche Art meine Eltern umgekommen sind! Ich wollte einen Kinofilm ansehen und Popcorn essen wie ein ganz normaler Mensch. Ich bin ein Monster!«

»Ruhig, Füchschen.« Rodin nahm meine Hand und sah mich zärtlich an. »Du hast deine Eltern geliebt.«

»Natürlich!«

»Dann halte an dem Gefühl fest, denn nur das zählt. Dem Ort, an dem sie den Tod gefunden haben, solltest du keine Macht über dich verleihen.«

Ich schluckte. Leicht gesagt, aber Rodin hatte natürlich trotzdem recht. Auf welche Weise sie gestorben waren, sollte nicht schwerer wiegen als die Liebe, die ich für sie empfunden hatte. Trotzdem. War es nicht sonderbar, dass ich den Kinobrand vollständig vergessen hatte? Rodin streichelte mit dem Daumen über meinen Handrücken, doch in mir war weder Platz für romantische Gefühle noch für Herzklopfen. Seit wir uns in der Höhle befanden, zerbrach ich mir nämlich den Kopf darüber, wie ich ihn unauffällig wegen einer Schuppe fragen könnte. Ich kannte die Antwort zwar schon, dennoch vergewisserte ich mich noch einmal. »Myrkur bekommt alles mit, worüber wir sprechen.«

»Zumindest, wenn er sich entscheidet, aktiv mitzuhören, und ich kann mir keinen Grund vorstellen, warum er das nicht wollen sollte.«

»Kann er auch deine Gedanken lesen?«

»Es ist nur eine Theorie, aber ich nehme an, er spürt die ungefähre Richtung, in die es geht, und kann dann mein Gedächtnis nach Hinweisen durchforsten.«

Ich dachte einen Moment nach. »Erinnerst du dich an das eine Katzenfutter, das du nicht vertragen hast? Antworte nur mit Nicken oder Kopfschütteln.«

Rodin nickte und sah mich neugierig an.

»Erinnerst du dich auch daran, was das Problem war?«

Seine Antwort kam wie aus der Pistole geschossen. »Ein viel zu geringer Fleischanteil.«

Ich schoss ihm einen genervten Blick zu. »Das meinte ich nicht. Denk an die weiteren Auswirkungen. Äußerliche Auswirkungen.« Rodins Katzengestalt hatte auf das erste Futter, das ich für ihn besorgt hatte, mit trockener Haut und Schuppenbildung reagiert. Sobald ich ihn gestreichelt hatte, waren sie wie Schneegestöber aus seinem Fell gerieselt.

In seinen Augen blitzte Verstehen auf. »Danach suchst du?«

»Ja.«

»Ich kann vermutlich helfen.«

Meine Laune stieg. »Ich habe außerdem nachgedacht.«

»Worüber?«

»Wenn Myrkurs Wesen auf dich abfärbt, dann umgekehrt du vielleicht auch auf ihn?«

»Unwahrscheinlich.«

»Abwarten.« Ich drückte seine Hand. »Wie kann ich mir diese Verbindung zwischen euch überhaupt vorstellen?«

»Dieser magische Gedankenraum, in dem sich derjenige befindet, der gerade nicht meinen Körper bewohnt, und die reale Welt sind durch einen Spiegel voneinander getrennt oder durch ihn verbunden, wie man es sehen mag. Jedes Mal, wenn wir den Platz tauschen, müssen wir durch ihn hindurch. Durch ihn hindurch kann ich sehen, was Myrkur sieht.«

»Kann Myrkur zugleich im Gedankenraum und in seinem Drachenkörper sein?«

»So ist es.«

»Wieso gerade ein Spiegel?«

»Erinnere dich an die Augen zu Hause in unseren Türen. Der Spiegel scheint die Art und Weise zu sein, wie sich die Drachenmagie manifestiert.«

Ich runzelte die Stirn. »Santina hat erzählt, dass die magischen Wesen keine eigenen Quellen besitzen, sondern von überallher Magie in sich aufnehmen können. Bei Drachen ist es folglich anders und sie besitzen eine eigene Quelle?«

»Darüber musste auch ich erst nachforschen, und ich bin alles andere als sicher über das, was ich erfahren habe. Ich kann ein wenig in Myrkurs Gedächtnis lesen, doch er speichert seine Erinnerungen auf andere Art und Weise, wie ich es tue. Sein Wissen und alles, was er erlebt hat, ist in unzähligen Kammern abgelegt, und das leider nach einem System, das für ihn logisch sein mag, für mich jedoch nicht. Stell dir eine Erinnerung wie ein Puzzle vor. Einige der zugehörigen Puzzleteile sind blau und liegen in einer Kammer, in der er blaue Teile von unzähligen anderen Puzzles sammelt. Dann wiederum gibt es Kammern, in denen man nur findet, was mit Wärme zu tun hat oder mit einem bestimmten Wort, einem Gefühl. Ich habe auch in Kammern geblickt, in denen ich gar keinen Zusammenhang zwischen den einzelnen Puzzleteilen finden konnte. Hinzu kommt seine lange Lebenszeit. Es ist schwer ja, fast unmöglich, einzelnen Fragen nachzugehen.«

»Könnte es damit zusammenhängen, dass Drachen sich öfter durch dieses Ritual verbinden?«

»Inwiefern?«

»So wie ich es verstehe, geht es bei dem Ritual darum, seine Kräfte zu vereinen. Einer hat dann Myrkurs Position als Anführer inne, oder wie man das nennen möchte. Koordinator vielleicht? Da es alles andere als einfach ist, sich aus der Erinnerung und dem Wissen der einzelnen Drachen zu bedienen, wird verhindert, dass der Anführer ganz allein die Macht besitzt.«

»Ein guter Gedanke.«

»Was ist mit seiner Magie? Hast du wenigstens darauf vollen Zugriff?«

»Nein.«

»Aber er darf jederzeit in deinen Körper? Das ist unfair.« Ich gab der Lichtkugel einen ärgerlichen Schubs, der sie wieder ein Stück weiter durch die Höhle beförderte. »Andererseits ist bis jetzt einfach noch zu vieles unklar. Könnte es nicht sein, dass dieses Ritual die Kräfte bereits gerecht unter euch aufgeteilt hat? Du könntest beispielsweise über eine Stärke verfügen, die Myrkur nicht besitzt und auf die er angewiesen ist.«

»Was soll das sein?«

»Er hat mir von deinen drei Bewusstseinsebenen vorgeschwärmt. Außerdem kennst du dich ziemlich gut in der Anderswelt aus und am Königshof auch. Sagt man nicht, dass Wissen Macht ist?«

Rodin lächelte mich warm an. »Das passt zu einem Gedanken, den ich hatte. Es scheint, dass die Drachenmagie uns zur Zusammenarbeit zwingen möchte. Dennoch, solange Myrkur meinen Körper beherrscht, ist er im Vorteil.«

»Vorteil, Nachteil, das ist doch Quatsch, wenn es eigentlich um die Sache gehen sollte, oder nicht?« Ich dachte wieder an meinen Auftrag mit der Drachenschuppe. Ellinor hatte offenbar einen Plan. Einerseits hoffte ich natürlich, dass sie Rodin damit helfen können würde. Andererseits mischten wir uns dadurch in etwas ein, was dieses magische, lebendige, spannende und gleichzeitig erschreckende Drachenritual geplant hatte. Ich war nicht mehr zu hundert Prozent sicher, ob das eine gute Idee war, ihr die Schuppe mitzubringen. Ich rückte ein Stück näher an Rodin heran und sah ihm im Schein des magischen Lichts tief in die Augen. »Was kann ich tun, um dich aufzumuntern?«

Seine Miene hellte sich auf. »Flirtest du gerade mit mir?«

»Vielleicht ein bisschen.«

Er blieb stehen, beugte sich zu mir herab, küsste mich jedoch nur auf die Stirn. Als ich ihn enttäuscht ansah, lächelte er. »Versteh mich nicht falsch, Füchschen, ich bin ganz dafür, dass wir flirten. Aber was ist mit Kjell? Ich habe vorhin gefragt, was du aus der Anderswelt vermisst, und eigentlich erwartet, seinen Namen zu hören. Denkst du oft an ihn?«

»Diese Antwort habe ich dir schon gegeben. Ich habe mich in dich verliebt.«

Rodin nahm mich erneut in seine Arme. Er küsste mich. Im ersten Moment sanft, dann hungrig und voller Leidenschaft. Ich drängte mich an ihn, wäre am liebsten in ihn hineingekrochen. Zwischen uns war eine ganze Menge Pelz, dennoch bildete sich überall auf meinem Körper Gänsehaut. Und vermutlich bildete ich es mir nur ein, doch ich hatte den Eindruck, als würde die Tätowierung an meinem Unterarm sanft prickeln. »Rodin?«

»Hm?«

»Sind wir verlobt oder bereits verheiratet?«

»Verlobt.«

Ich hob den Kopf, um ihm in die Augen zu sehen. »Myrkur hast du denken lassen, dass ich deine Ehefrau bin. Ich hatte den Eindruck, dass er ein wenig beleidigt war, weil du ihn angelogen hast.«

Rodin schnaubte auf eine Art, die mich sehr an die des Drachen erinnerte. »Und das von dem größten Lügner in dieser und allen Welten. Wie scheinheilig.«

»Nicht unbedingt. Wer weiß, was er vor eurer Zeit alles erlebt hat. Mir fallen hundert Gründe ein, warum jemand glauben könnte, nur mithilfe von Lügen durchs Leben zu kommen. Vielleicht weiß er sogar, dass es genau diese Eigenart ist, die ihn daran hindert, ernsthafte Freundschaften zu schließen. Vielleicht bewundert er dich heimlich sogar für deine Ehrlichkeit.«

»Er ist kein Mensch.«

»Ja, ich weiß, aber …«

»Nein. Du weißt nicht. Mit deinen Worten eben hast du es bewiesen. Sosehr ich deinen Wunsch verstehe und schätze, in jeder Kreatur nach einem guten Kern zu suchen, ist eine derartige Weltsicht in Wynterhaav naiv. Naiv und gefährlich.«

Auf einmal war die leichte Stimmung zwischen uns verflogen. Hitze stieg mir in die Wangen. »Deine Worte lassen mich wie ein dummes Kind wirken. Es stimmt, ich bin überzeugt, dass Myrkur eine gute Seite hat. Er hat versprochen, mich nicht anzulügen, und ich habe keine Veranlassung, ihm das nicht zu glauben. Im Gegensatz zu dir habe ich ihm in die Augen gesehen, als er mir das Versprechen gab.«

Wir waren wieder stehen geblieben. Rodins Miene vereiste. Er trat einen Schritt zurück und verschränkte die Arme vor der Brust.

Erschrocken sah ich ihn an. »Entschuldige bitte, das war unter der Gürtellinie.« Ich streckte ihm die Hand entgegen. Rodin gab vor, sie nicht zu sehen. »Komm wieder her. Bitte.«

Er gab der Leuchtkugel, die vor uns still in der Luft schwebte, einen Schubs. »Das Licht hält nicht ewig. Wir sollten weitergehen.«

»Nimmst du meine Entschuldigung an?«

»Natürlich.«

»Wenn du das ernst meinst, solltest du jetzt nicht mehr so kühl zu mir sein.«

»Adlon hat deine Schwäche erkannt, in allem und jedem das Gute sehen zu wollen, und sie prompt ausgenutzt. Er musste sich dir nur als Tattergreis nähern, ein bisschen jammern, und prompt hast du vom Schrumpfungstrank genippt.« In Rodins Augen glomm ein bedrohliches Funkeln, als er zu mir herübersah. »Mit einem Ergebnis, das wir gut kennen.«

Ich war schon drauf und dran, ihn zu erinnern, dass es früher am besagten Abend genau diese angeblich so naive Gutherzigkeit gewesen war, die einer Wespe das Leben gerettet hatte. Sein Leben. Ich schluckte den Einwand hinunter, da es mir zu billig vorgekommen wäre, ihm das vorzuhalten. Vor allem, da anschließend wiederum er es gewesen war, der mich vor Adlon gerettet hatte. Ich atmete tief durch. »Belassen wir es dabei.«

Rodin nickte. Es kostete ihn sichtlich Mühe, doch es gelang ihm, ein Lächeln hinterherzuschicken. »Ist wohl besser. Mein Herz rast, wenn auch leider nicht von schönen Gefühlen. Ich weiß schon gar nicht mehr, was ich sage. Bitte entschuldige.«

»Schon gut. Ich muss mich ebenfalls entschuldigen. Ich habe dich viel tiefer verletzt.«

»Dennoch solltest du schlechtes Benehmen nicht entschuldigen. Besonders nicht von mir.«

»Und du solltest nicht immer versuchen, mir vorzuschreiben, wie ich mich verhalten soll. Verstanden?« Ich milderte den scharfen Ton mit einem Lächeln ab.

Rodin schenkte mir einen Blick, der mein Herz schlagartig zum Rasen brachte. Er nahm meine Hand, hob sie an die Lippen und drehte sie um, damit er einen Kuss auf meine Handfläche hauchen konnte. »Ich werde es beherzigen.«

»Gut. Danke.«

Wir gingen wieder ein Stück, schubsten abwechselnd die Leuchtkugel und trugen beide ein breites Lächeln im Gesicht.

Rodin, der mich genau beobachtet hatte, war schon einen Gedanken weiter. »Für ein richtiges Fest haben wir keine Zeit. Leider.«

»Ach was, das ist mir nicht wichtig.«

»Sicher?«

Ich dachte an den Karton unter meinem Bett in der Anderswelt, in dem ich Ideen für die Hochzeit mit Kjell gesammelt hatte. Rodin kannte diesen Karton, in dem sich auch die Vorlage für das Hochzeitskleid befunden hatte. Auf einmal sah die Sache ganz anders aus. Er hatte in meinen Sachen herumgeschnüffelt, ja, doch zu einem höheren Zweck. Ich sollte wenigstens nach außen hin die Hochzeit bekommen, die ich mir immer gewünscht hatte. Nun bedauerte ich es, vorhin auf den Blick in den Spiegel verzichtet zu haben. Ich rückte näher an Rodin heran und er legte seinen Arm um meine Schultern. Es geschah so selbstverständlich und fühlte sich bereits vertraut und vollkommen richtig an. »Wir sind gleich in der Haupthöhle.« Plötzlich spannte er sich merklich an.

Auch ich war augenblicklich alarmiert. »Myrkur? Ist er zurück?«

»Er schwebt gerade über seinem Flugloch.«

»Hat er Merian wieder mitgebracht?«

»Nein.« Dann sprach er schnell weiter. »Hör zu. Vielleicht bin ich gleich wieder weg. Myrkur ist gezwungen, mich für die Zeremonie in meinen Körper zu lassen. Im Anschluss daran wird er mich jedoch mit großer Sicherheit wieder vertreiben. Wenn das geschieht, dann merke dir eins, die Ehe darf unter gar keinen Umständen vollzogen werden! Auch nicht, wenn … sich die Dinge zwischen uns oder … zwischen euch vielleicht in diese Richtung entwickeln.«

»Oh. Über so was habe ich noch gar nicht nachgedacht.« Was eine fette Lüge war.

»Ich sag das nicht, weil ich etwas von dir erwarte, nur … nur, um, äh, sicherzugehen.«

»Verstehe.« Ich unterdrückte ein Lächeln. Er war niedlich, wenn er ins Stottern geriet.

»Ja nun, in Wynterhaav gibt es ein Ehegesetz. Mann und Frau leben zusammen, bekommen Kinder und dienen dem Herrscher, um es auf das Wesentliche herunterzubrechen. Eine Scheidung ist nicht vorgesehen. Die Einhaltung wird von der hauseigenen Magiequelle kontrolliert. Das hat sich über die Jahrhunderte so entwickelt. In manchen Familien geht es darum, die Erbfolge zu erfüllen, und mehr interessiert die Magiequelle nicht. Andere Quellen wiederum sind, so merkwürdig es sich in deinen Ohren anhören mag, konservativ und erwarten, dass die Eheleute zusammenleben. In Fall meiner Familienmagie bedeutet das Folgendes: Sollten wir keine *richtige* Ehe führen wollen, wird die Magiequelle mit großer Sicherheit nicht eingreifen. Das gab es schon früher in meiner Familie. Eine Trennung wird sie jedoch ebenso wenig akzeptieren. Das heißt, du könntest in Wynterhaav niemals einen anderen Mann ehelichen, aber wir beide können räumlich getrennt leben. Falls du irgendwann später immer noch in die Anderswelt zurückkehren willst.«

»Die Quelle deiner Familie will keinen Erben? Ist es nicht das, worum es sich immer irgendwie dreht?«

»Doch, so ist es auch bei uns. Allerdings liegt diese Last bei Ellinor, da die Quelle ihr allein gehört.«

»Sprich weiter.«

»Es gibt eine zweite Magiequelle, die deiner Familie.« Er sah mich ernst an. »Ich kann mir nicht vorstellen, dass sie uns eine kinderlose Ehe durchgehen lassen wird. Und noch jemand ist daran interessiert, seine Linie fortzuführen.«

»Myrkur?«

»Ich nehme an, er möchte nicht der letzte Drache auf dem Thron sein.« Seine Kiefermuskulatur verspannte sich. »Er wird versuchen, dich zu verführen.«

Auch ich zweifelte keine Sekunde daran. Wie ich mich damit fühlte, war mir jedoch nicht ganz so klar, wie es hätte sein sollen.

»Myrkur ist geschickt und erfahren, er wird alles tun, um seinen Status als Gemahl der Thronerbin zu sichern. Lass dich nicht von ihm verführen, auch wenn es dir schwerfallen sollte.«

Ich hob die Augenbrauen. »Ach? Du gehst davon aus, dass ich dagegen ankämpfen muss?«

Rodin schenkte mir ein schwaches Lächeln. »Er sieht immerhin aus wie ich …«

»Und wie könnte eine Frau jemals einem so scharfen Mann widerstehen.«

»Eben.«

Im schummrigen Licht, das die Leuchtkugel spendete, konnte ich seinen Gesichtsausdruck nicht genau erkennen, und auf einmal war ich nicht mehr sicher, ob Rodin oder Myrkur neben mir ging. Sonderbarerweise wollte ich es gar nicht wissen.

Danach schwiegen wir.

Schließlich wurde die Umgebung heller. Da es nicht auszuschließen war, dass ich später allein den Weg aus der Höhle finden musste, schnappte ich mir die Lichtkugel und steckte sie in die Manteltasche. Mein Herz klopfte bis in den Hals hinauf, und trotz der sonst so hilfreichen Atemübungen gelang es mir nicht, mich zu beruhigen. Myrkur am Himmel zu sehen war bereits ein überwältigendes Erlebnis gewesen, wie würde es erst sein, wenn ich ihm gegenüberstand? Und wie würde Rodin es fertigbringen, unter seinen Augen eine Schuppe zu stehlen? Vorausgesetzt, er war immer noch er selbst, der sich in seinem Körper befand.

Wir betraten eine geräumige Höhle. Offenbar bevorzugte Myrkur statt magischer Leuchtkugeln den Schein von Fackeln. Diese befanden sich jedoch vor allem im Eingangsbereich. Der hintere Teil der Drachenhöhle lag im Dämmerlicht. Als ich mich umsah, begriff ich zum ersten Mal, wo all die Möbelstücke aus Ellinors und Rodins Elternhaus geblieben waren. Die Höhle war voll davon. Schränke, Kommoden, Truhen, Tische und Kisten. Sämtliche Schubladen waren so vollgestopft mit Schmuckstücken, goldenen, mit Edelsteinen verzierten Gefäßen und Münzen, dass sie nicht einmal geschlossen werden konnten. Mein Blick wurde jedoch von einem Bereich in der Nähe des Sees angezogen. Dort schien es irgendwann einmal gebrannt zu haben, denn die da ausliegenden Teppiche wiesen schwarze Brandflecken auf. Mir wurde eiskalt. Ich hatte keinen Zweifel, dass Myrkur dafür verantwortlich war. Der Drache war jetzt allerdings nirgendwo zu sehen. »Wo ist er?«

»Keine Ahnung. Es gibt weitere Höhlen, die ich jedoch noch nie betreten habe.«

Ich musterte Rodin, bis ich sicher war, dass er immer noch er selbst war, dann gab ich ihm mit dem Ellenbogen einen Stoß in die Seite und sah ihn bedeutungsvoll an.

Rodin nickte. Er eilte zum See.

Ich ließ den Blick abermals durch die Höhle schweifen. Diesmal sah ich mich gründlicher um. Abgesehen von den Schubladen und Truhen, die aussahen, als kramte jemand darin regelmäßig herum, war es erstaunlich aufgeräumt. Auf einem großen, aus schönem dunklen Holz gefertigten Himmelbett lagen einige ordentlich zusammengefaltete Kleidungsstücke. In der Nähe befand sich ein Tisch mit fünf Stühlen. Darauf stapelten sich saubere Teller und einige Gläser. Ein greller Lichtschein zuckte durch die Höhle, und ich richtete den Blick nach oben. Dort, direkt über dem See entdeckte ich das Flugloch, von dem Rodin zuvor gesprochen hatte. Ein Blitz nach dem anderen teilte den Himmel. Der darauffolgende Donner war nur gedämpft zu hören und es regnete auch nicht herein.

Rodin war mittlerweile am See angekommen. »Rühr dich nicht vom Fleck!« Er warf mir einen letzten Blick zu, dann sprang er kopfüber ins Wasser. Jetzt hieß es bangen und warten.

Zunächst blieb ich brav am Eingang stehen. In meinem Mantel war es unerträglich warm, da ich jedoch keine Lust verspürte, mich schon wieder mit dem lästigen Verschluss abzuquälen, ließ ich ihn an. Rodin blieb verschwunden, und ich fragte mich, in was für ein Wassertier er sich verwandelt haben mochte. Schließlich setzten meine Füße sich wie von selbst in Bewegung. Ich schlenderte durch die Höhle und suchte dabei den Boden ab. Myrkurs Schuppen waren von tiefstem Schwarz, so hatte es jedenfalls für mich ausgesehen, als ich ihn am Himmel beobachtet hatte. Die Teppiche wiederum waren aus hellem Material gewebt. Wenn hier irgendwo eine Drachenschuppe herumlag, konnte ich sie gar nicht übersehen. Doch da war nichts. Und Rodin blieb nach wie vor verschwunden. Auf der linken Seite, etwa auf Höhe des Sees, entdeckte ich einen Durchgang. Er war kaum größer als eine normale Tür, weswegen ich nicht davon ausging, dass ich Myrkur dort vorfinden würde. Dann konnte ich es doch eigentlich wagen, oder? Schnell holte ich das Magielicht aus der Manteltasche, gab ihm einen kleinen Schubs. Befriedigt sah ich dabei zu, wie das Licht erst schwach glühte und dann immer stärker leuchtete, bis es den Raum erhellte. Diese magischen Kugeln waren nicht darauf ausgelegt, dass sie mit Magie aktiviert wurden, weshalb auch ich sie benutzen konnte. Trotzdem gab es mir jedes Mal das Gefühl, ebenfalls mit der Magie verbunden zu sein, wenn auch nur ein ganz klein wenig.

In jeder Ecke des Raumes stand, neben einem Bett mit zugehörigem Nachtkästchen, ein Schrank, eine Kommode und ein Schminkspiegel. In der Mitte befand sich ein runder Tisch mit vier Stühlen. Auch hier waren Boden und Wände mit Teppichen verziert. Auf einem der Nachttische stand eine Vase mit einem getrockneten Feldblumenstrauß. Der Raum atmete Verlassenheit. Rasch überprüfte ich die Schränke und sah auch in alle Schubladen. Ich fand nur einige Leinensäckchen mit getrocknetem Lavendel. Hierher würde niemand mehr zurückkehren, da war ich sicher.

Nachdem ich das Magielicht wieder in meine Tasche gesteckt hatte, ging ich in die Haupthöhle zurück, um dort noch einmal nach einer Schuppe zu suchen. Mir war der Gedanke gekommen, dass Myrkur seine Schuppen als so wertvoll erachten könnte, dass er sie unter den übrigen Schätzen versteckt hatte.

Für den Fall, dass statt Rodin Myrkur aus dem See zurückkam, verschränkte ich die Hände hinter dem Rücken, während ich langsam und mit aufmerksamem Blick seine Schätze betrachtete. Ich wollte ihn schließlich nicht auf falsche Ideen bringen.

Es war mein allerbester Einfall seit Langem.

Eine Stimme ertönte in meinem Rücken, kalt und bedrohlich. »Suchst du etwas Bestimmtes?«

Ich drehte mich um. An dem arroganten Zug um den Mund und den vor Misstrauen schmalen Augen erkannte ich ohne Schwierigkeit, dass es Myrkur war, der tropfnass und offensichtlich zornig auf mich zustiefelte. Er hinterließ wässrige Spuren auf den kostbaren Teppichen, was ihn wenig zu kümmern schien. Ich sah ihm ruhig entgegen. »Du bist ja richtig leise, wenn du es darauf anlegst.«

»Ich wollte dich nicht stören.« Er musterte mich kritisch. »Bei dem, was auch immer du vorhattest.«

»Hast du gedacht, ich wolle stehlen?«

»Du wärst nicht der erste Mensch, der beim Anblick von so viel Gold den Verstand verliert.«

Ich zuckte mit den Schultern. »Ich bin nicht heiß auf Schmuck. War es noch nie.«

»Vielleicht glaube ich dir das sogar.«

»Wie nett.«

»Und auf was bist du dann heiß?« Der Satz hätte anzüglich klingen können, gerade bei Myrkur, doch es schien eine ernst gemeinte Frage zu sein.

»Ich war neugierig, ob dir außer Schmuck und Gold auch noch andere Dinge wichtig sind.«

»Und was, zum Beispiel?«

»Erinnerungsstücke. Du weißt schon, Dinge, die sentimentalen Wert für einen haben.«

»So etwas besitze ich nicht.« Er hörte sich immer noch knurrig an, das misstrauische Funkeln in seinen Augen wich jedoch langsam.

Es tat mir leid, ihn zu täuschen, doch es musste sein. Ich betrachtete die klatschnasse Gestalt vor mir. Wie wahrscheinlich war es, dass Rodin eine Schuppe gefunden und genügend Zeit gehabt hatte, sie beispielsweise in der Jackentasche zu verstauen? »Willst du die nassen Sachen nicht ausziehen?«

Er hob die Augenbrauen. »Ist das eine wenig subtile Art, mir zu sagen, dass du mich gern nackt sehen würdest?«

»Du ruinierst deine Teppiche.«

Er lachte, und urplötzlich schien er wieder gut gelaunt. »Ich habe meine eigenen Methoden, um trocken zu werden.«

Vom See her war ein Plätschern zu hören.

Die Wasseroberfläche war in Bewegung geraten. Etwas Tiefschwarzes, Gewaltiges tauchte langsam empor. Ein massiger Schädel, knöcherne Augenwülste, eine längliche Schnauze, dann ein endlos langer Hals mit einer gefältelten Krause unterhalb des Kiefers. Völlig gebannt legte ich den Kopf in den Nacken, um ihn weiter beobachten zu können.

»Mach die Augen zu, Alice.«

Ich schüttelte den Kopf, viel zu überwältigt, um zu sprechen.

Myrkur breitete die Arme aus. »Tu es. Anderenfalls werden deine Augäpfel gleich austrocknen.«

Ehe ich fragen konnte, was das bedeuten sollte, hatte der Drache auch schon das Maul aufgerissen. Schnell folgte ich Myrkurs Rat. Heiße Luft wie aus einem gigantischen Föhn blies uns entgegen. Meine Gesichtshaut spannte, unter dem Mantel lief mir der Schweiß in Strömen über den Rücken.

»Fertig.«

Ich öffnete die Augen und blinzelte einige Male, weil es höllisch kratzte. »Kann man das Wasser aus dem See trinken?«

»Wenn es dich nicht stört, dass ich regelmäßig hineinfurze.«

Ich verzog das Gesicht.

Myrkur grinste und wuschelte sich durch das strohige Haar.

Der Drache glitt lautlos ins Wasser zurück, bis nur noch sein Kopf hervorschaute. Sacht legte er die lange Schnauze auf die Umrandung. Er fixierte mich, was ein seltsames Gefühl war, denn ich spürte, dass Myrkur, der knapp hinter mir stand, mich ebenfalls ansah. Die geschlitzten Pupillen in den Drachenaugen sahen aus wie glühende Kohlebrocken, die man in der Hälfte aufgebrochen hatte. In diesen Augen stand dieselbe Mischung aus Intelligenz und trockenem Humor, wie ich sie von Myrkur kannte. Langsam, wie in Trance ging ich auf den See zu. Zum Glück fiel mir ein, wie konsterniert Santina auf meinen Wunsch reagiert hatte, sie anfassen zu wollen, nachdem ich zum ersten Mal ihre wahre Gestalt gesehen hatte. Ich nahm an, dass auch Myrkurs Drachengestalt mich verstehen konnte, doch eigentlich war es egal. Der Mann hinter mir konnte es auf jeden Fall. »Wenn es unschicklich sein sollte oder ein Tabu oder so, dann sag es bitte, aber ich würde dich sehr gern berühren. Also, ich meine, ich würde den Drachen gern berühren.«

Myrkur trat leise neben mich. »Nur zu. Ich bin zugegebenermaßen neugierig, diese Erfahrung aus einer zweifachen Perspektive zu machen.«

»Kann ich mir vorstellen, ich fände das auch spannend.«

»Du bist spannend.« Er hörte sich heiser an. »Ich hatte das nicht erwartet …«

»Was hattest du erwartet?« Ich setzte mich auf die Steinbrüstung, ganz nah an den Kopf des Drachen. Dieser gab ein Schnauben von sich und schloss dann langsam die Augen.

»Schwierigkeiten. Ich habe sehr viel Schwierigkeiten erwartet.« Myrkur gluckste leise vor Vergnügen und setzte sich neben mich.

Soweit ich es sehen konnte, waren die Schuppen auf Myrkurs Drachenkörper unterschiedlich groß, je nachdem, an welcher Körperstelle sie sich befanden. An den flächigen Stellen waren sie etwa handtellergroß. Überall dort, wo sich etwas wölbte, beispielsweise an den Nüstern oder Augenwülsten, besaßen sie manchmal kaum die Größe meines kleinen Fingernagels. Mit den Fingerspitzen strich ich sanft über eine der flächigeren Stellen an seinem Kiefer. Ich hatte erwartet, dass sie kühl und glatt wie Glas sein würden. Stattdessen fühlte sich die Stelle unter meinen Fingerspitzen seidenweich und warm an, wie ein Pfirsich, der in der Sonne gelegen hatte. »Besitzen deine Schuppen Nerven, ich meine, spürst du die Berührung überhaupt?«

»Nicht, wenn du so sanft bist. Reib ein bisschen stärker.«

Ich kam seinem Wunsch nach.

Ein Schauder überlief den Drachen. Kleine Sturzbäche Wasser schwappten über die Umgrenzung. Der Saum meines langen Pelzmantels wurde nass. Als ich zu Myrkur sah, hatte er die Augen geschlossen. Er atmete schwer.

Ich ließ den Blick zwischen ihm und dem Drachen hin und her wandern und fragte mich, wie sich dieses Erlebnis für Rodin anfühlen mochte. Falls er es überhaupt mitbekam. »Hast du keine Angst, dich selbst zu verlieren?«

»Ein wenig.« Myrkur öffnete langsam die Augen. Er schenkte mir ein melancholisches Lächeln. »Ich sehe es dir an, ich habe dich schon wieder überrascht.«

»Ja, weil du … du bist sehr offen. Das hätte ich so nicht erwartet.«

»Du und Rodin, ihr habt über mich gesprochen. Ich weiß ungefähr, um was es ging, was ich mich jedoch frage …«

»Ja?« Ich hoffte inständig, dass er jetzt nicht die Schuppen erwähnte. Es war falsch, ihn deswegen anzulügen, das spürte ich mit jeder Faser meiner Seele. Und dennoch, wenn es sein musste, würde ich es vermutlich tun.

»Siehst du mich durch Rodins Augen oder bleibst du dabei, dass du dir ein eigenes Urteil über mich zu bilden versuchst?«

Ich hoffte, dass ich nicht allzu erleichtert aussah und damit sein Misstrauen wieder weckte. »Letzteres. Zumindest, soweit es möglich ist. Beeinflusst einen aber nicht immer das, was man von anderen über eine Person mitbekommt?«

»Doch, und genau deshalb muss man miteinander sprechen. Du hast mich beispielsweise nichts über Merian gefragt.«

Ein harter Klumpen bildete sich in meinem Magen. »Du hast ihn getötet. Das ist für mich unmöglich zu akzeptieren.«

»Ich habe ihn nicht getötet. Zu diesem Schluss bist du gekommen, weil Rodin die Situation so dargestellt hat.« Er fasste mich an den Schultern und drehte mich so, dass er mir in die Augen sehen konnte. »Tatsache ist dennoch, dass er tot ist.« Er seufzte. »Merian hat diese Entscheidung getroffen. Er wollte lieber sterben, als ohne Erinnerung an unsere gemeinsame Zeit in sein Dorf zurückzukehren.«

»Das ist ein wenig unglaubwürdig.«

»Nur wenn man nicht weiß, dass er durch das Leben bei mir sehr viel älter geworden ist, als es unter normalen Umständen der Fall gewesen wäre. Er hatte keinen Kontakt zu seinen Kindeskindern.«

»Sicher hätte er wieder einen Platz in der Dorfgemeinschaft gefunden. Du hättest zumindest versuchen können, es ihm auszureden.«

»Du meinst, ich hätte ihn bevormunden sollen? Nein.«

»Nicht bevormunden. Überzeugen.«

»Ich respektiere den Willen eines anderen. Er wollte sterben. Fertig.«

»Das ist für mich ziemlich schwer zu schlucken.«

»Und weshalb?«

»Weil sich seine Ansicht über den Wert des Lebens in ein paar Wochen vielleicht geändert hätte.«

»Er war nicht geistig verwirrt, und er dachte schon sehr lange darüber nach.«

Ich nickte, war jedoch nicht überzeugt.

»Merian selbst hat sich seinen Tod gewünscht. Das ist eine Tatsache. Als er mich vorhin bat, ihn fallen zu lassen, war er gefasst und in gewisser Weise sogar glücklich, und das war er bis zum Moment seines Todes, der eintrat, noch ehe er auf dem Boden aufschlug. Ich weiß es so genau, weil ich seine Gefühle begleitet habe.«

»Ich hoffe, dass Rodin jetzt auch zugehört hat.«

»Hat er. Das wird seine Meinung dazu jedoch höchstwahrscheinlich nicht ändern. In seinen Augen bin ich selbstsüchtig und hinterlistig.« Myrkur zuckte mit den Schultern. »Füge dem gern noch ein paar weitere negative Eigenschaften deiner Wahl hinzu.«

Ich betrachtete die Brandnarbe an Rodins Handrücken. »Und du siehst dich anders?«

»Nein. Ich bin all das.«

»Also, dann weiß ich nicht, was du …«

»Ich bin aber auch sehr viel mehr als das, und ein Teil in mir möchte es in Zukunft besser machen.« Er sah mir direkt in die Augen und sein Blick war eindringlich. »Willst du herausfinden, was das für dich bedeuten könnte?«

Mein Herz klopfte schnell und aufgeregt. »Ja.«

»Auch du bist ungewöhnlich offen.« Er grinste. »Ich freue mich schon auf die interessanteren Gespräche, die wir noch führen werden.«

Es würde um Politik und Philosophie gehen und darum, Wissen und Erfahrungen auszutauschen. Ehrlich auszutauschen. Wenn wir bei der Offenheit blieben, mit der wir unsere Bekanntheit gestartet hatten, würden wir in unseren Gesprächen weit in die Tiefe gehen. »Ich freue mich auch.« O ja. Ich freute mich sogar so sehr, dass ich zu zittern begann.

Myrkur schenkte mir ein wissendes Lächeln, und mir fiel ein, wie Rodin mich vor seinen Verführungskünsten gewarnt hatte. Konnte es sein, dass er spürte, was mir wichtig war? Ahnte er, dass ich eher durch ein anregendes Gespräch zu verführen war als durch irgendeine Berührung? Oder war es so, dass er sich, wie ich, auf die kommenden

Gespräche freute? Verdammt. Wenn es ihm wirklich so ging, war das ernsthaft gefährlich für mich.

»Du brauchst Schmuck.« Zielstrebig eilte Myrkur zu einer der Kommoden. »Es muss etwas Zartes, Feingliedriges sein, was dennoch den ungeheuren Wert mit einem Blick erkennen lässt.«

Statt ihm zu folgen, marschierte ich zum Ausgang. »Wie ich bereits sagte, ich brauche keinen Schmuck. Da muss ich nur achtgeben, dass ich ihn nicht verliere.«

»Du musst dich den Regeln des Hofs anpassen. Jeder dort schmückt sich. Jeder zeigt, was er hat.«

»Das wäre völlig verkehrt. Da kann ich doch nur unterliegen. Wenn ich andere davon überzeugen soll, dass ich im Vergleich zu meiner angeblichen Schwester die bessere Thronerbin abgebe, muss ich authentisch sein. Schon diese ganzen Klamotten, die Fran für mich angefertigt hat, sind völlig daneben. Ich bin nicht besser als jeder andere Bewohner Wynterhaavs, und will das auch nicht vorgeben.«

Myrkur, der in einer Schublade wühlte und murmelnd ein Stück nach dem anderen verwarf, hielt inne. »Wenn du über deine Schwester sprichst, streich das Wort angeblich. Wie soll uns jemand abnehmen, dass ihr eine Familie seid, wenn du selbst es anzweifelst?«

Damit hatte er einen Punkt. »Gut. Ist gestrichen. Wollen wir dann gehen?«

Er sah mich nachdenklich an. »Du gehst. Ich habe noch etwas zu erledigen.«

Gekreuzte Klingen

»Was habt Ihr nur mit Eurem Haar angestellt?« Santina empfing mich an der Haustür, half mir aus dem Pelzmantel und hörte nicht mehr auf zu schimpfen, bis wir Lady Ellinors Salon betreten hatten. Ich musste lachen, als sogar der *Frühling* seinen Teil abbekam, weil er ihrer Vermutung nach den kostbaren Mantel ruiniert hatte. Zugegeben, der Drachenföhn hatte sich nicht nur auf meine Haare übel ausgewirkt. Auch der Pelz hatte sämtlichen Glanz verloren. Ich ließ Santina schimpfen und steckte kommentarlos die kleinen Spitzen weg, die sie gegen mich austeilte. Dies schien die Art und Weise zu sein, wie sie ihre innere Anspannung vertrieb, und wenn es ihr half, war es mir recht.

Lady Ellinor hatte eines ihrer üblichen langen schwarzen Kleider an. Die Haare waren hochgesteckt. Mit dieser Frisur sah sie noch strenger aus als gewöhnlich. Starr und steif wie eine Statue erwartete sie uns in der Mitte des Salons. Ihr Blick stellte nur eine einzige Frage.

Ich schüttelte bedauernd den Kopf.

Sie nickte, ging zu einem der Sessel am Kamin und setzte sich. Mir bot sie keinen Platz an, was ich aber auch gar nicht erwartet hatte.

Santina beobachtete sie besorgt. Sie fürchtete wohl, dass Lady Ellinors Magie hochkochte. »Soll ich Euch einen Whisky bringen?«

»Nicht nötig. Aber das Mädchen hat Hunger. Hörst du nicht, wie ihr Magen knurrt?«

Es stimmte, ich hatte Hunger. Nach meinem Föhnerlebnis überwog jedoch der Durst. »Ein Glas Wasser wäre toll. Ich werde es mir aber selbst holen.«

»Ihr habt nicht meine Fähigkeiten, oder? Ich bringe gleich ein Tablett.« Santina rührte sich nicht, doch ich wusste, dass ihre Zweitgestalt bereits auf dem Weg in die Küche war.

Während wir warteten, berichtete ich, wie Myrkur die Graue Garde vernichtet hatte. Als ich erwähnte, dass ihm Adlon entkommen war, bebte das Haus und offenbarte auf diese Weise den gewaltigen Zorn, der in Lady Ellinor schwelte. Das Haus wurde erst wieder ruhig, als ich von Rodins Tauchgang erzählte. »Ob es ihm gelungen ist, eine Schuppe zu finden, wissen wir erst, wenn wir entweder seine Taschen durchsuchen können, oder wenn Rodin das nächste Mal wieder in seinem Körper ist und man ihn fragen kann.«

Lady Ellinor schoss mir einen verärgerten Blick zu. »Wenn man dir zuhört, könnte man meinen, es sei völlig«, sie äffte mich nach, »*okay*, was mit meinem Bruder passiert ist.«

»Aus Rodins Sicht ist es das wohl auch. Wer bin ich denn, dass ich ihm abspreche, über sein Leben zu bestimmen?« Ups, hörte ich mich da gerade ein bisschen wie Myrkur an? »Euer Bruder ist kein Kind mehr.«

Die Spitze hatte gesessen. Lady Ellinor wurde womöglich noch blasser als ohnehin schon. Und prompt tat es mir wieder leid. »Rodin ist stark. Er wird zurechtkommen.« Und ehe ich es mir anders überlegte, fügte ich noch hinzu: »Wenn es dir recht ist, Ellinor, lasse ich das mit der Lady ab jetzt weg. Immerhin werden wir eine Familie sein.«

Erneut bebte das Haus. Santina huschte eilig zum Sessel. Sie warf mir einen warnenden Blick zu und legte beruhigend eine Hand auf Ellinors Schulter. Begütigend sagte sie: »Ihr müsst selbst mit Eurem Bruder sprechen, dann seht Ihr klarer. Und was das andere anbelangt, ist fraglich, ob es uns überhaupt gelungen wäre, die Schuppe in unserem Sinne zu nutzen.«

Ich ignorierte Ellinors stechenden Blick. Stattdessen konzentrierte ich mich auf Santina. »Was habt ihr damit überhaupt vorgehabt?«

»Mein verstorbener Bruder hat Lady Ellinor und Lord Rodin als Kinder unterrichtet. In seiner Funktion als Lehrer besuchte er davor aber auch viele andere Häuser der Edlen. Ich war natürlich mit dabei. Bis zu seinem Tod waren wir nie voneinander getrennt.« Sie schenkte mir ein trauriges Lächeln. »Eine Dienerin mit meiner Fähigkeit ist begehrt, und ich wurde überall gern in Dienst genommen. Es ist selten, dass die Dienerschaft, wie hier bei Lady Ellinor, die Bibliothek benutzen darf. Lehrer besitzen zwar mehr Ansehen, sind aber in dem, was ihnen erlaubt ist, kaum besser gestellt als der Rest von uns. Also habe ich auf meine Weise«, sie zwinkerte mir zu, »die Bücher für ihn *ausgeliehen*, die er haben wollte.« Der übliche Stolz, wenn sie über ihre besondere magische Fähigkeit sprach, klang in den Worten mit.

Ich lächelte meine Freundin warm an. Sich in gleich mehrere andere Personen teilen zu können war ebenso nützlich wie faszinierend, und ich beneidete sie darum. »Dein Bruder besaß nicht dieselbe Magie?«

»Diese Kunst wird nur in weiblicher Linie weitergegeben.« Sie seufzte. »Wie auch immer. Er hielt es für seine Pflicht, auch die kleine Schwester mit all dem Wissen zu versorgen, das er in den Büchern fand. Meistens langweilte er mich damit zu Tode. Doch wenn von Drachen die Rede war, horchte ich auf.«

»Kann ich verstehen.«

»Als wir zum ersten Mal von der Marionette des Drachen hörten, bekamen wir Angst um Lord Rodin. Ich erinnerte mich, über einen aus Drachenschuppen hergestellten Trank gelesen zu haben. Nur ist es leider alles andere als einfach, die Hauptzutat zu besorgen, wie Ihr inzwischen selbst festgestellt habt. Myrkur hütet seine Schuppen ebenso gut wie seinen Schatz. Falls er überhaupt jemals eine verliert. Wir wissen einfach zu wenig.«

»Dann bin ich während meines Besuchs in der Höhle auch Gefahr gelaufen, zu einer Marionette zu werden?« Das konnte ich mir kaum vorstellen. In diesem Fall hätte Rodin mich nie und nimmer mitgenommen. Andererseits war es ja Myrkur gewesen, der mich in die Kutsche geschleppt hatte.

»Rodin hat uns ein ums andere Mal versichert, dass Myrkur für niemanden im Haus eine Gefahr darstellt.« Santina drückte Ellinors Schulter, die mit versteinertem Gesichtsausdruck ins Feuer starrte. »Wir überlegen schon seit Jahren, wie man an ein winziges Stück gelangen könnte. Das würde schon genügen. Wir müssen natürlich abwarten, aber diesmal habe ich ein gutes Gefühl.«

»Wann hast du mal kein gutes Gefühl.« Anscheinend war Ellinor dem Gespräch doch gefolgt.

»Es ist besser, als immer alles nur schwarzzusehen.«

Ellinor drehte die Schulter so, dass Santina ihre Hand wegnehmen musste. »Ich wollte den Drachen darum bitten, mir eine seiner Schuppen zu überlassen. Du hast mich abgehalten.«

»Und das war auch gut so!« Santina stemmte die Fäuste in die Hüften und fuhr ärgerlich fort: »Ihn darum bitten! Als ob ein Drache jemals freiwillig einen Teil seiner Macht aufgeben würde. Er hätte Euch in einem Stück verschluckt, allein um Euch für diese Frage zu bestrafen. Euer Bruder hatte Glück, dass er damals so glimpflich davonkam.«

»Ich hätte das Biest gezähmt und …«

»Moment!« Ich hob die Hand. »Ich komme gerade nicht mit. Weshalb hatte Rodin Glück?«

Doch die beiden beachteten mich nicht.

Mit zunehmend ärgerlicher Stimme fuhr Santina fort: »Ihr hättet festgestellt, dass Eurer Macht enge Grenzen gesetzt sind. Zumindest, wenn es um den Drachen geht. Sosehr ich mir manchmal wünschte, dass Ihr diese heilsame Erfahrung macht, würde ich es bedauern, Euch ebenfalls von solch schrecklichen Narben entstellt zu sehen wie Euren Bruder. Oder glaubt Ihr, dass ein Biest wie Myrkur eine Frau verschonen würde? Etwa aus Ritterlichkeit?« Santina lachte verächtlich auf.

Als sie Myrkur wieder Biest nannte, knirschte ich innerlich mit den Zähnen. Ich kam jedoch nicht dazu, etwas zu sagen. Denn nun kam auch Ellinor in Schwung. »Du unterbrichst mich besser nicht noch einmal, Dienerin.«

»Dienerin, ja?«

»Wer, wenn nicht du, beharrt darauf, so genannt zu werden?«

Die beiden starrten einander so zornig an, dass sogar Myrkur von ihnen lernen könnte. Ich räusperte mich. »Also, was war der Plan für die Schuppe, wenn ich sie bekommen hätte? Vielleicht hilft mir das Wissen darüber in der Zukunft.«

Ellinors Kopf fuhr zu mir herum. Sie nahm nun mich ins Visier. Und blind hin oder her, es war schwer, unter ihrem Blick nicht den Kopf einzuziehen. »Man braut damit einen Trank, so wie Santina zuvor schon erzählt hat.« Pass doch auf, du dummes Mädchen, das sagte sie zwar nicht, doch es war in dem Satz inbegriffen.

»Geht das genauer?«

Santina antwortete: »Man soll ein möglichst feines Pulver daraus herstellen und es in Wein auflösen. In anderen Büchern steht, dass es genügt, einen Splitter in heißes Wasser zu legen. Vermutlich wäre es so oder so auf die zweite Methode hinausgelaufen. Eine Drachenschuppe ist bestimmt zu hart, als das wir sie zermahlen könnten.«

Ich lächelte Santina aufmunternd an. »Was weißt du noch?«

»Der Trank soll verhindern, dass ein Drache den Verstand eines Menschen besetzt. Auch Ihr solltet davon trinken. Ich meine, falls wir überhaupt eine Schuppe bekommen können.«

»So wie ich das verstehe, ist es also kinderleicht, den Trank zu brauen. Die Schwierigkeit besteht darin, an die Hauptzutat zu kommen. Aber kann dieser Trank in Rodins Fall den Vorgang auch rückgängig machen? Oder verärgern wir nur Myrkur, falls er es herausbekommt?«

Santina zuckte ratlos mit den Schultern. »Man weiß zu wenig über diese Biester, und das schlägt sich leider auch in dem in Büchern gespeicherten Wissen über sie nieder.«

»Also, ich fände es gut, wenn wir Myrkur bei seinem Namen nennen und die Drachen ganz generell nicht als Biest bezeichnen.« Das brachte mir von beiden Frauen einen verständnislosen Blick ein. Ich ließ mich davon nicht irritieren. »Wie ich vorhin bereits erwähnte, will Rodin auch gar nicht aus dieser Verbindung entkommen. Ich denke, wenn wir eine Möglichkeit fänden, seine Position zu stärken, wäre ihm am meisten geholfen. Den Trank hätte ich nur gern für alle Fälle.«

Das ließ mich in Ellinors Gunst endgültig ans Ende der Skala sinken. »Das hast nicht du zu entscheiden.«

»Du aber ebenso wenig. Es ist ganz allein Rodins Sache.« Wir maßen einander mit Blicken.

Zu meinem grenzenlosen Erstaunen sah sie zuerst weg. »Wie geht es meinem Bruder? Hält er sich tapfer?«

Ah, klar. Deswegen nahm sie sich zusammen. Sie brauchte Informationen von mir. »Er macht sich Sorgen, dass er Myrkur immer ähnlicher wird.«

Sie runzelte die Stirn. »Und wie war dein Eindruck?«

»Ich glaube, er hat mit seiner Befürchtung recht. Aber auch Myrkur scheint sich in umgekehrter Richtung zu entwickeln, er …«

»Was mit ihm ist, interessiert mich nicht.« Ellinor sprang auf. Erregt hieb sie mit ihrem Stock auf das Kamingitter ein, das scheppernd zu Boden fiel. Irgendwo im Haus schlugen Türen, als die Magiequelle auf ihren Wutausbruch reagierte.

Es klopfte an die Zimmertür. Santina eilte hin, um zu öffnen. Sie nahm von ihrer unsichtbaren Zweitgestalt ein Tablett entgegen. Zuerst ging sie damit zu Ellinor, um ihr den versprochenen Whisky anzubieten. Diese schlug mit ihrem Stock nach ihr. Santina, die mit etwas Derartigem gerechnet haben musste, drehte sich jedoch geschickt zur Seite. Kopfschüttelnd kam sie zu mir. »Hier, Euer Wasser.«

»Danke.« Ich trank das Glas in einem Zug leer. »Einen Whisky könnte ich aber auch vertragen.«

»Natürlich.« Santina stellte das Tablett ab und schenkte mir ein. Mit einem Seitenblick zu Ellinor nahm sie ein weiteres Glas für sich selbst. Wir stießen an und ich trank einen winzigen Schluck. Dann ging ich zum Fenster und sah hinaus.

Das Gewitter war weitergezogen und die ersten Sterne kamen zum Vorschein, vom Mond war nichts zu sehen.

Ellinor sagte: »Hältst du nach deinem Biest Ausschau?«

Ich seufzte.

»Man könnte meinen, du hast einen Narren an ihm gefressen.«

Ich knirschte mit den Zähnen. Es war klar, dass sie mich zu provozieren versuchte. Das Klappern und Türschlagen im Haus wurde lauter. Santina rannte zu mir und riss das Fenster weit auf. Kalte feuchte Luft fegte zu uns herein. Sie wandte sich an Ellinor und sprach so sanft wie zu einem Kleinkind. »Kommt her ans Fenster.«

»Kein Bedarf.«

»Wollt Ihr während der Zeremonie im Eisloch stecken?«

Ellinor zitterte am ganzen Körper. Ihre Stimme war angestrengt. »Warum nicht? Denkst du, Rodin oder sein Flittchen würde es kümmern, wo ich bin?«

Santina warf mir einen Blick zu. Ich verstand, verließ den Platz am Fenster und stellte mich in die Nähe des Kamins. Sie lächelte mich dankbar an, dann ging sie zu Ellinor und nötigte sie, aufzustehen und ans Fenster zu treten.

»Ich begreife nicht, wieso du nicht alles in deiner Macht Stehende zu tun bereit bist, um den Drachen loszuwerden. Du wirst Rodin heiraten, doch nach der Zeremonie wird der Drache seinen Körper erneut übernehmen. Mich schaudert bei der bloßen Vorstellung. Ich kann mir nicht vorstellen, dass du mit ihm in einem Bett liegen willst.« Sie warf mir einen bösen Blick zu. »Andererseits ist es vielleicht genau das, was du dir wünschst?«

»Ellinor, bitte, lass uns darüber reden, was wir als Näch…«

»Er hat sich das nur deinetwegen angetan!« Das Haus bebte, als sei es in seinen Grundfesten erschüttert worden.

Ellinor stürmte auf mich los.

Von der Kutschfahrt mit Myrkur hatte ich eins mitgenommen: Wer sich von seinem Platz verdrängen ließ, bezahlte mit einem kalten Hintern. Ich reckte das Kinn und wappnete mich, ihre Hand abzuwehren, falls sie Anstalten machen sollte, mich zu berühren. Noch einmal würde ich es nicht zulassen, dass sie Gewalt über meinen Geist bekam.

Vielleicht erkannte sie an meinem Blick, dass ich mich wehren würde, denn Ellinor blieb tatsächlich stehen. Sie stützte sich schwer auf ihren Stock. Ihre blinden Augen fanden meine. Der Hass, der mir entgegenschlug, übertraf alles, was bisher zwischen uns gewesen war. »Wie deine Hure von Mutter bringst auch du nur Unglück über diese Familie.«

Bestimmt würde man jeden Menschen damit treffen, indem man gegen einen Elternteil ätzte. Und ich war gewiss keine Ausnahme. Wut explodierte in meinem Bauch. Ich hatte dieser Frau nichts getan, wieso … doch halt. Genau so war es eben nicht. Ich hatte ihr schon einmal etwas angetan, hatte ihr einen so kräftigen Stoß versetzt, dass sie schwer gestürzt war. Ohne ihre Selbstheilungskräfte stünde sie mir heute nicht gegenüber. Ich hatte mir geschworen, mich nie wieder hinreißen zu lassen, egal wie schlecht sie mich behandeln würde. Doch es war schwer. Verdammt schwer. Unter dem Ansturm der Gefühle hob und senkte sich mein Brustkorb heftig. Auch Santina hatte sich anscheinend an das Ereignis damals in der Küche erinnert, denn nun war ich es, die sie wachsam im Auge behielt. Ich sah sie an und schüttelte leicht den Kopf, um ihr zu bedeuten, dass ich mich unter Kontrolle hatte. Meine Stimme klang gepresst, dabei aber einigermaßen ruhig. »Es ist völlig gleichgültig, was du von mir denkst.«

Sie sah mich höhnisch an, entgegnete jedoch nichts.

»Es ergibt außerdem keinen Sinn, dass wir beide über Rodins Kopf hinweg über ihn reden. Bei der Zeremonie wird er anwesend sein. Sprich dich mit ihm aus. Ich bin jedenfalls mit dem Thema durch.«

»Ich weiß jetzt schon, auf welche Seite er sich stellen wird.«

Sie klang so verbittert, dass es beinahe Mitgefühl in mir weckte. Ich mochte diese Frau nicht, würde sie nie mögen, doch es gab keinen Zweifel, dass sie tief in sich eine alte schwärende Wunde barg, die sie, aller Selbstheilungskraft zum Trotz, nicht zu heilen vermochte.

»Sein Beschützerinstinkt ist erwacht. Es ist wie bei Vater. Vater war besessen von deiner Mutter, mein Bruder ist besessen von dir.«

»Das hier ist kein Wettkampf um Liebe, Ellinor.« Obwohl, für sie war es vermutlich genau das. Sie hatte den Kampf einmal verloren und sah sich erneut in der schwächeren Position.

»Wer spricht hier von Liebe? Es geht darum, das Richtige zu tun.«

»Dann sollten wir uns genau darauf konzentrieren und unsere kostbare Zeit nicht mit sinnlosem Streit vergeuden. Es geht darum, den Unterdrückten zu helfen. Du willst, dass die Kinder zu ihren Eltern zurückkehren und ein Leben ohne Angst führen können, Rodin will es, und ich möchte ebenfalls nichts dringender als das. Sogar Myrkur ist mit im Boot. Warum vereinen wir nicht unsere Kräfte und machen uns endlich gemeinsam an die Arbeit?«

Ellinor sagte dazu nichts. Sie starrte mich nur weiter mit diesem kalten verlorenen Blick an, doch Santina strahlte. »Fran hätte das hören sollen. Von wegen, Ihr seid zu wenig königlich.«

Ob ich königlich wirkte, war mir ziemlich egal. Hauptsache, ich verlor auf dem Weg zum Thron nicht aus den Augen, wer ich war und woher ich kam. Ich fuhr mir mit den Händen ins Haar und zog eine Grimasse. »Das fühlt sich an, als hätte ich Stroh auf dem Kopf. Sie kommen ab.«

»Nein!« Santina kreischte empört. »Euer Haar hat zwar gelitten, aber ich kann das in Ordnung bringen.«

»Lange Haare sind ein hinderlicher Luxus. Vor mir liegt eine lange Reise, und mit ziemlicher Sicherheit wird es mir an Gelegenheit mangeln, sie zu pflegen. Und dann diese Kleider.« Ich deutete an mir hinab. »Stell dir vor, ich muss schnell rennen. Wie soll das darin gehen? Ist Fran eigentlich noch im Haus?«

»Sie ist bei Nachbarn, um Bestellungen abzuliefern, aber sie will bei der Zeremonie nachher dabei sein. Warum? Was fehlt in Eurer Garderobe noch?«

»Ich hätte gern eine Hose und ein dickes kuscheliges Wollhemd.«

Santina schnappte hörbar nach Luft.

»Ich glaube, Fran hatte heute Morgen Interesse an meinen Sneakern. Vielleicht ist sie ja bereit, auf einen Tausch einzugehen.« Auf keinen Fall wollte ich, dass Lady Ellinor oder Rodin für meinen Extrawunsch aufkommen mussten.

Zu meiner Überraschung war Ellinor auf meiner Seite. »Das ist ein guter Gedanke. So wird es gemacht.«

Damit hatte ich nicht gerechnet. »Okay. Prima. Dann gehen wir jetzt Haare schneiden.« Ich warf Santina einen auffordernden Blick zu. »Hilfst du mir oder soll ich sie selbst kürzen?«

Santina seufzte. »Ach, Alice, muss das wirklich sein?«

Daran, dass sie wieder einmal in die vertrauliche Anrede verfallen war, merkte ich, wie verstörend sie den Gedanken fand. »Es sind doch nur Haare, Santina.«

»Keine einzige Frau trägt ihr Haar kurz.«

»Niemand? In ganz Wynterhaav nicht?«

»Niemand.«

Darüber musste ich kurz nachdenken. Ich ging zum Kamin. Das Feuer war mit Ellinors Wutausbruch aufgelodert. Die Flammen schlugen immer noch hoch und sprühten Funken. In meiner Zeit in Wynterhaav war etwas Erstaunliches geschehen. Offenes Feuer beunruhigte mich nicht länger, was nicht bedeutete, dass man leichtsinnig werden durfte. Ich stellte das umgefallene Kamingitter wieder auf. Als ich mich wieder zu Santina umdrehte, war meine Entscheidung gefallen. »Das ändert nichts. Sie kommen ab.«

»Aber …«

»Ich schätze deine Meinung sehr, aber das diskutieren wir nicht.«

Santina sah mich gekränkt an. Der kurze Energieschub, der mich erfüllt hatte, verpuffte bereits, und ich hoffte, dass sie nun wirklich aufhören würde, mich umstimmen zu wollen. Ellinor schien den Energieverlust ebenfalls zu spüren. Mit schleppenden Schritten ging sie zu ihrem Sessel. Erschöpft ließ sie sich gegen die Rückenlehne sinken. Der

Stock verschwand aus ihrer Hand. Die Geistschlange wechselte ihre Gestalt und legte sich als Kette um ihren Hals. Ellinor starrte ins Leere.

Ich sah zur Tür. Die magischen Augen waren geschlossen. Die Magiequelle hatte sich wieder beruhigt. Auf keinen Fall wollte ich erneut Unruhe schüren, ich hatte jedoch noch eine letzte Frage. »Für wann genau ist die Hochzeitszeremonie geplant?«

Santina antwortete: »Wir können anfangen, sobald Lord Vertanen zurückgekehrt ist.«

Ellinor gab einen Klagelaut von sich. Sie beugte sich in ihrem Sessel nach vorn und barg ihr Gesicht in den Händen.

Santina sah sie gequält an.

Ihr zuliebe würde ich noch einen letzten Versuch machen, mit Ellinor ins Reine zu kommen. Ich ging zu ihr und kniete mich vor ihrem Sessel hin.

Ellinor hatte mich gehört, richtete sich auf und sah mich abweisend an.

Erneut durchlief ein Beben das Haus. Draußen hatte sich mittlerweile ein Teil der Dienerschaft vor der Tür versammelt. Besorgtes Flüstern war zu hören, doch niemand wagte es zu klopfen, um nachzufragen, was hier los sei.

»Lass uns nicht mehr streiten, Ellinor. Ich bitte dich. Das erschöpft mich, und dich auch, wie es scheint. Ich habe um all das hier nicht gebeten, ebenso wenig wie du. Aber hier bin ich nun mal. Lass uns das Beste daraus machen.« O Mann. Das hörte sich genau so verkrampft an, wie ich mich fühlte. Kein Wunder, dass die Frau vor mir nicht darauf reagierte. Ellinors erstarrte Miene machte mir so langsam richtig Angst. Sie gehörte zu den Menschen, die sich immer unter Kontrolle hatten. Wenn bei so jemandem der Damm brach, war die Katastrophe vorprogrammiert und ein Aufenthalt im Eisloch nicht weit. Rodin wäre bestimmt unglücklich, wenn seine Schwester nicht bei der Zeremonie dabei sein könnte. »Was kann ich tun, um das zwischen uns in Ordnung zu bringen?«

»Sterben wäre nett.«

Ich sah sie überrascht an. Abgesehen davon, dass sie sich das vermutlich wirklich von Herzen wünschte, war in ihrem Ton ein Hauch von Belustigung mitgeklungen. »Hast du eine Empfehlung hinsichtlich der Todesart? Auf welche Art und Weise würde dir mein Sterben die größte Freude bereiten?«

Sie richtete sich auf und strich ihren Rock glatt. »Hauptsache, es tut weh.«

»Du bist eine böse Frau.«

»Kniest du vor mir, damit ich dir meinen Segen für diese unselige Verbindung gebe, oder was soll das?«

»Funktioniert nicht, oder?«

Um ihre Mundwinkel zuckte es, aber vielleicht bildete ich mir das auch nur ein. Ich tat etwas, mit dem ich uns beide überraschte. Ich nahm ihre Hand. Mein Herz raste, und ich war einer Panikattacke so nahe wie schon lange nicht mehr. Würde sie diesen Vertrauensbeweis schätzen oder die Gelegenheit ergreifen und meinen Geist kapern? Sie könnte mir beispielsweise befehlen, mich aus einem Fenster im obersten Stockwerk zu stürzen, was eine einfache und schnell umzusetzende Methode gewesen wäre, mich loszuwerden.

Ellinor starrte auf unsere Hände.

Ich atmete weiter, so ruhig ich konnte.

Schließlich entzog sie mir brüsk ihre Hand. »Geh baden. Du stinkst wie eine nass gewordene Ratte. Wenn mein Bruder dich schon heiraten muss, soll er wenigstens nicht zuerst seinen Ekel überwinden müssen.«

»Der Drache hat uns angeblasen, um Rodins nasse Kleidung zu trocknen, du willst nicht wissen, was für einen Mundgeruch er hatte.« Ich sprang auf die Füße und wäre fast gefallen, weil ich mich in dem Saum des langen Kleides verheddert hatte. Santina lachte auf. Die Erleichterung, die in dem Lachen mitschwang, war unüberhörbar. Auch mein Herz war auf einmal wieder leicht. Trotz ihrer harschen Worte wusste ich, dass Ellinor mein Friedensangebot angenommen hatte.

»Vielleicht ist es doch nicht so übel, wie ich dachte.« Santina zupfte an einer Strähne, die sich nun, da mein Haar deutlich kürzer war, sehr viel stärker kringelte. »Doch, wirklich, so ein Männerhaarschnitt steht Euch gut.«

»Und er ist praktisch.« Ich lächelte zufrieden und drehte den Kopf hin und her. Männerhaarschnitt in Wynterhaav bedeutete kinnlang, so trug Rodin sein Haar und ebenso jeder Stallbursche auf dem Anwesen. Ich hätte es mir noch kürzer gewünscht, doch Santina hatte sich durchgesetzt mit dem Argument, dass ich meiner Mutter wenigstens ein bisschen ähneln müsse, um am Hof nicht schon in der ersten Minute als Hochstaplerin verurteilt zu werden. Ich hatte nachgegeben, woraufhin sie seufzend eine Schere geholt hatte. Nun standen wir gemeinsam vor dem Spiegel in meinem Schlafraum. Ich hatte gebadet und die hauchdünne Unterwäsche angezogen, die Fran extra für diesen Anlass angefertigt hatte. Wie vermutlich der Rest der Dienerschaft, ging sie davon aus, dass es eine Hochzeitsnacht geben würde. Meine Fantasie war mehr als bereit, sich diesem Thema ebenfalls zu widmen. Warum genau waren wir noch mal übereingekommen, dass diese Ehe nicht vollzogen werden sollte? Ich seufzte. Um mich abzulenken, plauderte ich drauflos. »Ich habe gehört, am Königshof soll es zu dieser Jahreszeit besonders heiß sein, oder?«

»Das ist richtig. Wenn bei uns der Frühling anfängt, herrscht dort bereits Spätsommer.«

»Herrlich. Ich kann es nicht erwarten.«

»Das wird sich schnell geben. Es kühlt nie ab, auch nicht in der Nacht. Man ist es bald leid.«

»Umso besser, dass ich die hier los bin.« Ich fuhr mir mit den Fingern durchs Haar. Es war erstaunlich, wie viel Glanz Santina wieder hineingebracht hatte. »Ich werde die Einzige sein, die nicht unter ihrer langen Matte schwitzt. Vielleicht setze ich einen neuen Trend mit meinem kurzen Haar.«

»Nicht sehr wahrscheinlich. Die edlen Damen verbringen den halben Vormittag damit, sich eine komplizierte Hochsteckfrisur machen zu lassen. Sie treffen sich dazu in einem der unzähligen Salons. Dort naschen sie Sorbet und knabbern an Obstspießen, tauschen den neuesten Klatsch aus und versuchen gleichzeitig, dem nächsten Skandal auf die Spur zu kommen.« Santinas Ton machte deutlich, wie abstoßend diese Freizeitbeschäftigung in ihren Augen war. »Was sollten sie mit ihrer Zeit und Bosheit anfangen, wenn es genügen würde, sich morgens nur kurz mit den Fingern durchs Haar zu wuscheln?«

»Keine Ahnung. Was machen die edlen Damen den restlichen Tag über?«

»Sie langweilen sich und piesacken die Dienerschaft.«

»Bestimmt sind nicht alle so.«

»Vielleicht wollen einige tatsächlich nicht so sein. Prinzessin Malena gibt jedoch den Takt vor. Alle Frauen orientieren sich an ihr. Besonders die jüngeren unter ihnen.«

»Hat meine angeb…« Ich unterbrach mich. »Hat meine Schwester eigentlich auch irgendwelche netten Eigenschaften?«

»Nicht dass ich wüsste. Und jetzt das Brautkleid.«

Ich lächelte sie nur erwartungsvoll an.

Das machte sie allerdings misstrauisch. »Die hier lege ich lieber weg.« Sie griff nach der Haarschere.

»Es ist okay. Das Kleid ist nicht in Gefahr. Ich habe akzeptiert, dass ich heiraten werde.« Und vielleicht freue ich mich sogar ein bisschen, schickte ich in Gedanken hinterher.

»Heute Morgen sah das aber noch anders aus.« Mit dem himbeerroten Kleid auf dem Arm kam sie zurück, reichte es mir jedoch nicht. »Und was, oder besser gesagt, wer hat Eure Meinung geändert? Lord Vertanen oder der Drache?« Ihre Stimme war bemüht gleichgültig.

»Du denkst ernsthaft, ich könnte an Myrkur interessiert sein?«

»Seid Ihr es nicht?«

Ich sah sie verblüfft an. »Das wäre doch merkwürdig, wenn ich einen Drachen auf *diese* Weise anziehend fände.«

»Es würde mir nicht gefallen, abgesehen davon, dass es Euch Unglück bringen würde … und es ginge ja eigentlich auch nicht, da Ihr mit Lord Vertanen verlobt seid. Andererseits, unter diesen besonderen Umständen vielleicht doch … aber merkwürdig wäre es nicht.«

Ich hatte ihrem Gestammel stirnrunzelnd zugehört, jedoch nicht verstanden, was der Punkt war. »Doch, natürlich wäre es merkwürdig! Er ist … na ja, kein Mensch.«

»Das ist nicht ganz richtig.«

»Du meinst, weil er Rodins Körper benutzt? Das ist mir bewusst. Und nur falls du dich das fragst, ich erkenne den Unterschied zwischen den beiden.« Wie lange ich das noch können würde, stand allerdings in den Sternen. Besorgt dachte ich daran, wie wenig Zeit seit dem Ritual vergangen war und wie sehr Rodin sich bereits verändert hatte.

Santina wirkte nicht recht überzeugt, doch sie reichte mir endlich das Kleid. Ich zog es an und genoss das Gefühl von kühlem glatten Satin auf der Haut. Nun, da ich mich innerlich nicht mehr dagegen wehrte, konnte ich anerkennen, wie perfekt Fran mir dieses Kleid auf den Körper geschneidert hatte. Ich wagte einen Blick in den Spiegel. Die Frau darin stand aufrecht und strahlte Ruhe aus. Ein ganz anderer Anblick als noch heute Morgen. Ich drehte mich langsam hin und her. Das Oberteil lag eng an, mit einem tiefen runden Ausschnitt, der nur von einem schmalen zarten Spitzenbesatz eingefasst war. Der weite Tellerrock fiel mir in sanftem Schwung bis auf die Fußknöchel. »Was meinst du, wird es … Rodin gefallen?«

Santina fing meinen Blick und nickte. »Es ist perfekt. Und es wird beiden gefallen, fürchte ich.« Sie seufzte. »Um auf unser Thema zurückzukommen. Es geht die Sage, dass in Drachen die Seelen der ersten Magier stecken, die auf diese Weise einen Weg gefunden haben, unsterblich zu werden.«

»Du meinst, Myrkur ist eigentlich ein Mensch?«

Sie zuckte mit den Schultern. »Ja und nein. Und immer vorausgesetzt, dass es überhaupt stimmt. Aber selbst wenn ein wahrer Kern in dieser Sage steckt, nach so langer Zeit in einem Drachenkörper bleibt vom Menschsein gewiss nicht viel übrig.«

Mein Herz klopfte wie verrückt, und ich konnte nicht einordnen, warum es das tat. Dann fiel mir etwas ein, das dieser Sage widersprach. »Wenn das stimmt, wozu hätte Myrkur dann diesen Merian gebraucht?«

»Wer weiß, vielleicht ist die Wandlung in einen Drachen endgültig? In dem Fall würden die Drachen sich Marionetten schaffen, um sich an ihr Menschsein zu erinnern. Ist doch praktisch. Damit genießen sie das Beste aus zwei Welten.«

»Was denkst du, weiß Rodin davon?«

»Keine Ahnung. Ihr werdet mit ihm bei nächster Gelegenheit darüber sprechen, nehme ich an.«

»Auf jeden Fall. Und mit Myrkur ebenfalls.« Vor Aufregung über diese Neuigkeiten glühten meine Wangen. Ich konnte es kaum erwarten zu hören, was Myrkur und Rodin dazu sagen würden. Falls der Drache mir nicht den Kopf abriss, weil dies Wissen war, das ich nicht haben sollte. Okay, stopp. Ich musste meine Begeisterung zügeln und dieses Thema extrem vorsichtig angehen. Nicht zuletzt, weil Santina auf einmal wieder sehr besorgt schien. »Ist es überhaupt okay für dich, wenn ich auch mit Myrkur darüber rede? Ich muss ihm ja nicht sagen, woher ich die Information habe.«

Santina zögerte. »Um mich müsst Ihr Euch keine Sorgen machen. Ich fürchte nur, dass Ihr den Drachen nun erst recht vermenschlichen werdet. Bitte denkt daran, er ist weit davon entfernt davon, wie ein Mensch zu denken und zu handeln, vom Fühlen ganz zu schweigen.«

»Ich werde vorsichtig sein.«

Sie sah mich zweifelnd an, und tief in meinem Inneren war ich geneigt, ihr recht zu geben. Santina war die klügste Person, die ich kannte. Plötzlich füllten sich meine Augen mit Tränen. »Ich werde dich so sehr vermissen.«

Santina zögerte, doch nur kurz, dann zog sie mich in ihre Arme. »Ich kann mich noch genau an den ersten Tag deiner Ankunft hier erinnern. Du bist seither innerlich gewachsen.«

»Vielleicht.« Zögernd setzte ich hinzu: »Es kommt mir vor, als hätte ich bis vor Kurzem in einer viel zu engen Jacke gesteckt. So merkwürdig es scheint, seit ich in Wynterhaav bin, fühle ich mich wie ich selbst.«

»Das hört sich großartig an.« Sie hielt mich ein wenig auf Abstand und lächelte strahlend. »Das Haus ist überglücklich, weil wir dieses Fest feiern. Den Hausbewohnern wird es ebenfalls guttun, ein wenig Freude zu erleben.«

»Und Ellinor?«

»Ich könnte mich täuschen, aber ich glaube, sie mag dich nicht.«

Wir lachten beide. Herzhaft und lang.

Mit dem Haus hatte Santina recht. Seit dem Moment, in dem ich in mein Hochzeitskleid geschlüpft war, lag ein melodisches Summen in der Luft, das auch in mir zunehmend ein Gefühl freudiger Aufregung schürte.

Den Körper testen

Ich betrachtete Rodin, der in menschlicher Gestalt unter seinem Baum in der Wüste saß. Er hatte inzwischen begriffen, dass der Gedankenraum allein durch die Kraft der Gedanken geformt wurde. Außer einer Karaffe mit Wasser hatte der bescheidene Tölpel sich jedoch nichts herbeigedacht. *Du verhältst dich verdächtig ruhig.*

Man nennt das auch: sich entspannen.

Du bist alles andere als entspannt. Sicher fragst du dich, ob ich weiß, was du so eifrig am Grund des Sees gesucht hast.

Rodin gab sich Mühe, nicht ertappt auszusehen. Schließlich zuckte er jedoch mit den Schultern. *Es ist die einzige Waffe, mit der ich den Drachen verletzen könnte. Du wirst verstehen, dass ich mir alle Optionen offenhalten will.*

Der Dolch war eine Waffe, genau wie er sagte. Und es stimmte, dass nur etwas aus Drachenschuppen Gefertigtes mich verletzen konnte. Eine Drachenschuppe, oder auch nur ein winziger Teil davon, konnte jedoch ebenso auf andere Art eine Waffe sein. Eine Waffe, dir mir die Fähigkeit rauben könnte, Geistmagie gegen ihn einzusetzen. Ich war sicher, dass dies der eigentliche Grund für seine Suche gewesen war, ließ es jedoch dabei bewenden.

Vor ihm, in angenehmer Blickhöhe, hing der Spiegel. Rodin blickte hinein. Er sah, was auch ich in diesem Moment in der echten Welt sah. Bäume, Schneematsch, der unter meinen Füßen spritzte, den Vollmond. Ich rannte in Rodins Körper auf Ellinors Anwesen zu. Über mir glitt mein Drachenkörper lautlos durch die Nacht.

Ich hätte mich vom Drachen tragen lassen können, doch es verlangte mich danach, diesen Menschenkörper bis an die Grenze seiner

Leistungsfähigkeit zu treiben. Das Herz jagte, die Muskeln pumpten, ich gab jedes Quäntchen Energie hinein, nutzte dazu Rodins spezielle Rune, die mir für kurze Zeit mehr Kraft verlieh. Es war herrlich. Es war nicht genug. Ich griff auf die Drachenmagie zu, schöpfte mit vollen Händen daraus. Meine Füße berührten kaum noch den Boden, die Sprünge wurden weiter, ich war ein Pfeil in Menschengestalt. Bald verlor ich mich ganz in dem Rausch, den mir das Adrenalin schenkte. Nie zuvor war dieser Körper so gerannt. Einen einzigen unachtsamen Moment lang wünschte ich mir, Rodin könne dies alles ebenfalls fühlen. Was für ein Fehler. Was für ein verdammter Fehler! Ehe ich es mich versah, hatten wir den Platz gewechselt. Ich brüllte, ich fluchte, doch es war zu spät. Nun war ich es, der unter dem Baum saß.

Rodin lachte aus vollem Hals. *Entspann dich. Falls du weißt, wie das geht.*

Ich hasste ihn. Doch sein Rat war ausgezeichnet. Einen Gedanken später hatte ich das Wasser in süßen Wein gewandelt. Ich schenkte mir ein, lehnte mich an den Baumstamm und fragte in gemütlichem Plauderton: *Wie hast du es gemacht?*

Ich fürchte, Rodin klang süffisant, *das warst du ganz allein. Alice hat anscheinend recht. Ich färbe auf dich ab. Du wirst weich. Und da du auch auf mich abfärbst, habe ich das auf der Stelle ausgenutzt.*

Freu dich nicht zu früh. In mir ist genug Arglist, um den Weg umzukehren. Wenn es darauf ankommt, bin ich immer noch stärker als du.

Es war die Wahrheit, wir wussten es beide. Rodin knurrte wütend, was mir ein Gefühl allerfeinster Befriedigung verschaffte. *Bleib ruhig. Genieß den Moment. Für den Augenblick brauche ich nur den Drachen.*

Was hast du vor?

Ich plane eine Überraschung.

Meine Ankündigung beunruhigte ihn. Kichernd brach ich den Kontakt zwischen uns ab. Ein Gedanke genügte, und ich hatte zwischen uns eine Mauer hochgezogen, die das, was ich fühlte und dachte, zuverlässig vor ihm verbarg. Während ich unter dem Baum saß und an meinem Wein nippte, ließ ich den Drachen das Werk verrichten, wegen dem er mitgekommen war. Um was es sich dabei handelte, würde Rodin erst kurz vor der Zeremonie erfahren.

Der Braut eines Drachen würdig

»Er wartet unten in der Halle auf Euch.« Santina zupfte an meinem Kleid herum, an dem es eigentlich nichts zu zupfen gab.

»Myrkur oder Rodin?«

»Ich kann es nicht hundertprozentig sagen, auf mich wirkt es aber, als sei es das Biest.«

»Er heißt Myrkur.«

»Myrkur hätte in seiner Höhle bleiben sollen. Heute ist nicht sein Tag!« Sie kniff die Lippen zusammen. »Mit seiner üblichen schlechten Laune wird er Euch und Lord Vertanen alles verderben.«

Ich hakte mich bei ihr unter. »Im Augenblick bist du die Einzige, die schlechte Laune verbreitet. Komm schon, vorhin hast du noch so gestrahlt.«

Santina brummte, doch sie gab nach und lächelte mich wieder an. Vor uns öffnete sich die Tür so bereitwillig, wie ich es noch nie erlebt hatte. Santina trat zur Seite und sagte mit einem Lächeln: »Geht Ihr vor.«

Ihr Ton erweckte mein Misstrauen. Und der Ausdruck, mit dem die magischen Augen mich musterten, vertiefte das Gefühl. Mit den Türen des Hauses hatte ich schon einiges erlebt. Die Magie besaß einen ganz eigenen Humor, und Schadenfreude stand ebenfalls hoch im Kurs. Einen anderen Weg hinaus gab es jedoch nicht.

Zögernd trat ich über die Schwelle.

Glitzernder purpurfarbener Staub ging auf mich nieder, der mich zum Niesen reizte.

Santina folgte mir kichernd. Hinter uns fiel die Tür sanft ins Schloss. Fröhliches Lachen erklang, das von überall und nirgends kam.

Ich drehte mich um und blickte dem Auge in der Mitte der Tür ins, nun ja, ins Auge. »Danke schön.« Mehr Glitzerstaub rieselte auf mich herab. Ich schnupperte, weil ich einen mir gut bekannten Duft wahrnahm, und musste prompt erneut niesen. »Kann es sein, dass sich in diesen schönen Glitzerstaub ein wenig gemahlener Pfeffer mischt?«

»Es ist nicht ganz unwahrscheinlich.« Santina machte eine Handbewegung Richtung Treppe. »Wollen wir?«

Wir gingen den Korridor entlang. »Santina?«

»Hm?«

»Willst du mir noch mal erzählen, was gleich passieren wird?«

Santina hatte mir die einfache Zeremonie schon am Morgen erklärt, doch da hatte ich aus kindischem Trotz heraus nur mit halbem Ohr zugehört.

»Gern. Vor allem, da sich eine Änderung ergeben hat.«

»Inwiefern?«

»Normalerweise würde die Zeremonie in Lady Ellinors Salon stattfinden. Nun ja. Diesmal wohl nicht. Lord Vertanen erwartet Euch unten in der Halle. Das Personal befindet sich ebenfalls dort, um seine Glückwünsche zu überbringen. Anschließend werdet Ihr nach draußen gehen.« Verärgerung schwang in ihren Worten mit.

»Ich verstehe. Myrkur möchte natürlich ebenfalls dabei sein.«

Santina sah mich konsterniert an. »Er ist derjenige, der sich anpassen müsste, und nicht umgekehrt.«

»Und wie soll ein so großer Drache ins Haus passen? Soll er etwa zum Fenster hereinsehen?«

»Er soll am liebsten gar nicht dabei sein.«

»Oder«, ich tätschelte ihr beruhigend den Arm, »wir akzeptieren, dass es eine noch nie dagewesene Situation ist und machen für alle das Beste daraus.« Wir erreichten die Treppe. Von unten war Gemurmel zu hören. Auf einmal hatte ich einen Bienenschwarm im Bauch.

In der Halle warteten alle, die ich im Lauf meiner Zeit bei Ellinor mehr oder weniger gut kennengelernt hatte. Mit den Stallburschen hatte ich kaum Kontakt gehabt, sie standen in der hintersten Reihe. Die Küchenmädchen hatten sich davor platziert. Fran war unter ihnen. Sie hatte den Arm um die Schulter ihrer Nichte Beth gelegt, die als einzige Vertreterin der Kinder aus dem Wald anwesend war.

Die Augen der Schneiderin blitzten vergnügt, während das Mädchen wie üblich eine Schnute zog. Ellinor stand abseits. Die Geistschlange lag nach wie vor als smaragdgrün funkelndes Collier um ihren Hals.

Myrkur oder Rodin, wer es war, konnte ich zu meiner Beunruhigung nicht sagen, stand breitbeinig mitten in der Halle. Er war in Schwarz gekleidet; enge Hose, Weste und ein reinweißes Hemd. Im Gegensatz zu Ellinor, die leichenblass aussah, war sein Gesicht leicht gerötet. Er sah mich ernst an.

Am Fuß der Treppe angelangt, gab Santina meinen Arm frei und huschte zur Seite. Sie stellte sich neben Fran. Alle Augen waren nun auf mich gerichtet. Ich ging langsam, hauptsächlich aus Sorge, über den langen Kleidersaum zu stolpern. Auf Frans Höhe raffte ich mein Kleid ein wenig, sodass die Sneaker zum Vorschein kamen, auf die ich für diesen Anlass bestanden hatte. Da ich keine Ahnung hatte, ob ich dazu kommen würde, hatte ich Santina gebeten, die Verhandlung wegen meines Wunsches nach einer Hose und einem Hemd zu übernehmen. Anscheinend hatte sie mit Fran bereits geredet, denn die Schneiderin nickte mir erfreut zu. Zufrieden ging ich weiter. Vor dem Mann, der heute Abend endgültig mein Ehemann werden sollte, blieb ich stehen. Ich sah ihm in die Augen und seufzte erleichtert. »Du bist es.«

Rodin lächelte. »Schön siehst du aus. Wunderschön.«

»Danke.« Kaum hatte ich das ausgesprochen, spendierte das Haus eine weitere Wolke pfeffrigen Glitzerstaub. Das prompte Kribbeln in meiner Nase entlud sich mit einem lautstarken Niesen. Santina eilte zu mir und reichte mir ein weißes Stofftaschentuch. Ich nahm es dankbar entgegen und schnäuzte mich ausgiebig. »Wieso bekomme nur ich den Pfeffer ab?«

»Tradition.« Rodin lachte, die Dienerschaft lachte, Ellinor blieb ihrer Rolle treu und schaute verächtlich.

Rodin wartete, bis ich mit Schnäuzen fertig war. Ein zärtliches Lächeln umspielte seine Lippen. Er erwähnte mit keinem Wort mein kurzes Haar. Die Ähnlichkeit zur früheren Königin war wohl immer noch groß genug oder es störte ihn nicht. Was mich freute. Da ich argwöhnte, dass die Magie bei jedem weiteren Danke noch einmal Glitzer auf mich loslassen würde, nickte ich nur und hoffte, dass er meine Freude über das Kompliment bemerkte.

»Myrkur hat ein Hochzeitsgeschenk für dich. Wir müssen nach draußen.«

Ich sah ihn neugierig an.

Rodin seufzte, schloss die Augen, und als er sie wieder öffnete, wusste ich, dass Myrkur vor mir stand. Auch er blickte ernst. »Hallo.«

»Hallo.« Ich hatte auf einmal heftiges Herzklopfen.

Er zog aus seiner Westentasche eine feingliedrige Goldkette. Daran befestigt war ein schwarzer schlichter Anhänger.

Mir blieb die Luft weg, als ich erkannte, um was es sich handelte. »Ist es das, was ich denke?«

Er nickte. »Darf ich?« Myrkur ging um mich herum und legte mir die Kette um den Hals. Der Schuppenanhänger kam in etwa auf Höhe meiner Schlüsselbeine zu liegen. Im Gegensatz zu der Goldkette, die eiskalt war, schmiegte sich der Anhänger warm an meine Haut. Als Myrkur sich am Verschluss zu schaffen machte, streiften seine Finger meinen bloßen Nacken und ein Schauder überlief mich. Er verharrte einen Moment hinter mir. Ich spürte seinen Atem im Nacken. »Bis später, Alice. Ich freue mich auf dich.«

Der Mann, der mich langsam umrundete und schließlich wieder vor mir stand, war Rodin. Ich wollte ihm in die Augen sehen, wollte erkunden, was er fühlte. Er sah mich jedoch nicht an. Sein Blick war starr auf den Anhänger gerichtet. Ein triumphierendes Lächeln lag auf seinen Lippen.

Märchengarten

Myrkurs Geste hatte mich berührt, und es war mehr als nur ein Hochzeitsgeschenk, es war ein Vertrauensbeweis. Was würde geschehen, wenn ich den Anhänger an Santina weitergab, damit sie einen Trank braute, den wir gegen ihn einsetzen würden? Mir kam der Gedanke, dass er es als Schwäche einschätzen könnte, wenn ich es nicht tat. Doch so dachte vielleicht ein Drache, ich sah es anders. Unwillkürlich legte ich meine Hand schützend auf den Anhänger.

Rodin nickte mir zu. »Jetzt ist es gleich so weit. Bist du aufgeregt?«

»Das wäre eine Untertreibung.« Was ich bisher darüber gehört hatte, hatte mich denken lassen, die Zeremonie würde eine eher nüchterne Angelegenheit sein. Dazu passten aber weder die spürbare Ausgelassenheit des Hauses noch die Glitzerwolken oder die Hausbewohner, die sich, bis auf Ellinor, alle über diese Verbindung zu freuen schienen. Leise sagte ich: »Könnten wir uns ohne Publikum weiter unterhalten, oder wäre das sehr unverschämt?«

»Es ist ohnehin Zeit, hinauszugehen.«

Schweren Herzens schlüpfte ich aus den Sneakern und in die Winterstiefel hinein. Ich hielt sie Fran entgegen, die eilig herankam, um sie zu nehmen. »Was du damit auch immer vorhast, ich hoffe, es bringt dir Glück.«

Fran neigte den Kopf. Stumm zog sie sich auf ihren Platz zurück.

Santina kam mit dem Pelzmantel herbei. So, dass nur ich das hören konnte, murmelte sie: »Sie wird sie auseinandernehmen, studieren und einige Exemplare anfertigen, die sie sehr teuer verkaufen wird. Daraufhin werden die Traditionalisten ihr wieder einmal das Leben schwer machen.«

»Aber es ist doch hoffentlich nicht gefährlich für sie?«

»Wenn, dann ist es ihre Entscheidung.«

Dem konnte ich nicht widersprechen, schließlich hatte ich selbst bei verschiedenen Gelegenheiten darauf beharrt, eigene Entscheidungen treffen zu wollen.

Santina half mir beim Zuknöpfen und setzte mir die Kapuze auf. Als sie fertig war, sah sie erwartungsvoll zu Lady Ellinor.

Rodins Schwester kam steif und mit abweisender Miene zu uns herüber. Sie umarmte keinen von uns beiden und legte nur Rodin eine Hand an die Wange. »Viel Glück, kleiner Bruder.«

»Danke, Ellinor.«

»Unmittelbar im Anschluss an die Zeremonie bringe ich Euch einen Trank nach draußen. Ich nehme an, du kannst dem Drachen vermitteln, dass dies ein wichtiger Bestandteil der Zeremonie ist?«

Rodin verzog keine Miene. »Selbstverständlich.«

»Es ist notwendig, dass die Becher bis zur Neige geleert werden. Erst dann seid ihr vermählt.«

Ich sah, wie Ellinor und Rodin einen Blick voller Einverständnis tauschten. Dann ging sie an ihren Platz zurück. Etwas war hier merkwürdig. Ich warf Rodin einen fragenden Blick zu. Er sah mich gequält an. »Manchmal denke ich, dass neben ihr sogar Myrkur ein Anfänger ist.«

»Inwiefern?«

Rodin kam um die Antwort herum, denn nun trat Santina zu mir. Sie zog mich in eine herzliche Umarmung. »Glückliche Ehejahre, Lady Alice. Ihr sollt bekommen, was gut für Euch ist, und davon mehr, als Ihr Euch je wünschen könntet!«

»Danke, Santina.« Mir stiegen Tränen in die Augen. So langsam fühlte sich das hier wie eine echte Hochzeit an.

Vor Rodin knickste sie. »Ich wünsche auch Euch alles Glück der Welt.«

Er lächelte sie warm an. »Ich danke dir.«

Danach kamen nacheinander die anderen Hausbewohner herbei, um uns ebenfalls Glück zu wünschen. Beth war die einzige Vertreterin von den Kindern aus dem Wald. Sie und Fran waren die Letzten. Als Rodin endlich die Haustür öffnete und uns die kühle Nacht entgegenatmete, war ich erleichtert, denn unter dem Pelzmantel war es mittlerweile verdammt warm geworden. Wie ich schon halb erwartet hatte, ging eine weitere Glitzerwolke nieder, sobald ich aus der Tür trat. Ich hatte glücklicherweise noch das Taschentuch in der Hand, in das ich hineinniesen konnte. Meine Nase lief. »Merkwürdigerweise müssen wir beim Kochen immer mit Pfeffer und anderen Gewürzen sparen.«

»Das Haus will dir eine Freude machen.«

»Mit Pfeffer? Ich wette, dass meine Niesattacken seinem eigenen Amüsement dienen.«

Er schmunzelte. »Da bin ich mir sogar sicher. Es hat dich allerdings nicht einfach nur mit Glitzer und Pfeffer bestäubt, darin enthalten sind außerdem winzige Mengen Magie. Du wirst Teil der Familie Vertanen werden und unsere Familienmagie damit auch Teil von dir. Dieser normalerweise unsichtbare Vorgang wird durch die Glitzerwolken für alle sichtbar und«, er schmunzelte, »hörbar in die Welt geholt.«

Familienmagie. Dieses Wort war getränkt in Verheißungen. Von Anfang an hatte ich die Bewohner von Wynterhaav schon darum beneidet, Magie wirken zu können. »Und was bedeutet das konkret für mich?«

»Erst einmal sehr wenig, tut mir leid. Wie du weißt, habe ich unsere Magiequelle Ellinor überlassen. Stirbt meine Schwester, geht sie an mich über, danach bist du meine Erbin. Bevor König Walther seinen Teil des magischen Erbes in dir jedoch noch nicht aktiviert hat, kannst du damit nichts anfangen. Ist das erst einmal geschehen, hast du jedoch nicht nur Zugriff auf die königliche Quelle, sondern kannst deine Kräfte wie ich an unserer Familienquelle aufladen, auch wenn sie uns nicht gehört.«

»Außer Ellinor hätte etwas dagegen, nehme ich an.«

»Das ist leider richtig. Sie kann uns beiden jederzeit den Zugang dazu verweigern.«

Es war nett von ihm, dass er sich zu mir ins Boot setzte, doch Ellinor würde ihrem Bruder die Magie nie verwehren, was wir auch beide wussten. Ich atmete tief durch und sah mich suchend um. »Wo ist Myrkur eigentlich?«

»Auf der anderen Hausseite.«

Er hatte bitter geklungen. Ich sah ihn irritiert an. »Was ist los mit dir? Eben warst du doch noch so gut gelaunt.«

Rodin knirschte mit den Zähnen. Das tat er ernsthaft, denn ich konnte es in der stillen Nacht deutlich hören.

»Hey! Was stimmt mit dir nicht?«

»Du denkst an Myrkur.«

»Ja. Natürlich. Nicht nur an ihn, aber auch.«

»So sollte es nicht sein.«

»Du selbst hast ihn zu einem Teil des Ganzen gemacht.«

»Dennoch hätte er sich hier nicht einmischen sollen. Im Gegensatz zu ihm bedeutet unsere Vermählung mir etwas, was Myrkur auch ganz genau weiß.«

»Du hast das Gefühl, dass er sich dadurch in den Vordergrund drängt.«

»Ich habe nicht nur das Gefühl. Es entspricht ja wohl den Tatsachen.«

»Er will teilhaben, Rodin. Es geht auch um seine Zukunft. Ich kann ihn verstehen.«

»Ich weiß, dass du das kannst.« Er strich sich mit der Hand durch das Haar. »Noch vor ein paar Tagen hätte ich ebenfalls Verständnis für ihn gehabt.« Ein tiefer Seufzer entrang sich seiner Brust. »Verzeih mir, Alice. Du hast recht. Diese Wut in mir … nie zuvor war ich so …« Er stockte und ich sah die Qual in seinen Augen. »Ich werde mehr und mehr zu all dem, was ich immer gefürchtet habe.«

»Dann hör einfach auf damit.«

»Wie bitte?«

»Hör damit auf. Sei einfach nicht mehr wütend.« Ich nahm seine Hand. Sie war eiskalt. Zärtlich rieb ich sie zwischen meinen Handflächen warm. »Egal was eine Sekunde zuvor noch war, du kannst jetzt, genau an dieser Stelle weitermachen, ohne zornig zu sein. Ist nur eine kleine Entscheidung.«

»Ja, sicher. Und was mach ich mit der Wut?« Er klang immer noch brummig, doch das Lächeln, das er mir schenkte, war wieder leicht.

»Was du auch sonst immer damit gemacht hast. Du willst mir hoffentlich nicht erzählen, dass du vor dieser Sache mit dem Ritual nie wütend warst?«

»Nicht in dieser Intensität. Es ist aber noch auf andere Weise neu. Ich bin hellwach, mehr als sonst, und verspüre den Drang, mich körperlich zu betätigen. Ich will rennen, jagen oder …« Er verstummte, warf mir einen Seitenblick zu und wirkte auf einmal verlegen.

»Was?«

»Nichts.«

»Sag schon!«

Rodin sah mir tief in die Augen, und da wusste ich die Antwort. Hitze stieg in mir auf.

Er lächelte und legte eine Hand an meine Wange. »Ich möchte dich lieben.«

»Na also, da haben wir sie ja schon, die positiven Gefühle.« Ich schmiegte mich an ihn, legte den Kopf an seine Brust und spürte, wie sich sein Brustkorb in rascher Folge hob und senkte. Rodin war ebenso aufgeregt wie ich. Das war ein berauschendes Gefühl. »Setz dieses Gefühl auf die Liste der positiven Veränderungen.«

»So einfach ist es also, ja?«

»Wenn du es willst.«

»Dich will ich, Alice. Mehr als alles andere auf der Welt.« Mit diesen Worten hob Rodin mich hoch. Lachend schlang ich ihm die Arme um den Hals. Er rannte den von Schnee befreiten Weg entlang, der ums Haus führte, wurde immer schneller. Meine Kapuze flog zurück. Kalter Wind streichelte meinen Nacken, der zum ersten Mal seit vielen Jahren nicht von langem Haar bedeckt wurde. Wir bogen um die Ecke. Rodin blieb ruckartig stehen. Langsam ließ er mich von seinem Arm gleiten.

Auf dieser Seite des Hauses befanden sich die Koppeln. Die Begrenzungszäune waren verschwunden und in einem weiten Umkreis war der Schnee geschmolzen, ohne dass der Untergrund matschig geworden war. Dunkle satte braune Erde schluckte das wenige Licht, das die Sterne uns schenkten. Ich erahnte Myrkurs riesige Gestalt, die in der ungefähren Mitte der Fläche kauerte, nur daran, dass die Nacht an dieser Stelle noch ein Stück finsterer zu sein schien. Eine Gänsehaut überlief mich von Kopf bis Fuß. In diesem Moment begriff ich vollständig, wie komplett und unumkehrbar sich mein Leben verändert hatte. Ein Geruch stieg mir in die Nase, fremd, aber nicht unangenehm. »Was ist das?«

Rodin verstand sofort, was ich meinte. Er atmete scharf ein. »Blut.«

Die Zeremonie

Ich hatte Myrkurs Blut während des Rituals nicht nur gerochen, sondern auch geschmeckt. Bei dem Geruch, der uns entgegenwehte, wurde mir deshalb augenblicklich übel. Völlig überraschend schien der Geruch Alice jedoch nichts auszumachen. Sie sog die Luft tief ein und klang eher neugierig als beunruhigt. »Wessen Blut ist es?«

»Sein eigenes.«

Kommt zu mir.

Ich nahm Alices Hand. »Er will, dass wir zu ihm kommen.« Wir betraten den von Schnee befreiten Kreis. Hier und da bemerkte ich weiße Flecken. Es handelte sich nicht um Tupfen vergessenen Schnees, wie ich zuerst dachte, sondern um kleine Büschel von Schneeglöckchen. Alice zitterte spürbar.

Vermutlich nicht vor Angst. Viel eher nahm ich an, dass sie fasziniert war von dem wilden Biest, das sich so ins Zeug legte, nur um sie zu beeindrucken. Schneeglöckchen! Also bitte! Langsam näherten wir uns dem Zentrum der Dunkelheit. Der Boden unter unseren Schritten war wirklich überall knochentrocken. Myrkur würde versuchen, es lässig aussehen zu lassen, doch mir war bewusst, dass er wirklich geschuftet hatte. Selbst mithilfe von Magie konnte es nicht einfach gewesen sein, diese riesige Fläche nicht nur von Schnee zu befreien, sondern auch noch trocken zu kriegen.

Es war eine Kleinigkeit.

O bitte, gib nicht so an.

Wie du willst. In Anbetracht der kurzen Zeit war es eine gigantische Aufgabe. Niemand außer mir hätte es fertiggebracht. Bist du nun zufrieden?

Es gibt wohl nichts auf der Welt, was du nicht so drehen könntest, dass du am Ende gut dastehst.

Beobachte und lerne.

Wieder kochte diese sinnlose Wut in mir auf. Sie erschwerte es mir, mit den unterschiedlichen Bewusstseinsebenen zu arbeiten. Ich atmete angestrengt in einem speziellen Rhythmus, mit dem es mir normalerweise gut gelang, meine Emotionen zu kontrollieren. Es war viel schwerer als jemals zuvor. Ich gab es auf und konzentrierte mich ganz auf die schmale kalte Hand in meiner, auf Alices schnellen Atem, das Geräusch unserer Schritte. Das half ein wenig. Schließlich hatten wir die Mitte der schneefreien Fläche erreicht. Der Blutgeruch kam nun etwa gleich stark aus allen Richtungen. *Du hast einen Blutkreis geschaffen? Wozu?*

Wirst du gleich sehen. Myrkur richtete sich auf. Ich fühlte es mehr, als dass ich es sah, wusste jedoch, was es bedeutet.

Richtig getippt, aber keine Angst, es geschieht euch nichts. Sag Alice, dass sie die Augen schließen soll.

Ich gab die Warnung weiter. Einen Herzschlag später spürte ich aus allen Richtungen Hitze aufsteigen.

Sehr langsam, um nicht geblendet zu werden, öffnete ich die Augen. Alice hatte bereits dasselbe getan. Mit halb offenem Mund wandte sie den Kopf hin und her. An der Grenze zum Schneefeld ringsum stiegen Flammen in die Luft. »Das ist fantastisch!«

Leider hatte sie damit völlig recht. Die Farbe des mannshohen Flammenrings changierte zwischen hellem Grün und Eisblau. Es war beeindruckend und wunderschön. *Wie viel Blut hast du dich das kosten lassen?*

Im Schein des Feuers war die riesige Gestalt des Drachen sichtbar geworden. Völlig geräuschlos kauerte er sich in gewohnter Weise nieder. *Sagen wir so, ich kann das nicht so bald wiederholen. Wenn du willst, kannst du nun mit deiner Zeremonie anfangen. Ich werde mich nicht einmischen.*

Alice näherte sich Myrkur. Sie berührte ihn sanft an der Schnauze. »Danke. Ich werde das hier niemals vergessen.«

Zähneknirschend wartete ich auf das Triumphgeheul in meinem Kopf, doch es kam nicht. Im Gegenteil spürte ich, wie Myrkur sich so weit wie möglich zurückzog. Wollte er mir tatsächlich so etwas wie Privatsphäre gönnen?

Eine Vermählungsfeier konnte von zwei Tagen bis zu einer Woche oder länger gehen, ganz nach dem Geschmack des Brautpaars. Die eigentliche Zeremonie war jedoch herzlich unspektakulär. Alice und ich standen uns gegenüber und hielten einander bei den Händen, während die Magiequelle die Verlobungsrune zur Vermählungsrune vervollständigte. Um uns herum erleuchteten Myrkurs Flammen die Nacht. Ich gestand mir ein, dass er damit der Zeremonie eine einzigartige Feierlichkeit verliehen hatte. Das Brennen auf meiner Haut ließ schließlich nach und hörte dann ganz auf.

Alice sah mich fragend an. »Das war es schon?«

Ich nickte. »Wie fühlst du dich?«

»Es hat nicht so schlimm gebrannt, wie ich gefürchtet hatte, vielleicht weil ich diesmal vorbereitet war.«

»Das war es nicht, was ich mit Fühlen meinte. Aber … schön, dass es nicht so schlimm für dich war. Ich meine, umso besser.«

Sie sah mich amüsiert an.

Ich hatte selbst erkannt, wie unsicher ich mich anhörte, und wurde schon wieder wütend. Diesmal jedoch nicht auf Myrkur, sondern auf mich. Es drängte mich danach, sie in die Arme zu schließen und zu küssen. Ich blickte auf ihre Lippen, sah ihr wieder in die Augen. Wir waren uns sehr viel näher gekommen, als ich jemals gehofft hatte. Weshalb zögerte ich? Ich meinte, in Alices Augen dieselbe Frage zu lesen. Sie wartete darauf, dass ich die Zügel in die Hand nahm. »Ich liebe dich, Alice.«

»Und ich liebe dich.«

Ihre Worte trafen mich mit so einer Wucht, dass mir die Knie weich wurden. Das Herz in meiner Brust schwoll an vor lauter Glück. Ich schlang die Arme um ihre Taille, hob sie hoch und drehte mich mit ihr im Kreis. Dann stellte ich sie wieder auf die Füße, um endlich meine Lippen mit den ihren zu vereinen.

Ausgerechnet diesen Augenblick wählte Myrkur, um sich erneut aufzurichten. Er öffnete das Maul. Im Nu hatte ich Alice zu Boden gezogen und mich über sie geworfen, damit ich sie mit meinem Körper schützen konnte. Es war ein Reflex, und im Nachhinein war mir natürlich klar, wie unnötig das gewesen war. Mit seinem Feueratem löschte Myrkur lediglich einen kleinen Bereich des Feuerrings. Verlegen half ich Alice wieder auf die Füße. Die Rauchschwaden trieben davon und Ellinors Gestalt kam zum Vorschein. Sie stand an der Grenze zum Feuerring und hielt zwei Becher in den Händen.

Ärgerlich sah ich zu ihr. Schon zuvor hatte ich mich gefragt, wieso sie darauf bestanden hatte, uns einen Trank zu bringen. Soweit ich wusste, war das keine spezielle Tradition innerhalb unserer Familie.

»Herzlichen Glückwunsch.« In Ellinors Stimme lag Kälte, aber auch eine versteckte Dringlichkeit. »Hier ist euer Hochzeitstrank.«

Da sie keine Anstalten machte, zu uns in den Feuerring zu treten, gingen wir zu ihr. Ellinor reichte uns die Becher. Ich schnupperte. Es roch wie gewöhnlicher Punsch, bei dem man es höchstens mit den Gewürzen ein wenig übertrieben hatte.

»Ihr müsst ihn trinken, solange er heiß ist.«

Ich spürte, wie sich in Myrkur ein misstrauischer Funke entzündete, und er hatte recht. Irgendetwas stimmte hier nicht. Alice wollte den Becher an die Lippen setzen, doch ich hielt sie mit einer Handbewegung davon ab. An Ellinor gewandt sagte ich: »Hast du etwas in den Wein gemischt?«

»Nein!« Ihre Stimme klang milde erstaunt. »Was denkst du von mir?«

»Dass du mit dieser Vermählung nicht einverstanden bist.«

»Und?« Sie runzelte die Stirn.

Ich bat Alice, mir ihren Becher zu geben, und hob ihn zum Mund. »Wenn sich Gift darin befinden sollte, werde ich es bemerken, selbst wenn meine Selbstheilung es neutralisiert.«

»Es ist nichts dergleichen, Rodin.« Ihr Blick war eindringlich. »Bitte vertrau mir.«

Ich hob den Becher an die Lippen.

Verrat! Myrkur brüllte auf, wütend, frustriert, vor allem aber enttäuscht bis ins Mark hinein, das konnte ich überdeutlich spüren. Dann wurde ich aus meinem Körper gezogen und in den Gedankenraum geworfen.

Vertrauensbruch

Myrkur stand vornübergebeugt am Rand des Flammenrings und erbrach sich. Selbst als nur noch Galle kam, rammte er sich wieder und wieder die Finger in den Hals. Schließlich richtete er sich auf. Mit dem Ärmel wischte er sich über den Mund. Ellinor hatte sich unterdessen davongemacht. Sie rannte nicht gerade, das war unter ihrer Würde, schritt jedoch schnell aus und bog auch schon um die Ecke des Hauses. Ich war allein mit einem wutschäumenden Myrkur. Er kam auf mich zu, packte mich am Kragen. Ich war stolz auf mich, weil ich nicht zurückwich, verzog keine Miene, als er den Pelzmantel aufriss. Sein Blick hing starr an meinem Dekolleté. »Immerhin bist du nicht geflohen wie die schwarze Hexe.« Mit einem bösen Grinsen fügte er hinzu: »Auch wenn es klüger gewesen wäre, du hättest es ihr nachgemacht.«

Ich tastete nach der Kette. Sie war tatsächlich verschwunden.

Myrkur atmete schwer. Er nahm sich sichtlich zusammen. »Ich habe durch Rodins Augen beobachtet, was in der Eingangshalle geschah. Die Kette wurde offenbar entwendet, als die Dienerin dir mit dem Pelz geholfen hat. Und während ich hier draußen dieses kindische Spektakel für dich veranstaltet habe, hat sie mit der Schwester des Verräters einen Trank gebraut, der mich von diesem Körper abtrennen sollte. Das wird sie mir büßen.« In seinen Augen stand klar und deutlich, dass das Urteil gefällt war, die Strafe schon feststand.

Ich hatte es nicht mitbekommen, als Santina die Kette entfernt hatte, doch um sie zu schützen, war ich entschlossen, die Verantwortung auf mich zu nehmen. Kühl entgegnete ich: »Du hast keine

Bedingung an dein Geschenk geknüpft. Ich darf damit machen, was ich will.«

»Also gibst du es zu.« Unter seinem Blick begann ich zu frösteln. »Ich habe dir das kostbarste aller Geschenke gemacht, und bereits wenige Minuten später hast du mich verraten.«

»Ich bedauere, was geschehen ist, Myrkur. Wirklich.«

»Heucheln steht dir nicht.«

»Es ist aber so. Es tut mir von Herzen leid, dass du dich verraten fühlst.« Ich seufzte schwer. »Manchmal ist man gezwungen, die falschen Dinge zu tun. Gleichzeitig kann man es bedauern. Solltest nicht gerade du das verstehen?«

Er lachte höhnisch auf. »Ich habe nie vorgegeben, besser zu sein, als ich bin. Du dagegen bist eine Lügnerin und Heuchlerin, die so tut, als wäre sie ein Engel.«

Es tat weh, dass er mich von jetzt an so sehen würde, dennoch blieb ich beim eingeschlagenen Kurs. Myrkur würde mich trotz aller Enttäuschung nicht töten. Was mit Merian passiert war, hatte mir jedoch klar vor Augen geführt, dass der Tod für ihn eine andere Bedeutung hatte als für mich. Ich hatte Angst um Santina. »Ehe du dich jetzt weiter hineinsteigerst, solltest du bedenken, dass es sowieso nicht funktioniert hat. Immerhin hast du Rodin ohne Probleme aus seinem Körper katapultiert.«

»Das ändert nichts.«

Das wunderschöne Feuer, meine Hochzeitsüberraschung, fiel in sich zusammen. Myrkur stürmte mit großen Schritten voran Richtung Haus. Ich rannte hinterher. Ehe ich um die Hausecke bog, blickte ich noch einmal über die Schulter zurück. Der Drache war nicht zu sehen.

Zu meinem Erstaunen stand die Eingangstür weit offen. Entweder konnte die Magie Myrkur den Eingang nicht mehr verwehren oder sie wollte es aus irgendeinem Grund nicht. Als ich eintrat, wirkte die Szene wie erstarrt. Die Dienerschaft hatte sich zurückgezogen. Auf dem Boden der Halle lag glitzernder Staub. Ellinor hatte sich schützend vor Santina aufgebaut und hielt Myrkur am ausgestreckten Arm die Schuppenkette entgegen. Er stand stocksteif da, als wäre er auf einer Tretmine zum Stehen gekommen und wagte es nicht, sich zu rühren.

Ich ging um Myrkur herum, langsam und konzentriert, und wollte gerade die Hand nach der Kette ausstrecken, als er endlich doch in Bewegung kam. Er schnappte sich die Kette und knurrte in meine Richtung: »Gib mir Zeit, um mich zu beruhigen, und dann komm nach.« Ohne noch einmal zu uns zu sehen, stürmte er davon. Die Tür zum Herrensalon öffnete und schloss sich. Das Haus und Ellinor waren beide klug genug, ihn nicht zusätzlich mit blockierten Türen zu provozieren. Eine Weile war von drinnen heftiges Rumpeln und Klirren zu vernehmen. Offenbar ließ Myrkur seinen Zorn an den wenigen Einrichtungsgegenständen aus, die sich in dem Raum befanden. Dann herrschte Stille.

Santina atmete lange aus. Sie sah Ellinor ärgerlich an. »Sagte ich nicht, dass es besser sei, mich nach draußen mitzunehmen, damit ich ihr die Kette heimlich wieder umlegen kann?«

»Ich hatte Sorge, dass der Drache es bemerkt und dich dann dafür büßen lässt.«

»Dummkopf.« Santina zog ihre Herrin in eine zärtliche Umarmung. Ellinor vergrub den Kopf an Santinas Hals und diese streichelte ihren Rücken. Zum ersten Mal kam mir der Gedanke, dass die beiden mehr sein könnten als nur Freundinnen. So leise ich konnte, verließ ich die Halle, um ihnen die nötige Privatsphäre zu geben. Außerdem hatte ich mit einem gewissen Drachen noch ein Hühnchen zu rupfen. Auf dem Weg zum Herrensalon entdeckte ich zwei neugierige Dienstmädchen. Ich scheuchte sie zurück in den Küchentrakt, und sie verzogen sich, ohne zu murren. Merkwürdig, wie sich die Dinge entwickelt hatten. Es war noch gar nicht so lange her, da hatten mich alle bis auf Santina geschnitten.

Im Salon loderte das Feuer so hoch wie nie, Funken stoben in alle Richtungen davon. Die Hitze war außergewöhnlich und kaum zu ertragen. Noch ehe ich überhaupt richtig im Zimmer war, rann mir der Schweiß bereits den Rücken hinab. Myrkur schien sich nicht daran zu stören. Gerade war er dabei, einige Scherben aufzulesen. Er sah flüchtig zu mir. »Setz dich, wir haben zu reden.«

Wenn ich es ihm jetzt gestattete, mir Befehle zu erteilen, hatte ich für immer verloren. Also marschierte ich stattdessen zum Fenster. In der Scheibe war ein großer Riss, weswegen ich es nur vorsichtig öffnete. Am Boden vor dem Fenster lag der Schürhaken. Er war zu einem U gebogen. Ich lehnte mich an die Wand und verschränkte die Arme vor der Brust. »Du hast ganz schön gewütet.«

»Sei darüber lieber froh.« Er erhob sich, richtete mit einer Hand einen kleineren Tisch auf und legte die Scherben darauf ab.

»Dann lass uns das jetzt klären.«

»Könntest du einen solchen Verrat verzeihen?«

»Ich schätze schon.«

»Du schätzt?«

»Na gut. Ja. Ich könnte es verzeihen. Vor allem dann, wenn ich die Beweggründe für eine Handlung nachvollziehen kann. Und du?«

»Drachen verzeihen nicht.«

»Dann erinnerst du dich nicht mehr daran, wie es war, ein Mensch zu sein?«

Die Überraschung darüber, dass ich das über ihn wusste, stand ihm ins Gesicht geschrieben. Es währte jedoch nur kurz und die innere Gewitterwolke übernahm erneut das Regime. »Was weißt du darüber?«

»Du bist ein Mensch in einem Drachenkörper, der nicht zurückkann, ohne seinen Drachen und damit sein verlängertes Leben zu verlieren.«

Er zuckte die Achseln.

»Stimmt es?«

»Ja.«

»Und weil du dich manchmal wie ein Mensch fühlen wolltest, gab es die Marionetten. Jetzt hast du dir Rodins Körper geschnappt. Wie willst du mir damit moralische Überlegenheit rechtfertigen?«

»Deine Handlungen werden nicht automatisch richtig und gut, nur weil du etwas gefunden hast, was du mir ankreiden kannst.«

»Ich habe nicht getötet, Myrkur.«

Er winkte ab. »Der Tod ist gar keine so große Sache.«

»Sagt der Mann, der in einem Drachenkörper lebt, um Jahre zu schinden.«

Myrkur starrte mich nur an, doch ich merkte, dass ihm meine Worte nicht gefielen.

Ich wischte mit dem Handrücken über meine schweißfeuchte Stirn. »Kannst du wenigstens ein klein wenig nachvollziehen, warum wir anderen alle unsere Hoffnung auf diesen Trank setzten?«

Mit zwei schnellen Schritten stand Myrkur vor mir. In seinen Augen spiegelte sich das zuckende Kaminfeuer. »Du und Rodin, ihr zwei interessiert mich. Die anderen sind mir egal.«

»Du wirst Ellinor und Santina nichts tun, nicht wahr?«

»Sie sind sicher.«

Ich beschloss, ihm die Wahrheit zu sagen. »Ich wusste nicht, dass Santina mir die Kette abgenommen hatte.«

»Und das soll ich glauben?« Seine Augenbrauen wanderten nach oben. »Du hast bereits in der Höhle eine Schuppe gesucht.«

»Das stimmt.«

»Und du warst entschlossen, sie einzusetzen.«

»Ich war noch unentschieden.«

Er sah mich aus schmalen Augen nachdenklich an. »Mein Zorn sollte sich auf dir entladen statt auf Santina oder Ellinor.«

»Es ging mir vor allem um Santina. Ellinor kann sich mithilfe ihrer Magie ganz gut schützen, denke ich.«

»Das ist ein Irrtum.«

»Wie bitte?«

»Das Haus hätte vorhin verhindern müssen, dass ich eintrete. Ellinor muss gewusst haben, dass ich drauf und dran war, ihr den Hals umzudrehen.« Er sah nachdenklich aus. »Beinahe kommt es mir vor, als habe sich die Magiequelle zurückgezogen.«

»Vielleicht, weil es nie zuvor so eine Situation gab wie zwischen uns dreien?«

»Vielleicht.«

Ich nahm mir vor, Ellinor deswegen zu befragen.

»Ich bin immer noch zornig, und deine Dienerin ist nach wie vor in Gefahr.«

»Das glaube ich nicht. Du hast dich doch bereits daran ausgetobt.« Ich tippte mit dem Fuß auf den verbogenen Schürhaken. »Außerdem hast du gesagt, dass du ihnen nichts antun wirst.« Ich lächelte ihn vorsichtig an.

Er erwiderte mein Lächeln nicht.

Dennoch ging ich zu ihm und legte ihm sanft die Hand auf den Arm. »Ich schätze, du bist zornig, weil du dich verraten fühlst, und ganz ehrlich, ich hätte daran auch zu knabbern.«

Wieder ein Achselzucken.

»Das Ritual hat offenbar keinen von euch beiden eindeutig zum Anführer gemacht, kann man das so sagen? Ich könnte mir vorstellen, dass es dafür einen Grund gibt. Wenn du mit Rodin auf Augenhöhe zusammenarbeiten würdest, würde es auch für dich leichter, und dann wäre es völlig egal, ob er den Schuppentrank zu sich nehmen wollte oder nicht.«

»Eine Gruppe von Streitern braucht immer einen Anführer. Sogar in deiner Welt ist es so.«

»Wenn ich es richtig verstehe, kommen in einem üblichen Drachenritual sehr viel mehr als zwei Drachen zusammen, oder?«

»Es waren bisher nie weniger als fünfzehn, aber ja.« Er nickte langsam. »Ich sehe, worauf du hinauswillst.«

»Zwei Partner mit unterschiedlichen Fähigkeiten, die sich gegenseitig Anerkennung zollen, das hört sich für mich nach einem Gewinnerteam an. Du und Rodin, ihr kennt euch doch schon so lange … ich glaube, ihr habt das einfach nur noch nie versucht.«

Myrkur ließ sich Zeit damit, über meine Worte nachzudenken. Ich ließ meine Hand währenddessen auf seinem Unterarm liegen, weil ich körperlichen Kontakt zu ihm halten wollte. Es war nur ein Gefühl, doch es schien ihn zu beruhigen. Schließlich sah er mich an. Um seine Lippen spielte ein kleines Lächeln. Endlich. »Und was kommt jetzt? Das Verzeihen?«

»Das würde mich sehr erleichtern.«

Er musterte mich neugierig. »Du magst es nicht, wenn ich wütend auf dich bin.«

»Wer mag so was schon?«

»Na ja, ich zum Beispiel. Ich genieße so etwas.«

»Freak.« Ich sagte es liebevoll und sah ihm dabei direkt in die Augen. Myrkur war seit einer Ewigkeit ein Drache. Alles, was ich an Erfahrungen mit anderen Menschen gesammelt hatte, half mir bei ihm nicht weiter, daher navigierte ich die meiste Zeit nach Gefühl. Es würde jedoch gewiss nicht schaden, so viel wie möglich miteinander zu sprechen und dabei ehrlich zu sein. »Ich habe keine Angst vor einem Streit, aber ich glaube, dass es einen weiterbringt, wenn man sich auf die Lösung konzentriert und nicht darauf, wer an einer Sache Schuld hat.«

Er nahm meine Hand und legte sie mit der Handfläche voran auf seine Brust. Seine Stimme wurde dunkel. »Ich wünsche mir, dass ich dir wichtig bin.«

Die Offenheit, mit der er das sagte, fegte mich fast von den Beinen. Unter meinen Fingern spürte ich sein Herz, das kräftig und vielleicht ein wenig schnell schlug. Mein eigener Herzschlag passte sich seinem Rhythmus an, nein, war schneller. Sehr viel schneller. »Du bist mir wichtig, Myrkur!« Noch während ich das sagte, wurde mir bewusst, dass auch Rodin diese Szene beobachten konnte. Mit Bedauern zog ich meine Hand zurück.

Myrkur steckte es ohne Kommentar weg. »Wegen Merian …«

»Ja?«

»Das Wort Marionette ist ebenso schäbig wie falsch, wenn es das Verhältnis zwischen ihm und mir beschreiben soll. Ich habe ihn nicht ermordet, sondern getötet. Begreifst du den Unterschied?«

»Du meinst, weil er sterben wollte?«

»Ebendies.«

»Dazu habe ich dir meine Meinung schon gesagt. Du hättest ihn dabei nicht auch noch unterstützen müssen.«

»Jedes Lebewesen hat das Recht, den Zeitpunkt und die Art seines Todes zu wählen. Merian und ich waren lange, sehr lange zusammen. Er hat während unserer gemeinsamen Zeit nie gezeigt, dass seine Handlungen nicht durchdacht gewesen wären. Wieso sollte ich mir anmaßen, ihm einen Entschluss auszureden, den er nach sorgfältiger Überlegung getroffen hat?«

»Weil Leben kostbar ist?«

»Ist es das?«

»Ja, verdammt!« Ich schnaubte frustriert. »Ich verstehe natürlich, worauf du hinauswillst. Es … gefällt mir nur nicht.«

Er lächelte zufrieden. »Ich glaube, du hast gerade einen Fortschritt gemacht.«

Es klopfte an der Tür. Ehe einer von uns beiden reagieren konnte, öffnete sie sich bereits. Ellinor sah zu uns herein. Von ihrem Zusammenbruch in der Halle kündete noch die gerötete Nasenspitze und die ineinander verschränkten Hände. »Wie Ihr vermutlich wisst, hat Adlon meinem Bruder gedroht. Rodins … Körper muss so rasch wie möglich an den Hof, wenn er keinen Schaden erleiden soll.«

Myrkurs Miene war eisig, doch er nickte. »Ich weiß, worum es geht.«

Auch ich wusste Bescheid. Adlon hatte Rodin kürzlich hier auf dem Anwesen besucht. Er hatte ihn darüber in Kenntnis gesetzt, dass die letzte Modifizierung der Reiserune ein kleines Extra beinhaltet hatte. Sollte er sich nicht in einem bestimmten Zeitfenster am Königshof bei den Runen-Ingenieurinnen einfinden, würde er erst krank werden und schließlich sterben.

Ellinor wirkte erleichtert. »Es ist Brauch, nach der Zeremonie ein Essen zu servieren. Ich nehme an, dass ihr darauf keinen Wert legt.«

»Im Gegenteil.« Myrkur reichte mir den Arm, damit ich mich einhängen konnte. »Familientraditionen sind ja so wichtig.«

An der Tür zum Speisesaal blieb Ellinor in gewohnt steifer Haltung stehen: »Ihr werdet beim Essen allein zurechtkommen müssen. Ich möchte keinem hier im Haus zumuten, eine Bestie zu bedienen.«

»Ellinor!« Ich sah sie ärgerlich an.

Myrkur schüttelte jedoch nur belustigt den Kopf. »Dann schlage ich vor, dass du meiner Frau und mir aufwarten wirst.«

Das war das Allerletzte, was ich wollte. »Und ich schlage vor, dass der böse Drache es jetzt einfach lässt, sich wie ein Arsch zu benehmen.« Kurz entschlossen zog ich ihn mit mir in den Speisesaal hinein.

Myrkur wartete, bis sich die Tür hinter uns geschlossen hatte, dann packte er mich wie ein Hühnchen am Genick. »Dafür hast du dir also die Haare schneiden lassen, damit ich dich besser packen kann.«

Es war nicht schmerzhaft, doch ich fühlte mich gedemütigt. Ich sagte nichts, sah ihn nur an.

Myrkur gab mich auf der Stelle frei. Er kratzte sich am Kinn und wirkte auf einmal unsicher. »Hab ich dir wehgetan?«

»Ja. Seelisch.« Meine Augen schwammen in Tränen.

Er runzelte die Stirn und wischte mit seinem Daumen über meine nasse Wange. »Lass das.«

»Ich weine nicht mit Absicht.« Mit den Tränen wich ein großer Teil der Anspannung von mir, die sich in den vergangenen Stunden aufgebaut hatte. Ich schniefte. »Hast du nie über eine alternative Herangehensweise nachgedacht? Oder ist Gewalt die einzige Art und Weise, die du kennst, um Konflikte zu lösen?«

»Wo wäre ich denn in den letzten Stunden gewalttätig gewesen?« Er beäugte meinen Nacken. »Die Haut hat sich nicht mal gerötet.«

»Du versetzt Menschen in Angst. Ständig.«

»Und das ist schlecht?« Ich wollte ihn schon empört anfauchen, doch er hob lachend die Hände. »Ist gut. Ich habe verstanden. Du willst, dass ich wie ein Drachenweiser handle.«

Ich sah ihn ernst an und sagte leise: »Du hast so viel Macht, Myrkur. Ich meine nur, damit sollte auch persönliche Größe einhergehen. Alles andere macht mir in Gedanken an die Zukunft Wynterhaavs unvorstellbare Angst.«

Am hinteren Tischende war für zwei eingedeckt. Höflich rückte Myrkur mir den Stuhl zurecht. Im Gegensatz zum Salon war es hier gewohnt eisig. Myrkur ging zum Kamin. »Es ist lange her, dass ich ohne meinen Feueratem einen Kamin angezündet habe. Merian musste das nie tun, da stets der Drache zur Stelle war.« Suchend sah er sich um.

»Mir gefällt die Temperatur, wie sie ist.« Wärme in Verbindung mit Essen würde mich schläfrig machen, und in seiner Gegenwart war ich geistig lieber munter. Ich schnupperte genießerisch. »Es riecht nach Gemüsesuppe. Sie wird uns von innen aufwärmen.«

Myrkur setzte sich nicht auf den Platz mir gegenüber, sondern verschob Teller und Besteck, sodass wir über Eck nebeneinandersaßen, was weniger formell war. Dann hob er den Topfdeckel ab und verzog enttäuscht das Gesicht. »Haufenweise Kaninchenfutter. Das Kaninchen selbst haben sie vergessen.«

Die Brühe war goldgelb und duftete herrlich. Leider bekam ich nichts davon runter. Ich betrachtete Myrkur von der Seite. »Was, denkst du, ist nötig, um einen guten Job als Königin zu machen?«

»Zunächst wäre da die Frage danach, was *gut* überhaupt heißen soll.« Myrkur hatte seinen Teller erstaunlich rasch ausgelöffelt und nahm sich eine zweite Portion. »Du wirst diese Königin sein. Sag du es mir.«

»Sie muss fähig sein zu reflektieren, damit sie ihre Entscheidungen zum Wohle der Untertanen trifft und nicht, um sich selbst damit in irgendeiner Weise zu befriedigen.«

»Oh, aber Befriedigung ist etwas Feines.« Genüsslich tauchte er seinen Löffel in die Gemüsesuppe. »Das hier ist gar nicht so übel.« Er nickte in Richtung meines Tellers. »Iss auf.«

Ich seufzte frustriert. Egal wer von den beiden in Rodins Körper steckte, ständig musste ich mich dagegen wehren, bevormundet zu werden.

Myrkur sah mich fragend an. »Du scheinst ein wenig gereizt.«

»Ich treffe einfach gern meine eigenen Entscheidungen.«

»Erwartest du, dass ich still bin, wenn mir auffällt, dass du einen Fehler begehst?«

»Das auch wieder nicht.« Nun fühlte ich mich kindisch.

»Du brauchst Nahrung. Direkt vor deiner Nase befindet sich Nahrung. Sie ist sogar köstlich. In wenigen Tagen wirst du irgendwo in einer Höhle kauern, an einem Kanten Brot herumlutschen, an diesen Moment zurückdenken und dich nach Suppe sehnen.« Grinsend fügte er hinzu: »Und erkennen, wie weise der Drache war, der das Mahl mit dir geteilt und dir diesen Rat gegeben hat.«

Geschlagen nahm ich meinen Löffel auf.

Zufrieden beobachtete er eine Weile, wie ich aß. Schließlich sagte er: »Wie würdest du herausfinden wollen, was gut für das Wohl deiner Untertanen ist?«

Ich dachte einen Moment nach. »In den alten Märchen aus meiner Welt verkleiden sich die Herrscher als Menschen aus dem Volk. Sie gehen unerkannt umher und versuchen herauszufinden, was für eine Stimmung im Land herrscht, wo die Probleme sind und so weiter.«

Myrkur tupfte sich den Mund ab und legte die Serviette wieder auf den Tisch. »Du wirst mir zustimmen, würden wir tausend Leute nach dem befragen, was sie brauchen, um ein gutes Leben zu führen, würden wir tausend unterschiedliche Antworten erhalten. Für den einen wäre Wohlstand wichtig, der Nächste würde sich mehr Freiheit und Selbstbestimmung wünschen, der Übernächste wiederum könnte nur zufrieden sein, wenn man ihm gestattete, mehrere Frauen zu ehelichen, und so weiter.«

»Deshalb muss abgestimmt werden.«

»Keine gute Idee. Meine Erfahrung mit Menschen ist folgende: Sie treffen ihre Entscheidungen aufgrund akuter Bedürfnisse und nicht, weil sie für die Zukunft planen. Du als ihre Königin musst deshalb vorausschauend handeln. Selbst dann, wenn das Leben für deine Untertanen eine Zeit lang unbequem oder sogar schmerzhaft werden sollte.«

»Entschuldige, aber da muss ich noch einmal auf Merian zurückkommen. Ihn hast du ohne schlechtes Gewissen die weitreichendste aller Entscheidungen treffen lassen.«

»Dann korrigiere ich mich. In jedem Volk werden sich einzelne Menschen finden, die wie Merian sind, geschult im Denken, reflektiert und alles andere als eine *Marionette*. Sie bilden jedoch eine Ausnahme. Der Rest denkt nicht bis vor die Schuhspitze.«

Wie er über Merian dachte, erstaunte mich immer wieder. Und Myrkur schien auch ein gutes Gespür zu haben, was ich gerade dachte, denn mit seiner nächsten Bemerkung schlug er genau in die Kerbe.

»Erinnerst du dich an unser Gespräch, in dem es darum ging, ob du dir selbst deine Meinung über mich bilden oder mich durch Rodins Augen sehen wirst?«

»Natürlich.«

»Rodin hat niemals auch nur ein einziges Wort mit Merian gewechselt. Er hat nie hinterfragt, was ihm bei seinen Besuchen in der Höhle gezeigt wurde. Oder soll ich sagen, vorgespielt? Für ihn war Merian folglich eine Marionette, ein Mensch ohne eigenen Willen. Du hast Rodins Bild von Merian übernommen, ebenfalls ohne es zu hinterfragen.«

Verdammt! Ich fühlte mich ertappt. »Du hast recht.«

»Tatsächlich?« Seine Augenbraue wanderte aufwärts. Etwas, was sehr viel häufiger geschah, wenn Myrkur in Rodins Körper steckte.

Überhaupt war Myrkurs Mienenspiel lebendiger. Vielleicht, weil ihm in seiner Drachengestalt die Möglichkeit fehlte, sich durch Mimik auszudrücken. Jetzt war jedenfalls sehr deutlich zu erkennen, dass er unzufrieden war.

»Was ist los mit dir? Ich habe dir gerade recht gegeben.«

»Es langweilig mich, wenn wir derselben Meinung sind.«

Er hob er den Teller zum Mund und schlürfte lautstark den Inhalt. Dann sah er mich herausfordernd an.

»Soll mich das irgendwie provozieren? Lächerlich.« Grinsend nahm ich meinen Teller ebenfalls hoch und schlürfte nicht minder geräuschvoll die restliche Suppe. Anschließend tupfte ich mir gesittet den Mund ab.

»Genau so etwas macht dich zur guten Königin.« Myrkur nickte zufrieden. »Du besitzt einen offen Geist, und es fällt dir leicht, dich an eine neue Gegebenheit anzupassen, du gibst deinem Gegenüber das Gefühl, dass du ihn wirklich siehst, bist bereit, einen Fehler einzugestehen und zu lernen. Deinem innersten Wesen scheint es ein Bedürfnis zu sein, zu verstehen und zu vermitteln. Dabei verbiegst du dich nicht. Ich begreife langsam, warum das Ritual dir einen so großen Stellenwert in meinem Bündnis mit Rodin verliehen hat.«

Bei seinen Worten lief ich knallrot an.

»Diese Farbe kleidet dich.« Myrkur hob gut gelaunt den silbernen Deckel an, unter dem der zweite Gang versteckt war, und schnupperte interessiert. »Das Einzige, was dir noch fehlt, ist ein Schwert und die Bereitschaft, Köpfe abzuschlagen.«

»Ich lehne Gewalt ab, und das ist endgültig.«

»Und was ist, wenn der Einsatz von ein klein wenig Gewalt verhindern würde, dass es zu weitaus größeren Gewalttaten kommt?«

»Du meinst, ein toter Mensch oder viele?« Ich barg meinen Kopf in den Händen. Wann hatte ich eigentlich eingewilligt, an einer Ethikvorlesung teilzunehmen?

Myrkur sagte sanft: »Würdest du es zulassen, dass ich dich berate?«

»Ja, gemeinsam mit Rodin.«

Er knurrte etwas, was ich nicht verstand.

»War das ein Ja?« Müde sah ich auf.

Myrkur begutachtete einen Fleischbrocken, der in einer dunklen Soße schwamm. Er sah mich nicht an.

»Na los, Myrkur, schluck die Kröte. Ich bestehe nämlich darauf, dass Rodin mit im Boot sitzt.«

»Einverstanden, wir werden uns zu dritt beraten.«

Mir war bewusst, was ihn dieses Zugeständnis gerade gekostet haben musste. Spontan legte ich meine Hand auf seine. »Danke. Ernsthaft, ich bin sehr, sehr dankbar.«

Er nahm meine Hand, drehte sie um und platzierte einen sanften Kuss auf die Stelle über meinem Puls. Dann nahm er die bereitliegende Fleischgabel und rammte sie in das Bratenstück.

Auf dem Tisch befanden sich weitere Schüsseln mit Kartoffeln und Bohnengemüse. Ich nahm mir von beidem eine ordentliche Portion. Myrkur aß mit offensichtlichem Genuss. Ich versuchte, die dabei entstehenden Geräusche auszublenden, was nicht leicht war. In Kombination mit der Erinnerung daran, wie es auf dem Vorplatz seiner Höhle aussah, weckten sie zu schreckliche Bilder in mir. Was ich zur Ablenkung brauchte, war ein gutes Tischgespräch. »Wie alt werden Drachen eigentlich?«

»Alt.«

Aha. Dieses Thema schien er nicht zu mögen. »Und wie alt bist du?«

»Spielt keine Rolle.«

»Ist es unhöflich, einen Drachen danach zu fragen?«

»Je älter, desto mehr Ansehen. Ich bin … mittelalt.« Die Hand, die gerade eine Gabel mit soßentropfenden Fleischbrocken zum Mund führte, erstarrte in der Luft. »Denkst du, ich wäre ein schlechter Berater für dich, weil ich noch jung bin?«

Ich verbiss mir mit Mühe das Lachen. »Ich dachte, du bist mittelalt?«

Myrkur sah mich hochmütig an. »Selbst als junger Drache bin ich immer noch ein besserer Herrscher als jeder Mensch.« Er stutzte. Jedoch nur einen winzig kleinen Moment. »Ich meinte, ich wäre ein besserer Berater, als es je ein Mensch sein könnte.« Er verschlang seinen Bissen.

»Ich wollte darauf hinaus, dass du in deiner Existenz sehr viel länger Drache als Mensch warst. Das hat dich geprägt, nehme ich an. Was für eine Beratung bekäme ich, wenn deine Interessen als Drache mit denen der Menschen kollidieren würden?«

»Wer sagt, dass sie das tun? Ich möchte ausreichend Nahrung zur Verfügung haben und ohne Angst leben, dass jemand meiner Schuppen wegen Jagd auf mich macht oder mir meine Magie raubt, wie es kürzlich einem alten Freund geschehen ist. Wenn ich darüber hinaus anregende Gespräche führen und Wollust genießen kann, sind schon viele Punkte auf meiner Liste abgehakt.« Er warf mir einen unergründlichen Blick zu. »Du irrst dich, wenn du denkst, dass ich nichts über die Menschen weiß. Durch meine *Marionetten* ist es mir schon immer möglich gewesen, mich unerkannt unter euch zu mischen.« Er grinste süffisant. »Man könnte fast meinen, dass nicht nur die Märchenschreiber in der Anderswelt auf so eine Idee gekommen sind. Willst du noch mehr hören?«

»Unbedingt!«

»Zusammen mit dir werde ich Wynterhaav zu nie gekannter Blüte führen. Frieden. Bildung. Kunst und rauschende Feste.« Er horchte seinen eigenen Worten hinterher, und ich hatte den Eindruck, als sei das, was er mir gerade gesagt hatte, sogar für ihn neu. Fast ein wenig unsicher fuhr er fort: »Wie gefällt dir das?«

»Gut.«

»Ich kann das Aber hören.«

»Du hast vergessen, Rodin zu erwähnen.«

»Dann denk ihn dir halt dazu.«

Na gut, das brauchte noch Zeit, dennoch war ich verhalten optimistisch. Tatsächlich fand ich, dass sich das alles gar nicht so übel anhörte. »Hast du jemals mit ihm über deine Vision gesprochen?«

»Nein.«

»Warum nicht?«

Er zog die Mundwinkel mürrisch nach unten. »Weil es ein neuer Gedanke ist. Heute Morgen, noch vor unserem Besuch in der Höhle, dachte ich, meine allergrößte Leidenschaft sei es, mich an meinem Gold zu erfreuen und noch mehr davon in die Klauen zu bekommen.«

Das war für jemanden von Myrkurs Kaliber ein heftiges Eingeständnis. »Ich habe noch eine allerletzte Frage … Mal angenommen, du und Rodin seid euch einig und ihr habt mir euren Rat mitgeteilt. Ich bin aber zufällig völlig anderer Ansicht. Würdest du versuchen, mich zu zwingen?«

»Natürlich.« Er schenkte mir ein verführerisches Lächeln. »Zuvor würde ich jedoch versuchen, dich zu überzeugen, und glaube mir, darin bin ich ein Meister.«

Und da waren wir wieder, mitten im guten alten Drachenspiel. »Wie würdest du mich zu überzeugen versuchen?«

»Mit guten Argumenten natürlich.«

»Und wenn das nicht zieht, mit was drohst du mir?«

»Darüber denke ich noch nach.« Er warf mir einen Blick zu. »Am ehesten würde man dich wohl überzeugen, indem man jemanden bedroht, den du liebst.«

Gerade hatte ich noch gedacht, dass ich ihn gut leiden konnte, schon ließ er das Arschloch raushängen. »Sag Rodin, er soll zurückkommen, du bist keine angenehme Tischgesellschaft.«

Myrkur grunzte zufrieden. »Oh, Rodin. Ja. Er versucht es die ganze Zeit schon. Ich wäre auch enttäuscht von ihm, wenn nicht. Allein es ist umsonst. Früher oder später wird er akzeptieren müssen, dass er sich für den Rest unseres gemeinsamen Lebens mit dem Zuschauerplatz in meinem Kopf begnügen muss.«

»Du meinst in seinem Kopf.«

Für den Bruchteil einer Sekunde wirkte Myrkur verwirrt. Dann lachte er zwar, doch ich ahnte, dass er nicht so belustigt war, wie er es mich glauben lassen wollte.

»Du musst ständig auf der Hut sein, nicht wahr? Ich stelle mir das schrecklich vor.«

»Es ist den Preis wert.«

»Schade.« Ich lehnte mich in meinem Stuhl zurück. »Vorhin waren wir schon weiter. Du erinnerst dich? Wir drei zusammen in einem Boot, als Team.«

»Stimmt. Da war was.« Myrkur beugte sich vor und sah mir forschend in die Augen. »Wie groß ist dein Herz, Alice?«

Es war diese konzentrierte Aufmerksamkeit, die mein Herz donnernd schlagen ließ.

»Nun?«

»Es ist groß genug.« Und da war ich mir vollkommen sicher. »Groß genug, um euch beiden Platz zu bieten.«

Seine Augen weiteten sich, dann rückte er noch ein winziges Stück näher. »Interessant.«

Auf einmal war mir das hier zu viel, zu schnell, zu intensiv. »Würdest du mich bitte nicht so ansehen?«

»Wie sehe ich dich denn an?«

»Keine Ahnung. Sieh mich einfach gar nicht an.«

Langsam und mit deutlich sichtbarer Anstrengung zog er sich zurück. Er griff nach der Weinkaraffe. »Möchtest du?«

»Ja bitte.«

Myrkur schenkte mir ein. »Was denkst du?«

»Dass ich dich wirklich gern haben könnte, wenn …«

»… wenn ich nur dieses oder jenes an meinem Verhalten oder Charakter ändern würde?« Er sah mich enttäuscht an.

»Wenn ich nicht gleichzeitig so viel Angst um Rodin haben müsste.«

Auf einmal sprang Myrkur von seinem Stuhl auf. Er trat hinter mich. Ich verdrehte den Kopf, um ihn anzusehen. »Was hast du vor?«

»Vertraust du mir?«

»Nein.«

»Aber du glaubst mir, dass ich dich nicht anlügen werde?«

»Ja.«

»Menschliche Sprache ist dafür prädestiniert, dass Missverständnisse entstehen. Drachen kommunizieren durch Gedankenbilder und Gefühle. Das ist sehr viel eindeutiger. Rodin und ich sprechen auf diese Weise miteinander. Auch zwischen uns kann ich so eine Verbindung entstehen lassen.«

»Cool.«

»Das heißt so viel wie Ja?«

Ich nickte eifrig.

»Du hast keine Angst, dass ich eine Marionette aus dir machen könnte?«

»Willst du das denn?«

»Nein.«

»Okay, dann mach.« Kaum hatte ich das gesagt, wollte ich auch schon wieder zurückrudern. Mir wurde klar, dass ich ihm gerade erlaubt hatte, an meinem Verstand herumzuschrauben. War ich denn irre? Dann sagte ich mir jedoch, dass ich mich entscheiden musste. Entweder glaubte ich ihm, wenn er sagte, dass er mich nicht anlügen würde, dann musste ich auch danach handeln, oder ich machte jetzt den Mund auf und nahm es zurück. Glaubte ich ihm also? Ja. Das tat ich wirklich.

Myrkur wartete geduldig. Erst als ich noch einmal bekräftigend nickte, legte er seine Hände auf meine Schultern. So blieb er einen Moment stehen. Dann ging er zurück zu seinem Platz.

»Ich habe gar nichts gespürt. Wieso?« Als Ellinor an meinem Geist gearbeitet hatte, war das ein schreckliches Gefühl gewesen.

Weil ich sanft sein kann, wenn ich es will.

Als ich seine Stimme in meinem Kopf hörte, kam es mir vollkommen natürlich vor. Mit den Worten stürmten aber auch seine Gefühle auf mich ein, und das war zunächst befremdlich. Ich nahm wahr, wie zufrieden Myrkur mit der Entwicklung des Abends war. Diese Art der Verbindung zwischen uns war eines seiner Ziele gewesen. Plötzlich fühlte ich mich manipuliert. Seine nächsten Worte machten es nicht besser.

Auch du wirst deine Gefühle ab jetzt weder vor mir noch vor Rodin verstecken können. Wenn es dich tröstet, umgekehrt gilt das auch für ihn. Ich habe natürlich die Wahl, was ich euch zeigen möchte.

Du hättest mir das vorher sagen müssen.

Lern etwas daraus und klopf die Bedingungen vorher gründlich ab, ehe du zustimmst. Du bist zu vertrauensselig.

Empört fuhr ich ihn an: »Bei der Gemeinschaft, die wir drei bilden sollen, geht es genau darum, um Vertrauen!«

Er zuckte die Achseln.

Arsch!

Myrkur furzte.

Abschied

Wir beendeten unsere Mahlzeit schweigend. Draußen auf dem Flur begegnete uns Santina, die mir mitteilte, dass oben in meinem Zimmer die von Fran erbetenen Kleidungsstücke auf mich warteten. Zufrieden schlüpfte ich in die schwarze Lederhose und das kuschelige tannengrüne Wollhemd, ehe wir wieder in die Eingangshalle zurückgingen.

»Für Essensvorräte auf dem Flug ist gesorgt. Eure Koffer hat Fran schon bei ihrem Sprung an den Hof mitgenommen. Sie bedankt sich noch einmal für die Schuhe.«

»Hauptsache, sie bekommt deswegen keinen Ärger.«

Santinas Miene verdüsterte sich. »Im Augenblick bekommt man am Hof anscheinend schon Ärger, wenn man zu tief einatmet. Prinzessin Malena soll launischer sein als jemals zuvor.«

»Es ist merkwürdig, mir eine Schwester vorzustellen, die gemein und sogar gefährlich sein soll.«

»Wie ich Euch kenne, wollt Ihr an das Gute in ihr glauben. Macht es diesmal lieber umgekehrt, geht vom Schlechtesten aus und hofft, dass sie Euch überrascht. Persönlich glaube ich nicht an solch ein Wunder. Keine Dienerin hält es länger als eine Woche bei ihr aus, sie werden schwach und krank und sterben.«

»Hat das Fran berichtet?«

»Ja.«

»Und sie ist bei so was zuverlässig?«

»Na ja, wie man es nimmt. Laut Fran wird viel hinter vorgehaltener Hand getuschelt, im Grunde weiß jedoch niemand etwas

Genaues. Du erinnerst dich an die Grippe, die uns alle im Winter niederstreckte? Einige Krankheiten, die aus der Anderswelt herüberkommen, widerstehen unseren Selbstheilungskräften. Es könnte aber auch derjenige für die vielen Todesfälle am Hof verantwortlich sein, der im ganzen Land herumreist, um bei uns Nied… Verzeihung, bei uns Freien die Magie auszusaugen.«

»Könnte Malena selbst diejenige sein?«

»Entweder sie oder jemand, der möchte, dass man sie verdächtigt. Still und heimlich hat sie offenbar der gesamte Hof im Verdacht.«

Ellinor betrat den Raum, ohne anzuklopfen. Sie wirkte gehetzt. »Ich muss zu den Kindern. Rodin hat darauf bestanden, dass sie sich alle so rasch wie möglich die Eichhörnchenrune aneignen. Hat mein Bruder dir gesagt, wozu das dienen soll?«

Ich schüttelte bedauernd den Kopf. »Leider nein.«

»Tja. Dann vertraut er dir wohl nicht.«

Santina verdrehte die Augen. »Bestimmt hatte er nur noch keine Gelegenheit, es Lady Alice anzuvertrauen.«

»Und wieder einmal schlägst du dich auf ihre Seite.« Ellinor wirkte schrecklich unglücklich auf mich. Es war wirklich anstrengend, wie meine Gefühle für sie ständig hin und her sprangen. Ich wollte sie gern in einer versöhnlichen Stimmung verlassen, hatte jedoch keinen Schimmer, was ich sagen könnte, um das zu erreichen. So empfindlich, wie sie gerade zu sein schien, würde ihr jedes noch so nett gemeinte Wort in den falschen Hals rutschen. Schließlich hatte ich meine Chance verpasst. Sie nickte mir kühl zu und ging. Mir fiel auf, dass sie die Tür wie jeder gewöhnliche Mensch mit der Türklinke öffnete.

Santina hatte mein Erstaunen bemerkt. »Irgendetwas ist mit der Magiequelle. Lady Ellinor hat die Befürchtung, dass es an der Vermählung heute liegt.«

»Glaubst du das auch?«

»Ich bin nicht sicher. Wie du weißt, speise ich meine Magie auch aus dieser Quelle. Für mich fühlt sie sich erschöpft an und nicht so, als würde sie sich aus Ärger zurückziehen.«

So oder so waren das beunruhigende Nachrichten.

Ehe ich das Zimmer verließ, legte ich eine Handfläche auf das Türblatt, genau zwischen zwei Augen. Sie blinzelten träge und die langen an Spinnenbeine erinnernden Wimpern streiften meine Fingerspitzen. Eine Zeit lang hatte ich mich vor dem pelzigen und ein bisschen schleimigen Gefühl geekelt, das damit einherging, die magischen Türen zu berühren. Vielleicht lag es an der Glitzerdusche, die mir das Haus spendiert hatte, oder einfach daran, dass ich nun ein Teil seiner Familie war. Es macht mir nichts mehr aus. »Danke für alles.«

Einige wenige Goldpartikel rieselten auf mich herab. Niesen musste ich nicht.

Es war Rodin, der in der Eingangshalle auf mich wartete. Ich eilte erfreut auf ihn zu, stoppte meinen Schritt jedoch, als ich seinen kühlen Blick bemerkte.

»Wo ist Ellinor?«

»Ihr müsst euch knapp verpasst haben. Sie wollte zu den Kindern.«

Er war schon an der Haustür. »Wir treffen uns draußen.«

Na gut, er war also angefressen. Vermutlich, weil es diesen einen Moment zwischen Myrkur und mir gegeben hatte. Ich konnte ihn verstehen, zugleich wusste ich, dass ich nur das ausgesprochen hatte, was ich zu diesem Zeitpunkt auch empfand.

Santina brachte meinen Mantel.

Der einstmals stattliche Pelz sah nach seinem Bad mit anschließendem Drachenföhn inzwischen ziemlich schäbig aus. Santina hatte Mühe, die verflixten Holzstifte durch die Schlaufen zu schieben, die irgendjemand mehr schlecht als recht angenäht hatte. Dann begleitete sie mich hinaus.

Wir mussten nicht lange warten, bis Rodin zurückkam. Seine Miene wirkte ein ganz klein wenig entspannter. »Santina, du sollst Ellinor in den Wald folgen. Mit all deinen Gestalten.«

Santina nickte, dann umarmte sie mich fest. »Ich werde Euch vermissen.«

Ich hatte einen Kloß im Hals. »Und ich dich erst.«

»Passt gut auf Euch auf.«

»Das werde ich. Pass bitte du auch auf dich auf.« Mir stiegen Tränen in die Augen, die ich rasch wegblinzelte.

Santina ging zu Rodin und wollte vor ihm knicksen, doch er zog sie in eine herzliche Umarmung. »Du wirst nach Ellinor sehen, nicht wahr?«

»Sie würde Euch einen Kopf kürzer machen, hätte sie das eben gehört.«

»Wäre ihr dazu nicht jeder Vorwand recht?«

»Wir passen aufeinander auf.«

Ich hatte das Gefühl, als wolle Rodin nach meiner Hand greifen, doch er verhielt in der Bewegung, runzelte die Stirn und ging zur Haustür. In Gedanken sagte er: *Lass uns gehen. Es wird Zeit.*

Was ist los, Rodin? Geht es dir nicht gut?

Alles in Ordnung.

Und ohne Lüge?

Ich habe Kopfschmerzen, gegen die meine Selbstheilung nichts ausrichten kann.

Dahinter steckte mehr als seine Sorge wegen der abgelaufenen Reiserune, die ihn zur Rückkehr an den Hof zwang. Etwas ärgerte ihn. Etwas, was er gerade erst entdeckt hatte. Ich konnte es seinen Gefühlen entnehmen, die klar und deutlich zu mir herüberschwangen.

Wir gingen wieder ums Haus herum zu den Koppeln. Am Rande des ehemaligen Feuerrings blieben wir stehen, um auf Myrkur zu warten. Eine Weile herrschte Schweigen, dann gab Rodin sich einen Ruck. *Es ist schwer, mit ansehen zu müssen, wie gut ihr beide euch versteht. Obwohl ihr die meiste Zeit streitet, hat man das Gefühl, dass … alles so leicht ist. Die Worte fliegen nur so zwischen euch hin und her. Ihr habt Spaß miteinander. Es hört sich dumm und eifersüchtig an.* Er lachte verlegen. *Zugegeben. Ich bin eifersüchtig! Auf euch beide. Myrkur ist dir gegenüber so offen, wie ich es mir immer für meine Freundschaft mit ihm gewünscht habe. Allmählich glaube sogar ich, dass er sich wirklich bemüht, dich nicht anzulügen.* Er zuckte mit den Schultern. *Ich habe Angst, dass du dir vielleicht bald wünschst, ich würde gar nicht mehr in meinen Körper zurückkehren.*

Ich vergaß, dass wir diese Unterhaltung in unseren Köpfen führten, und redete laut weiter. »Daran, dass ich mich zu dir hingezogen fühle, hat sich nichts geändert. Und was Myrkur anbelangt – was soll ich gegen meine Gefühle tun? Würde es dir helfen, wenn ich sie verleugne?«

Rodins Miene wurde finster. »Du wirst nicht erwarten, dass mir das gefällt.«

Ich spürte, wie Rodin innerlich auf Abstand zu mir ging. Traurig sah ich ihn an. »Es nimmt dir nichts weg, wenn ich jemand anderen auch mag, weißt du?«

»Ist dir wirklich bewusst, wen du da *magst*?« Er streckte mir seine misshandelte Hand entgegen. »Wann immer du dich nach Myrkur sehnst, sieh dir meine Hand an, und du weißt, mit wem du es zu tun hast.«

»Ich liebe dich, Rodin. Warum richtest du deine Aufmerksamkeit nicht darauf, statt deinen Zorn zu nähren?«

Die Fronten verhärten sich

Obwohl sie mir gerade erst versichert hatte, dass sie mich liebte, fühlte ich mich zurückgewiesen. Ich streckte meine Gedanken nach Myrkur aus. *Wo bist du, Drache?!*

Du bist unhöflich, Menschlein. Ich hörte im Kopf ein Geräusch, das dem Schnalzen einer Zunge entsprach. Es war so laut, dass ich mir die Hände auf die Ohren presste. Was natürlich nichts half, wenn der Lärm direkt in deinem Schädel dröhnt.

Alice musterte mich besorgt. »Was ist los? Werden die Kopfschmerzen schlimmer?«

»Hast du uns eben nicht sprechen gehört?«

»Ich habe dich gehört. Du hast nach Myrkur gerufen. Oder eher gebrüllt. Seine Antwort habe ich nicht mitbekommen. Vielleicht weil er zu weit weg ist?«

»Möglich.«

Alice fing an, auf und ab zu gehen.

»Ist dir kalt?«

»Kein bisschen. Ich bin nur nervös. Ich meine, ein Drachenflug! Das war in meinem bisherigen Leben nicht gerade alltäglich.«

»Sorge wegen deiner Höhenangst?«

Sie blieb stehen und wirkte nachdenklich. »Meine Angst vor offenem Feuer ist verschwunden. Vielleicht hat sie die Höhenangst gleich mitgenommen.« Sie zuckte die Achseln und lächelte gequält. »Ich beschäftige mich damit, wenn es so weit ist.« Sie nahm ihren Gang wieder auf.

Ich folgte ihrem Hin und Her mit Blicken und versuchte, meinen schwellenden Zorn in den Griff zu bekommen. Es war schwer. Alles schien mich zurzeit aggressiv zu machen. Ab und zu gesellte sich ein dumpfer Laut dazu, wenn einer der Eiszapfen sich von der Dachkante löste, und vom Wald her war stetiges Tropfen zu hören. Die Geräusche waren überlaut. Ich rieb mir die Schläfen. Wenn ich meine Emotionen nicht bald in den Griff bekam, würde ich vor unserem Abflug noch einen Besuch im Eisloch einlegen müssen, um meine aufbrausende Magie abzukühlen.

Wo bist du inzwischen?

Myrkurs Antwort kam prompt. *Sieh nach oben.*

Alice hatte es diesmal anscheinend gehört, denn auch ihr Blick ging zum Himmel hinauf. Ein strahlendes Lächeln breitete sich auf ihrem Gesicht aus. Ich ballte die Fäuste.

Myrkur landete. Er hatte seine Gefühle von uns abgeschirmt, doch daran, wie er stocksteif und mit aufgeplusterter Halskrause auf der Koppel stand und zu uns herüberstarrte, erkannte ich, wie unbehaglich er sich fühlte. Vermutlich lag es an der Sänfte, die an einer Seite schräg unter seinem Bauch hing. *Was ist passiert?*

Ich musste überstürzt losfliegen. Adlon hat einen neuen Trupp Grauer geschickt. Sie durchkämmen die Gegend und sind dabei in die Nähe meiner Höhle gekommen. Mit vor Wut zitternder Stimme fügte er hinzu: *Ich habe sämtliche Eingänge einstürzen lassen. So rasch kommt keiner an mein Gold.*

Er aber vermutlich auch nicht mehr. *Das tut mir leid. Konntest du noch etwas retten?*

Genug, um die Eichhörnchen zu bezahlen und uns am Hof komfortabel einzurichten.

Alice mischte sich ein. *Hast du wieder alle getötet?*

Keinen einzigen. Immer noch wütend fügte Myrkur hinzu: *Und ehe du dich bedankst, das habe ich nicht dir zuliebe getan.*

Da war ich mir alles andere als sicher.

Alice klang besorgt. *Rodin, soll ich schnell zu Ellinor in den Wald laufen und sie warnen, dass er wieder da ist?*

Nicht nötig. Ellinor ist so oder so in Alarmbereitschaft. Wir sind davon ausgegangen, dass Adlon bald mit einem neuen Trupp zurückkehren wird.

Ja, aber die Magiequelle ist irgendwie müde oder so. Das hast du doch bestimmt gemerkt. Kann sie sich denn überhaupt gegen ihn behaupten?

Und ob ich das bemerkt hatte. Das war der Grund gewesen, warum ich Ellinor vorhin hinterhergerannt war. Leider wusste auch sie nicht, woran das lag. *Sobald wir abfliegen, wird Adlon uns folgen. Er geht mit ziemlicher Sicherheit davon aus, dass ich dich an den Königshof bringen will. Alles andere ergibt ja auch keinen Sinn.*

Wiehern war zu hören. Die Kutsche, die ich vorhin zu Myrkurs Höhle geschickt hatte, näherte sich, blieb wegen der Pferde jedoch in einiger Entfernung zum Drachen stehen. Drei Stallburschen sprangen heraus. Mit einem Gruß zu Alice und mir rannten sie zum Drachen. Zwei der Jungs hangelten sich geschickt an den handbreiten Lederriemen hinauf, die sich kreuz und quer über den mächtigen Oberkörper des Drachen schlangen. Um sie herum schwirrten magische Lichtkugeln, deren Licht ihnen die Arbeit erleichterte. Routiniert machten sie sich daran, die offen gebliebenen Schnallen zu befestigen und das schräge Heck der Sänfte in Position zu bringen. Myrkur hasste diese Prozedur seit jeher. Mit Alice als Zuschauerin nahm sein Verdruss sekündlich zu, und ich fürchtete, dass er die Jungen jeden Moment wie lästiges Ungeziefer abschütteln würde.

Alice hatte die Gefahr offenbar ebenfalls erkannt. *Ich bin sehr froh, dass du den Jungs gestattest, die Gurte zu überprüfen. Ich leide unter Höhenangst, und zu wissen, dass alles sicher ist, hilft mir enorm.*

Wie kann jemand Angst vor Höhe haben? Myrkur gab sich knurrig, doch ich spürte, dass er es wirklich wissen wollte.

Jemand wie ich, der keine Flügel besitzt und sich auch nicht wandeln kann, würde bei einem Absturz am Boden zerschellen. Das ist keine angenehme Vorstellung. Wie ich zuvor, rieb nun auch Alice sich die Schläfen.

Ich musterte sie besorgt. »Wenn es dich zu sehr anstrengt, dann sprich laut mit mir.«

Schon gut. Ich will das üben. Umso schneller habe ich mich daran gewöhnt.

Doch ich war anderer Ansicht. »Du darfst nicht unterschätzen, wie sehr dich das auslaugen wird.«

Alice sah mich nicht unfreundlich an, doch ihr Blick machte deutlich, dass ich besser aufmerksam zuhören sollte. *Mir ist bewusst, dass du auf diese Weise deine Zuneigung für mich ausdrückst. Du … küm-*

merst dich generell gern um Menschen, oder nicht? Und das ist absolut liebenswert. Zumindest, wenn es in Maßen daherkommt und nicht jeden Fliegenschiss betrifft. Mal ganz ehrlich, traust du mir nicht zu, dass ich meine eigenen Kräfte einzuschätzen weiß?

Unser Rodin will die ganze Welt auf seinen schmalen Schultern tragen. Myrkur kicherte und schien vergessen zu haben, dass die beiden Jungs immer noch auf ihm herumkletterten.

Alice drehte sich so zu mir, dass nur ich ihr Gesicht sehen konnte. Sie zwinkerte mir zu. Drache erfolgreich abgelenkt. An Myrkur gewandt sagte sie: *Der Ursprung meiner Höhenangst ist die Folge eines Erlebnisses in meiner Kindheit. Du weißt vermutlich nicht, was ein Kino ist, aber es genügt, wenn du dir ein sehr hohes Gebäude vorstellst, panische Menschen, die sich auf dem Dach drängen, und überall Feuer. Meine Eltern sind bei diesem Brand gestorben. Seither … gab es nur Kjell und mich.* Sie verstummte.

Myrkur sagte: *Ich spüre in dir keine Sehnsucht nach diesem Kjell, dabei hat Rodin mir vor gar nicht langer Zeit erst weismachen wollen, dass du ihn liebst.*

So war es auch. Die Gefühle sind jedoch verblasst. Erst langsam, und in den vergangenen Tagen dann vollständig. Sie runzelte die Stirn. *Mehr oder weniger zeitgleich hat sich meine Angst vor Feuer aufgelöst. Ist das Zufall?*

Myrkur sagte nachdenklich: *Ich hätte mir diesen Kjell zu gern selbst einmal angesehen.*

Was er von ihm hielt, hätte mich sogar brennend interessiert. An meiner Reiserune war jedoch bekannterweise keine Knospe übrig, und wenn wir am Hof angelangt waren, gäbe es sie endgültig nicht mehr. Myrkur und ich hatten darüber gesprochen, dass er mir dabei helfen würde, sie loszuwerden, sobald wir das Gebirgsmassiv hinter uns gelassen hatten. Ich würde nie wieder in die Anderswelt reisen können, und das erfüllte mich mit Bedauern. Andererseits konnte Adlon mich nur wegen dieser Rune orten. Also blieb mir keine Wahl.

Die Burschen hatten eben letzte Hand angelegt und hangelten sich nun flink an den Gurten hinab. Man konnte an ihren bleichen Gesichtern ablesen, wie erleichtert sie darüber waren, dass es für heute vorbei war. Aus der Kutsche schafften sie Körbe mit Proviant herbei, um sie in der Sänfte zu verstauen. Einige schwere Wolldecken folgten, ebenso mein Rucksack und meine Campingausrüstung aus der Anderswelt. Danach verabschiedeten sie sich.

Die Sänfte war so unter Myrkurs Bauch befestigt, dass sie etwa einen halben Meter über dem Boden schwebte. Ich machte eine Räuberleiter, um Alice hineinzuhelfen. Zu spät fiel mir ein, dass sie auch das wieder als Bevormundung auslegen könnte, aber sie protestierte nicht. Durch das Band war ihre enorme mentale Erschöpfung deutlich zu spüren. In Myrkur und mir flammte gleichzeitig Besorgnis um sie auf, doch beide schwiegen wir.

Alice, die das bemerkte, lächelte uns in Gedanken zu. *Mit uns dreien wird alles gut. Ihr werdet schon sehen.*

Der Anfang einer langen Reise

Erschöpft, sowohl körperlich als auch mental, schwankte ich auf die Sänfte zu. Rodin half mir per Räuberleiter hinauf und musste dabei von unten kräftig nachschieben. Ich spürte seine Unsicherheit. Kein Wunder, so oft, wie ich ihn wegen seiner Hilfsbereitschaft zurückgewiesen hatte. War ich zu hart zu ihm gewesen? Ja und nein. Meine Sorge, am Hof nicht ernst genommen zu werden, war sicher berechtigt. Mich unter Myrkurs Flügel zu verstecken würde mir ebenso wenig helfen, wie Rodin zu gestatten, alle naselang für mich in die Bresche zu springen. Andererseits war ich von uns dreien die Einzige, die keine Magie besaß, ganz zu schweigen davon, dass ich körperlich unterlegen war. Mir nicht helfen zu lassen wäre dumm. Außerdem war ich diejenige, die ständig etwas von Teamgeist predigte. Genervt von mir selbst, verschob ich das Nachdenken hierüber auf später. Gerade war ich einfach nur fertig. Darauf reagierten die beiden völlig synchron. Diesmal ärgerte ich mich nicht über die Besorgnis. Im Gegenteil. Ein Gefühl von Wärme und Zuversicht wuchs in meiner Brust. Diese innere Verbindung, die Myrkur geschaffen hatte, war ein Geschenk. *Mit uns dreien wird alles gut. Ihr werdet schon sehen.*

Es folgte kein Widerspruch.

Die Sänfte war nieder, dafür jedoch lang. Auf beiden Längsseiten befand sich eine Tür. Fenster gab es keine. Die magische Leuchtkugel in meiner Manteltasche fiel mir ein und ich holte sie hervor. In ihrem Licht sah ich mich um. Der Boden war größtenteils mit Fell ausgelegt. Natürlich. Ich seufzte und krabbele tiefer hinein, um Rodin Platz zu machen. Kaum war ich richtig drinnen, erhob Myrkur sich und die Einstiegsluke befand sich plötzlich ein gutes Stück über dem Boden.

Rodin, der noch draußen stand, fluchte laut. *Du bist und bleibst ein elendes Miststück!*

Wieso? Das ist nur Training. Einer von uns beiden hat vorhin nämlich zu viel gegessen.

Es war das Witzigste, was ich seit Langem gehört hatte. Oder ich war einfach so erschöpft, dass ich über alles lachen konnte. Oder beides war der Fall. Wie dem auch sei, ich lag eine gefühlte Ewigkeit prustend und keuchend auf dem Rücken, die Finger in den vor Lachen schmerzenden Bauch gekrallt. Myrkurs und Rodins einhellig konsterniertes Schweigen machte die Sache nur noch schlimmer.

Nach einer Weile hörte ich, wie Rodin sich an der Tür zu schaffen machte. Ratschend wurde ein Riegel zurückgeschoben. Dann folgte ein gleitendes Geräusch und in der Tür wurde ein kleines rechteckiges Fenster sichtbar.

»Oh, das ist gut. Ich war schon in Sorge, dass wir in einer geschlossenen Kiste reisen müssen.«

»Früher oder später wird es so kommen. Da oben ist es eisig. Wir müssen alle Luken dicht machen.«

»Wir haben doch noch die Lichtkugel.«

»Ohne die heimische Magiequelle, an der sie sich aufladen könnte, wird ihr Licht verblassen, wenn wir sie zu lange leuchten lassen.«

Ich nickte, fischte die Kugel aus der Luft, drückte sie sanft, bis ihr Licht verlosch, und legte sie in einer Ecke ab. »Wann geht es los?«

Sobald du bereit bist, sagte Myrkur.

»Okay. Nur einen Augenblick noch bitte.« Da es wegen der niederen Deckenhöhe keine Bänke gab, setzte ich mich in einer der Ecken zurecht. Rodin nahm neben mir Platz. Uns gegenüber waren einige Körbe mit Seilen an Haken befestigt worden. »Unsere Vorräte?«

»Ja.« Er grinste mich zufrieden an. »Ich habe einen Campingkocher und eine fast volle Gasflasche. Dazu löslichen Kaffee. Für dich hat Santina bestimmt Tee eingepackt. Wenn wir das nächste Mal landen, wirst du dich daran aufwärmen können.«

»Prima. Dann los, oder?«

Mit Myrkur zu fliegen fühlte sich so an, wie ich mir den Ritt auf einem besoffenen Kamel vorstellte. Im Rhythmus seiner unregelmäßigen Flügelschläge, schwankend, ja, fast schon hüpfend ging es aufwärts. »Rodin?«

»Ja?«

»Ich fürchte, ich muss mich übergeben.«

Kommentarlos beugte er sich zu einem der Körbe und brachte nach kurzem Suchen einen Nachttopf zum Vorschein. Ich stöhnte innerlich auf. Anscheinend war wirklich vorgesehen, dass wir sehr lange am Stück fliegen würden, und Santina hatte für Notfälle vorgesorgt. Umsicht hin oder her, ich würde das Ding jedenfalls nicht als Nachttopf benutzen. Nicht mit Rodin in unmittelbarer Nähe. Kotzen schien etwas anderes zu sein, wie ich nur wenige Sekunden später feststellen durfte. Was musste, das musste.

Irgendwann schlief ich in meinem Elend ein. Als ich aufwachte, waren Myrkurs Flugbewegungen ruhiger geworden. Zu meiner Erleichterung war das Fenster noch nicht geschlossen. Der Himmel war klar und das Sternenlicht genügte, um Rodins Gestalt zu erkennen. Er saß in der Ecke, die Beine angezogen, damit mir mehr Platz blieb, und rieb sich wieder einmal die Schläfen. Das gefiel mir ganz und gar nicht. Vorsichtig setzte ich mich auf. Erleichtert stellte ich fest, dass mir wenigstens nicht mehr übel war. Und wie Myrkur es vorausgesagt hatte, war es hier oben eisig kalt. Ich war bis zur Nasenspitze in meinem Mantel eingekuschelt. Unter mir lag Rodins Schlafsack und darunter wiederum drei oder mehr Lagen Felle. Trotzdem zitterte ich vor Kälte. Ellinors Wollmantel hätte nie und nimmer genügt, um mich auf dieser Reise zu wärmen.

Rodin drehte mir den Kopf zu. »Wie geht es dir?«

»Ganz gut. Und bei dir?«

»Es lässt sich aushalten.«

Vorsichtig streckte ich meine Beine aus. »Wie weit sind wir schon gekommen?«

»Noch überfliegen wir die Vorläufer des Gebirges. Bald steigen wir jedoch weiter nach oben. Dann müssen wir auch das Fenster schließen.« Zu meiner Überraschung wandelte Rodin sich nach diesen

Worten in seine Katergestalt. Er streckte sich ausgiebig, schlenderte zu mir herüber und sprang in meinen Schoß. Wie eine pelzige schnurrende Kugel kuschelte er sich an meinen Bauch. Zufrieden kraulte ich ihn eine Weile, dann ließ ich mich zur Seite sinken und fiel erneut in Schlaf.

Die nächsten drei Tage folgten demselben Rhythmus. Bei unseren Landungen und wenn wir wieder aufstiegen, kotzte ich mir die Seele aus dem Leib. Ich nahm es stoisch. Auch an das Pinkeln in den Nachttopf hatte ich mich gewöhnt. Myrkur flog dann eine Zeit lang etwas langsamer, damit Rodin, der sich in einen Falken wandelte, neben ihm herfliegen konnte. Bei dieser Gelegenheit erleichterte auch er sich, wie ich annahm. Sobald ich fertig war, krabbelte ich zur Tür, zog sie vorsichtig ein Stück weit auf und leerte den Nachttopf. Ab und zu hielt Myrkur das langsame Tempo noch ein bisschen länger, damit ich auf dem Bauch liegend die spektakuläre Gebirgslandschaft unter uns bewundern konnte. Von Höhenangst keine Spur. Es war fast so, als hätte ich nie darunter gelitten. Später bei der Landung spülte ich den Nachttopf mit den Überresten des heißen Teewassers. Wir sprachen nicht viel in diesen ersten Tagen. Zwischen meinen beiden Begleitern herrschte Waffenstillstand, zumindest soweit ich es mitbekam. Auch dafür war ich dankbar. In der jüngsten Vergangenheit hatte ich pausenlos Stärke beweisen müssen, und ich brauchte diese Ruhephase dringend, um das Erlebte zu verarbeiten und neue Kraft zu tanken. Außerdem hatte ich damit angefangen, die Sache mit dem Gedankenraum zu üben, was mich ziemlich anstrengte. Myrkur flog unterdessen mit einer mir unbegreiflichen Ausdauer, während Rodin den größten Teil des Tages in seiner Katergestalt verbrachte, dicht an mich geschmiegt. Ich war zufrieden mit diesem Arrangement. Zum einen bedeutete es mehr Beinfreiheit für mich und zum anderen war es etwas Vertrautes. Rodin war so lange mein Kater gewesen, dass wir wie von selbst in unsere Rollen schlüpften. Auf diese Weise konnten wir einander berühren und uns Wohlbehagen schenken, ohne dass es auf emotionaler Ebene schwierig wurde. Ich verwöhnte ihn mit ausgiebigem Kraulen und sparte dabei nicht einmal seinen Bauch aus. Er verzichtete darauf, mich damit zu necken, dass ich wohl meine Drohung vergessen hatte, ihm nie wieder den Bauch kraulen zu wollen. Längst hatte ich ihm verziehen, dass er mich damals in der Anderswelt mit seiner

Katergestalt getäuscht hatte. Die ersten Tage in Wynterhaav, als es mir noch das Wichtigste gewesen war, nur ja kein Stück von meinem Weg abzuweichen, der starr zurück in die Anderswelt führen sollte, waren unendlich weit weg. Ich war nicht einmal mehr sicher, ob ich überhaupt noch zurückwollte.

Mein Highlight des Tages war, wenn ich aus dem Fenster hinaussehen konnte. Es war spürbar kälter geworden und wir schoben den Fensterladen nur wenige Minuten am Tag zur Seite. Manchmal war es Tag, manchmal Nacht. Manchmal sah ich Wolken, manchmal Sterne. Meine Hoffnung, schnell aus den Bergen heraus zu sein und endlich etwas anderes zu sehen als Schnee, Eis und Steingeröll, erfüllte sich indes nicht.

Wie die Tage zuvor, landete Myrkur auch am vierten Tag wieder einmal auf einem abgelegenen Plateau. Um uns herum war die Vegetation gewohnt spärlich, knorrige Bäume, kleinblättrige karge Sträucher und wenig mehr. Zumindest hier unten war es etwas wärmer geworden. Begeistert schälte ich mich aus dem Pelzmantel, ehe ich aus der Sänfte hüpfte. Rodin folgte mir auf dem Fuß. In seiner Katergestalt hatte er genug Gelegenheiten, sich zu strecken, doch ich hatte dafür zu wenig Platz. Die Arme weit über dem Kopf ausgestreckt und mich in alle Richtungen beugend, vertrat ich mir die Beine. Währenddessen wandelte Rodin sich und befreite den Drachen von der Sänfte. Dazu musste er zum Glück nicht auf Myrkur herumklettern, sondern nur die entsprechenden Schnallen und Karabiner am Dach der Sänfte lösen. Daran, wie schnell es ging, erkannte man, wie oft er diese Aufgabe schon erledigt hatte. Innerhalb weniger Minuten war er fertig damit. Anschließend erhob Myrkur sich grußlos in die Lüfte, um jagen zu gehen.

Ich sah ihm nach, bis er nur noch ein kleiner Punkt am Himmel war. Dann schloss ich die Augen, legte den Kopf in den Nacken und genoss die Sonne auf meinem Gesicht. Von da, wo Rodin den Campingkocher aufgebaut hatte, war Klappern zu hören.

Als ich Schritte hörte, öffnete ich die Augen und lächelte Rodin entgegen, der mit zwei Bechern herüberkam. »Du verwöhnst mich.«

Seine Augen verrieten mir, dass er gern noch sehr viel mehr für mich tun wollte, doch er grinste nur. »Das ist nun wirklich kein Aufwand.«

Wir tranken schweigend. Dann tätschelte Rodin sich den Bauch. »Ich werde jagen gehen.«

Was als Nächstes kam, war ebenfalls Teil unserer täglichen Routine. Rodin wandelte sich in den Adler. Ich bückte mich, damit er auf meinen Unterarm hüpfen konnte. Durch das dicke Wollhemd spürte ich seine Krallen kaum. Ich hob ihn hoch. Er stieß einen schrillen Schrei aus, dann breitete er die Schwingen aus und stieg zum Himmel hinauf. Mit vor Sehnsucht wild klopfendem Herzen verfolgte ich seinen Flug. Sollte sich herausstellen, dass ich tatsächlich die wahre Thronerbin war, und gelänge es mir, meinen Vater zu treffen, damit er die Magie in mir wecken konnte, dann … würde vielleicht auch ich irgendwann in der Lage sein, mich in einen Adler zu wandeln. Ich wäre auch mit einem Spatz zufrieden. Hauptsache, ich würde aus eigener Kraft fliegen können.

Ich schloss die Augen, um die Zeit bis zu Rodins und Myrkurs Rückkehr für meine Übungen zu nutzen. Inzwischen hatte ich begriffen, was Myrkur mit dem Raum hinter den Augen meinte. Der Durchbruch war gekommen, als ich damit anfing, mir eine leere Filmleinwand vorzustellen. Alles, was ich hörte, sah, fühlte und dachte, kam aus dem Nichts, zeigte sich für einen Moment auf meiner Leinwand und kehrte ins Nichts zurück. Es war ein endloser Strom, und das Einzige, was ich zu tun hatte, war, zu beobachten, was es alles zu sehen, zu hören, zu fühlen gab. Es waren Augenblicke, in denen ich tausendmal aufmerksamer und wacher war als jemals zuvor in meinem Leben. Meistens gelang es einem Gedanken jedoch schon wenig später, meine Aufmerksamkeit auf sich zu ziehen. Dieser eine Gedanke zog den nächsten nach sich. Statt die hervorgerufenen Bilder und Gefühle auf meiner Leinwand einfach nur zu betrachten, wandelten sie sich zu meiner vorgeblichen Wirklichkeit. Dachte ich dann beispielsweise an meine Mutter und ihren Tod, wurde ich so traurig wie damals, als ich ihren Verlust zum ersten Mal verarbeiten musste. Statt mir dann darüber bewusst zu sein, dass ich in der Sänfte saß und einen Kater streichelte, stand ich vor ihrem Grab. Das war dann auch die zweite Aufgabe, die ich von Myrkur bekam. Immer wieder zu bemerken, wenn ich von einer Gedankenkette davongetragen wurde, und zu meiner Leinwand zurückzukehren. Dies zu praktizieren strengte mich an, aber ich konnte nicht mehr damit aufhören, es zu üben. Ich wollte nicht in meinen Erinnerungen leben, und erst recht nicht in der Zukunft, die alle möglichen Schrecken für mich bereithielt.

Rodin kam als Erster von seinem Ausflug zurück. Er wandelte sich und leckte sich unbewusst über die Lippen.

Ich verzog das Gesicht. »Was gab es heute Schönes?«

»Maus.«

»Warum wandelst du dich nicht in eine Ziege oder so? Du könntest grasen.«

»Als Falke kann ich gleichzeitig die Gegend überprüfen.«

Natürlich. Wie immer war er vorausschauender als ich. Es ärgerte mich ein bisschen.

Rodin ging zum Campingkocher hinüber. Santina hatte uns von der Hochzeitssuppe mitgegeben und wir hatten davon noch einen kleinen Rest. Er stellte den Topf auf den Kocher, ging davor in die Hocke, nahm den bereitliegenden Löffel und rührte, während die Suppe warm wurde. »Wie kommst du mit deiner Übung voran?«

»Ganz gut, denke ich.«

»Bist du bereit, dich testen zu lassen?«

»Ja.«

Er legte den Löffel, mit dem er die Suppe gerührt hatte, beiseite, erhob sich und es ging los. Wir praktizierten das bei jeder Landung. Rodin ging umher, nahm Dinge in die Hand, sang, pflückte eine Blume, warf sie hinter einen großen Stein und Ähnliches. Meine Aufgabe war es, ruhig zu sitzen und meine Leinwand zu beobachten. Nach einer Weile setzte er sich zu mir, und dann musste ich ihm alles aufzählen, was ich gesehen, gehört, gerochen, gefühlt und gedacht hatte. In Anschluss an diese Übung war ich regelmäßig fix und fertig.

Nach einer Weile beendete Rodin die Übung. »Fang an.«

»Du hast den Löffel auf den Stein gelegt, gleichzeitig ist ein Vogel über uns hinweggeflogen. Mein Magen hat geknurrt und ich habe mich gefragt, wie es wäre, ein Raubvogel zu sein und ebenfalls eine Maus zu fressen, ich wäre dann ja keine Vegetarierin mehr. Das war eine Gedankenkette, die mich für einen Moment abgelenkt hat. Ich war wieder da, als du ein paar Tanzschritte gemacht hast. Du hast anschließend diese drei Felsbrocken dahinten aufeinandergestapelt. Ich war genervt, weil mich diese Übung anstrengt, und habe mir gewünscht, dass dir der größte Brocken auf den Fuß fällt. Dann dachte ich an Myrkur, und dass es langsam Zeit wird, dass er zurückkommt. Das war die nächste Gedankenkette, die mich mitgenommen hat.« Ich runzelte die Stirn. »Ich bin wieder eingestiegen, als du zur Suppe zurückgegangen bist. Du hast dich gebückt und geflucht, als du dir am heißen Deckel die Finger verbrannt hast. Das war es auch schon …« Ich verstummte.

Rodin versteckte die Hände hinter seinem Rücken. »Trage ich meinen Handschuh?«

»Verflixt.« Ich lachte auf, halb frustriert, halb amüsiert. »Du trägst ihn.«

»Stimmt. Hast du geraten?«

Ich zuckte mit den Schultern. »Ja.« Mein Magen knurrte erneut. Die Suppe duftete köstlich. »Es nervt mich, dass ich mich so leicht ablenken lasse.«

»Das ist unnötig. Du übst erst seit sehr kurzer Zeit. Ich praktiziere, seit ich ein Junge war, und immer noch geschieht es, dass ich mit meinen Gedanken davontreibe.« Er probierte die Suppe, grunzte zufrieden und füllte eine der beiden Schüsseln, die ich bereitgestellt hatte. Diesen Trick versuchte er jedes Mal.

»Mach beide voll.«

»Ich hatte schon Maus. Und du brauchst wieder ein bisschen Fleisch auf den Rippen.«

»Wenn wir nachher losfliegen, kommt es ja sowieso wieder hoch.« Eine verlegene Röte stieg mir ins Gesicht. »Es tut mir so leid.«

»Muss es nicht. Lieber du kotzt als Myrkur. Du weißt, wie es bei ihm vor seiner Höhle aussieht.« Dann fügte er hinzu: »Nein, ernsthaft. Das ist nicht schlimm für mich.«

Um ehrlich zu sein, hatte ich auch nie den Eindruck gehabt, er sei angeekelt oder ungehalten wegen meiner Unpässlichkeit. Trotzdem war ich froh, dass er es noch einmal bestätigt hatte. Er nahm sich ebenfalls Suppe und kam dann mit beiden Schalen zu mir. Ich streckte die Hand nach derjenigen aus, die weniger enthielt. Seufzend reichte er sie mir.

Während wir aßen, beobachtete ich den Himmel. »Er lässt sich heute wirklich viel Zeit. Was denkst du, hat er einfach eine schlechte Jagd oder ist er erschöpft?«

»Erschöpft ist er mit Sicherheit.«

»Dass wir so schnell fliegen, hängt mit deinen Kopfschmerzen zusammen, nehme ich an. Sie werden schlimmer, oder?«

»Ein bisschen. Doch das ist nicht der einzige Grund.«

»Adlon.«

»Genau. Adlon kann mich orten und wird daher sehen, wie ungeheuer schnell ich mich von einem Ort zum nächsten bewege. Seit Myrkurs Angriff weiß er von dessen Existenz. Er muss nur noch zwei und zwei zusammenzählen.«

»Ist das der Grund, warum er nicht schon längst aufgetaucht ist? Weil er weiß, dass uns ein Drache begleitet?«

»Oh, er wird noch angreifen, da bin ich sicher. Vermutlich jedoch erst, wenn wir aus den Bergen heraus sind. Auf einem Plateau wie diesem könnte Myrkur die Angreifer ganz bequem in einem Rutsch abfackeln. Das wird er nicht riskieren.«

Ich verzog das Gesicht bei der Vorstellung und hoffte inständig, dass ich nie Zeugin einer solchen Aktion sein musste. »Und wenn wir aus dem Gebirge raus sind?«

»Kommen wir in waldiges Gebiet. Zu Hause war es wegen Ellinors und Myrkurs Wehren relativ einfach, die Grauen zu entdecken. Diesen Vorteil haben wir nicht mehr. Sie werden uns auflauern.« Er zögerte, und über unser Gefühlsband spürte ich seine Anspannung. »Es gibt eine Möglichkeit, die Rune loszuwerden.«

»Das ist doch gut!«

»Kann man so oder so sehen. Wir, nun ja, wir werden sie ausbrennen.« Ich war so entsetzt, dass mir übel wurde. Er hingegen sprach ungerührt weiter. »Für diese Prozedur ist ein besonderes Drachenfeuer notwendig. Meine Selbstheilung wird nichts ausrichten können, und ich benötige Zeit, um zu heilen. Die nächste Strecke wird daher die längste sein, die wir fliegen. Dafür wird sich Myrkur anschließend zwei Tage lang ausruhen können. Wir beide besuchen unterdessen die Eichhörnchen.«

»Rodin, nein!«

Er sah mich spöttisch an. »Magst du keine Eichhörnchen?«

Erregt sprang ich auf und fing an, auf und ab zu gehen. »Hör auf, so zu tun, als sei das keine große Sache. Lass uns überlegen, was es für Alternativen gibt.«

»Du musst dich entscheiden, Alice. Entweder wir mischen uns gegenseitig in die Angelegenheiten des anderen ein oder keiner tut es.«

»Wir mischen uns ein!«

Er sah mich amüsiert an.

»Wir stellen Adlon eine Falle. Lass mich überlegen … wir brauchen einen Ort, an dem es für ihn so aussieht, als könne er gefahrlos angreifen. Gleichzeitig muss es eine Möglichkeit geben, wo Myrkur sich in den Hinterhalt legen kann. Eine Lichtung wäre gut, oder? Ich setze mich dort still hin wie ein braves Rotkäppchen, und wenn Adlon mit seinen bösen Wölfen auftaucht, wird Myrkur sich ihn schnappen.«

»Und danach die anderen Wölfe?«

Ich zögerte. »Genau.«

»Du planst gerade einen Mord, nicht nur an einem, sondern vermutlich gleich an einem ganzen Dutzend Menschen, Alice. Ist dir das bewusst?«

Jetzt. Jetzt, da er es sagte, war es mir bewusst. »Oh, verdammte Kacke.« Nicht nur Rodin und Myrkur änderten sich, auch ich tat es. Die neue Alice gefiel mir jedoch ganz und gar nicht. Heiße Scham überflutete mich. Ich schlug die Hände vors Gesicht. »Wie konnte ich nur so etwas vorschlagen?«

»Du hast dich aus Sorge um mich mitreißen lassen.«

»Ja, schon. Aber vor einem Jahr wäre es trotzdem undenkbar gewesen.«

»Vor einem Jahr musstest du dich auch nicht mit solchen Problemen herumschlagen. Wir dürfen uns nichts vormachen. Es ist gut möglich, ja, sogar wahrscheinlich, dass du in Zukunft Entscheidungen treffen musst, die Opfer fordern. Malena wird sich die Macht nicht einfach wegnehmen lassen. Adlon wird nicht aufhören, auf dich Jagd zu machen.«

Ich seufzte, es war ein leiser, verzweifelter Laut. »Ich will nicht Königin werden.«

»Und trotzdem wirst du alles tun, um dahin zu gelangen. Weil du den Unterdrückten nur auf diese Weise helfen kannst, weil es dein

Geburtsrecht ist, weil du wie ein Vogel fliegen möchtest.« Er blickte mich liebevoll an. »Diesmal gibt es für dich außerdem nichts zu entscheiden, da es sich um meinen Körper handelt. Ich habe das mit Myrkur ausgemacht, und wir werden es ausführen.«

In meiner Kehle saß ein dicker Kloß. »Kannst du mich in den Arm nehmen?«

Wortlos legte Rodin seine Arme um mich. Ich schloss die Augen, schmiegte mich an ihn und ließ den Tränen freien Lauf. Wir standen sehr lange so. Rodin hielt mich fest, und ich war ihm dankbar, dass er einfach nur mit mir schwieg. Später machte er noch einmal Teewasser heiß. Mit unseren Bechern in der Hand setzten wir uns an einen Stein gelehnt in die Sonne.

»Was wird mit dir geschehen, wenn du statt der Reiserune mit einer Brandwunde zu deinem Termin bei den Ingenieurinnen auftauchst? Hast du darüber ebenfalls nachgedacht?«

»Habe ich, und ich bin zu dem Schluss gekommen, dass ich es abwarten muss.«

Ärgerlich biss ich mir auf die Lippen. Sein Gleichmut, für den ich ihn normalerweise bewunderte, machte mich jetzt gerade wahnsinnig.

Rodin stellte seinen Becher neben sich ab und wandte sich mir zu. Er nahm mein Gesicht in seine Hände. Wir sahen einander an. Er lächelte. Wie konnte er nur lächeln? »Du hörst nun auf, dich in diese Sache hineinzusteigern, ja?«

Ich nickte unglücklich.

Gut. Und dann küsste er mich. Es war einer dieser Küsse, die weich sind und sanft und dabei so gefühlvoll, dass sie eine tiefe Sehnsucht in dein Herz pflanzen. Nach mehr. Nach viel, viel mehr. Und es war viel zu schnell vorbei. Rodin löste sich. Er seufzte und es klang sowohl zufrieden als auch unglücklich. *Myrkur ist der Ansicht, dass wir einander zu sehr ablenken, wenn wir den körperlichen Aspekt ignorieren. Ich muss zugeben, dass er recht hat. Ich bin ziemlich abgelenkt.*

Sein Wechsel in die Geistsprache machte das Gespräch gleich um mehrere Nuancen intimer. In meinem Bauch kribbelte es so stark, dass ich es kaum aushalten konnte. *Ich bin auch abgelenkt. Du hast so schöne weiche Lippen.* Lächelnd zeichnete ich mit dem Finger die Konturen seines Mundes nach.

Rodin blieb jedoch ernst. *Möchtest du denn meine Ehefrau sein? Ganz und gar?*

Ja.

Aber von Myrkur fühlst du dich nach wie vor angezogen?

Das hat sich nicht geändert. Ich fühlte seine Enttäuschung, und das schmerzte, dennoch nahm ich all meinen Mut zusammen und sprach das aus, was mir schon eine Weile im Kopf herumging. *Ich habe mich in euch beide verliebt, und ehe du dich fragst, ich bin sicher, dass es nicht damit zusammenhängt, dass ihr euch deinen Körper teilt.* Rodin sah mich prüfend an, sagte jedoch nichts. Auf der Gefühlsebene war er aufgewühlt, doch das war ich ebenfalls. Stockend fuhr ich fort: *Ich hätte mir nie vorstellen können, dass so etwas möglich ist. Du kannst mir glauben, dass ich meine Gefühle ständig unter die Lupe nehme. Es ist nicht so, dass ich mal dich, mal ihn lieber mag und mich nicht entscheiden könnte. Ich bin wirklich nach euch beiden verrückt, mit Herzklopfen und Sehnsucht und allem. Ich will euch beide lieben dürfen.*

Er nickte, dann sagte er: *Ich muss mir darüber klar werden, was das für mich bedeutet.*

Das verstehe ich.

Rodin wechselte das Thema. In den nächsten Minuten stellte er mir die Ratsmitglieder vor, beschrieb, wie der Palast aussah und die ihn umgebende Stadt. Manchmal sprachen wir laut, meistens jedoch in Gedanken. Der Wechsel zwischen diesen beiden Formen der Kommunikation lief völlig intuitiv. Das laut gesprochene Wort war präziser, und ich fand, dass sich komplizierte, sachbezogene Gedankengänge damit besser darlegen ließen. Die Gedankensprache wiederum war spielerisch und sorgte vor allem durch die mitschwingenden Gefühle dafür, dass Missverständnisse leichter vermieden werden konnten. *Ich bin Myrkur so dankbar für diese Möglichkeit, mit euch zu reden.*

Ich war erstaunt, dass du ihn so einfach hast gewähren lassen. Vor allem nach dem, was du mit Ellinor erlebt hattest.

Ich vertraue ihm.

Ich weiß.

Du im Grunde doch auch.

Darin täuschst du dich.

Ich stand auf und streckte ihm die Hand entgegen. Er nahm sie, ohne zu zögern. Schwungvoll zog ich ihn auf die Füße. *Ich möchte dir nichts unterstellen, aber bei allem, was du ihm gegenüber empfindest, solltest du genau überprüfen, ob es dir nicht von der Eifersucht diktiert wird.*

Rodin entzog mir seine Hand und strich sich damit durchs Haar. Seine Miene wurde wieder finster. Er war verärgert. Das sah, hörte, spürte ich auf sämtlichen Ebenen. Na gut. Das war also die Kehrseite unserer engen Verbindung. Es blieb einem wirklich nichts verborgen.

Ich überprüfte den Himmel, zum tausendsten Mal heute. Der Tag neigte sich dem Ende zu, und immer noch war nichts von Myrkur zu sehen. *Ich mache mir Sorgen, dass er sich verausgabt.*

»Er ist ein großer Drache, Alice.« Spöttisch fügte er hinzu: »Er weiß, was er sich zutrauen kann.«

»Autsch.« Ich zog eine Grimasse. Gerade hatte ich eine neue Lektion gelernt. Wenn man jemanden in Gedanken anspricht und der andere sich bei seiner Antwort für die laute Variante entschied, war das auch eine Form der Zurückweisung.

Rodin sah mich kalt an. »Fühlt sich nicht ganz so gut an, wenn man zurückgewiesen wird, oder?«

»Nein. Und noch weniger gut fühlt es sich an, wenn jemand das mit Absicht macht.«

Die Betroffenheit stand ihm ins Gesicht geschrieben. »Du hast recht, es … ich erkenne mich manchmal nicht wieder. Auch wenn ich es in letzter Zeit schon viel zu oft gesagt habe, bitte verzeih mir.«

Es war ihm aufgefallen, und er hatte sich entschuldigt. Das genügte mir. »Schon vergessen.« Ich seufzte. »Lass uns bei Myrkur bleiben. Machst du dir denn keine Sorgen, weil er so lange wegbleibt? Du spürst ihn besser als ich. Braucht er Abstand zu uns?«

»Könnte sein. Oder er dachte sich, wir beide brauchen Zeit für uns.« Er sah mich abwartend an, und als ich nichts erwiderte, sagte er: »Du erwähnst nicht, dass er im Gegensatz zu mir nicht eifersüchtig ist.«

»Hm. Ich glaube schon, dass er eifersüchtig sein könnte. Bei jedem anderen Mann außer dir.«

Danach hatte keiner von uns beiden Lust, weiter zu plaudern. Ich ging auf dem Plateau hin und her, um mir noch ein bisschen Bewegung zu verschaffen, aber auch, weil es langsam frisch wurde und ich keine Lust hatte, schon wieder den Pelz anzuziehen. Rodin lehnte an einem Felsen und brütete vor sich hin. Als Myrkur endlich am

Himmel auftauchte, stand die Sonne schon tief. Er trug etwas im Maul, das wie ein kleiner Baum aussah. Als er näher kam, erkannte ich, dass es tatsächlich ein Baum war. Oder eher ein großer Strauch. Myrkur warf mir sein Mitbringsel vor die Füße und landete dann am äußeren Ende des Plateaus. Rodins Laune sprang von minus hundert auf plus zehntausend. Vor Begeisterung strahlte er über das ganze Gesicht. *Du hast tatsächlich einen gefunden.*

Ich bin eben ausdauernder als du, wenn ich etwas unbedingt will.

Was freut euch so sehr an diesem Strauch? Ich beugte mich hinab, um ihn zu inspizieren. Zwischen den winzigen gezackten Blättern entdeckte ich honiggelbe Beeren. Der Duft, der dem Gestrüpp entströmte, war jedoch nicht süß, sondern irgendwie metallisch bitter.

Rodin war bereits unterwegs zu einem Felsvorsprung, in dessen Schatten noch Schnee zu finden war. Er schaufelte etwas davon in eine Blechtasse und ließ ihn auf dem Kocher schmelzen. Über die Schulter gewandt sagte er zu mir: »Kannst du einige der Beeren abklauben? So um die zwanzig Stück müssten erst mal genügen. Den Rest nehmen wir dann als Vorrat mit.«

»Was wird das für ein Trank?«

»Er hilft gegen Übelkeit.« Bedauernd fügte er hinzu: »Bestimmt hat Ellinor einen Vorrat davon zu Hause. Die ganz kleinen Kinder, deren Tierrunen noch neu sind, bekommen sie zur Unterstützung. Bis man sich an das Gefühl des Wandelns gewöhnt hat, wird einem sterbensübel. Ich hätte daran denken und einen Vorrat für dich mitnehmen sollen.«

»Woher hättest du wissen sollen, dass mir übel wird? Ich wusste es ja selbst nicht. Aber ich bin erleichtert, dass du dich nun nicht länger mit der kotzenden Alice plagen musst.«

Rodin sah mir tief in die Augen. »Was dich anbelangt, gibt es absolut nichts, was mich abstoßen könnte.«

Danke. Auch meine Laune stieg in einen deutlichen Plusbereich. Ich brachte ihm die Beeren. Als ich sie ihm gab, berührten sich unsere Fingerspitzen. Es war, als führe ein elektrischer Stoß durch mich hindurch. Rodin, der vor dem Kocher kniete, sah zu mir auf. Weil er in Richtung der untergehenden Sonne blickte, musste er die Augen zusammenkneifen. Hinter den dichten dunklen Wimpern waren seine Pupillen riesengroß und schwarz. Verdammt, er war wirklich, wirklich heiß. Und ganz plötzlich schüchtern, wie es schien. Natürlich bekam er mit, was für ein Hormonrausch mich durchflutete, und seine Ohren glühten.

Myrkur, der sich zu der gewohnten Drachendonut-Form zusammengekringelt hatte, fauchte gereizt. *Albernes Volk. Verschwindet hinter einem Busch, tut euch gegenseitig gut und seid dann endlich ruhig. Ich muss schlafen.*

Rodin und ich sahen einander nicht an. Beinahe synchron wünschten wir ihm schöne Träume.

Ich trank den Tee, der genauso übel schmeckte, wie er roch. Danach aß ich mit Appetit die restliche Suppe. Rodin hatte recht. Ich hatte in den vergangenen Monaten einiges an Gewicht verloren, und die Übelkeit der letzten Tage hatte nicht dabei geholfen, wieder etwas auf die Rippen zu bekommen.

»Ich werde auch noch ein wenig essen.«

Zu meiner großen Freude verwandelte Rodin sich diesmal in eine Gebirgsziege. Er trotte zu mir, stupste mich zärtlich mit seinen kleinen Hörnern an und machte sich dann auf den Weg, um die wenigen Grasbüschel abzugrasen, die hier oben zu finden waren.

Mir war aufgefallen, wie Myrkur vorhin ein paarmal zu Rodin und mir rübergelinst hatte. Von wegen, er musste dringend schlafen! Ich schlenderte zu ihm hinüber. Da er seinen langen Körper zu einem Kringel geformt hatte, lag sein Kopf bequem auf der Schwanzspitze. Die Augen hielt er fest geschlossen, doch ich spürte, dass er hellwach war. *Komm meinen Schuppen nicht zu nahe, Verräterin.*

Ich dachte, das mit dem Beleidigtsein hätten wir schon durch?

Ich brauche meine schlechte Laune.

Verstehe ich nicht.

Musst du auch nicht.

Einige Schritte entfernt endete das Plateau an einer schroffen Felskante. Ich ging so nahe heran, dass ich mit meinen Fußspitzen die Kante berührte.

Ich werde dich nicht retten, falls du abstürzt.

Ich pass auf.

Er seufzte und ein warmer Luftstrom wehte zu mir herüber, der Assoziationen an eine in voller Blüte stehende Sommerwiese in mir weckte. *Liebe Alice, ich bin erschöpft und würde vermutlich mit dir zusammen da unten landen. Sei so freundlich und trete ein paar Schritte zurück.*

Darf ich dir Gesellschaft leisten?

Von mir aus.

Ich setzte mich so, dass ich mich mit dem Rücken an ihn lehnen konnte. Die Schuppen waren angenehm warm. Myrkur gab ein leises schläfriges Knurren von sich, dessen Vibrieren ich bis in die Knochen hinein spürte. Satt, zufrieden und zumindest im Augenblick glücklich, schloss ich die Augen.

»Alice.« Eine Berührung an der Schulter weckte mich. »Komm, schlaf in der Sänfte weiter.«

Ich gähnte und streckte meine steif gewordenen Glieder. »Fliegen wir weiter?«

»In ein paar Minuten.«

Irgendetwas stimmte nicht. Ich kam auf die Beine und sah mich um. Obwohl der Mond noch nicht aufgegangen war, genügte das Sternenlicht, um die Umgebung zu erkennen. Mir fiel nichts Merkwürdiges auf. Dann wurde mir klar, dass dieses vage Gefühl der Bedrohung und Angst, das ich wahrgenommen hatte, aus meinem Inneren kam. »Rodin?«

»Alles in Ordnung.«

Doch das war es eben nicht. Irgendetwas sollte gleich passieren, und er hatte Angst davor. *Ihr wollt die Rune ausbrennen.*

Er nickte.

Und dafür möchtest du mich aus dem Weg haben.

Es ist besser, du siehst es nicht.

Myrkur schaltete sich ein. *Sie will dich unterstützen, also lass sie. Außerdem brauchst du sowieso gleich ihre Hilfe.* An mich gewandt fuhr er fort: *In deiner Gesellschaft glaubt er, den Helden spielen zu müssen. Schmerzen lassen sich aber besser ertragen, wenn man sich erlaubt, sie hinauszubrüllen.*

Danke, Drache. Sollte ich Alice etwas zu sagen haben, mach ich das selbst. Merk dir das. Rodin presste die Kiefer so fest aufeinander, dass sein Gesicht streng und kantig wirkte. An mich gewandt fuhr er fort: *Wenn du unbedingt willst, dann bleib.*

Ich nickte. *Danke.*

Er zog das dicke Wollhemd aus. Darunter trug er ein eng anliegendes ausgeblichenes Band-T-Shirt. Ich zeigte darauf. *Du stehst auf Abba?*

Ich habe das Shirt aus einem dieser Läden in der Anderswelt, in denen gebrauchte Sachen verkauft werden. Die Musik habe ich erst später im Radio gehört. Er zog auch das T-Shirt aus.

Ausgesprochen interessiert musterte ich die Runen auf seinem Oberkörper und den Armen. Einige waren wie unsere Vermählungsrune filigran, sehr dünn und mit ihrer silberweißen Farbe fast unsichtbar auf seiner hellen Haut. Andere waren wie mit schwarzer Tinte gezeichnet und wirkten in ihrer Ausführung eher grob, die einzelnen Zeichen dicht zusammengedrängt. Eine einzige Rune an seiner linken Seite leuchtete grellrot. Rodin bemerkte meinen neugierigen Blick, sagte aber nichts. Ich unterdrückte einen Seufzer. *Ich mag Abba jedenfalls.*

Ich weiß. Ich habe dich unter der Dusche singen gehört. Er lächelte. Offenbar war es ihm gelungen, sich ein bisschen zu entspannen.

Weit oberhalb unserer Köpfe schoss eine Flammenzunge in die Nacht. *Wir haben nicht ewig Zeit!* Wie schon so oft war es Myrkur gelungen, sich völlig unbemerkt zu seiner vollen Größe auszurichten. Nicht einmal Rodin hatte es mitbekommen, dessen Sinne so viel schärfer als meine waren. Das erstaunte mich.

Es erstaunt dich? Myrkur brüllte so laut in meinem Kopf, dass ich unwillkürlich die Hände auf die Ohren presste. *Ihr bekommt beide nichts mit, weil ihr euch ständig gegenseitig ablenkt!*

Du hast recht. Wir müssen daran arbeiten. Geknickt sah ich zu Myrkur hoch. Oder besser, ich starrte dorthin, wo ich seinen Schädel vermutete. Jetzt, da er kein Feuer mehr spuckte, war er in der Dunkelheit nämlich so gut wie unsichtbar.

Rodins Stimme erklang in meinem Kopf. Er nahm meine Hand. *Richte deinen Blick dahin, wo keine Sterne zu erkennen sind.*

Ja, Alice, sieh dahin, wo keine Sterne sind, und halte dabei schön weiter die Hand dieses undankbaren Menschen, sagte Myrkur.

Hatte ich ihn falsch eingeschätzt und Myrkur war doch auf Rodin eifersüchtig? *Ich habe den ganzen Nachmittag bei dir gesess…*

Neben mir geschlafen und geschnarcht, meinst du wohl.

Ich stellte fest, dass auch ich in Gedanken schreien konnte. *Ich habe Zeit mit dir verbracht!*

Genau. Zeit, die wir gar nicht haben.

Das ist doch albern, was du da von dir gibst. Ich bin gern in deiner Gesellschaft, egal in welchem Körper du steckst.

Aber küssen würdest du mich nicht.

Darin irrte er sich gewaltig. Rodin und er teilten sich einen Körper, den ich attraktiv fand, egal wer gerade darin steckte. Und beide waren außergewöhnliche Persönlichkeiten, die mich, jede auf ihre Weise, anzog. Mir war natürlich bewusst, dass es für Rodin schrecklich sein musste, das zu wissen. Es war schließlich sein Körper, sein Gesicht, seine Augen, sein Mund, die ich im Kopf hatte, wenn ich an Myrkur und mich dachte. Ich blickte zu Rodin und hatte keine Ahnung, was ich sagen sollte. Er hatte alles mitbekommen, was ich gerade gedacht hatte, stand da mit gesenktem Kopf und geballten Fäusten, dann war da ein wohlbekanntes Flimmern und er war eine Eule und auch schon in der Luft.

Eine riesige Drachenschwinge schob mich sanft vom Abgrund weg Richtung Bergmassiv. Dann folgte Myrkur ihm.

Eine Weile starrte ich den beiden Schatten hinterher, dem großen und dem kleinen. Dann hob ich Rodins Hemd auf, ging zur Sänfte und kletterte hinein. Ich kuschelte mich unter meinen Mantel und versuchte den Gefühlsknoten zu entwirren, in dem ich mich verheddert hatte.

Kaltes Schweigen

Ich trieb Rodin durch die Luft vor mir her zum nächsten größeren Felsvorsprung. Dort zwang ich ihn zu landen. Er wandelte sich sofort in einen Menschen zurück, denn in Tiergestalt war er nicht in der Lage, mit mir im Geist zu sprechen beziehungsweise mich anzuschreien, denn danach stand ihm ganz offensichtlich der Sinn. Doch so weit ließ ich es nicht kommen. Fauchend setzte ich neben ihm auf. *Wir fliegen jetzt sofort zu Alice zurück.*

Du kannst mich mal!

Mensch! Treib mich nicht in den Wahnsinn! Doch Rodin schien sich nicht beruhigen zu können. Seine Gefühle waren ein einziger stachliger Knoten. Es war mir zuwider, dass ich es auf einmal war, der den ruhigen, bedachten Part übernehmen musste, doch anders ging es nicht. *Du hast jahrelang neben mir überlebt, und das nur wegen deiner Gelassenheit und der daraus resultierenden Reaktionsgeschwindigkeit. Wo sind jetzt deine drei großartigen Bewusstseinsebenen? Warum setzt du sie nicht ein? Wozu jahrelang üben, wenn du bei der ersten größeren Herausforderung alles vergisst?*

Halt dein dummes Drachenmaul!

Höhnisch sagte ich: *Ausgerechnet eine Frau wird zu deiner größten Schwäche.*

Du bist doch ebenso von Alice angetan. Eine Vorstellung, die ich zutiefst abstoßend finde, wenn du es genau wissen willst. Und außerdem verweigerst du seit unserem Abflug jedes Gespräch mit mir, brütest nur schmollend vor dich hin.

Meine Magie willst du nutzen, deinen Körper jedoch nicht mit mir teilen? Nun, auch das werden wir klären, aber zunächst kümmern wir uns um die Rune. Ich richtete mich auf, um meine zerstörerischste Flamme in mir wachsen zu lassen. *Wenn du Wert darauf legst, dass ich nur den allernotwendigsten Schaden anrichte, hilfst du mir.*

Rodin knirschte mit den Zähnen, ich konnte es hören. Doch dann hob er den rechten Arm an und hielt ihn abgewinkelt über den Kopf. Die Reiserune befand sich wenige Zentimeter unterhalb seiner Achselhöhle. Sie war etwa so lang wie ein durchschnittlicher menschlicher Mittelfinger und in satter schwarzer Farbe gezeichnet. Sämtliche Knospen waren erblüht und würden sich erst wieder schließen, wenn er bei den sogenannten Runen-Ingenieurinnen gewesen war. Was nach dem heutigen Tag unnötig wurde. Ich fand das ein bisschen schade. Seit ich Alice kannte, reizte mich zum ersten Mal ein Besuch in der Anderswelt, und in Rodins Körper wäre das möglich gewesen. *Wenn es beginnt, zählst du bis fünf. So lange muss die Flamme das Fleisch versengen, wenn wir es gründlich machen wollen.*

Rodin stellte sich breitbeinig hin. Sein Brustkorb hob und senkte sich hektisch. *Zähl du lieber für mich.*

Einverstanden.

Ich bin bereit.

Ich stieß eine Flamme aus. Sie war exakt so abgemessen, dass sie nur wenig über den Umriss der Rune hinaus verbrannte. Rodin hielt es nur ein paar Sekunden aus, nicht zu schreien. Dann brüllte er seine Qual in die Nacht hinaus. Er schaffte es, bis zum Ende das Bewusstsein zu behalten. Kaum war ich jedoch fertig, brach er zusammen. Ich betrachtete den schweißüberströmten Körper, der zusammengekrümmt auf dem harten Fels lag. Rodin war in meiner Achtung wieder gestiegen.

Ich stieg in die Luft und packte ihn, so vorsichtig es nur ging. Als ich mich unserem Plateau näherte, war von Alice nichts zu sehen. Ich horchte und hörte sie in der Sänfte leise weinen. Seit ich zum Drachen geworden war, hatten mir unzählige Frauen Gesellschaft geleistet. Es war mir daher nicht fremd, eine von ihnen weinen zu hören. Ich hatte sie getröstet, den daraus resultierenden Sex genossen, wenn er sich ergeben hatte, und nie auch nur darüber nachgedacht, ob ich vielleicht der Anlass für ihren Kummer gewesen sein könnte. Mein Dasein als Drache war bequem gewesen. Nichts und niemand hatte mich gekümmert. Das war nun anders, und ich konnte es nicht mehr ändern, denn ich hatte mich nun mal auf das Ritual eingelassen, und entgegen meiner festen Überzeugung war nicht ich zum Anführer unseres Zweiergespanns geworden. Seither grübelte ich unentwegt darüber nach, was der Grund dafür war. Vielleicht, so dachte ich jetzt zum ersten Mal, hatte es damit zu tun, dass ich in Wirklichkeit nichts vorweisen konnte, was mich für diese Aufgabe qualifizierte? Unendliche magische Macht war nämlich ganz offensichtlich nicht ausreichend gewesen, um von der Drachenmagie auserwählt zu werden.

Ich legte Rodins schlaffen Körper so nahe wie möglich an der Sänfte ab. *Alice, komm raus.*

Ich hörte Bewegung, dann drückte sie die Tür auf. Ihr Atem stockte, als sie den verbrannten Geruch wahrnahm. Zorn flackerte in ihr auf, zeitgleich mit Besorgnis. Es war faszinierend zu beobachten, wie der kühle rationale Teil in ihr übernahm, den ich inzwischen wirklich zu schätzen gelernt hatte. Das Erste, an was Alice in der Regel dachte, wenn sie vor einem Problem stand, war, wie eine Lösung aussehen könnte. *Was kann ich tun?*

Such etwas Schnee zusammen und kühl die Verbrennung. Seine Selbstheilung wird nicht ganz ausfallen, weil er sie zum ersten Mal aus meiner Magie speisen kann. Ich denke, wenn er in ein paar Minuten aus der Bewusstlosigkeit aufwacht, kann er dich beim Befestigen der Sänfte anleiten. Wir müssen weiter.

Verletzt

Wie Myrkur vorhergesagt hatte, dauerte es nicht lang, bis Rodin aufwachte. Er stöhnte und bewegte sich unendlich vorsichtig, als er sich aufsetzte. Dabei vermied er es, mir in die Augen zu sehen.

Hey, da bist du ja wieder! Möchtest du etwas trinken?

Nein. Nach kurzem Zögern setzte er hinzu: *Danke, dass du fragst.*

Mit dieser höflichen Art hielt er mich mehr auf Abstand, als wenn er seinen Frust herausgelassen hätte. Betont fröhlich rieb ich mir die Hände. »Okay. Ich bin so weit. Was muss ich machen?«

Rodin wandelte sich in ein Eichhörnchen, dann bat er mich durch Myrkur, aufs Dach der Sänfte zu klettern. Nach seiner Anweisung befestigte ich die Haken an den Gurten, die um den Drachenkörper geschlungen waren. Als ich damit fertig war, überprüfte er meine Arbeit, und wenn er eine Stelle fand, die Nachbesserung verlangte, kommunizierte er es wieder über Myrkur.

Erst im Sänfteninneren wandelte Rodin sich wieder in einen Menschen. Er stöhnte vor Schmerz, als er sich niederlegte. Schweiß perlte auf seiner Stirn. Die Augen hielt er geschlossen.

Ich setzte mich mit angezogenen Beinen in die Ecke. *Myrkur?*

Hm?

Warum bleibt er nicht in einer seiner Tiergestalten, bis die Wunde verheilt ist?

Bei Wandlerrunen ist es so: Wird ihr Träger in seiner Tiergestalt verletzt, ist es nicht schlimm. Er wechselt einfach in die nächste Tiergestalt oder wieder in seine menschliche Form. Beim nächsten Wandel in das Tier ist von der Verletzung nichts zu bemerken. Bei einer Verletzung des menschlichen Körpers ist das anders. Zwar nimmt er die Wunde nicht mit, wenn er zwischendurch in einen Tierkörper wechselt, doch sobald er zurückkehrt, ist alles unverändert. Und erst dann setzt sich auch die Heilung fort.

Nachdem ich den Nachmittag verschlafen hatte, war es leicht, die Nacht über wach zu bleiben. Ich hatte vor unserem Abflug den Suppentopf gespült und ihn mit Schnee aufgefüllt. Von Zeit zu Zeit packte ich etwas davon auf ein Tuch und legte es auf die Wunde. Rodin arbeitete mit, hob und senkte den Arm zur Seite, wenn ich ihn darum bat, reagierte jedoch auf keine meiner Fragen. Wir flogen den nächsten Tag und die nächste Nacht, ohne auch nur ein einziges Mal zu landen. Myrkur hatte sich wieder ganz in sich selbst zurückgezogen und blieb wortkarg. Über unser Gefühlsband strömte seine zunehmend dunkler werdende Stimmung zu mir. Es war schwer, sich davon abzugrenzen.

Als der nächste Morgen heraufzog, kniete ich am Fenster. Myrkur flog nicht mehr so hoch, was meine Hoffnung nährte, dass wir bald landen würden. Endlich waren wir auch aus den Bergen heraus. Die Landschaft war hügelig und mit dichtem grünem Wald bewachsen. Der Anblick hob meine Laune. Ich wollte da unten zwischen diesen Bäumen sein und einfach nur gehen. In meinem Rücken hörte ich Rodin tief und gleichmäßig atmen. Ich hatte dennoch den Eindruck, dass er gerade aufgewacht war. Ich krabbelte zu ihm. *Guten Morgen.*

Er antwortete nicht.

Okay. Dann eben nicht. Der Schnee war längst geschmolzen, aber das übrig gebliebene Wasser war noch kalt genug. Ich tränkte sein T-Shirt und hob vorsichtig den Pelzmantel auf, unter dem er mit bloßem Oberkörper lag. Alles um ihn herum war unangenehm feucht. Es musste sich scheußlich anfühlen, so zu liegen, doch beim besten Willen hatte ich es für ihn nicht angenehmer machen können. Vorsichtig hob ich seinen Arm an. Dann lächelte ich erfreut. Über der Wunde hatte sich Haut gebildet und die wütende Röte war gewichen. Ich legte das T-Shirt auf die Wunde, deckte ihn wieder zu und krabbelte zurück zum Fenster. *Myrkur?*

Hm?

Landen wir bald?

Gegen Nachmittag.

Hast du Lust, dich ein wenig mit mir zu unterhalten?

Nein.

Bitte, bitte?!

Bist du ein Kind, das kein Nein versteht?

Ich bin eine Frau, die mit dir über Gefühle sprechen will.

Daraufhin herrschte eine Weile Stille. Es kam mir vor, als hätte auch Rodin seine inneren Ohren weit aufgesperrt, und das war gut so.

Endlich antwortete Myrkur: *Das ist ein heikles Thema.*

Das ist ja wohl kein Grund, es zu meiden.

Da gebe ich dir recht.

Könnte man sagen, dass ihr mich beide mögt?

Mögt. Was für ein niedliches Wort. Aber ja, könnte man.

Ich horchte, doch von Rodin kam kein Einwand.

Und kommst du damit klar, dass ich euch beide mag?

Ich ja, aber er nicht. Er denkt, ich nehme ihm etwas weg.

Wieder ein Moment Stille. Rodin nutzte sie jedoch erneut nicht, um Myrkur zu korrigieren. Auch gut.

Du hast ihm ja tatsächlich etwas weggenommen. Das könnte eine Rolle spielen.

Die darauffolgende Pause zog sich in die Länge. Dann sagte Myrkur: *Was du gesagt hast, ist richtig. Könnte ich noch einmal von vorn anfangen, würde ich es anders anstellen.*

Das war sehr viel mehr Zugeständnis, als ich je erwartet hätte. *Was heißt das genau?*

Ich würde ihn als Erstes nicht mehr nackt an einen Baum in unserem Gedankenraum hängen. Er … dürfte Kleidung tragen.

Wie nett. Und das war es schon?

Nein. Wieder Pause. Diesmal noch länger. *Ohne seinen Körper … bin ich ein dummes Tier, das euch herumfliegt und euch in der Not seine Stärke leihen muss. Für immer so zu leben wäre unerträglich.*

Darüber müssen wir unbedingt reden, sobald Rodin auf…

Myrkur unterbrach mich, indem er Rodin anbrüllte. *Deine Wunde ist verheilt. Schon längst! Hör auf, uns weiter den Leidenden vorzuspielen!*

Myrkur! Stöhnend presste ich die Hände auf die Ohren. *Lass das in Zukunft! Oder besser, brüll nur in seinem Kopf.*

Doch die Aktion zeigte Erfolg. Rodin setzte sich auf. *Ich werde eine kurze Runde fliegen.* Gleich darauf hüpfte er in seiner Falkengestalt zur Tür. Clever. Da wir nicht miteinander sprechen konnten, wenn er in einer seiner Tiergestalten war, hatte er sich noch mal Aufschub verschafft. Andererseits, vielleicht musste er sich einfach nur wirklich dringend erleichtern. Nach zwei Tagen wäre es kein Wunder, ich konnte ebenfalls ein wenig Zeit allein mit meinem Nachttopf gebrauchen. Als er zurückkam, knabberte ich an einer Scheibe trockenen Brotes. Mehr war von unserem Vorrat nicht übrig geblieben.

Rodin wandelte sich in seine menschliche Gestalt. Er sah mich an, es war ein langer, tiefer Blick, dann seufzte er. *Dass eine Ehe aus Liebe geschlossen wird, kenne ich nur aus deiner Welt, Alice. In Wynterhaav vermählt man sich, weil es den beiden Familien von Nutzen ist. Manche Paare wachsen über die Zeit dennoch zusammen. So ging es meinen Eltern. Deinen war das Glück nicht vergönnt. Da deine Mutter die Königin war und somit unter ständiger Beobachtung stand, konnte sie auf Dauer keine heimliche Liebschaft pflegen. Sie floh aus Wynterhaav.* Er schlüpfte in sein feuchtes Hemd und fing umständlich an, die Knöpfe zu schließen. Anscheinend schmerzte die Wunde noch, wenn er den Arm bewegte. Ich rutschte an ihn heran und übernahm die Aufgabe.

Rodin fuhr fort: *Ich war lange überzeugt, dass ich mit dem Arrangement zurechtkommen würde, das ich dir ursprünglich vorgeschlagen hatte. Wir beide als ein Team. Vielleicht Freundschaft. Mehr durfte ich mir nicht erhoffen, denn da war immer noch Kjell. Dann hast du mir deine Liebe eingestanden. Ich bin ein Trottel, weil ich dachte, ich hätte wegen Myrkur etwas verloren. Das Gegenteil ist der Fall.* Rodin schenkte mir einen so intensiven Blick, dass ich unwillkürlich näher an ihn heranrutschte. Am liebsten hätte ich ihm das Hemd gleich wieder aufgeknöpft.

Was uns beide anbelangt, die folgenden Worte richtete er an Myrkur, *ich habe nach wie vor Angst, dass ich dir zu ähnlich werde. Gleichzeitig fühle ich mich dir in allen Belangen unterlegen.* Er fuhr sich mit der Hand durchs verstrubbelte Haar und lächelte spöttisch. *Nicht was meine Potenz anbelangt, nur damit das klar ist.*

Myrkur gluckste amüsiert, während ich knallrot wurde.

Wie auch immer. Das hier mit uns dreien ist anders, als ich es mir jemals hätte vorstellen können. Ich habe länger gebraucht als ihr beide, um an diesen Punkt zu gelangen, aber wir müssen wirklich so schnell wie möglich zu einer Lösung kommen, mit der wir alle drei zufrieden sind. Sonst ist es so, wie du gesagt hast, Myrkur. Wir werden so sehr mit uns selbst beschäftigt sein, dass uns wichtige Dinge entgehen.

Ich fiel Rodin um den Hals. »Danke!«

Myrkurs Stimme war leise. *Mal angenommen, ich würde es nicht länger forcieren. Würdest du es mir gestatten, ab und zu in deinem Körper zu leben?*

Rodin zögerte, dann fasste er jedoch einen Entschluss. *Das würde ich. Meine Bedingung ist, dass du mich nie wieder mit Gewalt daraus verdrängst.*

Einverstanden.

Ich seufzte erleichtert auf. *Es ist selbstverständlich eine Sache zwischen euch beiden, doch ich schlage vor, dass ihr das bei Gelegenheit ein wenig genauer besprecht. Sonst sind Missverständnisse vorprogrammiert. Und dann ist da noch die Sache mit der Eifersucht …*

Myrkur brummte. *Selbst jemand von meinem Format kann dich nicht vierundzwanzig Stunden am Tag befriedigen. Für Rodin bleibt noch genug übrig.*

Ich verdrehte die Augen.

Rodin lächelte ein wenig verkniffen. *Lassen wir es langsam angehen.*

Danach herrschte eine Weile Schweigen. Es fühlte sich gleichzeitig befremdlich und völlig natürlich an, dass ich mir mit beiden eine Beziehung wünschte. Und noch eins war mir klar geworden. Mein Zuhause war nicht länger ein Ort, war nicht länger die Anderswelt und das Wonderland, und es war auch nicht Wynterhaav oder Ellinors Anwesen, es waren zwei Menschen. Na ja, ein Mensch und ein Myrkur. Ich musste lachen, als ich seine Empörung spürte. *Wir alle wissen, dass selbst dann noch ein guter Teil Drache in dir steckt, wenn du Rodins Körper bewohnst. Und das ist okay für mich. Sehr okay.*

Eifersucht flackerte in Rodin auf, doch sie währte nur einen Moment. Er zog mich an sich und legte den Arm um meine Schultern. Zu Myrkur sagte er: *Wir sollten den Gedankenraum gemütlicher einrichten. Ich habe jedenfalls keine Lust, bei meinen Aufenthalten dort immer unter dem dämlichen Baum zu sitzen.*

Wie du möchtest.

Und eine Entschuldigung wäre gut.

Und schon nutzt er es aus, dass ich mich in ein Lamm verwandelt habe. Wofür?

Dafür, dass du dir meinen Körper mit Gewalt genommen hast.

Myrkur brummte unzufrieden.

Es wäre ein guter Start für uns beide.

Schweigen.

Rodin schmunzelte. *Lass mich raten. Du weißt nicht, wie man das macht.*

Könnte sein.

Denk an deine Zeit als Mensch zurück. Wer war die letzte Person, bei der du dich entschuldigt hast?

Meine Mutter, doch daran denke ich nicht gern zurück.

Ein merkwürdiger Gefühlsmix kam von Myrkur bei mir an. Tiefe Trauer, Wut, Sehnsucht. Ich richtete mich alarmiert auf. *Was ist passiert?*

Es war an dem Tag, als sie mich töten wollte.

Ich sah Rodin an. An seinem Blick erkannte ich, dass auch er nichts davon gewusst hatte.

Willst du erzählen, was geschehen ist?

Eigentlich nicht, doch ich bin am Ende meiner Kraft, und diese verfluchten Gefühle werden mir dabei helfen, bis zur Landung durchzuhalten.

Rodin zog mich wieder an sich. Wir tauschten einen fragenden Blick. Anscheinend hatte auch er zum ersten Mal gehört, dass Myrkur seine Emotionen zum Fliegen benötigte.

Es war der Abend vor meinem Geburtstag. Meine Mutter hatte seit Wochen alles für die Feier zu meiner Volljährigkeit vorbereitet. Von überall im Land waren Verwandte und Freunde angereist. Einer meiner Onkel väterlicherseits, der am Königshof lebte, hatte Neuigkeiten mitgebracht. Es war den königlichen Magiern geglückt, einige wilde Drachen zu fangen. Über Drachen zu sprechen war innerhalb unserer Familie eigentlich ein Tabuthema, da meine Großeltern mütterlicherseits in ihrem Feuer umgekommen waren. Dieser Onkel war jedoch wenig sensibel, und darüber hinaus faszinierte ihn, was die Magier mit den Drachen vor-

hatten. Es wurden Freiwillige gesucht, deren Geist in die Drachenkörper transferiert werden sollten. Es war, als hätte sich vor mir eine goldene Zukunft aufgetan. Nie hätte ich mir etwas vorstellen können, was ich mir mehr wünschte. Das Problem war allerdings, dass die Frist für die Bewerbung beinahe abgelaufen war. Ich musste in derselben Minute abreisen, um noch rechtzeitig dazuzustoßen. Meine Mutter bekam einen Wutanfall, als man ihr von dem Gespräch über die Drachen erzählte, und verwies den unklugen Onkel des Hauses. Ich erkannte meine Chance und bat ihn, mich mitzunehmen. Damals wurde Magie noch auf dem direkten Weg gewirkt und nicht mithilfe von Runen, wie es inzwischen Brauch ist. Es war eine komplizierte Wissenschaft. Obgleich mein Kopf bis obenhin vollgestopft war mit Regeln und Sprüchen, hätte ich sie nicht anwenden und einfach an den Hof springen können. Mein Onkel, der ausgesprochen verärgert war, musste jedoch nicht lange überredet werden und nahm mich mit. Der Gedanke, dass ihr Sohn zu einem Drachen werden sollte, muss unerträglich für meine Mutter gewesen sein. Sie reiste uns nach.

Myrkur hielt inne. Ich konnte spüren, wie müde er von dem überlangen Flug war, aber auch, wie sehr ihn die Erinnerung quälte.

Meine Mutter war Ellinor erstaunlich ähnlich. Sie war eine harte Frau, gradlinig, oder wie mein Vater zu sagen pflegte, völlig kompromisslos. Ich will die Geschichte abkürzen. Die Magier hatten uns Freiwillige an einen geheimen Ort gebracht. Drei Jahre lang wurden wir geschult. In dieser Zeit suchte meine Mutter nach mir und wurde immer verzweifelter. Wie man sich denken kann, wenn man mich kennt, war ich tatsächlich unter denjenigen, die schließlich einen Drachenkörper bekommen sollten. Ich hatte es schon ein paarmal geschafft, den Geist des für mich vorgesehenen Drachen zu übernehmen, und niemand rechnete mit Schwierigkeiten. Für die Zeremonie durften wir unsere Familie einladen. Bis zu diesem Moment hatte ich jeden Gedanken daran, was ich angerichtet haben könnte, von mir geschoben. Tatsächlich war ich dumm genug zu glauben, dass sie sich über die Jahre damit abgefunden hätten und vielleicht sogar stolz auf mich sein könnten. Meine Mutter betrat die Kammer, in der ich mich vor der Zeremonie aufhielt. Sie war allein gekommen. Ich erschrak, als ich sie sah. Früher war sie eine Schönheit gewesen, nun war sie zu einer alten verhärmten Vettel geworden. Ich begriff, dass ich dafür verantwortlich war. Sie flehte mich an, meinen Plan, zu einem Drachen zu werden, ihr zuliebe fallen zu lassen. Sie sagte, sie wolle mich nicht hassen müssen. Der Rest ist schnell erzählt. Ich war weit davon entfernt, meinen Traum aufzugeben. Macht, ewiges Leben, unvorstellbare Magie, damit konnte das Flehen der Frau, die mich geboren und aufgezogen hatte, nicht mithalten. Ich wies ihre Bitte zurück. Tatsächlich wurde meine Mutter schlagartig ruhig. Es hätte mir ein Warnzeichen sein sollen.

Myrkur schwieg und fuhr dann leise fort: *Wie ich schon sagte, war es damals noch recht umständlich, Magie zu wirken. Gar durch sie zu töten war unmöglich. In der Kammer lag jedoch ein aus Schuppen gefertigter Dolch bereit. Blut ist ja immer Bestandteil eines Rituals, und ich sollte mich bald mit einem Drachen verbinden. Meine Mutter wollte nach dem Dolch greifen. Der Magier, der mich für das Ritual vorbereiten sollte, hatte einen besseren Instinkt als ich. Er war schneller als sie und versenkte den Schuppendolch in ihrem Herz. Unter Schock ließ ich es zu, dass er mich nur Momente später mit derselben Klinge ritzte, um mir das für das Ritual benötige Blut abzuzapfen.*

Myrkurs Stimme wurde kühl. Er hörte sich beinahe unbeteiligt an. *Das Experiment gelang. Ich wurde zum Drachen und musste meiner übrigen menschlichen Familie entsagen, bekam eine neue Mutter und einen neuen Vater, neue Geschwister. Und nun stehe ich erneut an einem Scheidepunkt. Will ich wirklich wieder Mensch sein? Und wenn ja, wer wird für diesen Entschluss am Ende mit seinem Leben bezahlen?*

Auf der Lichtung

Myrkrs Geschichte beschäftigte mich die nächsten Stunden. Wie Ellinor schleppte auch er einen großen Schmerz mit sich durchs Leben. Meine Schwester war von unserem Vater enttäuscht worden und fühlte sich seither von der ganzen Welt verraten. Doch was mochte es erst bedeuten, wenn man wusste, dass die eigene Mutter einen hatte töten wollen? Seine gesamte Drachenexistenz hatte er in dem Wissen verbracht, dass Hass manchmal so gewaltig war, dass er die Liebe überstrahlte. Und dennoch war er mehr als bereit, sich auf seine Gefühle für Alice einzulassen. Ich spürte, wie er sich danach sehnte, sie ebenfalls in die Arme zu nehmen, sie zu riechen, zu schmecken. Ich verstand ihn. Und ich gönnte es ihm. Nicht in jeder einzelnen Minute, in der ich darüber nachdachte. Aber beinahe.

Alice hatte jedenfalls recht damit, dass auch Myrkur sich dank des Rituals geändert hatte. Der Hauptteil dieser Veränderung schien mir jedoch ihr Verdienst zu sein. Die beiden hatten von der ersten Sekunde an eine Verbindung zueinander gehabt. Wieder wollte die Eifersucht mich umschlingen, doch ich ließ es nicht zu. Stattdessen betrachtete ich Alice. Sie lag gemütlich in meine Arme gekuschelt und schlief. Ich musste lächeln, weil Myrkur recht gehabt hatte. Sie schnarchte wirklich, und das nicht einmal leise.

Wir landeten auf einer grasbewachsenen Lichtung. Alice konnte ihr Glück kaum fassen. Übermütig sprang sie zwischen den hohen Halmen umher, drehte sich mit ausgebreiteten Armen im Kreis und strahlte wie eine zweite Sonne. »Es ist warm. Warm! Und hier sind Schmetterlinge. Und Bienen. Und wie es duftet! Ich kann nicht fassen, wie wunderschön das ist.«

Lächelnd beobachtete ich sie eine Weile, dann machte ich mich daran, Myrkur von der Sänfte zu befreien. Ganz im Gegensatz zu Alices überbordenden Fröhlichkeit waren seine Lebensgeister gedämpft. Ich ertappte mich dabei, wie ich ihn an der Flanke tätschelte. Er schlug mit dem Schwanz nach mir, doch die Bewegung war so kraftlos, dass ich mühelos ausweichen konnte.

Sosehr ich Alice die Freude über die Wiese gönnte, war ich eher angespannt. Die dichten Wälder der Sommerebene waren für einen Überfall mit einem Wolfsrudel wie geschaffen. Wenn alles gut gegangen war und Adlon mich tatsächlich nicht mehr orten konnte, war er inzwischen aufgeschreckt und hatte bereits angefangen, die Gegend nach uns abzusuchen.

Mach dich nicht verrückt. In den Bergen gab es wenige Orte, an denen ich hätte landen können. In den hiesigen Wäldern sieht es anders aus. Wir könnten auf allen möglichen Wegen zum Königshof fliegen. Zudem haben wir eine gewaltige Flugstrecke zurückgelegt.

Myrkur hatte recht. Setzte man noch den Umstand hinzu, dass Adlon keine Ahnung von unserem Umweg zum Eichhörnchenvolk hatte, waren wir hier so sicher wie nur irgend möglich. Den Preis dafür hatte ich mit fast unerträglichen Schmerzen bezahlt. Myrkur indes beglich seinen Teil mit einer fast todesähnlichen Erschöpfung.

Wieder schlug er mit dem Schwanz aus. Diesmal fegte er mich von den Beinen. *Wenn du mich noch länger so besorgt ansiehst, fresse ich dich.*

Ich sah ihn eine Weile an, dann sprang ich über meinen Schatten. *Was hältst du davon, wenn ich den Gedankenraum wechsle und ihn ein wenig gemütlicher für uns einrichte, während du dir mit Alice die Beine vertrittst?*

Die Überraschung war mir gelungen. Myrkur brauchte eine halbe Ewigkeit, ehe er antwortete. Doch dann brummte er: *Leg ein Handtuch oder so über den Spiegel. Ich möchte meine Zeit mit Alice unbeobachtet verbringen.*

Ich saß unter meinem Baum in der Wüste und starrte missmutig in den Spiegel. Noch geschah nicht viel, bisher spazierten sie nur Hand in Hand über die Wiese, dennoch hätte ich mich ohrfeigen können. Nach einer Weile hatte ich genug. Meinen Ärger konnte ich genauso gut in Produktivität umsetzen.

Zuerst stellte ich mir Alices Pelz vor. Ich kannte das Ding in- und auswendig. Als sich der Mantel im Gedankenraum manifestierte, glich er ihrem Exemplar aufs Haar. Er roch sogar schwach nach ihr. Ohne zu zögern, hängte ich ihn über den Spiegel. Myrkur hatte seine Gefühle vor mir abgeschirmt. Ich war ihm dankbar dafür. Schließlich machte ich mich daran, die Umgebung zu verändern. Schnell hatte ich herausgefunden, dass man nur dann ein vernünftiges Ergebnis erhielt, wenn man auf Details achtete, also entschied ich mich für einen Ort, den ich auswendig kannte und an dem ich mich zu Hause fühlte. Das Anwesen meiner Familie war mir zwar vertraut, doch zu Hause war ich dort schon lange nicht mehr, und das Appartement am Königshof war mir geradezu verhasst. Als ich fertig war, hatte ich daher Alices kleine Wohnung nachgebildet. Zufrieden saß ich als Kater in der Küche und knusperte aus nostalgischen Gründen an dem widerlichen Trockenfutter, das sie mir früher vorgesetzt hatte.

Was frisst du da? Myrkur hörte sich ratlos an.

Kennst du nicht. Ich wandelte mich in meine Menschengestalt, ließ das Katzenfutter mit einem Gedanken verschwinden und schlenderte zum Spiegel, um den Pelzmantel abzuhängen.

Wir tauschen jetzt. Mach den Weg frei.

Ich kam seiner Aufforderung nur zu gern nach, gleichzeitig hatte ich Angst davor, Alices glückliches Gesicht zu sehen.

Alice hatte sich Blumen ins Haar gesteckt. Ihre Wangen waren gerötet, ihr Mund lächelte. Bei ihrem Anblick ging mir das Herz in der Brust auf. Dann bemerkte ich, dass Myrkur und ich dieses Gefühl teilten. Beide zuckten wir vor dieser Erkenntnis zurück.

Alice strahlte mich an. »Wir haben gewettet, wie du den Gedankenraum gestalten würdest.«

Ich konnte ihrem Lächeln nicht widerstehen und nahm sie in den Arm. Sofort schmiegte sie sich an mich. Gut, es war klar, dass sie mit Myrkur eine schöne Zeit gehabt hatte, doch wie könnte ich es ihm übel nehmen, wenn sie nun so glücklich aussah? »Was hast du gemeint? Halt. Nein. Sag mir erst, was er sich gedacht hat.«

»Dass du meine Wohnung in London nachbilden würdest.«

Ich zog die Augenbrauen hoch. »Er hat geschummelt, das ist dir doch klar?«

Sie lachte fröhlich auf. »Also hatte er recht.«

»Und du? Was dachtest du, was ich tun würde?«

»Ich dachte, dass du etwas ganz Neues erschaffen würdest, wo wir drei glücklich bis ans Ende unserer Tage leben können.«

»Du weißt, dass der Gedankenraum nicht real ist?«

»Ja, aber du hättest dort ja schon einmal üben können.«

Im Augenblick wünschte ich mir nichts mehr, als mich mit Alice mitten auf der Wiese niederzulegen, in die Wolken zu schauen und über ein Zuhause zu reden, dass wir uns irgendwann schaffen würden. Der Schmerz in meiner Schläfengegend hatte sich jedoch nicht, wie ich heimlich gehofft hatte, zusammen mit der Reiserune aufgelöst. Er war schlimmer geworden. Die Zeit drängte allmählich. »In einem der Körbe in der Sänfte liegt mein Rucksack. Pack bitte ein, was du an persönlichen Dingen für eine Nacht im Wald benötigst. Essen brauchen wir keins.«

»Hab ich noch Zeit, mich zu waschen? Dahinten haben wir einen Bach entdeckt.«

»Wenn es schnell geht.«

»Oh, gut. Willst du die Gelegenheit ebenfalls nutzen?« Sie wurde rot. »Ich wollte damit nicht sagen, dass du stinkst.«

Was ihr allerdings beide tut, und zwar reichlich. Myrkur lachte spöttisch. *Geht am besten zusammen planschen und bringt es dann endlich hinter euch.*

Keine Ahnung, was du damit meinst. Alice verdrehte die Augen. Sie schlüpfte durch die offene Tür in die Sänfte. Ich hörte, wie sie in den Körben herumkramte. Als wie wieder herauskam, drückte sie sich ein Stoffbündel an die Brust. *Santina hat sogar an ein Handtuch und Seife gedacht. Ach, ich vermisse sie so sehr.* Damit rannte sie quer über die Wiese zu dem Bach.

Ich folgte ihr langsam und spürte dabei Myrkurs Drachenblick im Rücken. *Starr mich nicht an. Schlaf lieber.*

Du hast immer noch Kopfschmerzen. Verstärken sie sich?

Ja.

Myrkur brummte unzufrieden. *Planänderung. Wir fliegen schon heute Nacht weiter.*

Auf keinen Fall. Du brauchst diese Pause. Außerdem muss ich mit den Eichhörnchen über Ellinors Aufenthalt hier verhandeln.

Myrkur widersprach nicht weiter, und daran zeigte sich deutlich, wie sehr er am Ende seiner Kräfte war.

Ich bewachte Alices Bad in meiner Falkengestalt, kreiste weit oben am strahlend blauen Himmel, um gar nicht erst in Versuchung zu kommen. Myrkurs Vorschlag war reizvoll, doch dies war nicht die Zeit und nicht der Ort, der mir für unser erstes Mal vorschwebte. Nachdem Alice genug hatte, rannte sie mit nassem Haar zu Myrkur. Ich hörte, wie er ihr anbot, sie trocken zu föhnen, was sie höflich ablehnte. Das Wasser war eiskalt, und nach den letzten Tagen mit den unangenehmen Eispackungen hatte ich eigentlich genug von der Kälte, dennoch genoss ich das Bad, und anschließend war ich herrlich erfrischt. Dann waren wir bereit für den Aufbruch in den Eichhörnchenwald.

Ich hatte gerade noch ein paar Kleinigkeiten in den Rucksack gepackt, als Myrkur uns mitteilte, dass er nicht, wie ursprünglich geplant, ein Stück in die Berge zurückfliegen wollte, um sich dort einen Schlafplatz zu suchen. Mir gefiel das nicht. *Es ist die dümmste Idee, die du jemals hattest.*

Myrkur hatte sich zu der Form zusammengekringelt, die Alice frech als Drachendonut bezeichnete. Er riss das Maul auf und gähnte. *Selbst im Tiefschlaf bin ich immer noch das gefährlichste Raubtier hier im Wald. Verschwindet endlich.*

Es kam vor, dass Besucher vom Königshof ebenfalls bei den Eichhörnchen vorbeischauten, doch handelte es sich dabei für gewöhnlich um die Sorte Leute, die nicht gesehen werden wollten. Und er hatte recht. Niemand konnte es so schnell mit ihm aufnehmen. Selbst wenn Adlon auftauchen sollte, waren Alice und ich die Schwachstelle und nicht der Drache. Dennoch, mein Instinkt drängte mich zu einem weiteren Versuch. *Wie wär es, wenn du hier auf der Lichtung ein kleines Nickerchen machst, um deine Kräfte zu regenerieren? Sobald du das erste Mal wach bist, verschwindest du und suchst dir eine Höhle.*

Einverstanden.

Ernsthaft?

Wieso nicht? Es ist ein guter Vorschlag.

War es jemals vorgekommen, dass er auf einen meiner Vorschläge anders als mit Hohn reagiert hatte? An diese neue Art des Zusammenlebens mit Myrkur musste ich mich noch gewöhnen. *Dann bis morgen.* Zögerlich nahm ich den Rucksack auf und wir gingen auf den Waldsaum zu. Alice sah mich neugierig an. »Also Eichhörnchen, ja?«

»Richtig.« Ich schob meine Sorge um Myrkur für den Augenblick beiseite, erwiderte ihr Lächeln und kramte eine kleine braune Flasche aus dem Rucksack, die ich ihr reichte. »Davon trinkst du bitte, sobald wir alles besprochen haben.«

Alice entkorkte die kleine Flasche, schnupperte vorsichtig daran und sah mich dann entrüstet an. »Das kannst du vergessen!«

»Darf ich vielleicht erst mal erklären, was es damit auf sich hat?«

»Klar darfst du das, aber es ist sehr unwahrscheinlich, dass du mich umstimmen kannst. Ich habe den Geruch erkannt und kann mich noch sehr gut daran erinnern, wie es beim letzten Mal war. Einmal im Leben auf Mausgröße zu schrumpfen ist mehr als genug.«

»Dann sieh mal hier.« Wir hatten den Waldsaum erreicht. Ich blieb stehen und holte das nächste Stück hervor. »Das hat Fran extra für unseren Ausflug angefertigt.«

Verblüfft starrte sie den mit goldfarbenen Troddeln versetzten Miniledersattel an, den ich ihr präsentierte.

»In ein paar Minuten wirst du auf mir reiten, und es wird dir hoffentlich Spaß machen, ich meine …«

»Was?« Alice prustete los. »Sag das noch einmal.«

»Hallo? Du bist Alice und nicht Myrkur. Das ist seine Art Humor.«

Doch Alice musste so sehr lachen, dass sie sich die Seite hielt. »Ich lache nicht über das, was du gesagt hast. Ich lache über deinen Gesichtsausdruck, als du bemerkt hast, was du gerade von dir gibst.«

»Ich werde mich jedenfalls in meine Eichhörnchengestalt wandeln. Du wirst auf dem Eichhörnchen reiten, und dazu musst du …«

»… schrumpfen.« Das Lachen war ihr wieder vergangen. Seufzend betrachtete sie das Fläschchen.

»Der einzige Weg zu den Eichhörnchen führt durch die Baumkronen entlang.«

»Okay. Überredet. Weißt du, was merkwürdig ist?«

»Was?«

»Dass mir das hier nicht so sonderbar vorkommt, wie es das eigentlich müsste. Im Gegenteil. Es ist so, als hätte es schon immer zu meinem Leben gehört.« Nachdenklich sah sie mich an. »Manchmal denke ich fast, dass etwas dran sein könnte, ich meine … das mit meiner Mutter.«

Ich nickte.

»Für dich ist das gar keine Frage, nicht wahr?«

»Du wärst nicht hier, wenn ich daran zweifeln würde.«

»Na gut. Soll ich jetzt trinken?«

»Gleich. Und nicht mehr als einen Schluck.« Ich zog sie in meine Arme und genoss das Gefühl, wie sie sich vertrauensvoll an mich schmiegte. »Du nimmst den Rucksack, denn sonst wandelt er sich mit mir, sprich, er ist verschwunden, bis ich wieder Mensch bin. Und denk daran, als Eichhörnchen verstehe ich zwar, was du sagst, aber ich werde dir nicht mehr antworten können.«

»Weiß ich doch.«

»Mit Myrkur wirst du auch nicht kommunizieren können. Die Entfernung zwischen euch wird bald zu groß sein. Ach, und natürlich solltest du mir den Sattel auflegen, ehe du dich schrumpfst.«

»Wird erledigt.«

»Ich bleibe in meiner Eichhörnchengestalt, bis wir angekommen sind. Du gibst mir von dem Schrumpfungstrank, ehe ich mich zurückwandele. Es ist nicht die eleganteste Lösung, doch anders ist es nicht machbar, wenn ich anschließend dieselbe Größe wie du haben will.«

»Du wirkst nervös.« Sie sah mich forschend an.

»Es wird nicht ganz ungefährlich.«

»Was könnte passieren?«

»Die Eichhörnchen kultivieren eine Art Pilz. Er wirkt bewusstseinserweiternd und hat einige Liebhaber am Königshof. Die Eichhörnchen lassen zwar nur ausgewählte Gäste in ihre Baumburg, und mehr als einmal im Monat kommt in der Regel niemand vorbei, doch ausschließen kann ich es nicht. Falls wir auf andere Gäste treffen, darf niemand ahnen, wer du bist.«

»Okay. Noch was?«

»Da wir beide gleich für eine Weile klein sein werden, sind wir leichte Beute. Wir müssen uns ruhig verhalten. Und wir müssen nett zu den Eichhörnchen sein. Obwohl sie gute Geschäfte mit ihnen machen, mögen sie Besucher nicht so gern.«

»Verstehe. Aber du hast doch vor, sie um Asyl für die Kinder zu bitten, oder? Zumindest sehe ich keinen anderen Grund, warum sie die Eichhörnchenrune lernen sollen.«

»Richtig.«

»Wie willst du die Eichhörnchen dazu überreden, wenn sie keine Fremden mögen?«

»Weil wir ihnen eine enorme, was sage ich, eine gigantische Menge von ihrer Pilzsubstanz abkaufen werden. Nach diesem vortrefflichen Geschäft sind mir die Eichhörnchen etwas schuldig, denn danach müssen sie für mindestens zwei Jahre niemanden mehr in ihre Baumburg lassen, um Geschäfte zu machen.«

Alice dachte einen Moment nach. »Und die Pilze?«

»Wir werden sie am Königshof verkaufen.«

»Dein Ernst?« Sie sah mich empört an. »Also, Drogenhandel werde ich …«

»Magische Wesen werden davon nicht süchtig. Du hast mich schon Alkohol trinken gesehen, oder? Mit den Pilzen ist es ähnlich. Ein kurzer Rausch und fertig.«

»Es gefällt mir trotzdem nicht.«

»Ich weiß. Lass uns erst einmal den ersten Teil hinter uns bringen, und dann überlegen wir noch einmal.« Ich wandelte mich, machte dann einen Satz bis fast an ihr Knie hinauf und saß auch schon gleich darauf auf ihrer Schulter. Schnuppernd drückte ich meine Schnauze an ihren Hals, während ich ekstatisch keckernde Geräusche von mir gab.

Alice schob lachend ihre Hand zwischen meine freche Nase und ihren Hals. »Hör auf! Das kitzelt.«

Myrkurs Stimme erklang und hörte sich so mürrisch an wie in unseren besten Zeiten. *Ich muss schlafen. Könnt ihr dieses so ungeheuer wichtige Spiel zu einem späteren Zeitpunkt fortführen? Vielleicht nach meinem Tod?*

Alices Stimme war sanft und liebevoll. *Entschuldige, Myrkur. Du musst hundemüde sein. Wir sind schon weg. Schlaf gut.*

Er brummte zufrieden. *Kommt heil zurück. Ich brauche eu…* Das letzte Wort verschluckte er hastig und fügte mit gespieltem Ärger hinzu: *Wie auch immer. Verschwindet endlich.*

Ritt auf dem Eichhörnchen

Gerade eben noch hatten die Spitzen der Grashalme bis über meine Knie gereicht. Nun ragten sie turmhoch in den Himmel hinauf. Der zuvor schon intensive Duft nach Kräutern war hier unten schier überwältigend. Ich hatte befürchtet, dass mich der Schrumpfungsprozess erneut in die kotzende Alice verwandeln würde, doch das war zum Glück nicht geschehen. Kein Schwindel, keine Übelkeit. Das konnte natürlich auch an dem Beerentrank liegen, den ich vorhin auf Myrkurs Anraten hin noch einmal getrunken hatte.

Rodin ließ den buschigen rötlich braunen Schwanz von rechts nach links zucken und holte mich damit beinahe von den Beinen. »Schon gut. Ich bin fast bereit.« Er zuckte mit den Ohren und kauerte sich neben einer flachen Baumwurzel, die er wohl als eine Art Treppe vorgesehen hatte. Er bog er den Schwanz beiseite, damit ich besser aufsteigen konnte, dann drehte er den Kopf und sah mich über die Schulter hinweg an.

Ich kletterte auf den Sattel und rutschte hin und her, bis ich eine bequeme Position gefunden hatte. Meine Hände krallte ich in seinem Fell fest. »Alles cool, wir können los.«

Rodin machte einen Satz, landete einen halben Meter weiter oben am Baumstamm und jagte dann mit gestrecktem Schwanz hinauf. Der Sattel war hinten erhöht, was verhinderte, dass ich herausrutschte. Dass mein Herz in den Magen rutschte, konnte er jedoch nicht verhindern. Hey, Beerentrank hin oder her, die kotzende Alice war zurück!

»Entschuldige bitte.« Wir hatten auf dem ersten Ast angehalten, der breit genug war, um Rodin und mir Platz zu bieten. Ich hielt ein

Blatt in der Hand, mit dem ich über seine Flanke wischte. Es war mir unglaublich peinlich, doch mein Magen hatte sich so schnell umgestülpt, dass es für eine Warnung zu spät gewesen war.

Rodin zuckte ungeduldig mit dem buschigen Schwanz. Er wollte weiter.

»Ja, gleich.« Ich wischte meine beschmutzten Handflächen an der Baumrinde ab. Sie war hellgrün und fühlte sich so seidig an, dass es mir leidtat, sie zu beschmutzen. »Fertig. Also dann …« Ich stieg wieder in den Sattel. »Vielleicht machst du für den Anfang nicht ganz so schnell?«

Glücklicherweise standen die Bäume dicht beieinander. Die Äste waren zudem so miteinander verflochten, dass es unnötig war, noch einmal an einem Stamm hinab- und am nächsten wieder hinaufzuklettern. Gab es größere Lücken, ließen sie sich mit einem Sprung überwinden. Rodin bewegte sich schnell und geschickt. Obwohl ich ihn gebeten hatte, langsam zu machen, schonte er mich nicht. Anfangs schloss ich die Augen, sobald ich sah, dass ein Sprung bevorstand, und krallte mich mit zitternden Fingern in seinem Fell fest. Mehr und mehr gewöhnte ich mich jedoch an diese Art zu reisen. Die Sonne stieg höher, und ihre Leuchtkraft verwandelte das Blätterdach in einen leuchtenden smaragdgrünen Tempel. Vögel sangen, Insekten schwirrten geschäftig umher. Es war so wunderschön und friedlich, und Rodins Bewegungen waren so sicher und geschmeidig. Mir ging auf, dass meine Angst mich daran hinderte, einen ganz besonderen Moment in meinem Leben zu genießen. Von da an hielt ich die Augen geöffnet. Die Geschwindigkeit, Rodins Wärme, dort, wo ich ihn direkt berührte, und all das fröhliche, zwitschernde und summende Grün um uns herum versetzte mich zunehmend in einen herrlichen Rausch.

Gegen Mittag fiel mir auf, dass die Bäume enger zusammenstanden. Das Blätterdach über unseren Köpfen wurde dichter. Rodin verringerte das Tempo. Er blieb öfter stehen, um zu wittern. Auf einmal fühlte ich mich beobachtet.

Mein Gefühl hatte mich nicht getrogen. Von da an entdeckte ich immer wieder Eichhörnchen. Sie waren größer als Rodin und sahen ziemlich ausgehungert aus. Ihr Fell war schwarzbraun, und im Vergleich zu seinem weichen rötlich braunen Pelz sahen sie struppig aus. Es war gruselig, wie sie da standen und uns mit dunklen Knopfaugen anstarrten. Zu gern hätte ich gewusst, ob sie ganz normale Waldbewohner waren oder diejenigen, die wir besuchen wollten. Ich beugte mich zu Rodin vor, um ihm ins Ohr zu flüstern: »Sind wir bald am Ziel?« Er keckerte leise, was ich als Zustimmung interpretierte.

Tatsächlich blieb Rodin bald darauf stehen. Er bog den Schwanz nach unten und zur Seite und bedeutete mir auf diese Weise, dass ich absteigen sollte.

Vor uns tat sich eine Waldschneise auf, die wie ein breiter Burggraben um einen wahrhaft gigantischen Baum in der Mitte führte. Sonne strömte durch die breite Lücke im Geäst. Es brauchte einen Moment, bis meine Augen sich nach dem Dämmerlicht an die neue Helligkeit gewöhnt hatten, dann erkannte ich, dass es nicht nur ein mächtiger Baumstamm war, sondern mehrere Dutzend Bäume, die miteinander verwachsen waren. Das also war die Eichhörnchenburg. Ich nahm den Rucksack von den Schultern und kramte die Flasche mit dem Schrumpfungstrank heraus. Kurz darauf stand Mini-Rodin neben mir. Ich wollte nach seiner Hand greifen, doch er schüttelte unmerklich den Kopf. *Das würde demonstrieren, dass wir einander zugetan sind. Je weniger Informationen sie über uns bekommen, desto besser.* Rodin stand breitbeinig in lässiger Haltung da, und ich machte es ihm nach.

Die Schneise war so breit, dass vermutlich nicht einmal das kräftigste und geschickteste Eichhörnchen sie durch einen Sprung überwinden könnte. Von der Ebene, auf der wir uns befanden, abwärts war der Burgbaum außerdem mit unzähligen Dornen bestückt. An einigen der nach unten gebogenen Spitzen hingen blutige Fellreste. Die einzelnen Dornen wanderten auf der Borke umher, allerdings so langsam, dass es nur bei genauem Hinsehen auffiel. Mein Instinkt sagte mir jedoch, dass sie bei Bedarf das Tempo ziemlich anziehen konnten. Ein wenig fühlte ich mich an die Augen in Ellinors Haus erinnert.

Gut erkannt, sagte Rodin in meinem Kopf, *die Eichhörnchenquelle ist eine der mächtigsten Magiequellen in ganz Wynterhaav, und sie ist die einzige, die sich nicht in der Hand eines der edlen Häuser befindet.*

Und kommen wir da hinüber?

Das wirst du gleich sehen.

Wir warteten, doch nichts geschah. Die Sonne stand hoch am Himmel und mir wurde zunehmend warm. *Beobachten sie uns?*

Ja. Kannst du sie sehen?

Ich sah mich unauffällig um, entdeckte jedoch keine Eichhörnchen. *Wo?*

Unser Auge ist daran gewöhnt, sich auf einzelne Punkte zu fokussieren. Du musst dein Sichtfeld weit machen und auf das achten, was sich am Rand befindet.

Es war gar nicht so einfach, das umzusetzen, was Rodin mir geraten hatte. Ich entspannte meine Augen, sah auf nichts Bestimmtes und versuchte gleichzeitig, mich auf das zu konzentrieren, was sich am Rand meines Sichtfeldes befand. Nach einer Weile hatte ich den Trick raus und nun entdeckte ich auf einmal überall im Geäst der Baumburg unzählige Löchern. Aus jedem dieser Höhleneingänge sah mindestens ein Paar Knopfaugen zu uns herüber.

Rodin schmunzelte. *Wenn man es einmal sieht, ist es unverständlich, wie es einem vorher entgehen konnte, nicht wahr?*

Total!

Als hätte das Eichhörnchenvolk nur darauf gewartet, dass ich es entdeckte, fing ein lautstarkes Schnattern und Keckern an, das jedoch bald von knarzenden Geräuschen übertönt wurde. Die Baumburg trieb Äste aus. Die Eichhörnchen schlüpften aus ihren Höhlen und ließen sich darauf nieder. Nach und nach verstummte das Geschnatter wieder. Eine erwartungsvolle Spannung legte sich auf uns. Fast hätte ich nach Rodins Hand gegriffen, doch es fiel mir gerade noch rechtzeitig ein, dass das keine gute Idee war.

Rodin warf mir einen anerkennenden Seitenblick zu. *Ich kann nur immer wieder staunen, wie gut du das alles aufnimmst.*

Ich kam nicht dazu, etwas Nettes zurückzugeben. Erneut war das Knarzen zu hören. Diesmal lauter. Direkt gegenüber von unserem Standort wuchs ein breiter Ast wie eine Zugbrücke zu uns herüber. Gleichzeitig sausten fünf riesige silberfellige Eichhörnchen aus dem Wipfel der Baumburg abwärts. Über die neu entstandene Brücke jagten sie auf uns zu. Mein Herz, das sich in den vergangenen Stunden so wunderbar hatte erholen können, raste los. *Rodin?*

Bleib einfach stehen und zeig keine Angst. Sie kommen dir gleich nahe, aber sie werden dich nicht berühren.

Die Eichhörnchen rochen gleichzeitig pudrig süß und wild. Aus der Nähe betrachtet hatten sie nichts, aber auch gar nichts mit den niedlichen Exemplaren gemein, die ich von zu Hause kannte und denen Rodins Eichhörnchengestalt glich. Ihre Kiefer sahen so kräftig aus, als könnten sie sogar versteinerte Nüsse mit Leichtigkeit knacken, und die Vorderzähne waren zugespitzt. Als sie uns erreicht hatten, wurden sie langsamer. Mit zuckenden Nasen umkreisten sie uns. Rodin hatte recht. Sie kamen mir so nahe, dass ich den Luftzug spüren konnte, den ihre Bewegung verursachte, doch es kam zu keinem Körperkontakt. Mit mir waren sie relativ schnell fertig. Rodin wurde jedoch gründlicher begutachtet. Besonders ein Eichhörnchen bekam gar nicht genug davon, an ihm zu schnuppern. Am längsten hielt es sich an Rodins Schritt auf. Eine Weile ließ Rodin es sich gefallen, dann trat er einen Schritt zur Seite. Rodins Stimme war freundlich, aber bestimmt. »Ich fühle mich geehrt durch deine Aufmerksamkeit, verehrter Pledur, muss sie aber leider zurückweisen. Darf ich dir meine Ehefrau Alice vorstellen?« Zu mir gewandt sagte er: »Alice, das ist Pledur. Seine Sippe regiert das Eichhörnchenvolk.«

»Hallo, ich freue mich, dich kennenzulernen.« In Gedanken sagte ich zu Rodin: *Dann verraten wir ihnen also doch etwas über uns?*

Es ist eine Gefühlssache. Dass wir verheiratet sind, impliziert nicht automatisch, dass wir einander in Liebe zugetan sind. Körperkontakt zeigt da schon etwas anderes. Da ich gern darauf verzichten möchte, heute Nacht in sein Nest eingeladen zu werden, habe ich ihm durch diese Information höflich mitgeteilt, dass es nicht dazu kommen wird.

Oh. Verstehe.

Die Eichhörnchen gaben schnalzende Laute von sich, die sich in meinen Ohren alles andere als freundlich anhörten. Da ich jedoch keine Ahnung hatte, wie die Eichhörnchensprache für gewöhnlich klang, war es gut möglich, dass ich falsche Schlüsse zog.

Ohne weitere Ankündigung und ebenso schnell, wie es auch bei Rodin der Fall war, wandelte sich das Eichhörnchen namens Pledur. Vor uns stand ein Mann mittleren Alters, sehnig, mit kurzen muskulösen Beinen und silbergrauem Haar, das ihm bis auf die Schultern reichte. Auch in Menschengestalt war sein Kiefer kräftig und die Zähne spitz. Er war unbekleidet, und es war unübersehbar, dass ihn irgendwas, oder besser irgendwer, hier mächtig anturnte. Vor lauter Verwirrung sagte ich das Offensichtliche zu Rodin. *Er ist nackt!*

Ja.

Und er steht auf dich.

Das ist bei den Eichhörnchen eine Form der Höflichkeit. Sie zeigen es einem gern, wenn sie einen attraktiv finden. Schau bitte nicht so schockiert.

Kein Problem. Wäre einfach nur nett gewesen, wenn du mich vorgewarnt hättest.

Ich kann nicht an alles denken, Alice. Ab und zu bin ich auch mit meinen eigenen Angelegenheiten beschäftigt.

Während unseres Wortwechsels hatte Pledur den übrigen Eichhörnchen flüsternd Anweisungen gegeben, doch sein Blick ging währenddessen immer wieder von Rodin zu mir. Ahnte er, dass wir in Gedanken miteinander sprachen? Ich entspannte meine Gesichtsmuskeln, um ihm nichts über die Natur dieses Gespräches zu verraten. Dann sagte ich zu Rodin: *Das eben war ein typischer Myrkur-Spruch.*

Rodins Miene war ebenfalls undeutbar. *Und? Ich dachte, dir gefallen seine Sprüche.*

Mal mehr, mal weniger. Wieso bist du auf einmal so gereizt?

Rodin klang spöttisch. *Weil ich ein normaler Mensch bin. Myrkur ist ständig gereizt. Hast du ihn deswegen schon einmal angemacht?*

Ich bin nicht sicher, aber ich glaube, er braucht diese Gereiztheit zum Fliegen.

Er ist oft genug gereizt, wenn er sich am Boden befindet.

Er hatte recht. Ich ließ Myrkur durchgehen, wenn er mal wieder mürrisch war, reagierte sogar amüsiert darauf, während ich bei Rodin gleich mit voller Breitseite konterte. *Na gut. Sei mürrisch, wenn du musst. Aber ich möchte klarstellen, dass ich mit Nacktheit kein Problem habe. Ich war nur überrascht, das ist alles. Du bist immer bekleidet, wenn du dich wandelst. Ich bitte nur deshalb darum, dass du mir so früh wie möglich so viel wie möglich über die Umstände erzählst, in die wir uns begeben, weil es sonst passieren könnte, dass ich versehentlich auf eine Art reagiere, die beleidigend ist.*

Rodin warf mir einen zerknirschten Seitenblick zu. Er schien seine Gereiztheit zu bedauern, doch es folgte keine Entschuldigung. *Es ist so, die Eichhörnchengestalt ist ihre wahre Gestalt. Sie wandeln sich nur zu besonderen Gelegenheiten in einen Menschen. Daher besitzen sie keine Kleider.*

Ich war davon ausgegangen, dass die menschliche Gestalt immer die Ausgangsgestalt war. *Können sie sich auch noch in andere Tiergestalten wandeln?*

Wenn, dann hat es bisher nie jemand beobachtet.

Der Eichhörnchenmann war mit seiner eigenen Unterhaltung fertig. Er sprach auf eine schleppende Art, wie jemand, der sich vorab die Worte zurechtlegen musste, als er sich uns zuwandte. »Weiß sie alles, was sie über mein Volk wissen wollte?«

»Frag sie selbst.«

»Das würdest du gestatten?«

»Alice kann tun und lassen, was sie will, und sprechen, mit wem sie will und worüber sie will.«

»Wie ungewöhnlich.« Er musterte mich interessiert und streckte dann vorsichtig die Hand nach mir aus. »Du hast Herbsthaar.«

Mit einem unguten Gefühl sah ich die Hand des Eichhörnchenmanns näher kommen. Seine Finger waren lang und kräftig, die Nägel ebenso so spitz wie die Zähne.

Rodin spannte sich neben mir an.

Soll ich ihm erlauben, mich zu berühren?

Es ist ein Verhalten, das ich noch nie erlebt habe. Mein Haar interessiert ihn für gewöhnlich nicht. Was sagt dein Instinkt?

Mein Instinkt riet mir, still zu halten. Als ich nicht zurückzuckte und ihn sogar anlächelte, griff der Eichhörnchenmann nach einer meiner Haarsträhnen. Er wickelte sie sich um den Finger. Von dem Anblick wirkte er wie hypnotisiert. Als er mit Rodin sprach, sah er nicht ihn an, sondern starrte weiter auf mein Haar. »Werter Rodin, wird es ein kurzer Besuch oder brauchst du ein Nest für die Nacht?«

»Wir würden sehr gern über Nacht bleiben. Uns führen große Geschäfte zum Eichhörnchenvolk.«

Diese Auskunft schien ihn zu erfreuen. »Also werden wir ein Geschäft machen?«

»Deshalb bin ich hier.« Rodin fasste Pledur am Handgelenk. »Und nun lass bitte das Haar meiner Frau los.«

Pledur gab nach, doch es war klar, dass er es unwillig tat. Er vollführte eine Geste mit der Hand, und die übrigen Eichhörnchen rannten über die Brücke zurück zur Baumburg. »Tatsächlich habe ich gehofft, dass ihr meine Gäste sein werdet. Auch ich habe Dinge, die ich mit dir besprechen möchte. Folgt mir.«

Rodin berührte mich kurz am Unterarm. *Wenn wir jetzt gleich über die Brücke gehen, siehst du nicht nach unten.*

Warum?

Das willst du nicht wissen.

Wollte ich natürlich doch, die Warnung in Rodins Stimme genügte allerdings, um mich davon abzuhalten. Abgesehen davon war es schon genug Herausforderung, über die schmale Astbrücke zu balancieren. Ich richtete den Blick starr auf ein bestimmtes Astloch in der Baumburg und sagte mir, dass es höchstens fünfzig Schritte waren, die ich gehen musste. Meine Höhenangst existierte nicht mehr. Sollte ich stolpern und fallen, war ich außerdem sicher, dass Rodin sich sofort in irgendeinen Vogel verwandeln und mich packen würde. Auf der anderen Seite angekommen, hatte ich mein Hemd dennoch gründlich durchgeschwitzt.

Am Ende der Astbrücke befand sich eine Öffnung, die in den Baum hineinführte. Kaum hatten wir sie erreicht, zog sich die Astbrücke zurück.

Das Loch, durch das wir die Baumburg betreten hatten, erwies sich als ein langer Tunnel. Weitere Öffnungen nach oben und zu den Seiten zweigten davon ab. Als wir sein Ende erreichten, traten wir auf eine moosbewachsene hügelige Fläche hinaus. Das gegenüberliegende Ende war so weit entfernt, dass ich keine Einzelheiten erkennen konnte. Ringsum strebten die Baugiganten in den Himmel hinauf. Ihre üppigen Kronen bogen sich nach außen, dennoch überschatteten immer noch genügend Äste den Burginnenhof und sorgten für ein reges Spiel von Licht und Schatten. An den sonnigsten Flächen waren Gärten angelegt, auf denen sich Eichhörnchen zu schaffen machten. Rein äußerlich hatten sie nichts mit den mageren Genossen gemein, denen wir auf dem Weg hierher begegnet waren. Zum einen waren die

Burg-Eichhörnchen gepflegter, ihr Fell glänzte seidig und sie schienen wohlgenährt. Viele trugen Ketten aus Samenkapseln um den Hals. Alle waren mit irgendeiner Tätigkeit beschäftigt. Einige flochten mit schnellen, flinken Bewegungen Körbe, die nächsten hielten hölzerne Schalen vor den Bauch, stopften sich eine hellbraune Masse ins Maul, kauten und spuckten das Ergebnis dann in ihr Gefäß. Weitere Eichhörnchen waren in Zweiergruppen auf der Freifläche unterwegs. Eines trug dabei jeweils einen Flechtkorb auf dem Rücken, das andere pflückte von den ringsum wuchernden Sträuchern bräunliche Beeren und gab sie in den Korb hinein.

Ich ertappte Pledur dabei, wie er mein Haar anstarrte. Als ich seinen Blick fing, lächelte er mich breit an. »Ich bringe dich zu eurem Nest. Dort kannst du dich ausruhen, während der werte Rodin und ich den Ältestenrat aufsuchen.«

Enttäuscht wandte ich mich an Rodin. *Ich kann nicht mit?*

Frauen haben im Ältestenrat leider nichts zu suchen. Es ist wie einer dieser Herrenclubs in der Anderswelt. Die Eichhörnchen jagen und essen zusammen, berauschen sich an den Pilzen und wollen streng unter sich bleiben.

Und wenn du darauf bestehst?

Sollen wir es wirklich darauf ankommen lassen? Wir sind in einer bestimmten Mission hier.

Schade, aber du hast recht.

Wieder war Pledurs Blick interessiert zwischen Rodin und mir hin- und hergewandert: »Ich lasse dir eine Mahlzeit bringen.«

»Das ist sehr freundlich von dir.«

»Du könntest mir dein Herbsthaar als Gegenleistung geben.«

Unwillkürlich hob ich die Hand zu meinem Kopf. Ich lachte unsicher auf. »Du meinst eine Strähne?«

»Ich meine dein ganzes Haar. Du hast eine schöne Kopfform. Es wird dich nicht entstellen, haarlos zu sein.«

Rodin musterte ihn ärgerlich. »Seit wann fordert die Gastfreundschaft des Eichhörnchenvolks eine Gegengabe?«

Pledur zuckte die Achseln. »Bisher hattest du wohl einfach Glück, werter Rodin. Oder anders gesagt, neben ihr wirkt dein Schopf ein wenig struppig und die Farbe ist nichts Besonderes.«

Rodin kochte vor Wut. Ich spürte es, doch man sah es ihm nicht an.

Ich zupfte in Gedanken vorsichtig an seiner Aufmerksamkeit. *Willst du hören, was ich denke?*

Nein.

Gut. Also, Haare wachsen nach, falls du das nicht gewusst haben solltest. Er kann sie haben.

Es geht nicht nur darum. Rodin bedachte Pledur mit einem höflichen, aber kühlen Lächeln. »Das Haar meiner Frau ist nicht Gegenstand unserer Verhandlungen.«

»Ist das so?« Der Eichhörnchenmann musterte ihn herausfordernd. »Und hat sie dazu auch eine Ansicht, oder kann sie auf einmal doch nicht für sich selbst sprechen?«

Mein Ehemann schaltete von null auf hundert in den Myrkur-Modus. Ich ahnte, dass er Pledur jeden Moment an der Kehle hängen würde. *Rodin!* Ich legte für einen Moment eine Hand auf seinen Arm. *Bei allem, was du gerade denkst, falls du uberhaupt denkst, sollte dir klar sein, dass deine Wut umsonst ist. Mir ist mein Haar egal. Wenn du unbedingt das Alphamännchen heraushängen musst, dann bei einer Sache, die nur dich betrifft. Fahr die Krallen wieder ein!*

Pledur musterte mich neugierig. Ich lächelte ihn zuckersüß an. »Mein Ehemann ist hier, um mir dir über etwas zu verhandeln, was uns beiden am Herzen liegt. Vorerst steht mein Haar nicht zur Debatte. Wenn ihr jedoch zu einem für beide Seiten zufriedenstellendes Ergebnis gekommen seid, komm zu mir, dann schaue ich, was ich für dich tun kann.«

Du hast gerade meine Verhandlungsposition untergraben.

Ich biss mir auf die Lippen. *Du hast recht. Entschuldige.*

Ein Gefühl von Wärme schwappte von ihm zu mir herüber. So schnell, wie sein Zorn heraufgezogen war, hatte er sich wieder verflüchtigt. Füchschen, ich bin dir wirklich sehr zugetan, weißt du das? Rodin legte seinen Arm um meine Schulter. Mit den Fingern spielte er zärtlich mit einer meiner Locken. Offenbar sah er keinen Sinn mehr darin, Pledur vorzuspielen, wir stünden einander nicht nahe. »Wir machen es, wie meine Frau sagt.«

Das Gästequartier befand sich auf der unteren Ebene der Baumburg und konnte direkt vom Burginnenhof betreten werden. Nach wenigen Gehminuten waren wir angekommen. Ein kurzer Blick hinein zeigte mir, dass das Nest nur wenig geräumiger war als die Sänfte. Pledur bat mich, nicht unbegleitet im Burghof herumzuspazieren. Ich versprach es ihm, dann wandelten die beiden Männer sich in ihre Eichhörnchengestalt und rasten in gewohnt aberwitzigem Tempo davon. Ich verfolgte ihren Weg, bis sie in den Baumkronen über mir verschwunden waren, dann setzte ich mich vor den Eingang des Nestes auf den Moosteppich. Gedankenverloren tastete ich nach der Drachenkette. Myrkur hatte sie mir zurückgegeben, als er Rodin nach unserer Landung um Zeit mit mir gebeten hatte. Leise Wehmut erfüllte mich. Ich stellte fest, dass ich mich ohne seine Gegenwart unvollständig fühlte. Nur wenn wir als Dreiergespann agierten, war ich so richtig glücklich. Auf körperlicher Ebene würde ich meine beiden Männer nie gleichzeitig bei mir haben können. In Gedanken jedoch schon. Und natürlich, wenn Myrkur in seiner Drachengestalt war. Ich kam nicht dazu, weiter über meine komplizierte Beziehung nachzudenken. Eine Frau mit einem Tablett näherte sich dem Gästenest. Sie besaß breite Hüften und kurze stämmige Beine, ihr Schädel war völlig kahl, und ich bekam eine gewisse Ahnung, warum sich Pledur so sehr für mein Haar interessiert hatte. Die Eichhörnchenfrau war bis auf eine dieser Samenkapselketten nackt, und nachdem ich kurz nachgedacht hatte, schlüpfte ich ebenfalls aus meiner Kleidung. Als sie das sah, breitete sich ein Lächeln über ihr flächiges Gesicht aus.

Vor dem Nest blieb sie stehen. Das mittlerweile schon bekannte Knarzen ertönte. Aus dem Boden wuchs eine tischähnliche Erhebung hervor, auf der sie das Tablett abstellte. Als die Eichhörnchenfrau meinen verblüfften Blick bemerkte, kicherte sie zufrieden. Dann verneigte sie sich knapp. »Ehefrau von Rodin, mein Name ist Pleda, Ehefrau von Pledur. Wie lautet dein Name?«

»Ich heiße Alice und freue mich sehr, dich kennenzulernen.« Auf einmal hatte ich fürchterlichen Hunger und versuchte, nicht allzu gierig auf das Tablett zu schielen. Was ich sah, ließ mir jedoch jetzt schon das Wasser im Mund zusammenlaufen. Pleda hatte mindestens zehn verschiedene Speisen gebracht, und von allem war reichlich vorhanden. Ich entdeckte eine Auswahl an Nüssen und Samen, dann waren da kleine Flechtkörbe mit Beeren. Sogar eine Honigwabe war unter den Gaben. Die Holzschüssel, in der sich weiße fleischige Maden türmten, versuchte ich hingegen so gut es ging zu ignorieren.

»Darf ich dir beim Essen Gesellschaft leisten?«

»Sehr gern. Aber vielleicht sollte ich auf Rodin warten?«

»Dein Ehemann jagt in diesem Augenblick mit den Ältesten. Später speisen sie zusammen.«

»Was … jagen sie denn?«

»Baumfüchse. Das ist eine große Herausforderung, und ich hoffe, dein Ehemann hat Erfolg.«

»Was ist, wenn nicht?«

»Dann ist die Verhandlung vorbei, ehe sie angefangen hat.«

»Er wird Erfolg haben.«

Sie nickte zustimmend. Wir setzten uns an den provisorischen Tisch. Meine Gastgeberin ließ sich im Schneidersitz nieder. Für mein Schamgefühl war das eine Schippe zu viel des Guten. Ich setzte mich so, dass ich die Beine seitlich anwinkeln konnte. »Gibt es ein Ritual oder etwas, was man vor dem Essen abhalten muss?«

»Nein. Aber wenn du möchtest …«

Ich schüttelte eilig den Kopf.

»Greif bitte zu und lass es dir schmecken.«

Ich zog eines der Körbchen heran. Die darin enthalten Früchte sahen wie winzige Stachelbeeren aus und schmeckten auch so, nur kam mir das Aroma tausendfach intensiver vor. Anfangs aß ich langsam, eine nach der anderen, dann nahm ich zwei, schließlich drei und bald eine ganze Handvoll Beeren und stopfte sie mir in den Mund. Saft tropfte mir über das Kinn. Verlegen sah ich zu Pleda, doch sie beobachtete mich mit wohlwollendem, zufriedenem Blick und schob mir das nächste Körbchen hin. Mit einem innerlichen Schulterzucken warf ich sämtliche aus der Anderswelt mitgebrachten Hemmungen beiseite. Ich saß hier nackt, in einer Baumburg, während um mich herum fleißige Eichhörnchen ihrem Tagwerk nachgingen. Was kümmerte mich der gute Herr Knigge? Am Schluss waren nur noch die Maden übrig. Pleda schob mir auch diese Schale auffordernd hin.

»Danke. Aber ich bin satt.«

»Wenigstens eine. Wenn dein Ehemann nachher zurückkommt, wird er die Wirkung zu schätzen wissen.«

Ich betrachtete die Maden genauer. »Was ist das?«

»Das, weswegen die meisten herkommen.«

Also waren es Pilze und gar keine Maden. Dennoch lehnte ich dankend ab. Drogen hatten mich noch nie interessiert.

Pleda steckte sich eines der madenähnlichen Dinger in den Mund und rückte die Schale um eine weitere Winzigkeit zu mir herüber. »Ich bestehe darauf.«

»Und ich würde wirklich gern probieren, nur leider habe ich …« Ja, was hatte ich? »Mir wird von Pilzen übel.«

»Ich verstehe.« Pleda lächelte, dann nahm sie einen weiteren Pilz.

Ich dachte, sie wolle ihn selbst essen, sie sprang jedoch auf, beugte sich über den Tisch zu mir herüber und gab mir eine kräftige Ohrfeige. Empört wollte ich fragen, was das sollte, doch sie nutzte die Gelegenheit, als ich den Mund öffnete, und stopfte den Pilz hinein. Ihn wieder auszuspucken war unmöglich. Sobald er die Schleimhäute berührte, zerrann er zu einer Flüssigkeit und war auch schon meine Kehle hinuntergelaufen. Sofort steckte ich mir den Finger in den Hals. Ich würgte und gab alles von mir, was ich erst vor wenigen Minuten genossen hatte, doch es war zu spät. Die berauschende Wirkung setzte bereits ein. Ein breites Grinsen zog meine Mundwinkel nach oben. Ich war zu allen Schandtaten bereit. »Noch mehr Pilze bitte!«

Wie wichtig sind schon Haare?

Der Ältestenrat setzte sich aus sieben Eichhörnchen zusammen. Pledur war unter ihnen das Oberhaupt. Da er es zudem gewesen war, der mich am Burggraben empfangen hatte, nahm er für sich das Recht in Anspruch, mein Jagdpartner zu sein. Zunächst aßen wir jedoch von Pilzen. Der Rausch war mild und sorgte für eine entspannte Stimmung. Ich entschied, dass jetzt ein guter Zeitpunkt war, das mögliche Geschäft mit mir zur Sprache zu bringen. Erwartungsgemäß waren die Eichhörnchen von der Idee begeistert, gleich einen ganzen Jahresvorrat an Pilzsubstanz an mich zu veräußern. Da die Stimmung hervorragend war, brachte ich gleich im Anschluss das Gespräch auf die Kinder, die eine neue Zufluchtsstätte bei den Eichhörnchen finden sollten. Die Begeisterung ließ daraufhin merklich nach. Doch ich hatte noch einen Trumpf im Ärmel.

Eichhörnchenfrauen liebten Schmuck. Im Alltag war er zwar recht schlicht, doch zu ihren Festen konnte das, was sie um den Hals trugen, gar nicht genug blinken und glitzern. Myrkur hatte mir für seine Verhältnisse erstaunlich freie Hand gelassen, als es darum gegangen war, etwas von dem geretteten Schatz aus seiner Höhle hierher mitzunehmen. Da sich der Schmuck im Rucksack befand, beschrieb ich Pledur und den anderen die Auswahl. Wir wurden uns einig. Nun musste mir nur noch das Jagdglück hold sein. War ich erfolgreich, und davon ging ich aus, würden wir am nächsten Morgen unsere Geschäfte abschließen und ein Bote würde zu Ellinor reisen, um ihr das Einverständnis der Eichhörnchen zu überbringen.

Baumfüchse waren etwa drei- bis fünfmal so groß wie ich in meiner Eichhörnchengestalt und so gut an ihre Umgebung angepasst, dass sie schwer zu entdecken waren. Pledur, der dicht an meiner Flanke jagte, tat jedoch alles, um mir zum Erfolg zu verhelfen. Wir hatten schon früher zusammen gejagt, und da hatte er sich wesentlich zurückhaltender verhalten. Ich fürchtete, dass es vor allem Alices Angebot war, noch einmal über ihr Haar zu verhandeln, das ihn dazu antrieb. Er war es, der den Baumfuchs aufstöberte und ihn mit seiner Eichhörnchentruppe so vor sich herjagte, dass er mir mehr oder weniger vor die Füße purzelte. Im Vergleich zu den Zähnen meiner Gastgeber waren meine Exemplare stumpfe Werkzeuge, doch ich machte ein ordentliches Spektakel daraus, stürzte mich fauchend und knurrend auf die Kehle des Fuchses. Hauptsache so tun, als ob. Wie ich es mir gedacht hatte, gesellten meine Jagdgefährten sich auch schon gleich zu mir und erledigten den Rest.

Zurück in der Baumburg, begleitete Pledur mich zu unserem Nest. Wir verabschiedeten uns mit Handschlag. Dabei sah er mich ernst an. »Sei unbesorgt. Die Kinder können bleiben, bis die junge Königin sicher auf dem Thron sitzt.«

Ich sah ihn verblüfft an. »Woher …«

»Die Eichhörnchen haben die erste Ehefrau von König Walther sehr geliebt. Sie war drei- oder viermal Gast in unserer Burg. Deine Ehefrau gleicht ihr sehr.«

»Deshalb dein großes Interesse an ihren Haaren?«

»Auch.« Er trat an den Eingang des Nestes, lauschte und lächelte. Leise Schnarchgeräusche waren zu hören. »Du wirst sie wecken müssen, um deinen Jagdsieg zu feiern.«

»Hör zu, Pledur. Nachdem du nun schon weißt, wer Alice in Wirklichkeit ist, wirst du verstehen, dass sie nicht auf ihr Haar verzichten kann. Die Edlen am Hof müssen ebenfalls die Möglichkeit bekommen, sie als Thronerbin zu erkennen.«

»Haare sind wichtig. Pelz ist wichtig.« Er sah mich ernst an. »Du hast meine Frau nie kennengelernt.«

Ich nickte zustimmend. Die Eichhörnchenfrauen blieben für gewöhnlich unter sich.

»Pleda, meine geliebte Seele, wurde vollkommen nackt geboren. Kein Pelz. Nirgendwo.«

»Das ist bedauerlich.«

»Mehr als das. Sie ist die wunderbarste Gefährtin, die ich mir je hätte wünschen können, doch sie hat einen schweren Stand. Eine unserer Heilerinnen hat nun einen besonderen Pilz gezüchtet, der Pleda dabei helfen wird, sich einen Pelz wachsen zu lassen.«

»Und dazu brauchst du ausgerechnet das Haar einer Menschenfrau? Wieso nicht etwas von deinem Pelz, zum Beispiel?«

»Das war der ursprüngliche Plan, doch nun hast du deine Alice zu mir gebracht, unsere zukünftige Königin. Ihr Haar ist besser als jeder Pelz.« Listig fügte er hinzu: »Es würde uns fast zu Verwandten machen, wenn der neue Pelz meiner Frau dem Haar der deinen gleicht. Denk daran, wie mächtig die Magiequelle der Eichhörnchen ist. Verwandte sind Verbündete.«

Es gefiel mir, dass er Alice so selbstverständlich als Königin anerkannte, und sein Angebot war mit Gold nicht aufzuwiegen. Wenn er uns wirklich als Verwandtschaft betrachtete, würden er und seine Leute Ellinor und die Kinder bis aufs Letzte verteidigen. Aber konnte ich Alice wirklich darum bitten, ihm ihr schönes Haar zu schenken? Dann fiel mir etwas ein. »Pledur, wie schnell könnt ihr Eichhörnchen reisen?«

Sein Gesicht verschloss sich. »Willst du andeuten, dass du ihr verbieten wirst, uns zu helfen?«

»Wie ich schon sagte, ich kann, will und werde meiner Ehefrau nichts verbieten. Wenn sie euch ihr Haar morgen früh geben will, bin ich einverstanden. Ich habe für meine Frage jedoch einen guten Grund. Alices Haar war sehr lang. Vor unserer Abreise hat sie es abgeschnitten. Schick jemanden zu meiner Schwester. Er oder sie soll nach Santina fragen. Ich kann es nicht garantieren, doch wie ich Santina kenne, hat sie das Haar aufbewahrt.«

»Und wenn nicht?«

»Dann kommst du an den Hof und sprichst mit deiner Königin darüber.«

Pledur sah mich lange an, ehe er schließlich nickte. »So soll es sein.« Noch einmal schüttelten wir uns die Hände. Dann ging er.

Ich kletterte in die stockdunkle Höhle, hockte mich an den Eingang und tastete vorsichtig nach Alice. Ich fand einen nackten Fuß, tastete weiter, Wade, Knie, Oberschenkel, noch mehr nackte Haut. Ich hielt erstaunt inne. *Füchschen?*

Keine Antwort.

Ich biss mir auf die Lippen und musste lachen, weil das eigentlich eine von Alices Marotten war. Andererseits hatte ich sie das schon lange nicht mehr machen sehen. Sie war reifer geworden, wie mir auf einmal klar wurde. Ich gähnte und überlegte, wie ich weitermachen sollte. Die Jagd hatte mich erschöpft. Um mit den anderen Eichhörnchen mithalten zu können, war es nötig gewesen, meine Verstärkerrune zu aktivieren, und das bezahlte ich in der Regel ein paar Stunden später mit Erschöpfung. Der Pilzrausch hatte sich von der zunächst erzeugten Euphorie zu einer sanften Müdigkeit des Geistes abgeschwächt. Ich versuchte es dennoch ein weiteres Mal. *Füchschen, wach auf.*

Stille.

Ich seufzte. *Was ist mit dir, Drache, kannst du mich hören?*

Stille.

Auf dem Weg zur Baumburg hatte ich gelegentlich seine Gegenwart wahrgenommen. Vermutlich war er inzwischen jedoch längst in den Bergen und damit endgültig zu weit weg, um mit mir zu kommunizieren. Ich legte mich neben Alice, unsicher, ob ich es wagen durfte, mich an ihren nackten Körper zu kuscheln. Und sollte ich mich ausziehen oder würde das ihre Lage ausnutzen? Andererseits hatte sie sich doch bestimmt etwas dabei gedacht, sich zum Schlafen auszuziehen, oder?

»Rodin?« Alice rekelte sich und gähnte laut. »Du bist zurück.«

»Und du bist aufgewacht. Was für ein Glück für mich.« Ich strich mit den Fingerspitzen zärtlich ihre Wirbelsäule hinab. Eine Gänsehaut überlief ihren Körper. »Dann hattest du also eine erfolgreiche Jagd?«

Ihre Stimme klang ein wenig verwaschen. Sie musste aus dem Tiefschlaf aufgewacht sein. *Es lief gut, aber schlaf du ruhig weiter.*

»Magst du mir nicht antworten?« Ich hörte es rascheln, als sie sich aufsetzte. »Oder ist etwas passiert?«

Hörst du mich nicht?

Eine Hand tastete nach mir. »Sag bitte, was los ist. Seit du mein Bein berührt hast, versuche ich schon, in Gedanken mit dir zu reden, aber du reagierst nicht darauf.«

»Weil ich dich nicht gehört habe.« Plötzlich war ich beunruhigt.

Alice gähnte wieder. »Könnte es mit Myrkur zusammenhängen? Die Fähigkeit, miteinander in Gedanken zu kommunizieren, ist möglicherweise stärker von seiner Gegenwart abhängig, als wir dachten.«

»Bevor ich zur Jagd ging, war es noch möglich. Ich schätze, er ist inzwischen zu weit in die Berge hineingeflogen.«

»Oder es hat mit diesen verdammten Pilzen zu tun.«

»Was? Hast du davon gekostet?«

»Ich hatte ein paar.«

Ich stöhnte innerlich auf. Sie hatte gleich mehrere zu sich genommen? »Erzähl.«

Und sie erzählte. Schließlich kam sie zu dem Moment, als die Eichhörnchenfrau sie geohrfeigt und genötigt hatte, den ersten Pilz zu essen. Alice klang bedrückt. »Es muss schlimm sein, wenn man ein nacktes Eichhörnchen ist, und ich kann gut verstehen, dass sie verzweifelt ist. Pleda hätte mich aber einfach nur fragen müssen. Ich hätte ihr mein Haar gegeben.« Sie seufzte. »Willst du mal fühlen?«

Unsere Hände fanden sich in der Dunkelheit. Sie führte meine Hand zu ihrem Kopf. Vorsichtig strich ich darüber, spürte kurze weiche Stoppeln. »Ach, Füchschen.«

»Weißt du, ich saß da nackt mit dieser ebenfalls nackten Eichhörnchenfrau und habe Obst in mich hineingestopft, was übrigens unglaublich köstlich war. Die ganze Zeit war ich begeistert von mir, weil ich so cool reagiert habe. Lächerlich. Auf meinen Instinkt zu hören hat mir in diesem Fall jedenfalls keinen Respekt eingebracht.«

»Das kannst du nicht wissen. Ich bin sogar sicher, dass sie deine Geste zu schätzen gewusst hat. Ihr Wunsch nach Haar war nur einfach überwältigend groß.« Ich streichelte ihren Nacken und stellte fest, dass Myrkur ihr die Kette zurückgegeben hatte. Nur wenn man darüberstrich, erkannte man, dass an einer Seite etwas Substanz vom Schuppenanhänger abgerieben worden war. »Schön, dass er sie dir zurückgegeben hat.«

»Finde ich auch. Es soll übrigens ein Gerücht sein, dass man mit Drachenschuppen die geistige Manipulation eines Drachen verhindern könne. Jemanden wie Ellinor kann man laut Myrkur aber abwehren.«

»Es gibt am Hof ein oder zwei Geistmagier. Wir sollten das mit dem Trank so schnell wie möglich umsetzen.«

»Das hat er auch vorgeschlagen.«

Ich streichelte sie weiter und wagte mich bis zu ihrem Bauch vor. Ihre Haut war kühl und seidenglatt.

Alice stieß einen langen zufriedenen Seufzer aus. »Das Erlebnis mit den Pilzen wird meiner Ansicht nach übrigens total überbewertet. Ich habe davon nur Albträume bekommen.«

»Das kommt selten vor.« Ich fuhr mit den Fingerspitzen sanft die Rundung ihrer Brüste nach und ihr Atem wurde schneller.

Mit einem leisen Stöhnen drehte sie sich zu mir um. »Es ist unfair, dass nur ich nackt bin.«

Im Nu war ich dabei, das Hemd aufzuknöpfen. Auf die letzten Knöpfe verzichtete ich und zog es wie ein T-Shirt aus. Vorsichtig rückte ich näher. Mein Herzschlag war auf einmal im ganzen Körper zu spüren, vor allem aber spürte ich ihn in den Fingerspitzen, mit denen ich wieder ihren Bauch berührte, um mich langsam, sehr, sehr langsam weiter nach unten vorzuwagen. Meine Stimme war rau vor Erregung. »Von was hast du denn geträumt?«

»Von Myrkur.«

Natürlich. Der Drache durfte nicht fehlen. Ich verzog das Gesicht, was sie in der Dunkelheit zum Glück nicht sah. Dann sagte ich mir, dass ich und nicht er derjenige war, der hier mit Alice nackt im Nest lag. Meine Verärgerung verrauchte.

»Es war wirklich ein ganz sonderbarer Traum.« Plötzlich veränderte sich ihr Atemrhythmus, wurde schnell, fast panisch. »Und wenn das gar kein Traum war?«

Ihre Stimmung war ansteckend. »Erzähl mir davon.«

»Myrkur lag auf der Lichtung, du weißt schon, wie immer, in seiner Donutform. Er war völlig reglos. Aus seinem Rücken ragte ein dünner und extrem langer Speer. Menschen kletterten auf ihm herum. Sie stachen weitere Speere in seinen Körper. Er … er war schwach, rief nach dir, nach uns …« Sie packte meinen Arm. »Wieso sehe ich das jetzt erst so klar?«

»Du warst von den Pilzen benebelt.« In Gedanken rief ich nach Myrkur, wieder und wieder, doch er antwortete nicht.

»Rufst du ihn?«

»Ja.«

»Und?«

»Nichts.«

Alice hörte sich zunehmend verzweifelt an. »Ich erinnere mich jetzt an etwas, was Pleda sagte, nachdem ich die ersten Pilze gegessen hatte. Sie meinte, mein Bewusstsein würde sich weit öffnen und ich würde Dinge und Gefühle wahrnehmen, für die ich im gewöhnlichen Leben nicht empfänglich genug wäre. Ich war sicher, dass sie auf etwas Sexuelles anspielte.« Sie atmete tief aus. »Das mit Myrkur war kein Traum, oder?«

»Ich weiß es nicht. Wie ich schon sagte, haben die Pilze auf mich keine so starke Wirkung. Ich bin noch nie in einem Rausch eingeschlafen.«

»Wir müssen zu ihm und uns vergewissern!« Alice tastete in der Höhle nach ihrer Kleidung.

Ich hatte mich bereits vollständig angezogen. »Nur ich gehe.«

Zurück zur Lichtung

Gleich nach unserer Erkenntnis, dass Myrkur womöglich in Gefahr schwebte, hatte Rodin sich zu Pledur begeben. Weil der Weg durch die Baumwipfel in einer mondlosen Nacht wie heute gefährlich war, hatte er sich in eine Fledermaus verwandelt. Pledur sorgte dafür, dass die Baumwipfel bei Rodins Aufstieg zum Himmel hinauf nicht auf ihn einschlugen. Es war abgemacht worden, dass der Eichhörnchenmann mich bei Tagesanbruch zur Lichtung bringen würde. Sattel und Rucksack hatte Rodin deshalb bei mir gelassen. Nachdem Rodin aufgebrochen war, ging Pledur, um sich noch einmal niederzulegen. Ich konnte jedoch nicht wieder einschlafen und beschloss, vor dem Nest auf den Morgen zu warten. Überall auf den umliegenden Blättern hatten sich Tauperlen gesammelt. Mit dem Finger stach ich in einen der Tropfen. Er platzte und ich fing das Wasser mit dem Mund auf. Das genügte schon, um meinen Durst zu stillen. Ich wiederhole den Vorgang einige weitere Male, bis ich mich mit einer kleinen Katzenwäsche erfrischt hatte. Danach ging ich nervös auf und ab. Endlich zog der Morgen herauf. Anscheinend waren Eichhörnchen Langschläfer, denn es dauerte noch eine ganze Weile, ehe sich etwas in der Siedlung regte. Als Pledur in seiner Menschengestalt über den Burginnenhof auf mich zukam, waren meine Nerven zum Zerreißen gespannt. Hinter ihm ging Pleda. Sie hielt den Kopf gesenkt. Pledur reichte mir ein aus langen dunkelgrünen Blättern zusammengefaltetes Päckchen. »Aus unserem Vorrat. Für deine Reise.«

»Danke.« Ungeöffnet steckte ich das Geschenk in den Rucksack. Ich wollte so rasch wie möglich aufbrechen.

»Meine Frau bedauert aus tiefster Seele, was sie dir angetan hat. Sie ist bereit, dich als Sklavin an den Hof zu begleiten.«

Noch während er sprach, fiel Pleda vor mir auf die Knie und senkte den Kopf, bis ihre Stirn den Moosteppich berührte. Sie war immer noch vollständig haarlos.

Ich warf Pledur einen ärgerlichen Blick zu. Dann wandte ich mich mit weicher Stimme an die Eichhörnchenfrau. »Eine ganz normale Entschuldigung genügt mir, und dann vergessen wir diese Episode.«

Pleda rührte sich nicht. Ihr Hintern ragte nackt in die kühle Luft. Es war demütigend und musste sofort ein Ende haben. »Ernsthaft, Pleda. Steh auf! Für so einen Quatsch habe ich weder Zeit noch Nerven.«

Pleda rührte sich nicht. Ihr Ehemann sah dafür mich nun seinerseits ärgerlich an. »Mit deiner Ablehnung beleidigst du mich.«

Ich ignorierte ihn und ging vor Pleda in die Hocke. »Wenn du mit mir mitkommen möchtest, weil du Lust auf eine Reise hast, dann ist es für mich okay. Ich würde mich sogar sehr freuen. Aber auf gar keinen Fall will ich jemanden an meiner Seite, der dazu gezwungen wurde.«

Pleda hob den Kopf. Ihr Blick huschte zu Pledur.

Dieser starrte sie zornig an.

Das schien den Ausschlag zu geben. »Ich begleite dich sehr gern.« Pleda stand endlich auf.

»Weil er das will?«

»Nein! Weil ich aus dieser Burg herauswill. Weil ich von ihm wegwill!«

Vielleicht war es die Nachwirkung des Pilzes, doch ich nahm ihren Hass auf Pledur und das Leben hier in der Eichhörnchenburg so intensiv wahr, dass mein Herz zu rasen anfing. Auf einmal ging mir auf, wie gigantisch die Aufgabe war, die auf mich wartete. Ich sollte Königin über das ganze Land werden, dabei wusste ich nichts, wirklich gar nichts über seine Bewohner und deren Kultur. Mir fiel das Gespräch ein, das ich mit Myrkur darüber geführt hatte, was einen guten Herrscher ausmachte, und kam mir auf einmal sehr naiv vor. Seufzend erhob ich mich. »Gehen wir.«

Pleda entschied sich dafür, die erste Teilstrecke in ihrer Menschengestalt zurückzulegen, damit wir uns über unser Vorgehen austauschen konnten, sobald wie die Lichtung erreichen würden. Zu meiner

Freude stellte sich heraus, dass die Eichhörnchen für ihre seltenen Reisen in die Außenwelt einen Vorrat an Kleidung besaßen. Wenig später stand Pleda in Männerhemd und Hose gemeinsam mit mir auf der gegenüberliegenden Seite des Burggrabens. Hinter uns bildete sich die Astbrücke zurück. Nachdem ich nun eine Führerin hatte, beschloss Pledur, dass er uns nicht begleiten würde. Mir war das sehr recht, und Pledas Gesichtsausdruck nach sah sie das ebenso.

Ehe wir losgingen, warf ich noch einen raschen Blick in die Tiefe des Burggrabens, um endlich meine Neugierde zu befriedigen. Zunächst erkannte ich nicht viel mehr als dichtes, wucherndes, irgendwie schaumig wirkendes Grün. Sehr, sehr weit unten lag auf einem Blätterteppich ein Gegenstand. Nein, es bewegte sich. Also ein Tier. Ein Vogel vielleicht? Noch während ich herauszufinden versuchte, was es genau war, versank es langsam in dem Blattteppich. Blubbernde Blasen stiegen aus dem Grün auf. Ein weiteres Tier, das entfernt an einen Fuchs erinnerte, wollte von einem Ast auf den anderen springen, um auf diese Weise die Baumburg zu erklimmen. Blitzschnell zogen sich sämtliche aus den Baumstämmen ragenden Äste zurück. Der Fuchs stürzte ab und landete auf dem Blätterteppich. Wenig später stiegen weitere Blasen auf. Ich schluckte. »Eure Burg ist ziemlich gut geschützt.«

»Hierbei geht es nicht nur um Schutz. Die toten Tiere füttern unsere Magiequelle. Angelockt werden sie von den Blasen, die eben aufgestiegen sind. Diese strömen einen Lockduft aus, dem die Waldtiere nicht widerstehen können. Es ist ein nützlicher Kreislauf.«

»Verstehe.« Schaudernd drehte ich der Baumburg den Rücken zu. Ob es wirklich eine so gute Idee war, dass Ellinor die Kinder hierherbrachte?

Pleda fuhr fort: »Allerdings ist es in den vergangenen Wochen zu einer Veränderung gekommen. Immer weniger Tiere finden hierher. Es ist, als hätte der Lockduft an Intensität verloren. Der Ältestenrat ist beunruhigt.«

Das war in der Tat eine beunruhigende Nachricht. Vor allem nach Santinas Bemerkung, die heimische Magiequelle sei *müde* geworden.

Nach einer Weile sagte Pleda leise: »Ich habe mich noch nicht bei dir entschuldigt.«

»Dann mach es jetzt, wenn du willst.«

»Ich bedaure meine Handlung.«

»Wirklich?«

Sie zuckte die Schultern.

»Egal. Im Augenblick stört es mich nicht. Wer will, kann mich deswegen gern blöd anglotzen.«

»Anglotzen?« Pleda lachte. »Manche deiner Worte sind so merkwürdig.«

»Das sagt Santina auch immer.«

»Wer ist das?«

»Meine Freundin. Die erste, die ich hier in Wynterhaav gefunden habe.«

»Ich kenne Freundschaft nicht.«

Von der Seite her warf ich ihr einen mitfühlenden Blick zu.

»Pledur hat als Einziger nie über mich gelacht.«

»Und trotzdem willst du ihn verlassen?«

»Zumindest für eine Weile.«

»Na ja, ich freue mich jedenfalls über deine Gesellschaft.«

»Ich war gestern in der Nähe, als Pledur euch begrüßte. Du hast mich nicht gesehen, doch ich habe gehört, wie dein Ehemann sagte, dass du für dich selbst einstehst und sprichst. Doch das hätte er gar nicht erwähnen müssen, deine Mutter war ebenfalls so und du gleichst ihr in allem. Dein wunderschönes Haar«, an dieser Stelle errötete sie, »auch deine Augen, die Hände, deine Art, wie du dich bewegst, sogar deine Stimme – es ist alles gleich. Das Eichhörnchenvolk hat Königin Eda sehr verehrt.«

Ich starrte Pleda mit offenem Mund an. Hier war nun endlich jemand, dem ich nicht vorwerfen konnte, er wolle über mich an den Thron gelangen. Und noch etwas fiel mir ein. Jeder, der meine Mutter und mich zusammen erlebt hatte, war zum gleichen Schluss gekommen – wir hatten einander wirklich verdammt ähnlich gesehen.

»Hab ich etwas Falsches gesagt?« Pleda sah mich besorgt an.

»Ganz im Gegenteil. Es ist sehr schön, etwas über meine Mutter zu hören.«

»Möchtest du vielleicht lieber auf mir reiten? Es ist ein weiter Weg bis zur Lichtung.«

»Solange ich noch über die Lücken springen kann, würde ich gern noch laufen.«

Wir gingen schnell, konnten uns jedoch noch gut unterhalten. Pleda erzählte, dass die Fresspflanzen den Waldboden bis zur Baumgrenze bedeckten, wo sie einen undurchdringlichen Wall bildeten. »Mein Volk kennt Wege, um den Bereich darunter zu bereisen, doch diese sind geheim.« Sie erzählte weiter von den Wipfeln der Baumburg, die beweglich waren und daher gute Wächter abgaben. Sie holten alles und jedes aus der Luft und beförderten es in den Burggraben. Pleda wurde immer vergnügter, während wir über die Baumstraße wanderten. Noch befanden wir uns in dem Teil des Waldes, in dem die Bäume eng beieinanderstanden. Doch bald musste ich all meinen Mut zusammennehmen, um den nächsten Ast zu erreichen. Das schnelle Laufen strengte mich an. Ich bekam Seitenstechen.

Immer öfter bestritt Pleda die Unterhaltung allein. »Nachdem ich dir das Haar abgenagt hatte …«

»Abgenagt?« Ich krabbelte auf allen vieren über einen gefährlich dünnen Ast und bemühte mich, nicht hinabzusehen.

Pleda balancierte leichtfüßig vor mir her. »Sicher. Wie hätte ich es sonst machen sollen?«

»Klar. Deine Zähne sind ja auch wunderbar scharf. Erzähl weiter.«

»Na ja. Ich rannte sofort zu unserer Heilerin. Pledur erwischte mich, gerade als ich meinen Trank zu mir nahm. Nie zuvor war er so wütend auf mich.«

»Als Ältester hat er sich sicher Sorgen wegen möglicher Konsequenzen gemacht. Er kennt mich schließlich nicht.«

»Nein.« Pleda schüttelte energisch den Kopf. »Er war nicht wütend, weil ich das Haar gestohlen hatte. Zum einen ärgerte er sich, weil du es mitbekommen hattest. Vor allem aber war er zornig, weil ich es komplett in den Trank gegeben hatte. Er hatte geplant, eine Strähne für sich zu behalten.«

»Aber was wollte er damit?«

Mit verlegenem Blick raunte sie: »Man kann alle möglichen Tränke aus Haar brauen.«

»Verstehe.« Ich fluchte innerlich und hatte nun eine Ahnung, wie Myrkur sich gefühlt haben musste, weil wir alle hinter einer seiner

Schuppen hergewesen waren. »Kannst du mir versichern, dass er nichts davon bekommen hat?«

»Es ist alles im Trank gelandet.«

»Und das hast du mit eigenen Augen gesehen?«

»Ja.«

Ich hatte die kritische Stelle überwunden und richtete mich mit zitternden Beinen wieder auf. Dann sah ich an mir hinunter. »Kann es sein, dass ich größer geworden bin?«

»Das dachte ich auch schon.«

Rasch suchte ich in meinem Rucksack nach dem Schrumpfungstrank. Nachdem ich einen Schluck genommen hatte, gingen wir weiter. Heimlich hoffte ich, dass Rodin Myrkur wohlbehalten und gewohnt knurrig angetroffen hatte und die beiden nun unterwegs waren, um mich abzufangen. Immer wieder sah ich deshalb zum Himmel hinauf, doch kein mächtiger Schatten segelte über uns hinweg. Um mich von meinen sorgenvollen Gedanken abzulenken, nahm ich das Gespräch über Pledas Haarwunsch wieder auf. »Wie lange dauert es, bis die Wirkung des Trankes eintritt?«

»Ein bis zwei Tage vielleicht.« Plötzlich blieb sie stehen. Ich war hinter ihr gelaufen und spähte nun nach vorn. Wieder mussten wir springen, doch es war klar, dass ich es diesmal aus eigener Kraft nicht hinüberschaffen würde.

Pleda zog sich aus und gab mir die Kleidung. Ich stopfte sie in den Rucksack und schlug mir plötzlich gegen die Stirn. Wir hatten den Sattel in der Eichhörnchenburg vergessen. Sie zuckte mit den Achseln. »Dann hältst du dich eben an mir fest.«

Pleda wandelte sich. So ganz ohne Fell sah sie mitleiderregend aus. Vor allem der lange dünne Schwanz wirkte grotesk. Ihre Haut war jedoch wunderbar weich und warm. Ich schlang die Arme um ihren Hals.

Es ging besser als gedacht. Pleda war stark, und außerdem bewegte sie sich geschickter als Rodin. Da ich nun schon mal an ihrem Hals hing, nutzte sie die Gelegenheit, nach diesem ersten Sprung einfach noch ein ganzes Stück weiterzurennen. Wenn wir gezwungen waren, eine Pause zu machen, dann nur, weil ich in den Armen keine Kraft mehr hatte.

Schließlich erreichten wir den Baum, an dem Rodin gestern zum Blätterdach hinaufgeklettert war. Mein Herz hämmerte vor Aufregung. Schon seit einer ganzen Weile rief ich in meinem Kopf abwechselnd und ohne Pause nach den beiden. Eine Antwort hatte ich jedoch nicht bekommen. Dann drehte der Wind, und der Gestank nach Blut und verbranntem Fleisch wehte mir in die Nase.

Abschied

Damit ich mir einen Überblick verschaffen konnte, kletterte Pleda mit mir zum höchsten Ast hinauf, dort wandelte sich in eine Menschenfrau. Auch in Menschengestalt waren ihre Augen schärfer als meine, doch es war gar nicht nötig, dass sie mir erzählte, was auf der Lichtung zu sehen war. Myrkurs Drachenkörper, der völlig bewegungslos auf der Lichtung lag, war auch für mich gut zu erkennen. Ich zitterte am ganzen Körper, während ich zu ihm hinüberstarrte. Tränen rannen mir über das Gesicht. »Siehst du, ob der Drache noch atmet?«

»Nein. Ich meine, ich sehe, dass er nicht atmet.«

»Schau noch einmal.«

»Er ist groß wie ein Berg. Man könnte sehen, wenn sich sein Brustkorb bewegte, oder nicht?«

Ich nickte. Unfähig zu sprechen.

»Die Wölfe sind ebenfalls tot, falls dich das tröstet.«

Es tröstete mich nicht. »Wie viele Wölfe sind es?«

»Ich sehe zwanzig. Sie sind alle mehr oder weniger verbrannt. Einige sind zusätzlich auch zerfleischt.«

Ich wischte mir über das tränennasse Gesicht. »Ich muss zu ihm.«

»Es ist nicht sicher. Ich rieche immer noch Wolf. Lebendigen Wolf.«

Das war dann hoffentlich Rodin. »Bring mich einfach nur den Baum hinunter.«

Sie schnupperte. »Der Wolf befindet sich nicht auf der Lichtung, aber er war erst vor Kurzem noch da.« Unschlüssig sah sie mich an. Dann nickte sie. »Ich werde dich begleiten.«

Als wir unten waren, huschte Pleda, die sich wieder gewandelt hatte, mit mir auf dem Rücken weiter. Meine Armmuskeln brannten, so sehr klammerte ich mich an ihr fest, doch ich würde sie nicht bitten, eine Pause zu machen. Ich musste zu Myrkur, musste ihn berühren, musste spüren, dass er kalt war, um das Schreckliche zu begreifen.

Als wir ihn endlich erreichten, fiel ich fast von Pledas Rücken. Was mich erschöpfte, war jedoch nicht die Anstrengung, mich an ihr festhalten zu müssen. Es war die Trauer, die mir schon jetzt alle Kraft raubte. Langsam ging ich auf ihn zu. Eine Frau, kaum größer als eine Maus, und ein Drache, der wie ein Gebirge vor ihr aufragte. *Myrkur.* Ich legte eine Handfläche auf eine der untersten Schuppen. Sie fühlte sich kalt an. *Bitte sei da.* Ich hoffte und wartete und wusste doch zugleich mit vollkommener Sicherheit, dass er nicht antworten würde. Das geheimnisvolle tiefe Schwarz seines Schuppenpanzers hatte jeglichen Glanz verloren, die Wärme war aus ihm gewichen.

Weinend, mit gesenktem Kopf stand ich da. Ich konnte es einfach nicht fassen, dass ich nie wieder mit Myrkur sprechen konnte. Und wo war Rodin? War er einer der toten Wölfe, die über die Lichtung verstreut dalagen? Hatte ich auch ihn verloren? Schließlich wischte ich mir über das tränenüberströmte Gesicht. »Pleda! Wenn du ein Kleidungsstück meines Ehemannes hättest, könntest du dann seine Witterung aufnehmen?«

»Natürlich. Eichhörnchen können ganz hervorragend wittern, und nicht nur unsere Männer sind gut bei der Jagd.«

»Dann komm.«

Die Sänfte lag völlig zerschmettert in einiger Entfernung vom toten Drachen, das hatten wir von der Baumkrone aus gesehen. Als wir an unserem Ziel angekommen waren, kletterte Pleda in Eichhörnchengestalt zur Sänfte hinauf. Sie tauchte mit einem T-Shirt in der Öffnung auf, das Rodin gehörte. Ich nickte ihr zu. Sie drückte es sich ans Gesicht, und mit einem weiten Satz verschwand sie im hohen Gras.

In gedrückter Stimmung ging ich zu Myrkurs Leiche zurück. Er lag auf der Seite. Am Bauch war der Schuppenpanzer aufgerissen. Rohes blutiges Fleisch kam zum Vorschein, überall dort, wo man ihm seine Schuppen abgerissen hatte. Ich umrundete ihn langsam.

Unterhalb seines langen Kiefers entdeckte ich eine weitere Stelle, an der man sie entfernt hatte. Offenbar waren seine Mörder an unterschiedlichen Größen interessiert gewesen, denn an dieser Stelle waren die Schuppen viel kleiner. Es wurde Abend, bis ich ihn vollständig umrundet hatte. Ein blasser Mond ging am Himmel auf. Ich rieb mir die Arme, weil ich auf einmal fröstelte. Auch an anderen Stellen hatte man Schuppen von Myrkurs Drachenkörper gerissen. Wozu benötigte jemand so viele davon? Ich sah an seinem mächtigen Körper hinauf. Voller Abscheu musterte ich den Speer, der auch von hier unten gut sichtbar in seinem Nacken steckte. War er nur eine tödliche Waffe oder auch ein Instrument, um ihm die Magie zu stehlen?

»Pass auf!«

Ich war so in meinen Gedanken versunken gewesen, dass ich bei dem Schrei einen kleinen Sprung vollführte.

Pledas winzige Menschengestalt rannte durch das hohe Gras auf mich zu. Sie winkte mit den Armen. Panik stand ihr ins Gesicht geschrieben. Ihr Blick huschte nach oben. »Vogel!«

Augenblicklich warf ich mich auf den Bauch. Doch es rettete mich nicht. Ich wurde gepackt und in die Luft gehoben. Unten am Boden jagte ein Eichhörnchen durchs Gras. Ein riesiger Vogel, in dem ich einen Waldkauz erkannte, stieß dorthin hinab, wo Pleda eben noch gewesen war. Was weiter geschah, konnte ich nicht mehr sehen, wir flogen bereits über dem kleinen Bach, an dem ich mich gestern gewaschen hatte. Im Sturzflug ging mein Entführer nieder, stürzte direkt auf das Wasser zu. Ich wusste, was das zu bedeuten hatte. Wir würden gleich springen.

Freundschaft

Myrkur schrie in meinem Kopf. Es hatte angefangen, kurz bevor ich die Lichtung erreichte. Unterwegs hatte ich die Gestalt gewechselt, schoss nun als Kauz vom Himmel herab und war auch schon ein Wolf, ehe ich den Boden erreichte. Seine Schreie wurden lauter. Er klang verzweifelt. Nie zuvor hatte ich Myrkur verzweifelt erlebt.

Ich bin da! Ich bin gleich da. Halt aus! Ich schrie ebenfalls so laut ich konnte, hoffte voller Verzweiflung, dass er mich hörte und Mut fasste, kämpfte. Bei mir blieb. Auf der Lichtung wimmelte es von Wölfen. Es waren fünf Dutzend oder mehr. Ein Großteil lag verbrannt im Gras, doch viel zu viele waren noch höchst lebendig, und sie hatten mich entdeckt. Aus der Luft hatte ich beobachten können, wie Menschen auf dem wie leblos daliegendem Drachenkörper herumkletterten. Schlanke Silhouetten, anmutige Bewegungen, bis sie sich bückten, um brutal an seinen Schuppen zu reißen. Ich spürte seinen Schmerz und schrie auf. Er wollte mich schonen und versuchte, wie tausendmal zuvor, seine Gefühle vor mir zu verbergen. *Dummer Drache. Lass es uns teilen.* Da gab er nach. In Myrkurs Nacken steckte ein langer Stab, der im Mondlicht zu glühen schien. Hier wirkte Magie, das war klar. Darüber hinaus musste der Stab aus einer Drachenschuppe gefertigt worden sein, denn sonst wäre es ihnen nie gelungen, Myrkur damit zu verletzen.

Mehrere Wölfe kamen geduckt auf mich zu.

Ich brauche Zugang zu deiner Magie!

Myrkur reagierte prompt auf meinen Wunsch. Von dem unendlichen Reservoire, über das er sonst verfügte, war jedoch nur noch eine Pfütze übrig. Voll ungläubigem Schreck begriff ich, dass er dabei war, mir alles zu geben, was ihm noch geblieben war. Wie Santina und alle anderen magischen Wesen sollte er in der Lage sein, überall und jederzeit seinen Magievorrat zu ergänzen. Warum tat er es nicht?

Myrkur gab mir die Antwort auf die unausgesprochene Frage. *Die Drachenquelle hat sich über Nacht verschlossen.*

Dann nimm alles zurück. Sofort. Wäre die Magie in ihm erst einmal erschöpft, würde seine Selbstheilung zum Erliegen kommen.

Es ist sinnlos. Leb wohl, Rodin.

Nein!

Ein Versuch, zu lachen. Dann ein langes Ausatmen. *Zu viele Wölfe für dich allein. Du hast noch eine Chance. Wandel dich.*

Nein!

Flieh!

So oft hatte er mich verspottet, weil ich davonrannte, wenn ein Kampf aussichtslos schien. Und nun riet er mir dazu. Mein Herz krampfte sich zusammen. Angst, Trauer, Verzweiflung und Liebe mündeten in einem einzigen Wunsch. *Du kommst mit.*

Stille.

Die Wölfe kamen aus ihrer geduckten Stellung, sprangen auf mich zu.

Ich wandelte mich wieder in den Kauz und schoss gen Himmel. *Lass den Drachen zurück und komm.*

Stille.

Die Wölfe wurden ebenfalls zu Käuzen. Sie jagten mich nun in der Luft. Es wurde knapp. Zunehmend verzweifelt kreiste ich über dem Drachenkörper. Dort, wo der Stab in seinem Nacken steckte, hatte sich eine Person aufgebaut. Sie trug einen Umhang mit Kapuze, wollte anscheinend sichergehen, dass man sie nicht einmal mitten in der Nacht und in absoluter Wildnis erkannte. Einem Impuls folgend entleerte ich genau über ihr meine Kloake. Alles, was sich darin an Scheiße und Pisse angesammelt hatte, klatschte ihr auf den Kopf. Ich hatte gehofft, sie würde zu mir aufsehen, damit ich ihr Gesicht sah. Sie tat es nicht. Und mir lief die Zeit davon. Die Grauen waren am gefährlichsten, wenn sie in ihrer Wolfsgestalt angriffen. Doch am Himmel waren sie nicht viel ungeschickter. Ob sie ahnten, auf welche Weise Myrkur und ich miteinander verbunden waren, konnte ich nicht sagen, doch sie setzten alles daran, mich vom Drachenköper zu vertreiben. Das Band zwischen uns wurde dünner, war nur noch ein Faden, der jeden Moment reißen würde. *Alice liebt dich, du dummer Drache.*

Stille.

Und du bist mein bester Freund.

Stille.

Mach schon, verdammt! Ich brauch dich doch.

Myrkur kam. Nicht mit Brüllen und Feuer und Kraft wie damals bei dem Ritual. Er kam wie ein bescheidener Gast. Na ja, wie ein bescheidener Gast mit gewohnt großer Schnauze. *Ich bin nicht nur dein bester, ich bin auch dein einziger Freund! Und jetzt lass mich dieses Käuzchen fliegen.*

In der Luft konnte einem Drachen niemand etwas vormachen, also räumte ich das Feld für ihn.

Wir sind ziemlich schwach.

Gewöhn dich daran.

Ich brauche etwas Wendigeres und vor allem Kleineres.

Fledermaus?

Wir probieren es.

Ich wandelte mich. *Oft können wir das nicht machen. Meine Magie ist im Gegensatz zu der des Drachen nämlich endlich.*

Das wird auch nicht nötig sein. Schließlich haben wir nicht vor zu kämpfen.

Myrkur steuerte auf den Eichhörnchenwald zu. Wie ein Pfeil tauchten wir in die wispernde Dunkelheit ein. Die Grauen folgten uns, entschieden sich aber dafür, vorerst in ihrer Kauzgestalt zu bleiben. Ich hatte Myrkur nur als Drache am offenen Himmel fliegen gesehen, doch fraglos beherrschte er den Fledermauskörper besser, als ich es jemals gekonnt hatte. Trotzdem hatte auch er mit dem Problem zu kämpfen, das jeder Runenmagier kennt. Wie ich es ihm zuvor prophezeit hatte, war die Magie in mir endlich, und da ich darauf vertraut hatte, mir Kraft von ihm zu borgen, war ich auf dem Weg zur Lichtung mit meinem Vorrat nicht gerade sparsam umgegangen. Die Grauen hingegen waren vermutlich direkt vom Königshof hierhergesprungen, die magische Kraft voll bis zum Anschlag.

Ich spürte, wie Myrkur einen Entschluss fasste. *Hast du dich auch schon immer gefragt, was sich unter diesen Fresspflanzen befindet?*

Er musste nicht erklären, was er meinte, denn er schoss bereits auf den dichten Pflanzenteppich zu. *Nein, habe ich nicht. Und das ist auch eine sehr schlechte Idee. Die Blätter mögen Fleisch und lösen es in Sekundenschnelle auf.*

Wie liebenswert.

Du darfst sie unter gar keinen Umständen berühren.

Einer der Grauen legte die Flügel an und schoss im Sturzflug auf uns zu. Myrkur wartete bis zum letzten Moment, ehe er zur Seite auswich. Der Kauz landete auf dem Blätterteppich. Es blieb ihm keine Zeit, sich in eine andere Tiergestalt zu wandeln, um auf diese Weise vielleicht zu entkommen. Innerhalb weniger Sekunden waren seine Schreie verstummt.

Mich schauderte.

Myrkur brummte jedoch zufrieden.

Von dort, wo sich eben die letzten Reste des Grauen Wächters auflösten, stiegen Blasen in die Luft. Ich wusste von meinen früheren Besuchen bei den Eichhörnchen über ihre Wirkung Bescheid, hatte mich selbst jedoch noch nie von ihrem Lockduft angezogen gefühlt. Für Menschen stanken sie vermutlich einfach nur fürchterlich.

Dann entdeckten Myrkur und ich gleichzeitig den Spalt im Blätterteppich, der sich durch den Aufprall des Grauen aufgetan hatte. Es war kaum Platz zum Hindurchschlüpfen, und der linke Flügel streifte ihn an einer winzigen Stelle.

Das Brennen, das von dieser einen winzigen verletzten Stelle ausging, übertraf alles, was ich je an Schmerz erfahren hatte. Lieber hätte ich mir von Myrkur noch zehn weitere Runen ausbrennen lassen, als das noch einmal zu erleben. Vor Schmerz schreiend schlugen wir auf dem Boden auf und sanken gleich mehrere Zentimeter tief ein. Ich machte mich darauf gefasst, dass sich unter der ersten fressenden Pflanzenschicht eine zweite, womöglich noch aggressivere Ebene befand, doch das war zum Glück nicht der Fall. Wir waren auf dem Rücken gelandet und wagten es nicht, uns zu rühren. Das erwartete Brennen blieb zum Glück jedoch aus. Hellgrünes fluoreszierendes Licht beleuchtete den Ort und gestattete es uns, die Umgebung zu mustern. Etwa einen halben Meter über uns breitete sich die Fresspflanzendecke aus. Ob die Blätter auf der Kehrseite ebenfalls tödlich waren? Ich wollte es lieber nicht herausfinden. Der Spalt, durch den wir geflohen waren, hatte sich bereits wieder geschlossen.

In was sind wir da gelandet?

Myrkur vollführte die geistige Entsprechung eines Schulterzuckens. *Keine Ahnung. Es stinkt jedenfalls.*

Von überall waren schmatzende, gurgelnde Laute zu hören. Über uns kreischten die erfolglosen Jäger ihre Wut in die Nacht. Nachdem feststand, dass wir uns nicht auflösen würden, gab ich der Erleichterung nach. Ein wenig zumindest.

Myrkur sprach aus, was auch ich mit Sorge bemerkt hatte. *Die verletzte Stelle am Flügel heilt, allerdings ungewöhnlich langsam.*

Dann ruhen wir uns einfach ein bisschen länger aus. Hier unten werden sie uns nicht erreichen.

Etwas platschte von oben auf uns herunter.

Myrkur knurrte angeekelt. *Ich schätze, das war eine Portion verdauter Kauz.*

Fürchte ich auch. Wir sind wohl in der Kloake gelandet.

Haben wir eine Gestalt, die sich hier unten wohlfühlen könnte?

Auch ich hatte schon daran gedacht. Vor allem, da uns in einer anderen Tiergestalt der verletzte Flügel nicht länger interessieren musste. Nach kurzer Besprechung wandelte ich uns in ein Eichhörnchen. Dahinter stand die schwache Hoffnung Pate, dass die Fresspflanzen uns verschonen würden, wenn sie in uns einen vertrauten Waldbewohner erkannten. Zunächst versuchten wir es auf dem Weg zur Lichtung. Wir stießen dort jedoch auf einen undurchdringlichen Wall aus besonders übel stinkenden Fresspflanzen. Danach schlichen wir lange Zeit unter dem tropfenden, schleimigen und leider völlig undurchdringlichen Blätterdach dahin, auf die Baumburg zu. Dort wimmelte es von Eichhörnchen. Wir wollten versuchen, auf uns aufmerksam zu machen, sobald wir die Burg erreicht hatten.

Myrkur seufzte. *Da gehen sie hin, die stolzen Träume vom ersten Drachen auf dem Thron.*

Ich wollte lieber nicht darüber nachdenken, was diese Wendung der Ereignisse sonst noch bedeuten mochte. *Wenigstens gibt es hier unten keine anderen Tiere.*

Bis jetzt. Warten wir lieber ab, ehe wir frohlocken.

Hast du einen Vorschlag, was wir sonst noch tun könnten?

Keine Vorschläge, aber einen Sack voller Sorgen.

Danke, den habe ich selbst. Besorgt fügte ich hinzu*: Alice ist auf dem Weg zur Lichtung.*

Sie wird nicht so dumm sein, den Wald zu verlassen.

Was das anbelangt, war ich mir nicht so sicher. Ich dachte an den Abend im Wonderland zurück, kurz nachdem sie von Adlons Trank gekostet hatte und geschrumpft war. Der Graue hatte sich anschließend in seinen Wolf gewandelt, um Kjell anzugreifen. Alice, klein wie eine Maus, war schon drauf und dran gewesen, ihm zu Hilfe zu eilen.

Myrkur riss mich aus meinen Überlegungen. Er hatte Bestandsaufnahme gemacht. *Drei Bewusstseinsebenen, die uns zur Verfügung stehen. Als hättest du gewusst, wie praktisch das einmal sein würde. Eine für mich, eine für dich und eine, die wir abwechselnd im Außen benutzen.*

Den Gedankenraum haben wir auch noch, führte ich die Aufzählung fort.

Das ist ein Irrtum.

Jetzt, da er es sagte, wurde mir bewusst, dass er recht hatte. Wir hatten noch nicht über das geredet, was auf der Lichtung geschehen war. So langsam wurde es jedoch Zeit. *Ist er verschwunden, als die Drachenmagie versiegt ist?*

So ist es. Jammerschade. Ich hätte mir dort aus nostalgischen Gründen eine Drachenhöhle einrichten können.

Du hast immer noch deine echte Höhle.

Sie ist mit Wehren aus Drachenmagie gesichert. Und ich bin jetzt kein Drache mehr. Ich bezweifle, dass ich sie jemals wieder betreten werde. Nachdem er das gesagt hatte, herrschte erst einmal längere Zeit Stille.

Können wir darüber sprechen, was auf der Lichtung geschehen ist?

Myrkur reagierte darauf nicht, und ich konnte es verstehen. Erst einmal würde ich nicht weiter in ihn dringen.

Adlons Männer verfolgten uns auf der anderen Seite des Blätterteppichs, das hatten wir schnell bemerkt. Es gab ein paar Versuche, durch die Fresspflanzen zu brechen. Wir merkten das auch daran, dass immer mal wieder stinkender Schleim in der Nähe zu Boden platschte. Irgendwann schienen sie aufzugeben, obwohl ich hätte wetten können, dass da oben immer noch jemand mit besonders scharfen Ohren unseren Weg verfolgte.

Stunden vergingen, und ich hätte nicht sagen können, wer von uns beiden verzweifelter war. Myrkur versuchte sich nichts anmerken zu lassen, doch seinen Drachenkörper verloren zu haben war ein Schock, der schwer zu verkraften sein würde. Mir machte die klaustrophobische Enge hier unten zu schaffen, und der Gedanke an die Zukunft, in der es ab jetzt immer so sein würde, dass wir zu zweit in meinem Körper steckten. Natürlich war es im Grunde kein Unterschied zu zuvor. Dass es den Drachenkörper gegeben hatte, in den Myrkur sich ab und zu zurückzog, war jedoch wie ein zusätzliches Zimmer gewesen, das uns nun fehlte.

Es war das Geräusch tapsender Schritte, das mich aus dem leichten Dämmerschlaf weckte, in den ich verfallen war, nachdem Myrkur den äußeren Rodin übernommen hatte. Ein Eichhörnchen näherte sich uns langsam und mit größter Vorsicht. Hier unten in dem schmutzig grünen Dämmerlicht wirkte sein schimmernder fuchsroter Pelz fast unwirklich schön.

Das Eichhörnchen wandelte sich, und ich musste ein paarmal blinzeln, um zu begreifen, wen ich vor mir sah. Es war Pleda in ihrer Menschengestalt mit glänzendem, wie tausendmal gebürstetem Haar, das ihr weit auf den Rücken hinabfiel. Alices Haar.

Die Eichhörnchenfrau wirkte erschöpft.»Ich bin so froh, dich endlich gefunden zu haben!«

Ich keckerte aufgeregt und bedeutete ihr auf diese Weise, fortzufahren.

»Alice wurde entführt, aber mach dir keine allzu großen Sorgen. Ich habe die Tiergestalt des Entführers erkannt.«

Wonderland 2.0

Ich erwachte liegend in vollkommener Dunkelheit. Die Stellen an Rücken und Bauch, an denen der Vogel mich mit seinen Krallen gepackt hatte, schmerzten. Ich tastete vorsichtig danach und stieß auf einen breiten, festen Verband. Meinem Entführer war es also wichtig, dass ich gut versorgt war. Das war beruhigend. Zu gern hätte ich gewusst, wer mich auf der Lichtung geschnappt hatte, doch ich war noch während des Sprungs ohnmächtig geworden. Ein Griff an meinen Kopf verriet mir, dass mein Haar vom Tauchbad im Fluss immer noch feucht war. Lange konnte meine Ankunft hier also noch nicht her sein. Ich tastete weiter umher, untersuchte meine unmittelbare Umgebung. Der weiche Untergrund, auf dem man mich abgelegt hatte, fühlte sich wie Samt an. Ein Sofa? Weiteres Umhertasten. Ja. Das war eindeutig ein Sofa. Ich setzte mich auf und schnupperte. Es roch angenehm, sogar vertraut. Wie im Wonderland, kurz nachdem ich die Dielen eingeölt hatte. Sehr langsam, sehr vorsichtig erhob ich mich. Das Pochen in den Schultern wurde schlimmer, doch ich ignorierte es.

Mit ausgestreckten Händen ging ich los, traf auf einen Gegenstand und tastete auch diesen ab. Es handelte sich um einen Stuhl, daneben befanden sich drei weitere Exemplare. Sie standen um einen Tisch herum. Das Spiel wiederholte sich alle paar Schritte. Immer waren es vier Stühle, die sich um einen Tisch herum gruppierten. Schließlich ertastete ich mit den Fingerspitzen eine glatte, kühle Fläche. Das musste Glas sein. Der Verdacht, der schon in den ersten Minuten in mir erwacht war, wurde zur Gewissheit. Alles deutete darauf hin, dass ich mich im Wonderland befand, um genau zu sein, im Wintergarten. Eine Welle an Emotionen überrollte mich. Es war ein wilder Mix aus Enttäuschung und Angst. Das konnte nicht sein. Das durfte nicht sein! Kurz überließ ich mich der Vorstellung, dass ich nur auf dem Sofa eingeschlafen und extrem lebhaft geträumt hatte. Gleich würde das Licht angehen, und dann käme Kjell, um mich in die Arme zu schließen. Bei dem Gedanken zuckte ich innerlich zusammen. Kjell war der allerletzte Mensch auf der Welt, den ich sehen wollte. Ich verwarf die Idee. Der Verband an meinen Schultern passte einfach viel zu gut zu meiner Erinnerung an die Lichtung, an den toten Drachen, an die Entführung, die diesmal gelungen war.

Ich setzte meinen tastenden Weg durch die Dunkelheit fort.

Kurze Zeit später hatte ich die Tür gefunden, die in die Backstube mit dem kleinen Verkaufsraum führte. Na gut. Aller Erkenntnis von eben zum Trotz, war es wirklich und echt mein Wonderland. Von hier aus war es leicht, die Ausgangstür zu finden. Sie ließ sich nicht öffnen. Eine Weile rüttelte ich frustriert daran herum und fühlte mich unangenehm an den Morgen in Wynterhaav erinnert, als Ellinor mich eingesperrt hatte. Schließlich akzeptierte ich, dass ich auf diesem Weg nicht weiterkommen würde. Ich beschloss, nach etwas zu suchen, mit dem ich die Scheiben im Wintergarten einschlagen konnte. Zunächst wirkte auch weiterhin alles vertraut. Doch dann fand ich weder meine Küchenmaschine noch den Mixer auf der Arbeitsfläche, und sämtliche Vitrinen, in denen mit Keksen gefüllte Tüten verstaut sein sollten, waren leer. Das war jedoch nicht alles. Nirgendwo war eine Steckdose zu finden. Dort, wo der Kühlschrank hätte stehen sollen, fand ich einen großen Holzkasten. Darin entdeckte ich neben mehreren Packungen Eis zwei Krüge.

Ich tauchte jeweils einen Finger hinein, schnupperte und probierte. Einer enthielt Milch, der andere Sahne. Außerdem befand sich darin ein großer Butterklumpen auf einem Teller. Weitere Backzutaten fanden sich an den gewohnten Stellen, ich entdeckte Mehl, Zucker, Eier, Rosinen und sogar eine beachtliche Menge an Gewürzen. Der Backofen, auf den ich zuletzt stieß, erinnerte mich an das Exemplar in Ellinors Küche, wenn er auch deutlich kleiner war. Holzscheite befanden sich aufeinandergestapelt in einer Schütte daneben. Ich atmete ein paarmal tief ein und aus. Es war überhaupt keine Frage: Dies war das Wonderland, und war es zugleich auch nicht. Und jetzt? Sollte ich meinem Entführer etwa einen Kuchen backen? Um ehrlich zu sein, hätte ich im Augenblick nichts lieber getan, als meine Hände in Teig zu versenken. Die vertraute Tätigkeit würde mich beruhigen. Die Dunkelheit hätte mich nicht einmal davon abgehalten. Ich war überzeugt, dass ich das eine oder andere Gebäck wirklich im Schlaf backen konnte. Was ich jedoch nirgendwo gefunden hatte, war irgendetwas, mit dem ich das Feuer im Backofen hätte entfachen können.

Also naschte ich ein paar Rosinen, trank von der Milch und tastete mich zurück zum Sofa. Dort saß ich still, die Beine eng an den Körper gezogen, und machte meine Übung mit dem Gedankenraum. Auf diese Weise fühlte ich mich Myrkur und Rodin wenigstens ein bisschen nahe. Wie sich herausstellte, hatte die enge Verbindung zwischen uns dreien einen entscheidenden Nachteil. Nun, da ich von ihnen getrennt war, fühlte ich mich so allein wie nie zuvor in meinem Leben.

Als es hell wurde, geschah es sehr plötzlich. Schmerzhaft geblendet musste ich die Augen zusammenkneifen. Eine fröhliche Stimme dröhnte von irgendwo oberhalb zu mir herab. Damit war eine meiner Fragen beantwortet. Ich war offenbar immer noch klein. »Herzlich willkommen, Alice Vertanen, im Palast der tausend Wünsche!« Irgendetwas Feuchtes, aufdringlich nach Minze Riechendes traf mich ins Gesicht. Angeekelt wischte ich es mit dem Ärmel ab. Ich blinzelte durch die Wimpern nach oben. Großartig. Mein Wonderland besaß offenbar kein Dach.

»Wie geht es dem Rücken und Co.? Sind die Schmerzen auszuhalten oder soll ich einen Heiltee kommen lassen?« Mehr Spucke, mehr Minzaroma gingen auf mich nieder.

»Danke, es geht. Was ist der Palast der tausend Wünsche?«

»Ein Bordell natürlich. Das verrät einem ja schon der Name.« Es folgte ein launiges Lachen.

Immer noch durch die Wimpern blinzelnd erkannte ich nun ein riesiges, mir zugewandtes Gesicht. Etwas hellblaues Geblümtes schwebte davor. Schlürfende Laute waren zu hören. Mein Besucher trank Minztee aus einer wirklich hübschen Tasse. »Du warst derjenige, der mich von der Lichtung entführt hat?«

Er stellte die Tasse irgendwo außerhalb meines Sichtfeldes ab und vollführte eine kleine Verbeugung. »Das war in der Tat ich. Du kannst mich Elvis nennen.«

»Was«, ich machte eine Handbewegung, die das gesamte Wonderland einschloss, »soll all das hier?«

»Ist es mir gut gelungen?«

Ich runzelte die Stirn. »Ja, schon, aber wozu?«

Er seufzte und wirkte erleichtert. »Ich war einige Male drüben im echten Wonderland, habe mir alles gründlich angesehen. Dennoch war es eine Herausforderung. Mein Kunde ist sehr, sehr pingelig.«

Sein Kunde? Ich wurde immer besorgter. Da es offensichtlich war, wie begierig er auf Lob für sein Werk aus war, setzte ich dort an. Wenn ich ihn in dieser Hinsicht zufriedenstellte, würde er hoffentlich gesprächig bleiben. »Anfangs habe ich wirklich gedacht, dass ich zu Hause sei. Dir ist ein richtiges Meisterwerk gelungen.«

»Großartig.« Ein wenig betrübt fuhr er fort: »Es fehlt uns hier natürlich die Elektrizität. Wirst du dennoch backen können?«

»Vielleicht.«

Seine Stimme wurde kalt. »Gib mir ein Ja.«

»Ich denke, das bekomme ich hin.«

Sein Gesichtsausdruck war nun nicht mehr ganz so freundlich. »Und was zum Kuckuck ist mit deinen Haaren geschehen?«

»Es war eine Art Überfall.«

»Das ist schlecht.« Er sah mich mürrisch an. »Die Glatze mindert deinen Wert.«

Nun war ich Pleda im Nachhinein geradezu dankbar.

Ich hatte mich inzwischen einigermaßen an die Helligkeit gewöhnt. Da Elvis munter weiter seine Spucketröpfchen verteilte, wenn er sprach, hielt ich die Augen immer noch halb geschlossen. Nun überwand ich mich dazu, sie ganz zu öffnen. Ich musste wissen, mit wem ich es zu tun hatte. Das mit seinem Namen schien Programm zu sein. Dunkles Haar, Tolle, Backenbart. Von seiner Kleidung sah ich nur Schultern und Kragen, doch beides war mit Fransen und Glitzer bestückt. »Oh, wow. Du siehst wirklich aus wie der King.«

Damit hatte ich einen Treffer gelandet. Elvis grinste bis über beide Ohren. »Willst du dich ein bisschen im Palast umsehen?«

»Sehr gern.«

Er beugte sich zu mir herunter. »Ich hebe dich jetzt heraus. Keine Angst. Ich habe das schon Hunderte Male bei den anderen gemacht. Meistens passiert nichts.«

»Meistens?« Mein Mund wurde trocken. »Und bei welchen anderen?«

»Na ja, manche Puppen zappeln ein bisschen, und in diesen Fällen kann ich nicht garantieren, dass ich nicht ein wenig zu fest zudrücke. Ich will schließlich niemanden fallen lassen.«

Nein, natürlich nicht. Und zerquetscht zu werden war ja sowieso immer eine gute Alternative. Ich zwang mich dazu, ihn anzulächeln. Nicht vor seiner riesigen Hand zurückzuzucken war da schon viel schwerer, doch ich hielt still. Dieser Elvis-Verschnitt musste mein Freund werden, koste es, was es wolle. Meine Stimme war ein bisschen hoch, aber nicht schrill. »Ich vertraue dir.«

»Was bleibt dir auch sonst übrig?« Er packte mich mit zwei Fingern und setzte mich auf dem Handteller seiner anderen Hand ab. Praktischerweise trug er so viele Ringe, dass ich mir aussuchen konnte, wo ich mich festhalten wollte.

Elvis drehte sich mit erhobener Hand hin und her, damit ich mich in dem riesigen Raum umsehen konnte. An drei Seiten befanden sich bodentiefe Fenster. Ein leiser Luftzug brachte den Duft von Rosen herein. Wie es draußen aussah, konnte ich leider nicht sehen, denn bauschige rosafarbene Wolken, die vor den Fenstern schwebten, verhinderten den Ausblick. Elvis hatte offenbar generell eine Vorliebe für Rosa, Gold und Glitzer. Oder seine Kunden, wer das auch immer sein mochte, schätzten diesen Stil. Überall im Raum verteilten standen gemütliche Sitzgruppen. Die wenigen Möbel bei Ellinor hatten dunkel und schwer gewirkt. Hier war alles hell und luftig und na ja, sehr rosa und gold. Was mich aber so richtig sprachlos machte, waren die Puppenhäuser, die zwischen den Sitzgruppen auf säulenartigen Podesten ausgestellt waren. Elvis zappelte fast vor Ungeduld. »Und? Was sagst du?«

»Ich bin überwältigt.«

Er strahlte mich an. »Ich führe dich ein wenig herum.« Nacheinander schritten wir die Podeste ab. Wie ich es bereits befürchtet hatte, wohnte in jedem eine lebendige Puppe. Ich sah einen Friseursalon, eine Frühstückspension, eine Arztpraxis, eine Tierhandlung und eine Bar im Siebzigerjahre-Look und – ich runzelte die Stirn – mehrere Häuser, die in das Rotlichtmilieu einer beliebigen Stadt in der Anderswelt gehören könnten. Selbstredend besaß kein einziges Puppenhaus ein Dach. Der Friseursalon befand sich in direkter Nachbarschaft zum Wonderland. Von meiner erhobenen Position auf Elvis' Hand sah ich hinein.

Zwei Miniaturfrauen starrten zu mir empor. Eine saß auf einem Friseurstuhl, die andere war dabei, ihr Lockenwickler ins Haar zu drehen. Als ich sie sah, wurde mir klar, dass Elvis sehr viel irrer und gefährlicher war, als ich zunächst gedacht hatte, und das hieß etwas. Matt winkte ich den Frauen zu. Sie winkten nicht zurück. Ich dachte an den Abend meiner Entführung, als ich mit Kjell darüber gerätselt hatte, wo die entführten Rothaarigen geblieben sein mochten. Nun war das Rätsel gelöst. Es war verrückt. So lange schon hatte ich nicht mehr sie gedacht, und nun stellte sich heraus, dass sie in einer Stadt aus Puppenhäusern leben mussten. Ich war fassungslos, versuchte jedoch, es mir nicht anmerken zu lassen. »Darf ich sie kennenlernen?«

»Aber gewiss doch. Ich habe am Nachmittag eine kleine Zusammenkunft vorgesehen. Danach geht es ins Badehaus. Das wird dir gefallen.«

»Das hört sich toll an.« Ich lächelte ihn gequält an.

Zurück im Wonderland, setzte er mich überraschend vorsichtig im Wintergarten ab. »Es macht dir doch nichts aus, dass ich deinen Rucksack behalten habe?«

Ich überlegte kurz, was sich darin befand. Pledurs Päckchen fiel mir ein. Ich würde nun wohl nicht erfahren, was sich darin befand. Das Fläschchen mit dem Schrumpfungstrank hatte ich in meiner Hemdtasche verstaut. »Nein, das ist schon okay.«

Er lächelte, und es war uns beiden klar, dass ich sowieso keine andere Antwort hätte geben können. Elvis wandte sich zum Gehen.

»Darf ich dich noch etwas fragen?«

Er sah mich ungeduldig an, doch dann nickte er. »Mach aber schnell.«

»Weißt du, was auf der Lichtung geschehen ist? Mit … mit dem Drachen?«

Sein Blick wurde kalt. »Du bist mit ihm gereist, nicht wahr?«

»Ja.«

Elvis trat nun wieder ganz nahe ans Wonderland heran. Er lächelte selbstzufrieden. »Es ist wirklich merkwürdig, wie sich letzten Endes doch immer wieder alles zusammenfügt.«

»Was meinst du?«

»Ich bin geschäftlich im Eichhörnchenwald unterwegs gewesen, als ich auf den Drachen stieß. Er lag einfach auf der Wiese und schlief so fest, dass ich zunächst dachte, er sei tot. Ich sprang natürlich sofort zurück, um meinem Bruder Meldung zu machen.«

Ich kannte nicht viele Menschen in Wynterhaav, aber ein Mann tauchte dort, soweit ich wusste, immer wieder auf und machte Schwierigkeiten. »Heißt dein Bruder zufällig Adlon?«

Doch Elvis sprach weiter, als hätte er meine Frage nicht gehört. »Anschließend reiste ich weiter zu den Eichhörnchen. Angeblich haben diese ihre Geschäfte jedoch für längere Zeit auf Eis gelegt. Sie ließen mich nicht mal in ihre Burg und ich musste unverrichteter Dinge wieder gehen. Ich war schrecklich enttäuscht, das kannst du mir glauben, und bin in denkbar schlechter Laune zurück zur Lichtung geflogen. Und dort fand ich – dich. Stell dir nur einmal meine Überraschung vor.« Er schnurrte fast vor lauter Zufriedenheit. »So lange schon habe ich darauf gewartet, dass du zu mir kommst. Zu allem Überfluss steckte in deinem Rucksack ein Geschenk von den Eichhörnchen. Ich nahm es an mich und behalte es als Dankeschön für die Gastfreundschaft, die ich dir erweise.«

Gastfreundschaft. Na klar. Was für ein Arschloch! Jetzt war ich jedoch sicher, von wem er gesprochen hatte. »Also ist Adlon dein Bruder.«

»Für dich der Hauptmann der Grauen!«

»Natürlich, Entschuldigung.«

»Aber ja, Adlon ist mein Bruder. Ich war sehr wütend auf ihn, als er dich beim ersten Mal entwischen ließ.«

Elvis war der Auftraggeber für meine Entführung? Das hatte ich nicht erwartet. Oder gab es vielleicht einen geheimen Auftraggeber? Das sagte mir jedenfalls mein Gefühl. Jetzt interessierte mich aber erst etwas ganz anderes. »War es Adllon, der den Drachen getötet hat?«

»Natürlich nicht.«

»Wer dann?«

Doch Elvis ging nicht darauf ein, und sein Blick machte deutlich, dass ich diese Frage besser nicht noch einmal stellen sollte. »Du und Lord Vertanen habt auch die Eichhörnchen besucht?«

Voller Schreck dachte ich an Ellinor, die inzwischen vielleicht sogar schon mit den Kindern auf der Reise war. Elvis durfte nicht einmal ahnen, dass dies der Hauptgrund für Rodins und meinen Besuch beim Eichhörnchenvolk war.

Er sah mich prüfend an. »Ich hätte nicht gedacht, dass der gute Rodin an Pilzen interessiert ist.«

Ich gab mich genervt. »Mein Ehemann lebt am Rande der Armut. Mit den Pilzen wollte er Geschäfte am Hof machen und wieder zu ein bisschen Vermögen kommen.«

Elvis kniff misstrauisch die Augen zusammen. »Um den Eichhörnchen Pilze abzuluchsen, braucht man Kapital. Was hat dein Lord ihnen im Austausch dafür gegeben?« Sein Blick fiel auf meinen kahlen Kopf. Er nickte verstehend. »Natürlich. Es gibt da jemanden bei den Eichhörnchen, der lange Zeit nach einem Mittel gegen Kahlheit forschen ließ.«

»Juckt mich nicht wirklich.« Ich zuckte die Achseln.

Elvis lachte dröhnend. »Mir gefällt, wie gelassen du deine Situation aufnimmst. Mit hysterischen Frauen habe ich mittlerweile genug Erfahrungen gesammelt.« Sein grimmiger Blick ging irgendwohin in den Raum, vermutlich zu einem der anderen Puppenhäuser. »Wenn sie sich aufregen, ist mit ihnen kaum noch etwas anzufangen. Vielleicht hast du ja einen guten Einfluss auf sie.«

Nachdem wir etabliert hatten, dass ich ihm nützlich sein konnte, würde er hoffentlich meine dringendste Frage beantworten. »Wenn ich es richtig verstanden habe, gibt es jemanden, der dich mit meiner Entführung beauftragt hatte? Kenne ich ihn?«

Elvis warf mir einen undeutbaren Blick zu. »Lass dich überraschen.«

Eine bittere Lektion

In Ellinors Küche hatte ich gelernt, mit einem Holzofen umzugehen. Elvis brachte mir Anzünder und somit war auch dieses Problem gelöst. Wie immer, wenn ich in der Backstube beschäftigt war, kamen meine Gedanken zur Ruhe. Über Myrkurs und Rodins Schicksal zu grübeln half weder mir noch ihnen. Was Elvis vorhin erzählt hatte, war zwar höchst interessant gewesen, brachte mich aber kein Stück weiter. Nach wie vor konnte jeder, einschließlich meine Halbschwester, hinter dem Auftrag der Entführungen stehen. Das kleine Extra mit den Puppenhäusern schien jedoch ganz allein auf den Mist meines Gastgebers gewachsen zu sein.

Als Erstes zog ich ein Blech mit Scones aus dem Ofen. Ich richtete mir einen Teller mit dem Gebäck, dick bestrichen mit Butter und Kirschmarmelade. Bei Tageslicht hatte ich noch weitere Schätze entdeckt. Besagte Marmelade, eine ganze Steige Eier und ein Dutzend riesige, herrlich duftende Zitronen. Elvis hatte das Wonderland in der Anderswelt nicht nur besucht, sondern auch einiges von meinen Vorräten mitgebracht. Zu meiner Freude fand ich gleich drei verschieden Sorten Grüntee, von mild bis kräftig, löslichen Kaffee und sogar Karamellsirup. Rodin hatte mir erzählt, dass Kjell an meiner Stelle das Café eröffnet hatte. Ich konnte mir das immer noch nicht so richtig vorstellen. Es passte einfach nicht zu Kjell. Noch weniger sah ich vor mir, wie Elvis dort an einem Tisch Platz nahm und von ihm bedient wurde.

Während ich meine Scones aß, driftete ich in einen Tagtraum ab, in dem Kjell mit Elvis ins Gespräch kam und herausfand, was mit mir passiert war. Wäre er in der Lage, einen Weg hierher zu finden? *Ich würde für dich töten.* Wollte ich überhaupt noch gefunden werden? Von ihm? Die Antwort auf diese Frage fiel mir leicht. Mein Platz war in Wynterhaav, bei Rodin und Myrkur. Entschlossen klammerte ich die Möglichkeit aus, dass die beiden mich allein zurückgelassen haben könnten. Auch das war eine Sache, die mich die Übung mit dem Gedankenraum gelehrt hatte. Die Zukunft war nur ein Bild im Kopf. Ebenso verhielt es sich mit der Vergangenheit. Jetzt, in diesem Moment leckte ich Marmelade von meinem Finger. Das war die einzige Realität, die ich besaß.

Ich stellte mich wieder in die Backstube, um ein weiteres Blech in Angriff zu nehmen. Wenn ich schon unbedingt vorausdenken musste, dann erdachte ich mir doch am besten gleich eine Wunschzukunft. Wie ich hier in diesem Miniwonderland stand, Zitronenschale abrieb und den Duft tief einsog, wusste ich nämlich mit absoluter Sicherheit, dass ich nur eine Übergangskönigin sein wollte. Wen ich mir an meiner statt auf dem Thron wünschte, war erstaunlich einfach zu beantworten. Es gab nur eine einzige Person, die mir geeignet schien. Ich gab Zitronenschale und Saft in den neu angerührten Teig, schmeckte ab und suchte nach einer passenden Kuchenform. Es stellte sich heraus, dass mir sogar eine größere Auswahl zur Verfügung stand als im eigentlichen Wonderland. In einem anderen Kontext hätte ich die Arbeit bewundert, die in diesem Puppenhaus steckte. Aber so wuchs mit jedem Blech, das ich zum Auskühlen auf das bereitstehende Gitter stellte, mein Zorn auf Elvis und seinen geheimnisvollen Auftraggeber. Vor allem aber erlebte ich zum ersten Mal in meinem Leben, was es bedeutete, jemanden zu hassen.

Gegen Nachmittag hatte ich den Eindruck, dass ich wieder wuchs. Ich zog das Fläschchen mit dem Schrumpfungstrank aus der Hemdtasche und betrachtete es nachdenklich. Ich konnte mir nicht vorstellen, dass Elvis diesen Umstand nicht bedacht hatte. Tatsächlich hörte ich gleich darauf Schritte näher kommen. Elvis grinste zu mir herunter. »Es riecht köstlich.«

Ich hob ihm den Teller entgegen, den ich für diesen Moment vorbereitet hatte. Er leerte sich den Inhalt auf einmal in den Mund und kaute zufrieden. »Mit deinem zauberhaften Café wirst du die Sensation meiner kleinen Versteigerung heute Abend sein.«

Versteigerung? Das Wort traf mich wie ein Ziegelstein am Kopf. Ich zwickte mich in den Handrücken. Der Schmerz war meine Gegenwart. Der Geschmack nach Scones in meinem Mund war meine Gegenwart. Diese Versteigerung, von der er gesprochen hatte, würde möglicherweise stattfinden, vielleicht aber auch nicht. Ich atmete tief durch. »Willst du noch ein paar Kekse?«

Er wollte natürlich. »Ich habe auch etwas für dich.« Er stellte eine winzige, mit hellblauer Flüssigkeit gefüllte Flasche auf einen der Stehtische am Fenster. »Trink das.«

»Warum?«

»Damit du klein bleibst.«

»Was passiert, wen ich mich weigere?«

»Du wirst es von allein herausfinden. Ich gebe dir jedoch den guten Rat, es nicht darauf ankommen zu lassen.«

Ich nickte. Die Warnung war angekommen.

Elvis schlenderte weiter, vermutlich um auch die anderen Frauen mit dem Trank zu versorgen.

Ich lauschte auf seine Schritte. Als ich sicher war, dass er mich nicht beobachten konnte, nahm ich einen Schluck aus meinem eigenen Fläschchen und leerte den Inhalt des anderen in den Eimer mit dem Schmutzwasser.

Ich war noch nicht sehr gewachsen und hatte schnell meine gewohnte Minigröße zurück. Bald tauchte Elvis wieder vor dem Wonderland auf. Er brachte mich zu einem runden Tisch in einer Ecke des Raumes. Dort warteten bereits die übrigen Frauen. Es war einfach zu erraten, in welches Puppenhaus sie jeweils gehörten, da sie passend gekleidet waren. Die meisten beobachteten meine Ankunft mit resignierter Miene. Einige wenige lächelten mir freundlich zu. Zwei schossen jedoch geradezu hasserfüllte Blick auf mich ab. Genau zwischen diesen beiden musste ich mich auf Elvis' Anweisung hin aufstellen.

Der Frau zu meiner Rechten gehörte die Bar, sie war mir bereits vorher bei unserem kleinen Rundgang aufgefallen. Ihre gepflegten kastanienroten Haare fielen ihr in großen Wellen auf die Schulter. Sie trug ein schwarzes, langes, beinahe durchsichtiges Kleid und schwarze Handschuhe, die ihr bis zu den Ellenbogen reichten. Ihr hübsches herzförmiges Gesicht war stark geschminkt. Sie starrte verächtlich auf die Haarstoppel an meinem Schädel. »Ich frage mich, wieso ausgerechnet du der Hauptpreis sein sollst.«

Ich zuckte mit den Schultern und verkniff es mir, meinerseits ihr Aussehen zu kommentieren. »Also ich frage mich, wieso überhaupt jemand der Hauptpreis sein sollte.«

Die Frau auf meiner anderen Seite war diejenige, die vorhin mit Lockenwicklern auf dem Friseurstuhl gesessen hatte. Ihr Haar hatte einen kirschroten Ton. Sanfte weiche Wellen umspielten ihr Gesicht. Sie trug einen weißen, sehr kurzen Kittel, Sandalen mit hohen Absätzen und ein Stethoskop um den Hals. Sie beugte sich vor, um an mir vorbei zur Barfrau zu sprechen. »Ich habe mitbekommen, wie er bei Diana eine Perücke für sie bestellt hat.«

»Mist.« Die Barfrau starrte mich erbost an, sprach aber zu der Ärztin. »Warum hat sie nicht einfach behauptet, dass sie so was nicht kann? Wir hätten noch eine Galgenfrist bekommen.«

»Weil sie Angst vor Elvis hat?« Ich sah die beiden nacheinander an. »Mein Name ist übrigens Alice.«

»Das wissen wir«, sagte die Barfrau.

Und die Ärztin fügte hinzu: »Wir haben alle gehofft, dass du nie auftauchen würdest.«

»Glaub mir, ich hätte euch den Gefallen gern getan.«

Elvis, der sich kurz entfernt hatte, kam wieder zurück. Sämtliche leise geführten Gespräche versiegten. Alle starrten wir gebannt auf den winzigen Käfig in seiner Hand, in dem sich ein geschrumpftes weißes Kaninchen befand. Er stellte den Käfig auf den Tisch und ging wieder. Ich hatte gar kein gutes Gefühl. »Was passiert gleich?«

Keine Antwort. Da meine Nachbarinnen nicht vorzuhaben schienen, mit mir zu sprechen, ging ich einfach ein paar Schritte weiter und stellte mich zu einer Frau, die wie eine Schneiderin ausstaffiert war. Sie war eine von denen, die mir vorhin zugelächelt hatten. Wir stellten uns einander vor. Ihr Name war Ruth. Ruth trug ein ausgestelltes Kleid mit tiefem Ausschnitt. In ihren Händen hielt sie ihr

Requisit, ein Maßband, das sie nervös auf- und wieder abrollte. Ich wiederholte meine Frage danach, was gleich passieren würde.

»Keine Ahnung. Es wird jedoch nichts Erfreuliches sein. Elvis ist böse.« Sie sah mich mitleidig an. »Du tust mir leid.«

Dies half nicht gerade dabei, mich aufzumuntern. »Weißt du etwas, was ich auch wissen sollte?«

»Irgend so ein wichtiger Typ am Hof ist wohl auf der Suche nach einem ungewöhnlichen Geschenk für Prinzessin Malena. Soweit ich es mitbekommen habe, sollen das du und dein hübsches Café sein.«

»Weiß die Gerüchteküche zufällig auch, was an mir oder meinem Café so speziell sein soll? Soweit ich das beurteilen kann, sind wir alle Rotfüchse, und sämtliche Puppenhäuser sehen aus, als hätte sich jemand verdammt viel Mühe gegeben.«

»Leider habe ich keine Ahnung.« Sie sah mich prüfend an, dann beugte sie sich zu mir und raunte: »Die Prinzessin soll sehr grausam sein.«

Man sah mir wohl an, wie ich diese Nachricht aufnahm. Ruth betrachtete mich mitfühlend. »Lass mich nachdenken, vielleicht fällt mir ja doch noch etwas ein. Also … Elvis hat diese Idee, dass die edlen Damen, die bei der Versteigerung den Zuschlag für eines der Puppenhäuser bekommen haben, sich gegenseitig mit ihren Puppen besuchen. Er steckt voller furchtbarer Ideen für uns und hat sogar Drehbücher geschrieben, nach denen wir uns bei diesen Gelegenheiten zu richten haben. Das Wonderland stellt in all diesen Geschichten den Dreh- und Angelpunkt dar. Vielleicht ist es nur Pech, dass du ausgewählt wurdest. Vielleicht hat er einfach nur einen Ort gebraucht, an dem alle Fäden zusammenlaufen.«

Während ich Ruth zuhörte, wuchs meine Beklemmung. Das war ein Level an Irrsinn, mit dem ich nicht gerechnet hatte. Gleichzeitig war es eine Erklärung, der ich gut folgen konnte.

Ruth fuhr fort: »Auch meine Schneiderwerkstatt war für kurze Zeit als Ort im Gespräch, wo sich die Puppen treffen sollen, doch das Wonderland wird, wie gesagt, von diesem Botschafter favorisiert. Sorry.«

»Botschafter? Was für ein Botschafter?«

»Keine Ahnung. Ich habe nur Bruchstücke von Gesprächen mitbekommen. Er scheint jedoch sehr hoch in Malenas Gunst zu stehen.«

Elvis kam zurück und wieder verstummten die Gespräche. Er setzte sich mit der halben Arschbacke auf den Tisch. Zwischen ihm und uns befand sich der Kaninchenkäfig. »Maria, tritt vor und stell dich neben den Käfig.«

Die Angesprochene war die Ärztin. Sie gab einen erschrockenen Laut von sich.

Elvis wartete einen Moment. Als sie sich immer noch nicht regte, streckte er die Hand in ihre Richtung aus. Nun rannte sie zum Käfig. Das Kaninchen hatte sich interessiert zu ihr gedreht. Seine winzige Nase zuckte.

»Nächstes Mal ein bisschen schneller, ja?« Elvis tippte Maria mit dem Zeigefinger auf den Kopf. Die Frau hob die Hände und versuchte sich davor zu schützen. Schließlich ließ sie sich auf die Knie nieder. Dies schien Elvis zufriedenzustellen, denn er hörte endlich damit auf, sie anzutippen.

Er sah uns der Reihe nach an. »Ich meine es gut mit euch. Deshalb habe ich diese Demonstration geplant.«

Einige murmelten etwas, das sich fast wie ein Dankeschön anhörte.

»Manchmal erkennt man einen Käfig auf den ersten Blick. Manchmal sieht er jedoch wie ein Friseursalon aus oder eine Bar oder ein Café.« Er hob den Arm. Der Ärmel seiner Fransenjacke rutschte zurück und enthüllte ein breites goldenes Armband. Er ließ uns Zeit, den Anblick zu würdigen, dann fuhr er fort: »Das hier ist der Schlüssel zu eurem *Käfig*. Eure zukünftigen Herren und Herrinnen erhalten ebenfalls ein solches Armband. Nur damit können sie euch aus dem Puppenhaus herausholen. Wie findet ihr übrigens das Kaninchen? Süß, nicht wahr? Es ist ein Mädchen und ich habe es Sunny getauft.«

Wie die anderen Frauen hatte auch ich meine Aufmerksamkeit auf Elvis konzentriert. Als ich nun zum Käfig sah, erkannte ich voller Schreck, dass es ein Stück gewachsen war.

Ruth ergriff meine Hand.

Das Kaninchen wurde rasch größer. Bald fand es kaum noch Platz in seinem Käfig.

Ich trat aus der Reihe nach vorn, was mir sofort Elvis' Aufmerksamkeit eintrug. Er sah mich warnend an.

Mein Herz donnerte vor Angst. »Kann ich dir irgendetwas anbieten, für das du im Gegenzug das Kaninchen …«

Doch es war zu spät.

Das Tier wuchs nun in rasender Geschwindigkeit zu voller Größe.

Die Käfigstäbe hingegen blieben stabil.

Das Kaninchen wurde durch die Lücken zwischen den Käfigstäben gedrückt und regelrecht in Scheiben geschnitten. Es schrie. Blut und Eingeweide spritzten in alle Richtungen. Maria bekam natürlich das meiste ab. Die Ärztin presste eine Hand auf ihr Herz, die Augen weit aufgerissen. Sie sah aus, als würde sie gleich in Ohnmacht fallen. Ehe die Angst mich lähmen konnte, rannte ich zu ihr. Ich kniete mich zu ihr und umschlang die zitternde Frau mit beiden Armen, drückte meinen Mund an ihr Ohr und murmelte einfach irgendwelche Worte, um sie zu beruhigen. So nahe am Käfig war der Gestank nach Blut und Exkrementen extrem. Die Scones, die ich vorhin mit so viel Appetit gegessen hatte, wollten dringend meinen Magen verlassen. Ich klammerte mich ebenso verzweifelt an die andere Frau, wie diese sich an mich. Uns beiden klapperten die Zähne.

Elvis, der als Einziger gewusst hatte, was passieren würde, hatte sich natürlich rechtzeitig vom Tisch entfernt. Nun kam er mit blütenweißem Anzug und ernster Miene zu uns zurück. Er ignorierte Maria und mich, was hoffentlich bedeutete, dass er mir mein Handeln nicht verübelte. »Ist jeder hier klar geworden, dass euer Leben vom Schrumpfungsmittel abhängt?«

Wir alle nickten.

»Sehr gut.« Elvis trank aus der geblümten Teetasse, die ich bereits kannte. Der Minzgeruch war intensiv, doch ich meinte auch einen Hauch von starkem Alkohol zu riechen. Er fuhr mit seiner Erklärung fort. »Mit euren Puppenhäusern musste ich ein wenig experimentieren. Eure Besitzer sollten nicht durch Käfigstäbe sehen müssen. Dennoch sind diese existent. Unsichtbar. Magisch. Vergesst das nie! Braucht jemand eine Demonstration mit einem der Puppenhäuser?«

Das Entsetzen war so groß, dass niemand sprechen konnte. Einhellig schüttelten wir den Kopf.

»Wer nicht in Stücke geschnitten werden will, trinkt brav seinen Schrumpfungstrank.«

Diesmal nickten alle.

Ich wartete, ob noch jemand anderer dieselbe Sorge teilte wie ich. Als niemand sich rührte, hob ich die Hand.

Elvis sah mich gutmütig an. »Du willst etwas sagen?«

»Wir werden versteigert, und dann hängt es von unserem Besitzer ab, wann und ob wir den Trank bekommen.«

»Das ist richtig.« Elvis machte nicht den Eindruck, als verstünde er, wo mein Problem lag.

Hastig fuhr ich fort: »Es könnte doch aber sein, dass unsere neuen Besitzer in dieser Hinsicht nicht so zuverlässig sind, wie man es sich wünschen würde.«

»Ein wichtiger Punkt.« Er schenkte mir ein anerkennendes Lächeln.

Nun bedauerte ich, dass ich das Fläschchen vorhin ausgeleert hatte. »Könnten wir dann vielleicht einen kleinen Vorrat bekommen? Nur für alle Fälle?«

»Nein.«

»Aber …«

Elvis' Hand schoss vor. Er tippte so lange auf meinen Kopf, bis ich flach und zitternd auf dem Bauch lag.

»Mein Rat lautet: Sorgt dafür, dass ihr zur liebsten Beschäftigung eures Herrn oder eurer Herrin werdet. Langeweile ist tödlich. Für euch.« Elvis klatschte in die Hände.

Ich hob den Kopf und sah, wie vier Frauen in Normalgröße den Raum betraten. Sie trugen lange weiße Gewänder und hatten das Haar seitlich zu Zöpfen geflochten. In bedrücktem Schweigen beobachteten wir, wie sie den Käfig fortbrachten und dann das Blut und die Gewebereste fortwischten.

Auf ein Zeichen von Elvis hin, durften Maria und ich zurück in die Reihe treten.

Nachdem die Tischplatte wieder sauber war, brachten die Dienerinnen ein neues riesiges Puppenhaus, das sie vorsichtig auf der Tischplatte abstellten.

Mit den strahlend weißen Säulen und dem Treppenaufgang erinnerte mich das neue Puppenhaus an einen altgriechischen Tempel. Zu meiner Freude besaß es ein Dach und wir wurden nicht hineingehoben, sondern durften es durch den Vordereingang betreten.

Kaum waren wir drinnen, wollte ich auch schon meine Chance ergreifen und Ruth weiter ausfragen. Daraus wurde jedoch nichts. Die Dienerinnen, die eben noch das Puppenhaus gebracht hatten, betraten nun ebenfalls das Badehaus. Ruth trat an meine Seite. Sie flüsterte: »Elvis hat sechs von ihnen in seinem Dienst, vier Frauen und zwei Männer. Sie können ihre Größe in beide Richtungen ändern, und zwar ohne den scheußlichen Trank. Trau ihnen nicht.«

Ich bedankte mich mit einem stummen Nicken.

Jede von uns bekam eine eigene Badekabine zugewiesen. Das griechische Thema wurde auch hier fortgeführt. Der Boden war kunstvoll mit hellblauen und weißen Mosaikfliesen ausgelegt. Mittendrin stand eine runde hohe Wanne, die bereits mit Wasser gefüllt war. Ein dicker Stapel Handtücher lag auf einem niederen Konsolentisch parat, und auf einem Silbertablett präsentierte sich eine Auswahl von Ölen in geschliffenen Glasflakons. Ich hob die Stöpsel an und schnupperte. Die Öle dufteten herrlich, doch mir war klar, dass dieser Luxus im Grunde nicht uns, sondern den Nasen der zukünftigen Herren und Herrinnen schmeicheln sollte.

»Für welchen Duft hast du dich entschieden?« Eine der Dienerinnen spazierte zu mir herein. Sie lächelte mich gewinnend an. »Mein Name ist Fairan, ich werde mich von heute an um dich kümmern.«

Ich zeigte auf den erstbesten Flakon.

Fairan gab einige Tropfen von dem Öl in mein Badewasser und dezenter Fliederduft erfüllte den Raum. »Lass mich dir aus der besudelten Kleidung heraushelfen.« Sie deutete auf ein Gitter im Boden. »Stell dich hierher, damit ich die Kaninchenreste von dir abspülen kann.«

Ich kam ihrer Aufforderung sofort nach. Fairan griff sich den bereitstehenden Krug und reichte mir einen weichen Lappen, mit dem ich mich waschen konnte, während sie Wasser über mich schüttete.

Nachdem ich fertig war, strich sie mit der Hand über die Stoppeln auf meinem Kopf. »Nimm den Hocker aus der Ecke dort und setz dich. Ich bin gleich wieder da.« Als sie zurückkam, hatte sie Rasierutensilien dabei. Fairan arbeitete schnell und entfernte sämtliche Haarstoppeln von meinem Kopf, ohne mich zu schneiden. Nachdem sie fertig war, hielt sie mir einen Spiegel vor, in dem ich mich mustern konnte.

Ich war mit langen gepflegten Locken nach Wynterhaav gekommen. Ellinor hatten sie an meine Mutter erinnert, weswegen sie mich hasste. Mit der Glatze sah ich völlig anders aus. War das nun gut oder schlecht? Ich war nicht sicher.

»Du hast eine schöne Kopfform.« Fairan begutachtete mich mit zur Seite geneigtem Kopf. »Und ein ausdrucksstarkes Gesicht. Ich werde Elvis raten, auf die Perücke zu verzichten.«

»Mir ist das völlig egal.«

»Zeig ihm das nicht. Es ist besser, seine Ideen zu beklatschen.«

»Dann mach ich eben das.«

Sie musterte mich nachdenklich. »Du hast mir besser gefallen, als du noch eine Meinung hattest.«

»Was meinst du?«

»Du wolltest Sunny retten, dafür danke ich dir. Ich habe sie die letzten Wochen versorgt und mochte den kleinen Nager.«

Aber unternommen hatte sie nichts, um Sunny zu retten. Das wollte ich mir merken. Ich lächelte sie unverbindlich an.

»Mach Elvis glücklich, indem du deinen Wert für die Versteigerung nach oben schraubst. Dein Erfolg ist auch mein Erfolg.« Mit einem etwas freundlicherem Lächeln als bisher bedeutete sie mir, in die Wanne zu steigen. Dann verließ sie mich, um nach ihren übrigen Schäfchen zu sehen.

Das Wasser hatte genau die richtige Temperatur für meinen Geschmack. Seufzend entspannte ich meine Glieder. In Gedanken rief ich abwechselnd nach Rodin und Myrkur. Ich wusste, dass ich nicht auf Antwort hoffen durfte, trotzdem war ich am Boden zerstört, als keine Erwiderung kam.

Das Vergnügungsviertel zu einer ungünstigen Uhrzeit

Mein letzter Besuch in Wynterhaavs einzigem Vergnügungsviertel lag Jahre zurück. Damals drängte sich das magische Volk in den Gassen. Es war ein Ort gewesen, an dem die Traditionalisten wenig bis gar keinen Einfluss gehabt hatten. Heute war alles wie leer gefegt, doch das lag nicht an der drückenden Hitze, die über der Stadt lag.

Die wenigen Passanten, die uns begegneten, huschten mit gesenktem Kopf vorüber. Wir waren noch nicht weit gekommen, als uns eine Wache in den Weg trat. Der Mann hatte ein ebenmäßiges Gesicht, war groß und breitschultrig und sprach dazu noch mit warmer, melodiöser Stimme. Eine wahre Augenweide. Bestimmt war auch sein Wolf ein besonders prächtiges Tier. Myrkur und ich hingegen sahen mittlerweile ziemlich heruntergekommen aus. Der Wächter musterte uns entsprechend auch von oben herab. »Wohin willst du, Kerl?«

Im Augenblick hatte Myrkur die Führung über unseren Körper inne. Als der Graue uns am Arm festhalten wollte, wirbelte er herum und packte den Mann blitzschnell bei der Kehle. Am ausgestreckten Arm hob er ihn in die Luft. Er musste irgendeinen Kniff kennen, der mir bisher unbekannt war, denn der Wächter konnte sich anscheinend nicht rühren. Mit starren Gliedern und vor Schreck aufgerissenen Augen starrte er uns an.

Sachte, Myrkur. Wir wollen ihm nur eine Frage stellen.

An den Wächter gewandt sagte er: »Wir suchen Adlon.«

Und jetzt lass ihn los, sonst kann er nicht antworten.

Knurrend gab Myrkur nach. Er setzte den Wächter auf dem Boden ab und trat einen Schritt zurück. Den drohenden Blick behielt er jedoch bei. »Sprich!«

Der Mann war sichtlich aufgebracht und leider ein wenig dumm, denn er begriff nicht, dass der, der ihn einmal an der Kehle gepackt hatte, dies leicht ein zweites Mal tun konnte. Mit vorgerecktem Brustkorb baute er sich vor uns auf. »Bursche, das wirst du mir beza…«

Ich seufzte.

Myrkur versetzte dem Dummkopf eine Ohrfeige. Der Mann knallte heftig mit dem Hinterkopf an die hinter ihm befindliche Hauswand. Er blinzelte benommen.

Lass mich jetzt übernehmen.

Myrkur machte keine Anstalten, zu weichen. *Gib mir noch einen Versuch.*

Nein. Mach jetzt gefälligst Platz.

Auf der Reise hierher hatten wir darüber diskutiert, wie wir uns meinen Körper in Zukunft teilen wollten. Eine endgültige Lösung dafür gab es noch nicht. Grob hatten wir jedoch vorgesehen, dass er mögliche Kämpfe übernahm und ich alles, was ein bisschen mehr Feingefühl erforderte.

Myrkur zog sich zurück.

»Wo ist Adlon?« Ich lächelte den Mann gewinnend an. »Wenn du antwortest, gehen wir gleich getrennte Wege und du bist uns los.«

Der Graue sah sich misstrauisch um. »Uns? Wo ist der andere?«

»Was? Ach so.« Verärgert über mich selbst, zog ich die Stirn in Falten. Einerseits steckten Myrkur und ich zu zweit in meinem Körper, gleichzeitig waren wir aber nach wie vor Individuen. Wer bitte sollte sich da noch auskennen?! »Ich bin Lord Vertanen und du sagst mir jetzt, was ich wissen möchte.«

»Du willst ein Lord sein?« Der Mann betrachtete verächtlich unsere Kleidung. Hemd und Hose waren schmutzig, es klebte sogar noch Dreck von der Jauchegrube der Fresspflanzen daran.

Hat er uns gerade beleidigt? Myrkur schnalzte abfällig mit der Zunge. *Mir scheint, dir mangelt es an Autorität.*

Der Graue wandelte sich in seinen Wolf. Er duckte sich zum Sprung.

Na gut. Ich hatte es immerhin versucht. Ich überließ Myrkur wieder das Feld.

Der Wolf sprang. Myrkur machte einen ebenso eleganten wie schnellen Schritt zur Seite. Sein Arm schoss vor. Er lenkte die Flugbahn des Wächters ab und drückte den sich wie rasend gebärdenden Tierkörper mit einer Hand an die Hauswand, während die andere sich um die Schnauze schloss. Ein Knacken ertönte. Er hatte den Kiefer des Wolfes gebrochen.

Während Myrkur mit dem Wolf beschäftigt war, dachte ich über unsere Lage nach. Es gab gute und schlechte Neuigkeiten. Die beste Nachricht war, dass Pleda uns den Namen von Alices Entführer verraten hatte. Elvis war eine stadtbekannte Persönlichkeit. Ich wusste von seinem Bordell, hatte es selbst jedoch nie besucht. Dorthin waren wir gerade unterwegs gewesen, als uns der Wächter begegnet war. Nach Elvis war Adlon die zweite Person, die wir unbedingt aufspüren mussten. Meine Kopfschmerzen hatten nicht nachgelassen, im Gegenteil. Das ging zunehmend auf die Konzentrationsfähigkeit. Sobald wir Alice befreit hatten, wollten wir uns den Hauptmann der Grauen schnappen und ihn über die Runen-Ingenieurinnen ausquetschen. Wenn er uns davor schon in die Finger geriet, umso besser, denn dann hatten wir Elvis gegenüber ein Druckmittel. Jeder in Wynterhaav wusste, wie nahe die beiden Brüder sich standen.

Ein Schrei ertönte. Ich registrierte am Rande, dass Myrkur den Wolf in die Rippen getreten hatte. Wir bewegten uns schnell und ohne Mühe, denn unser Magievorrat war wieder bis obenhin gefüllt. Das war die nächste gute Neuigkeit. Es hatte sich herausgestellt, dass Myrkur immer noch über die Fähigkeit verfügte, sich aus jeder beliebigen Magiequelle zu bedienen. Das war zwar deutlich weniger Machtfülle, als die Drachenquelle ihm zuvor verliehen hatte, doch war er dafür nicht wie ich auf eine einzige Magiequelle angewiesen. Aufgefallen war uns das, als Pleda uns über einen geheimen Eingang am Fuße der Baumburg in Sicherheit gebracht hatte. Die Magiequelle der Eichhörnchen war zwar schwächer geworden, wie Pleda berichtete, dennoch konnte Myrkur unseren Magievorrat dort auffüllen. So erleichtert wir darüber auch waren, gab es auch eine sehr schlechte Neuigkeit. Überall in ganz Wynterhaav schien die Magie zu versiegen. Sogar am Königshof, wo sich die mächtigste aller Quellen befand, war der Magieschwund schon zu bemerken. Ich tauchte aus meinen Gedanken auf, als mir auffiel, wie ruhig es auf einmal geworden war.

Der Wächter hatte seine Wolfsgestalt schon vor einer Weile verlassen und lag ohnmächtig, mit grotesk verrenkten Gliedern vor uns auf dem Boden. *Das ist ein störrischer junger Mann.* Myrkur kratzte sich am Kinn. *Möchtest du es noch mal versuchen?*

Ich kniete neben dem Grauen nieder und tätschelte ihm die Wange, bis er blinzelnd zu sich kam. »Ich frage dich nur noch einmal. Wo befindet sich Adlon?«

Trotzig sah der Mann mich an. »Vielleicht bist du ein Edler, vielleicht auch nicht. Bald habt ihr ohnehin nichts mehr zu bestimmen.«

»Ich bin in Sorge, und ich habe keine Zeit. Du bleibst bei deinem Nein, nehme ich an?«

»Fick deine Großmutter!«

Eine deutliche Antwort. Myrkurs Präsenz drängte in den Vordergrund und ich hatte nichts dagegen.

Plötzlich fing der Mann zu schreien an. Es war ein roher, verzweifelter Laut.

Was ist mit ihm?

Ich nehme an, er ist vorhin in seinen Menschenkörper zurückgekommen, weil ich seinen Wolf schwer verletzt habe. Er muss geplant haben, sich erneut zu wandeln und mit einem neuen, frischen Wolf anzugreifen. Nur dass er sich nicht wandeln kann.

Ich wusste nicht, dass du die Wandlung blockieren kannst.

Es ist immer besser, ein paar seiner Tricks für sich zu behalten.

Ich dachte daran, wie oft ich seinem Feuer nur deshalb entkommen war, weil ich mich in allerletzter Sekunde gewandelt hatte. *Bei mir hast du es nie verhindert.*

Ich wollte es nicht.

Für einen Moment war ich sprachlos. *Danke.* Dann besann ich mich jedoch. *Weißt du, was, ich nehme das zurück. Du hast mich immer noch genug gequält.*

Tut mir leid.

Ich wartete darauf, dass er seinen Spott über mir entlud, weil ich ihm das für einen Moment tatsächlich abgenommen hatte, doch er schien es ernst gemeint zu haben.

Danke, Myrkur. Das bedeutet mir etwas.

Immer noch hielt er sich mit sarkastischen Bemerkungen zurück. Das war eine wirklich außerordentliche Entwicklung. Ich konnte es nicht erwarten, Alice davon zu erzählen. Das brachte meine Aufmerksamkeit wieder zum Wächter zurück. Nachdem der Zugang zu seinem Wolf blockiert war, hatte der Mann sich jedoch in die Bewusstlosigkeit geflüchtet.

Rufe und knappe Befehle ganz in der Nähe kündeten Verstärkung an. Sofort wandelte ich uns in meine Katergestalt. An Myrkur gewandt sagte ich: *Heb die Blockierung auf.*

Wir müssen ihn töten.

Das werden wir ganz sicher nicht.

Doch Myrkur wurde drängend. *Er wird Adlon von uns erzählen.*

Wir sind keine Mörder, Myrkur. Das eben war schon mehr Gewalt, als ich vor mir rechtfertigen kann.

Myrkur brachte es fertig, mir das Gefühl zu verleihen, er würde in meinem Schadel auf und ab tigern. *Also gut. Von mir aus.*

Wir huschten um die Ecke und verschwanden in die nächsten Gasse, gerade als ein weiterer Trupp Wächter auftauchte.

Die Aktion eben war gründlich schiefgegangen. Myrkur hatte natürlich recht. Adlon war nun bald darüber informiert, dass sich jemand, der behauptete, Lord Vertanen zu sein, in der Stadt aufhielt. Nein. Das war wirklich alles andere als gut gelaufen.

Die Versteigerung

Nach dem Bad brachte Fairan mir neue Kleider. Ich fragte mich, ob es irgendwann wieder einmal eine Zeit geben würde, in der ich selbst bestimmen durfte, was ich anzog. Nachdem ich die Kleidung der übrigen Frauen gesehen hatte, überraschte es mich nicht, dass mein hellblaues Kleid nicht nur einen großzügigen Ausschnitt besaß, sondern dazu aus einem durchscheinenden Stoff bestand. Ich sah aus wie eine Alice-im-Wonderland-Flittchen-Version. Fairan reichte mir eine winzige rüschenbesetzte Schürze. Ich band sie mir um und fühlte mich lächerlich. Sie musterte mich nachdenklich. »Leider bist du ein bisschen zu mager für die wirklich dicken Geldbörsen. Aber da ist ja noch der Botschafter, der sozusagen schon von Weitem ein Auge auf dich geworfen hat.«

»Vielleicht ist er verhindert. Und wenn mich alle anderen zu mager finden, habe ich ja vielleicht Glück und niemand hat am Wonderland und mir Interesse.«

»Du brauchst keine Kurven. Du hast andere Qualitäten.«

»Stimmt, ich kann backen.«

»Das hast du bewiesen. Aber auf dem Thron machst du dich bestimmt auch gut.«

Es war ein Glück, dass ich mich gerade gebückt hatte, um mir die gepunkteten Strümpfe hochzuziehen, die zu diesem dämlichen Kostüm gehörten, denn so bekam Fairan meinen Schreck hoffentlich nicht mit. »Wie meinst du das?«

»Du bist doch schlau und kannst es dir selbst denken. Und jetzt muss ich dich in dein Wonderland zurückbringen. Komm!«

Ich folgte Fairan aus dem Badehaus. Sie trat an den Rand der Tischplatte, sprang und ragte gleich darauf in normaler Menschengröße vor mir auf. Ich applaudierte. »Toller Trick.«

»So geht es am schnellsten.«

Fairan setzte mich im Wintergarten ab, und ich starrte neidisch auf ihren Armreif, der ihr den Zugang zum Wonderland gestattete. Sollte ich sie auf einen Tee einladen und versuchen, ihn ihr abzunehmen? Doch dann wäre ich immer noch klein und könnte zwar zur Eingangstür hinausmarschieren, gelangte aber noch lange nicht von dem verflixten Podest hinunter. Fairan verabschiedete sich.

Unschlüssig ging ich in der Backstube umher. Vielleicht sollte ich noch mehr backen? Ich öffnete die Feuertür des Backofens. Das Feuer glimmte nur noch, war kurz vorm Verlöschen. Ohne Vorwarnung strömten mir Tränen über die Wangen. *Ach, Myrkur.*

»Na! Ist da etwa jemand traurig?«

Erschrocken sah ich auf.

Elvis' Kopf war über mir aufgetaucht. Hektische rote Flecken zierten seine Wangen. Zwischen Zeigefinger und Daumen hielt er die angekündigte Perücke. »Hier. Setz die auf.«

Ich wischte die Tränen mit dem Handrücken ab. Nach Fairans Bemerkung bezüglich des Throns war ich unsicher geworden. Hatte sie mir von der Perücke abgeraten, weil mir die Kahlköpfigkeit wirklich so gut stand und es mich unter den anderen hervorstechen ließ? Oder war es, weil man mich mit langem, lockigem roten Haar leicht als Tochter der früheren Königin erkennen würde? Kurz entschlossen entschied ich, ihren Rat anzunehmen. Erst mal nahm ich jedoch die Perücke entgegen. Elvis musste ein Foto von mir gehabt haben, denn als ich sie aufsetzte und mich im Spiegel betrachtete, den er mir reichte, sah ich fast wieder aus wie mein früheres Ich.

Er betrachtete mich kritisch. »Es ist ausgesprochen wichtig, dass du dem Botschafter gefällst.« Er tupfte sich die Stirn mit einem Taschentuch ab. »Ich wüsste gern, woher dieses fast schon obsessive Interesse am Wonderland rührt.«

Fragte er das etwa mich? Ich zuckte mit den Schultern. »Das wüsste ich auch gern.«

Elvis fing an, hin und her zu gehen. Nur ab und zu tauchte sein Gesicht in meinem Blickfeld auf. Seine Stimme war jedoch laut genug, dass ich mitbekam, was er vor sich hin murmelte. »Anfangs dachte ich, dass er Backwaren aus der Anderswelt besonders liebt. Doch dann war das Puppenhaus fertig und niemand wusste, wo du steckst. Ich bot ihm an, eine andere rothaarige Bäckerin entführen zu lassen. Das lehnte er rundheraus ab.« Er war auf seiner Runde wieder vor dem Puppenhaus angekommen und starte mich nachdenklich an.

»An mir ist nichts besonders.«

»Du bist meinem Bruder entkommen, das allein will schon was heißen.« Elvis fuhr fort: »Und vergessen wir nicht, dass ich dich vom Rücken eines toten Drachen gepflückt habe.« Er sah mich spöttisch an. »Nein. Gar nicht besonders.« Auf einmal fuhr er mit der Hand zu mir herein. Grob zupfte er mir die Perücke vom Kopf. »Fairan hat recht. Ohne siehst du besser aus.« Er verzog das Gesicht, und kurz dachte ich, dass er zu heulen anfangen würde. »Wenn ich nur wüsste, was der Botschafter mit dir vorhat.«

»Sag Bescheid, wenn du es herausgefunden hast.« Mit schweren Schritten ging ich hinüber in den Wintergarten und ließ mich auf das Sofa plumpsen. Zum Backen hatte ich doch keine Energie mehr. »Wie wird das Ganze heute Abend ablaufen?«

»Die ersten Gäste werden bald erscheinen. Während wir darauf warten, dass alle eintreffen, lasse ich Erfrischungen nach der Art des Hauses servieren.« Er sah mich neugierig an. »Hast du die Spezialität der Eichhörnchen bei deinem Besuch dort probiert?«

»Die Pilze meinst du? Ja, und ich würde gern auf eine Wiederholung verzichten.«

»Was ist passiert?«

»Völliger Blackout.«

»Stimmt. Bei euch aus der Anderswelt wirken sie sich anders aus.« Er hatte zu seiner guten Laune zurückgefunden und verabschiedete sich mit einem launigen Winken. »Nun, ich verlasse dich jetzt. Mach mir nachher keine Schande.«

Ist er es wirklich?

Ich hielt es nicht lange auf dem Sofa aus. Nach einer Weile ging ich zurück in die Backstube, trank ein Glas Milch, wanderte umher. Ich presste die Nase an die Schaufensterscheibe. Es wurde Abend, die luftigen rosa Wolken vor den Fenstern des Palastes wichen einer samtig schwarzen Nachtillusion. Magische Leuchtkugeln schenkten der Umgebung ihren gedämpften warmen Schein. Von meiner Position aus konnte ich einen Teil der breiten Eingangstür sehen, deren Flügel gerade geöffnet wurden. Zwischen mir und der Tür befand sich eine der vielen Sitzgruppen, die überall im Raum verteilt herumstanden, und die Rückseite eines Ohrensessels versperrte mir einen Großteil der Sicht. Die ankommenden Gäste verteilten sich jedoch so zur Seite hin, dass ich die Szene dennoch gut beobachten konnte.

Elvis und drei gemischte Paare standen beieinander und unterhielten sich. Die Gäste trugen mit Edelsteinen verzierte Masken, die das halbe Gesicht bedeckten. Was mich erstaunte, war, dass die drei anwesenden Frauen rotes Haar besaßen. Das schien mehr als ein merkwürdiger Zufall zu sein.

Die Frage klärte sich, als die nächsten Gäste erschienen. Wieder waren es drei gemischte Paare. Wie die anderen trugen sie Masken. Rothaarig war keiner von ihnen. Dann sah ich, wie Fairan und eine weitere Dienerin Perücken an die Frauen verteilten. Ich schnitt eine Grimasse. Elvis hatte sich offenbar einen speziellen Gag für dieses Event überlegt.

Gerade als ich das dachte, trat er zur Seite, um den nächsten Gästen Platz zu machen. Damit rückte er zum ersten Mal vollständig in mein

Blickfeld. Er hatte sich umgezogen und trug nun einen schwarzen Anzug. Lange Fransen hingen an Schultern und Ärmeln, Edelsteine auf dem Oberteil sprühten im Schein der magischen Lampen Funken. Ich fragte mich, ob er wirklich nur deshalb dem King nacheiferte, weil er die Musik mochte, oder ob der Name bereits etwas über mögliche Pläne verriet. Es hätte mich nicht gewundert, wenn Elvis und Adlon auch hinter dem Thron her gewesen wären.

Nach und nach trafen immer mehr Gäste ein. Fairan und die anderen drei Dienerinnen gingen freundlich lächelnd umher, verteilten Perücken und boten von einem Silbertablett ein rosafarbenes Getränk in hochstieligen Gläsern an, das eifrig angenommen wurde. Leider konnte ich nicht verstehen, was gesprochen wurde. Mit der Zeit schienen die Gäste jedoch von Ungeduld erfasst zu werden. Immer öfter versuchte jemand, in Richtung der Puppenhäuser zu spazieren, die sich alle im hinteren Teil des Saals befanden. Fairan und die anderen Dienerinnen waren bald nur noch damit beschäftigt, sie freundlich davon abzuhalten.

Elvis machte regen Gebrauch von seinem Taschentuch, tupfte sich ein ums andere Mal die Stirn ab, sah immer wieder zur Tür und wurde stetig nervöser.

Schließlich trat eine letzte Gruppe durch die Tür. Wer da kam, konnte ich diesmal nicht sehen, denn mittlerweile hielten sich zu viele Gäste im Bereich um den Eingang herum auf.

Elvis, der nahe der Fenster in ein Gespräch vertieft gewesen war, eilte sofort mit ausgebreiteten Armen auf die Neuankömmlinge zu. Im Raum war es schlagartig still geworden, weswegen ich ihn klar und deutlich hörte. »Botschafter! Ich bin erfreut, Euch zu sehen.«

Also war er gekommen. Natürlich. Wieso hatte ich mir auch Hoffnung gemacht, dass es nicht so sein würde? Elvis hatte mir schließlich deutlich zu verstehen gegeben, dass sein ganzes Projekt an einem seidenen Faden gehangen hatte, weil sie mich nicht zu fassen bekamen.

Vor Aufregung wurden meine Hände feucht und ich hinterließ Spuren an der blitzsauberen Scheibe. In der Versammlung entstand eine Lücke und ich konnte jetzt zwei der Neuankömmlinge sehen. Sie waren ebenfalls maskiert, jedoch waren ihre Masken schmucklos. Dazu trugen sie eine tiefschwarze, streng wirkende Uniform, die so eng anlag, dass sie die muskulösen Körper betonte. Die Art, wie die beiden sich inmitten der übrigen Gäste bewegten, mit einem überheblichen Gesichtsausdruck und ohne das kleinste Lächeln, zerstörte meine ohnehin schon geringe Hoffnung, dass der Botschafter ein netter Typ sein könnte. Wer sich mit solchen Leuten umgab, wollte durch ihre Anwesenheit keinen Preis in einem Nettigkeitswettbewerb gewinnen.

Der Gesprächsfluss der übrigen Gäste kam nur stockend wieder ins Laufen, und dabei sprachen sie leise. Vermutlich wollte nicht nur ich hören, was zwischen Elvis und dem Botschafter gesprochen wurde.

Im Augenblick sprach nur der Gastgeber. Elvis bedankte sich ausschweifend und mit blumigen Worten dafür, dass der Botschafter sich für dieses Ereignis freigemacht hatte. Dieser unterbrach Elvis schließlich mitten im Satz. Er klang kühl und wenig begeistert. »Ich danke Euch für das freundliche Willkommen. Um nichts in der Welt hätte ich diesen Abend versäumen wollen.«

Ich hörte diese Stimme und mein Herz rutschte in den Bauch, wo es tief und angestrengt schlug. Nein. Das war einfach nicht möglich. Er konnte nicht der Botschafter sein. Nicht er.

Ich hörte, wie Elvis eine der Dienerinnen zu sich rief, die wieder mit ihrem Silbertablett umhergingen und Cocktails servierten. Ich sah durch eine Lücke, wie ein schwarz bemäntelter Arm nach einem der Gläser griff. »Zeig dein Gesicht, verdammt!«

Der Wunsch wurde mir prompt erfüllt.

Die Menge teilte sich.

Ein hochgewachsener Mann kam in mein Blickfeld. Seine Uniform war strahlend weiß, die Maske über seinen Augen blutrot. Das darunter zum Vorschein kommende Kinn war markant und die Lippen hatte ich tausendmal geküsst. In der Anderswelt. In meinem alten Leben. Es war Kjell. Er war es tatsächlich.

Zu Hause war Kjell für gewöhnlich in Jeans herumgelaufen. Ganz selten hatte ich ihn mal in einem Anzug gesehen. Die Uniform und sein ernster Gesichtsausdruck ließen ihn mehrere Jahre älter aussehen. Seine Haltung war gewohnt selbstsicher. Er strahlte außerdem jedoch Autorität und Macht in einem Maß aus, wie ich es nicht von ihm kannte. Der Eindruck wurde verstärkt, weil ihn wirklich jeder im Raum zumindest aus dem Augenwinkel zu beobachten schien. Meine Beine fingen heftig zu zittern an. Gleich würde ich in Ohnmacht fallen. Und ich wäre sogar dankbar dafür. Doch so durfte ich natürlich nicht denken. Ich erinnerte mich an meine Übungen. Egal was ich jetzt fühlte, meine Verwirrung, meine Angst, es waren nur flüchtige Zeichnungen auf meiner inneren Leinwand. Sie kamen. Sie gingen. Ich blieb ruhig und beobachtete nur.

Kjell blieb an dem Tisch stehen, an dem die Demonstration mit dem Kaninchen stattgefunden hatte. Fairan, merklich schüchtern, trat an ihn heran. Kjell stellte sein leeres Glas ab und nahm das nächste entgegen. Er würdigte die Dienerin keines Blickes. Gelangweilt sah er sich im Raum um. Dabei erweckte er nicht den Eindruck, als zolle er dem Wonderland besondere Aufmerksamkeit, doch ich hätte mein Leben darauf gewettet, dass er nur so tat als ob.

Mein Puls raste. Verzweifelt versuchte mein Verstand irgendeine Erklärung zu finden, und sei sie noch so sehr an den Haaren herbeigezogen, die seinem Auftauchen den Schrecken nahm. Leider wunderte es mich nicht so, wie es hätte sein müssen. Im Gegenteil, ich hatte zum allerersten Mal den Eindruck, dass nun sämtliche erforderlichen Puzzleteile auf dem Tisch lagen.

Ellinor hatte mir über Monate hinweg eine andere Realität vorgegaukelt, und ich wusste, dass sie nicht die Einzige in Wynterhaav war, die das konnte. Rodin selbst hatte erzählt, dass es Geistmagier in Wynterhaav gab. Hatte er dabei auch von Kjell gesprochen? Nein. Das war unmöglich.

Kjell ständiges Bedürfnis, mich zu berühren, präsentierte sich mir nun in neuem Licht. Mir fielen seine Reisen ein, auf denen er nie erreichbar gewesen war. Eine Kundin, die wenig mit der modernen Technik unserer Zeit zu tun haben wollte. Hatte er damit Malena beschrieben? Und dann waren da die angeblichen Geschäftsfreunde, die er am Tag vor meiner Entführung zu uns eingeladen hatte. Die vielen leeren Whiskyflaschen auf dem Tisch, die unmöglich drei normale Männer allein getrunken haben konnten. Wandler tranken den

Whisky in rauen Mengen, um ihre Magie zu besänftigen. Wenn ich mich recht erinnerte, war die Stimmung unter ihnen so aufgeladen gewesen, dass Beruhigung durchaus notgetan haben könnte. Kjell hatte am nächsten Morgen jedoch noch nicht einmal einen Kater gehabt. Und eine weitere Sache fiel mir ein. War er nicht übertrieben gelassen geblieben, als Adlon sich auf dem Parkplatz des Wonderland vor seinen Augen in einen Wolf verwandelt hatte?

Das Gedankenkarussell schleuderte mich immer wilder im Kreis herum. Nur Myrkurs Übung war es zu verdanken, dass ich es schließlich schaffte, das Tempo herunterzuschrauben. Trotzdem ging es mir nicht gut. In meinen Ohren dröhnte es. Meine Beine zitterten immer stärker.

Elvis stand nun wieder neben Kjell. Er deutete auf das Puppenhaus, das einer Bar nachgebildet war, gestikulierte lebhaft und erklärte offenbar etwas. Das zunehmende Dröhnen in meinen Ohren verhinderte, dass ich auch nur ein einziges Wort hören konnte. Die beiden Männer gingen los, und die ubrigen Gaste folgten mit zwei Schritten Abstand. Anscheinend war vor der Versteigerung eine Führung angesagt.

Fairan und die übrigen Dienerinnen gingen währenddessen umher, sammelten leere Gläser ein und rückten die im Raum verteilten Sessel so zurecht, dass sich der große Tisch in ihrer Mitte befand. Dadurch wurde mein Blick auf die Tür frei, doch das brachte mir ja nichts mehr. Ich wollte mich gerade abwenden, als ein Nachzügler eintrat.

Im Gegensatz zu den übrigen Gästen, die alle in nüchterne, kühle Farben gekleidet waren, glich der Neuankömmling einem Paradiesvogel. Seine Hose war pflaumenfarben und dem Glanz zufolge aus Satin oder einem ähnlichen Material gefertigt. Sie schloss sich sehr eng um seine Oberschenkel. Das Hemd war flamingorosa und an den Ärmeln mit Rüschen besetzt. Er trug keine Maske. Ich nahm an, weil Rodin nicht eingeladen gewesen war, hatte man für ihn keine vorgesehen. Trotz des lächerlichen Aufzugs bewegte er sich vollkommen selbstsicher durch den Saal.

Rodin!

Füchschen! Geht es dir gut?

Ja. Ich weinte fast, so erleichtert war ich, ihn zu sehen. *Was ist mit Myrkur?*

Er ist bei mir.

Bei Kjells Auftauchen vorhin war mein Herz vor Schreck in den Bauch gerutscht. Nun sprang es mir vor lauter Glück in die Kehle. Nun weinte ich doch. Um mich nicht durch einen begeisterten Schrei zu verraten, presste ich mir eine Hand auf den Mund. Mit wild klopfendem Herzen beobachtete ich, wie Fairan Rodin entgegenging. Die beiden sprachen miteinander. Offenbar wollte sie, dass er verschwand, doch er ließ sie stehen und schlenderte auf die übrigen Gäste zu.

Kjell stand seitlich neben der Puppenhaus-Bar, von wo aus er das Wonderland gut im Auge behalten konnte. Er hatte Rodins Eintreffen bemerkt, schien dem jedoch keine größere Bedeutung beizumessen. Klar. Er kannte Rodin ja auch nur in seiner Katergestalt und hatte keine Ahnung, mit wem er in Wirklichkeit zusammengelebt hatte.

Ich fragte in Gedanken: *Wie habt ihr mich gefunden?*

Um ehrlich zu sein, war es Pleda. Eichhörnchen sind von Haus aus gut darin zu wittern, doch ihr Talent ist einzigartig.

Es gab so viel, was ich fragen wollte. Das Wichtigste war jedoch, wie es Myrkur ging. *Also müsst ihr beide euch nun endgültig deinen Körper teilen. Wie kommt Myrkur damit zurecht, dass sein Drachenkörper getötet wurde?*

Das soll er dir später selbst erzählen.

Und du? Wie geht es dir damit?

Wir sind ein gutes Team.

Dann herrschte für einen Moment Schweigen.

Die Stimmung unter den Gästen wurde unterdessen merklich ausgelassen. Zwar blieben die Paare beieinander, die Blicke flogen jedoch nur so durch den Raum. Wenn sich in den Getränken etwas von der Pilzsubstanz befunden hatte, wie ich annahm, waren jetzt alle maximal entspannt. Außer Elvis vielleicht. Immer öfter kam das Stofftaschentuch zum Einsatz, mit dem er sich über das rotfleckige Gesicht wischte. Voller Sorge beobachtete ich, wie er in das Puppenhaus hineinlangte, das die Bar darstellen sollte. Die Barfrau steckte in einem kirschroten, kurzen, mit Pailletten besetzten Cocktailkleid. Um den Hals hatte sie eine Federboa geschlungen. Sie strampelte mit den Beinen, was die Gäste köstlich amüsierte. Elvis lachte am lautesten. Er reichte die winzige Frau einem der anwesenden Herren weiter. Dieser hob sie mit ausgestreckter Hand in die Höhe und gab vor, ihr unter den Rock schauen zu wollen. Vielleicht tat er es auch wirklich. Mehr Gelächter. Mir wurde übel. *Was für ein Scheißhaufen.*

Noch einmal werden sie das nicht tun. Eiskalter Zorn sprach aus Rodin.

Habt ihr einen Plan?

Im Augenblick improvisieren wir. Tut mir leid.

Während wir sprachen, hatte Kjell ein paar Worte mit Elvis gewechselt. Nun schlenderte er auf das Wonderland zu.

Rodin sah es und schlug ebenfalls den Weg hierher ein.

Der Botschafter

Kjell und Rodin standen fast Schulter an Schulter vor dem Wonderland und sahen auf mich hinunter. Ich starrte zu ihnen hinauf und mir schmerzte bereits der Nacken, so oft, wie ich das in der jüngsten Vergangenheit getan hatte. Doch halt. War das überhaupt Rodin? *Myrkur, bist du das?*

Rodin hat mir eben den Platz überlassen. Myrkurs Stimme bebte vor unterdrücktem Zorn. *Er will diesen Elvis töten. Das will ich auch, aber im Gegensatz zu ihm kann ich geduldig auf den passenden Moment warten.*

Ich merkte, dass Kjell die Stirn runzelte. Mist. Bestimmt sah man mir an, wie glücklich ich gerade war. Damit er nicht misstrauisch wurde, trat ich an die Arbeitsfläche und fing an, eine Auswahl an Keksen auf einen Teller zu schichten. *Ich hatte so Angst, dass du mit deinem Drachen gestorben seist.*

In Myrkurs Stimme lag ein sehnsüchtiger Unterton. *Dann freust du dich, mich zu sehen?*

Sehr. Ich konnte nicht anders und sah nun doch noch einmal hinauf. Unsere Blicke fanden sich. Eine Welle reinen Glücks überflutete mich.

Leider unterbrach Kjell unser Wiedersehen. Er hörte sich irritiert an. »Kennt ihr einander?«

»Hallo, Kjell.« Unwillig wandte ich ihm den Blick zu. Ich betrachtete dieses anziehende männliche Gesicht und wusste mit hundertprozentiger Sicherheit, dass ich mich nie und nimmer auf natürlichem Weg in ihn verliebt hätte.

Seine Augen waren kalt, sein Blick berechnend und das Lächeln, das um seine schönen Lippen spielte, war eine Lüge. »Es muss dir merkwürdig vorkommen, mich hier zu sehen.«

»Stimmt.«

»Dafür gibt es eine Erklärung, du wirst es schon bald verstehen.«

Oh, da war ich sicher, dass er davon ausging. Mit der Hand tastete ich nach dem Schuppenanhänger. »Wenn du mir früher immer erzählt hast, dass du geschäftlich ins Ausland musstest – warst du dann jedes Mal in Wynterhaav?«

»Sagen wir, ich war nicht in der Anderswelt.« Er sah mich flehend an. »Du ahnst nicht, was für Vorwürfe ich mir seit deinem Verschwinden gemacht habe. Ich hätte dir das alles schon sehr viel früher erzählen sollen.«

Sein Schmierentheater erfüllte mich mit Verachtung. »Was hätte das geändert?«

»Es hatte dein Vertrauen in mich bewahrt.«

Am Arsch! Ich zuckte mit den Schultern, sah wieder auf den Keksteller hinunter.

»Wo ist übrigens dein Haar geblieben? Ich hätte dich fast nicht wiedererkannt.«

Das interessierte ihn vor allem anderen? Wieder zuckte ich mit den Schultern.

Ob ihn meine Glatze ärgerte oder mein Schweigen, konnte ich nicht sagen, doch sein Tonfall wurde hart. »Na ja, sie werden nachwachsen, und bis dahin könntest du eine Perücke tragen.«

»Ich denke«, Myrkurs Stimme triefte vor Verachtung, »Ihr habt jetzt deutlich gemacht, wo Eure Prioritäten liegen, verehrter Herr Botschafter. Im Übrigen habt Ihr, was Alice anbelangt, nichts mitzureden.«

Ich nahm den Keksteller, ging in den Wintergarten, stellte ihn auf einen der Tische und streckte mich auf dem Sofa aus, damit ich bequemer nach oben sehen konnte.

»Und Ihr denkt, Ihr könntet mitreden?« Kjell sah Myrkur belustigt an.

Myrkur antwortete nicht. Er hielt nur unverwandt den Blick auf Kjell gerichtet.

»Man sagt, Ihr wärt völlig verarmt.«

»Die Leute sagen viel.«

»Ich weiß, dass Ihr mit einem Drachen gemeinsame Sache gemacht habt.« Zum ersten Mal lag ein Hauch von Respekt in seiner Stimme. Aber vermutlich war auch das nur gespielt. »Habt Ihr Zugang zum Drachenschatz?«

»Nein.« Myrkur war einen halben Kopf kleiner als Kjell, doch als er einen Schritt auf ihn zu machte, war dieser es, der zurückwich.

Wie aus dem Nichts tauchten die beiden Uniformierten am Puppenhaus auf.

Myrkur grinste. »Keine Angst, Botschafter. Noch werde ich Euch nichts tun.«

»War das eine Drohung?«

»Ein Versprechen.«

Vollmundig, wie man es von dir gewohnt ist.

Nicht wahr? Myrkur wandte sich zum Gehen. *Besser, ihr beide seid ein bisschen allein. Vielleicht kannst du ihm etwas entlocken, was uns nützt. Er darf dich nur nicht berühren. Pass bitte auf. Ich bin sicher, dass er …*

… dieselben Fähigkeiten besitzt wie Ellinor. Ich habe mir das inzwischen schon zusammengereimt. Keine Sorge. Ich werde vorsichtig sein.

Auf der Suche nach dir sind wir mehrmals an diesem Gebäude vorbeigegangen. Wir haben ständig gerufen.

Ich habe euch nicht gehört.

Falls etwas geschieht, das uns räumlich trennt, mach dir keine Sorgen. Pleda meint, dadurch, dass dein Haar zu einem Teil von ihr geworden ist, hat sie eine besondere Beziehung zu dir. Sie ist zuversichtlich, dass sie dich überall finden kann.

Das ist beruhigend zu hören. Ich sah ihm nach, wie er sich entfernte. Die enge Hose betonte seinen Hintern sehr vorteilhaft. Ich musste lächeln. *Hübscher Anzug übrigens.*

Ja, nicht wahr? Wir mussten zu Rodins Quartier im Palast und uns umziehen, sonst wären wir in dieser Gesellschaft zu sehr aufgefallen. Rodin hat auch andere Sachen, aber ich wollte diese hier anziehen.

Ach. In Pflaumenblau fühlst du dich unauffällig?

Wie man es nimmt. Jedenfalls kann das nicht jeder tragen. Myrkurs Kichern kitzelte die Innenseite meines Schädels. Ich hatte dieses Gefühl tatsächlich vermisst.

Kjell wartete, bis Myrkur sich den übrigen Gästen angeschlossen hatte. Nun betrachtete er mich. »Was für eine Beziehung hast du zu ihm?«

»Ich habe eine Zeit lang bei seiner Schwester gelebt, wie du sicher längst von deinem Freund Elvis erfahren hast, aber würdest du mir nun bitte erklären, was das alles soll?«

»Warum so kratzbürstig?«

»Warum so verlogen?«

Er sah mich amüsiert an. »Weißt du, wer du in Wirklichkeit bist?«

Kann ich die Wahrheit sagen?

Myrkur antwortete prompt. *Ja.*

»Ich weiß, wer ich bin. Ich weiß nicht, wer du bist.«

Kjell wirkte wie eine Katze, die vor dem Mauseloch lauerte. »Sag es, aber leise.«

»Ich bin König Walthers Erstgeborene und damit die Thronerbin Wynterhaavs.«

Er nickte zufrieden. »Was sonst noch?«

»Was meinst du?«

»Stell dich nicht dumm, Alice.«

»Als würde ich das tun!« Ruckartig setzte ich mich auf und hieb mit der Faust auf das Sofa. »Erst habe ich monatelang Lady Ellinors Dienstmädchen spielen müssen, dann hieß es plötzlich: ab an den Königshof! Lord Vertanen behauptet zwar, dass ich die verschollene Thronerbin sei, doch wie das alles sein kann, hat er mir nicht verraten. Unterwegs hierher wurde ich abermals entführt. Jetzt soll ich versteigert werden. Ach ja. Meine Stiefschwester will mich höchstwahrscheinlich töten. Genügt dir das?«

Ich war mit jedem Wort lauter geworden. Kjell änderte seine Taktik. Er lächelte beruhigend auf mich herab. »Keine Angst, mein Schatz. Ich bin hier, um alles in Ordnung zu bringen.«

»Kjell.« Ich sah ihn verzweifelt an, und das war nicht nur gespielt. »Wirst du verhindern, dass diese Frauen und ich versteigert werden?«

»Das kann ich leider nicht.« Seine Stimme wurde einschmeichelnd. »Dir wird nichts Schlimmes geschehen. Das alles ist Teil meines Planes.«

Fehlte nur noch, dass er mich bat, ihm zu vertrauen.

»Bitte vertrau mir, mein Schatz.«

Also, Jungs, wo muss ich mich anstellen, um ihn zu töten?

Myrkur stand mit dem Rücken zu mir. Er hatte sich eben einen Cocktail geben lassen. Als er meine Worte in seinem Kopf hörte, lachte er laut auf, was ihm einen alarmierten Blick von Elvis einbrachte.

Kjell warf ihm ebenfalls einen Blick zu. Myrkur hatte jedoch angefangen, mit einem Herrn in einem schwarzen Anzug zu plaudern. Er schien uns nicht zu beachten. Kjell sah wieder zu mir. »Ich weiß, dass du tausend Fragen hast. Leg los.«

»Elvis behauptet, er sei für diese ganzen Entführungen verantwortlich. Der Botschafter von Anguristan sei jedoch der Kopf dahinter. Damit bist du gemeint, oder nicht?«

»Dieser Idiot.« Kjell schoss Elvis einen zornigen Blick zu. »Na gut. Spielen wir mit offenen Karten. Vermutlich schulde ich dir das.«

Ich nickte knapp.

»Tatsächlich hat Adlon auf mein Geheiß hin die Frauen entführt. Es mussten Rothaarige sein, damit es nicht auffällt, wenn auch du unter ihnen bist. Schließlich wollte ich dich hier am Hof nicht in Gefahr bringen.«

»Aber was hast du davon, dass ich nur noch so groß wie eine Maus bin und in einem Puppenhaus gefangen gehalten werde?«

»Das, mein Schatz, werde ich dir später erklären.« Er nickte mit dem Kopf leicht zu den übrigen Gästen hinüber. »Wenn wir allein sind.«

Klar, sobald er seine Gehirnwäsche durchgezogen hatte, ich ihm wieder hörig wäre und er folglich ungestraft tun und lassen konnte, was ihm beliebte.

»Also bin ich genau da, wo du mich haben wolltest?«

»Richtig.« Er zögerte. »Du bist bestimmt wütend.«

Ich zog die Augenbrauen hoch.

Kjell fuhr sich mit der Hand ins Haar. Eine Geste, die ich früher an ihm gemocht hatte. »Selbst als die kleine Maus, die du gerade bist, gibst du mir das Gefühl, von oben herab angesehen zu werden.«

»Ich wünschte, du hättest dich mir anvertraut. Ich meine, schon klar, dass ich dir zunächst nicht geglaubt hätte, aber … na ja, vielleicht doch.«

»Ich wollte ja mit dir sprechen. Immer wieder habe ich angesetzt, doch du warst so mit deinem Wonderland beschäftigt … es ergab sich einfach nicht.«

Ja klar. Ich war schuld daran, dass er seine vorgebliche Beichte immer wieder verschieben musste. Ich beschloss, erst einmal mitzuspielen, und nickte. »Verstehe.«

»An dem Abend, als ich dir den Antrag gemacht hatte, wäre es endlich so weit gewesen.«

Ich runzelte die Brauen. »Ist Adlon nicht auf deine Anweisung hin zu mir gekommen?«

»Ja und nein. Er war eine Woche zu früh dran.« Er sah mich treuherzig an. »Ich wollte doch wenigstens die Eröffnung abwarten. Das hätte ich dir niemals kaputtgemacht.«

»Du hast das Wonderland eröffnet.«

Kjell sah mich unsicher an. »Das stimmt.«

»Warum hast du das getan?«

»Sentimentale Gründe. Ich liebe dich, und das Café war dein Traum.«

Rodin hat eine Vermutung deswegen, erklang Myrkurs Stimme in meinem Kopf. *Den Aufruhr bei deiner versuchten Entführung wird die halbe Nachbarschaft mitbekommen haben. Kjell hat ihnen am nächsten Morgen Donuts verkauft, sie währenddessen vielleicht kurz am Arm berührt und ihnen das Gehirn zurechtgerückt. Er wusste, dass das Wonderland in den Fokus der allgemeinen Aufmerksamkeit gerückt war, und wollte damit vermutlich verhindern, dass Malena Gerüchte darüber zu Ohren gelangen.*

Das schien mir eine gute Theorie. Auch ich hätte am nächsten Tag in dem neuen Café vorbeigesehen, um an Informationen zu kommen, wäre ich eine Nachbarin gewesen. Es fiel mir verdammt schwer, doch ich lächelte Kjell in gespielter Dankbarkeit an. »Das war sehr großzügig von dir.«

»Wäre der dumme Kater nicht gewesen, der dich Adlon buchstäblich unter der Nase weggeschnappt hat, hättest du nicht so lange im Norden versauern müssen.«

»Ich habe das alles falsch eingeschätzt.«

»Ja, mein Schatz. Das hast du. Aber nun können wir alles klären.«

Um den Tisch in der Mitte des Raumes herum gab es Bewegung. Die Gäste waren mit neuen Getränken versorgt, schlenderten zu den aufgereihten gemütlichen Sesseln und nahmen Platz. Elvis war nirgendwo zu sehen.

»Kjell, da du so viel Einfluss in Wynterhaav hast, bitte sorg doch dafür, dass diese anderen Frauen nach Hause zurückkehren können.«

»Aber natürlich.« Kjell nickte ernst. »Ich verspreche, dass ich mich darum kümmern werde. Heute ist nur leider kein günstiger Zeitpunkt.«

»Warum nicht?«

Er zog seine Augenbrauen zusammen. »Dräng mich nicht, Alice!«

»Ich habe eine ganz normale Frage gestellt.«

Einen Moment lang sah er mich prüfend an, dann nickte er. »Ich bin ein wenig angespannt, entschuldige bitte.«

»Kann ich mir vorstellen.«

Er nahm mir meinen verständnisvollen Ton ab und wirkte schon wieder besänftigt. »Es ist so, Elvis ist mir etwas schuldig, doch das Geschäft mit den Puppen wird er sich nicht so ohne Weiteres entgehen lassen. Vor allem, weil es ihm auch um zukünftige Geschäfte geht. Er hofft, dass die edlen Damen Zubehör für die Puppenhäuser kaufen werden, Möbel, Kleider und so weiter. Stell dir die Puppenabteilung in einem Spielzeugladen in der Anderswelt vor.«

Das tat ich, und mich schauderte. »Hast du eigentlich meine Kekse vermisst?« Ich stand auf, nahm den bereitgestellten Teller und hob ihn ihm entgegen. »Frisch gebacken.«

Ein erfreutes Lächeln glitt über Kjells Gesicht. Ohne nachzudenken, streckte er die Hand zu mir herein. Beziehungsweise er versuchte es. Kaum waren seinen Fingerspitzen ein kleines Stück in den Raum über mir eingetaucht, zischte es. Kjell fluchte und zog seine Hand zurück. Es roch nach verbrannter Haut.

Wurde ich groß, würden mich die unsichtbaren Gitterstäbe in Scheiben schneiden. War jedoch jemand so dumm, ohne Armreif in das Puppenhaus hineinzugreifen, bezahlte er mit einer Brandwunde. Nun wusste ich das auch.

Elvis stürmte herbei. Er wollte nach Kjells Hand greifen und sich die Wunde besehen, doch dieser schüttelte ihn ab. Drohend beugte er sich über das Wonderland. »Das hast du mit Absicht gemacht!«

Damit hatte er absolut recht. Wegen Elvis gab ich mich jedoch erschrocken. »Nein! Wie könnte ich …? Bitte verzeiht mir, verehrter Botschafter.«

»Überleg dir gut, ob du wirklich in einer Position bist, in der man so einen Ton anschlagen sollte.« Ein brutaler Zug erschien um seinen Mund herum. Hier kam also endlich der echte Kjell zum Vorschein. »Wir sprechen später darüber, da sei dir gewiss. Wenn wir allein sind.«

Elvis rang die Hände. Er zappelte von einem Fuß auf den anderen. Ihm war allzu bewusst, dass die übrigen Gäste lange Hälse machten. Einige hatten sich bereits hierher in Bewegung gesetzt. Er zischte Kjell nun seinerseits an. »Reißt Euch zusammen, Botschafter! Mein Bruder befindet sich mit seinen Männern in Rufweite, und Ihr seid nur zu dritt.«

Es war Myrkur, der leise herangekommen war und Elvis am Arm nahm. »Welches ist das nächste Puppenhaus, das wir besichtigen dürfen? Wisst Ihr, ich war dem Hof so lange fern, mein Haar könnte einen neuen Schnitt gebrauchen. Ist eigentlich vorgesehen, dass auch die Besitzer der Puppenhäuser sich schrumpfen? Ich könnte mir vorstellen …« Die beiden entfernten sich.

Ich hörte Myrkur immer noch mit Elvis sprechen, doch seine Stimme war auch in meinem Kopf. *Das hat mir gut gefallen, aber treib ihn nicht zu weit.*

Er hatte recht. »Entschuldige, Kjell. Ich muss wohl erst noch verdauen, was hier mit mir geschieht, und bin nicht ich selbst.« Ha! Von wegen. Nie zuvor in meinem Leben war ich mehr ich selbst gewesen. Doch ich senkte den Blick. »Heute Morgen musste ich mit ansehen, wie ein armes kleines Kaninchen in Stücke gerissen wurde. Du kannst dir vorstellen, wie mir das nahegeht.«

Kjell atmete tief durch. »Du hast recht. Wir müssen diese Situation beide erst verdauen.« Er betrachtete seine Hand und lachte dann. »Viel ist nicht passiert. Es war wohl mehr der Schreck.«

Ich saß inzwischen wieder auf dem Sofa und knabberte an einem Keks. »Elvis kann nicht riskieren, dass sich einer der neuen Besitzer ernsthaft verletzt.«

»Weißt du noch, als wir Kinder waren? Wir haben selten gestritten.«

»Das stimmt.« Doch noch während ich das sagte, ging es in meinem Verstand rund. Mir kam ein ungeheuerlicher Gedanke. Was genau beinhaltete die Täuschung, die Kjell in mich hineingepflanzt hatte, und wie lange ging sie schon? Kannten wir uns wirklich seit unserer Kindheit? Solange meine Eltern gelebt hatten, hätte er ja nicht nur mich, sondern auch die beiden täuschen müssen. Und Kjell war ja selbst ein Kind gewesen. Traute ich ihm das zu? Eher nicht. Und falls ich mit meiner Vermutung richtiglag, was war mit dem Kinobrand und dem Tod meiner Eltern? Ich hätte ihn zu gern darüber ausgefragt, doch dies war nicht der richtige Zeitpunkt.

»Ich habe dich vermisst, Alice.«

»Ach, Kjell. Ich dich doch auch.«

»Alles, was ich möchte, ist, dir zu deinem Recht zu verhelfen.«

»Ist es wirklich nötig, dass du mich dazu an meine Halbschwester verschenkst?«

»Es ist riskant. Das gebe ich zu. Mir fällt jedoch nichts Besseres ein, um dich in die Nähe deines Vaters zu bringen. Du weißt, dass er die Magie in dir aktivieren muss?«

Ich nickte.

»Was hatte dieser Lord Vertanen eigentlich geplant, um das zu bewerkstelligen?«

»Er hat mich in seine Pläne nicht eingeweiht.«

»Natürlich nicht. Er wollte dich nur benutzen. Im Gegensatz zu mir hat er nie eine Partnerin in dir gesehen.« Kjell beugte sich so nahe an das Wonderland heran, wie er es wagen konnte. Er raunte: »Ich liebe dich, mein Engel. Es wird alles gut.«

Beklommen sah ich ihn an. »Das hoffe ich.«

Zwischen Elvis, der Gästemeute und uns befand sich jetzt nur noch der Friseursalon, und damit waren sie in Hörweite gekommen. Ich nahm mich zusammen, schenkte Kjell ein hoffnungsvolles Lächeln und warf ihm eine Kusshand zu. Ein Strahlen ging über sein Gesicht. Dann drehte er mir den Rücken zu, um Elvis und den anderen entgegenzusehen.

Was muss dieses Monster mit meinem Gehirn angestellt haben, dass ich eingewilligt hatte, jemanden wie ihn zu heiraten?

Myrkurs Antwort kam prompt: *Abgesehen von seiner Gabe, ist er einfach ein guter Schauspieler und vielleicht generell geschickt darin, andere zu manipulieren.*

Habt ihr das ganze Gespräch mitbekommen?

Alles, was du gesagt hast und was wir uns davon ausgehend zusammenreimen konnten. Es genügt jedoch, um zu wissen, dass der Botschafter ein Arschloch ist.

Eins ist noch wichtig. Er hat angedeutet, dass er bald nicht nur die beiden Männer hier bei sich haben wird. Könnte es sein, dass er Verstärkung aus seiner Heimat erwartet?

Myrkur klang ernst. *Wenn er Verstärkung aus seiner Heimat erwartet, müssen wir rasch handeln. Anguristans Edle sind bekannt dafür, dass sie ihre Untertanen mit Geistmagie kontrollieren.*

Das ist ja schrecklich!

Wie man es nimmt. Kjells Heimatland ist wenig fruchtbar. Sie haben kaum genug, um zu überleben, geschweige denn, dass sie Handel treiben könnten. Man lebt, dank der Kontrolle, dennoch friedlich zusammen, anstatt um jede Brotkrume zu kämpfen.

Die Edlen leben aber natürlich ein bisschen besser als der Rest, nehme ich an?

Doch Myrkurs Antwort überraschte mich. *Tatsächlich nehmen sie sich nicht mehr, als alle anderen auch bekommen.*

Machte er das alles dann vielleicht nur, um seinen Leuten zu helfen? In der Anderswelt hatte Kjell in Geld geschwommen. Hätte er das nicht nutzen können? Aber vielleicht war das zu umständlich. Soweit ich wusste, konnte man nur das in die Anderswelt transportieren, was man mit sich tragen konnte. *Na gut. Mag sein, dass die sogenannte Elite das Schicksal der restlichen Bevölkerung teilt. Dennoch ist es falsch, ihnen den Willen zu nehmen.*

Außer die Untertanen unterwerfen sich freiwillig, weil man schon vor langer Zeit erkannt hat, dass das Volk im Ganzen ohne eine beständige strenge Kontrolle nicht überlebensfähig wäre.

Das brachte mich zum Nachdenken. *Es wird aber immer einige darunter geben, die das nicht wollen.*

Und was ist wichtiger? Das Wohl des Einzelnen oder die Fürsorge füreinander? Was davon soll ein Herrscher bewahren?

Eben noch war ich sicher gewesen, was ich von Geistmagie hielt, nun hatte Myrkur mich verwirrt. Wieder einmal. *Ist das eine Theorie, dass sie sich freiwillig der Kontrolle unterwerfen, oder weißt du es genau?*

Um ehrlich zu sein, weiß ich kaum etwas über Anguristan. Mit diesem kleinen Gedankenschlenker wollte ich dich daran erinnern, dass man erst urteilen sollte, sobald man sämtliche Fakten besitzt. Du musst aufpassen, dass du nicht Kjell zum Maß aller Dinge machst, wenn es um Anguristan geht. Er ist eine einzige Person aus einem riesigen Land mit Lebensbedingungen, die du noch nie am eigenen Leib erfahren hast.

Autsch. Damit hatte er mich erwischt. *Danke.*

Du weißt, dass Ellinors Geistschlange aus Anguristan stammt? Es war eine rhetorische Frage, und er fuhr gleich fort: *Diese Geschöpfe wandeln sich gern in Gegenstände. Hast du jemals bei Kjell …*

Er mag keinen Schmuck und trägt auch nicht wie Ellinor einen Stock oder etwas Ähnliches mit sich herum.

Myrkur brummte unzufrieden. *Schade. Einen Gegenstand hätte man ihm wegnehmen können. Ich fürchte, dann ist er aus eigener Kraft so stark.*

Was ich mich frage …

Ja?

Welches Ziel Kjell verfolgt, ist leicht zu erraten. Aber was verspricht Malena sich davon, ihn auf ihre Seite zu holen? Kjell tritt ganz offiziell als Botschafter aus Anguristan auf. Sie muss über seine Fähigkeit zur Geistmagie Bescheid wissen.

Myrkur keuchte auf. *Von meinen Drachenkörper wurden Schuppen gestohlen. Und zuvor schon wurde ein Drache getötet. Ich habe damals nach seinem Schatz gesucht und nicht daran gedacht, seinen ganzen Körper daraufhin zu untersuchen, ob ihm irgendwo eine Schuppe fehlt. Ein unverzeihlicher Fehler!*

Ich war nun so aufgeregt, dass ich mich bewegen musste, und fing daher an, hin und her zu gehen. *Wenn Malena für die Morde verantwortlich ist, könnte sie das mit der Wirkung eines Schuppentranks herausgefunden haben. Dadurch wäre es ihr möglich, sich vor Kjells Beeinflussung zu schützen.*

Oder sie verkauft die Schuppen an jemanden aus Anguristan, der Interesse daran hat, die Bevölkerung damit zu versorgen, fügte Myrkur nachdenklich hinzu.

Aber sagtest du nicht gerade …

Ich sagte, dass ich zu wenig über das Land weiß. Dafür kenne ich die Menschen gut. Irgendjemand ist immer daran interessiert, den aktuellen

Herrscher zu stürzen. Die Bevölkerung vorher in Chaos zu versetzen ist dabei gewiss hilfreich.

Lauter Applaus und Klatschen ertönte und riss mich aus meinen Gedanken. Über mein Gespräch mit Myrkur hatte ich meine Situation für einen herrlichen Augenblick lang tatsächlich vergessen.

Eben überreichte Elvis einer neuen Besitzerin das goldene Armband. *Wie viele sind noch übrig?*

Zwei. Einschließlich dem Wonderland.

Ohne dass ich es mitbekommen hatte, war ein Großteil der Puppenhäuser versteigert worden. Mein Magen krampfte sich zusammen. Schlagartig brach mir am ganzen Körper der Schweiß aus.

Wir bieten mit. Myrkur klang entschlossen.

Konntet ihr das Gold und den Schmuck aus der Sänfte retten?

Sie wurde geplündert.

Aber dann können auch die Eichhörnchen nicht bezahlt werden. Was passiert mit Ellinor und den Kindern?

Myrkur bemühte sich um einen gleichgültigen Ton. *Ich habe dem Eichhörnchenvolk die Erlaubnis gegeben, sich die restlichen Schuppen vom Drachenkadaver zu holen. Die Eichhörnchen brauen alle möglichen Tränke. Sie waren von dem Vorschlag ziemlich angetan, auch wenn wir alle wussten, dass ich sie so oder so nicht daran hätte hindern können. Ich habe die Vermutung, dass Pleda über ihren Ehemann Einfluss auf den Ältestenrat genommen hat. Seit sie nicht mehr haarlos ist, hat sie Macht, und diese nutzt sie zu deinen Gunsten.*

Erneut brandete Klatschen auf. Offenbar war das nächste Puppenhaus versteigert worden. Eine Gänsehaut überlief mich. Es war mir so unendlich zuwider, was gleich geschehen würde, dennoch hatte ich einen Entschluss gefasst. *Vergiss das mit dem Bieten. Kjells Plan ist eigentlich ganz klug. Ich weiß natürlich nicht, wie krank mein Vater wirklich ist.* Ich horchte für einem Moment dem Wort Vater hinterher. Es klang nach wie vor unwirklich. Egal. *Jedenfalls sagt mir mein Gefühl, dass ich mich besser beeilen sollte, wenn es überhaupt noch die Chance geben soll, dass er die Magie in mir erweckt. Wie seht ihr beide das?*

Rodin möchte nach wie vor lieber über den Rat gehen.

Und du?

Ich habe das starke Verlangen, jeden hier im Raum zu töten und mit dir zu fliehen. Mein Ratschlag lautet jedoch, es mit Kjells Plan zu versuchen.

Elvis und seine Gäste traten nun an das Wonderland heran. Ich hatte das Gefühl, als würden sie mir sämtlichen Sauerstoff wegatmen. Kjell stand in vorderster Reihe. Er wirkte angespannt.

Myrkur stellte sich so auf, dass ich ihn gut sehen konnte. Er fing meinen Blick und hielt ihn fest. *Wir sind da. Hab keine Angst.*

Alte Feindschaft

Dienerinnen hoben das Wonderland von seinem Podest und trugen es vorsichtig zum Tisch hinüber, wo sie es in der Mitte wieder abstellten. Rodin wollte das Kommando über unseren Körper übernehmen. Widerstrebend überließ ich ihm das Feld. Die Intensität dieser verfluchten Kopfschmerzen, die uns auch so schon das Leben schwer machten, verzehnfachten sich jedoch augenblicklich. Wir wechselten auf der Stelle wieder die Position. *Anscheinend können Drachen Schmerzen besser ertragen.* Rodin erwiderte nichts. Also gab er mir recht.

Elvis, der durch den Erfolg der vorausgegangenen Versteigerungen vor Begeisterung strahlte, klatschte unterdessen in die Hände, um die Aufmerksamkeit des Publikums auf sich zu lenken. »Das Café Wonderland ist das Prunkstück meiner exquisiten Sammlung. Kein anderes Puppenhaus wurde mit so viel Liebe zum Detail ausgestattet.« Er vollführte eine Geste, mit der er das begierige Publikum zum Aufstehen und Nähertreten aufforderte. »Man beachte das allerliebste Geschirr und die hübschen Möbel im Wintergarten. Die Bücher in den Vitrinen sind echt.« Mit gesenkter Stimme fügte er hinzu: »Es handelt sich um Werke aus der Anderswelt.«

Beifälliges Geraune.

»Alice, würdest du uns freundlicherweise einen kleinen Einblick in deinen Alltag gewähren?«

Alice ging in die Backstube. Sie hielt sich gerade, und es war ihr nicht anzusehen, dass sie innerlich zitterte. Sie fing an, Mehl und weitere Zutaten abzuwiegen und sie in einer Schüssel zu vermengen.

Dann schlug sie mit viel Schwung Eier auf, und ich konnte mir gut vorstellen, dass sie dabei an Kjell und Elvis dachte.

Während wir ihr zusahen, gab Elvis den Dienerinnen ein Zeichen, woraufhin diese die nächste Runde Cocktails servierten. Ich schnupperte an einem Glas, ehe ich den Inhalt hinunterstürzte. Elvis hatte eine hübsche Menge von der Droge hineingemischt. Mir war das recht. Die darin enthaltene Pilzsubstanz entspannte mich, was ich gut gebrauchen konnte.

Wieder erklang Elvis' Stimme. »Und nun, während die winzigen Köstlichkeiten in diesem voll funktionsfähigen Backofen ihrer Vollendung entgegengehen, würden wir gern etwas von den bereits fertigen Backwaren kosten.«

Alice wischte sich die bemehlten Finger an ihrer lächerlichen Schürze ab und vermied es dabei, nach oben zu sehen. Sie begann, Teller mit Gebäck zu beladen, von dem ich den Großteil nicht kannte, jedoch allein vom Duft her als äußerst appetitlich einstufte.

Mit jedem Ah und Oh vonseiten seiner Gäste wurde Elvis' Grinsen breiter. Das Taschentuch, mit dem er sich zu Beginn des Abends noch den Schweiß vom Gesicht gewischt hatte, war längst verschwunden. Er schnipste mit den Fingern. Eine der Dienerinnen trat daraufhin zu Elvis. Sie schrumpfte sich, und er bückte sich, um sie hochzunehmen und im Verkaufsraum abzusetzen. Dort zückte sie einen Schlüssel, mit dem sie die Eingangstür aufschloss. Alice und die Dienerin brachten daraufhin die vollbeladenen Teller vor die Tür.

Elvis reichte die winzigen Servierteller herum. Ich hörte, wie einige Frauen ihn über Alice ausfragten. Vor allem schien sie zu interessieren, wieso sie keine Haare hatte. Elvis erklärte, dass es ihre Entscheidung gewesen sei und nicht etwa die Folge einer Krankheit aus der Anderswelt. Ich fand, dass sie alles andere als krank aussah. Vorher hatte ihre wallende Lockenpracht die Aufmerksamkeit eines jeden unweigerlich auf sich gezogen. Nun lenkte nichts mehr von ihren wunderschönen Augen ab, die empfindsame Wärme widerspiegelten, aber auch Stärke und Entschlossenheit verrieten. Jedem hier musste ein Blick genügen, um zu erkennen, dass Alice keine gewöhnliche Frau war.

Du hast recht, und das bereitet mir Sorgen.

Heimlich gab ich Rodin recht. Dennoch sagte ich: *Das Endergebnis der Versteigerung steht ohnehin fest. Am Ende nimmt Kjell sie mit. Entweder hat der Botschafter ungeheuer viel Geld oder …*

In der Anderswelt war Geld nie ein Problem für ihn.

… oder er hat eine Abmachung mit Elvis, die wir nicht kennen.

Rodin brummte zustimmend.

Es ist widerlich, wie gut wir uns verstehen.

Ich fühlte, wie er schmunzelte. *Ach. Das haben wir doch eigentlich schon immer.* Dann wurde er schlagartig ernst. *Pass auf Kjell auf!*

Still und unauffällig hatte der Botschafter sich dicht an die Vorderseite des Wonderland herangeschoben. Ich machte mich bereit einzugreifen, sollte er kurzerhand versuchen, sich Alice zu schnappen, sobald sie das nächste Mal mit einem Kuchenteller vor die Tür trat. Eine Berührung mochte genügen, um seinen Einfluss auf sie aufzufrischen. Ich musste Alice allerdings weder warnen noch eingreifen. Sie hatte bereits selbst mitbekommen, wie Kjell heranrückte. Die letzten Teller mit Backwerk brachte deshalb die Dienerin heraus, während Alice ihre Arbeit in der Backstube wieder aufnahm. Ich warf Kjell einen raschen Blick zu. Er zeigte eine gleichgültige Miene, doch mir war klar, dass er sich ärgerte, weil er die Gelegenheit verpasst hatte.

Schließlich stapelten sich die wie leer gefegten Teller neben Alice in der Backstube. Elvis räusperte sich und wartete dann, bis vollkommene Stille eintrat. »Lasst uns beginnen.«

Alle Anwesenden, einschließlich Kjell, konzentrierten sich auf Elvis. Rodin und ich beobachteten Alice. Wir sahen, wie sie rasch ihre Schuppenkette vom Hals nahm. Sie griff nach einer Reibe, drehte uns den Rücken zu und beugte sich dann über eine Tasse. Erleichterung durchflutete mich, als ich sah, wie sie die Tasse wenig später zum Mund führte. Die Leute waren unterdessen wieder zu ihren Plätzen zurückgegangen. Auch Kjell und ich waren dazu gezwungen, uns vom Wonderland zu entfernen.

Die ersten Gebote wurden in den Raum gerufen. Kjell lächelte siegesgewiss, rührte sich allerdings nicht. Ab und zu wechselte er jedoch mit Elvis einen Blick, was meinen Eindruck bestätigte, dass es sich hier um ein abgekartetes Spiel handelte.

Mich beunruhigt die Vorstellung, dass Alice bei ihm sein wird. Wer weiß, wie lange er sich damit Zeit lässt, bis er sie Malena zum Geschenk macht. Was, wenn er wartet, bis sie ihre Normalgröße zurückgewinnt, um dann mit ihr …? Er verstummte angewidert.

Das machte mir auch zu schaffen. Allein die Vorstellung, dass Kjell Alice berühren könnte, ließ weiß glühende Wut in mir auflodern. Ein wenig brüsk fuhr ich Alice an: *Hast du noch von dem Schrumpfungstrank?*

Alice hatte über unser gemeinsames Band der Unterhaltung zwischen Rodin und mir zugehört, wie ich an ihrer Antwort erkannte. Offenbar verstärkte sich diese Fähigkeit im Laufe der Zeit. *Das Fläschchen ist noch fast voll. Aber wie oft kann ich davon trinken, ehe es ihm auffällt?*

Diese Dienerin, die gerade bei dir ist … kann man sie bestechen?

Kann ich nicht sagen. Sie hat große Angst vor Elvis. Entweder lässt sie das ihm gegenüber loyal sein oder sie würde alles tun, um von ihm wegzukommen.

Du könntest Kjell vorschlagen, sie Elvis abzuwerben.

Alice sah zu der Frau in dem weißen Gewand hinüber, die damit angefangen hatte, das dreckige Geschirr abzuspülen. *Ich kann mir vorstellen, dass sie darüber sehr froh wäre.*

Geh jetzt gleich zu ihr und deute vorsichtig an, was du planst. Rodin und ich erledigen den Rest.

Okay.

Rodin sagte: *Das ist ein sehr guter Einfall. Spätestens wenn Alice bei Malena ist, wird es uns schwerfallen, den persönlichen Kontakt zu halten.*

Du denkst, dass Kjell es uns da sehr viel einfacher machen wird?

Er ist nicht halb so gut bewacht wie Malena. So oder so könnte diese Dienerin unser Bindeglied zu Alice sein.

Es gibt noch etwas, was wir unbedingt bedenken sollten. Sobald König Walther die Magie vollständig in ihr öffnet, wird die Magiequelle Alice erkennen. Das wird wie ein Glockenschlag in Malena erklingen.

Alice schaltete sich wieder in das Gespräch ein. *Mein Vater lässt seit Ewigkeiten nach mir suchen, oder? Dann wird er doch wohl nicht zulassen, dass Malena mir schadet.*

Wir wissen nicht, wie krank der König ist. Darauf verlässt du dich besser nicht.

Unter dem Einfluss der Pilze wurde die Stimmung unter den Bietenden immer ausgelassener. Die Gebote wurden zwar ausschließlich von den Männern abgegeben. Die eine oder andere Frau hier schien jedoch, in aller Heimlichkeit natürlich, ebenso von Alice angetan zu sein wie der werte Gemahl. Zumindest ließen die vor Begierde funkelnden Augen darauf schließen. Alle hielten das hier für die beste Unterhaltung, die man sich vorstellen konnte.

Wir reden die ganze Zeit über mich. Alice klang bedrückt. *Ihr dürft die übrigen Frauen nicht vergessen, die bereits versteigert wurden.*

Keine Sorge. Rodin hat die Edlen trotz ihrer Maske erkannt und sich gemerkt, wer eines der Puppenhäuser ersteigert hat. Sobald du deinen Machtanspruch gesichert hast, werden wir sie befreien.

Euch fällt nichts ein, um es jetzt schon zu unterbinden?

Leider nein.

»Lord Vertanen.« Kjell stellte sich genau vor mich und blockierte damit meine Sicht auf Alice. Er musterte mich von Kopf bis Fuß. »Ihr solltet nun damit aufhören, meine Puppe so lüstern anzustarren. Falls es euch nicht aufgefallen ist, die Versteigerung ist vorbei.« Ein niederträchtiges Grinsen trat in sein Gesicht. »Alice gehört nun mir.«

Dieses Gespräch überlasse ich dir, mein Freund. Damit trat ich zur Seite und überließ Rodin unseren Körper.

Angepisst

Hallo, Kjell.« Ich grinste den widerlichen Mistkerl spöttisch an. »Erinnerst du dich, wie ich einmal deinen Schuh markiert habe? Das war nicht alles, was ich getan habe. Ist dir nie der etwas strenge Geruch an deinem Kopfkissen aufgefallen?«

Kjell ließ sich leider nicht provozieren. Er hatte eben die Frau ersteigert, die ich liebte, und das Raubtier in ihm spürte, dass das ebenso gut war, wie mich in die Eier zu treten. »Dann hatte Adlon recht. Du bist der verdammte Kater.«

»Ganz richtig. Ich bin der verdammte Kater. Wie war das Gefühl, dass Alice mich dir stets vorgezogen hat?«

Rodin! Alices ärgerliche Stimme erklang in meinem Kopf. *Provozier ihn nicht. Das muss später ich ausbaden!*

Planänderung. Ich werde dich auf keinen Fall mit ihm gehen lassen.

Du entscheidest das nicht, verdammt!

Kjell drehte lächelnd den Armreif, den er bereits am Handgelenk trug.

Langsam fing ich an, meinen Hemdsärmel aufzukrempeln.

Alice fauchte. *Das machst du nicht!*

O doch.

Du krempelst deinen Ärmel wieder runter und dann gehst du.

Sicher nicht.

Wenn du ihm die Vermählungsrune zeigst, plaudere ich sofort aus, dass wir die Ehe noch gar nicht vollzogen haben.

Wie erstarrt hielt ich inne. *Du drohst mir? Mir?*

Drohen ist zu viel gesagt. Sieh es als eine Art mentalen Knuff in die Seite, um dich zum Innehalten zu bewegen. Sanft fügte sie hinzu: *Wir haben doch längst eine Entscheidung getroffen. Ich muss auf dem schnellsten Weg zu meinem Vater und der geht nun mal über Kjell und Malena.*

Kjell beobachtete mich misstrauisch aus schmalen Augen. Wenn ich die Ärmel wieder herunterschob, würde er sich wundern, daher verschränkte ich die Hände hinter dem Rücken. Leider befand sich die völlig identische Rune auch auf Alices Unterarmen. War er schlau genug, um einen Zusammenhang herzustellen?

Es wird sich zeigen. Kannst du dich bitte entspannen? Alice und ihre Dienerin demonstrierten genau das. Sie saßen an einem der Bistrotische und tranken Tee.

Ich ließ Kjell stehen und spazierte durch den Raum, angeblich, um noch einen letzten Blick auf die übrigen Puppenhäuser zu werfen, ehe sie davongetragen wurden. *Hast du der Dienerin ebenfalls von dem Schuppentrank angeboten?*

Sie heißt Fairan. Und ja, habe ich. Allerdings habe ich ihr nicht verraten, was sie da zu sich nimmt.

Sehr gut.

Ich habe auch angedeutet, dass ich ihr wegen Elvis vielleicht helfen kann. Erstaunlicherweise hat sie mich nicht ausgelacht.

Dann hat sie gute Instinkte.

Oder sie ist so verzweifelt, dass sie nach jedem Strohhalm greift.

Die Gäste zerstreuten sich. Ich schlenderte umher, wechselte ein paar Worte hier und dort, behielt dabei jedoch stets das Wonderland im Auge. Unauffällig krempelte ich dabei meine Ärmel wieder runter. Nach und nach wurden die zuvor ersteigerten Puppenhäuser abgeholt. Die Frauen gingen zuerst, ein Großteil der edlen Herren blieb. Ich hatte mitbekommen, dass Elvis im Anschluss an den Abend weitere Zerstreuungen in Aussicht gestellt hatte.

Kjell hatte ebenfalls seine Runden gedreht, stand nun in einer Ecke und fixierte mich übellaunig. Er hatte Lewis, den Kater, wegen seiner Nähe zu Alice gehasst, und vorhin hatte er erfahren, dass der Kater in Wirklichkeit ein Mann war. Überdies nicht nur irgendein Mann. Ich war Ellinors Bruder, und Kjell wusste, dass Alice lange Zeit bei ihr gewohnt hatte, wo auch ich mich aufgehalten hatte. Ich schlenderte zu ihm. »Glückwunsch. Du hast mit deinen Geboten alle schnell hinter dir gelassen.«

»Und dir damit auch die zweite Frau weggeschnappt.« Er schenkte mir ein überlegenes Lächeln. »Fühlt sich bestimmt nicht gut an.«

»Ja, du und die Prinzessin. Ein Traumpaar.«

»Wie geht es dir bei der Vorstellung, dass sie heute Nacht in meinem Bett liegen wird? Unter mir, um genau zu sein.«

Ich verzog keine Miene, eine Leistung, für die ich in der Anderswelt einen Oskar verdient hätte. »Man sagte mir, das Puppenhaus sei als Geschenk für die Prinzessin gedacht. Sicher wird es ihr nicht gefallen, in Konkurrenz zu einer Miniaturfrau zu stehen.« Ich sah mich betont aufmerksam um. »Wenn du Pech hast, macht deine Bemerkung darüber schneller die Runde, als du ›Wonderland‹ sagen kannst.«

Kjells Gesichtszüge froren für einen Moment ein. Dann sah er sich um und schüttelte gespielt betrübt den Kopf. »Niemand steht nahe genug, um uns hören zu können.«

»Ich habe es gehört.«

»Und du willst es Malena erzählen? Lächerlich. Sie würde nie auf dich hören.«

»Lass es darauf ankommen.« Ich hob begütigend die Arme. »Oder tu mir einen Gefallen.«

»Der da wäre?«

»Ich habe meiner Schwester versprochen, auf Alice aufzupassen. Das … hat leider nicht geklappt.«

»Du hättest ebenfalls bieten können, doch halt …« Er grinste boshaft. »Du bist pleite, oder?«

»Wie auch immer. Du bist anscheinend vermögend.«

»Das bin ich in der Tat.«

Ich seufzte betrübt. »Um dein Geld habe ich dich schon in der Anderswelt beneidet.«

»Sag schon, was du willst. Ich fühl mich spendabel.« Mit verträumtem Gesichtsausdruck drehte Kjell wieder an seinem Armreif.

»Kauf Alice noch eine Dienerin dazu. Die Kleine, mit der sie gerade Tee trinkt. Ihr Name ist Fairan, wenn ich es richtig verstanden habe.«

»Wenn ich das tue, mischst du dich dafür nicht meine und Malenas Beziehung ein.«

»Einverstanden.«

In diesem Moment traten Kjells Männer zum Wonderland, hoben es hoch und schickten sich an, es aus dem Raum zu bringen. Beklommen beobachtete ich sie dabei. *Alice. Letzte Chance, es dir anders zu überlegen.*

Ich schaffe das, und außerdem ist ja Fairan bei mir. Ich denke, er hat angebissen. Bestimmt darf sie mich begleiten.

»Was für ein bedauernswert unglückliches Gesicht du ziehst.« Kjell hatte nun endgültig zu seiner guten Laune zurückgefunden. »Von mir aus. Ich werde Elvis die Dienerin ebenfalls abkaufen. Ihre Fähigkeit, aus eigener Kraft zu schrumpfen, wird mir in vielerlei Hinsicht nützlich sein.«

Urplötzlich wurde mir schwindelig. Der Schmerz in meinen Schläfen wurde so intensiv wie nie zuvor. Ich musste mich an der Wand abstützen, um nicht zusammenzubrechen. Als der Anfall vorüber war, entdeckte ich Kjells zufriedenen Gesichtsausdruck. »Die Reiserune, ja? Das habe ich auch schon andere Edle mitmachen gesehen. Ich an deiner Stelle würde nicht zu lange warten, ehe ich mich bei den Ingenieurinnen melde. Das kann ganz übel ausgehen.«

Myrkur, der sich innerlich mit mir vor Pein gekrümmt hatte, zischte: *Ausnahmsweise einmal gebe ich ihm recht. Es wird Zeit, dass wir in diesen verdammten Turm gehen und herausfinden, was hier nicht stimmt.*

Gleich. Wir müssen erst mit Elvis reden.

Ich sah mich um und entdeckte ihn in Gesellschaft von Lord Sorbonne, der eines der ersten Puppenhäuser ersteigert hatte. Der Lord sprach erregt auf Elvis ein. Ohne ein weiteres Wort ließ ich Kjell stehen und ging zu ihnen. Elvis wandte sich mir erfreut zu, weswegen ich annahm, dass es kein angenehmes Gespräch gewesen war. »Lord Vertanen. Was kann ich für Euch tun?«

»Ich habe Euch ein Geschäft vorzuschlagen. Wollen wir ein Stück gehen?«

»Ich bin noch nicht fertig.« Lord Sorbonne packte Elvis am Arm. »Es liegt nur an euren verdammten Pilzcocktails, dass ich mitgesteigert habe. Macht das Geschäft rückgängig!«

Elvis machte sich los und winkte eine der Dienerinnen herbei. »Allahya, bring den Lord bitte zur Tür.«

Lord Sorbonne gab jedoch noch nicht auf. »Ich will mein Geld zurück!«

Es stellte sich heraus, dass Allahya, wie Santina, über mehrere Körper verfügte. An der verkrümmten Haltung, mit auf den Rücken gebogenen Armen, in der Lord Sorbonne aus dem Raum geführt wurde, erkannte ich, dass noch zwei weitere unsichtbare Manifestationen der Dienerin am Werk waren.

Als die kleine Gruppe verschwunden war, zog Elvis ein Taschentuch aus der Tasche und wischte sich den Nacken. »Da gebe ich Unsummen dafür aus, hier drin für eine angenehme Temperatur zu sorgen, und schwitze dennoch wie ein Schwein.«

Ich zog die Augenbrauen hoch. »Sollte es Euer Gewissen sein, das Euch zwickt?«

»Weswegen sollte sich mein Gewissen melden? Weil ich einen Lord abgewimmelt habe?« Er schnaubte. »Schon gut. Ihr meint die Puppen. Und Ihr habt ja recht.« Er grinste hämisch. »Ich hätte sie nackt verkaufen sollen, dann wären noch ganz andere Summen zusammengekommen.«

Die Kopfschmerzen zwangen mich langsam in die Knie und meine Geduld war am Ende. Am liebsten hätte ich diesen lächerlichen Mann in seinem affigen Anzug am Kragen gepackt. Stattdessen zog ich ein flaches Paket hervor, etwa in der Größe einer Spielkarte, das ich für diesen Moment vorbereitet hatte. Ich reichte es Elvis. »Ein kleines Geschenk von mir.«

»Was mag das sein?« Neugierig nahm er es entgegen. Noch ehe er es geöffnet hatte, verzog sich sein Gesicht vor ungläubigem Staunen. Er schnupperte, riss die Augen auf und starrte mich überrascht an. »Pilzsubstanz. Zehn Jahre alt. Mindestens.«

»Zwölf, um genau zu sein.«

»Unglaublich! Wie seid Ihr daran gekommen?«

»Das spielt keine Rolle.«

»Wie recht Ihr habt!« In seinen Augen hatte sich ein gieriges Funkeln entzündet. »Ich muss die Wirkung gleich testen.«

»Nur zu.« Ich lächelte ihn aufmunternd an. Frische Pilze, wie Alice sie bei den Eichhörnchen gekostet hatte, ließ man im Mund zergehen. Sobald die Ernte ein paar Tage alt geworden war, wurden die Pilze zermahlen und in Flüssigkeit aufgelöst, um sie zu konsumieren.

Elvis blickte sich nach einer seinen Dienerinnen um, damit sie ihm etwas zu trinken brachte. Ehe er eine von ihnen herbeizitieren konnte, griff ich abermals in meine Innentasche. Ich hielt Elvis einen Flachmann entgegen.

Natürlich hatten auch Myrkur und ich eine seiner Schuppen mitgenommen. Als wir vorhin in meinem Appartement im Königshof gewesen waren, wo ich mich umgezogen hatte, war er auf die Idee gekommen, eine kleine Portion Schuppentrank herzustellen. Nicht etwa, weil wir da schon Kjell in Verdacht gehabt hätten, doch waren Kjell und Ellinor nicht die einzigen Geistmagier, und sicher war sicher. Wir hatten selbst davon getrunken, und hätte Alice nicht noch ihre eigene Schuppenkette gehabt, hätten wir es irgendwie fertiggebracht, ihr von unserem Trank zu geben. Bei Elvis würde er auch ganz vortrefflich seine Wirkung entfalten.

Elvis schnupperte am Flachmann und verzog anerkennend das Gesicht, als ihm das Aroma des hochwertigen Whiskys in die Nase stieg, den wir für unsere Mischung verwendet hatten. Er gab vorsichtig etwas von dem Pilzpulver in den Flachmann und schwenkte ihn. »Ein schönes Stück, das Ihr da habt, Lord Vertanen. Wie schade, dass man heutzutage nicht mehr so ohne Weiteres in die Anderswelt reisen kann, um sich solche feinen Stücke zu besorgen.«

»Dann ist Eure Reiserune ebenfalls limitiert?«

»Leider.« Er hielt mir den Flachmann entgegen. »Trinkt bitte zuerst.«

Ich nahm einen großen Schluck. Wenig später spürte ich einen feinen Luftzug am Nacken, und als mein Körper darauf mit einem wohligen Schauder reagierte, wusste ich, dass die Droge anschlug.

Würden mich diese elenden Kopfschmerzen nicht quälen, wäre ich wie auf sinnlichen Wolken durch den restlichen Abend geschwebt. So konnte ich den kleinen Rausch leider nur eingeschränkt genießen.

Elvis beugte sich vor, um sich meine Pupillen anzusehen, die wie bei einem sexuell angeregten Menschen groß und dunkel waren, wie mir nur selbstverständlich bewusst war. Während ich den winzigsten aller Schlucke zu mir genommen hatte, gerade so viel, dass man die Wirkung an mir erkennen konnte, trank er den Flachmann leer. In nächster Zeit würde ihn kein Geistmagier auch nur im Leisesten beeinflussen können.

Er stieß einen langen zufriedenen Seufzer aus und umarmte mich dann euphorisch. Grinsend blickte er an sich hinunter. Elvis trug eine enge Hose, die bereits ordentlich ausgebeult war. »Und Ihr seid sicher, dass Ihr mir das Päckchen schenken wollt?«

»Aber ja.« Ich klopfte ihm auf die Schulter. »Ich gebe Euch sogar noch einen guten Rat obendrauf.«

»Nur zu. Ich höre.«

»Besteht darauf, dass der Botschafter noch heute Nacht vollständig bezahlt, was er Euch für das Puppenhaus schuldet.«

»Ihr meint, er kann seine Schulden nicht bedienen?« Elvis fing an, nervös auf und ab zu gehen. »Nun ja, in Anguristan sind sie nicht gerade begütert, das weiß man ja eigentlich. Aber ich dachte … er ist doch der Botschafter! Man sollte meinen, da sei genügend Gold kein Problem.« Seine Erektion hielt der Aufregung stand, was in Anbetracht seiner unglücklichen Miene erstaunlich war. »Und er hat das Puppenhaus schon mitgenommen. Was, wenn er es bereits an Prinzessin Malena verschenkt hat?«

»Dann habt Ihr Pech gehabt. Jedenfalls kann ich mir nicht vorstellen, dass Ihr es der Prinzessin wieder wegnehmen würdet, falls er sich entscheidet, Euch die vereinbarte Summe schuldig zu bleiben.«

»Richtig.« Sein Blick wurde entschlossen. »Ich danke Euch für den guten Rat, Lord Vertanen. Ich werde auf Bezahlung drängen.«

Zufrieden sah ich ihm nach, als er davonging.

Ich hatte Fran um ihre Gesellschaft gebeten, als ich mich früher am Abend umgezogen hatte. Mittlerweile hatte die Schneiderin Zeit gehabt, um den aktuellen Klatsch in sich aufzusaugen. Von ihr hatte ich erfahren, dass Malena den Botschafter von Anguristan seit ein paar Tagen auf Distanz hielt. Dieser wiederum ließ ihr als Reaktion darauf jeden Tag ein oder manchmal sogar mehrere Geschenke bringen. Konfekt, Geschmeide, Blumen, seltene Vögel für die königliche Voliere. Das Puppenhaus sollte wohl das Prunkstück werden. Vielleicht irrte ich mich, doch so, wie ich Kjell einschätzte, missbrauchte er seine Geistmagie auch, um die Bezahlung für das eine oder andere zu umgehen.

Zu gern hätte ich Kjells Gesicht gesehen, wenn er dabei scheiterte, Elvis zu betrügen, der seit eben gegen seine Einflüsterung immun war.

Berührungen

Die Kutsche hielt. Ein kurzes Gespräch, vermutlich mit einer Wache. Dann fuhren wir wieder ein kleines Stück, ehe die Kutsche erneut hielt. Offenbar waren wir am Ziel. Fairan war schon seit unserem Aufbruch in der Backstube zugange, um ein wenig aufzuräumen. Wir waren beide überglücklich darüber, dass Elvis sie freigegeben hatte. Kaum hatten Kjells Männer das Puppenhaus aus der Kutsche gehoben, stand ich auch schon am Schaufenster und blickte hinaus. Trotz allem war ich gespannt, wie es am Königshof aussehen mochte. Die Männer trugen das Puppenhaus so vorsichtig, dass ich mich kaum ausbalancieren musste. Viel erkennen konnte ich leider nicht. Der Platz, auf den wir hinausgetreten waren, war gänzlich unbelebt und sehr dunkel. Ich ahnte mehr, als dass ich sah, dass wir von hohen Gebäuden umgeben waren. Bei Elvis war die Temperatur so angenehm gewesen, dass ich überhaupt nicht bemerkt hatte, dass ich mich nun im heißen Süden befand. Draußen war die Luft jedoch drückend feucht. Schweiß lief mir am Rücken herab. Ein fischiger Geruch wehte von Zeit zu Zeit herbei. Von fern hörte ich das Meer rauschen. Da ich draußen kaum etwas zu sehen bekam, wankte ich zum Sofa hinüber, legte mich auf den Rücken und betrachtete durch das offene Dach des Wonderland den Sternenhimmel. Bilder aus den vergangenen Stunden wirbelten unentwegt durch meinen Kopf. Niemals würde ich vergessen können, wie es sich anfühlte, von diesen ganzen furchtbaren Menschen angestarrt zu werden, als sei ich eine knallbunte Nacktschnecke in einem Terrarium. Wegen der Glatze fanden mich einige der Männer auf eine exotische Weise erotisch, zumindest deutete ich ihre Blicke in diese Richtung. Ihre Frauen wiederum fühlten sich von meinem kahlen Kopf abgestoßen oder sogar provoziert. Wobei es auch unter ihnen einige gab, die mich lüstern betrachteten. So oder so schienen Haare am Königshof eine bedeutsame Angelegenheit zu sein. Zunehmend fassungslos hatte ich ihrem Geplauder gelauscht. Alle wollten die rote Perücke behalten, die Elvis am Anfang der Veranstaltung hatte verteilen lassen. Diejenigen, die bereits eines der anderen Puppenhäuser ersteigert hatten, besprachen angeregt, wie spaßig es werden würde, in Zukunft dieselbe Frisur wie ihre Puppe zu tragen. Doch egal in welche Richtung ihre Gespräche sonst noch gingen, am Ende landeten sie immer wieder bei mir und meinem Aussehen. Ich war zu dünn, zu flachbrüstig, meine Bewegungen nicht anmutig genug oder viel zu aufreizend. Für die einen schaute ich arrogant, auf die anderen wirkte ich einfältig. Falls es dazu kam, dass die Rolle offenbar wurde, die ich in Wynterhaav zu spielen gedachte, würden diese Menschen, die mich als ein Spielzeug kennengelernt hatten, es schwer akzeptieren, dass ich ihre Königin sein wollte. Doch das war ein Problem für später.

Eine magische Leuchtkugel schwebte heran und blieb über dem offenen Dach des Wonderland hängen. Ein bärtiges Gesicht tauchte auf, das zu mir hereinstarrte.

Ich setzte mich erschrocken auf.

»Wie viele von diesen Spielzeugen muss ich heute Nacht noch sehen?«

Heiseres Lachen erklang. Da draußen schienen sich mehrere Männer aufzuhalten. Wieder welche von den Wachen?

Glucksend sprach der Bärtige weiter: »Dass der Botschafter jemand ist, der daran Gefallen findet, hätte ich …«

Das Wonderland schwankte unmerklich. Das Gesicht über mir verschwand. Dann war ein Gackern wie von einem Huhn zu hören. Aufgeregte, wütende Männerstimmen erklangen, die von einem von Kjells Männern übertönt wurden. »Euer Kamerad macht sich nicht schlecht als Huhnimitator. Lacht ihn lieber nicht allzu sehr aus, so etwas könnte jederzeit jedem von euch passieren.«

Die antwortende Stimme klang drohend. »Prinzessin Malena wird nicht erfreut sein, dass die Männer des Botschafters sich so was herausnehmen. Geistmagie wird am Hof nicht geduldet.«

»Euer Kamerad wird sich in ein paar Minuten erholen. Und ihr gebt nun den Weg frei.«

Gleich darauf waren wir wieder unterwegs, mit den gewohnt gleichmäßigen, ruhigen Schritten, die das Puppenhaus geradezu schweben ließen. Es verriet einiges über Kjells Stellung am Hof, dass die Wachen dem Befehl ohne weiteren Protest gehorcht hatten. Und damit war nun auch klar, dass Kjell nicht als einziger Vertreter seines Landes die Fähigkeit besaß, den Geist der Menschen zu manipulieren.

Die Lichtkugel begleitete uns durch einen Tunnel, dann durch mehrere Korridore. Wieder hielt uns eine Wache auf. Nach einem kurzen Blick ins Puppenhaus durften wir diesmal anstandslos weiter. Schließlich öffnete sich eine letzte Tür. Das Wonderland wurde abgestellt. Ohne ein Wort zu mir verschwanden die beiden Uniformierten.

Fairan kam sofort zu mir. Ich hatte sie gebeten, frischen Schuppentrank zuzubereiten, und wir gingen in den kleinen Verkaufsraum, um ihn dort zu trinken.

»Und du bist sicher, dass das gegen diese Leute hilft?« Sie reichte mir einen Teebecher und meine Schuppenkette und half mir mit dem Verschluss, als ich sie anlegte. »Ich bin nämlich nicht sicher, ob ich einen guten Tausch gemacht habe. In Anguristan leben Barbaren. Sie halten sich Sklaven!«

»Wir werden nicht lange bei Kjell bleiben müssen. Und was das andere anbelangt, ich weiß es von einem Drachen. Kein Geistmagier wird uns nach diesem Trank beeinflussen können.«

»Wie lange hält die Wirkung an?«

Das hatte ich Myrkur leider nicht gefragt. »Wir trinken einfach regelmäßig eine Tasse davon.«

Fairan sah mich lange an. »Ich weiß nicht warum, aber ich vertraue dir.«

Ich lächelte sie dankbar an.

Flüsternd fügte sie hinzu: »Was kann ich tun, um dir auf den Thron zu helfen?«

Ich sah nachdenklich Richtung Eingangstür. »Musstest du Elvis den Schlüssel zurückgeben?«

Fairan war meinem Blick gefolgt. Sie lächelte verschmitzt. »Ja. Aber ich habe nur so getan, als ob ich abgeschlossen hätte. Er hat es nicht überprüft.«

Die vergangene Nacht hatte sich wie ein Jahr angefühlt, doch nun durchströmte mich frische Energie. »Und du hast den Armreif noch, oder?«

»Auch das hat Elvis nicht überprüft. Ich weiß, dass er den Pilzrausch liebt, aber gestern hat er ziemlich übertrieben. Soll ich ihn dir geben?«

Es war verlockend, doch ich schüttelte den Kopf. »Das fällt leider auf.« Ich atmete tief ein. »Na, dann los. Sehen wir uns an, wie mein Ex-Verlobter wohnt.«

Das Zimmer wurde von drei magischen Leuchtkugeln erhellt. Sie waren nicht besonders hell und eine flackerte. Das hatte ich in der Zeit bei Ellinor nie beobachtet.

Fairan spazierte durch die Eingangstür des Wonderland, sprang vom Tisch, vergrößerte sich und hob mich anschließend heraus. Sie setzte mich in ihre zur Schale geformten Hand. »Wir könnten auch fliehen.«

»So schön das auch wäre. Ich habe eine Aufgabe, wegen der ich hergekommen bin. Aber wenn du gehen willst …?«

Sie zögerte so lange, dass mein Herz wild losgaloppierte. Ich wollte sie ungern gehen sehen. Dann schüttelte sie zu meiner Erleichterung den Kopf.

Man hatte das Puppenhaus in Kjells Schlafzimmer gebracht, was mir wie ein schlechtes Zeichen erschien. Das Zimmer war luftig, mit einer hohen Zimmerdecke. Die Möbel waren in Weiß und Dunkelblau gehalten. Das breite Bett war gemacht, über einer Sessellehne hing eine Uniformjacke. Auf dem Nachttisch stand ein leeres Glas. Fairan zog nacheinander die Schubladen einer Wäschekommode auf, doch dort fand sich nur, was zu erwarten gewesen war. Auch in dieser Welt bevorzugte Kjell offenbar schwarze Unterwäsche. Der Schreibtisch war unser nächstes Ziel. Leider war auf der Tischplatte nichts abgelegt, und die drei Schubladenfächer waren verschlossen. Die Zimmertür hingegen ließ sich öffnen, was zur Abwechslung mal eine angenehme Überraschung war. Wir schlichen hinaus. Es stellte sich heraus, dass Kjells Appartement großzügig geschnitten war. Das Bad, mit einer in den Boden eingelassenen runden Wanne, glänzte vor Sauberkeit. Er hatte Rasierwasser, Deo und sogar Parfüm aus der Anderswelt mitgebracht. Die dunkelblauen Handtücher sahen flauschig aus. Wir eilten weiter und betraten einen geräumigen Salon, der mit Möbeln geradezu vollgestopft war. Allerdings hatte ich mich an die karge Einrichtung bei Ellinor gewöhnt und fand vielleicht nur daher alles ein wenig überladen. Außer den Toilettenartikeln im Bad entdeckten wir nichts Persönliches von Kjell. Aus dem Salon gelangte man durch eine doppelflügelige Tür auf eine große Terrasse. Wir traten an die Brüstung und sahen auf einen Blumengarten hinunter, der ringsum von einer hohen Steinmauer eingefasst war. Unmittelbar dahinter schien es steil hinabzugehen. Ich hörte Wellen schlagen, ein zugleich ruhiger und machtvoller Rhythmus, der mich sofort gefangen nahm. Ein rosafarbener Streifen am Horizont kündete vom nahenden Morgen.

Auf dem Flug über die Berge hatte Rodin mir einiges über das Leben am Königshof erzählt. Wer im Palast wohnte, musste dieses Privileg teuer bezahlen. Er hatte auch erwähnt, dass Prinzessin Malenas Räumlichkeiten unmittelbar neben denen ihres Favoriten lagen. Und der Favorit war ja wohl Kjell. Leider wurde die Terrasse auf beiden Seiten von hohen, mit üppigen grünen Pflanzen bewachsenen Mauern beschränkt. Wir horchten angestrengt, doch außer dem Meeresrauschen und vereinzeltem Vogelgezwitscher war nichts zu hören.

Danach brachte Fairan mich ins Wonderland zurück, wo ich als Erstes einen Schluck von meinem Schrumpfungstrank nahm. Fairan selbst blieb groß. Wir hatten beschlossen, dass sie versuchen sollte, außerhalb von Kjells Räumen die Lage zu erkunden und, wenn möglich, Kontakt zu Rodin aufzunehmen. Ich hörte Fairan auf den kleinen Korridor hinausgehen. Wie wir es uns gedacht hatten, standen die Wachen vor der Eingangstür zu Kjells Zimmerflucht. Fairan wechselte mit ihnen ein paar Worte, ich hörte, wie sie mehrmals »Frühstück« sagte, dann wurde die Tür geschlossen. Todmüde kuschelte ich mich aufs Sofa.

»Alice, wach auf!«

Gähnend blinzelte ich zu Fairan hinauf, die mit müden, rot unterlaufenen Augen zu mir herabsah. Sie war immer noch normal groß.

»Vom Botschafter soll ich dir ausrichten, dass er sich erst am späten Abend zu dir gesellen kann.«

»War er hier?«

»Kurz nachdem ich mit dem Frühstück für dich zurück war, tauchte er auf. Er wollte, dass ich dich ausschlafen lasse.«

Ich setzte mich auf. Mein Magen knurrte. In der Ferne schrie eine Möwe.

»Komm, ich habe draußen für dich gedeckt.«

Über der Terrasse spannte sich ein aus Gräsern geflochtenes Sonnensegel. Das durch die Lücken flirrende Sonnenlicht zeichnete Muster auf die großen quadratischen Steinfliesen. Es war jetzt schon unglaublich heiß. In den Ecken standen weiß blühende, herrlich duftende Büsche, die von Kolibris umschwirrt wurden. »Wie schön!«

»Meinst du dieses Ungeziefer?« Fairan scheuchte die winzigen grün schillernden Vögel fort wie lästige Fliegen. Sie setzte mich auf einem Tisch, der ganz in Weiß und Gold eingedeckt war, in der schattigsten Ecke ab. In der Mitte stand eine feucht beschlagene silberne Haube, von der eine erstaunliche Kälte ausging, wie ich feststellte, als ich an sie herantrat. Bei der hier herrschenden Hitze konnte nur Magie dahinterstecken.

Fairan hob die Haube ab. Sie hatte daran gedacht, einen der winzigen Teller aus dem Café für mich bereitzustellen. Gleich darauf kostete ich von dem frischen Obst und den würzigen, mit Gemüse gefüllten Teigtaschen, die sie mir in winzigen Stücken auf den Teller gelegt hatte. »Setz dich doch zu mir. Es ist wirklich genug Essen da.«

»Ich habe bereits in der Küche gegessen, bei den anderen Niederen.« Sie zögerte, zog dann jedoch einen Stuhl zurück und nahm Platz. »Auf diese Weise erfährt man den ganzen Klatsch.«

»Ich möchte dich bitten, das Wort ›Niedere‹ zu vergessen.«

»Wie soll ich uns dann nennen?«

»Ihr seid die Freien.«

»Das gefällt mir. Sehr sogar!« Ihre Augen strahlten.

»Wissen die Leute in der Küche von den Puppenhäusern?«

»Nein. Das habe ich ihnen erst erzählt. Erst muss man geben, bevor man bekommt.«

»Verstehe.« Ich bat sie um ein weites Stück Melone. »Und hast du etwas zurückbekommen?«

»Das kann man so sagen. Während du geschlafen hast, ist einiges geschehen.«

An ihrem Ton hörte ich, dass sie keine guten Nachrichten brachte. Plötzlich war mir der Appetit vergangen. »Erzähl!«

»Heute Nacht gab es einen Brand im Vergnügungsviertel. Elvis ist tot, und mit ihm alle, die in seinem Etablissement gearbeitet haben. Auch ich wäre unter ihnen gewesen, hättest du nicht dafür gesorgt, dass ich dich begleiten darf.«

Ich starrte Fairan an, vollkommen sprachlos.

»Adlon ist anscheinend nicht am Königshof, und wenn er erfährt, was seinem Bruder geschehen ist …«

»Weiß man denn, wer es war?«

Fairan sah mich mutlos an. »Der Botschafter und zwei seiner Männer bezeugen, dass sie gesehen haben, wie Lord Vertanen den Brand gelegt hat.«

»Das kann ich mir nicht vorstellen. Niemals!« Aber stimmte das wirklich? Sobald Feuer im Spiel war, musste ich automatisch an Myrkur denken. Andererseits war er kein Drache mehr. Mir kam der Kinobrand in den Sinn. Doch diesen Gedanken verscheuchte ich schnell wieder. Das war buchstäblich in einer anderen Welt passiert. Wenn es denn überhaupt passiert war. Eine geheime Hoffnung von mir war, dass Kjell mir die Geschehnisse im Kino nur in den Kopf gepflanzt hatte und meine Eltern noch lebten.

»Übrigens wurden zwei Schrankkoffer mit Kleidung vorbeigebracht. Ein daran befestigtes Schreiben lässt schöne Grüße von Lord Vertanen ausrichten.«

Fran hatte den Auftrag gehabt, mein Gepäck in Rodins Appartement abzugeben, und dieser hatte daran gedacht, alles an mich weiterzuschicken. »Wunderbar. Ich sehne mich danach, mich zu waschen und umzuziehen.«

Nach einer Stippvisite ins Bad, wo Fairan mir eine Teetasse als Badewanne gerichtet hatte, besichtigen wir die Schrankkoffer. Es waren tatsächlich meine Sachen. Leider waren sie in Normalgröße. Fairan löste das Problem, indem sie sich mit einem Kleiderstapel im Arm klein schrumpfte. Gleich darauf trug ich ein luftiges silberblaues Sommerkleid und dazu Satinschuhe, die mit Bändern bis über den

Knöchel geschnürt wurden. Kein Leder, kein Pelz. Man musste auch die guten Seiten sehen.

Als Kjell wie angekündigt am späten Abend auftauchte, wirkte er angespannt. Er schickte Fairan los, um Whisky zu holen. Die Worte, die er dabei wählte, waren grob, und kurz sah es so aus, als wollte er ihr einen kräftigten Schubs geben, weil sie sich für sein Verständnis nicht genug beeilte. Ich fuhr ihn ärgerlich an, was mir einen nachdenklichen Blick einbrachte. Mir wurde klar, dass ich einen Fehler gemacht hatte, indem ich ihm zeigte, dass Fairan mir wichtig war. Mit ihr hatte er jemanden an der Hand, mit dessen Wohlergehen er mich jederzeit erpressen konnte.

Mürrisch blickte er auf mich herab. »Du bist ja immer noch klein.«

Ich zuckte die Schultern. »Elvis hat eindrücklich demonstriert, was passiert, wenn ich hier drinnen groß werde.« Und schon wieder hatte ich einen Fehler gemacht. Prompt streckte Kjell die Hand zu mir herein. Ich wusste, er besaß diesmal einen der Armreifen und durfte nicht darauf hoffen, dass er wieder einen Schlag abbekam.

Mit den Fingern umschloss er mich entgegen aller Befürchtung so vorsichtig, als hantierte er mit Nitroglyzerin. Vor lauter Angst konnte ich kaum einen klaren Gedanken fassen. Hinter meiner Stirn nahm ich einen zunehmenden Druck wahr. Würde der Schuppentrank tatsächlich funktionieren, oder würde es Kjell erneut gelingen, mir diese falsche Liebe ins Herz zu pflanzen? Seit unserem Aufbruch aus dem Norden hatte ich so oft Gelegenheit gehabt, mich in Angstsituationen auf meine Übung mit dem Gedankenraum zu konzentrieren, dass ich sie inzwischen automatisch anwandte. Tausendmal schneller, als es mir früher mithilfe meiner Atemtechnik gelungen war, beruhigte sich mein Herzschlag. Der Druck im Kopf verstärkte sich indes.

»Ich habe dich vermisst, mein Liebling.« Kjell sah mich mit einem Gesichtsausdruck an, der wohl ein Gefühl von Verliebtsein ausdrücken sollte.

Ich sah ihm fest in die Augen. »Das funktioniert nicht mehr.«

»Was meinst du?«

»Ich erkläre es dir gleich. Würdest du mich vorher aber bitte irgendwo absetzen? Du weißt doch, meine Höhenangst. Mir ist ein wenig schwindelig.«

Er kaufte mir die Lüge ab, ging auf die Terrasse und nahm auf dem Stuhl Platz, auf dem vorhin Fairan gesessen hatte. Die Hand, in der ich mich befand, legte er auf der Tischplatte ab. Meinen Versuch, hinauszukrabbeln, vereitelte er allerdings, indem er die Finger leicht um mich schloss. Er öffnete sie erst wieder, nachdem ich still sitzen blieb. »Gut, mein Engel. Ich höre dir zu.«

Mehr Druck. Mein Kopf fing zu schmerzen an. »Ich habe eine Frage an dich.«

»Schieß los.«

»Ist es dir wichtig, dass ich dich liebe, oder geht es dir eigentlich nur um Wynterhaavs Thron?«

»Warum fragst du?«

»Weil du gerade versuchst, mir wie früher eine Gehirnwäsche zu verpassen. Das ist unnötig, wenn dir der Thron genügt.«

Für einen Moment blitzte Überraschung in Kjells Augen auf, doch er fasste sich gleich wieder. Nun fühlte sich mein Gehirn an, als würde es in einen Schraubstock stecken. Abermals flüchtete ich mich in den Raum hinter meiner Stirn. Es gelang mir, ihn weiter anzulächeln. »Ich rate jetzt nur, aber ich glaube, du hast mich dazu gebracht, mich in dich zu verlieben, weil du es mir einfach machen wolltest. Du bist kein schlechter Mensch, das weiß ich. Lass uns über deine Gründe dafür sprechen.« Kjell sprang auch auf diese Lüge an. Er nickte vorsichtig und ich fuhr fort: »Wenn es dir nur um den Thron geht, sollten wir mit dem Theater aufhören und uns einfach überlegen, wie wir zusammenarbeiten können. Falls daraus echte Liebe entstehen sollte, hätte ich nichts dagegen.«

Nahm er mir das ab? Seiner Miene war leider nicht anzusehen, was er dachte. »Wer hat dir verraten, dass ich Geistmagier bin? Dein Lord aus dem Norden?«

»Seit ich in Wynterhaav bin, ist mir einiges klar geworden. Ich musste nur aufpassen, zuhören und meine Schlüsse ziehen.«

»Verstehe. Was hast du getan, um mich zu blockieren?«

»Das bleibt mein Geheimnis.«

Er schloss seine Finger um mich, drückte langsam, sehr langsam zu. Gleichzeitig spürte ich wieder diesen unerträglichen Druck im Kopf. Ich schaffte es, vollkommen still zu halten, ruhig zu atmen und die aufwallende Panik zurückzudrängen. Dabei sagte ich mir, dass es hierbei nur darum ging, Macht zu demonstrieren. Kjell wollte mir nicht ernsthaft schaden. Zumindest hoffte ich das. Schließlich hörte ich ihn seufzen. Er öffnete das Fingergefängnis.

Als ich diesmal auf die Tischplatte zu krabbeln versuchte, hinderte er mich nicht. Ich zupfte das Kleid zurecht, das sich bei der Aktion eben nach oben geschoben hatte. Mir gefiel nicht, wie er meine nackten Beine betrachtete. Ein jungenhaftes Lächeln erschien auf seinem Gesicht. Es war vertraut und ließ ihn sympathisch wirken. Weil ich das dachte, war ich für einen winzigen Augenblick in Sorge, dass der Schuppentrank doch nicht die erwünschte Wirkung zeigte. Ein Blick in Kjells schöne Augen genügte jedoch, um mich dahingehend zu beruhigen. Zwischen uns gab es keine Schwingungen, in meinem Bauch kribbelte es kein Stück. Ich warf ihm einen verächtlichen Blick zu. »Und was bitte war das? Wozu willst du mir Angst machen? Ich habe dir Zusammenarbeit angeboten, das funktioniert nur auf Augenhöhe.«

»Augenhöhe?« Er warf mir einen bezeichnenden Blick zu.

»Wie geistreich du doch bist.«

»Und Angst hast du eben auch nicht gehabt. Ich kann immer noch in deinem Gesicht lesen.« Kjell fuhr sich mit der Hand durchs Haar und wuschelte es durcheinander. Dadurch wandelte er sich erneut ein Stück in den Mann, den ich zu kennen geglaubt hatte. Und er war noch nicht fertig. Als Nächstes zog er die Uniformjacke aus. Darunter trug er ein enges schwarzes T-Shirt, das seinen trainierten Oberkörper perfekt betonte. »Du bist eine erstaunliche Frau, Alice. Vielleicht hast du recht. Dadurch, dass ich dich beeinflusst habe, konnte ich dich nie wirklich kennenlernen.«

Ich nickte. Mal sehen, was er noch von sich gab, wenn ich still blieb und ihn reden ließ.

»Bestimmt hast du es da oben im hohen Norden schwer gehabt, dich auf gewohnte Weise zu ernähren.« Er schnitt Trauben in winzige Stückchen, die er mir auf den Teller legte.

»Danke.«

Danach blieb es still. Ich gab mich dem Genuss hin, von den köstlich süßen Trauben zu naschen. Kjells Blick klebte auf mir. Nach einer

Weile hielt ich es nicht länger aus. Ich warf ihm einen herausfordernden Blick zu. »Wie ist es jetzt, arbeiten wir zusammen?«

Drei Wespen flogen heran. Sie steuerten auf die Obstschale zu. Ich fragte mich gerade besorgt, ob Rodin eine von ihnen sein könnte, als Kjell sich halb von seinem Stuhl erhob. Mit einer blitzschnellen Handbewegung schmetterte er alle drei gleichzeitig zu Boden, wo sie besinnungslos liegen blieben. Ehe ich reagieren konnte, war er bereits aufgesprungen, um sie zu zertreten. Der Blick, mit dem er sich wieder setzte, war herausfordernd. »Hier siehst du mein wahres Selbst. Willst du immer noch mit mir zusammenarbeiten?«

Ich schluckte Angst und Zorn hinunter und vertraute darauf, dass Rodin nicht so dumm gewesen war, sich Kjell noch einmal als Wespe zu nähern. »Damit kannst du mich nicht provozieren, tut mir leid, ich habe mich geändert.«

»Das, lieber Schatz, glaube ich dir nicht.«

»Ich bin in Pelzmantel und Pelzstiefeln aus dem Norden hierhergereist. Anders hätte ich das nicht überlebt. So zu tun, als sei ich immer noch in London, wäre dumm. Hältst du mich für dumm?«

Er sah mich nachdenklich an.

»Jemand hat mir erzählt, dass jedes Gemach hier im Palast, das nicht öffentlich ist, durch Wehre geschützt ist. Wie konnte es den Wespen gelingen, auf die Terrasse zu fliegen?«

Er grinste wölfisch. »Wenn ich in meinen Räumen bin, gibt es keine Schranken.« Er betrachtete die toten Wespen. »Man kann immer hoffen, dass einer dumm genug ist, mich belauschen zu wollen.«

»Und die Kolibris?.«

»Berjin, zeig dich.«

Einer der Kolibris wandelte sich in einen Mann. Die inzwischen schon sattsam bekannte Uniform demonstrierte deutlich, zu wem er gehörte.

Ich schluckte und überlegte krampfhaft, über was Fairan und ich vorhin gesprochen hatten. Sie hatte mir von dem Mord an Elvis erzählt, doch sonst waren wir vorsichtig gewesen.

Auf einen Wink von Kjell wandelte der Uniformierte sich wieder zurück, umschwirrte die duftenden glockenförmigen Blüten, die an einem Strauch hingen, und tauchte den langen Schnabel tief in den Kelch.

»Können wir überhaupt offen zueinander sein, wenn er zuhört?«

»Selbstverständlich. Berjin ist hier, um dich zu beschützen.«

»Wie nett, dass du um meine Sicherheit besorgt bist.«

Er brummte zufrieden, nahm sich eine der Teigtaschen und schob sie sich als Ganzes in den Mund.

Ich spießte ein Traubenstückchen auf meine Gabel. »Prinzessin Malena war also die ganze Zeit über deine erste Wahl, während du mich auf die Ersatzbank gesetzt hast?«

»Ich bin Pragmatiker, und ihre Chancen auf den Thron stehen einfach besser.«

»Aber natürlich willst du auf Nummer sicher gehen. Deswegen hast du dir das mit den Puppenhäusern ausgedacht.«

»Nur als Back-up-Plan.«

Meiner Ansicht nach war das viel Aufwand für einen Plan B. Doch ich schwieg dazu. »Wie stehen deine Chancen, gemütlich an ihrer Seite mitregieren zu können? Auf … Augenhöhe?«

Er stopfte sich die nächste Teigtasche in den Mund, kaute nachdenklich und nickte dann wieder. »Guter Punkt.«

»Ich möchte richtig ins Spiel, Kjell. Ich möchte den Thron, und ich möchte meinen besten Freund an meiner Seite haben.«

»Und wer soll das sein?«

»Du natürlich.«

»Ach? Ich denke eher, du meinst deinen Lord Vertanen. Als er noch dein Kater war, hast du ihn mir gegenüber oft genug bevorzugt. Also entschuldige bitte, wenn ich dir in dieser Hinsicht misstraue.«

Ich warf die Gabel auf den Teller. Das Klirren hörte sich leider zu niedlich an, um meinen gespielt ärgerlichen Gesichtsausdruck zu untermauern.

Kjell quittierte es entsprechend mit einem spöttischen Blick.

»Das war einmal.«

»Nicht mit Lügen anfangen, mein Schatz.«

»Rodin hat mich entführt und seiner schrecklichen Schwester überlassen. Hast du Ellinor jemals kennengelernt?«

»Sie war schon lange nicht am Hof, hat ihre Reiserune als eine der Ersten aufgegeben.« Er blickte mich nachdenklich an. »Hinter vorgehaltener Hand nennen alle sie die schwarze Hexe. Sie soll blind sein. Vermutlich ist sie deshalb verbittert.«

Idiot! Fast hätte ich mich dazu verleiten lassen, Ellinor zu verteidigen. Ich besann mich jedoch noch rechtzeitig. Es war erstaunlich, wie gut es mir nun zupasskam, dass sie eine Person mit einem Ruf war. »Monatelang habe ich hungrig und frierend auf meinen Knien die Böden geschrubbt. Schau!« Nun war ich regelrecht glücklich über die Schwielen an meinen Handflächen, die Santinas Pflege in den vergangenen Tagen zum Trotz immer hoch ausreichend sichtbar waren. »Siehst du das? Ich bin bereit zu schuften, du weißt das, aber nicht für jemanden wie Lady Vertanen.« Ihren Namen spuckte ich ihm geradezu vor die Füße.

»Verständlich.« Kjell entspannte sich zusehends. Wir kannten uns mit großer Wahrscheinlichkeit nicht seit der Kindheit, wie er mich hatte glauben lassen. Dennoch hatten wir über lange Monate zusammengelebt. Wir waren vertraut miteinander, und dieses Gefühl wollte ich in ihm wecken. »Nachdem ich weiß, dass ich nach Wynterhaav gehöre und dass eine Aufgabe auf mich wartet, möchte ich nicht in die Anderswelt zurück. Wenn ich hierbleibe, brauche ich jemanden an meiner Seite, den ich kenne, dem ich vertraue.« Ich lächelte ihn spöttisch an. »Nicht dass ich da große Auswahl hätte.«

»Dann hast du mir verziehen?«

»Ja.« Ich sah ihm starr in die Augen und hoffte, dass er mir glaubte.

»Wunderbar.« Kjell streckte die langen muskulösen Beine aus und lehnte sich zurück. Er schob mit einer Hand sein T-Shirt nach oben, kratzte sich und präsentierte seine gut trainierten Bauchmuskeln. »Denkst du wirklich, dass wir einander vertrauen können?«

»Die Frage müssen wir beide ganz allein für uns beantworten.«

Das war offenbar die richtige Antwort gewesen, denn er schloss die Augen. »Ich würde dir gern von mir erzählen.«

»Das würde ich gern hören.«

»Anguristan ist ein armes Land. Stell dir Wüste und Steine vor, schroffe Berghänge, magere Ziegen und Brunnen, in denen das Wasser von Jahr zu Jahr mehr versiegt. Ich bin als Botschafter meines Landes hierhergekommen, tatsächlich bin ich der König dieses ganzen Elends.« Er richtete den Blick verträumt zum Horizont. »Ich liebe mein Land, ich liebe meine Untertanen, und ich bin hier, um dafür zu sorgen, dass ihre Zukunft leichter wird.«

Kjell hatte sich meines Wissens mehr in der Anderswelt aufgehalten als bei seinen Leuten. In Gedanken fügte ich Myrkurs und meiner Liste über das, was einen guten Herrscher ausmachte, hinzu, dass er sich gefälligst dort aufhalten sollte, wo sein Volk war. Stattdessen sagte ich mit weicher Stimme: »Sprich bitte weiter.«

»Als ich zum ersten Mal den Königshof besuchte, war die Prinzessin Malena verliebt.« Er schnaubte. »Hätte ich nur damals schon gewusst, dass Lord Vertanen und dein Kater eins sind …«

»Sie war in Rodin verliebt?«

»Erstaunlich, nicht wahr? Ich habe ewig gebraucht, um ihn loszuwerden. Es gelang mir, Malena bei einem Ball zufällig zu berühren. Es kam einem Wunder gleich, dass mir das geglückt war. Ich gab ihr den Wunsch ein, mich ihrerseits heimlich berühren zu wollen. Es ging langsam voran, denn ich durfte kein Misstrauen erregen. Im Gegensatz zu den Menschen in der Anderswelt ist jedem in Wynterhaav bewusst, dass Gedankenmanipulation existiert, und man weiß selbstverständlich, dass die Leute aus Anguristan darin besonders bewandert sind. Hätte die Prinzessin sich zu schnell für mich entschieden, hätte ich mich verdächtig gemacht. Und abgesehen davon saß dieser Vertanen ziemlich fest im Sattel, das muss ich ihm lassen. Malena himmelte ihn regelrecht an. Wäre ich nicht aufgetaucht, hätte sie ihn geehelicht.«

Ein hässliches Gefühl regte sich in mir. War ich die zweite Wahl für Rodin, weil das mit Malena schiefgegangen war? So schnell, wie es gekommen war, so schnell war das Gefühl auch wieder gegangen.

»Enttäuscht, hm?« Kjells Miene war undeutbar.

»Sagen wir so. Er hat längst bewiesen, wer er in Wirklichkeit ist.«

Man konnte meine Aussage in zwei Richtungen lesen. Zum Glück wusste Kjell nicht, wie sehr ich Rodin inzwischen vertraute. Er nickte daher zustimmend. »Er ist ein Schmarotzer, der es nur auf den Thron abgesehen hat.«

Ganz im Gegensatz zu Kjell selbst? Nur mit Mühe gelang es mir, nicht die Augen zu verdrehen.

Kjell legte seine Hand mit offener Handfläche auf den Tisch und wackelte auffordernd mit den Fingern. »Ich muss zur Prinzessin. Willst du im Wonderland auf mich warten? Ich werde dir den Armreif dalassen. Wenn du wieder groß wirst, was hoffentlich nicht mehr allzu lange dauert, bist du nicht in Gefahr, von den Gitterstäben verletzt zu werden.«

Das Angebot kam so unerwartet, dass es mir nicht gelang, meinen Gesichtsausdruck zu kontrollieren.

Kjell sah mich wissend an. »Ich bin mir absolut im Klaren darüber, dass du mich für ein Arschloch hältst, egal wie geschickt du es verbirgst. Ich bin dir deswegen nicht einmal böse. Wäre ich in deiner Situation, würde ich auch lügen und betrügen, was das Zeug hält.«

Ich erwiderte nichts, sah ihn nur abwartend an.

»In unserer gemeinsamen Zeit in der Anderswelt habe ich zwar viel an deinen Erinnerungen geschraubt, doch was deine Gefühle anbelangt, habe ich kaum etwas tun müssen. Wir waren verliebt, mein Schatz.« Er wackelte erneut einladend mit den Fingern. Ich kletterte auf seine Handfläche und er fuhr fort: »Tatsächlich würde es mir gefallen, wenn wir dahin zurückkönnten. Ich lebe schon so lange in der Anderswelt. Malena ist in dieser Hinsicht den Traditionalisten verpflichtet. Sie versteht nicht, was mir dort gefällt.«

»Du vermisst bestimmt deine Espressomaschine, wenn du hier bist.«

»Du kennst mich eben.« Kjell bekam den vertrauten Schlafzimmerblick. »Wir haben uns auf jedem Gebiet gut verstanden, nicht wahr?«

Er nahm den Armreif ab und tauchte mit der Hand ins Puppenhaus, doch dann zögerte er. »Was passiert, wenn ich den Arm gleich wieder hinausziehe? Ohne Armreif.«

»Wahrscheinlich dasselbe wie beim letzten Mal.«

Er zog eine Grimasse. »Oder schlimmer.«

Ich dachte an das Kaninchen und gab ihm heimlich recht.

Kjell zog seinen Arm wieder zurück und öffnete dann die Eingangstür zum Verkaufsraum. Es schien ihn nicht zu wundern oder zu stören, dass sie nicht abgeschlossen gewesen war. Hier war allerdings das Problem, dass er nicht hindurchpasste. »Wenn deine Dienerin zurückkommt, soll sie ihn bei mir abholen. Sie kann ihn für dich klein schrumpfen. Dann legst du ihn an und spazierst einfach heraus, sobald du wieder wächst. Du bist dann unabhängig von deiner Dienerin.«

Falls er darüber fantasierte, dass ich aus dem Puppenhaus direkt in sein Bett spazieren würde, irrte er sich gewaltig. Doch ich lächelte ihn zustimmend an. In gewisser Weise war es ein Vertrauensbeweis, wenn er mir den Armreif wirklich überlassen würde. »Danke. Aber warum legst du ihn nicht irgendwo hier im Zimmer ab? Dann muss sie dich nicht suchen, falls du gerade unterwegs bist.«

»Keine gute Idee, mein Schatz. Willst du, dass ihn jemand findet und zu dir hineingreifen kann?«

»Kann außer dir und deinen Leuten sonst noch jemand hereinkommen?«

Doch darauf ging er nicht ein. »Bitte bleib vorerst in meinen Räumen. Malena sollte dich nicht sehen, und vor allem darf sie nicht erfahren, wie wir beide zueinander stehen. Es würde nicht nur unseren Plan gefährden. Du wärst auch in großer Gefahr. Sie duldet keine Konkurrenz.«

Ich versprach ihm, keine Spaziergänge durch den Palast zu unternehmen. »Eine Frage habe ich noch. Kannst du Malena immer noch manipulieren?«

Er zögerte, doch dann gab er sich einen sichtlichen Ruck. »Nein. Tatsächlich ist es sogar unmöglich geworden. Ehe du aber denkst, dass ich nur deshalb zu dir umgeschwenkt sein könnte: Vergiss nicht, dass ich diesen Plan mit den Puppenhäusern von langer Hand vorbereitet habe.«

Als Plan B, wie er mir erst vorhin gestanden hatte. War Kjell einfach nur dumm oder glaubte er, dass ich es sei? »Wann wirst du ihr das Puppenhaus schenken?«

»Sie befindet sich gerade auf einem Jagdausflug. Ich denke, in ein, zwei Tagen ist sie wieder hier.« Er grinste breit. »Wir haben noch genügend Zeit, uns zu versöhnen.«

Mist. Ich bückte mich, um an den Bändeln meiner Satinschuhe herumzunesteln. Ich wollte ihm auf keinen Fall in die Augen sehen. »Das hört sich wunderbar an, Schatz.«

»Der Sex mit dir war immer fantastisch.«

»O ja.« Ich behielt den wachsenden Zorn in mir erstaunlich gut unter Kontrolle, denn Kjell hatte mich, bei genauer Betrachtung, jedes Mal vergewaltigt, wenn wir zusammen gewesen waren. »Es gibt einfach so viele Bereiche, in denen wir uns gut verstehen. Ich bin überglücklich, dass du mich gefunden hast.«

Er brummte zufrieden, und ich hoffte, dass er mir den ganzen Scheiß auch wirklich abnahm.

»Wenn ich dann irgendwann bei Malena bin, wie geht es dann weiter? Wie sieht dein Plan aus?«

»Ich fürchte, du wirst improvisieren müssen.«

»Ernsthaft?«

Jetzt wurde er ärgerlich. »Ich sorge dafür, dass sie dich mit in ihre Räume nimmt. Einmal am Tag besucht sie den König. Du wirst dich eben anstrengen müssen, ihre Freundin zu werden. Irgendwann nimmt sie dich bestimmt zu ihm mit. Dann berührst du ihn, die Magie erkennt dich …«

»… und Malena dreht mir schneller den Hals um, als ich ›scheiß Plan‹ sagen kann.«

Er runzelte die Stirn und wirkte auf einmal gar nicht mehr verliebt. »Es hängt eben von dir ab, was du daraus machst.« Plötzlich hellte sich sein Gesicht auf. »Deine Dienerin kann sich groß und klein schrumpfen, nicht wahr?«

»Ja?« Ich bekam angesichts seiner Begeisterung ein mulmiges Gefühl.

»Was würde wohl passieren, wenn sie dich beim Größerwerden an die Hand nimmt?«

»Ich würde in dieser Hinsicht lieber keine Experi…«

Ein Klopfen gegen die Tür zu seinem Salon unterbrach mich.

Kjell zog die Augenbrauen zusammen. Die Tür sprang auf. Ein Mann trat ein, der einen zeremoniell aussehenden Stab in Händen trug. Damit klopfte er auf den Boden. »Prinzessin Malena wünscht Euch zu sehen.«

Kjell fasste sich schnell. »Natürlich. Ich komme.«

Eine weiche, sinnliche Stimme ertönte. »Nicht nötig, mein Liebster. Ich bin schon da.«

Im Turm

Das Ansehen der Runen-Ingenieurinnen hatte seit meinem letzten Besuch am Königshof offenbar hinzugewonnen. Malena hatte ihnen die Halbinsel vor dem Palast überlassen. Früher war dies ein bezaubernder Ort gewesen, mit sanften Hügeln, auf denen Kräutern und Wildblumen wuchsen. König Walther hatte nie gewollt, dass hier Gebäude errichtet wurden. Nun war die komplette Insel bis hin zu den steilen, ins Meer abfallenden Klippen begradigt und mit spiegelndem Glas überzogen worden, in dem sich auf irritierende Weise der azurblaue wolkenlose Himmel über uns fing. Weder Möwenschrei noch sonst ein Laut war zu hören. Es war, als miede alles Leben diesen Ort.

Myrkur brummte. *Ich weiß auch nicht. War die Kackgrube der Fresspflanzen nicht irgendwie gemütlicher?*

Um Längen. Bist du bereit?

So bereit, wie du es bist.

Mein halbes Leben war ich über Eis gerannt, gerutscht, geschlittert, dieser Untergrund war jedoch tückischer. Dadurch, dass sich der Himmel eins zu eins darin widerspiegelte, verloren oben und unten an Bedeutung. Wir hatten bis zum Turm einen guten Kilometer vor uns, doch bereits nach wenigen Schritten war mir schwindelig. Ich breitete die Arme aus, um besser Balance zu halten, und verlangsamte das Tempo. Den Blick auf den Turm zu konzentrieren half leider auch nicht. Er besaß zwar einen gewaltigen Durchmesser und war dazu sehr hoch, dennoch fiel es dem Blick auch hier schwer, sich daran festzuhalten. Wie der Rest der Insel war er verspiegelt.

Ich spüre Drachenmagie, sagte Myrkur.

Für meinen Geschmack hörte er sich ein wenig zu begeistert an, also sagte ich; *ich glaube nicht, dass sie von einem lebendigen Drachen ausgeht.*

Natürlich nicht, Dummkopf.

Beunruhigt dich das nicht?

O doch. Aber da, wo die Gefahr am größten ist, findet sich in der Regel die wertvollste Beute.

Sah man von Alices Wohlergehen ab, schien mir im Augenblick nichts auf der Welt wertvoller, als diesen bohrenden Kopfschmerz loszuwerden. Ich konnte kaum noch klar denken und verzichtete daher auf eine Erwiderung.

Je näher wir dem Turm kamen, desto seltsamer schien mir diese Umgebung zu werden. Wir hatten den Königshof durch das Südtor verlassen und waren danach geradeaus gegangen. In der verspiegelten Turmfassade vor uns müssten daher die weißen hohen Stadtmauern zu erkennen sein, die terrassenförmig angelegten Gärten, die unzähligen Türme und Erker und die hundert farbenfrohen Wimpel überall auf den Dächern. Doch da war nur derselbe Himmel wie unter meinen Füßen und über meinem Kopf. Ich drehte mich um und erwartete fast, dass der Palast ebenfalls verschwunden sein würde, das war jedoch nicht der Fall.

Auf der Suche nach der Eingangstür umrundeten wir mehrmals den Turm, abwechselnd mal mit mehr, mal mit weniger Distanz. Mit jeder Runde wurde die sich in den Wänden spiegelnde Sonne greller und stach mir mitten ins Gehirn. Wir besaßen nur ein gemeinsames Paar Augen, dennoch hatte ich mich daran gewöhnt, dass wir mehr sahen, als es einem von uns allein möglich gewesen wäre. Myrkur achtete auf andere Weise auf seine Umgebung, als ich es tat, und umgekehrt. Er war es schließlich auch, der die Eingangstür erspähte. Das blaue, gleißende Licht zwang mich, die Augen zusammenzukneifen. Erst als ich so nahe an die bezeichnete Stelle heranging, dass ich fast mit der Nase daran stieß, entdeckte ich die feinen Linien, die das hohe Rechteck einer Tür umrissen.

Wir blicken durch deine Augen, und dennoch bin ich derjenige, der klar sieht. Myrkur kicherte spöttisch. *Das ist bezeichnend für unsere Beziehung, meinst du nicht?*

Tatsächlich ist es so, dass wir beide exakt die gleiche Information erhalten. Das Auge nimmt alles wahr, bis hin zum allerkleinsten Detail. Das ist eine Menge. Nur das, worauf sich die Aufmerksamkeit richtet, spiegelt sich indes im jeweiligen Bewusstsein wider. Du hast einen großen Teil deines Lebens im Flug zwischen Wolken verbracht. Kein Wunder, dass du dich hier besser zurechtfindest.

In sarkastischem Ton erwiderte Myrkur: Danke für die Erleuchtung, und jetzt quatsch nicht und geh endlich rein.

Kaum berührte ich die Tür, schwang sie auf, lautlos und ohne fühlbaren Widerstand, als hätte ich Luft bewegt. Ich trat ein. Von innen waren die Wände durchsichtig. Um nach oben zu gelangen, mussten wir die Wendeltreppe nehmen, deren erste Treppenstufe vor mir lag. Sie war aus hauchdünnem Glas, das mir empfindlicher schien als eine Seifenblase. Würde sie überhaupt mein Gewicht tragen? Eine Weile musterte ich die Treppe, was alles andere als einfach war. Immer wieder rutschte mein Blick ab, ich verlor den Punkt, den ich eben noch betrachtet hatte. Mir wurde immer ungemütlicher zumute. Weder grenzte diese Höllentreppe an die Turmwand noch war sie in ihrem Zentrum irgendwo befestigt, und es gab auch kein Geländer. Dass sie dazu komplett durchscheinend war, würde den Aufstieg zu einer ernsten Herausforderung machen. Nirgendwo fand der Blick etwas, an dem er sich festhalten konnte. Nach kurzer Beratung entschieden wir, dass wir uns in die Fledermaus wandelten. Es stellte sich heraus, dass es nicht ging.

Eine Herausforderung, wie ich sie mag. Myrkur grinste, als er das sagte. In seinem Unterton lag jedoch eine deutliche Spur von Besorgnis.

Ich schwieg und konzentrierte mich auf den Aufstieg.

Lass mich das machen.

Ich ignorierte Myrkur und kämpfte mich stur voran.

Der Turm hatte mehrere Meter Durchmesser. Da die Treppe sich an der Außenwand ausrichtete, war sie einerseits nicht sonderlich steil, andererseits verlängerte sich dadurch der Weg. Bald verschwammen die einzelnen Treppenstufen vor meinen Augen. Ich geriet ins Stolpern, fiel auf ein Knie. Ein leises Knacken ertönte, wie von zu dünnem Eis über einem See, das erste Risse bekommt. Das Herz donnerte mir in der Brust. Sehr langsam, sehr vorsichtig richtete ich mich auf.

Wem willst du etwas beweisen?

Vielleicht mir selbst?

Für seine Verhältnisse erstaunlich sanft sagte Myrkur: *Lass uns tauschen, mein Freund. Hier drinnen ist alles Wolken und Himmel, und wie du schon sagtest, bin ich das Fliegen gewohnt.*

Nachdem Rodin mir die Führung überlassen hatte, kamen wir schnell voran. Er war vorsichtig und bedächtig hinaufgestiegen, ich rannte fast, denn bei hoher Geschwindigkeit konnte ich mich sehr viel besser konzentrieren als bei seinem Schneckentempo. Der Raum, in den die Treppe mündete, war endlich nicht mehr verspiegelt oder aus Glas. Den Boden bedecken weiße Steinquader. Dünne Kupferstreifen bildeten von der Mitte ausgehend ein Spiralenmuster, das sich im Turmrund bis zum Dach hinauf fortsetzte. *Wir können wieder tauschen,* sagte ich zögernd.

Aber das willst du lieber nicht?

Rodin hatte es erfasst. *Es ist besser, wenn ich die Führung behalte.*

Weshalb?

Ich war bereit, mit dem Drachen zu sterben …

Ich spürte die Entsprechung von Rodins Stirnrunzeln. *Das musst du mir erklären.*

Atmen, fressen und über Schätzen brüten. Das war mein Leben. Wir armselig das doch war. Ich machte eine Pause, damit Rodin etwas erwidern konnte, doch er schwieg. *So viele Möglichkeiten, die mir der Drachenkörper geboten hat und die ich nicht genutzt habe.*

Wer weiß, wie viel von der Natur des Drachen auf dich übergegangen war. Du konntest vielleicht nicht anders sein, als du nun mal warst.

Rodins Verständnis ärgerte mich. *Ausreden. Es begann damit, dass ich im Angesicht meiner Mutter eine Wahl traf. Ich war schon immer gierig und verschlagen.* Ich ging weiter in das Turmzimmer hinein und wir sahen uns um. Die Wände waren glatt und schimmerten. Als ich vorsichtig mit dem Fingernagel daran kratzte, blieb Eis unter dem Fingernagel zurück. Dieser Ort ängstigte mich mehr als alles, was ich je gesehen oder erlebt hatte. Selbst als man meinem Drachen diesen Stab in den Nacken bohrte und ich wusste, dass ich sterben würde, hatte ich nicht so sehr die Hose voll gehabt wie jetzt. Wut stieg in mir auf, doch sie war nicht zu vergleichen mit dem, was ich sonst von mir kannte. Ich hatte Angst, wie mir klar wurde. Doch nicht Angst um mich. Ich fürchtete für Rodin. Es war Schwäche, verdammte Schwäche, und doch hätte ich für nichts im Leben auf dieses Gefühl verzichten wollen. Sich um einen anderen kümmern und sorgen zu dürfen war ein Geschenk. Das wertvollste, das ich je erhalten hatte.

Rodin sagte: *Lass uns dieses Ding dahinten in Augenschein nehmen.*

Ich merkte erst jetzt, worauf wir die ganze Zeit schon starrten. *Was soll das sein?*

Ich habe es noch nie zuvor gesehen. Es ist aber eigentlich nicht schwer zu erraten, wozu es dient.

Jetzt, wo er das sagte, wusste ich es auch.

Bei dem Gebilde handelte es sich um vier Glaszylinder, die mit dicken Eisenbändern an der Wand befestigt waren. Jeder hatte ein geschätztes Fassungsvermögen von zehn Liter. In dreien befand sich eine silbergraue, annähernd durchscheinende Flüssigkeit. Der vierte Zylinder war leer. Verschlossen waren die Glasbehälter mit einem dicken Korkpfropfen. Daraus wiederum ragten lange aufgewickelte Kupferdrähte, deren Enden mit Klemmen versehen waren.

Ich sagte: *Die Drachenmagie befindet sich in den Zylindern. Es ist auch noch andere Magie vorhanden. Im Verhältnis dazu jedoch deutlich weniger.*

Ich schätze, wir wissen nun, wer für die ganzen Morde verantwortlich ist.

Ich knurrte, und nun brannte die Wut wieder hell und stark in mir. *Ich werde diese Dinger zerstören.*

Rodin war nicht halb so begeistert von der Vorstellung, wie ich es war. *Wenn sie randvoll mit Magie sind, fliegt hier alles in die Luft. Andererseits sagt mir die Eisschicht an den Wänden, dass es vor Kurzem noch sehr viel kälter gewesen ist. Dieser Raum könnte die Funktion eines Eislochs haben.*

Wenn ein Magier zu sehr unter Stress geriet, konnte es geschehen, dass sich seine Magie in einem zerstörerischen Ausbruch entlud. In einem Eisloch ließ sich das verhindern. Allerdings glaubte ich nicht, dass Rodin und ich dieser Gefahr ausgesetzt waren. Wir würden die Magie gemeinsam kontrollieren. In einer Situation mit großem emotionalen Stress, was einer der Hauptauslöser für so einen Ausbruch war, konnten wir uns im Körper abwechseln. Nachdenklich musterte ich die mit Drähten präparierten Pfropfen, mit denen die Glasbehälter verschlossen waren: *Ich öffne erst einen von ihnen und versuche, die daraus entweichende Magie in mich aufzunehmen. Mit etwas Glück ist das ebenso leicht, wie sich an einer der Magiequellen zu bedienen.* Die Pfropfen saßen jedoch zu fest. Auch mein Versuch, einen der Behälter von der Wand zu reißen, um ihn auf den Boden zu schmettern, misslang. Rodin besaß außer den Tierrunen und einigen unwichtigen Haushaltszaubern keine für diesen Fall nützliche Magie, und ich war auf alles spezialisiert, was mit Feuer zu tun hatte. Seit ich kein Drache mehr war, nützte mir das jedoch wenig.

Wir sahen uns um. Beziehungsweise prüften wir das, was die Sehnerven uns beiden gleichwertig an Informationen lieferten, auf unsere jeweils eigene Weise, wie Rodin vorhin so schön erklärt hatte. Leider kamen wir zum selben Schluss. In diesem kargen Raum gab es nichts, was sich als Werkzeug einsetzen ließ, außer der Metallliege vielleicht, die im Mittelpunkt der Spirale stand. Mit einem unguten Gefühl betrachtete ich die eingelassenen Lederfesseln am Fuß- und Kopfende der Liege. Garantiert waren sie magisch verstärkt.

Rodin unterbrach meine düsteren Gedanken. *Mit der Liege müsste es gehen.*

Dann los. Ich verspürte den Drang, ordentlich zu randalieren und damit meine Angst loszuwerden, doch dazu kam es nicht mehr.

Eine scharfe Stimme ertönte. »Was macht Ihr da?«

Wir hatten beide die Schritte nicht gehört. Langsam drehte ich mich um.

Die Frau an der Tür war hochgewachsen. Kleine Brüste, knabenhafte Hüften. Ihre Züge waren klar, der Mund schmal. Sie trug ein dunkelrotes langes Kleid, ärmellos und mit tiefem Ausschnitt. Darin wirkte sie wie eine Hofdame. Dennoch hatte ich das Gefühl, dass sie eher in diesen Turm gehörte als in Malenas Gefolge. Um ihre Taille war ein breiter kupferfarbener Gürtel geschlungen, daran hing seitlich ein länglicher Lederköcher.

Die Frau sprach wieder: »Niemandem ist es bisher gelungen, ohne meine Hilfe hier hinaufzusteigen.«

Ich setzte mich mit der halben Arschbacke auf die Liege. Der Kopfschmerz kam in immer schnelleren Wellen. Inzwischen machte mir der Schmerz ebenso sehr zu schaffen wie Rodin. »Fangen wir doch damit an, uns einander vorzustellen.«

Zu meiner Überraschung kam die Frau meiner Aufforderung nach. »Ich bin Irma.«

Ich nickte hoheitsvoll. »Und ich bin …«

»Nicht nötig.« Irma unterbrach mich mit einer Geste. Wusste sie etwa nicht, wie unhöflich so ein Verhalten in Wynterhaav galt? Sie trat weiter in den Raum hinein. »Ihr habt es erstaunlich lang ausgehalten, Lord Vertanen. Ich habe schon vor Tagen mit Euch gerechnet.«

»War eine Kleinigkeit.«

»Keine Kopfschmerzen, keine Übelkeit?«

»Doch. Reichlich von beidem.«

»Dann lassen wir uns doch am besten noch ein bisschen Zeit damit, Euch zu erlösen.«

»So viel du willst.«

Rodin stöhnte genervt. *Warum musst du immer angeben!*

Soll ich etwa in den letzten Minuten, die mir bleiben, meine Persönlichkeit ändern?

Mit hörbarer Besorgnis in der Stimme entgegnete er: *Es ist nicht gesagt, dass es unsere letzten Minuten werden. Wir müssen und werden zu Alice zurückkehren!*

Ich habe nicht von unseren letzten Minuten gesprochen, sondern von meinen. Zieh dich in deine Bewusstseinsebene zurück. Bleib dort. Egal was diese Irma gleich mit mir anstellt, ich werde einen kleinen Lebensfunken für dich aufrechterhalten. Im passenden Augenblick kommst du mit frischer Kraft hervor und übernimmst deinen Körper. Dann rettest du Alice, ihr erobert den Thron und werdet glücklich. Ich legte mich auf die Liege. »Fang an, Frau.«

Irma lächelte, doch nun wirkte ihr Blick grausam. »Ich sollte Euch betteln lassen.«

Den Spruch lässt du dir gefallen? Rodin schickte mir ein Gefühl von Entschlossenheit. *Und ich ziehe mich nicht zurück, nur dass das klar ist.*

Empört plusterte ich mich auf. *Dann willst du wirklich mit mir streiten? Kurz vor meinem Ende?*

Halt die Klappe und lass mich nachdenken. Für einen Moment war es still. *Die Ingenieurinnen, denen ich bei meinen vorherigen Besuchen begegnet bin, waren weit davon entfernt, sich einem Edlen gegenüber einen solchen Ton zu erlauben wie diese Irma. Entweder ist sie sich sicher, dass Malena sie nicht tadeln wird, oder sie fürchtet sich nicht vor der Prinzessin.*

Oder sie ist überzeugt, dass es niemand erfahren wird, fügte ich düster hinzu.

Rodin seufzte. *Wo ist deine Überheblichkeit, wenn man sie mal braucht? Dieser Pessimismus, den du zurzeit pflegst, gefällt mir nicht.*

Irma streckte die Arme aus, die Handflächen nach oben. Als wären sie lebendig, wickelten sich die Lederbänder, die schlaff auf der Liege auf ihren Einsatz gewartet hatten, um unseren Körper. Einmal um Hand- und Fußgelenke, dann um den Brustkorb, die Oberschenkel, zuletzt legte sich ein Band um die Stirn.

Sie senkte ihre Arme und ich konnte einen kurzen Blick auf die Runen auf ihren Handflächen erhaschen. Ich fragte Rodin: *Kennst du die?*

Noch nie gesehen. Entweder sind es neu entwickelte Runen oder sie sind fremdländisch.

Myrkur diskutierte zum Glück nicht mit mir, ließ mich jedoch fühlen, wie ungern er mir den Platz überließ.

Ich wandte mich sofort an die spöttisch auf mich herabblickende Frau im roten Kleid. An wen erinnerte sie mich nur, verdammt? »Ich bin freiwillig hergekommen und ohnehin auf deine Behandlung angewiesen, wie du weißt. Wozu die Fesseln?«

Irma ging zu den Glasbehältern. Leider konnte ich den Kopf nicht bewegen, um zu sehen, was sie dort tat. Als sie wieder in mein Blickfeld geriet, hielt sie eine Kabelspule in Händen, die sie langsam und vorsichtig abwickelte, während sie zur Liege zurückkam. »Ursprünglich war vorgesehen, dass wir nur Eure Reiserune auffrischen. Es gibt jedoch eine Planänderung.«

»Hat das die Prinzessin angeordnet?«

Schweigend trat die Ingenieurin an die Liege. Sie hielt ein kleines gebogenes Messer in der Hand.

»Werden die Runen neuerdings in die Haut geritzt?«

»Liegt still.« Sie schnitt mein Hemd entzwei. Dann legte sie das Messer beiseite und befreite mich mit kühlen geschickten Fingern von den Stoffresten.

»Ihr hättet mich nur bitten müssen, dann hätte ich es ausgezogen.« Ich behielt Irmas Gesicht im Auge, ließ mir keine noch so winzige Regung entgehen. Ihr Blick glitt über meinen Körper und verharrte auf der frischen Brandnarbe unterhalb meiner Achsel, wo sich die Reiserune befunden hatte. »Das war also der Grund, warum Ihr auf einmal unsichtbar geworden seid. Adlon hat sich fast in zwei Hälften gerissen vor lauter Wut, weil er Euch nicht mehr aufspüren konnte.« Sie strich mit den Fingerspitzen über die Narbe. »War das Drachenfeuer?«

Ich nickte und ließ sie nicht aus den Augen.

»Ihr müsst schreckliche Schmerzen gelitten haben.« Sie drückte gegen die Wunde, doch diese war längst verheilt und die Stelle fühlte sich nur noch taub an. Irma wirkte enttäuscht.

»Was kann ich dir anbieten, damit du mich von den Kopfschmerzen befreist und danach gehen lässt?«

Sie antwortete nicht, hob nur die Hand und vollführte eine mir unbekannte Geste. Ein feines Knistern war zu hören. Die Eisschicht an den Wänden wuchs sich in Sekundenschnelle zu einem Eispanzer aus.

Irma griff nach den Kupferklemmen und ging damit ans Kopfende der Liege. Ich verdrehte die Augen nach hinten, so weit ich konnte, sah jedoch nicht, was sie dort tat. Auch die Liege wurde nun so eiskalt, dass es sich unter meinem nackten Oberkörper schon fast wieder heiß anfühlte. Als Irma wieder in mein Sichtfeld trat, hielt sie die Klemmen nicht mehr in der Hand. Sie bohrte ihren Blick in meinen. »Nun werden wir gleich sehen, wie gut Ihr Schmerzen wirklich aushalten könnt.«

Drachenmagie

Mit geradezu vergnügtem Schwung zog Irma zwei dünne Stäbe aus dem Lederköcher an ihrem Gürtel hervor. Sie betrachtete sie einen Moment lang prüfend, ehe sie wieder mir ihre Aufmerksamkeit zuwandte. »Er war dein Freund, oder? Der Drache.«

»Ja.«

»Etwas von seiner Lebensessenz befindet sich in diesen Stäben.«

Als hätte ich diesen Hinweis benötigt, um zu erkennen, aus welchem Material sie gefertigt worden waren. Ich schenkte ihr einen verächtlichen Blick. »Warum erzählst du mir das? Soll es mich quälen?«

»Aber nein!« Ihr Blick war erstaunt, doch das nahm ich ihr nicht ab. »Ich rede einfach nur gern über meine Arbeit.« In schwärmerischem Ton fuhr sie fort: »Drachenschuppen. Lange Zeit bekam niemand auch nur ein Quäntchen dieses edlen Materials in die Finger, und nun schwelge ich in Überfluss.«

»Wo sind die anderen beiden Ingenieurinnen?«

»Tot.«

»Wieso habe ich dich nie zuvor am Hof gesehen?«

»Ich bin noch nicht lange hier.« Irma beugte sich über mich. »Die Liege ist sehr kalt. Könnt Ihr das noch aushalten?«

»Ich bin Kälte gewohnt.«

»Der Drache auch?«

»Der Drache ist tot. Das haben wir doch gerade etabliert.«

Sie schmunzelte.

Ich sagte: »Und nun verrate mir bitte, woher du kommst?«

»Wenn du errätst, wer mein Bruder ist, weißt du es.«

Es war etwas an ihrem Tonfall, der spöttische Zug um ihren Mund, der mir bekannt vorkam, dazu die fremdländischen Runen an ihren Handflächen. Überhaupt alles an dieser Frau. Auf einmal war es offensichtlich. »Kjell.«

»Treffer.«

Ein scharfer Schmerz an der linken Flanke überraschte mich. Sie hatte einen der Stäbe tief in mein Fleisch getrieben. Ich keuchte auf und versuchte, meine Selbstheilung zu aktivieren. Wie zuvor am Fuß der Treppe, als ich in die Fledermaus schlüpfen wollte, funktionierte auch diese Rune nicht.

»Hier im Turm funktioniert nur meine Magie, also spar dir weiteren Frust und lass es gleich.« Irma ging auf die gegenüberliegende Seite der Liege. Wieder ein Schmerz. Ein weiterer Stab bohrte sich in mein Fleisch. Diesmal in die rechte Flanke. Diesmal konnte ich einen leisen Schrei nicht unterdrücken. Die Magie in mir drängte zu den Stäben hin, wodurch klar wurde, welchem Zweck sie dienen sollten. Es war fast unmöglich, sie zurückzuhalten.

Irma betrachtete unterdessen mit interessiertem Blick meine Vermählungsrune. »Wer ist die Glückliche?«

Ich schüttelte den Kopf.

Kjells Schwester richtete sich auf. Ihr Blick war kalt. »Na gut. Sprechen wir Klartext. Deine Alice ist eine interessante kleine Person.« Das Wort *klein* betonte sie.

»Wer soll das sein?«

»Die Frau, die du aus der Anderswelt mitgebracht hast und die zurzeit in einem Puppenhaus lebt.« Sie bohrte den nächsten Stab in mich.

Schmerz, glühender Schmerz. Wieder schrie ich. Diesmal länger.

»Falls du dich fragen solltest, woher ich von deiner kleinen Frau weiß … wir haben dieselbe Schneiderin.«

Myrkur fragte: *Traust du Fran zu, dass sie uns verraten hat?*

Eigentlich nicht. Vielleicht hat man sie unter Druck gesetzt. An Irma gewandt sagte ich: »Ich liege hier, weil Prinzessin Malena meine Magie für sich haben will. Richtig?«

»Ganz und gar nicht richtig. Wer schon einmal einen Drachen geerntet hat, wie ich es nun schon zweimal tat, ist von dem, was du zu bieten hast, enttäuscht, glaub mir das. Nein. Ich habe andere Pläne mit dir.«

Ich stieß einen langen stummen Fluch aus. Also war sie diejenige, die auf dem toten Drachen gestanden hatte. Sie hatte all die magischen Wesen getötet. Es passte zu Kjell, dass er eine so grauenhafte Schwester hatte.

»Ist es wahr, dass du ein Drachenritual eingegangen bist?«

»Was soll das sein?«

Sie bedachte mich mit einem herablassenden Lächeln. »Mir diese Fragen ehrlich zu beantworten ist in deinem ureigenen Interesse.«

»Ich kannte einen Drachen, so viel ist wahr. Er ist tot.« In mir war die Magie in Aufruhr. Sie drängte immer stärker nach den Stäben. Nur weil Myrkur sich darauf konzentrierte, sie in uns zu halten, war ich überhaupt in der Lage, mit Irma zu sprechen.

»Ist er das wirklich? Tot?«

»Du weißt besser als ich, dass er getötet wurde. Warst du nicht bei dem Überfall dabei?«

»Doch. War ich.« Irma sah über ihre Schulter zu den Glasbehältern und runzelte nachdenklich die Stirn. »Der Drache ist in dir.«

»Was für ein Blödsinn.«

Kjells Schwester versenkte ihren Blick wieder auf diese intensive unangenehme Weise in mich. Sie beugte sich so weit zu mir herab, dass ich ihren Atem riechen konnte. Sie musste vor ihrem Aufstieg zum Turm Trauben gegessen haben. Der Gedanke war surreal. »Dein Name ist Myrkur, nicht wahr? Gib die Kontrolle auf. Lass die Magie fließen.«

Es hatte keinen Sinn, weiter zu leugnen. »Das wird er nicht tun.«

Irma zog einen letzten Stab aus ihrem Köcher. »Was schätzt du, wie lange es dauert, bis er sich meinem Willen beugt?«

Ich starrte sie schweigend an.

»Ich sage, fünfmal stechen an den richtigen Stellen wird genügen.«

Von Schwester zu Schwester

Malena betrat Kjells Salon, als sei es der ihre. Da ihr der gesamte Palast gehörte, war das natürlich auch so. Alles hier gehörte ihr, einschließlich Kjell und meiner Winzigkeit. Wenn ich Kjells Körpergröße als Maßstab nahm, war sie ungefähr einen Kopf kleiner als ich. Na ja, sie wäre es gewesen, hätte ich Normalgröße gehabt. Ihr dunkles Haar war zu einer komplizierten Frisur hochgesteckt. Das Gesicht darunter war herzförmig, und sie besaß die längsten dichtesten Wimpern, die ich jemals gesehen hatte. Damit war ihr Augenaufschlag bestimmt spektakulär. Magie? Ach, egal. Das interessierte mich nicht wirklich. Ich hatte die helle Haut meiner Mutter, ihre besaß einen warmen, satten Honigton, der mit der starken Sonne hier im Süden bestimmt hervorragend zurechtkam. Ihre Bewegungen waren geschmeidig, das lange cremefarbene Kleid, das unter ihrer vollen Brust mit einem dunkelroten Band geschnürt war, schwang bei jedem ihrer Schritte sanft um ihre schmalen Fußknöchel. Doch ich musste zugeben, dass meine Halbschwester einen soliden königlichen Auftritt hingelegt hatte, besonders, da sie, außer von ihrem Zeremonienmeister, von drei riesigen Wölfen begleitet wurde. Die Tiere brachten einen strengen Geruch nach Raubtier mit, unter den sich ein pudriger und für meinen Geschmack viel zu süßer Parfümduft mischte. Malena dirigierte ihre Begleiter mit einer Kopfbewegung in die Ecke des Zimmers. Die Wölfe beeilten sich, ihrer Aufforderung nachzukommen. Den Trick würde ich auch gern beherrschen. Einer der Wölfe fixierte unverwandt das Puppenhaus, und ich fürchtete, dass er ein alter Bekannter war.

Kjell war bei Malenas Eintreten auf die Knie gesunken. Die Prinzessin ließ ihn für seinen Geschmack wohl ein wenig zu lange warten, ehe sie ihn zum Aufstehen aufforderte. Zwar hielt er ehrerbietig den Kopf gesenkt, doch von meiner etwas niedrigeren Position im Puppenhaus aus konnte ich seinen verärgerten Gesichtsausdruck gut erkennen. Als er sich wieder aufrichten durfte, war von seiner Verärgerung nichts mehr zu erkennen. Er räusperte sich. »Meine Prinzessin, wie freue ich mich, Euch zu sehen. Aber hattet Ihr keine gute Jagd? Ihr seid früher zurück als erwartet.«

Malena trat ans Puppenhaus. Sie starrte auf mich herab. Ich war nicht wie mein Ex-Verlobter auf die Knie gefallen und sah neugierig nach oben. Sie warf Kjell über ihre Schulter hinweg einen Blick zu. »Was bitte ist das?«

»Zerstreuung aus der Anderswelt.«

»Für dich?« Sie runzelte die Stirn und drehte sich zu ihm um. »Schrumpfst du dich klein, um es da drinnen mit diesem Glatzkopf zu treiben?«

Es war klar, dass Kjell sich für die Sache mit dem Puppenhaus einen anderen Start gewünscht hatte. Er geriet ins Stottern. »Lasst mich mit meiner Erklärung ein bisschen ausholen. Ich nehme an, Ihr habt noch nichts von der Versteigerung und dem anschließenden Überfall gehört?«

Malena zeigte ihre Neugierde nicht, falls sie welche empfand. »Ich höre.«

Kjell musterte die Wölfe in der Ecke. »Ich wäre gern mit Euch allein.«

Sie schüttelte den Kopf.

»Wie Ihr wünscht.« Kjells Haar war immer noch verwuschelt. Er bemerkte, wie Malena erneut die Stirn runzelte, als sie ihn in Augenschein nahm, und glättete es hastig. »Ich hatte vor, Euch dieses Puppenhaus als Überraschung zu präsentieren. Es ist das wertvollste Exemplar einer ganzen Reihe ähnlicher Objekte.«

Jetzt hatte er den Tonfall eines Werbefuzzis im Fernsehen, der versuchte, seine überteuerten Heizkissen an den Mann zu bringen. So wie Malena ihn musterte, war sie nicht an Heizkissen interessiert. »Du scherzt.«

»Mitnichten. Gestern fand eine Versteigerung statt. Ihr kennt Elvis, den Bruder Eures Hauptmanns?« Sein Blick ging zu den Wölfen.

Also hatte ich richtiggelegen. Der Wolf in der Mitte, der nach wie vor zu mir herüberstarrte, war Adlon.

Malena sah Kjell ungeduldig an. »Komm auf den Punkt.«

»Sämtliche Puppenhäuser wurden von Edlen aus Eurem Rat ersteigert. Es sind astronomische Summen geboten worden. Auch und besonders für das Wonderland.«

»Aber wozu? Willst du mir weismachen, dass meine edlen Damen vorhaben, sich einem solch kindischen Zeitvertreib zu widmen? Und schlägst du etwa vor, dass ich es ihnen gleichtun soll?«

»Vertraut Ihr mir?«

»Ich habe mich noch nicht entschieden.« Sie trat zu ihm und legte ihm eine Hand auf die Wange.

Kjell lächelte sie zärtlich an, nahm ihre Hand und hauchte einen Kuss auf ihren Handrücken. Er behielt ihre Hand in seiner. Ein überlegenes Lächeln umspielte Malenas Lippen. Nach einer Weile entzog sie ihm ihre Hand. Ich sah, wie sie den Handrücken an ihrem Kleid abwischte. Interessant.

Kjell straffte sich. »Bleibt Ihr dabei, auch in Zukunft nur Männer im Rat zuzulassen?«

Sie verzog das Gesicht. »Darüber hatten wir es schon, und ich gebe zu, du hattest gute Argumente. Nun habe ich mich aber schon mal entschlossen, mit den Traditionalisten zusammenzuarbeiten, und dabei wird es bleiben.«

Kjell nickte, als habe er keine andere Antwort erwartet. »Ich erinnere mich an ein Gespräch, in dem Ihr sagtet, dass der Einfluss der Ehefrauen nicht zu unterschätzen sei.«

Malena lachte laut auf. »So ein Gespräch haben wir nie geführt.«

Kjell zuckte zusammen. Ich kapierte zuerst nicht, was vor sich ging, doch dann begriff ich. Es war wie bei mir. Die Dinge, die er sie hatte glauben machen, waren aus ihrem Gedächtnis geschwunden, nachdem er keinen Einfluss mehr auf sie hatte. Ich konnte natürlich nur raten, doch war es nicht unwahrscheinlich, dass einige der Drachenschuppen bei Malena gelandet waren. Wenn nicht sogar alle. Und sicher war es kein ganz so großes Geheimnis, was für einen nützlichen Trank man daraus brauen konnte.

Kjell korrigierte sich auf der Stelle. »Ich muss es falsch verstanden haben. Verzeiht. Dieses Puppenhaus erlaubt Euch jedenfalls, auf subtile Art und Weise auf die edlen Familien einzuwirken. Bitte korrigiert mich, wenn ich falschliege, doch bisher habt ihr in den Zirkeln der Damen kaum eine Rolle gespielt.«

»Stimmt.« Sie sah nachdenklich zum Wonderland.

»Das Café ist von allen Puppenhäusern das schönste. Ihr könntet beispielsweise die edlen Damen zukünftig regelmäßig zu einem Besuch bitten. Ihr lasst die Puppen Tee trinken und plaudern und bekommt währenddessen ganz unauffällig die Gelegenheit, Euren Einfluss auf die Ehefrauen der Ratsmitglieder zu stärken. Eure eigene Puppe könntet Ihr außerdem anweisen, die Gespräche der anderen Puppen im Café zu belauschen.«

Malena lächelte. »Schlau.«

»Dann würde ich Euch das Puppenhaus gern zum Geschenk machen.« Er schenkte ihr ein komplizenhaftes Lächeln.

»Wir werden sehen.«

Ich hatte das Gefühl, dass Malena sich eigentlich schon dafür entschieden hatte, das Geschenk anzunehmen, ihre Zustimmung jedoch aus Prinzip nicht leicht gab. Sie wirkte auf mich souverän, und es gefiel mir, dass sie sich nicht von Kjells gutem Aussehen blenden und zu allem Möglichen hinreißen ließ.

Die Prinzessin sagte: »Du hast vorhin von einem Unglück gesprochen.«

»Ja.« Kjells Blick flackerte zu den Wölfen hinüber. Er ging zur Terrassentür, sah kurz hinaus. Als er sich wieder zu Malena stellte, achtete er darauf, dass sie sich zwischen ihm und den Raubtieren befand.

Malena sah stirnrunzelnd zu Kjell und dann zu den Wölfen. »Benutzt du mich gerade als Schild?«

Eine leichte Röte stieg Kjell ins Gesicht, doch er fing sich schnell wieder. »Was ich Euch zu sagen habe, ist dazu geeignet, Adlon in Rage zu bringen. Im ersten Gefühlsüberschwang wird gern übersehen, dass der Bote keine Verantwortung an dem trägt, was er berichtet.«

»Ich nenne es trotzdem feige.«

Da waren meine Halbschwester und ich gleicher Ansicht.

Kjell behielt seine Position bei. »Lord Vertanen hat den Bruder Eures Hauptmanns getötet und das Bordell in Brand gesetzt. Er ist ein Mörder.«

Wie Kjell gefürchtet hatte, sprang Adlon los. Jedoch war er unterwegs zur Tür. Natürlich. Was wollte er auch mit dem Boten, wenn die Beute, die er so lange gesucht hatte, endlich wieder in der Nähe war und dann auch noch angeblich etwas so Schreckliches getan hatte. Ich fand es aufschlussreich, dass Kjell sich vor Adlons Angriff gefürchtet hatte, und hoffte, dass es auch Malena aufgefallen war. Mit einem scharfen Ruf hielt die Prinzessin Adlon auf. Er erstarrte mitten im Lauf. Sein mächtiger Wolfskörper bebte. Er legte den Kopf in den Nacken und heulte.

Malena war mit zwei Schritten bei ihm. Sie kniete sich vor ihn, schlang die Arme um seinen Hals und flüsterte: »Geduld. Du kannst dich gleich darum kümmern.« Über die Schulter sah sie zu Kjell. »Warst du dabei? Hast du mit eigenen Augen gesehen, was geschehen ist?«

»Nein. Ich habe es selbst erst heute Morgen erfahren. Was ich jedoch sagen kann, ist, dass Vertanen uneingeladen zu der Versteigerung kam. Er blieb stiller Beobachter. Ich habe versucht, ihn auszufragen, doch er ist geschickt im Ausweichen.«

Malena erhob sich und maß Kjell mit ihrem Blick. »Es wird eine Untersuchung geben.«

»Gut.«

Sie vergewisserte sich mit einem mahnenden Blick, dass Adlon ruhig blieb, und schlenderte dann zum Puppenhaus. »Sind alle versteigerten Puppen aus der Anderswelt haarlos?«

»Nein.«

»Und weshalb bekomme dann ausgerechnet ich dieses Exemplar?«

»Tatsächlich waren die Gebote auf Alice und das Wonderland am höchsten.«

Er dachte vermutlich, dass er ihr damit den Wert seines Geschenks vor Augen führte. In Wirklichkeit hatte er ihr aber nur klargemacht, dass er mich für etwas Besonderes hielt. Wer hatte vorhin noch mal davor gewarnt, dass meine Halbschwester keine Konkurrenz mochte?

Sie betrachte Kjell kühl. »Gewiss haben sie nicht nur wegen der Puppe so hoch geboten. Den Leuten wird das Puppenhaus gefallen haben.« Sie hob den Arm, um zu mir hineinzugreifen. Kjell sprang jedoch herbei und packte sie am Unterarm. Beziehungsweise nahm ich an, dass er das vorgehabt hatte. Denn sofort war Adlon zur Stelle. Ehe ich einmal geblinzelt hatte, lag Kjell auf dem Boden. Der Wolf kauerte über ihm. Geifer tropfte aus dem weit aufgerissenen Maul in Kjells Gesicht.

Malena pfiff ihren Wächter nicht zurück.

Kjell wagte es nicht, sich zu rühren. Er atmete hektisch. »Bitte verzeiht, dass ich Euch so ungebührlich anfassen wollte. Das Puppenhaus ist magisch gesichert. Man kann nicht einfach hineingreifen. Ich wollte Euch nur vor Schmerz bewahren.«

»Und was hat es dann für einen Sinn, mir so etwas zu schenken?«

»Normalerweise ist es kein Problem. Man benötigt einen bestimmten Armreif, der es einem ermöglicht, unbehelligt hineinzugreifen. Hätte ich damit gerechnet, dass Ihr so früh zurückkommt, wäre alles bereit gewesen. Ich konnte nur noch nicht ...«

Malena fiel ihm ärgerlich ins Wort. »Etwa so ein Armreif wie der da?« Sie deutete auf den Goldreif an Kjells Arm. »Und warum war diese Warnung nicht das Allererste, was ich zu hören bekommen habe?« Malena sprühte vor Zorn. Das Wonderland bebte, nein, das ganze Zimmer, vermutlich der komplette Palast. Es erinnerte mich daran, wie eng Ellinors Gefühlsleben mit ihrer Magiequelle verbunden gewesen war. »Gib ihn mir.«

Der Wolf kauerte nach wie vor über Kjell und knurrte bei jeder seiner Bewegungen, als er den Armreif abstreifte.

Malena bückte sich und nahm Kjell das Schmuckstück aus der Hand. Den Armreif in ihren Fingern hin und her drehend, schlenderte sie wieder zum Wonderland. »Was für eine Farbe hatte dein Haar?«

Lügen schien mir eine schlechte Idee. »Rot.«

Kjell sagte schnell: »Alle Puppen haben rotes Haar.«

Malena gab Adlon ein Zeichen, dass er sich zurückziehen solle. Als der Wolf nicht unmittelbar reagierte, trat sie mit dem Fuß nach ihm. Das Mitgefühl, das sie vorhin für seinen Schmerz gezeigt hatte, war schnell geschwunden.

Mit hängendem Kopf trottete der Wolf in seine Ecke zurück.

Malena wandte sich wieder an Kjell. »Erklär mir das.«

»Sämtliche Puppen haben rotes Haar, und alle stammen aus der Anderswelt. Elvis und ich dachten, es könnte Euch gefallen, wenn überall im Palast Frauen gedemütigt werden, die Euch an die ehemalige Königin erinnern.«

Auf einmal strahlte Malena über das ganze Gesicht. Kjell hatte also endlich einen Punkt gemacht. »Das ist tatsächlich eine hübsche Idee.«

Meinem Ex-Verlobten war die Erleichterung überdeutlich anzusehen, während ich Mühe hatte, die Fassung zu wahren. Santina hätte sich keine Sorgen machen müssen. An Malena gab es nichts, was mir auch nur ansatzweise sympathisch gewesen wäre. Kjell fuhr fort: »Und wegen der Glatze, also … ich dachte, für den Fall, dass Euch nicht danach gewesen wäre, an die ehemalige Königin erinnert zu werden, solltet Ihr die Wahl haben. Eure Puppe könnte eine Perücke bekommen, die sie einfach auf- oder absetzt. Ganz wie Ihr es wünscht.«

»Du bist sehr aufmerksam.«

Kjell schenkte Malena das Jungenlächeln, das ich früher so gemocht hatte. Zumindest glaubte ich, dass es ich es gemocht hatte. Er wagte es jetzt erst, sich mit dem Unterarm über das Gesicht zu wischen, um den Geifer zu entfernen. Langsam richtete er sich auf. »Ich würde alles tun, um Euch glücklich zu machen.«

Malena lächelte zufrieden. »Und nun etwas anderes. Du wolltest nach deiner Schwester schicken. Ich möchte sie unbedingt kennenlernen. So bald wie möglich.«

Kjells Gesicht verschloss sich. »Sie ist in Anguristan unabkömmlich. Leider.«

»Tatsächlich?« Etwas Verschlagenes trat in Malena Gesicht.

»Wir … verstehen außerdem einander nicht gut.«

»Sie hasst dich?«

»Das habe ich nicht gesagt.«

Malena lächelte süß. »Familie. Es ist nicht immer einfach … ich kann ein Lied davon singen.«

Kjell sagte: »Ich möchte den Armreif noch polieren lassen, und dann muss er ja auch noch Eurem zarten Handgelenk angepasst werden. Sobald ich dann noch die Perücke für Alice besorgt habe, wird man Euch das Puppenhaus …«

Malena schnitt ihm das Wort ab. »Nicht nötig. Adlon wird es gleich in meine Gemächer bringen lassen. Um den Armreif kümmere ich mich selbst.«

»Ich helfe gern dabei, das Puppenhaus …«

Abermals unterbrach sie ihn. »Wirst du nicht.« Sie hängte sich bei Kjell ein. »Wir beide frühstücken jetzt.« Sie ließ ihre Wimpern flattern. Wie ich es mir gedacht hatte, war ihr Augenaufschlag beachtenswert. Mit sinnlicher Stimme ergänzte sie: »Im Bett natürlich.«

Im Hinausgehen hörte ich Kjell noch Fairan erwähnen und war beruhigt.

Kaum hatte sich die Tür hinter den beiden geschlossen, wandelten sich die Wölfe. Adlon sah nicht annähernd so greisenhaft aus wie damals, als er mir in der Anderswelt den Schrumpfungstrank aufgenötigt hatte, dennoch erkannte ich ihn auf Anhieb. Er beugte den Kopf über das Puppenhaus. »Wenn sie beschließt, dass sie dich nicht braucht, werde ich dich töten.«

»Ich bin nicht für Tod deines Bruders verantwortlich. Falls das der Grund sein sollte.«

»Ich denke, dein guter Lord Vertanen hat ihn getötet, um das hier zu rächen. Das nimmt dich mit in die Verantwortung.«

Die Eingangstür ging auf. Ich hörte rasche Schritte auf dem Korridor.

Adlons Kopf verschwand aus meinem Sichtfeld. Ich eilte zum Schaufenster, um das Geschehen draußen beobachten zu können.

Fairan betrat das Zimmer.

»Was hast du da?« Adlon nahm ihr den großen geflochtenen Henkelkorb ab, den sie am Arm trug. Er starrte hinein. »Whisky. Von der allerfeinsten Sorte, wie ich sehe.«

»Der Botschafter hat mich losgeschickt, um ihn zu holen. Ich dachte, ich bringe gleich ein paar Flaschen mehr mit.«

»Dann wird ihm nicht auffallen, wenn eine Flasche fehlt.« Er schob im Korb einige Dinge hin und her. »Und der Rest? Was ist das für Zeug?«

»Backzutaten.«

Unter Adlons Aufsicht wurde das Wonderland in den Salon der Prinzessin gebracht und dort auf dem Boden abgestellt. Fairan, die uns begleitet hatte, schrumpfte sich und den Korb klein. Stirnrunzelnd beobachtete Adlon sie dabei, schritt jedoch nicht ein. »Und wie kommst du nun hinein? Man benötigt dazu einen Armreif, und den hat Prinzessin Malena.«

»Ich habe meinen eigenen.« Mit diesen Worten schlüpfte Fairan durch die Eingangstür.

Adlon schäumte vor Wut. Buchstäblich. Seine Lippen zog er über gelblichen Zähnen zurück. Ein Spuckefaden rann ihm über das Kinn. Auch als Mensch erinnerte er mich an den Wolf. Er zischte: »Du kommst sofort heraus und gibst ihn mir!«

Fairan stellte sich neben mich. Ihre Stimme zitterte. »Ich höre nur auf den Befehl der Prinzessin. Wenn sie es mir sagt, komme ich

Eurer Aufforderung natürlich gern nach.« Sie linste zu mir, was mich denken ließ, dass ich die Prinzessin war, von der sie sprach, und nicht meine Halbschwester. Ich lächelte ihr zu. Hier drinnen konnte er uns ohne Armreif nichts tun.

Doch da hatte ich mich geirrt. Adlon hieb mit der Faust gegen das Wonderland. Das Puppenhaus wurde so heftig erschüttert, dass Tische und Stühle im Wintergarten durch den Raum schlitterten. Auch mich und Fairan holte es von den Beinen und wir landeten beide auf dem Hintern. Irgendwo zerbrach Geschirr. Fairan und ich rappelten uns wieder auf.

Der Hauptmann der Grauen bückte sich weit nach unten. Wie ein Luftballon, dem man ein boshaftes Grinsen ins Gesicht gemalt hatte, schwebte sein Kopf über dem offenen Dach. »Armreif hin oder her. Fühl dich lieber nicht sicher, jetzt, da ich weiß, wo du zu finden bist. Mir ist aufgefallen, wie der Botschafter dich ansieht. Wie er dich immer noch ansieht.« Er spitzte den Mund und spuckte durchs offene Dach. Leider hatte die Schutzmagie von Elvis für so einen Fall nichts vorgesehen. Im letzten Augenblick zog ich Fairan zur Seite, die sein Spucketropfen sonst auf den Kopf getroffen hätte. Adlon schien dennoch zufrieden mit seiner Aktion. »Im Gegensatz zu Prinzessin Malena weiß ich, wie du und der feine Botschafter in der Anderswelt zueinandergestanden habt. Was denkst du, was passiert, wenn ich ihr davon erzähle? Ob sie vielleicht sogar ein Komplott vermutet, was meinst du?«

»Vielleicht ist sie auch nicht ganz so erfreut darüber, dass du das schon so lange weißt und trotzdem den Mund gehalten hast.« Ich starrte ihn von unten herauf an und wappnete mich für den nächsten Schlag gegen das Wonderland. Doch das geschah nicht.

Adlon wandte sich an seine Männer. Er musste sich ihrer Treue sehr gewiss sein, sonst hätte er sie bei unserem Gespräch eben gewiss nicht zuhören lassen. »Wir gehen jetzt einen aufgeblasenen Lord jagen. Bestimmt schleicht er irgendwo da draußen herum, um nach seinem Füchschen zu suchen.« Mit einem letzten drohenden Blick zu mir und Fairan gingen sie endlich.

Dass Adlon den Kosenamen kannte, den Rodin mir gegeben hatte, war das Steinchen, das meinen bis eben noch so stabilen Turm an Gelassenheit zum Einsturz brachte. Erschöpft und vollkommen leer ließ ich mich aufs Sofa plumpsen,

Fairan setzte sich zu mir. Den Korb stellte sie auf den Boden zwischen uns. Nach einer Weile schob sie ihn mit dem Fuß näher zu mir und sah mich erwartungsvoll an.

Eher aus Freundlichkeit als aus echtem Interesse schlug ich das Tuch beiseite. Nacheinander nahm ich die Päckchen in die Hand, die sich neben vier Whiskyflaschen darin stapelten. Ich schnupperte an einem davon. »Das ist Mandelmehl!«

»Du kannst es brauchen?«

»Ja! Das ist toll!« In mich kam wieder ein bisschen Leben, als ich weiter in dem Korb stöberte. Darin befanden sich außerdem noch Walnüsse und eine weitere Nussart, die ich nicht kannte, die aber wie geröstete Haselnüsse duftete. Neben Rosinen hatte Fairan noch kleine säuerliche Beeren für mich organisiert. Dazu enthielt der Korb ein Fläschchen mit Rosenwasser und feinsten weißen Zucker. »Wie bist du auf die Idee gekommen, mir all das mitzubringen?«

»Elvis hat deine Künste so hoch gelobt, doch um ehrlich zu sein, war das, was wir den Gästen auf der Versteigerung angeboten hatten, recht bescheiden.«

Achselzuckend erwiderte ich. »Ich habe mich nicht wirklich bemüht.«

»Verständlich. Die Prinzessin solltest du aber lieber beeindrucken.«

»Das sollte ich vermutlich lieber.« Ich begutachtete, was sich in den kleineren Tütchen befand, die noch am Boden des Korbs lagen. »Zimt, Vanille, Nelken und Goldstaub?«

»Der Konditormeister meinte, man könne ihn essen.«

»Das kann man, und ich habe auch schon eine Idee, was für ein Gebäck ich damit veredeln könnte. Es ist trotzdem eine ungewöhnlich wertvolle Zutat, ich wundere mich, dass der Konditormeister dir etwas davon mitgegeben hat. Er kennt mich nicht, und es könnte bei mir verschwendet sein.«

Fairan wurde bis über beide Ohren rot.

»Was hast du getan?«

Sie beugte sie sich zu mir und flüsterte so leise, dass ich Mühe hatte, sie zu verstehen: »Du wunderst dich vielleicht, wieso ich so lange gebraucht habe, um zurückzukommen. Ich habe allen in der Küche von der Versteigerung erzählt und … angedeutet, wer du bist.«

»Bist du irre?!«

»Pst!« Sie sah sich erschrocken um. »Mach niemanden auf unser Gespräch aufmerksam, bitte. Die Prinzessin könnte leicht einen ihrer Wächter zurückgelassen haben. Als kleine Spinne beispielsweise, die draußen an der Fassade des Wonderland hängt und lauscht.«

Es fiel mir schwer, meine Stimme zu dämpfen, so aufgebracht war ich. »Warum hast du das getan? Das könnte mein Todesurteil sein. Ach, was sag ich. Jeder in der Küche weiß es, sagst du? Dann ist es mein Todesurteil!«

Doch Fairan schüttelte energisch den Kopf. Sie wurde noch leiser, und ich musste sie zweimal bitten, etwas zu wiederholen, was ich nicht gehört hatte. »Malena ließ bis vor Kurzem die Bediensteten des Palastes reihum bei ihren Ingenieurinnen antanzen. Man wurde beim Eintritt in den Turm betäubt, weswegen niemand genau weiß, was dort geschieht, doch wenn man wieder gehen darf, ist man zu Tode geschwächt.«

»Das ist schrecklich, Fairan.«

»Seit einer guten Woche wurde niemand mehr in den Turm gerufen. Alle sind deswegen beunruhigt. Bestimmt denken die Ingenieurinnen sich neue und schlimmere Schrecken für uns aus.« Sie atmete tief aus. »Das ist aber noch nicht alles. Du weißt, dass die Freien sich aus jeder sich in der Nähe befindlichen Magiequelle bedienen können?«

Ich nickte und sah sie erfreut an, weil sie den neuen Namen für die Niederen so selbstverständlich übernommen hatte.

»Es scheint, als würden die Quellen sich verschließen. Etwas Derartiges ist nie zuvor geschehen. Was ist, wenn man uns die Magie entzieht, wieder und wieder, und wir sie nicht mehr aus den Quellen zurückbekommen können? Wir sind auf unsere Selbstheilung angewiesen, unsere Körper kennen keinen anderen Weg, um mit Krankheiten umzugehen.« Sie sah mich ernst an. »Und daher wird niemand, der heute von dir gehört hat, sich verplappern. Die Nachricht, dass die wahre Thronerbin sich bereits am Hof befindet, hat uns Hoffnung gegeben.«

Zum Glück war bei Adlons Wutanfall, als er gegen das Wonderland geschlagen hatte, nicht allzu viel Geschirr zu Bruch gegangen.

Fairan räumte auf und rückte die verschobenen Tische und Stühle im Wintergarten zurecht, während ich mich in der Backstube beschäftigte. Der Goldstaub hatte mich auf die Idee gebracht, Macarons zu backen. Das erste Blech misslang, da ich die Temperatur des Backofens falsch eingeschätzt hatte. Das zweite war ganz okay, das dritte stellte mich annähernd zufrieden, war aber noch nicht perfekt. Nachdem Fairan im Wintergarten fertig war, kam sie zu mir. Ich bat sie, meine Backergebnisse zu probieren und die Teigschüsseln auszulecken, eine Aufgabe, der sie nur zu gern nachkam. Irgendwann blickte ich auf und zuckte vor Schreck zusammen, als ich die beiden Gestalten entdeckte, die sich rechts und links vom Wonderland aufgebaut hatten. An ihrer Uniform waren sie als Adlons Männer zu erkennen. Fairan war meinem Blick gefolgt. Auf meinen fragenden Blick hin schüttelte sie den Kopf. Auch sie hatte nicht mitbekommen, wann die beiden aufgetaucht waren.

Ich versuchte, unsere Bewacher ebenfalls für eine Kostprobe zu begeistern, und richtete einige der weniger schönen Macarons auf einen Teller, den Fairan rasch durch die Eingangstür schob. Sie taten so, als würden sie mich nicht hören und würdigten mich auch sonst keines Blickes.

Schließlich betrachteten Fairan und ich andächtig die perfekten schokoladenbraunen Macarons vor uns auf dem Kuchengitter. Gefüllt waren sie mit einer hellroten, nach Rosen duftende Creme, in der sich winzige Krokantstückchen befanden. Die fertigen Gebäckstücke hatte ich zur Hälfte in Goldstaub gestippt. Fairan sah mich zufrieden an. »Damit kannst du Eindruck schinden.«

»Hoffentlich.«

Und dann warteten wir.

Malena tauchte ebenso geräuschlos vor dem Wonderland auf wie zuvor die beiden Wächter. »Es riecht appetitlich. Was ist das da auf dem Teller?«

Fairan war in einen tiefen Knicks gesunken. Ich hatte darüber nachgedacht und beschlossen, es wie beim ersten Mal zu machen, als wir einander begegnet waren. Ich blieb einfach stehen und sah zu ihr auf. »Es nennt sich Macaron. Möchtet Ihr davon kosten?«

»Warum nicht. Bring sie mir.«

Unter Malenas ungeduldigem Blick eilte Fairan zur Tür hinaus.

Malena verlangte von Fairan, sich mitsamt dem Gebäckteller zu vergrößern, weil sie, wie sie sagte, kein kleines Vögelchen sei, das sich mit Krumen begnügte. Ich hatte keine Ahnung, ob die großen Macarons ebenso köstlich schmecken würden wie die ursprünglichen Gebäckstücke, und war in Sorge, dass Malena enttäuscht sein könnte. Die Prinzessin befahl Fairan, ein Macaron zu probieren. Auch die Wächter mussten jeweils eins essen. Erst als feststand, dass niemand an Vergiftung sterben würde, nahm meine Halbschwester sich mit spitzen Fingern ebenfalls ein Gebäckstück. Sie biss hinein, kaute und ein Lächeln überzog ihr Gesicht. »Vielleicht bist du doch kein so schlechtes Geschenk.«

»Danke schön.« Ich neigte den Kopf. »In der Anderswelt habe ich die größten, bedeutendsten Feste der Königshäuser mit meinen edlen Köstlichkeiten ausgerichtet.« Noch nie hatte ich so dreist über meine Fähigkeiten gelogen. Es war ein Risiko. Sollte sie Kjell danach fragen, konnte ich nur hoffen, dass er schnell schaltete und die Lüge stützte. »Falls Ihr also einmal ein ganz besonderes Fest ausrichten wollt, bin ich gern bei der Planung behilflich, sofern Ihr Interesse habt.«

»Auch eine Hochzeit?«

»Vor allem Hochzeiten!«

Mein Plan ging besser auf als erwartet. Malena befahl, das Puppenhaus auf einen niederen Tisch zu heben, dann ließ sie sich einen Stuhl bringen. Dort saß sie, verschlang sämtliche Macarons und hörte sich meine Vorschläge für ein Kuchenbüfett an, wie ich es angeblich in der Anderswelt schon Tausende Male vorbereitet hatte. Es war nett, wie wir uns unterhielten. Ihre Fragen waren vernünftig und ihre Begeisterung für meine Anregungen schien echt zu sein. Hätte ich sie jetzt erst kennengelernt, wäre sie mir vermutlich sympathisch gewesen. Sie wirkte wie eine ganz gewöhnliche junge Braut, die sich Gedanken um das wichtigste Fest in ihrem Leben machte. Nach einer Weile wagte ich eine persönliche Frage. »Ich bin neu am Hof, wie Ihr ja wisst. Darf ich fragen, wer der Bräutigam ist?«

Malena stand auf und sah mich kalt an. »Nein.« Dann steckte sie vorsichtig ihre Hand ins Puppenhaus und hob mich heraus. Der goldene Armreif schimmerte wie frisch poliert.

Die Prinzessin hatte einen schnellen Schritt und ich wurde ordentlich durchgeschüttelt, während wir durch die Korridore eilten. Ihre Hände, die sie für mich zu einer Schale geformt hatte, waren weich und dufteten nach Aprikose. Fairan folgte uns in gebührendem Abstand. Als wir zu dritt in die Küche stürmten, erstarrte das komplette Personal, ehe alle ehrerbietig in die Knie sanken.

Malena hob mich hoch. Mein Herz klopfte zum Zerspringen. Nicht nur, weil ich Angst hatte, herunterzufallen. Wenn jetzt jemand ausplauderte, was Fairan vorhin über mich erzählt hatte, landete ich wahrscheinlich im erstbesten Suppentopf.

Niemand gab jedoch auch nur einen Mucks von sich. Malena lächelte wohlwollend in die Runde. »Diese kleine Frau wird euch sagen, was ich mir für den Tag meiner Krönung und Hochzeit wünsche. Ihr werdet ihre Anweisungen aufs Genauste befolgen.« Sie wandte sich an mich. »Du kannst hier in der Küche arbeiten oder in deinem kleinen Café. Ich überlasse es dir.«

Da ich Kjell auf keinen Fall in Normalgröße begegnen wollte, war es keine Frage, wofür ich mich entschied. »Ich arbeite gern im Wonderland. Wie viel Zeit habe ich für die Vorbereitung?«

»Du hast gerade gefragt, wann der König sterben wird.« Sie sah mich ungehalten an.

»Das lag mir fern!« Ich sah sie ehrlich erschrocken an. »Entschuldigung. Ich weiß zu wenig über die hiesigen Gepflogenheiten.«

»Deswegen habe ich es dir auch durchgehen lassen, dass du vor mir stehen geblieben bist.«

»Ich werde …«

»Gut. Achte darauf.« An Fairan gewandt sagte Malena: »Wenn ihr in der Küche fertig seid, bringst du sie zurück ins Puppenhaus. Ihr habt die Erlaubnis, für dieses Mal den Korridor zu nehmen.«

Der letzte Satz kam mir merkwürdig vor. Doch Fairan schien zu verstehen, wie das gemeint war, und bedankte sich. Dann ließ sie einen unsicheren Blick zwischen Malena und mir hin und her wandern. Ich konnte mir lebhaft vorstellen, was sie dachte. Sollte sie darum bitten, mich der Prinzessin abnehmen zu dürfen, oder war es besser zu warten, bis sie angesprochen wurde?

Nur eins war klar, ich hatte nicht mehr viel Zeit, um meiner Halbschwester die Frage zu stellen, die mir auf der Zunge lag. Jetzt musste ich schnell sein. »Prinzessin Malena, verzeiht bitte, gibt es vielleicht eine Süßspeise, mit der ich König Walther eine Freude machen könnte? Hat er ein Leibgericht?«

Sie betrachtete mich, und sofort war mir klar, dass ich einen Fehler gemacht hatte. »Weshalb fragst du?«

»Ich möchte ihm und Euch eine Freude bereiten.«

Malena sah mich zornig an. »Was bringt dich auf den Gedanken, dass irgendetwas, was du zustande brächtest, mir oder meinem Vater Freude bringen könnte?«

Ich sah sie zerknirscht an. »Bitte verzeiht. Das war …«

»Impertinenz wird bestraft. Immer!« Malena grinste böse. Dann ballte sie die Hand zur Faust. Ich konnte kaum atmen, so fest krallte sie ihre Finger um mich. Wie in einem sehr schnellen Fahrstuhl ging es nach oben, als sie den Arm in die Luft hob. Ich hörte sie rufen: »Fang!«

Noch in derselben Sekunde segelte ich bereits quer durch die Küche. Ich sah Fairans erschrockenes Gesicht, spürte den Luftzug, als ihre Hand an mir vorbeizischte, in dem vergeblichen Versuch, mich zu retten. Zu meinem Glück war eine der Küchenmägde am anderen Ende der Küche so geistesgegenwärtig, ihre Schürze aufzuspannen. Ich landete sanft, wenn auch mit rasendem Puls in mehlbestäubtem Tuch. Fairan kam zu mir gerannt. Ihr Gesicht war kalkweiß, wie vermutlich auch meins. Bei der Landung hatte ich mir heftig auf die Zunge gebissen und schmeckte Blut. Gerade eben noch hatte Malena sich höchstpersönlich in die Küche bemüht, um mir dort vor allen eine der wichtigsten Aufgaben bei ihrer Krönung und Hochzeit zu übertragen. Eine Minute später war ihr das schon wieder egal und sie gab einen Scheiß auf mein Leben.

Eine ganze Weile herrschte Stille.

Die Frau, in deren Schürze ich gelandet war, wiegte sich sanft und mich damit auch. Ein wenig ratlos blickte ich umher. Malena war gegangen, doch sämtliche Anwesenden, außer meiner Retterin und Fairan, verharrten in einem tiefen Knicks. »Fairan?«

Vorsichtig nahm sie mich auf.

Sofort versank auch die Frau mit der Schürze in einem Knicks.

Ich runzelte die Brauen. »Die Prinzessin ist gegangen. Warum erheben sie sich nicht?«

Fairan lächelte mich milde an. »Die Thronerbin hält sich in diesem Augenblick immer noch in der Küche auf.«

Es dauerte, bis ich kapierte, was sie mir damit sagen wollte. Und als ich es tat, wurde ich knallrot. Es war eine wenig königliche Reaktion, doch vielleicht war genau das der Grund für die vielen wohlwollenden Blicke, die man mir zuwarf.

Danach machten wir in Gesellschaft des Konditormeisters und drei seiner Helfer eine Runde durch die Vorratskeller, die sich an die Küche anschlossen. Fairan trug mich mit sichtlichem Stolz auf der offenen Handfläche vor sich her, die vier Männer folgten uns in gebührendem Abstand. Wer uns auch immer begegnete, fiel sofort auf die Knie. Das war mir höllisch unangenehm, doch als ich deswegen etwas sagen wollte, legte Fairan mahnend einen Finger auf meinen Arm. Leise sagte sie: »Sie brauchen das. Es macht das Wunder deiner Ankunft echt.« Also ließ ich es zu. Gestern Abend bei der Versteigerung, als mich all die edlen Lords und Ladys angestarrt hatten, war mir der Gedanke gekommen, dass sie mich niemals als Herrscherin anerkennen würden. Hier und heute war ich immer noch dieselbe winzige Person, doch niemand sah auf mich herab.

Der Konditormeister hatte sehr schnell heraus, dass ich nie und nimmer dazu fähig wäre, ein Fest für mehrere Hundert Teilnehmer zu planen, und er wand sich sichtlich, weil er es nicht wagte, mich zu kritisieren. Nachdem es mir auf reichlich verschlungenen Wegen gelungen war, ihm klarzumachen, dass ich wusste, dass er das wusste, wurde es leichter. Er hörte auf, auf Samtpfoten um jedes kritische Wort herumzuschleichen.

Schließlich sagte ich: »Was hältst du von folgendem Vorschlag: Du machst deinen eigenen Plan für das Fest. Ich backe währenddessen meine Ideen vor, gebe das Rezept und die Anleitung an dich weiter und du, mit deiner Erfahrung und dem nötigen Wissen, setzt um, was davon ins Gesamtbild passen könnte?«

Er versuchte sich seine Erleichterung nicht allzu offen anmerken zu lassen, doch es konnte mir kaum entgehen, was für ein riesiger Brocken ihm von der Seele fiel. »Wenn Ihr das wünscht.«

»Unbedingt.« Ich zog eine Grimasse. »Es würde schiefgehen, sollte ich mir diese Aufgabe anmaßen wollen.«

»Dann danke ich Euch für Euer Vertrauen.« Er verneigte sich tief.

»Nur zu gern.« Ich war zufrieden, da es zwischen uns immer geschmeidiger voranging. Wenn er der Ansicht war, dass eine meiner Ideen nicht funktionieren würde, weil zum Beispiel die Kühlung, trotz magischer Unterstützung, für so viele Stücke nicht gewährleistet werden konnte, sprach er es offen an. Umgekehrt hatte ich zwar noch nie für eine ganze Hofgesellschaft gebacken, doch die Vorbereitungen, die ich für die Eröffnung des Wonderland getroffen hatte, stellten sich im Nachhinein als hilfreich heraus. Ich konnte seinen Ausführungen mühelos folgen. Was die Rezepte selbst anbelangte, konnte ich ihm nicht viel Neues erzählen. Dafür war er von meinen Ideen für die Verzierung begeistert. Ich erfuhr auch endlich, dass König Walther ein Dessert besonders liebte – früher war er offenbar verrückt nach Karamell gewesen, jedoch hatte er schon geraume Zeit nicht mehr danach verlangt. Dennoch würden wir das aufnehmen. Ich sah es bereits vor mir: Gitterkörbchen aus gesponnenem Zucker, in denen die kleineren Gebäckstücke präsentiert werden sollten, bis hin zu in Form gegossenen Initialen des Königs. Damit konnte man unzählige Ideen verwirklichen. Wir gerieten ins Plaudern und es blieb Fairan überlassen, uns immer wieder auf Kurs zu bringen. Am Ende unserer Tour durch die Vorratsräume waren alle zufrieden.

Wir verließen die Küche. Fairan ging jedoch nur ein paar Schritte, ehe sie stehen blieb und mich anstrahlte. »Das hast du wunderbar gemacht.«

Ich sah sie spöttisch an. »Man bekommt selten Lob dafür, dass man einfach nur man selbst ist.«

»Stimmt.« Sie lachte auf. »Dennoch, sie mögen dich, das war offensichtlich.«

»Das gilt auch umgekehrt. Alle waren so nett zu mir. Das hat richtig gutgetan.«

Fairan sah mich ernst an. »Wir setzen all unsere Hoffnung auf dich, Prinzessin Alice. Vergiss das nicht.«

Die Leichtigkeit, die mich in den vergangenen Stunden getragen hatte, verpuffte. Für ein paar glückliche Momente hatte ich vergessen, dass meine Hauptaufgabe nicht war, ein gelungenes Fest für Malenas Krönung zu organisieren. Ich musste vielmehr dafür sorgen, dass ich diejenige sein würde, die gekrönt wurde, und sollte es so geschehen, bekäme ich immerhin den Nachtisch, den ich selbst gern mochte. Innerlich zuckte ich mit den Achseln. Einen Schritt nach dem anderen. Es würde sich früh genug herausstellen, wessen Initialen auf den Gebäckstücken prangen würden.

In Fairans Korb, der an ihrem Arm baumelte, befanden sich inzwischen Zutaten, mit denen ich Karamell-Brownies backen wollte. Vielleicht ergab sich mit etwas Glück doch noch eine Gelegenheit, Malena zu überreden, mich zu König Walther zu bringen. Zu meinem Vater. Meinem echten Vater. Bisher hatte ich den Gedanken an eine Begegnung mit ihm erfolgreich verdrängt. Er war ein Fremder. Ich wusste nichts über ihn, sah man davon ab, dass meine Mutter ihn verlassen hatte, um mit ihrem Leibwächter ein neues Leben in der Anderswelt zu beginnen. Ich ertappte mich dabei, dass ich das dem König als Minuspunkt auslegen wollte, doch ich bremste mich. Dass meine Mutter von ihm fortgelaufen war, sagte im Grunde nichts über seine Person aus. Die beiden waren vielleicht einfach nur nicht richtig füreinander gewesen und sie hatte keinen anderen Ausweg gesehen. Wenn es außerdem stimmte, dass er seit Ewigkeiten nach mir suchen ließ und es auch nie aufgegeben hatte, dann … lag ihm womöglich wirklich etwas daran, mich kennenzulernen. Apropos suchen. Ich sah zu Fairan auf. »Was meinst du, können wir nach Lord Vertanen suchen, ehe wir in die Gemächer der Prinzessin zurückgehen?«

Fairan, deren Blick über mich hinweg in die andere Richtung ging, seufzte. »Ich fürchte, wir haben ein ganz anderes Problem.«

Kleiner Mann

Es stellte sich heraus, dass Malena so gründlich verärgert war, dass sie Kjell das Puppenhaus zurückgegeben hatte, woraufhin er sich ärgerlich auf die Suche nach Fairan und mir gemacht hatte. Nachdem er uns im Küchentrakt gefunden hatte, eilte er uns mit großen Schritten voraus in seine Gemächer, wo das Wonderland schon wartete.

Mit einem Nicken bedeutete er Fairan, dass sie mich vor dem Café auf dem Tisch absetzen solle.

Ich drehte mich so, dass Kjell mein Gesicht nicht sehen konnte, dann sah ich Fairan bedeutungsvoll an und formte mit den Lippen Rodins Namen. Fairan nickte. Dann sagte ich laut: »Vielleicht überlegt die Prinzessin es sich anders. Ich werde jedenfalls noch ein paar Bleche von den Macarons backen. Die mochte sie gern. Bring mir bitte noch mehr von dem Goldstaub.«

Fairan sah Kjell an. »Darf ich den Korridor nehmen? Ich bin dann schneller wieder …«

»Mach das.« Er wedelte ungeduldig mit der Hand. Nachdem sich die Tür hinter ihr geschlossen hatte, fuhr er mich an. »So, und jetzt raus mit der Sprache! Was hast du getan, um Malena zu verärgern?«

»Keine Ahnung. Ich habe Macarons für sie gebacken, und sie war so begeistert, dass sie mich sogar eigenhändig, und das ist wortwörtlich zu verstehen, zum Konditormeister brachte, damit ich mit ihm zusammen die Krönungsfeier plane. Also, zumindest den Teil mit dem Dessert.«

»Du musst aber etwas getan haben.«

»Oder sie ist einfach nur ein bisschen launisch?«

Er seufzte und strich sich mit der Hand durchs Haar. »Das ist sie in der Tat.«

»Hat sie nichts gesagt?«

»Das Puppenhaus wurde zurückgebracht, mit der Anweisung, dich darin einzusperren.« Er setzte sich umgedreht auf den Stuhl, der vor seinem Sekretär stand, legte die Arme auf der Rückenlehne ab, stützte das Kinn darauf und sah mich wehmütig an. »Du warst von Anfang an die bessere Wahl.«

Weil du mein Gehirn wie Knetmasse formen konntest und ich dadurch bequem für dich war, Arschloch! Ich nickte ihm jedoch aufmunternd zu. »Du hast doch bestimmt einen alternativen Plan.«

»Im Augenblick noch nicht.« Er sah mich sinnend an. »Du hast dich wirklich verändert.«

»Seit deinem Heiratsantrag ist viel passiert. Aber wenn wir schon über die Vergangenheit reden, du manipulierst mich, seit wir Kinder sind. War das nicht unglaublich schwer? Meine Mutter und ihr zweiter Mann sind ja von hier. Bestimmt wäre ihnen der kleinste Fehler deinerseits aufgefallen. Oder hast du erst nach ihrem Tod damit angefangen?«

Kjell schwieg.

Ich sah den Anflug von schlechtem Gewissen in seinen Augen aufblitzen. Er verdrängte das Gefühl blitzschnell, doch in diesem Moment bekam ich die Bestätigung, auf die ich gehofft hatte. Ich richtete mich kerzengerade auf. Mein Herz wummerte. »Wir hatten nie eine gemeinsame Kindheit.«

Er schüttelte verneinend den Kopf, und als er mir in die Augen blickte, schien es beinahe, als habe er Mitleid mit mir. »Ich weiß, dass du dir gerade Hoffnung machst, deine Mutter und ihr Ehemann könnten noch leben. Den Kinobrand gab es jedoch wirklich und beide sind dabei umgekommen. Allerdings waren die Ereignisse nicht annähernd so spektakulär, wie ich es dich habe glauben lassen. Ich musste eine sogenannte Ankererinnerung in dir schaffen, in die ich die Erinnerung an mich einfügen konnte. Dazu ist ein starkes Gefühl notwendig. Trauer funktioniert am besten.«

»Warst du vor Ort? Ich meine, bei dem Brand?«

»Wir waren beide nicht dort.«

»Wie meinst du das?«

»Du warst nicht mit ihnen im Kino. Es war ein Film für Erwachsene, den sie sich ansahen.«

Mein Herz raste und raste. Gleichzeitig fühlte sich mein Gehirn wie benebelt an, ich hatte Mühe zu begreifen, was er mir erzählte.

Zögernd fuhr Kjell fort: »Wir beide haben uns vor ungefähr anderthalb Jahren kennengelernt. Ich habe einen Zusammenstoß provoziert, du bist hingefallen, ich habe dir die Hand gegeben und dir aufgeholfen. Das war der erste Schritt. Danach war es nicht schwer, dich um ein weiteres Treffen zu bitten, denn ich hatte in dir den Wunsch geweckt, mich wiederzusehen.«

Es war fast unmöglich, mir die Wut nicht anmerken zu lassen. Ich hätte Kjell gern geschüttelt. Wieder half mir die Übung mit dem Gedankenraum, äußerlich gelassen zu wirken. »Erzähl bitte weiter.«

»Sicher, dass du das hören willst?«

Was für eine blöde Frage! Sanft sagte ich: »Wir haben uns darauf geeinigt, von vorn anzufangen. Dazu gehört, dass wir ehrlich miteinander sind.«

Er sah mich einen Moment lang prüfend an, schien mir jedoch zu glauben, denn er nickte erleichtert. »Du hast recht, doch es fällt mir nicht leicht, dir das alles zu gestehen.«

Klar, weil er mich brauchte und fürchtete, mich zu verärgern. »Keine Sorge. Ich will jetzt nur noch die Wahrheit erfahren. Der Grund, aus dem du so handeln musstest, ist mir ja inzwischen bekannt.«

»Ja. Na gut. Also, bei jedem Treffen brachte ich dich mehr unter meinen Einfluss. Du erinnerst dich vielleicht, wie gern wir Hand in Hand spazieren gegangen sind. Du warst bald ganz verrückt nach mir. Und dann brauchte ich, wie gesagt, das starke Gefühl in dir, mit dem ich arbeiten konnte. Daran knüpfte ich die Erinnerung, wie wir uns ineinander verliebten.« Kjell sah mich treuherzig an. »Ich weiß, dass du deshalb gelitten hast, mein Schatz, aber ich habe dich damit nicht allein gelassen. Ich bin mit dir zusammen durch diese schwere Zeit gegangen.«

Moment. Hatte ich das richtig verstanden? Zuerst hatte er in meinem Kopf eine detaillierte Horrorerinnerung geschaffen, und nun wollte er Lob dafür kassieren, dass er mit mir hindurchgegangen war? Die Erinnerung an den vorgeblichen Ausflug ins Kino war inzwischen verblasst, doch ich roch immer noch das Popcorn, spürte Kjell zärtlich meinen Nacken streicheln, als wir uns auf dem Pärchensitz im dunklen Kinosaal aneinanderkuschelten. »Du hast eine beeindruckende Arbeit geleistet, das muss ich zugeben.«

Er sah mich zerknirscht an. »Gib es ruhig zu, du bist wütend.«

»Ein bisschen vielleicht.«

»Du hast jedes Recht dazu.«

»Die letzten Worte, die ich mit meiner Mutter auf dem brennenden Dach wechselte. Waren die auch unecht?«

»Ja.«

Verdammt. Ich hatte das Gesagte so gedeutet, dass meine Mutter in mir ihren Teil der Magie erweckt hatte. Wenn das jedoch auch nur ein Teil von Kjells großer Lüge gewesen war … war wieder alles offen. Unruhig fing ich an, auf der Tischplatte hin und her zu gehen.

Kjell probierte es erneut mit seinem dämlichen treuherzigen Welpenblick. »Ich habe wirklich versucht, diese falschen Erinnerungen für dich so schonend wie möglich zu gestalten. Und hätten wir uns ganz normal kennengelernt, wäre es auch so gekommen, dass du dich in mich verliebt hättest.«

Ich zog eine Augenbraue hoch. »Wir werden es nie wissen.«

»O doch. Ich weiß es. Viel war nämlich nicht nötig, damit du dich in mich verliebst.«

Dieser Mann war in seiner Selbstgefälligkeit unerträglich. Ich schrie ihn an: »Weißt du eigentlich, wie furchtbar es ist, was du mit mir gemacht hast? Im Grunde hast du mich zwei Jahre lang vergewaltigt.«

Kurz senkte er den Blick. »Ich habe dich nie manipulieren müssen, damit du mit mir Sex hast.« Wir beide wussten, dass er log. Dann hatte er die Geschichte für sich auch schon zurechtgebogen, wie seine nächsten Worte bewiesen. »Und außerdem habe ich dir allerhöchste Lust geschenkt. Das kannst du nicht abstreiten. Du bist gern mit mir ins Bett gegangen.«

»Rede dir das nur weiter ein.« In ätzendem Ton fuhr ich fort: »Die Wahrheit ist, du hast mich auch dazu manipuliert. Das lässt sich nicht schönreden.«

Kjell wirkte nun ernsthaft gekränkt. »Aber dass der Kater sich in dein Leben geschlichen hat war in Ordnung?«

»Nein, war es auch nicht.«

»Ich hoffe dann nur, dass du ihm ebenfalls so eine Szene gemacht hast wie mir gerade.«

Wir starrten einander an. Er mit trotzigem Gesichtsausdruck, ich voller Hass. Im Grunde tat es Kjell nicht wirklich leid, und würde er mich nicht brauchen, würde er sich das ganze Herausgerede sicher sparen. Auch ich musste pragmatisch sein. Im Augenblick waren wir zur Zusammenarbeit gezwungen. Es gelang mir, den Wutkloß in meinem Hals hinunterzuschlucken. »Ist jetzt aber auch egal. Ich bleibe dabei, dass es scheiße war, was du mit mir gemacht hast, doch ich erkenne auch an, dass du den Mut hattest, es mir zu gestehen.«

Er nickte. »Dann ist alles gut zwischen uns?«

»Ja.«

»Sehr gut.« Kjell sah mich verträumt an.

Das gefiel mir nicht. Nein. Das gefiel mir ganz und gar nicht.

Es klopfte an der Tür. Kjell öffnete.

Fairan mit ihrem Henkelkorb lächelte ihn schüchtern an. »Ich habe die gewünschten Backzutaten gebracht, und Euren Whisky habe ich auch noch im Korb.«

»Komm später wieder.«

»Nein!«

Beide sahen zu mir. Kjell unwillig, Fairan erstaunt. Ich trat unruhig von einem Fuß auf den anderen, um zu zeigen, wie besorgt ich war. »Prinzessin Malena hat befohlen, dass du mich ins Wonderland sperren sollst, Kjell. Wir sollten dem lieber nachkommen, ehe sie wieder hier auftaucht.« Weil Kjell so aussah, als würde er gleich widersprechen, fügte ich hinzu: »Wir dürfen nichts tun, was unsere gemeinsame Zukunft gefährdet.«

Widerwillig gab er nach. Er ließ sich von Fairan die Whiskyflaschen geben und wartete dann, bis wir beide uns im Puppenhaus befanden. »Ich werde Malena suchen und herausfinden, wie ich sie umstimmen kann.« Kjell war schon auf dem Weg zur Tür, als er noch einmal umkehrte. Die Prinzessin hatte ihm offenbar seinen Armreif zusammen mit dem Puppenhaus zurückgegeben, weshalb er die Hand zu uns hereinstrecken konnte. Er sagte zu Fairan: »Gib mir deinen Armreif. Dann ist sichergestellt, dass ihr wirklich hier drinnen eingesperrt seid.«

Schnell sagte ich: »Keine gute Idee, mein Schatz. Es ist immerhin möglich, dass Fairan und mir etwas einfällt, wie wir zu meinem Vater gelangen können. Dann sollten wir handeln können.«

Kjell zog die Stirn in Falten. »Sollte Malena den Armreif bei deiner Dienerin finden …«

»Ja. Schon klar. Sie wird ihn nicht am Arm tragen. Wir verstecken ihn, solange wir ihn nicht benötigen.«

»Ich weiß nicht, ob das eine gute Idee ist, Alice.«

»Vertraust du mir, Kjell?«

Erstaunlicherweise zögerte er nicht. »Ja.«

Ich lächelte zufrieden. Was für ein Fehler. »Dann lass mich einfach machen.«

Kaum hatte Kjell die Tür hinter sich zugezogen, holte ich den Schrumpfungstrank hinter den Gewürzdosen hervor, wo ich ihn nach dem letzten Mal versteckt hatte, und trank die übliche Menge. Dann erst sah ich Fairan auffordernd an. »Hast du etwas herausgefunden?«

»Man hat gesehen, wie Lord Vertanen zum Turm der Ingenieurinnen gegangen ist.«

Ich nickte. Das war nun keine allzu große Überraschung. Immerhin hatte Rodin das ja schon angekündigt.

Fairans Miene blieb jedoch angespannt. »Er ist schon seit Stunden dort.«

»Und das ist unüblich, willst du wohl sagen.«

»Es gab bisher nur einen Edlen, der ähnlich lange im Turm geblieben ist wie Lord Vertanen.«

»Was ist mit ihm passiert?«

»Er war am Ende tot.«

Ich sah sie beklommen an. »Der Rat besteht doch nur aus Edlen, oder? Gewiss lassen sie nicht zu, dass ihresgleichen einfach so getötet werden.«

»Es ist nicht so einfach, da hast du recht, noch hat nur König Walther die volle Gewalt über den Rat. Man munkelt jedoch, Lord Vertanen sei bei der Prinzessin in Ungnade gefallen, und da kümmert es sie vielleicht nicht, was ihr kranker Vater darüber denkt. Wenn er es überhaupt erfährt.«

Die Sache mit dem angeblichen Mordanschlag auf Elvis. Verdammt. Plötzlich wurde mein Mund ganz trocken. »Wir müssen zu diesem Turm.«

Fairan schenkte mir ein triumphierendes Lächeln. »Irgendwie habe ich das geahnt.« Um die Taille hatte sie sich ein Tuch als Gürtel geschlungen, dessen Knoten sie jetzt löste. Sie reichte es mir. »Bind es dir um. Ich hätte gern eine Perücke besorgt, doch in Elvis' ehemaligem Anwesen treiben sich bestimmt noch Adlons Männer herum. Es wäre aufgefallen, wenn ich in den Trümmern herumgestöbert hätte, also habe ich mir den Weg dahin lieber gespart.«

»Hast du noch mehr darüber erfahren, was dort passiert ist?«

Sie warf mir einen unbehaglichen Blick zu. »Es gibt den üblichen Klatsch, doch davon halte ich nichts. Man macht sich damit nur verrückt.«

Ich wickelte mir das Tuch wie einen Turban um den Kopf und sah sie vielsagend an. »Oder du willst mich schonen. Kann das sein?«

Fairan zuckte die Schultern. »Vertrau mir einfach.«

»Das tue ich doch längst.«

Der König

Unter dem Schrank in Kjells Schlafzimmer hatten sich vor allem Staubflocken angesammelt. Ich entdeckte außerdem allerlei Unappetitliches wie abgeschnittene Fußnägel, Haare, vergammelte Obststückchen und feuchte hellblaue Kügelchen, die intensiv nach Sandelholz rochen. Das Interessanteste war jedoch die Tür in Puppengröße, die in die Wand eingelassen war. Direkt daneben stand eine Holzkiste mit Deckel. Darin entdeckte ich zwei mit klarer Flüssigkeit gefüllte Flaschen.

Die Existenz der Tür erstaunte mich nicht einmal. Dass es in Wynterhaav noch viele solche Wunder zu entdecken gab, war mir völlig klar, und ich freute mich darauf, sie zu kennenzulernen. Was ich mich allerdings zum ersten Mal fragte, war, warum es im ganzen Palast keine Augen auf den Türen zu geben schien, wie es bei Ellinor der Fall war. Ich sprach Fairan darauf an.

Fairan, die sich inzwischen ebenfalls klein geschrumpft hatte, nickte ernst. »Es hat vor einigen Monaten angefangen. Zuerst blieben die Augen immer länger geschlossen, dann verschwanden sie nach und nach. Die Prinzessin hat bei Höchststrafe verboten, darüber zu reden.«

»Aber sicher tauscht man sich untereinander aus?«

»Die Veränderung wird mit der lange währenden Krankheit des Königs in Verbindung gebracht. Einige sagen, dass die Magiequellen sich verschließen, weil Prinzessin Malena es zulässt, dass an den Runen herumgepfuscht wird, die ja ein Bindeglied zwischen den Menschen und der Magie darstellen.«

Prompt wuchs ich mir wieder die Sorge um Rodin und Myrkur. »Lass uns gehen.«

Fairan zauderte jedoch.

Ungeduldig trat ich von einem Fuß auf den anderen. »Worauf warten wir?«

»Hinter dieser Tür liegt eine Welt, zu der bis auf wenige Ausnahmen nur wir Niederen Zugang haben.«

»Du meinst die Freien.«

Sie seufzte. »Ich bin mir nicht mehr so sicher, ob das eine gute Idee ist, uns so zu nennen. Damit … fordern wir das Schicksal heraus.«

»Das sehe ich anders. Es ist vielmehr ein Ausdruck von …«

Fairan unterbrach mich genervt. »Vergessen wir das jetzt für eine Weile, ja?« Sie wartete meine Antwort nicht ab. »Um zu verstehen, worauf ich hinauswill, musst du wissen, dass es am Hof zwei Klassen von Dienern gibt. Über die Korridore rennen die Pagen, wenn sie Aufträge der Edlen abwickeln, außerdem so wichtige Leute wie beispielsweise die Hofschneider. Und nicht zu vergessen die Wachen natürlich. Alle anderen lassen sich dort lieber nicht erwischen, außer jemand hat besondere Erlaubnis bekommen. Das kommt vor und nicht einmal selten. Ein Edler muss dazu seinem Auftrag nur hinzusetzen, dass wir den Korridor nehmen dürfen. So wie Prinzessin Malena vorhin. Kontrolliert wird die Einhaltung von der königlichen Magiequelle selbst.«

»Was passiert, wenn man sich unrechtmäßig in den Korridoren aufhält?«

»Die Wachen werden alarmiert.«

»Mist. Wir hätten Kjell um diese Erlaubnis bitten sollen.«

»Das hätte ich vorgeschlagen, doch wir wollen ja gar nicht über die Korridore.«

»Bitte lass dir das jetzt nicht in kleinen Stücken aus der Nase ziehen.«

Fairan seufzte. »Diese Wege, die kleinen Wege, wie sie auch genannt werden, hat noch nie jemand aus der Anderswelt betreten.«

»Verstehe.« Ich betrachtete die winzige Tür vor meiner Nase unsicher. »Ich habe mich sowieso schon gefragt, ob man uns einfach so aus dem Palast hinaus- und zu diesem Turm spazieren lässt. Was ist mit den Wehren?«

Fairan ging nicht auf meine Frage ein. »Wenn wir angekommen sind, musst du schnell groß werden.«

»Wo angekommen?«

»Vertrau mir.«

Was Fairan verlangte, war kein Vertrauen, sondern die Bereitschaft, mich auf einen Blindflug einzulassen. »Das kann ich auch, wenn du mir die nötigen Informationen gibst.«

Sie sah mich nur an und ich seufzte. »Das alles hättest du mir sagen sollen, ehe ich vorhin noch einmal vom Schrumpfungstrank genommen habe. Jetzt müssen wir unter diesem Schrank herumsitzen, bis ich wieder groß bin.« Und das würde zu lange dauern. Zum einen, weil meine Sorge um Rodin und Myrkur mit jeder Sekunde größer wurde. Zum anderen würde vielleicht Malena nach mir sehen wollen, und dann? Ich sagte: »Wir müssen auf der Stelle zurück. Du suchst Kjell, und dann holen wir uns von ihm die Erlaubnis, durch die Korridore zu gehen.« Natürlich durfte ich ihm nicht erzählen, dass ich zu Rodin wollte, aber da würde mir schon noch etwas einfallen. Ich würde es wie Fairan machen und einfach noch mal sein Vertrauen einfordern.

»Es gibt einen Trank, um wieder größer zu werden.« Mit dem Fuß stieß sie gegen die Holzkiste. Die darin befindlichen Flaschen klirrten. »Es ist nicht wirklich ein Geheimnis, doch interessiert sich niemand außerhalb des Dienstbotentrakts dafür. Ich brauche ihn natürlich nicht, die anderen Bediensteten jedoch schon.«

Jetzt verstand ich. Sie schrumpften sich klein, um die Gänge benutzen zu können, und wenn sie an Ort und Stelle waren, um irgendeine Aufgabe zu erfüllen, tranken sie ein zweites Mal, um wieder groß zu werden. »Und wozu die ganzen Umstände?«

Fairan zuckte die Achseln. »Wer sieht schon gern Bedienstete mit einem Scheißeimer durch die schönen Korridore des Palasts rennen?« Sie sah mich ernst an und schien sich auf einmal unbehaglich zu fühlen. »Das Gegenmittel, um normal groß zu werden, wird nur von meinen Leuten hergestellt. Es enthält eine Zutat, die dir nicht gefallen wird. Neben der üblichen Kräutermischung wird noch gemahlenes Gebein verarbeitet. Um genau zu sein, handelt es sich um Knochen von jemandem, wie ich es bin. Also von jemandem, der aus eigener Kraft die Größe verändern kann.«

Ich sah sie entsetzt an.

»Ich dachte mir, dass deine Reaktion so ausfallen würde. Ich habe natürlich bemerkt, dass du kein Fleisch zu dir nimmst.«

»Das auch, aber vor allem stelle ich mir gerade vor, was geschehen würde, wenn die sogenannten Edlen von diesem Trank wüssten. Bestimmt würde man euch jagen, um Profit daraus zu schlagen.«

»Also wirst du davon trinken, wenn wir angekommen sind?«

Nach den Lederschuhen und dem Pelzmantel würde ich jetzt also auch noch die letzte Grenze überschreiten. Ich nickte resigniert.

Fairan öffnete die Tür und wir spähten hindurch.

Dahinter erstreckte sich ein schier endlos lang erscheinender Gang. Er war unmöbliert. Einige Magielichter erhellten ihn notdürftig. Wieder fiel mir auf, dass einige flackerten. Es roch muffig. Außerdem schienen die Wände und der Boden nicht so massiv zu sein wie in den übrigen Räumen im Palast. Ich folgte Fairan über die Schwelle, was glücklicherweise kein Problem darstellte.

»Geschafft!« Sie stieß erleichtert die Luft aus.

Ich schob meine Füße ein bisschen hin und her. Es war kein Widerstand zu spüren, gleichzeitig fühlte es sich nicht so an, als befände sich fester Grund unter mir. »Irgendwas hier ist merkwürdig.«

»Nein. Das ist normal.«

Wir marschierten los. In regelmäßigen Abständen führten Wendeltreppen zu einer über- oder untergeordneten Ebene. Ab und zu öffneten sich Seitengänge. Unser Weg ging jedoch stetig geradeaus. Vorhin, als wir der Küche einen Besuch abgestattet hatten, war mir klar geworden, wie riesig dieser Palast war. Nun hatte ich nicht mehr den Luxus, von Fairan getragen zu werden. »Wie lange brauchen wir, um zu den Ingenieurinnen zu gelangen?«

»Wir sind nicht langsam, falls du das denkst. Eigentlich kommen wir sogar schneller voran als über die Korridore. Du bemerkst es nicht, doch für jeden Schritt, den du hier machst, würdest du dort umgerechnet zehn zurücklegen.«

»Praktisch.«

Sie zuckte die Schulter. »Magie macht vieles einfacher. Sie hat jedoch wie alles auch ihre Schattenseiten.«

Wir gingen weiter. Einmal begegnete uns eine Dienerin. Sie hastete mit einem an die Brust gedrückten Handtuchstapel durch den Gang in unsere Richtung. Fairan und sie nickten einander zu. Mich streifte sie zunächst mit einem flüchtigen Blick. Auf einmal wurden ihre Augen groß. Sie blieb wie angewurzelt stehen und versank in einen tiefen Knicks. Ich blickte unsicher zu Fairan. Diese lächelte und zuckte mit den Schultern und zog mich weiter. Als ich mich noch einmal umdrehte, sah ich, wie mir die Frau nachstarrte. Mir fiel etwas ein. »Fairan.«

»Ja?«

»Wie wahrscheinlich ist es, dass wir hier einem Wächter begegnen?«

»Es könnte passieren. Aber keine Sorge. Sie werden in uns nur zwei Dienerinnen sehen.«

»Gerade eben war das Gegenteil der Fall«, gab ich zu bedenken. »Die Freie eben hat mich erkannt.«

»Es spielt keine Rolle. Wir sind nämlich schon da.« Fairan blieb vor einer Tür stehen. Das Türblatt war aus schlichtem hellen Holz. In der Mitte prangte jedoch eine goldene kreisrunde Metallplatte. Darauf war ein Wolf zu erkennen. Er saß im unteren Teil der Platte auf den Hinterläufen und starrte nach oben zu einem riesigen vollen Mond. Dieser bildete den Hintergrund für zwei zu einer Schale geformten Händen. Sie waren fein ausgearbeitet, schlank und erkennbar maskulin. Daraus erwuchsen drei Obstbäume. Einer in voller Blüte, einer trug Früchte, der letzte der drei war ein winterlicher Baum mit kahlen Ästen.

»Das ist der Ausgang?«

»Nein.« Fairan sah mich entschuldigend an. »Ich habe dich angelogen.«

Auf den Gedanken war ich gerade auch gekommen. Ich runzelte die Stirn. »Was befindet sich hinter dieser Tür?«

»König Walthers Schlafzimmer.«

Auf einmal zitterte ich am ganzen Körper. Natürlich war es von Anfang an mein Ziel gewesen, dem König gegenüberzutreten. Ich hatte es erst vor Kurzem noch zu Kjell gesagt. Doch wie ich mir nun gestehen musste, hatte ich heimlich angenommen, dass ich noch unzählige Hürden überwinden musste, ehe es so weit war. Dass es von jetzt auf gleich passieren sollte, überforderte mich. »Wieso hast du ein Geheimnis aus unserem Ziel gemacht?«

»Ich war sicher, dass du darauf bestehen würdest, zuerst zum Turm der Ingenieurinnen zu gehen.«

»Ja.« Ich sah sie ärgerlich an. »Da möchte ich immer noch hin.«

»Denk nach, Alice. Dein Lord ist vielleicht längst nicht mehr im Turm. Der Palast ist riesengroß. Es wäre schwer, ihn zu finden. Und vielleicht ist er sogar längst …«

Ich hob die Hand. »Still, Fairan. Das will ich nicht hören. Ehe ich nicht seine Leiche gesehen habe, ist er für mich am Leben.«

»Natürlich. Verzeih.«

»Lass mich kurz durchatmen. Dann … gehen wir hinein.«

Fairan sah den Gang hinauf und wieder hinunter. Sie nickte.

»Da drin sind doch bestimmt Wachen?«

»Natürlich. Wir ersetzen jedoch die beiden Dienerinnen, die für gewöhnlich um diese Zeit erscheinen, um aufzuräumen. Unmittelbar hinter der Tür liegt eine kleine Kammer. Darin befindet sich alles, was wir sonst noch für unsere Tarnung benötigen, du weißt schon, Putzzeug.«

»Damit kenne ich mich aus.«

Ich wollte die Tür öffnen, doch Fairan legte ihre Hand auf meinen Arm. »Nimmst du es mir übel, dass ich dich hergebracht habe?«

»Ja. Du hast mein Vertrauen missbraucht.«

»Ich könnte mich entschuldigen, aber es wäre geheuchelt.« Sie nahm ihre Hand wieder weg. »Im Augenblick stehe ich hier stellvertretend für die Freien.« Fairan sah mir direkt in die Augen. »Es geht auch um unser Schicksal, und wir möchten auf Augenhöhe mitentscheiden. Das hier ist vielleicht deine einzige Chance, deinen Vater zu treffen und dein Recht von ihm einzufordern. Wir brauchen eine neue Königin auf dem Thron. Wir brauchen dich.«

»Wenn still und leise eine einseitige Entscheidung getroffen wurde, hat es nichts mit Augenhöhe zu tun.«

»Wärst du denn mit mir hierhergekommen?«

Ich seufzte und war ebenfalls ehrlich. »Keine Ahnung, Fairan. Wirklich nicht. Ich möchte zu Rodin.« Und zu Myrkur, fügte ich in Gedanken hinzu.

»Dann lassen wir es so stehen?«

»Es ist jetzt so, wie es ist.«

Sie war es nun, die nach der Türklinke griff. »Bereit?«

Das war ich nicht. Kein Stück. Ich nickte.

Wie in Kjells Zimmer, kamen wir auch hier unter einem Schrank heraus.

Das Geräusch von Pfoten auf Holz war zu hören. Es näherte sich dem Schrank.

Ich flüsterte. »Wächter-Wolf?«

Fairan nickte bestätigend.

Ein Schnüffeln war zu hören. Schließlich entfernte sich der Graue wieder.

Fairan flüsterte: »Ich geh voraus und schau mich um. Du folgst, wenn du hörst, dass ich mit dem Fuß an den Schrank tippe. Falls ich es nicht tue, verschwindest du am besten wieder. Geh einfach wieder den ganzen Weg zurück. Die Ebenen musst du ja nicht wechseln.« Fairan entnahm der Holzkiste, die ebenfalls neben der Tür bereitstand, eine hellgrüne Flasche und hielt sie mir entgegen. Im Flüsterton sagte sie: »Auch hier genügt ein kleiner Schluck.« Sie musste mir den Ekel ansehen, der mich allein bei dem Gedanken schon überkam, denn sie strich mir sanft über die Wange.

Ich grinste schwach und hob den Daumen, um anzuzeigen, dass ich klarkommen würde.

Kurz darauf hörte ich, wie sie mit dem Fuß gegen den Schrank klopfte. Ich holte tief Luft, entkorkte mit zitternden Fingern die Flasche und machte mich bereit. Doch obwohl ich noch nicht einmal angesetzt hatte, überwältigte mich fast das Ekelgefühl. Ich sagte mir, dass sich das alles nur in meinem Kopf abspielte, und das half ein bisschen. Ich nahm einen Schluck, zwang ihn die Kehle hinab und bekämpfte entschlossen den Brechreiz. Schweiß trat mir auf die Stirn. Eine Hand fest auf den Mund gepresst, stellte ich die Flasche wieder in die Kiste, die griffbereit am Spalt zwischen Schrankrücken und Wand stand. Dann schlüpfte ich zu Fairan in die Kammer hinaus. Sie zwinkerte mir kurz zu, dann kramte sie weiter in dem geöffneten Schrank vor sich. Beruhigt sah ich mich im flackernden Schein der einzigen Magielampe um und wartete darauf, dass ich größer wurde.

Fenster gab es keine. An der gegenüberliegenden Wand, neben einer geschlossenen Zimmertür, stand eine Wäschekommode, darüber befand sich ein offenes Wandregal. Darauf reihten sich Tiegel aus braunem Glas in verschiedenen Größen. Getrocknete Kräuterbüschel hingen an Haken daneben. Sie dufteten angenehm. Nun fing ich an zu wachsen. Wie damals, als Adlon mir zum allerersten Mal den Schrumpfungstrank gegeben hatte, wurde mir im ersten Moment schwindelig. Ich lenkte mich ab, indem ich den Waschtisch studierte. Er wirkte sehr edel mit seiner Tischplatte aus hellem Marmor. Darauf stand eine Waschschüssel samt zugehörigem Krug. Das schneeweiße Porzellan war jeweils am oberen Rand mit einem doppelten Goldstreifen verziert, darunter prangte die gleiche runde Goldplatte wie an der Außenseite der winzigen Tür. Auf einer flachen Schale daneben lag ein Seifenbrocken.

Etwas rührte sich in den Schatten der hintersten Ecke. Der Wolf, der dort sein Lager zu haben schien, trottete hervor. Im ersten Moment glaubte ich, dass ich Rodin vor mir hatte. Auf der Reise hatte ich ihn oft in seiner Wolfsgestalt gesehen, und dieses Tier war ihm verblüffend ähnlich. Fast hätte ich vor Freude aufgeschrien. Der Wolf beobachtete mich aus aufmerksamen Augen, doch er kam nicht zu mir. Auch nicht, als ich ihn in Gedanken anrief. Dann trat er in den Schein der Magielampe, und ich erkannte, dass es ein altes Tier sein musste, denn die Augen wirkten trüb. Um den Hals des Wolfes lag ein Halsband. Es war daumenbreit und aus weißem Leder. Ein goldener Anhänger baumelte daran, den das mir mittlerweile bekannte königliche Wappen zierte. Die Enttäuschung, doch nicht wie durch ein Wunder Rodin gefunden zu haben, schmetterte mich nieder. Mit hängenden Schultern gesellte ich mich zu Fairan, die zwischenzeitlich Eimer, Putzlappen, Wischtücher, Besen und einen Staubwedel aus dem Schrank genommen hatte. Sie deutete auf den Wedel.

Ich nickte. Damit würde ich mich überall frei bewegen können. Staub setzte sich schließlich an allen Stellen in einem Raum ab.

In dem Gemach des Königs war es so still, dass ich automatisch die Luft anhielt, als wir hineingingen. Der Wolf folgte uns auf leisen Sohlen. Dunkelgrüne schwere Samtvorhänge vor den Fenstern ließen nur einen dünnen Lichtstreifen ein. Es roch nach Krankheit.

Dominiert wurde das Zimmer von einem gigantischen Himmelbett. Dieselben Samtvorhänge, wie sie vor den Fenstern hingen, verdeckten den Blick auf den Mann im Bett. Von unserer Position an der Tür aus sah man auf das Fußende. Rechts vom Bett in der Ecke stand eine Chaiselongue mit einem niederen Tisch davor. Darauf stapelten sich Teller und Gläser. Man hatte dem König verschiedene Speisen zur Auswahl gebracht, die jedoch unangetastet aussahen. Einzig an einer dicken honigbegossenen Waffel fehlte ein Bissen.

Unser Eintreten war nicht unbemerkt geblieben. Eine Frau sprach. Ich konnte sie nicht sehen, da sie vom Himmelbett verdeckt wurde. »Du hast kaum etwas gegessen, Vater. Ich höre, dass gleich abgeräumt wird. Möchtest du nicht doch noch davon?«

Fairan sah genauso erschrocken aus, wie ich mich fühlte. Mit den Lippen formte sie den Namen. *Malena.*

Dann war meine Schwester wieder zu hören. »Wenn die Magie dich erst gestärkt hat, kommt auch der Appetit zurück.« Laut rief sie: »Das Essen bleibt noch hier.«

Dann hörte ich zum allerersten Mal die Stimme meines Vaters. Sie war leise, doch nicht so schwach, wie ich gefürchtet hatte. »Du hältst mich zu einem schrecklichen Preis am Leben, Kind.«

»Ich liebe dich.«

»Hören wir auf mit dem Spiel.«

»Was für ein Spiel?«

Für mich hörte sich die Verwunderung in Malenas Ton echt an. Sie schien wirklich nicht zu wissen, wovon unser Vater sprach.

»Malena, verkauf mich nicht für dumm. Das nehme ich dir übel.«

»Ich weiß wirklich nicht, was du meinst, Vater. Jedenfalls haben wir die Mischung verändert. Zwei Drittel Drachenmagie. Den Rest schöpfen wir von den Niederen ab.«

»Dir muss doch aufgefallen sein, wie unsere Magiequelle auf deine Experimente reagiert, Kind.« Seine Stimme wurde eindringlich. »Hör auf, solange es noch nicht zu spät ist!«

Malena plapperte weiter, als habe sie seinen Einwand gar nicht gehört. »Ich weiß, dass dir die Niederen am Herzen liegen, aber sie erholen sich schnell, und ich denke außerdem, wer sich wie sie an der Königsquelle stärken darf, sollte etwas zurückgeben. Das ist nur gerecht.«

»Das haben nicht wir zu entscheiden. Die Quelle fordert nichts von ihnen. Wer sind wir, dass wir uns das erdreisten?«

Mir gefiel, was er sagte. Mein Vater. Der König. Ich war glücklich, dass er Malenas Spiel nicht mitmachen wollte. Meine Schwester stellte sich jedoch stur. »In Ordnung, es gab am Anfang Tote, ich habe deshalb deinem Drängen nachgegeben und an der Methode gefeilt. Wie ich schon sagte, sie erholen sich schnell. Du kannst dich auf mich verlassen.«

»Malena, Kind.« Der König hörte sich nun sanft an. »Die Königsquelle ist offensichtlich nicht mehr gewillt, mir von ihrer Magie zu geben. Das ist eine Tatsache und wir müssen es akzeptieren. Ihren Willen zu umgehen, indem wir von den Niederen stehlen, wird ihr nicht gefallen. Wir müssen damit aufhören, ehe Konsequenzen auf uns zukommen, die unumkehrbar sind.«

»Wir werden gleich ausprobieren, wie es dir mit der neuen Mischung geht. Schau. Es ist schon alles bereit.«

»Nein!«

Ich begann mich zu fragen, ob Malena an einer milden Form des Wahnsinns litt. So verhielt sich jedenfalls kein geistig gesunder Mensch.

Nun hörte sie sich trotzig an wie ein kleines Mädchen, das seinen Willen nicht bekam. »Du hast versprochen, nicht aufzugeben!«

»Ich habe versprochen durchzuhalten, bis deine Schwester zu uns gefunden hat.«

Mein Herz machte einen Satz. Er wartete wirklich auf mich. Mein Vater hatte mich immer in seinem Herzen getragen.

Malena hatte das wohl ebenso empfunden wie ich, denn schlagartig verlor ihre Stimme jede Wärme. »Du brauchst keine zweite Tochter.«

Er seufzte. »Du denkst, dass ich deine Schwester dir vor…«

»Sprich nicht von ihr! Hörst du!«

Ich konnte Malena von hier aus nicht sehen, vor meinem inneren Auge tauchte jedoch das Bild von ihr auf, wie sie sich die Hände an die Ohren hielt, um ja kein weiteres Wort hören zu müssen. Irgendetwas musste in ihrer Kindheit schrecklich schiefgegangen sein. Sie tat mir leid.

Der König schien sich jedoch über sie zu ärgern, und daraus zog er Energie, denn seine Stimme wurde kräftiger, ja, er war nun beinahe laut. »Sie befindet sich am Hof, und du lügst mich immer noch an!«

Die Prinzessin keuchte erschrocken auf. »Was redest du da? Das ist doch Blödsinn.«

Ich sah zu Fairan. Wir waren beide mitten auf dem Weg zur Essecke erstarrt. Dies war eine Unterhaltung, von der Malena und der König bestimmt nicht wollten, dass sie eine Dienerin mitbekam, das war uns beiden klar. Für den Augenblick schien sie uns vergessen zu haben. Sobald sie jedoch nicht mehr emotional beansprucht sein würde, fiel es ihr garantiert wieder ein, dass die Dienerschaft mithörte.

Der König sagte: »Deine Schwester ist am Hof. Ich dachte, du wolltest den richtigen Zeitpunkt abwarten, ehe du sie zu mir bringst. Anscheinend habe ich mich geirrt. Du versteckst sie aus Eifersucht vor mir.«

»Das tue ich nicht!« Malenas Stimme wurde schrill. »Sie kann außerdem gar nicht am Hof sein. Wie könnte ich ihre Gegenwart nicht spüren? Unsere Magiequelle würde mich doch … warnen.« Ich hörte sie nervösen Schrittes auf und ab gehen.

Der König seufzte tief. »Ich hätte es gern anders, doch ich bin nun mal alt und verbraucht. Ich bin müde, Malena, und schon ganz dünn gelebt. Bring deine Schwester noch heute zu mir. Ihr müsst einander kennenlernen. Ich weiß, dass es dir nicht gefällt, doch sie ist die ältere von euch beiden. Sie wird die neue Königin sein, und sie wird deine Hilfe brauchen, wenn es so weit ist.«

Das Schweigen, das darauf folgte, legte sich mir wie ein Mühlstein um den Hals. Selbst wenn Malena es vorher nicht geplant haben sollte, mit diesen Worten hatte unser Vater mein Todesurteil unterzeichnet. Da war ich sicher.

In meinem Rücken war Pfotengetrappel zu hören. Ich anstelle des Wolfs würde auch misstrauisch werden, wenn jemand von der Dienerschaft nur herumstand und lauschte. Fairan hatte die Zeichen ebenfalls richtig gedeutet. Sie räusperte sich. Zwar verstellte sie ihre Stimme nicht gerade, doch sie sprach in höherer Tonlage und sehr leise. »Prinzessin, bitte entschuldigt die Störung. Wir sind hier, um aufzuräumen, falls es recht ist.«

Malena klang tatsächlich ein wenig erschrocken. »Reichlich spät, dass du dich meldest.«

Reichlich ungerecht, dass sie jetzt so tat, als hätte sie nicht zuvor noch Anweisung gegeben, das Essen stehen zu lassen. Doch ich musste ihr zugutehalten, dass sie gerade ziemlich Stress hatte. Ich verzog das

Gesicht, als ich an Santinas Warnung dachte. Ich musste aufpassen, dass ich nicht aus den Augen verlor, mit wem ich es hier zu tun hatte.

Fairan sagte: »Wenn es Euch lieber ist, kommen wir gern in einer Stunde noch einmal zurück. Oder am Nachmittag. Ganz wie Ihr wünscht.«

»Was denkst du dir, dummes Ding! Macht eure Arbeit. Das übrig gebliebene Essen verdirbt bereits.«

»Also sollen wir es wegräumen?«

»Natürlich. Sofort!« Kühl fügte sie an den König gewandt hinzu: »Du bist stark genug, um zu streiten. Dann kann es mit deiner Entkräftung nicht so weit her sein.«

Unter den Blicken des Wolfes huschten Fairan und ich an das andere Ende des Raumes. Über dem Tisch, der von zwei gemütlich aussehenden Stühlen flankiert wurde, hing eine Magieleuchte, die allerdings so schwach glimmte, dass ich kaum etwas erkennen konnte. Fairan begann damit, die Teller auf ein bereitstehendes Tablett zu stapeln. Dabei versuchte sie so wenige Geräusche wie möglich zu machen. Ich näherte mich unterdessen von hinten dem Himmelbett, um dort einige nicht vorhandene Spinnennetze von der Decke zu wischen. Meine Gedanken überschlugen sich. Malena hielt unseren Vater also am Leben? Womit? Doch die Antwort auf diese Frage war im Grunde klar. Mit der Magie, die sie von den Freien und den beiden getöteten Drachen gestohlen hatte. Eine Welle blinden schwarzen Zorns drohte mich zu überrollen. Ich wollte Malena packen und ihr ebenfalls sämtliche Magie rauben, um sie denen zurückzugeben, die sie darum betrogen hatte. Vielleicht wäre ich in blindem Zorn losgestürmt, doch eine sachte Berührung am Arm brachte mich zum Glück wieder zur Vernunft. Ich sah zu Fairan, erkannte Angst in ihren Augen. Natürlich. Auch sie wäre von allem betroffen, was ich tat.

Langsam ließ ich die angehaltene Luft aus der Lunge entweichen. Ich nickte Fairan zu. Sie ging an den Esstisch zurück.

Der Wolf, der uns aufmerksam im Auge behalten hatte, legte sich auf den Boden, die Schnauze auf den ausgestreckten Vorderpfoten. Er wirkte kein bisschen beunruhigt. Bedingt durch sein Alter und die entsprechend langjährige Erfahrung war er vermutlich überzeugt, es mit mir und Fairan locker aufnehmen zu können, sollten wir eine

Dummheit versuchen. Ansonsten konnte ich mir gut vorstellen, dass sein Motto lautete, den König auf keinen Fall unnötig zu stören.

Während ich weiter mit meinem Staubwedel nicht vorhandene Spinnweben jagte, dachte ich nach. Ich hatte begriffen, wie krank mein Vater war und dass uns nur sehr wenig Zeit bleiben würde, um einander kennenzulernen. Nun war ich Fairan sehr dankbar, dass sie mich hergebracht hatte. Ich musste mir nur noch darüber klar werden, wie mich ihm nähern und möglichst schnell auf das allerwichtigste Thema zu sprechen kommen konnte – Rodin zu retten.

Diese Überlegungen wurden jäh von einem Schleifgeräusch unterbrochen. Ich sah Fairan an, doch sie zuckte nur ratlos mit den Schultern. Also legte ich meinen Staubwedel ab, schnappte mir eines der Tabletts, auf denen sie bereits Teller und Tassen aufgetürmt hatte, und schlich zur Vorderseite des Betts. Auf Höhe der Kammertür blieb ich stehen. Von dort aus konnte ich meine Halbschwester gut sehen. Im Augenblick drehte sie mir den Rücken zu, doch wenn sie sich umdrehen sollte, konnte ich geschäftig mit meinem Alibi-Tablett klappern und rasch in die Kammer verschwinden.

Malena machte sich jedoch weiter an einem merkwürdigen Metallgestell zu schaffen, das sie dann vorsichtig rücklings mit sich zum Himmelbett zog. An dem Gestell war ein Glasbehälter befestigt. Darin befand sich eine silbrige durchscheinende Flüssigkeit. Vielleicht war es auch ein Gas, ich konnte es nicht sagen. Am Himmelbett angelangt, griff sie sich die am Deckel des Behälters befestigte Kupferspule. »So. Dann fangen wir an«, sagte sie fröhlich.

»Ich sagte bereits, dass wir damit aufhören.«

»Und wenn ich verspreche, dass ich dir noch heute deine andere Tochter bringen werde?«

Kurz herrschte Schweigen. Dann war die erschöpfte Stimme des Königs zu hören. »Du erpresst deinen König.«

»In erster Linie bist du ja wohl mein Vater. Manchmal meine ich wirklich, mit einem kleinen Kind zu sprechen, das seine Medizin nicht nehmen will. Und was bleibt mir dann anderes übrig, als mit allen mir zur Verfügung stehenden Mitteln zu arbeiten? Ich lasse dich nicht sterben, das kannst du nicht von mir verlangen.«

Er seufzte. »Ich muss wohl nachgeben.«

Etwas an seinem Ton ließ mich stutzen. Es war … als würde er einen lange vorbereiteten Text aufsagen. Und noch etwas wunderte mich. Wenn er mithilfe der Magiequelle herausgefunden hatte, dass ich im Palast war, wieso wusste er nicht, dass ich mich bereits im selben Raum mit ihm befand?

»Also bringst du deine Schwester zu mir?«

»Du gibst nach, weil du sie kennenlernen willst. Für mich würdest du nicht weiterleben wollen.«

»So darfst du das nicht sehen.«

»Es gibt keine andere Deutungsmöglichkeit, Vater.« Fast konnte ich nachvollziehen, warum Malena frustriert war. Sie überraschte mich jedoch, als sie von jetzt auf gleich wieder zu einem leichten Plauderton wechselte. »Übrigens, Lord Vertanen ist wieder am Hof.«

Die Stimme des Königs entspannte sich. »Nimmst du ihn nun doch in die engere Wahl als Ehemann? Warum auch nicht. Ich schätze seine Schwester, Lady Ellinor. Ich hätte es gern gehabt, wenn sie sich öfter am Hof hätte blicken lassen.«

»Ich konnte sie nie ausstehen.«

»Ihren Bruder aber schon. Da du nun nicht mehr Königin werden willst, kannst du dir den Ehemann aussuchen, der dir gefällt.«

»Auf gar keinen Fall wähle ich ihn!« Das brach so heftig aus ihr hervor, dass der Wolf, der mich nach wie vor aus seinen trüben Augen beobachtete, unruhig mit den Ohren zuckte. Ich lächelte ihm, wie ich hoffte, beruhigend zu.

»Erinnerst du dich, als ich dir erzählte, wie er angeblich, ganz zufällig, einen Drachenschatz gefunden haben wollte?« Sie lachte spöttisch auf. »Als hätte ich nicht schon längst von seiner Verbindung zu diesem Drachen gewusst. Ich kannte ihre Route über die Berge und wusste von den gelegentlichen Besuchen in der versteckten Drachenhöhle.« Sie schnurrte nun fast. »Zu gern hätte ich Rodin verraten, dass es sein dummer Drache war, der mich und meine Ingenieurinnen dorthin führte. Ich habe das Biest getötet und mir seine Magie für dich genommen.«

Unschlüssig trat ich auf der Stelle hin und her. Der Wolf hatte die Ohren zurückgelegt und ich hatte auf einmal das Gefühl, dass er nicht mehr ganz so entspannt war. Verständlicherweise. Er musste

Fairans und mein Verhalten merkwürdig finden. Seit wir eingetreten waren, taten wir alles, um ja nicht aufzufallen. Arbeit sah anders aus.

Malena sprach unterdessen in ihren übertrieben fröhlichen Tonfall weiter. »Ich habe zwei Drachen getötet, Vater. Das solltest du bedenken, wenn du darüber entscheidest, wer auf dem Thron sitzen soll.«

»Ich werde es bedenken.«

Hatte da ein Hauch Sarkasmus mitgeklungen? Ich überlegte, ob ich mich noch ein Stück vorwagen konnte. Zu gern hätte ich meinem Vater ins Gesicht gesehen. Instinktiv wusste ich jedoch, dass dies nicht der richtige Zeitpunkt dafür war.

Malena hatte inzwischen einen hauchdünnen Kupferfaden von der Spule abgewickelt. Nun zog sie aus einer Tasche, die sich zu ihren Füßen befand, mehrere dünne Stäbe hervor. »Meine Ingenieurinnen haben die Schuppen des letzten Drachen verwendet und sie diesmal hauchdünn gemacht. Du wirst den Einstich kaum spüren. Sieh her!« Malena streckte ihren Arm Richtung Bett, mit der Unterseite nach oben. »Ich habe es getestet. Es scheint, als seien schwarze Schuppen besser geeignet. Man spürt die Einstiche diesmal kaum.«

Endlich wusste ich mit Sicherheit, wer für den Mord an Myrkur und höchstwahrscheinlich auch an den anderen magischen Wesen die Verantwortung trug. Und mein Vater war der Nutznießer der gestohlenen Magie. Seit ich Malena zuhörte, wirbelte eine Unzahl der unterschiedlichsten Gefühle in mir durcheinander. Merkwürdigerweise überwog nicht die Traurigkeit, wie ich es eigentlich von mir erwartet hätte, sondern blanke kalte Wut.

»Können wir?« Meine Schwester hielt eine kupferfarbene Klemme in die Höhe, an denen sie inzwischen die Stäbe befestigt hatte.

»Mach. Und dann bring mir deine Schwester.«

Malena beugte sich zu ihm.

Man hörte den König schwer und angestrengt atmen und Malena beruhigend murmeln. Ich hatte unterdessen das Bild von Myrkurs wunderschönem Drachenkörper vor Augen, sah den Stab in seinem Nacken stecken, der, wie ich nun wusste, aus den Schuppen seines Drachenfreundes gefertigt worden war. Wenn so ein Stab nötig war, wie hatten sie dann den ersten Drachen getötet? Andererseits, was spielte das noch für eine Rolle? Ich war fest entschlossen, dass keine weiteren magischen Wesen mehr sterben würden. Auch nicht für das Leben meines Vaters.

Die Drachenstäbe mochten hauchdünn sein, ich glaubte jedoch nicht an einen schmerzlosen Vorgang. Als der König wieder sprach, war seiner Stimme der unterdrückte Schmerz auch deutlich anzuhören. »Was hast du eigentlich gegen Lord Vertanen?«

Malena schnaubte. »Ich habe gehört, dass er sich mit einer Dienstmagd seiner Schwester eingelassen hat.«

»Das haben schon bessere Männer als er getan. Wie, denkst du, kann sich ein Mann sonst in dieser Eiswüste dort oben im Norden vergnügen? Du hättest ihn am Hof behalten sollen.«

»Nun. Das ist jetzt zu spät.«

»Ich habe seinen Vater sehr geschätzt.«

Das wunderte mich. Soweit ich wusste, hatte der alte Lord Vertanen meiner Mutter geholfen, als sie bei ihrem Versuch, Wynterhaav zu verlassen, von Adlon angegriffen worden war. Rodins und Ellinors Vater war dabei ums Leben gekommen, was der Hauptgrund dafür war, warum Ellinor mich so hasste. Auch Malena schien seine Worte befremdlich zu finden. »Wie das? Er hat deiner ersten Frau die Flucht ermöglicht. Ich dachte immer, dass du an ihr gehangen hast.«

»Das ist wahr. Ich hätte sie aber ziehen lassen, wäre nicht mein Kind in ihrem Bauch gewesen.«

»Und du weißt natürlich sicher, dass es dein Balg war, und nicht das des Leibw...«

Ein lautes Klatschen ertönte. Malena fuhr zurück. Sie hielt sich die Hand an die Wange.

In ähnlichem Plauderton wie zuvor seine Tochter setzte der König die Unterhaltung fort. »Botschaft angekommen?«

Malena atmete tief durch und entschied sie sich offenbar dafür, die Ohrfeige zu ignorieren. »Entschuldige.«

»Gut, dann etwas anderes. Ich habe gehört, dass sich dieser Verbrecher aus Anguristan immer noch im Land aufhält.«

»Ich bin darüber auch nicht glücklich.«

Das war ja interessant. Ich sah zu Fairan, die meinen Blick mit hochgezogenen Augenbrauen erwiderte.

Malena fuhr fort: »Es ging mir von Anfang an nur um seine Schwester. Du weißt, wie Frauen in Anguristan gestellt sind. Ohne ihn hätte ich sie nicht herholen können. Bald werde ich sie dir vorstellen. Du wirst sie mögen.«

»Und weshalb denkst du das?«

»Sie ist klug und ehrgeizig. Ihre und meine Pläne passen gut zusammen. Wir … sind Freundinnen geworden.«

Der König lachte heiser auf. »Sie will ihren Trottel von Bruder loswerden, und um das zu erreichen, spannt sie dich ein. Bild dir ja nichts anderes ein.«

Autsch. Malena hatte ihm gerade von ihrer Freundschaft zu dieser Frau erzählt und unser Vater stellte es so dar, als sei dies völlig unmöglich.

Malenas Ton war die Kränkung jedoch nicht anzuhören. »Mir ist es lieber, wenn auf Anguristans Thron ebenfalls eine Frau sitzt. Irma und ich sind Verbündete.«

»Du wirst abwarten müssen, was deine Schwester dazu sagen wird.«

Dazu schwieg meine Halbschwester.

Der König fuhr fort. »Ich hatte einmal das zweifelhafte Vergnügen, einen Abend in seiner Gesellschaft zu verbringen. Er ist stattlich, doch nicht besonders klug.«

»Wie auch immer. Kjell ist unwichtig. In einer knappen Stunde treffen sie sich. Morgen früh, wenn die angekündigte Abordnung aus Anguristan im Palast eintreffen wird, ist sie bereits die neue Herrscherin und Kjell bekommt ein schönes Begräbnis.«

Ich biss mir auf die Lippen. Also hatte Kjell wie ich ebenfalls eine Schwester an der Backe, die ihm nach dem Leben trachtete. Nachdem ich nun wusste, dass er in Gefahr schwebte, konnte ich unmöglich einfach nichts tun. Wieder sah ich zu Fairan. Sie stand vollkommen still in der hinteren Ecke am abgeräumten Tisch. Mit Gesten bat ich sie darum, Kjell eine Nachricht zu schreiben, um ihn zu warnen. Erst schüttelte sie den Kopf. Als ich aber Anstalten machte, in die Kammer zu gehen, um die Aufgabe selbst zu erledigen, huschte sie an mir vorbei, allerdings nicht ohne mir einen zornigen Blick zuzuwerfen. Erleichtert wandte ich mich wieder dem Gespräch zwischen Malena und meinem Vater zu.

Vermutlich wegen der Magie, die durch die Drachenstäbe in seinen Körper gelangte, war die Stimme des Königs ein bisschen kräftiger geworden. »Mein Kind, ich weiß, dass es für dich nicht immer leicht war, die Prinzessin zu sein. Auch ich konnte nie wissen, wer nur so tat, als ob er mein Freund sei. Geh davon aus, dass diese Irma dir ihre Freundschaft nur vorspielt.«

»Ach so. Ich vergaß, dass ich ja kein bisschen liebenswürdig bin. Sicher würde Irma mich nicht um meinetwillen schätzen.«

»So habe ich das nicht gemeint.«

»Doch. Genau so hast du es gemeint.«

Einige Zeit herrschte gereiztes Schweigen. Gegen meinen Willen tat mir Malena wieder leid. Im Stillen bedankte ich mich bei dem Mann, der mich in der Anderswelt wie ein Vater aufgezogen hatte, der sein Kind über alles liebte.

Mit gesenktem Kopf verharrte Malena vor dem Bett des Königs. Er schien nicht zu bemerken, wie sehr seine Worte sie getroffen hatten, oder es kümmerte ihn nicht. »Und noch etwas musst du bedenken, mein Kind. Es könnte sein, dass sämtliche Magiequellen für immer versiegen.«

»Die Niederen sind es, die stehlen, das weißt du.«

»Das ist die Propaganda der Traditionalisten, Malena. Sei nicht dumm. Wir spielen mit, weil auch wir davon profitieren. Doch die Wahrheit ist, dass sich niemand von den Quellen bedienen könnte, wenn diese das nicht gestatten würden. Du hingegen greifst brutal in ein System ein, das größer und älter ist als die Runenmagie selbst.«

Mit hörbarem Spott in der Stimme sagte Malena: »Überlassen wir dieses Problem doch einfach der nächsten Königin. Hier und jetzt werden wir es nicht lösen können.« Ein Rascheln war zu hören. »Gleich wirst du dich kräftiger fühlen, und dann kannst du dich aufsetzen. Lass mich dir das Kissen aufschütteln …« Plötzlich unterbrach sie sich. »Was ist denn das da?« Sie lachte auf. »Ein Kinderbuch? Muss ich mir Sorgen um deinen Verstand machen?«

»Es ist eine Erinnerung, mehr nicht. Als du klein warst, habe ich dir daraus vorgelesen. Erinnerst du dich?«

»Ja. Das war schön.« Nachdenklich fügte sie hinzu: »Mutter hat diese Geschichten verabscheut. Warum eigentlich? Sie hat es mir nie verraten.«

Der König antwortete nicht.

»Alice im … Wunderland. Merkwürdig, dieser Titel.« Die Matratze knarzte leise, als Malena sich auf die Bettkante setzte. Blätterrascheln war zu hören. Nach einer Weile sagte sie wie zu sich selbst: »Kjell hat mir ein Geschenk gemacht. Ein Puppenhaus mit einer lebendigen Puppe, die Alice heißt, stell dir vor. Und ist es nicht lustig, das Café trägt den Namen Wonderland.«

»Das ist in der Tat merkwürdig.«

Es wäre schön gewesen, hätte mein Vater noch hinzugefügt, dass es außerdem ein sehr fragwürdiges, sogar verwerfliches Geschenk sei. Doch zum moralischen Aspekt äußerte er sich nicht. Er fragte allerdings auch nicht nach, was genau es damit auf sich hatte. Mir kam der Gedanke, dass er darüber womöglich längst Bescheid wusste. Doch falls das stimmte, von wem könnte er davon erfahren haben? Nachdenklich sah ich zum Wolf.

Dieser erwiderte meinen Blick für einen Moment, dann ließ er die Lider fallen. So entspannt, wie er tat, war er allerdings längst nicht. Von Zeit zu Zeit zuckte sein Schwanz und fuhr mit einem wischenden Geräusch über den Boden.

»Ich habe Kjell dieses fragwürdige Geschenk zurückgegeben. Nun frage ich mich allerdings, ob ich ihm unrecht getan habe …«

»Inwiefern?«

Malenas Stimme klang auf einmal gepresst. »Sag mir zuerst, weswegen du dieses Kinderbuch so sehr liebst, dass du es unter deinem Kopfkissen versteckst?«

»Ich sagte dir doch, es hängen Erinnerungen daran.«

»Du hast mir daraus vorgelesen, jedoch nicht so oft wie aus einigen anderen Büchern. Und ich mochte es zwar, es war aber keines meiner Lieblingsbücher. Es hat mit ihr zu tun!«

»Ich liebe nun mal meine beiden Kinder, Malena. Das darfst du mir nicht vorwerfen.«

»Wie kannst du jemanden lieben, den du gar nicht kennst?« Sie gab ein zorniges Knurren von sich. »Sag die Wahrheit. Hat meine Mutter dieses Buch verabscheut, weil es der anderen gehörte?«

Seine Stimme wurde nun ungehalten. »Es war das liebste Buch meiner ersten Frau, ja.«

»Und weil du sie mehr geliebt hast als meine Mutter, liebst du auch ihre Tochter mehr als mich, obwohl du sie nie gesehen hast.«

»Dass ich deine Mutter zur Königin machte, Malena, war eine politische Entscheidung. Sie wusste das. Von meiner Seite aus waren nie Gefühle im Spiel. Das gilt jedoch nicht für dich, Tochter. Wie ich vorhin bereits sagte, liebe ich euch beide.«

Doch Malena war anscheinend mit ihren Gedanken längst weiter.

Ich hielt den Atem an, dabei wusste ich schon seit dem Moment, als Malena den Titel des Kinderbuchs vorgelesen hatte, dass bei ihr der Groschen gefallen war.

Malena sprang auf und stürmte zur Zimmertür. »Du bist erst einmal versorgt, Vater. Wenn du mich brauchst, soll dein Wächterwolf mich holen kommen.«

Die Tür schlug krachend hinter ihr ins Schloss.

Rascheln von Bettzeug war zu hören, dann Stöhnen und Keuchen. Wollte der König ihr hinterher? Wieso schickte er nicht seinen Wolf, wenn er Malena aufhalten wollte? Und ich? Was sollte ich tun? Gerade eben erst hatte ich Fairan zu Kjell geschickt. Wenn Malena nun in seinen Räumen auf sie traf, während ich verschwunden war? Ich musste zu ihr und den Zorn meiner Halbschwester auf mich lenken. Achtlos stellte ich das Tablett auf dem Boden ab. Statt jedoch ebenfalls zu Kjell zu rennen, umrundete ich das Himmelbett.

An dem alten Mann im Bett war auf den ersten Blick nichts Königliches. Er war hager, ja, geradezu ausgemergelt. Nur noch wenige schmutzig graue Haare bedeckten den Schädel. Seine Augäpfel besaßen eine ungesunde gelbe Farbe, in denen die wässrigen graublauen Iriden schwammen. Seine Pupillen waren winzig wie Stecknadelköpfe. Er trug kein Hemd, und so konnte ich sehen, dass sein Brustkorb eingefallen war. Über seine Beine war ein Laken ausgebreitet. Es war mit Blutstropfen gesprenkelt. Dort, wo sich das Herz befand, steckten drei Drachenstäbe in seinem Körper. Um die Einstichstellen herum war das Fleisch aufgedunsen und entzündlich gerötet. Bedachte man seine magisch verstärkte Selbstheilung, war das kein gutes Zeichen.

»Alice.« Er lächelte mich an und wirkte kein bisschen überrascht, mich zu sehen.

»Vater?«

Er streckte mir die knochige, mit Altersflecken übersäte Hand entgegen. Ich konnte mich noch nicht überwinden, sie zu ergreifen. Wenn ich es tat, würden wir endgültig erfahren, ob meine Mutter mich auf diesen Tag vorbereitet und ihren Teil der Magie in mir geöffnet hatte oder – ob alles umsonst gewesen war.

Kraftlos sank sein Arm herab. Tränen quollen aus seinen Augen. Er starrte mich mit einem so intensiven Blick an, dass ich fast wieder ein paar Schritte zurückgewichen wäre. »Du bist deiner Mutter wie aus dem Gesicht geschnitten.« Er wackelte auffordernd mit den Fingern. »Na, komm schon her!«

Ich setzte mich aufs Bett. Ans Fußende. »Warum hat sie dich verlassen?« Ups. Ich hatte nicht im Mindesten geplant, gleich mit so einer Frage herauszuplatzen. Doch nun war es zu spät.

Er kicherte. »Auch sie war immer so direkt. Viele haben das an ihr verabscheut. Ich nicht. O nein. Ich nicht. Man musste nie rätseln, was sie wirklich dachte.«

Der Wolf war unterdessen näher gekommen. Er schnüffelte interessiert an dem Glasbehälter. Der König sah es, reagierte jedoch nicht.

Meine Stimme war kratzig vor Anspannung. »Beantwortest du mir die Frage noch? Mir läge viel daran, deine Sicht darauf zu erfahren.«

Ein harter Ausdruck erschien um seinen Mund. Er atmete angestrengt. »Deine Mutter war mit vielem, was ich tat, nicht einverstanden. Ich war und bin mir bewusst, dass ich kein sonderlich moralischer Mensch bin, doch ich war bereit, an mir zu arbeiten. Zu Beginn unserer Ehe liebte deine Mutter mich noch genug, um Geduld mit mir zu haben. Dann erlaubte ich ihr dummerweise, sich ihren Leibwächter selbst auszusuchen.« Sein Blick ging in die Ferne. »Er war wie ihr Schatten. Ein stummer Schatten, das dachte ich zumindest. Heimlich müssen sie jedoch viele Gespräche geführt haben. Tiefe Gespräche, die sie einander näherbrachten. Auf einmal fing sie an, Ideen zu entwickeln und immer mehr Forderungen an mich zu stellen. Ich sollte ein besserer Herrscher werden. Besser und gerechter, fortschrittlicher.« Er lachte trocken auf. »Hätte sie mal nur ihre eigene Moral im Auge behalten.« Er richtete sich ein wenig auf. »Sie hat dich mir weggenommen.«

Ich schluckte trocken. Mein Herz war in Aufruhr. »Auch aus meiner Perspektive war es nicht richtig von ihr gewesen, mir meinen wirklichen Vater vorzuenthalten.«

Sein Gesicht leuchtete auf. Er schien zu erkennen, was in mir vorging, und das erfüllte ihn mit Freude. Eine Weile sahen wir einander schweigend an. Ich hatte das Gefühl, dass er, ebenso wie ich, im Gesicht des anderen nach Antworten suchte.

»Alice, ich weiß, es nicht die wichtigste Frage, und bitte verzeih, dass ich sie dennoch an den Anfang stelle, aber hat deine Mutter ihren Teil der Magie in dir geweckt?«

»Ich weiß es nicht. Meine Erinnerung an diesen Moment, wenn es ihn überhaupt gab, wurde verfälscht.«

Er sah stirnrunzelnd zum Wolf, als würde er ihn fragen. »Wer war es?«

»Kjell.« Schüchtern fügte ich hinzu: »Du solltest wissen, dass ich schon eine ganze Weile hier im Zimmer bin. Ich habe eurem Gespräch zugehört.«

»Das ist ganz in meinem Sinne, Alice. Keine Sorge. Es ist ohnehin an der Zeit, dass ich dir von meinen Plänen erzä…«

Die Tür flog auf. Malena stürzte herein. Drei riesige graue Wölfe folgten in ihrem Schatten. Einer von ihnen war Adlon. Ihn würde ich immer erkennen.

Der Wolf des Königs baute sich in Sekundenschnelle schützend vor dem Bett auf.

»Du!« Mit vor Hass verzerrtem Gesicht stürzte meine Halbschwester auf mich zu. Ihre Wölfe duckten sich zum Sprung.

Ein Rumpeln war zu hören, tief und grollend, von tief unten aus dem Fundament des Palastes. Ich fragte mich, auf wen die Magiequelle reagiert hatte, auf den König oder die Prinzessin?

Der König saß nun kerzengerade. Er wirkte hellwach und strahlte Autorität aus. Sein Arm schoss vor. Der ausgestreckte Zeigefinger zeigte auf Malenas graue Begleiter. »Ihr da. Zurück!« Die Wölfe zögerten einen winzigen Augenblick, ehe sie seinen Befehl befolgten. »Malena! Was hat dieser Auftritt zu bedeuten?«

»Das sollte ich dich fragen.« Anklagend fuhr sie ihn an: »Du hast hinter meinem Rücken Pläne geschmiedet. Mit ihr!« Sie warf mir einen zornblitzenden Blick zu.

Er schüttelte tadelnd den Kopf. »Und hattest du keine eigenen Pläne?«

Wir alle hatten unsere eigenen Pläne geschmiedet. Fast hätte ich das laut ausgesprochen. Gerade noch rechtzeitig besann ich mich darauf, lieber den Mund zu halten. Hier im Raum war ich die einzige Person ohne Magie und damit wieder einmal der schwächste Part. Instinktiv legte ich dem Wolf, der schützend zwischen mir und

Malena stand, eine Hand auf die Flanke. Er gab ein tiefes Grollen von sich, und ich begriff, dass ich gemeint war. Schnell zog ich meine Hand zurück.

Vater und Tochter fochten unterdessen ein Blickduell aus.

»Alice ist meine Erstgeborene, und die Magiequelle weiß das. Da kannst du dich winden, so viel du willst, Malena, es wird sich nicht ändern.« In diesem neuen autoritären Ton sprach der König weiter: »Adlon. Du und deine Männer, ihr verlasst mein Gemach. Bring mir den Notar.«

Der große graue Wolf trottete ein paar Schritte auf die offene Eingangstür zu, blieb dann jedoch stehen und sah zu Malena. Zu meinem Erstaunen wedelte sie mit der Hand. »Geh nur. Es ist nichts verloren. Ich bin überzeugt, dass die königliche Quelle sie nicht anerkennen wird. Täte sie das, wäre es längst geschehen und wir alle hätten es gespürt.«

Damit sprach sie aus, was auch mir Sorgen bereitete. Ich war jetzt schon eine Weile im Palast. Hätte ich nicht wenigstens einen Hauch von Erkennen seitens der königlichen Quelle spüren müssen? Adlon verließ sichtlich widerstrebend den Raum. Seine beiden Begleiter folgten.

Ich frage: »Was ist mit Kjell? Lebt er noch?«

»Der Feigling ist aus dem Palast geflohen. Diese Niedere, die mit uns in der Küche war, hat ihm geholfen. Sie ist mit ihm verschwunden.«

Konnte ich ihr glauben? Ich hoffte es. Ruhig sagte ich: »Ihr Name ist Fairan und sie ist eine Freie.«

Malena sah mich an, als sei ich irre. »Von dir kommt also dieser Begriff? Ich habe die Schneiderin von den *Freien* sprechen hören und nicht verstanden, was das soll.« Malena lachte hämisch. »Du fängst bereits an, die natürliche Ordnung unserer Welt zu verändern. Wie dreist. Denkst du nicht auch, Vater?«

»Ich denke, dass frischer Wind schon lange in Wynterhaav gefehlt hat.«

Malena hob blitzschnell den Arm. Ihre mit Runen gezeichnete Handfläche zeigte in meine Richtung. Der Königswolf sprang auf die Prinzessin zu. Gleich darauf krachte sein Körper schwer zu Boden. Ich roch verbranntes Fell, sah Malenas zorniges Gesicht, die weiß glühende Rune auf ihrer Handfläche.

Ich schrie auf und wollte zum Wolf stürzen.

Schneller, als ich es ihm in seinem Zustand zugetraut hätte, packte mich König Walther jedoch am Arm. Fast hätte ich ihn hinter mir her aus dem Bett gerissen. Heftig atmend blieb ich stehen, darauf gefasst, dass Malena nun mich mit ihrer Rune abschießen würde. Doch das geschah nicht. Vielleicht, weil ich unserem Vater zu nahe stand. Ich sah zum König, der nun ganz grau im Gesicht war. Der Energieschub, der ihn in den vergangenen Minuten erfüllt hatte, war vorbei. Dort, wo die Drachenstäbe immer noch in seiner Brust steckten, sah die Haut wie abgestorben aus. Vor Anstrengung zitterte er am ganzen Körper. Ich rückte näher, um ihn seitlich zu stützen. Sein Körper strömte Hitze aus. Hatte er Fieber? »Malena, würdest du unserem Vater etwas zu trinken bringen?«

Besorgt sah ich zum Königswolf. Gerade kam er auf die Füße, schüttelte sich einmal und schob sich dann im Rückwärtsgang wieder zum Bett, wo er unmittelbar vor mir Stellung bezog.

Leise sagte ich: »Hey. Du sollst den König schützen, nicht mich!«

Er wandte den Kopf und sah mich kurz über die Schulter hinweg an, ehe er sich wieder auf die Geschehnisse im Raum konzentrierte. Ohne dass er ein Wort sagen musste, brachte er es fertig, dass ich mich dumm fühlte.

Malena kam mit einem vollen Glas zurück. Sie machte einen weiten Bogen um mich und den Königswolf, verschob das Gestell mit dem Glasbehälter, damit sie sich bücken und dem König beim Trinken helfen konnte. Nach nur wenigen Schlucken war er fertig und Malena stellte das Glas auf dem Nachttisch ab. Er tätschelte mit der Hand den freien Platz neben sich.

Widerstrebend nahm Malena ebenfalls auf dem Bett Platz. »Seit wann ist dieser Wolf in deinem Dienst? Ich kenne ihn gar nicht.« An den Wolf gewandt sagte sie im Befehlston: »Wandle dich!«

Der Wolf hatte sich so gedreht, dass er sie weiter beobachten konnte. Er ignorierte sie jedoch.

König Walther kicherte. »Ihr kann niemand befehlen, glaub mir das. Nicht einmal ich wage es.«

Ihr? Ich war bisher davon ausgegangen, dass die Grauen allesamt Männer seien. In Wynterhaav saßen die Frauen bis auf wenige Ausnahmen in der zweiten Reihe, und es gefiel mir, dass eine Frau die Aufgabe bekommen hatte, den König zu beschützen.

»Wer ist dieser Wolf, Vater?« Malenas Stimme troff vor Misstrauen.

König Walther behielt jedoch sein Schweigen bei. Er sah von ihr zu mir und lächelte glücklich.

Malena gab fürs Erste auf. Schweigend saßen wir da und warteten, bis Adlon den Notar brachte. Ich hoffte, dass es bald geschehen würde, denn sekündlich nahm meine Angst um Rodin zu.

Die Hand des Königs lag in meiner. Sie war heiß und die Haut fühlte sich trocken an. Jetzt wäre der Zeitpunkt perfekt, seinen Teil der Magie in mir zu öffnen. Doch würde ich es überhaupt bemerken? Ich horchte angespannt in mich hinein, stellte jedoch keine Veränderung fest. Vielleicht war die Aufregung eben zu viel für ihn gewesen und er hatte keine Kraft mehr übrig? Und was war, wenn wir uns am Ende doch alle geirrt hatten? Besorgnis stieg in mir auf und ließ meinen Puls rasen. Würde unser Vater mich immer noch vor Malena schützen, wenn die Magie mich nicht erkannte, oder würde er in seiner Enttäuschung den Königswolf auf mich hetzen?

Adlons Ankunft rettete mich aus meinen düsteren Gedanken. Er war in seiner menschlichen Gestalt. Ihn begleitete ein hochgewachsener, dunkel gekleideter Mann, der eine schwarze Koffertasche mit großen silbernen Schnallen bei sich trug. Der Notar verbeugte sich tief, erst vor dem König, dann vor Malena und am Ende, zu meinem Erstaunen, sogar vor mir. »Ihr wünscht mich zu sehen, mein König?«

»Ich möchte die königliche Magiequelle an meine Töchter übertragen. Meine Erstgeborene wird im Testament als meine Nachfolgerin aufgenommen.«

Der Notar sah nicht erstaunt aus, oder er verbarg es gut. »Damit würdet Ihr vorzeitig die Königswürde abgeben.«

Der König antwortete gereizt. »Das ist mir wohl bewusst.«

»Entschuldigt, ich musste Euch laut Protokoll darauf hinweisen.« Für einen flüchtigen Moment hing sein Blick an den drei Stäben, die nach wie vor in der Brust des Königs steckten. Er schluckte schwer, fand jedoch schnell zu seiner professionellen Art zurück. »Wer wird Eure Nachfolge antreten?«

»Prinzessin Alice.« Der König lächelte mich an.

»Verstehe.« Der Notar wandte sich an mich. »Seid Ihr mit der Prozedur vertraut, die nun folgen wird, Prinzessin Alice?«

Malena suchte meinen Blick. Um ihre Lippen spielte ein triumphierendes Lächeln.

In Ellinors Tagebuchaufzeichnungen hatte ich über den Vorgang der Magieübertragung gelesen. Dabei ging es darum, dass die Beteiligten die Magie zu sich riefen. Theoretisch wusste ich also, was zu tun war. Praktisch spürte ich leider immer noch keine Veränderung in mir. Dennoch erwiderte ich den Blick meiner Halbschwester mit so viel Zuversicht, wie ich vermochte. »Ich weiß, was zu tun ist.«

Malenas Gesicht verdüsterte sich.

Mit flinken Bewegungen öffnete der Notar seinen Koffer. Er bat Adlon darum, ihm einen Tisch zu holen. Nachdem der Graue den Esstisch herbeigeschafft und vor dem Notar abgestellt hatte, entnahm dieser seiner Tasche nacheinander einen Bogen Pergament, eine Schreibfeder, ein Tintenfass mit dunkelgrüner Tinte, einen Löschstempel und ein Siegel. Er ordnete alles auf der Tischplatte, dann schrieb er einige Zeilen auf das Pergament. Als er fertig war, richtete er sich auf. Seine Stimme erfüllte laut und feierlich den Raum. »König Walther, ich frage Euch, seid Ihr bereit, Eure Macht über die königliche Magiequelle abzugeben?«

»Das bin ich.«

Der Notar trat ans Bett. Er musste sich an dem Tisch, dem Wolf und dem Gestell mit dem Glasbehälter vorbeiquetschen und dabei auf die Kupferkabel achtgeben. Adlon schob ihn brüsk beiseite. Neben dem Tisch hatte er vorausschauend ein Tablett als Unterlage mitgebracht, das er Malena reichte. Vorsichtig legte sie es dem König auf die Knie. Tinte und Feder folgten.

Ich beobachtete meinen Vater, wie er über das Schriftstück gebeugt dasaß. Viel gab es darauf nicht zu lesen. Worauf wartete er? Überlegte er es sich gerade anders? Oder war er trotz der Magie, die ihm verabreicht wurde, zu schwach zum Unterschreiben? Die Entzündungen rund um die Einstichstellen sahen nach wie vor schrecklich aus. Seine Lippen waren rissig. Das Fieber hatte ihm jedoch rote Wangen geschenkt. Es war überdeutlich, wie sehr ihn alles anstrengte. Ich fragte mich, wie lange Malena ihn schon auf diese unwürdige Weise am Leben hielt. Als ich aufsah, fing sie meinen Blick. Purer Hass schlug mir entgegen. Ich lächelte sie schwach an und wandte dann den Blick ab. Trauer überkam mich. Meine Mutter war vor langer Zeit gestorben, und mit ihr der Mann, den ich für meinen Vater gehalten hatte. Mein wirklicher Vater würde ihnen bald folgen und meine Halbschwester sähe mich lieber tot, als mich kennenzulernen. Der Mann, der in der Anderswelt um meine Hand angehalten und voller Leidenschaft gesagt hatte, dass er für mich töten würde, war auf der Flucht. Rodin und Myrkur … daran mochte ich gar nicht denken. Und was bekam ich für das alles? Einen Thron, den ich eigentlich gar nicht wollte.

Der König unterdessen ließ sich weiter Zeit. Die tropfende Feder in der Hand, betrachtete er sinnend den Glasbehälter, in dem sich die Magie befunden hatte. Dieser war inzwischen annähernd leer. Der Notar räusperte sich. Malena wippte nervös mit dem Fuß. In meiner Kehle kitzelte es und ich hüstelte, um das Gefühl loszuwerden. Endlich war das Kratzen der Feder auf dem Pergament zu hören.

Der Notar nahm das Schriftstück entgegen und drückte sein Siegel darauf. Dann sagte er feierlich: »Prinzessin Alice, unter Vorbehalt seid Ihr von nun an die Thronerbin von Wynterhaav. Dieser Status wird offiziell, sobald Ihr die Magie der Königlichen Quelle erfolgreich zu Euch gerufen habt.«

Malena durchbohrte mich mit Blicken. Ich hörte sie flüstern: »Genieß deine fünf Minuten, Schwesterherz.«

Der Notar holte ein an eine Stimmgabel erinnerndes Gerät aus den Tiefen seiner Tasche. Auch daran erinnerte ich mich aus Ellinors Tagebuchaufzeichnungen. Er räusperte sich und sagte dann mit gewichtiger Stimme: »Ich bitte die Prinzessinnen, sich bereit zu machen.«

Malena und ich erhoben uns gleichzeitig vom Bett. Meine Halbschwester trat einen Schritt vor. Ich wollte ihr folgen, doch der König hielt meine Hand fest. Also blieb ich stehen, wo ich war.

Der Notar sagte: »Auf mein Kommando rufen Eure Hoheiten die königliche Magie zu sich.«

Ich erinnerte mich an jedes Wort, das ich über den Vorgang der Magieübertragung in Ellinors Tagebuch gelesen hatte. War man schnell und gierig genug, konnte man die komplette Magiequelle an sich reißen. So hatte Ellinor das damals gehandhabt. Wobei, es hatte einen Unterschied gegeben, da Rodin sich mit Absicht zurückgehalten und ihr freiwillig alles überlassen hatte. Unter anderen Umständen hätte ich liebend gern mit Malena geteilt. Ein Blick zu dem Glasbehälter genügte allerdings, um mich daran zu erinnern, was meine Aufgabe war. Ich dachte an den Konditormeister, an Fairan und Santina und die Kinder aus dem Wald. Die Freien zählten auf mich. Malena schien unseren Vater wirklich von Herzen zu lieben. Ihre Taten machte das jedoch nicht weniger schrecklich. Würde sie die nächste Königin, würden weitere Drachen getötet werden. Sogar dann noch, wenn es König Walther gelingen sollte zu sterben, da war ich sicher.

Der Notar hielt seine Stimmgabel am ausgestreckten Arm in den Raum. »Fangt an.«

Panik überflutete mich. Es war, als habe man mir ein unsichtbares Seil gereicht, an dem ich aus voller Kraft ziehen sollte, um etwas zu mir zu holen, was ich weder sehen noch spüren konnte.

Wie damals bei Ellinor und Rodin, war es rasch vorbei.

Malena stieß einen Jubelschrei aus. »Alles meins!«

Ich sah zu ihr und wusste, dass ich auf ganzer Linie verloren hatte. Triumphgefühl blitzte in ihren Augen auf. Es währte jedoch nur einen Augenblick. Ein langer, tiefer Seufzer entwich der Brust des Königs. Er hielt noch meine Hand, sein Griff hatte sich aber gelockert. Langsam sank er zur Seite. Er atmete nicht mehr.

Malena flog förmlich zu ihm, das Gesicht vor Angst entstellt. Sie schrie vor Verzweiflung. Auch ich wollte mich nach ihm umsehen, doch ich war wie am Boden festgenagelt. Schweiß rann mir den Rücken hinab und vor meinen Augen tanzten rote Schleier. Mein Herz donnerte in seinem Rippenkäfig.

In meiner Brust war gerade eine Sonne explodiert.

Das Knäuel entwirren

Santina stand hinter mir und quälte sich mit der langen Reihe winziger Perlenknöpfe ab, die das Oberteil meines Festtagkleides am Rücken zierten. »So. Fertig.« Sie kam um mich herum, legte den Kopf zur Seite und ließ ihren Blick prüfend über meine Gestalt wandern. Mit einem zufriedenen Nicken setzte sie mir das Diadem, das ich heute zur Feier des Tages tragen sollte, in die mittlerweile kinnlangen Locken. Es handelte sich um ein zierliches, mit Saphiren in Blütenform versetztes Schmuckstück, das gerade eben noch so in der Lage war, mein Haar zu bändigen. Hier und da zupfte sie eine Locke hervor, trat immer wieder einen Schritt zurück und musterte ihr Werk mit kritischem Blick. Eine Weile ließ ich sie gewähren, doch dann hatte ich genug. »Niemand wird bemerken, ob eine meiner Locken ein wenig schief sitzt.«

Sie seufzte. »Es ist nur, weil ich so nervös bin.«

»Dann – sei es einfach nicht.«

»Haha.« Sie warf mir einen genervten Blick zu. »Willst du mir erzählen, dass das bei dir klappt? Du befiehlst es dir und schwupp«, sie schnippte mit den Fingern, »bist du nicht länger aufgeregt?«

»Ich halte mir vor Augen, was hinter mir liegt. Dann ist es sogar ganz leicht. Wer einmal in seinem Leben versteigert wurde, kann das locker sehen.« Leise setzte ich hinzu: »Und das Allerbeste ist, Kjell und Malena können uns keinen Ärger mehr machen. Ich muss nur daran denken, wo die beiden sich gerade befinden, dann verliert jeder andere Schrecken an Bedeutung.«

Santina wirkte nicht überzeugt. »Zumindest hoffen wir, dass sie uns keinen Ärger mehr machen.«

»Ich bin zuversichtlich.«

Von draußen war ein Knall zu hören, dann ein Sirren. Den ganzen Tag schon stiegen Festtagsraketen in die Luft. Ich ging zum Fenster. Es war weit geöffnet, doch die Hitze drang nicht zu uns herein, da die königlichen Gemächer über die magische Entsprechung zu einer Klimaanlage verfügten. Die Menschen, die unten auf dem Paradeplatz dicht gedrängt auf den Beginn der Zeremonie warteten, hatten diesen Luxus leider nicht. Schon seit Wochen lag eine drückende Hitze über der Stadt. Immer wieder wälzten sich Gewitterwolken über den Himmel. Ab und zu ging ein Schauer nieder, allein heute war das schon dreimal passiert. Das erhöhte die Luftfeuchtigkeit und brachte kein bisschen Kühlung. Dessen ungeachtet war die Feierlaune der Wartenden ungebremst. An den Rändern des Platzes waren Stände aufgebaut worden, es wurden kostenlose Erfrischungsgetränke gereicht, dazu Obstspieße und diese kleinen, mit scharf gewürztem Gemüse gefüllten Teigtaschen, die ich in den vergangenen Wochen zu lieben gelernt hatte. Auch das Gebäck, das ursprünglich für Malenas Krönung gedacht gewesen war, wurde unter den Feiernden verteilt. Mit Begeisterung beobachtete ich, wie sich überall auf dem Platz die Leute die Finger leckten, nachdem sie eines meiner goldverzierten Macarons genossen hatten. Aus dem Eichhörnchenvolk war niemand erschienen, ich würde auf eine andere Gelegenheit warten müssen, um mich bei Pleda und ihrem Volk für ihre Hilfe zu bedanken. In einer Ecke entdeckte ich dafür die entführten Rothaarigen. Sie standen eng beisammen und wirkten leicht verloren auf mich. Ein etwas genauerer Blick auf die Wartenden verriet mir, dass die Menge sich nach wie vor hauptsächlich aus Freien zusammensetzte. Vereinzelt hatten sich einige edle Damen unter sie gemischt. Ich hatte nicht darauf zu hoffen gewagt und freute mich umso mehr, als ich es nun entdeckte. Naturgemäß waren diejenigen, die Privilegien abgeben mussten, wenig erfreut, und seit dem Tod des Königs hatte es weitreichende Veränderungen gegeben.

Der Rat war entmachtet worden. Das war so rasch möglich gewesen, weil sämtliche Magiequellen des Landes versiegt waren. Ob es für immer währte, konnte bisher niemand sagen. Die einzige Magie, die es in Wynterhaav gab, war diejenige, die noch in den Menschen und

Freien selbst steckte. Sie wurde mit Bedacht genutzt. In Wynterhaav hatten die Bewohner sich seit jeher auf ihre Selbstheilung verlassen. Medizinische Versorgung war nahezu unbekannt. Nun, da die Magie versiegt war, hatte jeder auf einmal Angst vor Krankheit und Verletzungen und würde einen Teufel tun, seine kläglichen Reste in einer körperlichen Auseinandersetzung zu verschwenden.

Die einschneidendste Veränderung betraf die Regierungsform. Nachdem der Rat zerschlagen war, sollte Wynterhaav vom heutigen Tag an für eine Zeitspanne von zehn Jahren zu einer absoluten Monarchie werden, ehe im Anschluss daran die ersten freien Wahlen stattfinden würden. Ich würde jedoch nicht diese Monarchin sein, die das Amt antrat. Zum Glück.

Es gab nur eine einzige Person, der ich zutraute, die Rolle als alleiniges Staatsoberhaupt auszufüllen und – das vor allem – diese Machtposition nach Ablauf der Zehnjahresfrist freiwillig wieder aufzugeben. Diese Person befand sich in einem anderen Zimmer der königlichen Gemächer und wurde ebenfalls eingekleidet. Meine einzige Aufgabe heute war es, dem Thron zu entsagen. Halleluja!

»Wer von deinen beiden Männern wird dich bei der Zeremonie begleiten?« Santina reichte mir dünne Lederpantoffeln, die ich, ohne mit der Wimper zu zucken, entgegennahm. Ich würde auch in Zukunft Schuhe brauchen, vor allem, wenn wir uns in Rodins eisiger Heimat aufhalten würden. Der Kompromiss, den ich für mich gemacht hatte, sah so aus: Ich war und blieb aus Überzeugung Vegetarierin, doch würde es immer Menschen geben, die Tierfleisch aßen. Brauchte ich Leder für ein neues Paar Schuhe, würde es aus der Haut eines für diesen Zweck gestorbenen Tieres gefertigt werden. Sollte sich in Zukunft doch noch eine Gelegenheit ergeben, in die Anderswelt reisen zu können, würde ich mir entsprechend vegane Winterkleidung besorgen.

Santina berührte mich am Arm. »Wo bist du mit deinen Gedanken?«

»In der Zukunft.« Ich lächelte sie an. »Und ich gebe zu, so langsam kribbelt es dann doch in meinem Bauch.«

Sie schnaubte. »Ich habe dir das sowieso nicht abgenommen, dass du so *cool* bist, wie du tust.« Cool war ihr neuestes Lieblingswort geworden, das sie von mir übernommen hatte, und unter den Palastbewohnern machte es zu meiner Belustigung ebenfalls bereits die Runde.

Ich blickte ein letztes Mal in den Spiegel. Zu Ehren Myrkurs verstorbenen Drachen trug ich ein besonderes Kleid. Auf den ersten Blick war es einfach nur tiefschwarz. Wenn mir der weite Rock beim Gehen jedoch um die Beine schwang, sah man den Schimmer von unzähligen Sternen, die mit hauchdünnem Silberfaden in den edlen Stoff hineingewebt worden waren. Bei einer der Anproben war Ellinor zufällig ins Zimmer gekommen. Schwarz war ja seit jeher ihre Farbe, und ich hatte mich auf einen missbilligenden Blick gefasst gemacht. Tatsächlich hatte sie an sich herabgesehen und war dann in Lachen ausgebrochen. Sie, die ich einmal wegen ihrer bevorzugten Kleiderfarbe schwarze Hexe genannt hatte, trug nun ein Kleid aus eisblauem Satin.

Ellinor. Ich mochte sie immer noch nicht, und das galt auch umgekehrt. Wir arbeiteten jedoch schon seit Monaten zusammen, um den Freien für die Zukunft möglichst viele Rechte zu verschaffen und gleichzeitig die Edlen mit ins Boot zu holen, damit am Ende jede Partei dazugewann. Meine Schwägerin war mit ihrer unaufgeregten rationalen Art das nötige Gegengewicht zu meinem ewigen Bedürfnis, immer und überall Liebe zu verbreiten. Manchmal war ein Quäntchen Härte unabdingbar. So ungern ich es zugab, und Ellinor vermutlich sogar noch weniger als ich, würde niemand abstreiten, dass wir uns perfekt ergänzten.

Es klopfte an der Tür. Santina und ich warfen uns einen Blick zu. Ich verzog das Gesicht. »Auf dieses Gespräch habe ich wirklich keine Lust.«

»Dann überlass es der zukünftigen Königin.«

Ich seufzte. »Nein. Das möchte ich noch erledigen. Sie soll hereinkommen.«

»Sie kann dir immer noch gefährlich werden.«

Ich lächelte meine besorgte Freundin an. »Malena ist skrupellos, egoistisch und hochnäsig, aber nicht dumm. Bei unserem Gespräch geht es um ihre Zukunft, glaub mir, das hat Myrkur ihr sehr deutlich klargemacht.«

Malena trat ein und wartete, bis Santina den Raum verlassen hatte. Mit kühler Miene sah sie sich um. »Du hast hier nichts verändert.«

»Nein.« Ich musterte sie. Unter ihren Augen lagen tiefe Schatten und ihr Haar war nur nachlässig hochgesteckt. Sie trug ein langes, schlichtes weißes Kleid. Weiß war die Farbe der Trauer in Wynterhaav. »Wie geht es dir?«

»Wie soll es einem schon gehen, wenn man der Mörderin seines Vaters gegenübersteht?«

Ich schluckte meinen Zorn hinunter. Wir würden dieses Gespräch führen, ohne dass wir einander an die Kehle gingen, das hatte ich mir vorgenommen. »Dein Vater wäre schon lange tot gewesen, wenn du ihn nicht künstlich am Leben erhalten hättest. Bitte mach dir das bewusst.«

»Und dieses Vorgehen missbilligst du? Obwohl du davon profitiert hast?« Sie lachte spöttisch auf. »In der Anderswelt machen sie es nicht anders mit ihren Schläuchen und Herzmaschinen. Adlon hat mir davon erzählt.«

»Bitte setz dich doch.« Ich deutete auf die Sesselgruppe vor dem großen Panoramafenster. Von hier aus sah man das Meer, den wolkenlosen Himmel, über den Möwen segelten. Auf einem kleinen Serviertisch stand ein Krug mit gekühlter Limonade bereit, die ich für dieses Gespräch hatte bringen lassen.

Draußen gingen wieder Raketen hoch. Die Menge jubelte.

Malena verzog das Gesicht. »Ich würde lieber auf die Terrasse gehen, wenn es dir recht ist.«

»Es ist viel zu heiß.«

»Ich saß nun eine Ewigkeit eingesperrt im Keller. Du wirst mir doch ein wenig frische Luft gönnen?«

Zögernd nickte ich. Was sollte schon passieren? Unmittelbar nach dem Tod des Königs hatte Rodin Malena gezwungen, ihre Magie abzugeben. Dazu hatte sie wieder und wieder eine ihrer harmloseren Runen benutzen müssen, bis alle gespeicherte Magie verbraucht und sie nur noch ein ganz normaler Mensch gewesen war. Malena würde sich nie wieder wandeln können. Eine Flucht war damit ausgeschlossen. »Gut, gehen wir hinaus. Ich möchte allerdings nicht, dass man uns sieht. Bleib bitte im hinteren Teil der Terrasse.«

Malena hob die Augenbrauen. »Wovor hast du Angst?«

»Der Platz ist voll mit Freien, liebe Malena. Nachdem nun alle erfahren haben, wer für die Morde an ihren Familienangehörigen und Freunden verantwortlich war, glaubst du wirklich, dass ich diejenige bin, die Angst haben muss?«

Sie nickte und hob dann mit geschlossen Augen ihr Gesicht in die Sonne. »Wie fühlt es sich an, randvoll mit Magie zu sein und zu wissen, dass du sie nie wirst nutzen können?«

Ich ging nicht auf die Frage ein. »Ich habe dir letzte Woche eine Frage gestellt. Wie hast du dich entschieden?«

»Lebenslang Kerker oder Exil. Was für eine grandiose Wahlmöglichkeit.« Sie schnaubte. »Was denkst du?«

»Du wirst gehen.«

»So sieht es aus.« Sie seufzte. »Was sagt Irma dazu, dass sie mich in ihr Barbarenland mitnehmen soll? Ich nehme an, ihr habt das besprochen?«

Das hatten wir in der Tat. Malena war jedoch nicht unser einziges Verhandlungsthema gewesen. Was Kjells Schwester anbelangte, war ich nach wie vor unsicher, was ich von ihr halten sollte. Auf der einen Seite hatte sie Malena dabei unterstützt, die beiden Drachen zu töten, und der Tod der Runen-Ingenieurinnen ging ebenfalls auf ihr Konto. Auf der anderen Seite hatte sie Malenas Anweisung ignoriert, Rodin seine Magie abzunehmen und ihn zu töten. Im Gegenteil, sie hatte ihm die gesamte sich im Turm befindliche Drachenmagie zurückgegeben. Ich sagte: »Irma nimmt dich mit, doch du wirst in Anguristan ein ganz normales Leben führen.«

»Mach dir nichts vor, Alice. Sie wird mich versklaven.«

Das konnte sehr gut sein, denn Kjells Schwester besaß ebenfalls die Gabe, den Geist eines Menschen zu manipulieren, und Sklaverei war in ihrem Land Normalität. Ich hätte gern etwas für die Menschen dort getan, doch es war unmöglich. Das Verhältnis zwischen Wynterhaav und Anguristan würde ganz neu austariert werden müssen. Im Gegensatz zu unseren Magiequellen waren die in Anguristan so aktiv wie eh und je. »Du hast die Wahl, Malena. Bleib hier.«

»Für immer eingesperrt? Nein.« Sie schüttelte sich vor Abscheu. Plötzlich sank sie in sich zusammen.

Ich eilte zu ihr und kniete neben ihr nieder. »Was ist los?«

Malena schüttelte den Kopf. »Nichts weiter. Nur ein wenig schwindelig.«

»Kannst du aufstehen?«

»Natürlich.« Sie stöhnte jedoch und gab ihren halbherzigen Versuch auf. »Was ist nur los mit mir?«

»Hitze, Stress, du kannst körperliches Unwohlsein nicht mehr wie früher mit einer Rune heilen. Ich bin gleich wieder da. Ein Schluck von der Limonade wird dir guttun.« Ich erhob mich und eilte zurück in den Salon. Ich war noch nicht am Tisch, als ein erster spitzer Schrei ertönte. »Da ist sie! Mörderin!«

Verdammt. Malena hatte mich ausgetrickst. Aber was hatte sie vor? Ich rannte auf die Terrasse.

Malena stand mit dem Rücken zum Himmel auf der Brüstung. Sie wirkte gelassen und schien die immer lauter werdenden Schmährufe der Menge gar nicht zu hören. »Vergiss nie, dass du mich auf dem Gewissen hast.« Mit diesen Worten ließ sie sich nach hinten fallen.

Statt in die johlende Menge zu stürzen, wurde Malena von unsichtbaren Händen nach vorn in Richtung Terrasse gerissen. Santinas unsichtbare Zweitgestalt war uns natürlich nach draußen gefolgt und hatte den Tod der Prinzessin verhindert. Ich eilte zur Brüstung, um ihr zu helfen, sollte Malena es noch einmal versuchen, doch die Prinzessin wirkte nun völlig gebrochen. Zusammengekauert und mit gesenktem Kopf saß sie auf dem Boden. Sie wurde von Schluchzern geschüttelt. Heftiges Mitleid überkam mich. Malena war schuldig, keine Frage. Sie würde ihre Strafe bekommen und ins Exil gehen. Ihr Leid war jedoch echt und verdiente Respekt. Sanft half ich ihr auf die Beine. Santina und ich stützten sie auf dem Weg zur Tür. Keine von uns sprach ein Wort.

»Limonade oder Whisky?«

»Whisky.« Mit weichen Knien ließ ich mich in einen Sessel plumpsen. Ich beobachtete, wie Rodin die bernsteinfarbene Flüssigkeit in zwei Gläser kippte. Als er sich mir zuwandte, sah ich in seinen Augenwinkeln Myrkurs Lächeln aufblitzen. Wärme und Glück durchfluteten mich. Alles in mir wurde leicht. Ich hatte sie immer noch beide!

»Dann geht sie nach Anguristan?« Rodin reichte mir ein Glas.

Ich nippte erst daran, dann stürzte ich den Inhalt hinunter. »Hast du etwas anderes erwartet?«

»Eher erhofft. Hier im Kerker, wo man sie unter Beobachtung hat, wäre sie mir lieber gewesen.« Er nahm einen kleinen Schluck aus seinem Glas und lächelte zufrieden. »Irgendwann werde ich mir einen ordentlichen Rausch antrinken. Nachdem ich das nun kann.«

»Ich mache mit. Obwohl, hier gibt es ja kein Aspirin. Dann lieber nicht.« Ich schloss für einen Moment die Augen. Das Treffen mit Malena hatte mich erschöpft.

»Du bist wunderschön, Füchschen.«

»Danke.« Mein Aussehen war mir lange egal gewesen, nun freute ich mich umso mehr über das Kompliment. Ich wollte meinen beiden Männern gefallen. Umso mehr, da es sie nie auch nur ein Stück interessiert hatte, wie ich aussah.

»Man sieht dir nicht an, wie wenig du heute Nacht geschlafen hast.«

Ich schlug die Augen auf und suchte Rodins Blick. Nein, halt. Jetzt war er Myrkur. Eine tiefe Röte stieg mir in die Wangen. Ich war nicht unerfahren, doch nie zuvor in meinem Erwachsenenleben war es einem Mann gelungen, mich vor Lust an den Rand der Besinnungslosigkeit zu führen. Allein bei der Erinnerung daran reagierte mein Körper. Hitze durchflutete mich. Ein leises Stöhnen entwich meiner Kehle.

Myrkur stellte sein Glas ab. Seine Stimme wurde tief und sinnlich. »Wir sind natürlich auch zu zweit gegen eine einzige kleine Frau, wenn man so will. Ich habe mir überlegt …«

»Stopp!« Ich unterbrach ihn lachend. »Im Gegensatz zu euch beiden habe ich gerade keinen Nerv für frivole Gedanken. Ich habe den ganzen Morgen mit Ellinor über die letzten offenen Punkte diskutiert. Deine Schwester, Rodin, ist der eigensinnigste und kompromissloseste Mensch, den ich kenne. Du ahnst nicht, wie oft ich kurz davor war, ihr einfach einen Schubs zu geben oder sie wenigstens anzuschreien.«

Von einem Moment auf den nächsten hatte Rodin wieder übernommen. »Doch, das kommt mir bekannt vor.« Er kam zu mir und nahm mich in den Arm. »Du hast keine Zeit für frivole Gedanken? Langweilen wir dich schon?« Mit den Lippen streifte er zärtlich meine Schläfe. Seine Hand, oder vielleicht war es auch Myrkurs Hand, lag jedoch fest in meinem Nacken. Mein Atem ging schneller. Da waren sie. Alle beide zugleich. Der Wechsel zwischen Rodin und Myrkur fiel kaum noch auf, oder besser gesagt, sie wurden zunehmend zu etwas Neuem, Eigenem. Ich schmiegte mich an ihn. »Nie. Ich werde nie genug von euch beiden haben.«

Er lächelte auf mich hinunter. »Freust du dich auf dein neues Leben? Auf die Freiheit?«

»Natürlich.« Auf einmal wurde ich jedoch von Traurigkeit ergriffen. »Ich wünschte nur, ich hätte König Walther noch fragen können, warum er sich gegen seine Tochter und für mich entschieden hat.«

Es klopfte an der Tür. Santina steckte den Kopf herein. »Ellinor schickt mich. Sie ist dann so weit.«

Santinas Lippen waren knallrot, und sie sah erhitzt aus, ganz so, als hätte sie vor wenigen Minuten jemand leidenschaftlich geküsst. Rodin und ich warfen uns einen wissenden Blick zu. Er hatte mir verraten, dass er schon seit Langem vermutete, dass sie und seine Schwester mehr füreinander empfanden als nur Freundschaft. Anscheinend waren die beiden sich bei den Eichhörnchen, vielleicht unter dem Einfluss eines Pilzcocktails, nach all den Jahren endlich auch körperlich nähergekommen. Nun waren sie ein Paar, bisher leider nur inoffiziell. Ich hätte mir gewünscht, dass sie ihre Liebe offen leben würden, denn wann, wenn nicht jetzt, war die perfekte Zeit für Veränderungen? Davon wollten beide jedoch nichts hören. Ich hatte Santina im Verdacht, die Bremse zu sein. Es hatte sie bereits Überwindung gekostet, ihre frühere Herrin vor Rodin und mir mit Vornamen anzusprechen. Ein bisschen hatte vielleicht geholfen, dass ich sie in den vergangenen Wochen konsequent überhört hatte, sobald sie mich in der dritten Person ansprach. Wenn Freie und Edle auf Augenhöhe miteinander umgehen sollten, musste das bei der Sprache beginnen. Ein Punkt, bei dem Ellinor und ich uns im Übrigen erstaunlich schnell einig geworden waren.

Meine Schwägerin wartete in der Prunkhalle auf mich. Sie stand einsam, mit kerzengerade aufgerichtetem Rücken vor dem weit geöffneten Portal, das auf die große Freitreppe hinausführte. Draußen auf den Stufen standen Orangenbäume Spalier, deren herrlicher Duft die Luft schwängerte. Die Wartenden waren von hier aus nicht zu sehen, doch man konnte sie hören. Die Wut nach Malenas Auftauchen hatte sich zum Glück in der Hitze aufgelöst. Es waren wieder die fröhlichen Laute zu hören, die mir ein Lächeln ins Gesicht zauberten. Und nicht nur mir. Rodin begleitete mich bis an Ellinors Seite, dann stellte er sich an den Rand zu Santina und den Vertretern aus dem ehemaligen Rat, die heute gekommen waren. Ihnen gegenüber wachten sieben riesige Wölfe. Sie waren die einzigen, die von der Grauen Wache übrig geblieben waren. Freiwillig hatten sie sich dafür entschieden, in ihren Wolfskörpern zu bleiben, sobald sie ihre restliche Magie verbraucht hatten und sich nicht mehr wandeln konnten. Adlon war nicht unter ihnen.

Seit er von Irma erfahren hatte, dass Kjell für den Tod seines Bruders verantwortlich war, befand er sich auf der Jagd nach ihm. Von ihr wussten wir auch, dass Rodins Plan mit dem Schuppentrank aufgegangen war. Leider mit schrecklichen Folgen. Wie er es sich gedacht hatte, war Kjell darauf aus gewesen, Elvis um den Kaufpreis für das Puppenhaus zu betrügen, indem er seinen Geist manipulierte. Nach dem Genuss des Schuppentranks war die Manipulation nicht mehr durchführbar gewesen. Kjell, der schlicht nicht bezahlen konnte, war daraufhin auf den Gedanken gekommen, Elvis zu töten und den Mord Rodin in die Schuhe zu schieben.

Eine Fanfare ertönte.

Ellinor warf mir einen Seitenblick zu. »Wirst du es dir im letzten Moment anders überlegen?«

»Nein.« Ich schüttelte lächelnd den Kopf und sah meine Schwägerin bewundernd an. Ellinor war schon immer von Kopf bis Fuß eine Königin gewesen, und ich wusste, dass niemand dieses schwere Amt besser ausfüllen könnte als sie.

Sie hauchte etwas, das sich mit etwas gutem Willen beinahe wie ein Danke anhörte.

Seite an Seite schritten wir durch die riesigen Flügeltüren nach draußen. Johlen und Klatschen, dann erwartungsvolle Stille.

Nervös trat ich einen Schritt vor. Meine Kehle war trocken und ich biss mir rasch auf die Zunge, um den Speichelfluss anzuregen. »Ich werde es kurz machen, denn was ich zu sagen habe, wissen viele von euch längst. König Walther hat mir kurz vor seinem Ableben all die Magie zukommen lassen, die seine Tochter zuvor von euch gestohlen hatte. Dazu waren keine Apparaturen nötig, keine Drachenstäbe und kein verspiegelter Turm. Ein Händedruck genügte. Die Magie hat ganz allein entschieden, von ihm zu mir zu kommen. So wie sie schon immer entschieden hat, wer von ihr profitieren durfte. Ihr wart seit jeher frei darin, aus jeder beliebigen magischen Quelle Kraft zu schöpfen. Auch wenn das nun auf unbestimmte Zeit erst einmal unmöglich geworden ist, vergesst das nie.« Ich hielt inne, sah zu Ellinor und bat sie mit einem Blick zu mir zu kommen. Spontan ergriff ich ihre Hand. Ellinor antwortete mit einem sanften Druck. Mir wurde leicht ums Herz und meine Stimme gewann an Kraft. »Prinzessin Malena wird ins Exil gehen. Und was mich anbelangt, werden wir nie erfahren, ob König Walther mein leiblicher Vater war. Meine Schwägerin, Lady Vertanen, hat sich dazu bereit erklärt, euch die nächsten zehn Jahre als Herrscherin über Wynterhaav zu dienen. Nach dieser Frist wird es freie Wahlen geben.« Noch ehe ich geendet hatte, brach leidenschaftlicher Jubel los. Es hatte sich längst herumgesprochen, dass Ellinor die Kinder unzähliger Freier vor Malena gerettet hatte, bereits jetzt liebten die Menschen ihre neue Königin.

Ellinor lächelte mir zu, und es wirkte sogar echt.

Epilog

Vermutlich ist dies die allererste Rune, die jemals ohne Magiequelle erschaffen wurde«, sagte Rodin feierlich. Er, Ellinor und Santina standen auf der königlichen Terrasse um mich herum. Wir hielten einander an den Händen. Die Menge hatte sich längst verzogen, die Tische und Stände auf dem Platz waren abgebaut. Über uns wölbte sich das klare strahlende Blau des südlichen Himmels.

Bis auf Rodin, der einen kleinen Teil seiner Magie für sich zurückbehielt, hatte mir die Übrigen ihren restlichen Vorrat geschenkt. Es hatte gerade so gereicht, um die Falkenrune auf meinem Handrücken zu erschaffen, die ich nun stolz betrachtete. Ich würde damit nur ein einziges Mal fliegen und mich anschließend zurückwandeln können. Rodins verbleibende Magie genügte, damit er und Myrkur mich in der Luft begleiten konnten. Ich hatte nicht die Zeit gehabt, mich lange Monate mit den echten Falken zu beschäftigen, sie gründlich zu studieren und alles zu lernen, was man als Raubvogel wissen und können musste. Doch es würde genügen, um mir diesen großen Traum zu ermöglichen. Ein einziges Mal in meinem Leben wollte ich mit meinen beiden Männern fliegen.

Was außer uns hier auf der Terrasse niemand wusste, war, dass in mir immer noch die Drachenmagie war. Es war eine unvorstellbar große Menge an Magie. Einen Zugriff darauf hatte ich jedoch nicht.

Was am Todestag von König Walther geschehen war, hatten wir uns im Nachhinein zusammenreimen müssen. Allem Anschein nach hatte er in den vergangenen Monaten die gestohlene Magie in sich gehortet. Er hatte nur so viel verwendet, wie er gerade so benötigt hatte, um sein Leben zu erhalten. War es Zufall gewesen, dass er mich im Moment seines Todes bei der Hand gehalten hatte? Wusste er, was mit der Magie geschehen, dass sie zu mir kommen würde?

Rodin war der Ansicht, dass der König das Zünglein an der Waage hatte spielen wollen. Falls die verschollene Tochter, nach der er so lange hatte suchen lassen, ihm doch nicht gefallen hätte, wäre die gespeicherte Magie vermutlich Malena zugutegekommen. Santina wiederum glaubte, in diesem Fall hätte er eher den Palast in die Luft gesprengt. Oder er hätte es sich anders überlegt, sich mithilfe der gestohlenen Magie geheilt und noch einige Jahre regiert.

Ich wusste nur, dass ich dort an seinem Bett gestanden und erfolglos versucht hatte, die königliche Magie zu mir zu rufen. Die Quelle hatte mich jedoch nicht anerkannt, und das wurde offenbar, als der Notar später, nachdem sich die Aufregung um das Ableben König Walthers gelegt hatte, das Ergebnis überprüfte. Ob das nun daran lag, dass meine Mutter ihren magischen Anteil nie in mir geöffnet hatte oder ob ich schlicht und einfach doch nicht König Walthers Tochter war, konnte nun niemand mehr sagen.

Der Notar jedenfalls hatte verwirrt von der schluchzenden Malena zu mir gesehen. Nachdem er die Stimmgabel an einem blütenweißen Tuch abgewischt hatte, waren ein purpurner und ein tintenschwarzer Fleck zurückgeblieben. Purpur war die königliche Farbe. Der schwarze Fleck war zehnmal größer. Ich wusste sofort, dass er für Drachenmagie stand, für Myrkurs Magie.

Als auch Malena es begriff, streckte sie, wie zuvor schon einmal, ihren Arm aus, um mich anzugreifen. Diesmal reagierte der Königswolf schneller als beim ersten Mal. Ehe die Prinzessin ihre Magie auf mich abfeuern konnte, hing er bereits an ihrem Arm. Im selben Moment stürmte Rodin herein.

Der Königswolf gab den Arm der Prinzessin frei und wechselte die Gestalt. Meine Augen weiteten sich, als ich sah, wer sich dahinter verbarg. »Du hast mich gerettet.«

»Tja. Auch eine schwarze Hexe fühlt sich manchmal berufen, das Richtige zu tun.« Ellinor blickte mich voller Genugtuung an. »Ich lag jedenfalls von Anfang an richtig. Du bist nicht die Thronerbin.«

»Wollte ich ja auch nie sein. Nicht so richtig jedenfalls.« Ich sah zu Malena.

Die Prinzessin starrte vor sich hin ins Nichts. Sie murmelte: »Vater hatte recht. Etwas stimmt nicht mit der Magie.«

Ellinor nickte grimmig. »Die Magiequellen sind fast überall vollständig versiegt.«

Beinahe freute ich mich darüber. Einerseits war es natürlich jammerschade. Magie war etwas Wundervolles. Andererseits hatte die Abneigung der Edlen gegenüber den Freien darauf gegründet, dass die Edlen glaubten, ihnen würde die Magie gestohlen. Nun konnte alles anders werden. Ich wandte mich an Ellinor. »Wie kommt es eigentlich, dass du hier bist?«

Wie so oft war es Santina, die anstelle meiner Schwägerin erzählte. Sie und Ellinor hatten die Kinder wie vereinbart zu den Eichhörnchen gebracht, dort erfuhren sie von Pleda, was mit Myrkur geschehen war. Nach einigem Beraten hatten sie beschlossen, zum Königshof aufzubrechen, um Rodin und mich zu unterstützen. Tatsächlich war sogar Ellinor die treibende Kraft gewesen. Nachdem die Kinder in Sicherheit waren, wollte sie dafür sorgen, dass sie auch eine Zukunft hatten. Meine Schwägerin besaß zwei Wandlergestalten, die eines Falken und die eines Wolfes. Ehe sie die Geistschlange erhalten hatte, waren diese Tierkörper ihre einzige Möglichkeit gewesen, wenigstens ab und zu die Welt sehen zu können. Nachdem sie ihre Schlange bekommen hatte, waren die Runen nur selten zum Einsatz gekommen. Verlernt hatte sie ihren Gebrauch jedoch nicht.

Rodin holte mich aus meinen Gedanken, als er mich in seine Arme zog. Ich bemerkte, dass wir allein waren, und lächelte ihn zufrieden an. »Am meisten von deinen Tiergestalten wird mir Lewis fehlen.«

Rodin grinste. »Du darfst auch so jederzeit meinen Bauch kraulen.«

»Ich denke darüber nach.« Eine sanfte Windböe streichelte mein Gesicht. »Jetzt will ich erst etwas anderes.«

»Zurück ins Bett?« Es war Myrkur, der mir einen hoffnungsvollen Blick zuwarf.

Lächelnd schüttelte ich den Kopf. »Ich will endlich fliegen. Mit euch beiden.«

Drachenmond Verlag